W9-CUW-262

Una vacante
imprevista

Sobre la autora

J.K. Rowling es la autora de la aclamada serie HARRY POTTER, el fenómeno editorial más extraordinario de los últimos tiempos. Traducida a setenta y tres idiomas y convertida en ocho taquilleras películas, de la saga se han vendido más de 450 millones de ejemplares en más de doscientos países. J.K. Rowling ha recibido numerosos premios y galardones honoríficos, como la Orden del Imperio Británico, el Premio Príncipe de Asturias de la Concordia, la Légion d'Honneur de Francia y el Premio Hans Christian Andersen. Asimismo, ofrece su apoyo a un amplio abanico de causas benéficas y es la fundadora de Lumos, que lucha por transformar las vidas de los niños desfavorecidos.

www.jkrowling.com

J.K. Rowling

Una vacante imprevista

Título original: *The Casual Vacancy*

Traducción del inglés: Gemma Rovira Ortega y Patricia Antón de Vez

Los personajes y situaciones que aparecen en esta obra,
excepto aquellos que se hallan claramente en el dominio público,
son ficticios. Cualquier parecido con personas reales, vivas o muertas,
es pura coincidencia.

Publicaciones y Ediciones Salamandra, S.A.
Almogàvers, 56, 7° 2ª - 08018 Barcelona - Tel. 93 215 11 99
www.salamandra.info

ISBN: 978-84-9838-691-2
Depósito legal: B-11.061-2015

1ª edición, mayo de 2015
Printed in Spain

Impreso y encuadernado en:
RODESA - Pol. Ind. San Miguel. Villatuerta (Navarra)

para Neil

PRIMERA PARTE

6.11 Se produce una plaza vacante:

a) cuando un miembro electo de la administración local no comunica la aceptación del cargo dentro del plazo establecido; o
b) cuando presenta su carta de dimisión; o
c) el día de su muerte...

Charles Arnold-Baker
La administración local, 7.ª edición

Domingo

Barry Fairbrother no quería salir a cenar. Llevaba casi todo el fin de semana soportando un palpitante dolor de cabeza e intentando terminar a tiempo un artículo para el periódico local.

Sin embargo, durante la comida su mujer había estado tensa y poco comunicativa, y Barry dedujo que con la tarjeta de felicitación de aniversario no había logrado atenuar su delito de pasarse toda la mañana encerrado en el estudio. No ayudaba el hecho de que hubiera estado escribiendo sobre Krystal, por la que Mary, aunque lo disimulara, sentía antipatía.

—Quiero llevarte a cenar fuera, Mary —mintió para rebajar la tensión—. ¡Diecinueve años, niños! Diecinueve años y vuestra madre está más guapa que nunca.

Mary se ablandó un poco y sonrió; Barry llamó por teléfono al club de golf, porque quedaba cerca y porque allí siempre conseguían mesa. Intentaba complacer a su mujer con pequeños detalles, ya que, tras casi dos décadas juntos, había comprendido que a menudo la decepcionaba en las cosas importantes. No lo hacía adrede: sencillamente tenían ideas distintas acerca de lo que debía ocupar más espacio en la vida.

Los cuatro hijos de Barry y Mary ya eran mayores y no necesitaban canguro. Estaban viendo la televisión cuando Barry se despidió de ellos por última vez, y sólo Declan, el más pequeño, se volvió para mirarlo y le dijo adiós con la mano.

Barry seguía notando el palpitante dolor detrás de la oreja cuando dio marcha atrás por el camino de la casa hacia las calles de Pagford, el precioso pueblecito donde vivían desde que se habían casado. Bajaron por Church Row, la calle de pendiente pronunciada donde se alzaban las casas más caras, dechados de lujo y solidez victorianos, doblaron la esquina al llegar a la iglesia de imitación estilo gótico donde Barry había visto a sus hijas gemelas representar el musical *José el Soñador*, y pasaron por la plaza principal, desde donde se podía contemplar el oscuro esqueleto de la abadía en ruinas que dominaba el horizonte del pueblo, en lo alto de una colina, fusionándose con el cielo violeta.

Mientras transitaba por aquellas calles que tan bien conocía, Barry no pensaba más que en los errores que sin duda había cometido al terminar deprisa y corriendo el artículo que acababa de enviar por correo electrónico al *Yarvil and District Gazette*. Pese a lo locuaz y simpático que era en persona, le costaba reflejar su encanto en el papel.

El club de golf quedaba a sólo cuatro minutos de la plaza, un poco más allá del punto donde el pueblo acababa con un último suspiro de viejas casitas dispersas. Barry aparcó el monovolumen frente al restaurante del club, el Birdie, y se quedó un momento junto al coche mientras Mary se retocaba con el pintalabios. Agradeció el aire fresco en la cara. Mientras observaba cómo la penumbra del anochecer difuminaba los contornos del campo de golf, Barry se preguntó por qué seguía siendo socio de aquel club. El golf no se le daba bien —tenía un swing irregular y un hándicap muy alto—, y había otras cosas que reclamaban su atención, muchas. Su dolor de cabeza no hacía sino empeorar.

Mary apagó la luz del espejito de cortesía y cerró la puerta del pasajero. Barry activó el cierre automático pulsando el botón de la llave que tenía en la mano. Su mujer taconeó por el asfalto, el sistema de cierre del coche emitió un pitido y Barry se preguntó si las náuseas remitirían cuando hubiera comido algo.

De pronto, un dolor de insólita intensidad le rebanó el cerebro como una bola de demolición. Apenas notó el golpe de las rodillas contra el frío asfalto; su cráneo rebosaba fuego y sangre; el dolor era insoportable, una auténtica agonía, pero no tuvo más remedio que soportarlo, pues todavía faltaba un minuto para que perdiera la conciencia.

Mary chillaba sin parar. Unos hombres que estaban en el bar acudieron corriendo. Uno de ellos volvió a toda prisa al edificio para ver si encontraba a alguno de los médicos jubilados que frecuentaban el club. Un matrimonio conocido de Barry y Mary oyó el alboroto desde el restaurante; dejaron sus entrantes y se apresuraron a salir para ver qué podían hacer. El marido llamó al servicio de emergencias por el teléfono móvil.

La ambulancia, que tuvo que desplazarse desde la ciudad vecina de Yarvil, tardó veinticinco minutos en llegar. Para cuando la luz azul intermitente alumbró la escena, Barry yacía inmóvil en el suelo, en medio de un charco de su propio vómito; Mary estaba arrodillada a su lado, con las medias desgarradas, apretándole una mano, sollozando y susurrando su nombre.

Lunes

I

—Agárrate fuerte —dijo Miles Mollison, de pie en la cocina de una de aquellas grandes casas de Church Row.

Había esperado hasta las seis y media de la mañana para hacer la llamada, tras pasar una mala noche llena de largos períodos de vigilia interrumpidos por algunos ratos de sueño agitado. A las cuatro de la madrugada se había percatado de que su mujer también estaba despierta y se habían quedado hablando en voz baja, a oscuras. Mientras comentaban lo que habían tenido que presenciar, intentando digerir el susto y la conmoción, Miles ya había sentido un leve cosquilleo de emoción al pensar en cómo le daría la noticia a su padre. Se había propuesto esperar hasta las siete, pero el temor de que alguien se le adelantara lo había llevado a abalanzarse sobre el teléfono un poco antes de esa hora.

—¿Qué pasa? —preguntó Howard con una voz resonante y ligeramente metálica; Miles había activado el altavoz para que su mujer pudiera oír la conversación.

La bata rosa claro realzaba el marrón caoba de la piel de Samantha; aprovechando que se había levantado temprano, se había aplicado otra capa de crema autobronceadora sobre el moreno natural, ya desvaído. En la cocina se mezclaban los olores a café instantáneo y coco sintético.

—Se ha muerto Fairbrother. Cayó redondo anoche en el club de golf. Sam y yo estábamos cenando en el Birdie.

—¡¿Fairbrother?! ¡¿Muerto?! —bramó Howard.

Su entonación daba a entender que ya contemplaba que se produjera algún cambio en las circunstancias de Barry Fairbrother, pero que ni siquiera él había previsto algo tan drástico como su muerte.

—Cayó redondo en el aparcamiento —repitió Miles.

—Cielo santo. ¿Qué edad tenía? Poco más de cuarenta, ¿no? Cielo santo.

Miles y Samantha oían respirar a Howard como un caballo exhausto. Por las mañanas siempre le faltaba un poco el aliento.

—¿Qué ha sido? ¿El corazón?

—No; creen que algo del cerebro. Acompañamos a Mary al hospital y...

Pero Howard no le prestaba atención. Miles y Samantha lo oyeron hablar lejos del auricular.

—¡Barry Fairbrother! ¡Muerto! ¡Es Miles!

Miles y Samantha bebieron a sorbos sus cafés mientras aguardaban a que volviera Howard. A Samantha se le abrió ligeramente la bata cuando se sentó a la mesa de la cocina, revelando el contorno de sus grandes pechos, que descansaban sobre los antebrazos. La presión ejercida desde abajo hacía que parecieran más turgentes que cuando colgaban libremente. En la curtida piel de la parte superior del escote podía verse un abanico de pequeñas arrugas que ya no se desvanecían cuando los pechos dejaban de estar comprimidos. En su juventud había sido una gran aficionada a los rayos UVA.

—¿Qué? —dijo Howard, que volvía a estar al teléfono—. ¿Qué dices del hospital?

—Que Sam y yo fuimos al hospital en la ambulancia —contestó Miles vocalizando con claridad—. Con Mary y el cadáver.

15

Samantha reparó en que la segunda versión de Miles ponía énfasis en lo que podría llamarse el aspecto más comercial de la historia. Samantha no se lo reprochó. La recompensa por haber compartido aquella desagradable experiencia era el derecho a contársela a la gente. Pensó que difícilmente lo olvidaría: Mary llorando; los ojos de Barry todavía entreabiertos por encima de aquella mascarilla que parecía un bozal; Miles y ella tratando de interpretar la expresión del enfermero; el traqueteo de la abarrotada ambulancia; las ventanas oscuras; el terror.

—Santo cielo —dijo Howard por tercera vez, ignorando las preguntas que le hacía Shirley, a la que también se oía, y dedicándole a Miles toda su atención—. ¿Y dices que cayó fulminado en el aparcamiento?

—Sí —confirmó Miles—. Nada más verlo comprendí que no había nada que hacer.

Ésa fue su primera mentira, y en el momento de decirla giró ligeramente la cabeza para no mirar a su mujer. Samantha recordó cómo Miles le había puesto a Mary su gran brazo protector sobre los temblorosos hombros: «Se recuperará... se recuperará...»

«Pero, bien mirado —pensó Samantha, justificando a Miles—, ¿cómo podía uno saberlo cuando a Barry todavía estaban colocándole mascarillas y clavándole agujas?» Era evidente que estaban intentando salvarlo, y ninguno de los dos supo con certeza que no lo habían conseguido hasta que, en el hospital, una joven doctora salió para hablar con Mary. Samantha tenía grabado en la retina, con una claridad espantosa, el rostro indefenso y petrificado de Mary, y la expresión de la joven de pelo lacio con gafas y bata blanca: serena, y sin embargo un poco precavida. Era una escena muy frecuente en las series de televisión, pero cuando pasaba de verdad...

—No, qué va —iba diciendo Miles—. El jueves Gavin jugó con él al squash.

—¿Y se encontraba bien?

—Ya lo creo. Barry le dio una paliza.

—Santo cielo. Quién iba a decirlo, ¿eh? Quién iba a decirlo. Un momento, mamá quiere hablar contigo.

Se oyó un golpe sordo y un repiqueteo, y a continuación la débil voz de Shirley.

—Qué horror, Miles. ¿Estás bien?

Samantha inclinó demasiado la taza de café y el líquido se le escapó por las comisuras de la boca, resbalándole por la barbilla. Se limpió la cara y el escote con la manga. Miles había adoptado el tono que solía emplear cuando hablaba con su madre: una voz más grave de lo habitual, de «lo tengo todo controlado y no me inmuto por nada», contundente y sin rodeos. A veces, sobre todo cuando estaba borracha, Samantha imitaba las conversaciones de Miles y Shirley. «No te preocupes, mami. Tu soldadito Miles está aquí», «Eres maravilloso, cariño: tan grandote, tan valiente, tan listo». Últimamente, un par de veces Samantha había hablado así delante de otras personas, y Miles, molesto, se había puesto a la defensiva, aunque fingiera reírse. La última vez habían discutido en el coche, de regreso a casa.

—¿Y fuisteis con ella el trayecto entero hasta el hospital? —iba diciendo Shirley por el altavoz.

«No —pensó Samantha—, a mitad de camino nos hartamos y pedimos que nos dejaran bajar.»

—Era lo mínimo que podíamos hacer. Ojalá hubiéramos podido hacer algo más.

Samantha se levantó y fue hacia la tostadora.

—Estoy segura de que Mary os estará muy agradecida —dijo Shirley.

Samantha cerró de un golpe la tapa de la panera y metió bruscamente cuatro rebanadas de pan en las ranuras. La voz de Miles adoptó un tono más natural.

—Sí, bueno, cuando los médicos le dijeron... le confirmaron que estaba muerto, Mary le pidió a Sam que llamara a Colin y Tessa Wall. Esperamos a que llegaran y entonces nos marchamos.

—Bien, Mary tuvo mucha suerte de que estuvierais allí —replicó Shirley—. Papá quiere decirte algo más, Miles. Te lo paso. Ya hablaremos más tarde.

«Ya hablaremos más tarde», repitió Samantha dirigiéndose al hervidor y moviendo burlonamente la cabeza. En su distorsionado reflejo se apreciaba que tenía la cara hinchada por haber dormido poco y los ojos castaños enrojecidos. Con las prisas por oír el relato de su marido, se había aplicado el bronceador artificial con descuido y se le había metido un poco entre las pestañas.

—¿Por qué no os pasáis un momento esta tarde? —preguntó Howard con su voz tonante—. No, espera. Dice mamá que jugamos al bridge con los Bulgen. Venid mañana a cenar. Sobre las siete.

—Déjame ver —repuso Miles, y miró a Samantha—. No sé si Sam tiene algo mañana.

Su mujer no le indicó si quería ir o no. Miles colgó y una extraña sensación de anticlímax se extendió por la cocina.

—No se lo podían creer —dijo, como si Samantha no lo hubiera oído todo.

Tomaron las tostadas y otra taza de café en silencio. La irritabilidad de Samantha fue disipándose a medida que masticaba. Recordó que de madrugada se había despertado sobresaltada en el dormitorio a oscuras, y que había sentido una gratitud y un alivio absurdos al notar a Miles a su lado, grandote y barrigón, oliendo a vetiver y a sudor. Luego imaginó que estaba en la tienda contándoles a las clientas que un hombre había caído fulminado delante de ella y que lo había acompañado al hospital. Pensó en diferentes formas de describir diversos detalles del trayecto, y en la escena culminante con la doctora. La juventud de aquella mujer tan dueña de sí había hecho que todo resultara aún peor. La persona encargada de dar una noticia así debería ser alguien de más edad.

Entonces se animó un poco al recordar que esa mañana tenía una cita con el representante de Champêtre; por teléfono había estado muy zalamero.

—Más vale que espabile —dijo Miles, y se terminó la taza de café mirando cómo el cielo clareaba al otro lado de la ventana. Lanzó un hondo suspiro y le dio unas palmaditas en el hombro a su mujer al pasar para meter el plato y la taza en el lavavajillas—. Madre mía, esto les da otra dimensión a las cosas, ¿no te parece?

Y salió de la cocina negando con la cabeza de pelo entrecano cortado al rape.

A veces Samantha lo encontraba ridículo y, cada día más, aburrido. Con todo, en ocasiones le gustaba su pomposidad, de la misma manera que le gustaba usar sombrero cuando lo exigían las circunstancias. Al fin y al cabo, esa mañana lo apropiado era ponerse solemne y un poco trascendental. Se terminó la tostada y recogió las cosas del desayuno mientras pulía mentalmente la historia que pensaba contarle a su ayudante.

II

—Se ha muerto Barry Fairbrother —resolló Ruth Price.

Había subido casi a la carrera por el sendero del jardín para estar unos minutos más con su marido antes de que él se marchara al trabajo. No se detuvo en el recibidor para quitarse el abrigo, sino que, con la bufanda todavía al cuello y los guantes puestos, irrumpió en la cocina, donde Simon y los hijos adolescentes de ambos estaban desayunando.

Su marido se quedó inmóvil, con un trozo de tostada camino de la boca, y luego bajó la mano con lentitud teatral. Los dos chicos, ambos con el uniforme escolar, miraron alternativamente a su padre y su madre con moderado interés.

—Creen que ha sido un aneurisma —continuó Ruth, jadeando un poco todavía, mientras se quitaba los guantes tirando de la punta de cada dedo, se desenrollaba la bufanda y se desabrochaba el abrigo. Era una mujer morena y delgada, con ojos tristes de párpados gruesos; el azul intenso del uniforme de enfermera le sentaba bien—. Cayó fulminado en el club de golf. Lo trajeron Sam y Miles Mollison, y más tarde llegaron Colin y Tessa Wall...

Salió como una flecha al recibidor, donde colgó sus cosas, y volvió a tiempo para contestar la pregunta que Simon le había gritado:

—¿Qué es «una neurisma»?

—Un aneurisma. La ruptura de una arteria del cerebro.

Fue hacia el hervidor, lo encendió y, sin parar de hablar, empezó a recoger las migas que había en la encimera alrededor de la tostadora.

—Debe de haber sufrido una hemorragia cerebral masiva. Su pobre mujer... Está completamente destrozada.

Acongojada, Ruth se quedó un momento mirando por la ventana de la cocina y contempló la blancura crujiente del césped, cubierto por una costra de escarcha; la abadía, al otro lado del valle, ruinosa y desnuda, destacaba contra un desvaído cielo rosa grisáceo; la vista panorámica era lo mejor de Hilltop House. Pagford, que por la noche no era más que un puñado de luces parpadeantes en el fondo de una oscura hondonada, surgía a la fría luz de la mañana. Pero Ruth no veía nada de todo eso: seguía mentalmente en el hospital, viendo salir a Mary de la habitación donde yacía Barry, al que ya habían retirado los inútiles instrumentos de reanimación. La compasión de Ruth Price fluía más copiosa y sinceramente por aquellos con quienes, de un modo u otro, se identificaba. Había oído gemir a Mary —«No, no, no, no»—, y esa negación instintiva resonaba en su cabeza, porque le había dado la ocasión de imaginarse a sí misma en una situación idéntica.

Abrumada por esa idea, se dio la vuelta y miró a Simon. Aún conservaba una buena mata de pelo castaño claro, estaba casi tan delgado como cuando tenía veinte años, y las arrugas de las comisuras de sus ojos resultaban atractivas; pero desde que Ruth, tras una larga interrupción, había vuelto a trabajar de enfermera, era otra vez consciente del sinfín de disfunciones que podían afectar al cuerpo humano. Si bien de joven no era tan aprensiva, ahora consideraba que todos tenían mucha suerte de seguir con vida.

—¿Y no han podido hacer nada por él? —preguntó Simon—. ¿Por qué no le han taponado la vena?

Parecía frustrado, como si los profesionales de la sanidad, una vez más, la hubieran pifiado negándose a hacer lo que era obvio que había que hacer.

Andrew se estremeció con salvaje placer. Últimamente había notado que su padre acostumbraba a contrarrestar el empleo de términos médicos de su madre con comentarios burdos e ignorantes. «¿Hemorragia cerebral? Se tapona la vena.» Su madre no se daba cuenta de lo que se proponía su padre. No se enteraba de nada. Andrew siguió comiendo los Weetabix y ardiendo de odio.

—Cuando nos lo trajeron ya era demasiado tarde —explicó Ruth mientras metía unas bolsitas de té en la tetera—. Murió en la ambulancia, justo antes de llegar al hospital.

—Joder —dijo Simon—. ¿Qué tenía, cuarenta?

Pero Ruth se había distraído.

—Paul, tienes el pelo muy enmarañado por detrás. ¿Te has peinado?

Sacó un cepillo de su bolso y se lo tendió a su hijo menor.

—¿Así de golpe, sin ningún aviso? —preguntó Simon mientras Paul hincaba el cepillo en su tupida pelambrera.

—Por lo visto llevaba un par de días con dolor de cabeza.

—Ah, ya —dijo Simon masticando su tostada—. ¿Y no le hizo caso?

—No, no le dio importancia.

Simon tragó lo que tenía en la boca.

—No me extraña —dijo con solemnidad—. Hay que cuidarse.

«Qué inteligente —pensó Andrew con furioso desdén—; qué profundo.» Como si Barry Fairbrother tuviera la culpa de que le hubiera explotado el cerebro. «Engreído de mierda», le espetó Andrew a su padre en su imaginación.

Simon apuntó a su hijo mayor con el cuchillo y dijo:

—Y, por cierto, nuestro amigo Carapizza ya se está buscando un trabajo.

Ruth, sobresaltada, miró a su hijo. El acné de Andrew resaltaba, morado y brillante, en sus mejillas encendidas, mientras clavaba la vista en la papilla beige del cuenco.

—Sí —continuó Simon—. Este vago de mierda va a empezar a ganar dinero. Si quiere fumar, que se lo pague de su sueldo. Se acabó la paga semanal.

—¡Andrew! —exclamó Ruth con voz lastimera—. No me digas que has...

—Ya lo creo. Lo he pillado en la leñera —la interrumpió Simon. La expresión de su cara reflejaba puro desprecio.

—¡Andrew!

—No vamos a darte ni un penique más. Si quieres cigarrillos, te los compras —insistió Simon.

—Pero si dijimos... —gimoteó Ruth—, dijimos que como se acercaban los exámenes...

—A juzgar por cómo la ha cagado en los de práctica, será un milagro que apruebe. Más vale que empiece pronto en un McDonald's y coja un poco de experiencia. —Simon se levantó y acercó la silla a la mesa, deleitándose con la estampa de un Andrew cabizbajo, la cara cubierta de oscuros granos—. Y no cuentes con nosotros para volver a examinarte, amiguito. O apruebas a la primera, o nada.

—¡Oh, Simon! —se lamentó Ruth con marcado tono de reproche.

—¡¿Qué?!

Simon dio dos pasos hacia su mujer, pisando fuerte. Ruth retrocedió y se apoyó en el fregadero. A Paul se le cayó de la mano el cepillo rosa de plástico.

—¡No pienso financiar los vicios de este capullo! Menudo morro. ¡¿Cómo se atreve a fumar en mi cobertizo?! —Simon se dio un golpe sordo en el pecho para enfatizar el «mi», haciendo estremecer a Ruth—. Yo llevaba un sueldo a casa cuando tenía la edad de este mierdecilla. Si quiere cigarrillos, que se los pague, ¿vale? ¡¿Vale?! —Tenía el cuello estirado y la cara a un palmo de la de Ruth.

—De acuerdo, Simon —musitó ella.

Andrew estaba muerto de miedo. Sólo diez días atrás se había hecho una promesa: ¿habría llegado ya el momento? ¿Tan pronto? Pero su padre se apartó de su madre, salió de la cocina y fue hacia el recibidor. Ruth, Andrew y Paul se quedaron quietos; como si hubieran prometido no moverse durante su ausencia.

—¡¿Has llenado el depósito?! —gritó Simon como hacía siempre que su mujer volvía de una guardia nocturna.

—Sí —contestó ella, esforzándose por aparentar alegría y normalidad.

La puerta de la calle chirrió y se cerró con estruendo.

Ruth se entretuvo con la tetera, a la espera de que la tensión del ambiente volviera a sus valores habituales. Guardó silencio hasta que Andrew se dispuso a ir a lavarse los dientes.

—Se preocupa por ti, Andrew. Por tu salud.

«Y una puta mierda. Cabrón.»

En su imaginación, Andrew era tan ordinario como Simon. En su imaginación, podía pelear con Simon en igualdad de condiciones.

En voz alta, le dijo a su madre:

—Sí. Ya.

III

Evertree Crescent era una calle en forma de media luna con casitas modestas de una sola planta construidas en los años treinta, a dos minutos de la plaza principal de Pagford. En el número 36, la casa que llevaba más tiempo habitada por los mismos inquilinos, Shirley Mollison, sentada en la cama y recostada sobre varias almohadas, bebía el té que le había llevado su marido. El reflejo que le devolvían las puertas de espejo del armario empotrado tenía un perfil difuso, debido en parte a que Shirley no llevaba puestas las gafas, y en parte a la luz tenue que proyectaban en la habitación las cortinas con estampado de rosas. Bajo esa luz brumosa y favorecedora, su rostro de tez clara con hoyuelos bajo un pelo corto y plateado adquiría un aire angelical.

El dormitorio tenía cabida justa para la cama individual de Shirley y la de matrimonio de Howard, apretujadas una contra otra como dos gemelas no idénticas. El colchón de Howard, que todavía conservaba su descomunal huella, estaba vacío. El chorro de la ducha se oía desde donde Shirley, sentada frente a su rosado reflejo, saboreaba la noticia que parecía flotar todavía en el ambiente, burbujeante como el champán.

Barry Fairbrother estaba muerto. Fiambre. Había estirado la pata. Ningún acontecimiento de importancia nacional, ninguna guerra, ningún desplome de la Bolsa, ningún atentado terrorista podría haber suscitado en Shirley el sobrecogimiento, el ávido interés y la febril especulación que en ese momento la consumían.

Siempre había odiado a Barry Fairbrother. Ella y su marido, por lo general en sintonía en todas sus amistades y enemistades, discrepaban un poco en este caso. Más de una vez, Howard había reconocido que encontraba divertido a aquel hombrecito con barba que siempre se encaraba con él, sin

24

tregua, al otro lado de las largas y deterioradas mesas del centro parroquial de Pagford; Shirley, en cambio, no hacía distinciones entre lo político y lo personal. Barry se había enfrentado a Howard y le había impedido realizar la gran misión de su vida, y eso convertía a Barry Fairbrother en un enemigo a muerte.

La lealtad a su marido era la razón primordial, pero no la única, de la profunda antipatía que sentía Shirley. Sus instintos respecto a las personas estaban afinados en una única dirección, como los de un perro adiestrado para descubrir narcóticos. Siempre estaba alerta por si detectaba prepotencia, y su olfato la había detectado mucho tiempo atrás en la actitud de Barry Fairbrother y sus compinches del concejo parroquial. Los Fairbrother de este mundo daban por hecho que su formación universitaria los hacía mejores que las personas como ella y Howard, y que sus opiniones tenían más peso. Pues bien, ese día su arrogancia había recibido un buen golpe. La muerte repentina de Barry reafirmaba a Shirley en su fuerte convicción de que, pensaran lo que pensasen él y sus partidarios, Fairbrother pertenecía a una clase más baja y más débil que la de su marido, quien, además de sus diversas virtudes, había conseguido sobrevivir a un infarto hacía siete años.

(Ni por un instante había temido Shirley que su Howard fuera a morir, ni siquiera mientras estaba en el quirófano. Para Shirley, la presencia de Howard en la Tierra era algo que se daba por sentado, como la luz del Sol o el oxígeno. Así lo había explicado después, cuando sus amigos y vecinos hablaban de milagros y comentaban lo afortunados que eran por tener la unidad de Cardiología tan cerca, en Yarvil, y lo terriblemente preocupada que debía de estar ella. «Siempre supe que lo superaría —había dicho Shirley, impasible y serena—. Nunca tuve la menor duda.» Y allí lo tenía, vivito y coleando, y a Fairbrother en el depósito de cadáveres. Desde luego, quién iba a decirlo.)

La euforia de esa mañana trajo a la memoria de Shirley el día posterior al nacimiento de su hijo Miles. Años atrás, se encontraba sentada en la cama, exactamente como en ese momento, con el sol entrando a raudales por la ventana de la sala del hospital y con una taza de té que alguien le había preparado, esperando a que le llevaran a su precioso recién nacido para amamantarlo. Ante un nacimiento y ante una muerte tenía la misma conciencia de que la existencia pasaba a un plano más elevado y de que aumentaba su propia importancia. La noticia del fallecimiento repentino de Barry Fairbrother reposaba en su regazo como un rollizo recién nacido para que todas sus amistades se regodearan; y Shirley sería la fuente, porque había sido la primera, o casi, en recibir la noticia.

El placer que espumeaba y burbujeaba en su interior no se había hecho patente mientras Howard se encontraba en la habitación. Se habían limitado a los comentarios de rigor ante una muerte inesperada, y luego él había ido a ducharse. Como es lógico, Shirley sabía que, mientras intercambiaban tópicos como quien desliza las cuentas de un ábaco, Howard seguramente estaba tan extasiado como ella; pero expresar esos sentimientos en voz alta, siendo tan reciente la noticia de la defunción, habría equivalido a bailar desnudos y gritando obscenidades, y Howard y Shirley llevaban puesta una invisible capa de decoro de la que jamás se desprendían.

De pronto, Shirley tuvo otra feliz ocurrencia. Dejó la taza y el platillo en la mesilla de noche, se levantó de la cama, se puso la bata de chenilla y las gafas y recorrió el pasillo con paso suave hasta la puerta del cuarto de baño. Llamó con los nudillos.

—¿Howard?

Le contestó un murmullo interrogativo por encima del tamborileo del chorro de la ducha.

—¿Crees que debo poner algo en la página web? ¿Sobre Fairbrother?

—Buena idea —respondió él a través de la puerta, tras pensarlo un momento—. Una idea excelente.

Así pues, Shirley se dirigió al estudio. En otra época había sido el dormitorio más pequeño de la casa; hacía ya mucho que lo había dejado libre su hija Patricia, que se había marchado a Londres y a la que raramente mencionaban.

Shirley estaba sumamente orgullosa de lo bien que se manejaba con internet. Diez años atrás había asistido a clases nocturnas en Yarvil, donde era una de las alumnas de mayor edad y la más lenta. Con todo, había perseverado, pues estaba decidida a ser la administradora de la flamante web del Concejo Parroquial de Pagford. Entró en internet y abrió la página de inicio.

La breve declaración surgió con tanta fluidez que parecía que los dedos de Shirley la estuvieran redactando por su cuenta:

Concejal Barry Fairbrother
Lamentamos anunciar el fallecimiento del concejal Barry Fairbrother. Acompañamos en el sentimiento a su familia en estos momentos difíciles.

Leyó atentamente lo que había escrito, pulsó *enter* y vio aparecer el mensaje en el foro.

La reina había ordenado poner la bandera a media asta en el palacio de Buckingham cuando falleció la princesa Diana, y su majestad ocupaba un lugar muy especial en la vida interior de Shirley. Mientras contemplaba el mensaje que acababa de publicar en la página web, se sintió satisfecha y feliz por haber hecho lo que correspondía. Había que aprender de los mejores.

Navegó desde el foro del concejo hasta su página médica favorita y, tecleando concienzudamente, introdujo «cerebro» y «muerte» en el cuadro de búsqueda.

Aparecieron multitud de sugerencias. Shirley repasó todas las posibilidades, paseando su suave mirada arriba y abajo, preguntándose a cuál de todas esas afecciones mortales, algunas impronunciables, debía su actual felicidad. Shirley era voluntaria de hospital y desde que prestaba sus servicios en el South West General se había despertado en ella cierto interés por temas médicos; en ocasiones incluso ofrecía diagnósticos a sus amigas.

Pero esa mañana no se concentró en palabras largas ni en sintomatologías: su pensamiento divagó hacia cómo seguir divulgando la noticia, y empezó a componer y reorganizar mentalmente una lista de números de teléfono. Se preguntó si Aubrey y Julia se habrían enterado, y qué dirían; y si Howard le dejaría contárselo a Maureen o se reservaría para él ese placer.

Era todo muy, muy emocionante.

IV

Andrew Price cerró la puerta de la casita blanca y bajó detrás de su hermano pequeño por el empinado sendero del jardín, crujiente de escarcha, que conducía hasta una fría cancela metálica que había en el seto y el camino que allí empezaba. Ninguno de los dos se molestó en contemplar la vista que se extendía más abajo: el diminuto pueblo de Pagford recogido en una hondonada entre tres colinas, una de ellas coronada por las ruinas de una abadía del siglo XII. Un riachuelo serpenteaba bordeando esa colina y pasaba por el pueblo, donde lo cruzaba un puente de piedra que parecía de juguete. Para los hermanos, esa escena era tan sosa como un telón de fondo sin relieve; Andrew detestaba que, en las raras ocasiones en que la familia tenía invitados, su padre se atribuyera el mérito de todo aquello, como si él mismo lo hubiera diseñado y construido. Hacía poco, Andrew había llegado a la conclusión de que prefería un paisaje de asfalto, ventanas rotas y graffiti; soñaba con Londres y con una vida de verdad.

Los hermanos marcharon hasta el final del camino y se detuvieron en el cruce, donde éste se unía a una carretera más ancha. Andrew metió una mano en el seto, hurgó y sacó un paquete mediado de Benson & Hedges y una caja de cerillas un poco húmeda. Tras varios intentos frustrados, pues las cabezas de las cerillas se desmenuzaban al frotarlas contra la banda rugosa, consiguió encender una. Dio dos o tres caladas profundas, y entonces el gruñido del motor del autobús escolar rompió el silencio. Andrew separó con cuidado el ascua del cigarrillo y guardó el resto en el paquete.

El autobús siempre iba bastante lleno cuando llegaba al cruce de Hilltop House, porque ya había pasado por las granjas y casas más alejadas del pueblo. Los hermanos se sentaron separados, como de costumbre; ocuparon cada uno un asiento doble y se pusieron a mirar por la ventanilla mientras el autobús descendía hacia Pagford con gran estrépito y fuertes sacudidas.

Al pie de la colina había una casa erigida en un jardín con forma de cuña. Los cuatro hijos de los Fairbrother solían esperar fuera, frente a la cancela, pero ese día no había nadie allí. Todas las cortinas estaban corridas. Andrew se preguntó si lo normal cuando moría alguien era quedarse sentado a oscuras.

Unas semanas atrás, Andrew se había morreado con Niamh Fairbrother, una de las hijas gemelas de Barry, en la discoteca que habían montado en el salón de actos del instituto. Después de aquello, ella había mostrado la desagradable tendencia a seguirlo a todas partes. Los padres de Andrew apenas conocían a los Fairbrother; Simon y Ruth casi no tenían amigos, pero parecían sentir cierta simpatía por Barry, quien dirigía una minúscula sucursal bancaria, la única que quedaba en Pagford. El apellido Fairbrother había aparecido a menudo relacionado con asuntos como el concejo parroquial, las funciones teatrales del ayuntamiento o la competición parroquial. Todas eran cosas por las que Andrew no tenía ningún interés y en las que sus padres nunca se habían implicado mucho, salvo por alguna que otra aportación económica o algún número de rifa.

Mientras el autobús torcía a la izquierda y descendía lentamente por Church Row, dejando atrás las grandes mansiones victorianas dispuestas en hileras escalonadas, Andrew se permitió una pequeña fantasía en la que su padre moría tras recibir el disparo de un francotirador invisible. Se imaginó dándole palmaditas en la espalda a su desconsolada madre mientras él mismo telefoneaba a la funeraria. Con un cigarrillo en los labios, encargaba el ataúd más barato del catálogo.

Los tres hijos de los Jawanda —Jaswant, Sukhvinder y Rajpal— subieron al autobús al final de Church Row. Andrew había elegido un asiento que tenía otro vacío delante, y confiaba en que Sukhvinder se sentara en él, no porque le interesara (el mejor amigo de Andrew, Fats, la llamaba «la morsa tetuda»), sino porque *ella* casi siempre se sentaba al lado de Sukhvinder. Y quizá debido a que esa mañana sus poderes telepáticos eran especialmente poderosos, Sukhvinder decidió sentarse, efectivamente, en el asiento de delante de Andrew. Radiante de alegría, él se quedó mirando sin ver por la sucia ventanilla, y se acercó la mochila un poco más al cuerpo para ocultar la erección provocada por la fuerte vibración del autobús.

La expectación aumentaba con cada nuevo traqueteo a medida que el vehículo, torpe y pesado, avanzaba por las estrechas calles, doblaba la curva cerrada que conducía a la plaza del pueblo y se dirigía hacia el cruce con la calle de *ella*.

Andrew jamás había sentido un interés tan fuerte por una chica. Había llegado hacía poco, en una época del año muy extraña para cambiar de instituto, el último trimestre del curso de GCSE. Se llamaba Gaia, un nombre muy adecuado, porque él nunca lo había oído y ella era algo absolutamente novedoso. Había subido al autobús una mañana, como una sencilla afirmación de las sublimes alturas que puede alcanzar la naturaleza, y se había sentado dos asientos por delante de Andrew, que se quedó paralizado por la perfección de sus hombros y su nuca.

El pelo, castaño cobrizo, formaba ondas largas y sueltas que le llegaban justo por debajo de los omóplatos; la nariz, corta, estrecha y recta, realzaba la provocativa carnosidad de sus pálidos labios; los ojos, separados y con pestañas espesas, eran de un color avellana verdoso, muy moteados, como una manzana reineta. Andrew nunca la había visto maquillada, y ni un solo grano ni una sola imperfección le estropeaban la piel. Su rostro era una síntesis de simetría perfecta y proporción insólita; Andrew podría haberse pasado horas contemplándolo, tratando de descubrir de dónde surgía la fascinación que provocaba. La semana anterior había vuelto a casa tras una clase de dos horas de biología en la que, gracias a una providencial distribución aleatoria de mesas y cabezas, había podido observarla casi sin interrupción. Ya a salvo en su dormitorio, había escrito (después de masturbarse y quedarse media hora mirando fijamente la pared): «La belleza es geometría.» Había roto la hoja de inmediato, y se sentía ridículo cada vez que lo recordaba; sin embargo, había algo de verdad en esa frase. La hermosura de aquella chica radicaba en pequeños ajustes a un patrón de los que resultaba una armonía impresionante.

Llegaría en cualquier momento, y si se sentaba al lado de la sosa y malhumorada Sukhvinder, como solía hacer, estaría lo bastante cerca como para percibir el olor a nicotina de Andrew. A él le gustaba ver cómo los objetos inanimados reaccionaban al cuerpo de ella; le gustaba ver cómo el asiento del autobús cedía un poco cuando ella se dejaba caer sobre él, y cómo aquella melena de un dorado cobrizo se curvaba sobre la barra metálica del respaldo.

Cuando el conductor redujo la velocidad, Andrew desvió la mirada de la puerta y fingió estar absorto en sus pensamientos; se volvería cuando ella subiera, como si acabara de percatarse de que se habían detenido; se mirarían y seguramente se saludarían con un movimiento de cabeza. Aguardó a oír cómo se abrían las puertas, pero el suave zumbido del motor no se vio interrumpido por el habitual chasquido del mecanismo de apertura.

Andrew lanzó una ojeada y sólo vio Hope Street, corta, estrecha y deteriorada, formada por dos hileras de casitas adosadas. El conductor se había inclinado hacia el lado de la puerta para asegurarse de que ella no se acercaba. Andrew habría querido decirle que esperara, porque la semana anterior ella había salido deprisa de una de aquellas casitas y había echado a correr por la acera (Andrew pudo mirar, porque todos estaban mirando), y verla correr había bastado para tenerlo entretenido durante horas; pero el conductor asió el enorme volante y el autobús se puso en marcha de nuevo. Andrew siguió contemplando la sucia ventanilla y sintió una punzada en el corazón y en los testículos.

V

En otros tiempos, las casitas adosadas de Hope Street habían sido viviendas de obreros. Gavin Hughes estaba afeitándose, despacio y con una minuciosidad innecesaria, en el cuarto de baño del número 10. Era tan rubio y su barba era tan escasa que en realidad sólo necesitaba afeitarse dos veces a la semana; pero aquel cuarto de baño frío y un tanto mugriento era el único lugar de la casa donde podía refugiarse. Si se entretenía allí hasta las ocho, podría decir sin faltar a la verdad que debía marcharse inmediatamente al trabajo. Lo aterrorizaba tener que hablar con Kay.

La noche anterior había conseguido atajar una discusión iniciando el polvo más prolongado y lleno de inventiva que habían echado desde los primeros tiempos de su relación. Kay había reaccionado de inmediato y con un entusiasmo desconcertante: pasaba de una postura a otra; levantaba las robustas piernas para hacerle sitio; se contorsionaba como una acróbata eslava (y ciertamente lo parecía, con su piel aceitunada y su cortísimo pelo negro). Gavin tardó demasiado en comprender que ella interpretaba aquel inusitado acto de reafirmación como una confesión tácita de las cosas que él estaba decidido a callar. Y lo besaba con avidez. En los inicios de la relación, él había encontrado eróticos aquellos besos húmedos e intrusivos, pero ahora le resultaban vagamente repugnantes. A Gavin le costó lo suyo correrse, pues el horror que le producía lo que había puesto en marcha amenazaba todo el rato con aflojarle la erección. Hasta eso operaba en su contra, pues ella pareció interpretar su excepcional aguante como una exhibición de virtuosismo.

Cuando por fin hubo acabado todo, Kay se acurrucó contra él en la oscuridad y le acarició el pelo un rato. Abatido, Gavin se quedó mirando el vacío, consciente de que sus confusos planes para aflojar lazos no habían servido de nada, más bien, involuntariamente, los habían estrechado. Kay se había dormido, y él se había quedado acostado con un brazo atrapado bajo aquel cuerpo, con la sábana húmeda incómodamente adherida al muslo, sobre un colchón lleno de bultos y con muelles viejos, lamentando no tener el valor de ser un capullo, largarse de allí y desaparecer para siempre.

El cuarto de baño de Kay olía a moho y esponjas húmedas. Había pelos adheridos a uno de los lados de la pequeña bañera. La pintura de las paredes estaba desconchada.

—Necesita algunos arreglillos —había comentado Kay.

Gavin se había cuidado mucho de ofrecerle ayuda. Las cosas que no le había dicho eran su talismán y su salvaguarda; las ensartaba mentalmente e iba pasándolas como cuentas de un rosario. Nunca le había hablado de amor. Nunca le había hablado de matrimonio. Nunca le había pedido que se mudara a Pagford. Sin embargo, allí estaba ella y, aunque Gavin no supiera explicárselo, lo hacía sentirse responsable.

Ahora, el reflejo de su rostro lo miraba fijamente desde el espejo desazogado. Tenía ojeras y el pelo, rubio y no muy espeso, reseco y encrespado. La bombilla desnuda que colgaba del techo iluminaba con crueldad forense su cara de chivo cansado.

«Treinta y cuatro años —pensó—, y aparento por lo menos cuarenta.»

Levantó la maquinilla de afeitar y segó con delicadeza los dos gruesos pelos rubios que crecían a ambos lados de su prominente nuez.

Golpes en la puerta del cuarto de baño. Gavin dio un respingo; se le fue la mano y la sangre que brotó en su delgado cuello le salpicó la camisa blanca.

—¡Tu novio todavía no ha salido del cuarto de baño y yo voy a llegar tarde! —gritó una furiosa voz femenina.

—¡Ya voy! —gritó Gavin a su vez.

El corte le dolía, pero ¿qué más daba? Acababan de brindarle la excusa que necesitaba: «Mira lo que me ha hecho hacer tu hija. Ahora tendré que pasar por casa a cambiarme de camisa antes de ir al trabajo.» Casi de buen humor, cogió la chaqueta y la corbata que había colgado en el gancho y abrió la puerta.

Gaia pasó a su lado, cerró de un portazo y echó el cerrojo. Fuera, en el reducido rellano, donde apestaba a goma quemada, Gavin recordó los crujidos de la barata cama de pino de la noche anterior, el golpeteo del cabecero contra la pared, los gemidos y gritos de Kay. A veces era fácil olvidar que su hija estaba en la casa.

Bajó apresuradamente la escalera sin enmoquetar. Kay le había comentado que pensaba lijarla y barnizarla, pero, a juzgar por lo abandonado que tenía su piso de Londres, dudaba mucho que llegara a hacerlo. En realidad, estaba convencido de que ella confiaba en irse a vivir con él en un futuro no muy lejano, pero no iba a permitirlo; ése era su último baluarte, y allí, llegado el caso, opondría resistencia.

—Pero ¡¿qué te has hecho?! —chilló Kay al ver la sangre en la camisa de Gavin. Llevaba un kimono rojo barato que a él no le gustaba, pero que le sentaba tan bien...

—Gaia se ha puesto a golpear la puerta, me ha dado un susto y me he cortado. Tendré que ir a casa a cambiarme.

—Pero ¡si te he preparado el desayuno! —se apresuró a decir ella.

Entonces Gavin comprendió que no olía a goma quemada, sino a huevos revueltos. Unos huevos anémicos y demasiado hechos.

—No puedo, Kay. Tengo que cambiarme de camisa. Tengo una...

Pero ella ya había empezado a servir cucharadas de aquella masa grumosa en los platos.

—Cinco minutos. Seguro que puedes...

El teléfono móvil, que Gavin tenía en el bolsillo de la chaqueta, emitió un fuerte zumbido. Lo sacó y se preguntó si se atrevería a fingir que era un mensaje urgente.

—Dios mío —dijo, sinceramente horrorizado.

—¿Qué pasa?

—Barry. ¡Barry Fairbrother! Se ha... ¡hostia!, se ha... ¡se ha muerto! Es un mensaje de Miles, ¡joder, qué fuerte!

Kay dejó la cuchara de madera.

—¿Quién es Barry Fairbrother?

—Juego al squash con él. ¡Sólo tiene cuarenta y cuatro años! ¡Dios!

Releyó el mensaje de texto. Kay lo miraba desconcertada. Sabía que Miles era el socio de Gavin en el bufete, pero nunca los habían presentado. Para ella, Barry Fairbrother no era más que un nombre.

Se oyó un fuerte estrépito en la escalera: Gaia bajaba a toda prisa.

—Huevos —constató, asomándose por la puerta de la cocina—. Como los que no me preparas a mí todas las mañanas. Y gracias a éste —añadió, dirigiendo una mirada asesina a la nuca de Gavin—, seguramente he perdido el maldito autobús.

—¡Mira, si no hubieras pasado horas peinándote...! —le gritó Kay a la espalda de su hija, que no le contestó, sino que se precipitó por el pasillo, con la mochila rebotando contra las paredes, y cerró de un portazo al salir a la calle.

—Tengo que irme, Kay —dijo Gavin.

—Pero ¡si ya están listos! Come un poco antes de...

—Tengo que cambiarme de camisa. Mierda, además le hice el testamento a Barry, tendré que buscarlo. No, lo siento, he de marcharme. Es increíble —añadió, releyendo una vez más el mensaje de Miles—. No me lo puedo creer, el jueves pasado jugamos al squash. No puedo... ¡Dios!

Había muerto un hombre; Kay no podía decir nada sin quedar mal. Gavin le dio un beso rápido en los labios que ella no le devolvió y se retiró por el estrecho y oscuro pasillo.

—¿Nos vere...?

—¡Ya te llamaré más tarde! —la interrumpió él, fingiendo no haberla oído.

Cruzó la calle hacia su coche, a buen paso, aspirando el aire frío de la mañana y sujetando mentalmente la noticia de la muerte de Barry como quien sujeta una ampolla de líquido volátil que no se atreve a agitar. Al girar la llave en el contacto, se imaginó a las hijas gemelas de Barry tumbadas boca abajo en sus literas, llorando. Las había visto así, una cama encima de la otra, jugando con sus respectivas nintendos, al pasar por delante de la puerta de su dormitorio la última vez que lo habían invitado a cenar.

Los Fairbrother eran la pareja más unida que conocía. Ya no volverían a invitarlo. Siempre le decía a Barry que era muy afortunado. Pues bien, por lo visto no lo era tanto.

Alguien caminaba por la acera hacia él; temiendo que fuera Gaia, con la intención de abroncarlo o pedirle que la llevara al instituto, dio marcha atrás demasiado bruscamente y golpeó el coche que tenía detrás: el viejo Vauxhall Corsa de Kay. El transeúnte llegó a la altura de su ventanilla, y resultó ser una anciana escuálida y renqueante con pantuflas. Sudoroso, Gavin maniobró hasta salir del estacionamiento. Al acelerar, miró por el retrovisor y vio a Gaia entrando otra vez en casa de Kay.

Le costaba respirar hondo y notaba una fuerte presión en el pecho. Hasta ese momento no había sido consciente de que Barry Fairbrother era su mejor amigo.

VI

El autobús escolar había llegado a los Prados, una urbanización que se extendía desordenadamente a las afueras de Yarvil. Casas grises y sucias, algunas con iniciales y obscenidades pintarrajeadas con espray; alguna que otra ventana cegada con tablones; antenas parabólicas y hierba sin cortar... Nada de todo aquello era más digno de la atención de Andrew que la abadía en ruinas de Pagford, recubierta de reluciente escarcha. En otros tiempos, a Andrew le habían intrigado e intimidado los Prados, pero la costumbre los había convertido en algo normal y corriente.

Por las aceras pululaban niños y adolescentes camino del instituto, muchos con camiseta de manga corta pese al frío. Andrew divisó a Krystal Weedon, una alumna que, por su apellido, era objeto de bromas y chanzas.[1] Iba caminando

---

1. En lenguaje coloquial, *to wee* significa «hacer pipí»; «*weed-on*» sería «se ha hecho pipí». *(N. de las t.)*

con desenvoltura, riendo a carcajadas, en medio de un grupo de adolescentes de ambos sexos. Lucía múltiples pendientes en las orejas, y la tira del tanga asomaba por los pantalones de chándal, que llevaba caídos. Andrew la conocía desde primaria, y aparecía en muchos de los recuerdos más memorables de su infancia. Se habían burlado de su apellido, pero en lugar de llorar, como habrían hecho la mayoría de las niñas, con solamente cinco años Krystal había aguantado con estoicismo mientras los otros niños reían socarrones y le gritaban: «¡Se ha hecho pipí! ¡Krystal se ha hecho pipí!» Una vez se bajó las bragas en medio de la clase y simuló orinar. Andrew conservaba un vívido recuerdo de su vulva rosácea; fue como si se les hubiera aparecido Papá Noel, y recordaba a la señorita Oates, con las mejillas muy coloradas, obligando a Krystal a salir del aula.

A los doce años, cuando ya iba al instituto y se había convertido en la niña más desarrollada de su curso, un día Krystal se había entretenido más de la cuenta en el fondo de la clase, adonde los alumnos debían llevar las hojas de ejercicios de matemáticas cuando los terminaban para dejarlas y coger la siguiente hoja de la serie. Andrew (siempre de los últimos en terminar los problemas de matemáticas) no tenía ni idea de cómo se había iniciado aquello, pero llegó a las cajas de plástico que contenían las hojas de ejercicios, pulcramente alineadas en lo alto de los armarios del fondo, y encontró a Rob Calder y Mark Richards turnándose para coger los pechos de Krystal en el hueco de sus manos y apretárselos. Los otros chicos los miraban boquiabiertos, electrizados, manteniendo en alto los libros de texto para que el profesor no pudiera verles la cara; mientras que las niñas, rojas como tomates, simulaban no ver nada. Andrew comprendió que a la mitad de los niños ya les había tocado su turno, y que todos esperaban que él aprovechara el suyo. Quería hacerlo y no quería. No eran los pechos de Krystal lo que le daba miedo, sino su expresión de desafío e insolencia; lo que le daba miedo era hacerlo mal.

Cuando el profesor Simmonds, un individuo despistado e incompetente, levantó por fin la cabeza y dijo: «¿Qué haces ahí tanto rato, Krystal? Coge una hoja y siéntate», Andrew sintió un alivio casi total.

Si bien hacía mucho que estaban en grupos diferentes, todavía pertenecían a la misma clase, y por eso Andrew sabía que Krystal faltaba a menudo y casi siempre estaba metida en algún lío. No le temía a nada, igual que los chicos que iban con tatuajes que se hacían ellos mismos, o con un labio partido, o fumando, o contando historias de enfrentamientos con la policía, consumo de drogas y sexo fácil.

El Instituto de Enseñanza Secundaria Winterdown estaba en las afueras de Yarvil; era un edificio de tres plantas grande y feo, cuya estructura exterior consistía en una serie de ventanas con paneles pintados de turquesa intercalados. Las puertas del autobús se abrieron con un chirrido, y Andrew se unió a la caterva de estudiantes con jersey y blazer negro que atravesaban el aparcamiento camino de las dos entradas principales del instituto. Cuando se disponía a pasar por el atasco que se formaba en la puerta de doble batiente, vio llegar un Nissan Micra; se apartó un poco y se quedó esperando a su mejor amigo.

Tubby, Tubs, Tubster, Flubber, Wally, Wallah, Fatboy, Fats... Stuart Wall era el chico del instituto con más apodos. Sus andares de pasos largos, su delgadez, su cara chupada de piel cetrina, sus grandes orejas y su permanente expresión de pena bastaban como rasgos característicos; pero era su humor incisivo, su indiferencia y su aplomo lo que lo distinguía. Conseguía desvincularse de todo cuanto pudiera haber definido un carácter menos elástico, sobreponiéndose al bochorno de ser el hijo de un subdirector ridiculizado e impopular y tener por madre a una orientadora escolar gorda que vestía ropa fea y anticuada. Era, por encima de todo, él mismo: Fats, un personaje destacado y todo un referente en el instituto. Hasta los chicos de los Prados le reían las bromas, y raramente se tomaban la molestia de burlarse de sus desafortunados vínculos familiares, debido a la frialdad y crueldad con que él devolvía las pullas.

Fats hizo gala de su aplomo esa mañana cuando, expuesto ante las hordas de alumnos libres de sus padres que lo rodeaban, tuvo que forcejear para salir del Nissan no sólo con su madre, sino también con su padre, quien normalmente iba al instituto en su coche. Andrew se acordó de Krystal Weedon y de la tira de su tanga mientras Fats se le acercaba al trote.

—Qué pasa, Arf —lo saludó.

—Fats.

Juntos, se mezclaron con la multitud, con las mochilas al hombro, golpeando con ellas a los chicos más bajitos y abriendo una pequeña estela a su paso.

—Tenías que haber visto a Cuby llorando —dijo Fats dirigiéndose con su amigo hacia la abarrotada escalera.

—Qué me dices.

—Sí, anoche murió Barry Fairbrother.

—Ah, sí, ya me he enterado —replicó Andrew.

Fats le lanzó la mirada socarrona y resabiada que empleaba cuando alguien se sobrepasaba y fingía saber más de lo que sabía, ser más de lo que era.

—Mi madre estaba en el hospital cuando lo llevaron —añadió Andrew, molesto—. Trabaja allí, ¿te acuerdas?

—Ah, sí —dijo Fats, y el resabio desapareció—. Bueno, ya sabes que Cuby y él eran coleguitas. Y Cuby piensa anunciarlo en la reunión. No mola, Arf.

Al final de la escalera se separaron y se dirigieron a sus respectivas aulas para el pase de lista. Casi todos los alumnos de la clase de Andrew ya estaban sentados sobre los pupitres y balanceando las piernas o apoyados en los armarios de ambos lados. Las mochilas estaban debajo de las sillas. Los lunes por la mañana siempre hablaban en voz más alta y con mayor libertad, porque a primera hora había reunión de profesores y alumnos, lo que implicaba salir del edificio e ir hasta el gimnasio. Su tutora, sentada a la mesa, iba marcando los nombres de los alumnos en la lista a medida que entraban. Nunca se tomaba la molestia de recitar la lista en voz alta; ése era uno de los numerosos gestos con los que pretendía ganarse a los chicos, y ellos la despreciaban precisamente por eso.

Krystal llegó justo cuando sonaba el timbre que anunciaba la reunión. Gritó «¡Estoy aquí, señorita!» desde el umbral, se dio la vuelta y salió de nuevo. Todos la siguieron sin parar de hablar. Andrew y Fats volvieron a encontrarse en lo alto de la escalera y se dejaron arrastrar por la corriente hacia la puerta trasera y a través del extenso patio de asfalto gris.

El gimnasio olía a sudor y zapatillas de deporte; el barullo de mil doscientos adolescentes que hablaban ávidamente resonaba en las tristes paredes encaladas. La dura moqueta que cubría el suelo, de un gris industrial y con muchas manchas, tenía marcadas diferentes líneas de colores que delimitaban las pistas de bádminton y tenis y los campos de fútbol y hockey; aquel material producía unas rozaduras tremendas si uno se caía con las piernas desnudas, pero no castigaba el trasero tanto como la madera cuando había que aguantar toda la reunión sentado en el suelo. Andrew y Fats habían conseguido el privilegio de sentarse en unas sillas de patas tubulares y respaldo de plástico dispuestas al fondo de la sala para los alumnos de quinto y sexto.

En la parte delantera, de cara a los alumnos, había un viejo atril de madera, y a su lado estaba sentada la directora, la señora Shawcross. El padre de Fats, Colin Wall, alias Cuby, ocupó su lugar junto a ella. Era muy alto, tenía una frente amplia que empalmaba con su calva y unos andares que era imposible no imitar, con los brazos pegados a los costados y cabeceando mucho más de lo necesario para desplazarse hacia delante. Todos lo llamaban «Cuby», o «Cubículos», a causa de su inefable obsesión de mantener perfectamente ordenado el mueble con hileras de compartimentos que había en la pared frente a su despacho. Las listas de asistencia iban a parar a esos compartimentos una vez marcadas, mientras que otros documentos se asignaban a un departamento en particular. «¡Asegúrate de ponerlo en el cubículo correcto, Ailsa!», «¡No lo dejes colgando así, se caerá del cubículo, Kevin!», «¡No lo pises, niña! ¡Recógelo y tráemelo, tiene que ir en su cubículo!»

El resto de los profesores los llamaban «casilleros». Se sobrentendía que lo hacían para distinguirse de Cuby.

—Arrimaos, arrimaos —les dijo el señor Meacher, el profesor de manualidades, a Andrew y Fats, que habían dejado un asiento vacío entre ellos y Kevin Cooper.

Cuby se colocó detrás del atril. Los alumnos no se callaron en el acto, como habrían hecho de haberse tratado de la directora. En el preciso momento en que se apagó la última voz, se abrió uno de los batientes de la puerta de la derecha y entró Gaia.

Paseó la mirada por la sala (Andrew se permitió mirar, ya que la mitad de los allí reunidos la estaban observando y quien iba a hablar era sólo Cuby; llegaba tarde, era nueva y guapa) y entró deprisa, pero no demasiado (porque tenía el don del aplomo, igual que Fats), bordeando la última fila de alumnos. Andrew no podía girar la cabeza para seguir contemplándola, pero de pronto le vino a la mente, con una fuerza que le hizo zumbar los oídos, que al arrimarse a Fats había dejado un asiento libre a su lado.

Oyó acercarse unos pasos rápidos y ligeros y de pronto ella estaba allí: se había sentado a su lado. Gaia empujó sin querer la silla de Andrew, rozándolo con el codo. Él percibió una débil ráfaga de perfume. Le ardía toda la parte izquierda del cuerpo por la proximidad de ella, y agradeció que la mejilla de ese lado tuviera mucho menos acné que la derecha. Nunca habían estado tan cerca, y no sabía si se atrevería a mirarla o dar alguna muestra de haberla reconocido; pero enseguida pensó que llevaba demasiado rato paralizado y ya era tarde para hacerlo con naturalidad.

Se rascó la sien izquierda para taparse la cara y desvió la vista hacia las manos de Gaia, recogidas sobre el regazo. Uñas cortas, limpias y sin pintar. En un meñique llevaba un sencillo anillo de plata. Fats le dio un discreto codazo a Andrew en el costado.

—Por último —dijo Cuby, y Andrew se dio cuenta de que ya le había oído decir esas palabras dos veces, y de que el silencio reinante en la sala se había solidificado al cesar todo movimiento, quedando el ambiente preñado de curiosidad, regocijo e impaciencia—. Por último —repitió Cuby, y le tembló la voz—, tengo que comunicaros... tengo que comunicaros una noticia muy triste. El señor Barry Fairbrother, que con tanto éxito entrenaba a nuestro equipo femenino de... de... de remo desde hace dos años... —se pasó una mano por los ojos—, ha fallecido...

Cuby Wall estaba llorando delante de todo el instituto; había agachado la cabeza hasta pegar la barbilla al pecho, mostrando su calva a la concurrencia. Un suspiro colectivo y un murmullo de risitas recorrieron simultáneamente el gimnasio, y muchas caras se volvieron hacia Fats, que permanecía indiferente, con gesto un tanto burlón, pero por lo demás imperturbable.

—...falleció... —sollozó Cuby, y la directora se puso en pie con cara de enfado—, falleció... anoche.

Un chillido se alzó entre las hileras de sillas del fondo de la sala.

—¡¿Quién se ha reído?! —bramó Cuby, y el ambiente, cargado de tensión, crepitó deliciosamente—. ¡Cómo se atreve! ¡Ha sido una chica! ¿Quién ha sido?

El señor Meacher ya se había levantado y gesticulaba frenético en dirección a alguien que estaba en el centro de la fila, justo detrás de Andrew y Fats; la silla de Andrew volvió a sacudirse, porque Gaia había girado el torso para mirar, como todos. El cuerpo de Andrew parecía haberse vuelto supersensorial, y notaba cómo el de Gaia se arqueaba hacia

43

él. Si se volvía en la dirección opuesta, se encontrarían cara a cara.

—¿Quién se ha reído? —repitió Colin Wall, y se puso de puntillas, como si desde su posición pudiera descubrir al culpable.

Meacher articulaba palabras y hacía señas, enardecido, a quien había señalado como responsable.

—¿Quién es, señor Meacher? —exigió saber el subdirector.

Meacher parecía poco dispuesto a revelar esa información; aún no lograba convencer al culpable de que se levantara de su asiento, pero cuando Colin Wall amenazó con abandonar el atril para investigar por su cuenta, Krystal Weedon se alzó de un brinco, roja como un tomate, y avanzó de lado ante la hilera de sillas.

—¡Ven a verme a mi despacho inmediatamente después de la reunión! —le ordenó Colin Wall—. ¡Qué vergüenza! ¡Qué falta de respeto! ¡Fuera de aquí!

Pero Krystal se paró al llegar al final de la hilera, le enseñó el dedo corazón al subdirector y gritó:

—¡Yo no he hecho nada, gilipollas!

Se produjo una erupción de risas y excitada cháchara. Los profesores intentaron en vano sofocar el bullicio, y hubo un par que se levantaron para intimidar a los alumnos y restablecer el orden.

La puerta de doble batiente se cerró detrás de Krystal y el señor Meacher.

—¡Basta! —ordenó la directora, y un silencio precario, salpicado de susurros, volvió a extenderse por la sala.

Fats mantenía la mirada al frente, aunque por una vez su indiferencia presentaba un aire forzado, y su piel, un matiz más oscuro.

Andrew notó que Gaia se dejaba caer en la silla. Hizo acopio de valor, miró de soslayo hacia la izquierda y sonrió. Ella le devolvió la sonrisa.

VII

Aunque la tienda de delicatessen de Pagford no abría hasta las nueve y media, Howard Mollison había llegado temprano. Era un hombre desmesuradamente obeso de sesenta y cuatro años. Su inmensa barriga le caía hacia los muslos como un delantal, de modo que lo primero en lo que pensaba mucha gente cuando lo conocía era en su pene, preguntándose cuándo se lo habría visto por última vez, cómo se lo lavaría, cómo se las ingeniaría para realizar cualquiera de las actividades para las que está diseñado. Debido en parte a que su físico daba lugar a esas elucubraciones, y en parte a la agudeza de sus bromas, Howard conseguía incomodar y desarmar casi en igual medida, y sus clientes casi siempre compraban más de lo que tenían previsto. Hablaba sin cesar mientras con una mano de dedos rechonchos deslizaba adelante y atrás la máquina de cortar fiambre, de la que caían unas lonchas de jamón finas como la seda, que iban plegándose sobre sí mismas en el celofán colocado debajo; siempre tenía un guiño a punto en los ojos, azules y muy redondos, y, de risa fácil, con cada carcajada le temblaban los carrillos.

Howard se ponía un disfraz para trabajar: camisa blanca, un rígido delantal de lona verde oscuro, pantalones de pana y una gorra de cazador con orejeras en la que había pinchado varios anzuelos de mosca. La gorra tal vez pareciera una broma al principio, pero hacía mucho que había dejado de serlo. Se la encasquetaba todas las mañanas laborables, ajustándosela sobre la mata de rizos canosos con precisión obsesiva, valiéndose del espejito del lavabo para el personal.

Le procuraba un gran placer abrir la tienda. Le encantaba estar allí cuando lo único que se oía era el débil rumor de las neveras, y disfrutaba devolviéndolo todo a la vida. Encendía las luces, subía las persianas, destapaba los tesoros guardados en la nevera expositora: las alcachofas de un verde claro y grisáceo, las aceitunas negro ónix, los tomates secos enroscados como caballitos de mar rojos, flotando en aceite aderezado con hierbas.

Sin embargo, esa mañana su entusiasmo tenía una buena dosis de impaciencia. Su socia Maureen ya llegaba tarde y, como le había sucedido a Miles poco antes, Howard temía que alguien se le adelantara y le revelara aquella sensacional noticia, porque Maureen no tenía teléfono móvil.

Se detuvo junto al arco recién abierto en la pared que separaba la tienda de delicatessen de la antigua zapatería que pronto se convertiría en la nueva cafetería de Pagford, y revisó el estado de la lámina de plástico industrial transparente que impedía que entrara el polvo. Tenían previsto abrir la cafetería antes de Semana Santa, a tiempo para atraer a los turistas que visitaban el West Country y para quienes todos los años Howard llenaba los escaparates de productos típicos del lugar, como sidra, queso y figuritas de paja.

La campanilla tintineó a su espalda; Howard se dio la vuelta, y su remendado y reforzado corazón se aceleró a causa de la emoción.

Maureen era una mujer de sesenta y dos años, menuda y muy cargada de espaldas, y la viuda de quien originalmente había sido el socio de Howard. Su postura encorvada la hacía parecer mucho mayor de lo que era, aunque se esforzaba para aferrarse a la juventud: se teñía el pelo de negro, vestía ropa de colores llamativos y se bamboleaba sobre unos zapatos de tacones imprudentemente altos que en la tienda se cambiaba por unas sandalias Dr. Scholl.

—Buenos días, Mo —la saludó Howard.

Le habría gustado no malgastar la noticia revelándosela precipitadamente, pero los clientes no tardarían en aparecer, y él tenía mucho que decir.

—¿Te has enterado?

Ella arrugó la frente y lo miró con gesto inquisitivo.

—Se ha muerto Barry Fairbrother.

Maureen se quedó boquiabierta.

—¡No! ¿Cómo?

Howard se dio unos golpecitos en la sien con un dedo.

—Se le escacharró algo. Aquí arriba. Miles estaba allí, lo vio todo. En el aparcamiento del club de golf.

—¡No! —repitió ella.

—Muerto del todo —corroboró Howard, como si la muerte tuviera grados y la escogida por Barry Fairbrother fuera particularmente sórdida.

Maureen se santiguó sin cerrar la boca, los labios pintados de un rojo intenso. Su catolicismo siempre añadía un toque pintoresco a momentos como aquél.

—¿Miles estaba allí? —preguntó con voz ronca.

Howard adivinó en la voz de ex fumadora de Maureen su anhelo de conocer todos los detalles.

—¿Quieres poner agua a calentar, Mo?

Al menos podría prolongar la agonía de su socia unos minutos más. Con las prisas por retomar la conversación, Maureen derramó el té hirviendo y se quemó una mano. Se sentaron detrás del mostrador, en los altos taburetes de madera que Howard había colocado allí para los ratos de poca actividad, y Maureen se alivió la mano con un puñado de hielo que recogió de alrededor de las aceitunas. Juntos recorrieron el itinerario convencional de la tragedia: la viuda («debe de estar destrozada, vivía para Barry»), los hijos («cuatro adolescentes; menuda carga para una mujer sola»), la relativa juventud del difunto («no era mucho mayor que Miles, ¿verdad?»), hasta que por último llegaron al verdadero meollo del asunto, comparado con el cual todo lo demás eran divagaciones irrelevantes.

—Y ahora, ¿qué pasará? —preguntó Maureen con avidez.

—¡Ah! —exclamó Howard—. Bueno, ésa es la cuestión, ¿no? Tenemos una plaza vacante, Mo, y eso podría cambiarlo todo.

Howard era el presidente del concejo parroquial e hijo predilecto de Pagford. Con el cargo venía un collar dorado con incrustaciones de esmalte que ahora reposaba en la pequeña caja fuerte que Shirley y él habían hecho instalar en el fondo de su armario empotrado. Si a la parroquia de Pagford le hubieran concedido la categoría de municipio, Howard podría haberse hecho llamar alcalde; pero aun así, a todos los efectos, eso es lo que era. Shirley lo había dejado absolutamente claro en la página de inicio de la web del concejo, donde, bajo una fotografía de Howard, radiante y lozano, luciendo el collar de hijo predilecto, su marido manifestaba que aceptaría cualquier invitación para asistir a funciones civiles o empresariales de la localidad. Sólo unas semanas atrás, había entregado los certificados de aptitud ciclista en la escuela de primaria del pueblo.

Howard bebió el té a sorbitos y, sonriendo para rebajar el tono hiriente de sus palabras, dijo:

—Fairbrother era un cabronazo, Mo. No te olvides de que podía ser un auténtico tocapelotas.

—Sí, lo sé.

—Si no hubiese muerto, me las habría tenido que ver con él muy seriamente. Pregúntaselo a Shirley. Podía ser un tocapelotas y un hipócrita.

—Lo sé, lo sé.

—Bueno, ya veremos. Ya veremos. Esto podría zanjar definitivamente la cuestión. Entiéndeme, yo habría preferido no ganar así —añadió con un hondo suspiro—, pero pensando en el bien de Pagford... de la comunidad... no nos viene nada mal...

Miró la hora.

—Son casi y media, Mo.

Nunca abrían tarde ni cerraban antes de hora; llevaban el negocio con el orden y la regularidad de un templo.

Bamboleándose, Maureen fue a abrir la puerta y levantar las persianas.

La plaza fue revelándose a trocitos a medida que las subía: pintoresca y bien cuidada, en gran medida gracias a los esfuerzos coordinados de los vecinos cuyas propiedades daban a ella, lucía jardineras, cestillos colgantes y macetas por todas partes, con flores de diferentes colores, acordados de antemano cada año. Frente a Mollison y Lowe, en el lado opuesto de la plaza, estaba el Black Canon, uno de los pubs más antiguos de Inglaterra.

Howard iba y venía de la trastienda, de donde traía largas bandejas rectangulares de patés, adornados con relucientes bayas y rodajas de cítricos, que iba colocando ordenadamente en el mostrador expositor. Resoplando un poco por el esfuerzo físico, que se sumaba al exceso de conversación tan de buena mañana, Howard colocó la última bandeja y se quedó parado un momento, contemplando el monumento en memoria de los caídos erigido en el centro de la plaza.

Pagford estaba más bonito que nunca esa mañana, y Howard experimentó un sublime momento de júbilo por su propia existencia y la de aquel pueblo del que no sólo formaba parte, sino que, a su modo de ver, era su palpitante corazón. Él estaba allí, empapándose de tanta belleza —los relucientes bancos negros, las flores rojas y moradas, el sol dorando el extremo de la cruz de piedra—, y Barry Fairbrother, en cambio, ya no estaba. Resultaba difícil no intuir los designios de un ser superior en la súbita reorganización de lo que Howard concebía como el campo de batalla donde Barry y él se habían enfrentado durante tanto tiempo.

—Howard —dijo Maureen con brusquedad—. Howard.

Una mujer con gabardina cruzaba la plaza a grandes zancadas; una mujer delgada, de pelo negro y tez oscura que, con el cejo fruncido, se miraba las botas al andar.

—¿Tú crees que...? ¿Se habrá enterado ya? —susurró Maureen.

—Quién sabe —respondió Howard.

Maureen, que todavía no había tenido tiempo de quitarse los zapatos y ponerse las Dr. Scholl, estuvo a punto de torcerse un tobillo al apartarse precipitadamente del escaparate para colocarse tras el mostrador. Howard, con paso lento y majestuoso, se situó detrás de la caja registradora cual soldado de artillería que ocupa su puesto.

Sonó la campanilla, y la doctora Parminder Jawanda abrió la puerta de la tienda sin dejar de fruncir el entrecejo. Sin saludar a Howard ni a Maureen, se dirigió directamente al estante de los aceites. La mirada de Maureen la siguió sin pestañear, atentamente, con el embeleso de un halcón que vigila a un ratón de campo.

—Buenos días —la saludó Howard cuando la doctora se acercó al mostrador con una botella en la mano.

—Buenos días.

Parminder casi nunca lo miraba a los ojos, ni en las reuniones del concejo ni cuando se encontraban fuera del centro parroquial. A Howard le divertía tanto la incapacidad de aquella mujer para disimular la antipatía que le profesaba que invariablemente adoptaba con ella un tono jovial, exageradamente galante y cortés.

—¿Hoy no trabaja?

—No —contestó mientras rebuscaba en su bolso.

Maureen no pudo contenerse.

—Qué mala noticia —dijo con su voz ronca y cascada—. Lo de Barry Fairbrother.

—Hum —respondió la doctora, pero entonces añadió—: ¿Cómo?

—Lo de Barry Fairbrother —repitió Maureen.

—¿Qué pasa con Barry Fairbrother?

Parminder, que llevaba dieciséis años viviendo en Pagford, conservaba un marcado acento de Birmingham. La profunda arruga vertical que tenía entre las cejas le daba un aire de intensidad perpetua, que según cómo denotaba enojo o concentración.

—Ha muerto —anunció Maureen, mirando con fijeza y avidez el rostro fruncido de su interlocutora—. Murió anoche. Howard acaba de contármelo.

Parminder se quedó inmóvil, con la mano dentro del bolso. Entonces desvió la mirada hacia Howard.

—Cayó fulminado en el aparcamiento del club de golf —confirmó él—. Miles estaba allí, lo vio todo.

Transcurrieron unos segundos.

—¿Es una broma? —preguntó por fin con voz seca y aguda.

—Por supuesto que no —dijo Maureen, saboreando su propia indignación—. ¿A quién se le ocurriría hacer una broma semejante?

Parminder dejó bruscamente la botella de aceite sobre el mostrador de tablero de vidrio y salió de la tienda.

—¡Pues vaya! —suspiró Maureen dando rienda suelta a su desaprobación—. «¿Es una broma?» ¡Qué encanto!

—Ha sido la impresión —dijo Howard sabiamente, mientras miraba a Parminder Jawanda atravesar la plaza a toda prisa, la gabardina ondeando tras ella—. Debe de estar tan disgustada como la viuda. En fin —añadió, rascándose distraídamente el pliegue de la barriga, que le picaba a menudo—, será interesante ver lo que la doctora...

No terminó la frase, pero no importaba: Maureen sabía exactamente a qué se refería. Mientras miraban doblar la esquina y desaparecer a la concejala Jawanda, ambos cavilaban sobre la plaza vacante, y no la contemplaban como un espacio vacío, sino como el bolsillo de un mago, lleno de posibilidades.

VIII

La antigua vicaría era la última y más grandiosa de las casas victorianas de Church Row. Se erguía al fondo, en medio de un gran jardín triangular, ante la iglesia de St. Michael and All Saints, situada en la acera de enfrente.

Tras recorrer presurosa los últimos metros de la calle, Parminder forcejeó un poco con la cerradura y entró. No daría crédito a la noticia hasta habérsela oído a alguien más, no importaba a quién; pero el teléfono ya había empezado a sonar en la cocina, presagiando lo peor.

—¿Sí?

—Soy yo.

El marido de Parminder era cirujano cardiovascular. Trabajaba en el hospital South West General de Yarvil y raramente llamaba por teléfono a casa desde el trabajo. Parminder asía el auricular con tanta fuerza que le dolían los dedos.

—Me he enterado por casualidad. Tiene pinta de haber sido un aneurisma. Le he pedido a Huw Jeffries que le dé preferencia a la autopsia. A Mary le hará bien saber qué ha pasado. Es posible que se la estén practicando ahora mismo.

—Vale —susurró Parminder.

—Tessa Wall estaba allí. Llámala.

—Sí. Vale.

Pero después de colgar se dejó caer en una silla de la cocina y se quedó mirando embobada el jardín trasero, tapándose la boca con las manos.

Todo se había hecho pedazos. Que los objetos siguieran allí —las paredes, las sillas, los dibujos de los niños en las paredes— no significaba nada. Cada átomo de todo aquello había estallado para reconstituirse en un instante, y su permanencia y solidez aparentes en realidad eran risibles; se disolvería todo con sólo tocarlo, porque de pronto todo se había vuelto fino y desmenuzable como el papel de seda.

Parminder no podía controlar sus pensamientos; éstos también se habían desintegrado, y fragmentos aleatorios de memoria emergían para girar sobre sí mismos y salir despedidos. Se vio bailando con Barry en la fiesta de Nochevieja de los Wall, y recordó la absurda conversación que habían mantenido mientras volvían a pie de la última reunión del concejo parroquial.

—Vuestra casa tiene cara de vaca —le había dicho ella.

—¿Cara de vaca? ¿Qué significa eso?

—Es más estrecha por delante que por detrás. Da buena suerte. Pero está orientada hacia un cruce. Eso da mala suerte.

—Pues así, la buena y la mala suerte quedan compensadas —había dicho Barry.

Ya entonces la arteria de su cabeza debía de haber empezado a dilatarse peligrosamente, sin que ninguno de los dos supiera nada.

Parminder fue a ciegas de la cocina al salón, que siempre estaba en penumbra, hiciera el tiempo que hiciera, por la sombra del altísimo pino escocés que se alzaba en el jardín delantero. Odiaba ese árbol, y si seguía allí era únicamente porque Vikram y ella sabían que los vecinos armarían un escándalo si lo cortaban.

No conseguía calmarse. Recorrió el pasillo y volvió a la cocina; levantó el auricular y llamó a Tessa Wall, que no contestó. Debía de estar en el trabajo. Temblando, Parminder se sentó de nuevo en la silla de la cocina. Sentía un dolor tan grande y descontrolado que la aterrorizaba; era como si una bestia malvada hubiera surgido de entre las tablas del suelo. Barry, el pequeño y barbudo Barry, su amigo, su aliado.

Su padre había muerto de la misma forma. Entonces ella tenía quince años, y al volver del centro lo habían encontrado tumbado boca abajo en el jardín, junto al cortacésped, el sol calentándole el cráneo. Parminder detestaba las muertes repentinas. Para ella, el deterioro lento y prolongado que tanto temía mucha gente era una perspectiva reconfortante; así uno tenía tiempo para prepararse y organizarse, para despedirse del mundo.

Seguía tapándose la boca con las manos. Dirigió la vista hacia el grave y dulce semblante del gurú Nanak clavado en el tablón de corcho.

(A Vikram no le gustaba aquel retrato.

—¿Qué hace eso ahí?

—A mí me gusta —había replicado ella, desafiante.)

Barry, muerto.

Bloqueó las intensas ganas de llorar con una frialdad que su madre siempre había deplorado, sobre todo tras la muerte de su padre, cuando sus otras hermanas, sus tías y primas sollozaban y se golpeaban el pecho. «¡Y además tú eras su favorita!» Pero Parminder guardaba sus lágrimas con celo en su interior, donde se sometían a una transformación alquímica para luego salir convertidas en ríos de lava de rabia que vertía periódicamente sobre sus hijos en casa y sobre las recepcionistas en el trabajo.

Todavía veía a Howard y Maureen detrás del mostrador, el uno inmenso, la otra escuálida, y en su imaginación ellos la miraban desde arriba y le decían que su amigo había muerto. Con un arrebato de ira y odio que casi agradeció, pensó: «Se alegran. Creen que ahora ganarán.»

Volvió a levantarse, fue al salón y cogió del estante más alto un volumen de los *Sainchis*, su flamante libro sagrado. Lo abrió al azar y leyó sin sorprenderse, más bien con la sensación de estar contemplando su expresión de desconsuelo en un espejo:

«El mundo es un abismo profundo y oscuro. Y la Muerte lanza sus redes desde todos los ángulos.»

IX

Al despacho destinado a las sesiones de orientación del instituto Winterdown se accedía por la biblioteca del centro. No tenía ventanas y lo iluminaba un único tubo fluorescente.

Tessa Wall, la responsable de orientación y esposa del subdirector, entró en la estancia a las diez y media, entumecida de cansancio y con una taza de café instantáneo bien cargado que se había llevado de la sala de profesores. Era una mujer feúcha, de escasa estatura, rolliza y de cara redonda, que se cortaba ella misma el canoso cabello —el flequillo casi siempre le quedaba un poco torcido— y llevaba ropa de tejidos naturales y bisutería de madera y abalorios. La falda larga que se había puesto ese día era de algo parecido a la arpillera, y la había combinado con una rebeca de punto grueso de color verde manzana. Tessa raramente se miraba en un espejo de cuerpo entero, y boicoteaba las tiendas donde hacerlo era inevitable.

Había intentado mitigar el parecido del despacho con una celda, colgando en la pared un tapiz nepalí que conservaba de su época de estudiante: un arco iris con un sol y una luna amarillo chillón que emitían rayos estilizados y ondulados. El resto de las paredes estaban adornadas con una serie de pósters que ofrecían consejos útiles para potenciar la autoestima o números de teléfono a los que se podía llamar anónimamente para pedir ayuda sobre diversos temas de salud mental y emocional. La directora había hecho un comentario un tanto sarcástico la última vez que había entrado en el despacho de orientación: «Ya veo: y si falla todo lo demás, llaman al teléfono de atención al menor», dijo, señalando con el dedo el póster más destacado.

Tessa se dejó caer en su silla con un débil quejido, se quitó el reloj, que le apretaba, y lo dejó encima de la mesa, junto a unas hojas impresas y unas notas. Dudaba que ese día fuera a avanzar mucho en los asuntos que tenía previstos; es más, hasta dudaba que Krystal Weedon fuera a presentarse. Ésta no tenía ningún reparo en marcharse del instituto cuando se enfadaba, se disgustaba o se aburría. A veces la detenían antes de que llegara a la verja y la hacían volver por la fuerza entre gritos y reniegos; otras veces eludía con éxito la captura y faltaba a clase varios días. A las once menos veinte sonó el timbre, y Tessa siguió esperando.

Krystal irrumpió en el despacho a las diez y cincuenta y un minutos y cerró de un portazo. Se sentó en una silla enfrente de Tessa, con los brazos cruzados sobre el amplio busto y con sus pendientes baratos oscilando.

—Puede decirle a su marido —empezó con voz temblorosa— que yo no me he reído, joder.

—No digas palabrotas, por favor.

—¡No me he reído, ¿vale?! —le gritó Krystal.

Un grupo de alumnos de sexto cargados de carpetas habían llegado a la biblioteca. Miraron a través del cristal de la puerta; uno sonrió burlonamente al ver la nuca de Krystal. Tessa se levantó, bajó el estor y volvió a sentarse delante del sol y la luna.

—Muy bien, Krystal. ¿Por qué no me cuentas qué ha pasado?

—Su marido ha dicho algo sobre el señor Fairbrother, ¿vale?, y yo no lo he oído bien, ¿vale?, y Nikki me lo ha repetido, joder, y yo he...

—¡Krystal!

—...y yo he flipado, ¿vale?, y he gritado, pero no me he reído. ¡Joder, yo no...!

—Krystal...

—¡No me he reído, ¿vale?! —volvió a chillar, con los brazos apretados contra el pecho y las piernas cruzadas y enroscadas.

—Está bien, Krystal.

Tessa estaba acostumbrada a enfrentarse al mal carácter de los alumnos que visitaban asiduamente el despacho de orientación. Muchos carecían del sentido ético más elemental; mentían, se comportaban mal y engañaban por rutina, pero cuando se los acusaba injustamente sentían una rabia genuina y sin límites. Tessa creyó reconocer aquello como indignación auténtica, a diferencia de aquella otra, artificial, que Krystal también era experta en aparentar. Fuera como fuese, el chillido que Tessa había oído en la reunión le había parecido de espanto y consternación más que de burla o diversión. Y se había alarmado al ver que Colin lo identificaba en público como una risa.

—Le he dicho a Cuby...

—¡Krystal!

—Le he dicho a su puto marido...

—Krystal, por última vez, basta de palabrotas.

—¡Le he dicho que no me había reído! ¡Se lo he dicho! ¡Y me hace la putada de castigarme igualmente!

Las lágrimas de rabia brillaban en sus ojos, muy perfilados. Estaba congestionada; con las mejillas enrojecidas, miraba a Tessa con odio, lista para largarse, para maldecir, para enseñarle también a ella el dedo corazón. Los casi dos años de confianza frágil como una telaraña, tejida laboriosamente entre las dos, estaban tensándose y amenazaban con romperse.

—Te creo, Krystal. Te creo cuando aseguras que no te has reído, pero no digas más palabrotas en mi presencia, por favor.

De pronto, la chica empezó a frotarse los ojos con unos dedos regordetes, emborronándose la cara de perfilador. Tessa sacó pañuelos de papel del cajón de su escritorio y se los ofreció. Krystal los cogió sin dar las gracias, se enjugó las lágrimas y se sonó la nariz. Las manos eran su parte más conmovedora: tenía las uñas cortas y anchas, pintadas chapuceramente, y todos los gestos que hacía con ellas eran inocentes y directos como los de una niña pequeña.

Tessa esperó hasta que los resoplidos de la chica se calmaron. Entonces dijo:

—Ya veo que la muerte del señor Fairbrother te ha afectado mucho...

—Pues sí —saltó Krystal con súbita agresividad—. ¿Qué pasa?

De pronto, Tessa se imaginó a Barry escuchando aquella conversación. Le pareció ver su sonrisa atribulada y oírle decir con claridad: «Pobre chiquilla.» Cerró los ojos, que tenía irritados; no podía hablar. Oyó que Krystal se rebullía, contó despacio hasta diez y volvió a abrir los ojos. La chica la miraba fijamente, con los brazos cruzados, sonrojada y desafiante.

—Yo también siento mucho lo del señor Fairbrother —dijo Tessa—. Era amigo nuestro. Por eso el señor Wall está un poco...

—Le he dicho que yo no...

—Por favor, déjame acabar. Hoy el señor Wall está muy triste, y seguramente por eso... por eso te ha malinterpretado. Hablaré con él.

—No me quitará el pu...

—¡Krystal!

—Sé que no me quitará el castigo.

Krystal adelantó un pie y empezó a golpear una pata del escritorio, marcando un ritmo acelerado. Tessa levantó los codos para no notar la vibración y dijo:

—Hablaré con el señor Wall.

Compuso lo que ella consideraba una expresión neutral y esperó pacientemente a que Krystal cediera. Ésta permaneció callada, enfurruñada, golpeteando la pata y tragando saliva de vez en cuando.

—¿Qué le ha pasado al señor Fairbrother? —preguntó por fin.

—Creen que le estalló una arteria del cerebro.

—Pero ¿por qué?

—Por lo visto había nacido con ese problema y no lo sabía.

Tessa era consciente de que Krystal sabía más de muertes repentinas que ella misma. En el círculo de la madre de Krystal era tan frecuente que las personas murieran prematuramente que se diría que participaban en alguna guerra secreta de la que el resto del mundo no sabía nada. Krystal le había contado a Tessa que cuando tenía seis años había encontrado el cadáver de un joven desconocido en el cuarto de baño de su madre. Eso había dado pie a que, una vez más, la pusieran bajo la custodia de la abuelita Cath. La abuelita Cath ocupaba un lugar preponderante en muchas de las historias que la chica contaba sobre su infancia; era una extraña mezcla de salvadora y azote.

—Ahora el equipo se irá a la mierda —dijo.

—No tiene por qué, Krystal. Y no sigas con las palabrotas, por favor.

—Anda que no.

A Tessa le habría gustado contradecirla, pero el agotamiento diluyó ese impulso. Además, Krystal tenía razón, tal como decía la parte más realista del cerebro de Tessa. Aquello iba a ser el final de la embarcación de ocho remeras. Barry era la única persona del mundo capaz de meter a Krystal Weedon en un equipo y conseguir que permaneciera en él. Tessa estaba convencida de que ahora la chica lo abandonaría; probablemente Krystal también lo sabía. Se quedaron un rato calladas; Tessa estaba demasiado cansada para buscar las palabras que podrían haber rebajado la tensión. Tenía escalofríos y se sentía desprotegida, exhausta. Llevaba veinticuatro horas sin dormir.

(Samantha Mollison la había telefoneado desde el hospital a las diez en punto, justo cuando Tessa salía de darse un largo baño y se disponía a ver las noticias de la BBC. Había vuelto a vestirse apresuradamente mientras Colin hacía ruidos inarticulados y tropezaba con los muebles. Desde abajo le habían dicho a su hijo adónde iban, y luego habían corrido hasta el coche. Colin había conducido a excesiva velocidad hasta Yarvil, como si cubriendo el trayecto en un tiempo récord pudiese devolver a Barry a la vida, como si pretendiera tomarle la delantera a la realidad para modificarla.)

—Si no me dice nada, me voy —amenazó la joven.

—Por favor, no seas maleducada, Krystal. Esta mañana estoy muy cansada. El señor Wall y yo hemos pasado la noche con la señora Fairbrother en el hospital. Somos buenos amigos.

(Mary se había derrumbado al ver a Tessa: se le había echado a los brazos y había ocultado la cara en su cuello soltando un gemido desgarrador. Mientras lloraba ella también, y sus lágrimas resbalaban por la estrecha espalda de Mary, había pensado con asombrosa claridad que el ruido que estaba haciendo su amiga se llamaba plañido. El cuerpo que Tessa había envidiado tantas veces, menudo y ligero, había temblado en sus brazos, apenas capaz de contener el dolor que le exigían soportar.

Tessa no recordaba cuándo se habían marchado Miles y Samantha. No los conocía mucho. Suponía que se habrían alegrado de poder largarse de allí.)

—A su mujer la vi un día —dijo Krystal—. Una tía rubia, vino a una carrera.

—Ya —dijo Tessa.

Krystal se mordisqueaba las yemas de los dedos.

—Él quería que me entrevistaran para el diario —añadió bruscamente.

—¿Cómo dices? —se sorprendió Tessa.

—El señor Fairbrother. Quería que me entrevistaran. A mí sola.

Tiempo atrás, el periódico local había publicado un artículo sobre la embarcación de ocho de Winterdown, que se había clasificado en el primer puesto en las finales regionales. Krystal, que leía con dificultad, se había llevado un ejemplar del periódico al instituto para enseñárselo a Tessa, y ésta había leído el artículo en voz alta, intercalando exclamaciones de admiración y alegría. Aquélla había sido la sesión de orientación más feliz que Tessa recordaba.

—¿Iban a entrevistarte con relación al equipo? —preguntó Tessa—. ¿Querían publicar otro artículo sobre el remo?

—No. Era otra cosa. —Hizo una pausa y dijo—: ¿Cuándo es el entierro?

—Todavía no lo sabemos.

Krystal siguió mordisqueándose las uñas y Tessa no fue capaz de encontrar la energía necesaria para interrumpir el silencio que se solidificaba alrededor de ellas.

X

El anuncio de la muerte de Barry en la web del concejo parroquial cayó como un guijarro en el ingente océano, sin apenas dejar ondulaciones en el agua. Aun así, ese lunes las líneas telefónicas de Pagford estaban más ocupadas de lo normal y grupitos de peatones se congregaban en las estrechas aceras para comprobar, con gestos de consternación, la exactitud de sus informaciones.

A medida que la noticia se propagaba, fue produciéndose una extraña transmutación. Le pasó a la firma que aparecía en los documentos archivados en el despacho de Barry, y a los correos electrónicos que se acumulaban en las bandejas de entrada de sus numerosos conocidos: empezaron a adquirir el patetismo del rastro de migas de pan de un niño perdido en el bosque. Aquellos garabatos trazados deprisa, y los píxeles ordenados por unos dedos que nunca volverían a moverse, adquirieron el aspecto macabro de cáscaras vacías. A Gavin ya le repelía un poco ver los SMS de su difunto amigo en el teléfono, y una de las chicas del equipo de remo que salieron llorando de la reunión encontró en su mochila un formulario que Barry había firmado y se puso casi histérica.

La reportera de veintitrés años del *Yarvil and District Gazette* no tenía ni idea de que el cerebro de Barry, tan incansable hasta hacía muy poco, ahora sólo era una masa de pesado tejido esponjoso sobre una bandeja de metal en el South West General. Leyó lo que le había enviado por correo electrónico una hora antes de su muerte y lo llamó al móvil, pero nadie contestó. El teléfono de Barry, que él había apagado a petición de Mary antes de salir hacia el club de golf, reposaba silencioso junto al microondas en la cocina, con el resto de los efectos personales que le habían entregado a su mujer en el hospital. Nadie los había tocado. Esos objetos tan familiares —el llavero con cadena, el móvil, la cartera vieja y gastada— parecían partes del propio difunto; podrían haber sido sus dedos, sus pulmones.

La noticia se extendía en todas direcciones; salía en forma radiada, formando un halo, de quienes habían estado en el hospital. En todas direcciones hasta llegar a Yarvil, alcanzando a quienes sólo conocían a Barry de vista, de nombre o por su reputación. Poco a poco los hechos se fueron deformando y desenfocando; en algunos casos se distorsionaron. A veces el propio Barry desaparecía tras los detalles de su deceso y quedaba reducido a una erupción de vómito y orina, una catástrofe con forma de bulto espasmódico; y parecía incongruente, incluso grotescamente cómico, que un hombre hubiera muerto de manera tan impresentable en aquel club de golf tan elegante.

Simon Price, por ejemplo, uno de los primeros en enterarse de la muerte de Barry, en su casa en lo alto de la colina con vistas a Pagford, oyó otra versión en la imprenta Harcourt-Walsh de Yarvil, donde trabajaba desde que había terminado los estudios. Se la dio un joven empleado, conductor de carretilla elevadora, al que Simon encontró mascando chicle junto a la puerta de su despacho cuando volvía del lavabo a última hora de la tarde. El chico no había ido a verlo para hablar de Barry, ni mucho menos.

—Eso que comentaste que quizá podría interesarte... —masculló después de entrar detrás de Simon y cerrar la puerta—, podría hacerlo el miércoles, si todavía te interesa.

—¿Ah, sí? —respondió Simon, y se sentó a su mesa—. ¿No me dijiste que ya estaba a punto?

—Sí, pero no puedo organizar la recogida hasta el miércoles.

—¿Y cuánto dijiste que me costaría?

—Ochenta billetes, si es en *cash*.

El chico mascaba enérgicamente; Simon oía el borboteo de su saliva. Ver a alguien mascar chicle era una de las cosas que más detestaba.

—Pero será auténtico, ¿no? —preguntó—. No irás a colocarme una imitación barata, ¿eh?

—Está recién salido del almacén —replicó el chico irguiéndose un poco—. Es auténtico, todavía está embalado y todo.

—De acuerdo. Tráelo el miércoles.

—¿Cómo? ¿Aquí? —El muchacho negó con la cabeza—. No, tío, al trabajo no... ¿Dónde vives?

—En Pagford.

—¿Dónde de Pagford?

La aversión de Simon a mencionar su dirección rayaba en la superstición. No sólo le desagradaban los visitantes, invasores de su intimidad y potenciales saqueadores de su propiedad, sino que consideraba Hilltop House como algo inviolado, inmaculado, un mundo aparte de Yarvil y de la retumbante y chirriante imprenta.

—Ya iré a recogerlo yo después del trabajo —dijo, sin contestar la pregunta—. ¿Dónde lo tienes?

El otro no parecía satisfecho. Simon lo fulminó con la mirada.

—Bueno, necesitaría la pasta por adelantado —repuso el joven.

—Tendrás el dinero cuando yo tenga el material.

—Mira, tío, esto no funciona así.

A Simon le pareció que empezaba a dolerle la cabeza. No conseguía librarse de la espantosa idea, implantada por su imprudente esposa esa mañana, de que uno podía ir por ahí durante años con una diminuta bomba no detectada en el cerebro. El constante estruendo de la prensa del otro lado de la puerta no le hacía ningún bien, eso seguro; quizá aquel incesante fragor llevara años adelgazando las paredes de sus arterias.

—Está bien —gruñó, y se retorció en la silla para sacarse la cartera del bolsillo de atrás.

El chico se acercó a la mesa con una mano extendida.

—¿Por casualidad vives cerca del club de golf de Pagford? —preguntó, mientras Simon iba poniéndole billetes de diez en la palma—. Un colega mío estuvo allí anoche y vio morirse a un tío. Vomitó, se cayó seco y se fue al otro barrio en el puto aparcamiento.

—Sí, eso me han contado —repuso Simon, frotando el último billete entre los dedos antes de dárselo, para asegurarse de que no había dos pegados.

—Era un concejal corrupto, ese tío que la palmó. Aceptaba sobornos. Grays le pagaba para llevarse las contratas.

—¿Ah, sí? —dijo Simon afectando indiferencia, pero sumamente interesado.

«Barry Fairbrother. ¿Quién lo habría imaginado?»

—Pues ya te avisaré —continuó el chico guardándose las ochenta libras en el bolsillo de atrás—. Iremos a recogerlo juntos. El miércoles.

La puerta del despacho se cerró. Simon se olvidó del dolor de cabeza, que en realidad sólo había sido una punzada, ante la fascinación que le produjo la revelación de la deshonestidad de Barry Fairbrother. Barry Fairbrother, tan atareado y sociable, tan alegre y popular: y, entretanto, embolsándose los sobornos de Grays.

Esa noticia no conmocionó a Simon como habría hecho con prácticamente cualquiera que conociera a Barry, ni empeoró la opinión que tenía de él, sino todo lo contrario: le hizo sentir mayor respeto por el difunto. Cualquiera con dos dedos de frente intentaba, constante y encubiertamente, afanar cuanto pudiera; eso Simon ya lo sabía. Se quedó ensimismado, mirando sin ver la hoja de cálculo de la pantalla del ordenador y sin oír los chirridos de la prensa del otro lado del polvoriento cristal.

Si se tenía familia, no había más remedio que trabajar de nueve a cinco, pero Simon siempre había sabido que había caminos mejores, que una vida de lujo y facilidades colgaba por encima de su cabeza como una abultada piñata que él podría romper si tuviera un bastón lo bastante largo y supiese cuándo golpearla. Simon tenía la infantil creencia de que el resto del mundo existía como escenario para su propia obra teatral, de que el destino estaba suspendido sobre él, lanzándole pistas y señales. Así que no pudo evitar pensar que acababa de recibir una de esas señales, un guiño celestial.

Los chivatazos sobrenaturales explicaban varias decisiones aparentemente quijotescas que Simon había tomado en el pasado. Años atrás, cuando sólo era un modesto aprendiz en la imprenta, con una hipoteca que a duras penas podía pagar y una joven esposa embarazada, había apostado cien libras a un caballo muy bonito llamado *Ruthie's Baby* en el Grand National, que había acabado penúltimo. Poco después de comprar Hilltop House, Simon había invertido mil doscientas libras, que Ruth reservaba para cortinas y alfombras, en un proyecto de multipropiedad dirigido por un viejo conocido suyo de Yarvil, un poco fanfarrón y chanchullero. La inversión de Simon se había esfumado junto con el director de la empresa; pero si bien había gritado y renegado, fuera de sí, e incluso había dado una patada a su hijo pequeño y lo había hecho caer desde la mitad de la escalera por ponerse en su camino, no había llamado a la policía. Se había enterado de ciertas irregularidades en el funcionamiento de la empresa antes de invertir en ella, y temía que le hicieran preguntas incómodas.

Con todo, contrapuestos a esas calamidades también había habido golpes de suerte, trucos que funcionaban, corazonadas confirmadas, y Simon les daba mucho valor cuando hacía balance; eran la razón por la que conservaba la fe en su buena estrella, y eso lo reafirmaba en su convicción de que el universo le tenía preparado algo más que esa idiotez de trabajar a cambio de un sueldo modesto hasta que te jubilas o te mueres. Chanchullos y fórmulas mágicas, cables y favores; todo el mundo lo hacía, incluso el pequeño Barry Fairbrother, quién lo hubiese dicho.

En su cuchitril, Simon Price dirigió su codiciosa mirada hacia una vacante entre las filas de privilegiados con acceso a un lugar donde, de momento, el dinero goteaba sobre un asiento vacío, sin ningún regazo aguardando para recogerlo.

(LOS VIEJOS TIEMPOS)

Ocupación ilegal

12.43 Frente a los intrusos (quienes, en principio, deben tomar las propiedades ajenas y a sus ocupantes tal como los encontraran)...

Charles Arnold-Baker
La administración local, 7.ª edición

I

El Concejo Parroquial de Pagford tenía un peso nada desdeñable, considerando su tamaño. Se reunía una vez al mes en un precioso edificio de estilo victoriano y llevaba décadas resistiéndose enérgicamente, y con éxito, a todo intento de reducir su presupuesto, limitar sus atribuciones o incorporarlo a algún organismo unitario de nueva creación. De todos los concejos dependientes de la Junta Comarcal de Yarvil, el de Pagford presumía de ser el más vociferante, discrepante e independiente.

Hasta la noche del domingo lo integraban dieciséis hombres y mujeres del pueblo. Como el electorado solía presuponer que el deseo de formar parte del concejo implicaba la capacidad para hacerlo, los dieciséis concejales habían obtenido sus plazas sin oposición alguna.

No obstante, y pese al clima amistoso en que se había constituido, en ese momento el organismo se hallaba en una situación de guerra civil. Una cuestión que llevaba más de sesenta años causando ira y resentimiento en Pagford había alcanzado una fase definitiva, y se habían formado dos bandos en apoyo de sendos líderes carismáticos.

Para comprender plenamente la causa de la disputa era necesario ahondar en la aversión y desconfianza que inspiraba en Pagford la ciudad de Yarvil, situada al norte del pueblo. Las tiendas, oficinas y fábricas de Yarvil, junto con el hospital South West General, proporcionaban la mayor parte del empleo de Pagford. Los jóvenes del pueblo solían pasar las noches de los sábados en los cines y salas de fiestas de Yarvil. La ciudad contaba con una catedral, varios parques y dos enormes centros comerciales, sitios todos ellos que siempre era agradable visitar cuando uno estaba un poco harto de los sublimes encantos de Pagford. Aun así, para los auténticos pagfordianos, Yarvil era poco más que un mal necesario. Esa actitud quedaba simbolizada por la alta colina, coronada por la abadía de Pargetter, que impedía ver Yarvil desde Pagford y proporcionaba a los del pueblo la feliz ilusión de que la ciudad se hallaba muchos kilómetros más allá de su verdadero emplazamiento.

II

Sin embargo, había algo más que la colina de Pargetter escamoteaba a la vista del pueblo, un sitio que Pagford siempre había considerado especialmente propio: la mansión Sweetlove, una casa solariega de estilo Reina Ana, color miel, rodeada de muchas hectáreas de jardines y tierras de cultivo. Quedaba dentro del término territorial de Pagford, a medio camino entre el pueblo y la ciudad de Yarvil.

Durante casi doscientos años, la finca había pasado sin contratiempos de una generación de aristócratas Sweetlove a otra, hasta que, finalmente, a principios del siglo XX, la familia se había extinguido. Los únicos vestigios del prolongado vínculo de los Sweetlove con Pagford eran ahora la tumba más imponente del cementerio de St. Michael and All Saints y una serie de blasones e iniciales en documentos y edificios del pueblo, como huellas y coprolitos de animales extintos.

Tras la muerte del último Sweetlove, la mansión había cambiado de manos con una rapidez alarmante. En Pagford se vivía con el temor de que algún promotor adquiriera y mutilara tan apreciado monumento histórico, hasta que en la década de 1950 un tal Aubrey Fawley compró la finca. No tardó en saberse que Fawley poseía una cuantiosa fortuna que incrementaba mediante misteriosas actividades en la City de Londres. Tenía cuatro hijos y la intención de instalarse en Sweetlove de forma permanente. La aprobación de Pagford alcanzó las cotas más altas cuando corrió como la pólvora la noticia de que Fawley descendía, a través de una rama colateral, de los Sweetlove. Eso lo convertía, casi, en un pagfordiano auténtico, y garantizaba que establecería un vínculo natural con Pagford y no con Yarvil. La vieja guardia de Pagford pensó que el advenimiento de Aubrey Fawley significaba el retorno de una época dorada. Como sus antepasados antes que él, sería para el pueblo una figura que, cual hada madrina, colmaría sus calles adoquinadas de elegancia y glamour.

Howard Mollison aún recordaba el día en que su madre, emocionada, irrumpió en la minúscula cocina de Hope Street con la noticia de que le habían propuesto a Aubrey que fuera jurado de la exposición floral. Sus judías verdes llevaban tres años seguidos consiguiendo el premio a la mejor hortaliza, y anhelaba recibir el florero bañado en plata de manos de un hombre que, para ella, era ya una figura romántica de las de antaño.

III

Pero entonces, según aseguraba la leyenda local, llegó la repentina oscuridad que acompaña siempre al hada mala.

Mientras Pagford celebraba que la finca Sweetlove hubiese caído en tan seguras manos, Yarvil estaba sumida en la construcción de un barrio de viviendas de protección oficial al sur de su núcleo urbano. El desasosiego se apoderó de Pagford cuando se supo que la nueva urbanización ocuparía parte de las tierras que había entre la ciudad y el pueblo.

Era de sobra conocido que desde la guerra había una demanda cada vez mayor de vivienda barata, pero el pueblo, momentáneamente distraído por la llegada de Aubrey Fawley, empezó a bullir de desconfianza ante las intenciones de Yarvil. Las barreras naturales del río y la colina que siempre habían garantizado la soberanía de Pagford parecieron menguar con la misma rapidez con que se multiplicaban las casas de ladrillo. Yarvil llenó hasta el último palmo de tierra disponible con esas construcciones y sólo se detuvo en el límite septentrional de Pagford.

El pueblo exhaló un colectivo suspiro de alivio que no tardaría en revelarse prematuro. De inmediato, Yarvil consideró que la urbanización de Cantermill no bastaba para satisfacer las necesidades de su población, y la ciudad empezó a buscar otras tierras que colonizar.

Fue entonces cuando Aubrey Fawley (que para los vecinos de Pagford seguía siendo más mítico que humano) tomó la decisión que desencadenaría una enconada disputa que duraría más de sesenta años.

Puesto que no sacaba ningún provecho de los campos llenos de maleza que lindaban con la nueva urbanización, vendió los terrenos a buen precio al Ayuntamiento de Yarvil, y utilizó el dinero para restaurar los alabeados paneles de madera del salón de la mansión Sweetlove.

Pagford fue presa de una furia inconmensurable. Los campos de Sweetlove habían constituido parte importante de sus defensas contra el avance de la ciudad; y ahora, de pronto, el excedente de población de Yarvil ponía en peligro el antiquísimo límite del territorio del pueblo. Alborotadas reuniones del concejo parroquial, cartas furibundas al periódico y al Ayuntamiento de Yarvil, protestas directas a quienes ostentaban el poder; nada cambió el rumbo que habían tomado las cosas.

Las casas de protección oficial empezaron a avanzar de nuevo, pero con una diferencia. En el breve intervalo que siguió a la finalización de la primera urbanización, el municipio había caído en la cuenta de que podía construir más barato. Así pues, la nueva hornada no fue de ladrillo, sino de estructura metálica y prefabricado de hormigón. Esa segunda barriada se conocería en el pueblo con el nombre de los Prados, por los campos en que se había edificado, y se distinguía de la primera fase de Cantermill por sus materiales y su arquitectura de inferior calidad.

Y fue en una de esas casas de hormigón y acero de los Prados, que a finales de los sesenta ya estaban combadas y agrietadas, donde nació Barry Fairbrother.

IV

Pese a las vagas promesas del Ayuntamiento de Yarvil de asumir la responsabilidad de mantener la nueva barriada, Pagford —como sus furibundos vecinos habían pronosticado desde el principio— no tardó en encontrarse con nuevas facturas que afrontar. Mientras que la prestación de la mayor parte de los servicios a los Prados, y el mantenimiento de sus casas, recayeron en el consistorio de Yarvil, hubo cuestiones que el municipio, con su proverbial altanería, delegó en el pueblo: la conservación de las aceras, el alumbrado y los bancos públicos, las marquesinas de autobús y los espacios comunitarios.

Los puentes que cruzaban la carretera de Pagford a Yarvil se llenaron de pintadas; las paradas de autobús de los Prados fueron objeto de vandalismo; los adolescentes de la barriada alfombraron el parque infantil de botellas de cerveza y destrozaron las farolas a pedradas. Un sendero que discurría a las afueras del pueblo, uno de los enclaves favoritos de turistas y paseantes, se convirtió en el lugar elegido por la juventud de los Prados para reunirse y «cosas mucho peores», como expresó enigmáticamente la madre de Howard Mollison. Al Concejo Parroquial de Pagford le tocó ocuparse de limpiar, reparar y reemplazar, y desde el principio se tuvo la sensación de que los fondos destinados por Yarvil a tal efecto eran insuficientes para el tiempo y los gastos requeridos.

Ningún aspecto de esa carga no deseada produjo más rabia y amargura que el hecho de que los niños de los Prados quedaran dentro de la circunscripción de la escuela primaria anglicana de St. Thomas. Los niños de la barriada disfrutaban del derecho a lucir el codiciado uniforme azul y blanco, a jugar en el patio junto a la primera piedra colocada por lady Charlotte Sweetlove y a irrumpir en las pequeñas aulas con su molesto y estridente acento de Yarvil.

En Pagford pronto se extendió la creencia popular de que las casas de los Prados estaban convirtiéndose en premio y objetivo para cualquier familia de Yarvil beneficiaria de ayuda social y con hijos en edad escolar; y que en Cantermill había una auténtica pugna por cruzar la linde hacia los Prados, igual que los mexicanos entran en Texas. Su precioso colegio de St. Thomas —un imán para los profesionales que acudían a trabajar a Yarvil y que se sentían atraídos por las pequeñas aulas, los pupitres de persiana, el vetusto edificio de piedra y el exuberante verdor del campo de deportes— se veía invadido y desbordado por hijos de marginados, drogadictos y madres de retoños engendrados por distintos padres.

Ese escenario de pesadilla nunca había sido realidad del todo, pues, aunque el St. Thomas ofrecía ventajas, también tenía sus inconvenientes: la obligación de adquirir el uniforme o rellenar los formularios requeridos para optar a una ayuda para comprarlo; la necesidad de procurarse abonos de autobús y levantarse más temprano para que los niños llegaran puntuales. Para algunas familias de los Prados, esos obstáculos resultaban insalvables, y escolarizaban a sus hijos en la gran escuela primaria construida para cubrir las necesidades de la urbanización de Cantermill, donde los alumnos no llevaban uniforme. La mayoría de los niños de los Prados que acudían al St. Thomas harían buenas migas con sus compañeros de Pagford; a algunos, de hecho, llegarían a considerarlos chicos perfectamente normales. Ése sería el caso de Barry Fairbrother, que había pasado sus años de colegial representando su papel de payaso de la clase listo y popular, advirtiendo sólo muy de vez en cuando que a los padres y madres de Pagford se les congelaba la sonrisa cuando mencionaba dónde vivía.

No obstante, en el St. Thomas se veían obligados en ocasiones a admitir a algún alumno de los Prados indudablemente problemático. Krystal Weedon vivía con su bisabuela en Hope Street cuando le llegó el momento de empezar el colegio, de modo que no hubo forma de impedir que se matriculara en el centro, si bien el pueblo, cuando la niña regresó a los Prados con su madre a la edad de ocho años, abrigó grandes esperanzas de que no volviera nunca al St. Thomas.

El lento tránsito de Krystal por la escuela había sido parecido al de una cabra a través del cuerpo de una boa constrictor: un trayecto igualmente visible e incómodo para las dos partes implicadas. Tampoco era que Krystal estuviese siempre en las aulas: durante gran parte de su escolarización en el St. Thomas había recibido clases individuales de un profesor especial.

Un golpe de verdadera mala suerte quiso que Krystal estuviese en la misma clase que Lexie, la nieta mayor de Howard y Shirley. En cierta ocasión, Krystal la había abofeteado con tanta fuerza que le hizo saltar dos dientes. Que ya los tuviera flojos no les pareció a los padres y los abuelos de la niña un atenuante digno de consideración.

Fue la convicción de que a sus dos hijas les aguardarían aulas enteras de niñas como Krystal en el instituto Winterdown lo que decidió por fin a Miles y Samantha a sacarlas de la escuela para llevarlas a St. Anne, el colegio privado para niñas de Yarvil, donde estaban internas de lunes a viernes. El hecho de que Krystal Weedon les hubiera usurpado a sus nietas el sitio que les correspondía por derecho se convirtió rápidamente en uno de los ejemplos favoritos de Howard en sus conversaciones sobre la nefasta influencia de la barriada en la vida de Pagford.

V

El primer estallido de indignación de Pagford se había transformado en una sensación de agravio más templada, pero no por ello menos intensa. Los Prados contaminaban y corrompían un lugar lleno de paz y belleza, y los furiosos lugareños seguían resueltos a cortar amarras con la barriada y abandonarla a su suerte. Sin embargo, las sucesivas revisiones del perímetro territorial y las reformas llevadas a cabo en el gobierno local no se tradujeron en cambios reales: los Prados seguían formando parte de Pagford. Los recién llegados al pueblo aprendían con rapidez que aborrecer la barriada constituía un salvoconducto necesario para contar con la buena disposición de la vieja guardia de Pagford, que lo controlaba todo.

Pero ahora, más de sesenta años después de que el viejo Aubrey Fawley entregara aquel fatídico pedazo de tierra a Yarvil, tras décadas de paciente trabajo, de estrategias y peticiones, de recopilar información y arengar a subcomités, los vecinos de Pagford que se oponían a los Prados se encontraban, por fin, en el tembloroso umbral de la victoria.

La recesión estaba obligando a las autoridades locales a racionalizar, recortar y reorganizar. Entre las altas instancias de la Junta Comarcal de Yarvil había quienes preveían cierta ventaja en los resultados electorales si el municipio absorbía la barriada —que, con sus casas ruinosas, tenía pocas probabilidades de salir bien parada de las medidas de austeridad impuestas por el gobierno central— y sumaba su descontenta población al grueso de sus votantes.

Pagford tenía su propio representante en Yarvil: el consejero de la junta comarcal Aubrey Fawley. No se trataba del mismo hombre que había permitido la construcción de los Prados, sino de su hijo, el «joven Aubrey», que había heredado la finca Sweetlove y trabajaba de lunes a viernes como directivo en un banco mercantil de Londres. La implicación de Aubrey en los asuntos locales despedía cierto tufillo a penitencia, cierta sensación de que debía enmendar el daño que su padre había infligido tan despreocupadamente al pueblecito. Él y su esposa Julia donaban y entregaban los premios de la feria agrícola, participaban en una serie de comités locales y en Navidad celebraban una fiesta cuyas invitaciones eran muy codiciadas.

Howard sentía orgullo y placer ante la idea de que Aubrey y él fueran aliados tan estrechos en la incesante cruzada por adscribir los Prados a Yarvil, porque Aubrey se movía en altas esferas mercantiles que le inspiraban un fascinado respeto. Cada tarde, después de cerrar la tienda, Howard extraía el cajón de su anticuada caja registradora y contaba monedas y billetes sucios antes de guardarlos en la caja fuerte. Aubrey, por su parte, nunca tocaba dinero durante su jornada de trabajo, y sin embargo lo movía en cantidades inimaginables de un continente a otro. Lo administraba y lo multiplicaba y, cuando los pronósticos eran menos propicios, lo observaba desvanecerse desde su pedestal. Para Howard, Aubrey estaba rodeado de una mística en la que ni una crisis financiera global podría hacer mella; el dueño de la tienda de delicatessen mostraba impaciencia ante cualquiera que culpara a los iguales de Aubrey de la desastrosa situación en la que se encontraba el país. Su opinión, que no se cansaba de repetir, era que nadie se había quejado cuando las cosas marchaban bien, y le mostraba a Aubrey el mismo respeto que a un general herido en una guerra impopular.

Entretanto, como consejero de la junta comarcal, Aubrey tenía acceso a toda clase de estadísticas interesantes y estaba en buena posición para compartir con Howard gran parte de la información sobre el problemático satélite de Pagford. Ambos sabían qué cantidades exactas de recursos municipales se destinaban, sin contrapartidas ni mejoras aparentes, a las maltrechas calles de los Prados; que en la barriada nadie era dueño de su casa (mientras que por entonces casi todas las casas de ladrillo de Cantermill tenían propietarios que las habían embellecido tanto que costaba reconocerlas, con jardineras en las ventanas, porches y césped en los jardincitos delanteros); que casi dos tercios de los ocupantes de los Prados vivían de las ayudas estatales; y que una proporción considerable de su población frecuentaba la Clínica Bellchapel para Drogodependientes.

VI

Howard siempre llevaba consigo una imagen mental de los Prados, como el recuerdo de una pesadilla: pintadas obscenas en los tablones que tapiaban las ventanas; adolescentes que merodeaban por paradas de autobús siempre pintarrajeadas; antenas parabólicas por todas partes, vueltas hacia los cielos como óvulos desnudos de sombrías flores metálicas. A menudo se hacía preguntas retóricas: ¿Por qué no habían organizado y arreglado un poco aquel sitio? ¿Qué impedía a los residentes crear un fondo común con sus escasos recursos y comprar un cortacésped entre todos? Pero esas cosas nunca pasaban: los Prados esperaban a que las administraciones locales de la ciudad y el pueblo se ocuparan de limpiar, reparar y mantener; a que dieran y dieran y volvieran a dar.

Howard se acordaba entonces de la Hope Street de su infancia, con sus diminutos jardines traseros, cuadrados de tierra apenas mayores que un mantel, pero casi todos, incluido el de su madre, rebosantes de judías verdes y patatas. Que él supiera, nada impedía a los habitantes de los Prados cultivar hortalizas, nada les impedía imponer disciplina a sus siniestros hijos encapuchados y grafiteros, nada les impedía aunar esfuerzos en una comunidad y enfrentarse a la mugre y la miseria; nada les impedía adecentarse y aceptar empleos; nada en absoluto. Y así, Howard se veía obligado a sacar la conclusión de que habían elegido libremente vivir como vivían, y que el ambiente de degradación ligeramente amenazador de la barriada no era más que una manifestación palmaria de ignorancia e indolencia.

En cambio, Pagford despedía, al menos en opinión de Howard, una especie de resplandor moral, como si el alma colectiva de la comunidad se hiciera patente en sus calles adoquinadas, en sus colinas, en sus casas pintorescas. Para Howard, el pueblo donde había nacido era mucho más que una serie de edificios y un río que fluía raudo entre sus arboladas riberas, con la majestuosa silueta de la abadía sobre los cestillos colgantes de la plaza. Para él, el pueblo era un ideal, una forma de ser; una microcivilización que se alzaba firmemente contra el declive nacional.

—Soy un hombre de Pagford —les decía a los veraneantes—, nacido y criado aquí.

Con esas palabras se hacía a sí mismo un gran cumplido disfrazado de lugar común. Había nacido en Pagford y allí moriría, y jamás había soñado con marcharse, ni ansiaba otro cambio de escenario que no fuera contemplar cómo las estaciones transformaban los bosques circundantes y el río, cómo la plaza florecía en primavera y brillaba en Navidad.

Barry Fairbrother sabía todo eso; de hecho, lo había comentado. Se había reído desde el otro extremo de la mesa en el centro parroquial, se había reído en la mismísima cara de Howard.

—¿Sabes, Howard? Para mí, Pagford eres tú.

Y Howard, sin alterarse ni un ápice (pues siempre había hecho frente a las bromas de Barry con sus propias bromas), había contestado:

—Voy a tomármelo como un gran cumplido, Barry, sea cual sea tu intención.

Podía permitirse reír. La última ambición que le quedaba en la vida estaba casi a su alcance: la devolución de los Prados a Yarvil parecía segura e inminente.

Entonces, dos días antes de que Barry Fairbrother cayera fulminado en un aparcamiento, Howard había sabido a través de una fuente fidedigna que su oponente había quebrantado todas las reglas conocidas de su cargo y acudido al periódico local con una historia sobre la bendición que había supuesto para Krystal Weedon estudiar en el St. Thomas.

La idea de exhibir a Krystal Weedon ante el público lector como ejemplo de la exitosa integración de los Prados y Pagford podría haber tenido gracia (eso dijo Howard), de no haber sido tan grave. Sin duda, Fairbrother habría aleccionado a la muchacha, y la verdad sobre sus groserías, sus molestas interrupciones en clase, las lágrimas de los demás niños, las asiduas expulsiones y readmisiones, se habría perdido entre mentiras.

Howard confiaba en la sensatez de los habitantes del pueblo, pero temía los sesgos interpretativos de los periodistas y la interferencia de los buenos samaritanos ignorantes. Su oposición, aunque basada en fuertes principios, también era personal: aún no había olvidado a su nieta llorando en sus brazos, con dos agujeros sanguinolentos donde tenía los dientes, mientras él trataba de calmarla con la promesa de un regalo triple del ratoncito Pérez.

Martes

I

La mañana del segundo día tras la muerte de su marido, Mary Fairbrother se despertó a las cinco en punto. Había dormido en el lecho conyugal con su hijo de doce años, Declan, que se metió llorando entre las sábanas poco después de medianoche. Ahora estaba profundamente dormido, de modo que Mary se levantó con sigilo y bajó a la cocina para dar rienda suelta a las lágrimas. A cada hora aumentaba su dolor, porque la alejaba más del Barry vivo y constituía un minúsculo anticipo de la eternidad que iba a tener que pasar sin él. Una y otra vez olvidaba, durante un fugaz instante, que Barry se había ido para siempre y ya no podría acudir a él en busca de consuelo.

Cuando su hermana y su cuñado llegaron para preparar el desayuno, Mary cogió el móvil de Barry y se fue al estudio, donde empezó a buscar los números de varios de los muchos conocidos de su marido. Sólo llevaba en ello unos minutos cuando el teléfono que tenía en las manos empezó a sonar.

—¿Sí? —susurró.

—¡Ah, hola! Quisiera hablar con Barry Fairbrother. Soy Alison Jenkins, del *Yarvil and District Gazette*.

La desenvuelta voz de la joven le sonó a Mary ruidosa y horrible como una fanfarria; su estridencia se llevó consigo el sentido de las palabras.

—¿Perdone?

—Soy Alison Jenkins, del *Yarvil and District Gazette*. Me gustaría hablar con Barry Fairbrother. Por su artículo sobre los Prados.

—Ah —dijo Mary.

—Sí, no nos ha facilitado los datos de esa chica de la que habla. Se supone que hemos de entrevistarla. Krystal Weedon, ¿sabe?

Para Mary, cada palabra era como una bofetada. Contra toda lógica, se quedó sentada e inmóvil en la vieja silla giratoria de Barry y dejó que le llovieran los golpes.

—¿Me oye?

—Sí —contestó, y se le quebró la voz—. Sí, la oigo.

—Ya sé que el señor Fairbrother tenía mucho interés en estar presente cuando entrevistáramos a Krystal, pero vamos mal de tiempo y...

—No podrá estar presente —la interrumpió Mary, y su voz se volvió un chillido—: ¡No podrá volver a hablar de los puñeteros Prados ni de ninguna otra cosa! ¡Nunca más!

—¿Cómo? —preguntó la joven.

—Mi marido está muerto. ¿Entiende? Muerto. Así que los Prados tendrán que seguir sin él, ¿no cree?

Le temblaban tanto las manos que el móvil se le escurrió entre los dedos y, durante los instantes que tardó en conseguir cortar la comunicación, supo que la periodista oía sus entrecortados sollozos. Entonces se acordó de que Barry había dedicado casi todo su último día en este mundo y su aniversario de boda a su obsesión por los Prados y Krystal Weedon; la furia brotó en su interior y arrojó el móvil con tanta fuerza que dio contra una fotografía enmarcada de sus cuatro hijos y la tiró al suelo. Empezó a gritar y llorar a la vez. Su hermana y su cuñado subieron corriendo la escalera e irrumpieron en la habitación.

Al principio, lo único que consiguieron sacarle fue:

—¡Los puñeteros Prados, los puñeteros Prados!...

—Barry y yo crecimos allí —musitó su cuñado, pero se abstuvo de comentar nada más por temor a avivar la histeria de Mary.

II

La asistente social Kay Bawden y su hija Gaia se habían mudado hacía sólo cuatro semanas, procedentes de Londres, y eran las vecinas más nuevas de Pagford. Kay no estaba familiarizada con la conflictiva historia de los Prados; para ella, era simplemente la barriada donde vivían muchos de sus asistidos. Lo único que sabía de Barry Fairbrother era que su muerte había provocado aquella desgraciada escena en su cocina, cuando su amante, Gavin, había huido de ella y de sus huevos revueltos, llevándose consigo todas las esperanzas que había alimentado su forma de hacerle el amor.

Kay pasó la hora del almuerzo del martes en un área de descanso entre Pagford y Yarvil, comiendo un bocadillo en el coche y leyendo un grueso fajo de notas. Una de sus colegas había pedido la baja por estrés, por lo que le habían endosado a ella un tercio de sus casos. Poco después de la una, emprendió el camino hacia los Prados.

Ya había visitado varias veces la barriada, pero aún no conocía bien el laberinto de calles. Por fin encontró Foley Road e identificó a cierta distancia la casa que parecía la de los Weedon. El expediente dejaba bastante claro con qué iba a encontrarse, y el aspecto de la casa no lo desmentía en absoluto.

Había un montón de basura contra la fachada: bolsas de plástico repletas de porquería, junto con ropa vieja y pañales usados. Algunos de esos desperdicios se habían desparramado por el descuidado jardín, pero el grueso de la basura seguía amontonado bajo una de las dos ventanas de la planta baja.

En el centro del jardín había un neumático roto; lo habían movido recientemente, porque un par de palmos más allá se veía un círculo de hierba muerta, amarillenta y aplastada. Después de llamar al timbre, Kay reparó en un condón usado que brillaba en la hierba junto a sus pies, como la fina crisálida de una oruga enorme.

Sentía aquella leve aprensión que nunca había superado del todo, aunque no se podía comparar con los nervios de los primeros tiempos ante las puertas de los desconocidos. En aquel entonces, pese a toda su formación y a que solía acompañarla un colega, a veces había experimentado verdadero miedo. Perros peligrosos, hombres blandiendo cuchillos, niños con heridas atroces; se había encontrado con todo eso, y con cosas peores, en los años que llevaba visitando casas de extraños.

Nadie acudió a abrir, pero oía gimotear a un crío a través de la entreabierta ventana de la planta baja, a su izquierda. Probó a llamar con los nudillos y un pequeño copo de pintura crema se desprendió de la puerta para aterrizarle en la puntera del zapato. La hizo acordarse del estado de su nuevo hogar. Habría sido un detalle que Gavin se ofreciera a ayudarla con las pequeñas reformas, pero no había dicho palabra. A veces, Kay repasaba todas las cosas que él no decía ni hacía, como un usurero que revisara sus pagarés, y se sentía amargada, furiosa y decidida a obtener una compensación.

Volvió a llamar, antes de lo que lo habría hecho de no haber necesitado distraerse de sus sombríos pensamientos, y en esta ocasión oyó una voz distante:

—Ya voy, joder.

La puerta se abrió para revelar a una mujer con aspecto de niña y anciana a un tiempo, vestida con una sucia camiseta azul claro y unos pantalones de pijama de hombre. Era de la misma estatura que Kay, pero estaba encogida; los huesos de la cara y el esternón asomaban bajo la fina piel blanca. El pelo, teñido en casa, áspero y muy rojo, parecía una peluca sobre una calavera; las pupilas se le veían minúsculas y el pecho prácticamente plano.

—Hola, ¿eres Terri? Soy Kay Bawden, de los servicios sociales. Sustituyo a Mattie Knox.

Los brazos de la mujer, frágiles y grisáceos, estaban salpicados de pústulas blancuzcas, y tenía una llaga abierta y de un rojo furibundo en la cara interior de un antebrazo. En una extensa zona de tejido cicatrizado en el brazo derecho y la base del cuello, la piel le brillaba como si fuera plástico. En Londres, Kay había conocido a una drogadicta que en un descuido prendió fuego a su casa y tardó demasiado en comprender qué estaba sucediendo.

—Sí, vale —repuso Terri tras una larga pausa.

Al hablar parecía mucho mayor; le faltaban varios dientes. Le dio la espalda a Kay y se alejó con paso inestable por el pasillo en penumbra. Kay la siguió. La casa olía a comida rancia, sudor y mugre enquistada. Terri la condujo a través de la primera puerta a la izquierda, que daba a una diminuta sala de estar.

No había libros, cuadros, fotografías ni televisor; sólo un par de viejas y sucias butacas y una estantería rota. El suelo estaba alfombrado de porquería. Unas flamantes cajas de cartón apiladas contra la pared resultaban totalmente incongruentes.

De pie en el centro de la habitación había un niñito con las piernas desnudas, camiseta y un voluminoso pañal-braguita. Kay sabía, porque lo había leído en el expediente, que tenía tres años y medio. Parecía gimotear por inercia y sin motivo, emitiendo un ruido como de motor para indicar que estaba allí. Aferraba un paquete de cereales en miniatura.

—Éste debe de ser Robbie, ¿no? —dijo Kay.

El crío la miró cuando pronunció su nombre, pero siguió lloriqueando.

Terri apartó de un manotazo una lata de galletas vieja y rayada que había en una de las sucias y maltrechas butacas y se hizo un ovillo en el asiento, observando a Kay con los ojos entornados. Ella se sentó en la otra butaca, en cuyo brazo reposaba un cenicero lleno a rebosar. Varias colillas habían caído en el asiento; las notaba bajo los muslos.

—Hola, Robbie —le dijo al niño, al tiempo que abría el expediente de Terri.

El pequeño siguió con sus gimoteos, agitando el paquete de cereales; algo repiqueteaba en su interior.

—¿Qué tienes ahí? —quiso saber Kay.

Robbie se limitó a agitar el paquete con mayor energía. Una pequeña figura de plástico salió disparada de él, describió un arco en el aire y cayó por detrás de las cajas de cartón. Robbie empezó a berrear. Kay observó a Terri, que miraba a su hijo con rostro inexpresivo, hasta que por fin murmuró:

—¿Qué pasa, Robbie?

—¿Qué tal si intentamos sacarla de ahí? —propuso Kay, alegrándose de tener un motivo para levantarse y sacudirse la parte posterior de las piernas—. Echemos un vistazo.

Apoyó la cabeza contra la pared para escudriñar en el resquicio de detrás de las cajas. La figurita había quedado encajada a poca distancia. Metió una mano en el estrecho espacio. Las cajas eran pesadas y costaba moverlas. Consiguió aferrar la figura y, una vez la tuvo, comprobó que era de un hombre rechoncho y gordo como un Buda, todo de un morado brillante.

—Aquí tienes —le dijo al niño.

Robbie dejó de llorar; cogió la figura y volvió a meterla en el paquete de cereales, que empezó a agitar otra vez.

Kay miró alrededor. Bajo la estantería rota había dos cochecitos de juguete volcados.

—¿Te gustan los coches? —le preguntó a Robbie, señalándolos.

El pequeño no siguió la dirección de su dedo, sino que la miró entornando los ojos con expresión curiosa y desconfiada.

Entonces se alejó a saltitos, recogió un coche y lo sostuvo en alto para que Kay lo viera.

—*Bruuum* —dijo—. Coche.

—Eso es —repuso Kay—. Muy bien. Coche. *Brum brum.* —Volvió a sentarse y sacó el bloc de notas del bolso—. Bueno, Terri, ¿qué tal andan las cosas?

Hubo un silencio antes de que Terri contestara:

—Muy bien.

—Me alegro. Mattie está de baja, de modo que yo la sustituyo. Necesito repasar un poco la información que me ha dejado, para comprobar que no haya cambiado nada desde que te vio la semana pasada, ¿de acuerdo?

»Bien, vamos a ver. Robbie va ahora a la guardería, ¿no? ¿Cuatro mañanas y dos tardes a la semana?

La voz de Kay parecía llegarle a Terri como un eco distante. Era como hablar con alguien que estuviera en el fondo de un pozo.

—Ajá —dijo tras una pausa.

—¿Qué tal le va? ¿Lo pasa bien?

Robbie embutió el cochecito en el paquete de cereales. Recogió una colilla que se había desprendido de los pantalones de Kay y la metió también con el coche y el Buda morado.

—Ajá —repuso Terri con tono amodorrado.

Pero Kay estaba leyendo la última nota que Mattie le había garabateado antes de solicitar la baja.

—¿No debería estar hoy allí, Terri? ¿No es el martes uno de los días que va?

Terri parecía luchar contra el sueño. Cabeceó ligeramente un par de veces y por fin contestó:

—Le toca a Krystal llevarlo, pero pasa.

—Krystal es tu hija, ¿no? ¿Cuántos años tiene?

—Catorce —contestó Terri como en una ensoñación—, y medio.

Kay comprobó en sus notas que Krystal tenía dieciséis. Hubo un largo silencio.

A los pies de la butaca de Terri había dos tazones desportillados. Uno contenía restos de un líquido que parecía sangre. Había cruzado los brazos sobre el pecho.

—Ya lo tenía vestido —añadió Terri arrastrando las palabras desde lo más profundo de su conciencia.

—Perdona, Terri, pero debo preguntártelo: ¿has consumido droga esta mañana?

La mujer se pasó por la boca una mano como una garra de pájaro.

—Qué va.

—Tengo caca —intervino Robbie, y se precipitó hacia la puerta.

—¿Necesita ayuda? —se ofreció Kay cuando Robbie desapareció de la vista y lo oyeron correteando escaleras arriba.

—No; sabe hacerlo solo —balbuceó Terri.

Apoyó la cabeza en el puño y el codo en la butaca. Robbie empezó a gritar desde el rellano.

—¡Puerta! ¡Puerta!

Lo oyeron aporrear la madera. Terri no se movió.

—¿Lo ayudo? —insistió Kay.

—Ajá —repuso Terri.

Kay subió la escalera y accionó el endurecido picaporte para abrirle la puerta al niño. El baño apestaba. La bañera estaba gris, con sucesivos cercos marrones, y no habían tirado de la cadena. Kay lo hizo antes de permitir que Robbie se encaramase a la taza. El niño arrugó la cara e hizo ruidosos esfuerzos, sin inmutarse ante la presencia de Kay. Un sonoro chapoteo y un nuevo tufo se añadió a la atmósfera ya pestilente. El pequeño bajó de la taza y empezó a subirse el voluminoso pañal sin limpiarse; Kay lo sentó de nuevo y trató de que lo hiciera solo, pero por lo visto esa costumbre le era ajena. Acabó por limpiarlo ella. Tenía las nalgas prácticamente en carne viva: llenas de costras, rojas e irritadas. El pañal apestaba a amoníaco. Trató de quitárselo, pero el crío gritó, le dio una patada y se apartó de ella para volver corriendo a la sala de estar con el pañal a medio subir. Kay fue a lavarse las manos, pero no había jabón. Tratando de no inhalar, salió al rellano y cerró la puerta del baño.

Echó una ojeada a los dormitorios antes de volver a la planta baja. El contenido de los tres se desparramaba hasta el rellano lleno de trastos. Todos dormían en colchones en el suelo. Aparentemente, Robbie compartía habitación con su madre. Entre la ropa sucia esparcida por todas partes vio un par de juguetes baratos, de plástico, para una edad inferior. A Kay la sorprendió que tanto el edredón como las almohadas llevaran fundas.

De vuelta en la sala de estar, Robbie gimoteaba otra vez y golpeaba con el puño la pila de cajas de cartón. Terri lo observaba con los ojos apenas abiertos. Kay sacudió el asiento de la butaca antes de volver a sentarse.

—Terri, tú estás en el programa de metadona de la clínica Bellchapel, ¿correcto?

—Hum —musitó la mujer, medio dormida.

—¿Y qué tal te va, Terri? —Kay esperó con el bolígrafo a punto, fingiendo que no tenía la respuesta delante de las narices—. ¿Sigues yendo a la clínica, Terri?

—La semana pasada fui, el viernes.

Robbie seguía aporreando las cajas.

—¿Puedes decirme cuánta metadona te están dando?

—Ciento quince miligramos.

A Kay no la sorprendió que se acordara de eso y no de la edad de su hija.

—Mattie dice aquí que tu madre te ayuda con Robbie y Krystal: ¿es así?

Robbie arremetió con su cuerpecito contra la torre de cajas, que se tambaleó.

—Ten cuidado —le advirtió Kay.

—Deja eso —añadió Terri con lo más parecido a un tono espabilado que Kay había captado hasta entonces en su voz de zombi.

El niño volvió a dar puñetazos a las cajas, por el puro placer, por lo visto, de oír la hueca vibración que producían.

—Terri, ¿sigue ayudándote tu madre a cuidar de Robbie?

—Abuela, no madre.

—¿La abuela de Robbie?

—Mi abuela, joder. No... no está bien.

Kay volvió a mirar a Robbie, con el bolígrafo preparado. No estaba por debajo de su peso; saltaba a la vista, pues iba medio desnudo, y además Kay lo había levantado en el lavabo. Llevaba una camiseta sucia pero, cuando se había inclinado sobre él, la había sorprendido comprobar que el pelo le olía a champú. No tenía moretones en los brazos ni en las piernas, blancos como la leche; sin embargo, ahí estaba ese pañal empapado que llevaba colgando a sus tres años y medio de edad.

—¡Tengo hambre! —exclamó Robbie, dándole un último e inútil mamporro a una caja—. ¡Tengo hambre!

—Puedes coger una galleta —masculló Terri, pero no se movió.

Los gritos de Robbie se convirtieron en ruidosos llantos y alaridos. Terri no hizo el menor ademán de levantarse de la butaca. Resultaba imposible hablar con aquel griterío.

—¡¿Voy a buscarle una?! —gritó Kay.

—Ajá.

Robbie adelantó corriendo a Kay para entrar en la cocina. Estaba casi tan sucia como el cuarto de baño. No había más electrodomésticos que nevera, cocina y lavadora; en las encimeras sólo se veían platos sucios, otro cenicero lleno a rebosar, bolsas de plástico, pan mohoso. El suelo de linóleo estaba pringoso y se le pegaban las suelas. La basura desbordaba el cubo, coronada por una caja de pizza en precario equilibrio.

—Y dentro —dijo Robbie señalando con un dedo el armario de cocina y sin mirar a Kay—. Y dentro.

En el armario había más comida de la que Kay esperaba encontrar: latas, un paquete de galletas, un bote de café instantáneo. Sacó dos galletas de chocolate del paquete y se las tendió al niño, que se las arrebató y echó a correr para volver con su madre.

—Dime, Robbie, ¿te gusta ir a la guardería? —le preguntó Kay cuando el pequeño se sentó en la alfombra a zamparse las galletas.

No contestó.

—Sí, le gusta —intervino Terri, un poco más despierta—. ¿A que sí, Robbie? Le gusta.

—¿Cuándo fue por última vez?

—La última vez. Ayer.

—Ayer era lunes, no puede haber ido ayer —repuso Kay tomando notas—. No es uno de los días que le toca ir.

—¿Qué?

—Hablo de la guardería. Se supone que Robbie debería estar hoy allí. Necesito saber cuándo fue por última vez.

—Ya te lo he dicho, ¿no? La última vez. —Tenía los ojos más abiertos. El timbre de su voz seguía siendo apagado, pero la hostilidad luchaba por salir a la superficie—. ¿Eres tortillera? —quiso saber.

—No —contestó Kay sin dejar de escribir.

—Tienes pinta de tortillera.

Kay siguió escribiendo.

—¡Zumo! —chilló Robbie con la barbilla manchada de chocolate.

Esta vez, Kay no se movió. Tras otra larga pausa, Terri se levantó con esfuerzo de la butaca y se dirigió al pasillo haciendo eses. Kay se inclinó para abrir la tapa suelta de la lata de galletas que Terri había apartado al sentarse. Dentro había una jeringuilla, un poco de algodón mugriento, una cuchara oxidada y una bolsa de plástico con polvos. Volvió a poner la tapa con firmeza mientras Robbie la observaba. Se oyó un trajín distante, y Terri reapareció con una taza de zumo que le tendió al crío.

—Toma —dijo, más para Kay que para su hijo, y volvió a sentarse.

No acertó en el primer intento y se dio contra el brazo de la butaca; Kay oyó el choque de hueso contra madera, pero no pareció que Terri sintiera ningún dolor. Se arrellanó entonces en los cojines hundidos y miró a la asistente social con soñolienta indiferencia.

Kay había leído el expediente de cabo a rabo. Sabía que casi todo lo que tenía algún valor en la vida de Terri se lo había tragado el agujero negro de su adicción: que le había costado dos hijos, que conservaba de milagro a los otros dos, que se prostituía para pagar la heroína, que se había visto implicada en toda clase de delitos menores, y que en ese momento intentaba seguir un tratamiento de rehabilitación por enésima vez.

Pero no sentir nada, que nada te importe... «Ahora mismo —se dijo Kay—, es más feliz que yo.»

III

Cuando daba comienzo la segunda clase de la tarde, Stuart *Fats* Wall se fue del instituto. No emprendía ese experimento con el absentismo escolar de forma precipitada; la noche anterior había decidido que se saltaría la clase doble de informática, la última de la tarde. Podría haberse saltado cualquier otra, pero resultaba que su mejor amigo, Andrew Price (al que Stuart llamaba Arf), estaba en otro grupo en informática, y Fats, pese a todos sus esfuerzos, no había conseguido que lo bajaran de nivel para estar con él.

Quizá Fats y Andrew fueran igualmente conscientes de que en su relación la admiración fluía de Andrew hacia Fats; pero sólo Fats sospechaba que necesitaba a Andrew más que éste a él. Últimamente, Fats había empezado a considerar esa dependencia una especie de flaqueza, pero concluyó que, mientras siguiera gustándole disfrutar de la compañía de Andrew, bien podía perderse una clase de dos horas durante la que no podría disfrutarla.

Un informante de confianza le había contado que la única forma segura de salir del recinto de Winterdown sin que te vieran desde alguna ventana era saltar la tapia lateral que había junto al cobertizo de las bicicletas. Así pues, trepó por ella y se dejó caer al estrecho callejón del otro lado. Aterrizó sin contratiempos, echó a andar a buen paso y dobló a la izquierda hacia la transitada y sucia calle principal.

Una vez a salvo, encendió un pitillo y pasó ante las destartaladas tiendecitas. Cinco manzanas más allá, volvió a doblar a la izquierda y enfiló la primera calle de los Prados. Se aflojó la corbata con una mano mientras caminaba, pero no se la quitó. No le importaba que resultara evidente que era un colegial. Fats nunca había tratado de personalizar su uniforme de ninguna forma, ni de ponerse insignias en las solapas o hacerse el nudo de la corbata como dictaba la moda; llevaba las prendas escolares con el desdén de un presidiario.

Por lo que veía, el error que cometía el noventa y nueve por ciento de la humanidad era avergonzarse de la propia identidad; mentir sobre uno mismo, tratar de ser otro. La sinceridad era la moneda de cambio de Fats, su arma y su defensa. A la gente le daba miedo que fuera franco, los sorprendía muchísimo. Fats había descubierto que los demás eran presa de la vergüenza y la hipocresía, que los aterrorizaba que sus verdades salieran a la luz, pero a él lo atraía la crudeza, todo lo que fuera feo pero sincero, los trapos sucios que causaban humillación y repugnancia a las personas como su padre. Fats pensaba mucho en mesías y parias; en hombres tachados de locos o criminales; en nobles inadaptados rechazados por las masas atontadas.

Lo difícil, lo maravilloso, era ser realmente uno mismo, incluso si esa persona era cruel o peligrosa, especialmente si era cruel y peligrosa. No disfrazar al animal que uno lleva dentro era un acto de valentía. Por otra parte, había que evitar fingirse más animal de lo que se era: si se tomaba ese camino, si se empezaba a exagerar y aparentar, no se hacía sino convertirse en otro Cuby, en alguien tan mentiroso e hipócrita como él. «Auténtico» y «nada auténtico» eran palabras que Fats utilizaba con frecuencia en sus pensamientos; para él tenían un significado tan preciso como un láser cuando se las aplicaba a sí mismo y a los demás.

Creía poseer rasgos auténticos que, como tales, debía fomentar y cultivar; pero también tenía ideas que eran el producto poco natural de su desafortunada educación, y en consecuencia poco auténticas, por lo que había que purgarlas. Últimamente intentaba actuar de acuerdo con los que consideraba sus impulsos auténticos, e ignorar o suprimir la culpa y el miedo (nada auténticos) que dichos actos parecían suscitar. Sin duda, con la práctica se hacía cada vez más fácil. Quería endurecerse por dentro, volverse invulnerable, verse libre del miedo a las consecuencias: deshacerse de las falsas nociones del bien y del mal.

Una de las cosas que habían empezado a irritarlo de su dependencia de Andrew era que la presencia de éste a veces frenaba y limitaba la expresión de su yo auténtico. En algún lugar del interior de Andrew había un mapa trazado por él mismo de lo que constituía juego limpio, y desde hacía un tiempo Fats advertía expresiones de desagrado, confusión y decepción mal disimuladas en la cara de su viejo amigo. Andrew se echaba atrás ante el tormento y las burlas llevados al extremo. Fats no se lo tenía en cuenta; habría sido poco auténtico que Andrew participara si no lo deseaba de verdad. El problema era que Andrew mostraba demasiado apego a la moral contra la que Fats luchaba con creciente decisión. Intuía que la forma correcta de proceder, sin sentimentalismos, para llegar a ser plenamente auténtico habría significado romper con Andrew; sin embargo, seguía prefiriendo su compañía a la de cualquiera.

Estaba convencido de conocerse especialmente bien; exploraba los recovecos de su propia psique con una atención que había dejado de prestarle a todo lo demás. Pasaba horas interrogándose sobre sus propios impulsos, deseos y temores, tratando de discriminar los que le pertenecían realmente de los que le habían enseñado a experimentar. Analizó sus propios vínculos emocionales (estaba seguro de que ninguno de sus conocidos era jamás tan sincero consigo mismo: se dejaban llevar, medio adormecidos, por la vida), y sus conclusiones fueron que Andrew, al que conocía desde los cinco años, era la persona por la que sentía un afecto más nítido y sincero; que conservaba un vínculo afectivo con su madre que no era culpa suya, aunque ahora era lo bastante mayor para calarla; y que despreciaba intensamente a Cuby, que representaba el colmo y la cúspide de la falta de autenticidad.

En su página de Facebook, que atendía con un cariño que no dedicaba a casi nada más, había colgado una cita que encontró en la biblioteca de sus padres:

> No quiero creyentes, me considero demasiado malévolo para creer siquiera en mí mismo... Me daría mucho miedo que algún día me declarasen santo... No quiero ser un santo, prefiero ser un bufón... y quizá lo sea...

A Andrew le gustó mucho, y a Fats le gustó que su amigo se quedara tan impresionado.

En el tiempo que le llevó pasar ante la casa de apuestas —cuestión de segundos—, los pensamientos de Fats se toparon con el amigo muerto de su padre, Barry Fairbrother. Tres rápidas zancadas ante los caballos de carreras en los carteles al otro lado del sucio cristal, y Fats vio la cara burlona de Barry, con su barba, y oyó la estentórea y patética risa de Cuby, que a menudo soltaba incluso antes de que Barry hubiese contado uno de sus chistes malos, por la mera emoción que le producía su presencia. No tuvo deseos de ahondar en esos recuerdos, no se interrogó sobre las razones de su instintivo estremecimiento, no se preguntó si el muerto había sido auténtico o no, se quitó de la cabeza a Barry Fairbrother y las ridículas angustias de su padre, y siguió adelante.

Últimamente sentía una curiosa tristeza, aunque seguía haciendo reír a todo el mundo tanto como siempre. Su cruzada para librarse de la moral restrictiva era un intento de recuperar algo que sin duda le habían reprimido, algo que había perdido al dejar atrás la infancia. Lo que Fats quería recobrar era una especie de inocencia, y la ruta que había elegido para volver a ella pasaba por todas las cosas que se suponían malas para uno, pero que, paradójicamente, a él le parecían el único camino verdadero hacia lo auténtico, hacia una suerte de pureza. Qué curioso cómo, muchas veces, todo era al revés, lo inverso de lo que le decían a uno; empezaba a creer que, si desechaba hasta el último ápice de sabiduría recibida, se encontraría con la verdad. Quería recorrer oscuros laberintos y luchar contra todo lo extraño que acechaba en su interior; quería resquebrajar la cáscara de la piedad y exponer la hipocresía; quería romper tabús y exprimir la sabiduría de sus sangrientos corazones; quería alcanzar un estado de gracia amoral, y retroceder para ser bautizado en la ignorancia y la ingenuidad.

Y así, decidido a incumplir una de las pocas normas escolares que no había infringido todavía, se alejó para internarse en los Prados. No se trataba sólo de que el crudo pulso de la realidad pareciera más cercano allí que en cualquier otro sitio; tenía asimismo la vaga esperanza de toparse con ciertas personas de mala fama por las que sentía curiosidad y —aunque no acababa de reconocerlo porque era uno de los pocos anhelos para los que no tenía palabras— andaba en busca de una puerta abierta, de que alguien lo reconociera y le diera la bienvenida a un hogar que no era consciente de tener.

Al pasar ante las casas de color piedra andando, no en el coche de su madre, advirtió que en muchas de ellas no había pintadas ni desechos y que algunas imitaban (o eso le pareció) el refinamiento de Pagford, con pulcras cortinas y adornos en los alféizares. Esos detalles eran menos evidentes desde un vehículo en movimiento, donde la mirada de Fats se veía irresistiblemente atraída por las ventanas tapiadas y la basura desparramada en los jardines. Las casas más dignas no tenían interés para él. Lo atraían los sitios donde el caos o la anarquía fueran bien visibles, aunque sólo se tratara de la pueril variedad de las pintadas con espray.

En algún lugar cerca de allí (no sabía exactamente dónde) vivía Dane Tully. La familia Tully tenía muy mala fama. Los dos hermanos mayores y el padre pasaban largas temporadas en prisión. Circulaba el rumor de que, la última vez que Dane se había enzarzado en una pelea (con un chico de diecinueve años, decían, de Cantermill), su padre lo había escoltado hasta la cita y se había quedado para enfrentarse a los hermanos mayores del rival de Dane. Luego, éste se había presentado en la escuela con cortes en la cara, un labio hinchado y un ojo morado. Todo el mundo coincidió en que había hecho una de sus infrecuentes apariciones con la simple intención de alardear de sus heridas de guerra.

Fats estaba casi convencido de que él habría actuado de otra manera. Darle importancia a lo que los demás pensaran de tu cara machacada no era nada auténtico. A él le habría gustado participar en la pelea y luego seguir con su vida de siempre, y si alguien se enteraba sería porque lo habían visto por casualidad.

A Fats nunca le habían pegado, pese a que solía ofrecer motivo para ello. Últimamente solía preguntarse qué se sentiría en una pelea. Intuía que el estado de autenticidad que buscaba incluiría alguna clase de violencia, o al menos no la descartaría del todo. Estar dispuesto a pegar, y a que te pegaran, le parecía una forma de valentía a la que debería aspirar. Nunca había necesitado los puños: le había bastado con la lengua; pero el Fats que estaba emergiendo empezaba a despreciar su propia elocuencia y a admirar la auténtica brutalidad. Las navajas eran otro cantar, debían considerarse con mayor cautela. Comprarse una navaja y permitir que se supiera que la llevaba supondría una falta de autenticidad, una lamentable imitación de tíos como Dane Tully; se le encogía el estómago con sólo pensarlo. Sería distinto si algún día se encontraba con la necesidad de llevar navaja. No descartaba la posibilidad de que llegara ese día, aunque la idea lo asustaba. Le daban miedo los objetos que penetraban en la carne, las agujas y los cuchillos. Era el único que se había desmayado cuando les pusieron la vacuna de la meningitis en el St. Thomas. Uno de los pocos métodos que Andrew había descubierto para perturbarlo era destapar cerca de él la EpiPen, la jeringuilla de adrenalina que debía llevar siempre encima por su peligrosa alergia a los frutos secos. Fats se mareaba cuando Andrew la blandía y fingía pincharlo con ella.

Paseando sin un destino concreto, en cierto momento se encontró en Foley Road. Krystal Weedon vivía allí. Fats no sabía si ese día había ido al instituto, pero no tenía intención de hacerle creer que había acudido en su busca.

Habían quedado en verse la noche del viernes. Fats les había dicho a sus padres que iría a casa de Andrew para hacer un trabajo para la clase de lengua. Krystal parecía comprender qué iban a hacer, y parecía dispuesta a hacerlo. Hasta entonces, le había permitido a Fats introducir dos dedos en su intimidad, caliente, firme y resbaladiza, además de sobarle los pechos cálidos y turgentes tras desabrocharle el sujetador. Fats había ido resueltamente en su busca durante el baile de Navidad de la escuela: la sacó de la pista ante la incrédula mirada de Andrew y los demás y se la llevó a la parte de atrás del edificio. Krystal parecía casi tan sorprendida como los otros, pero, tal como Fats esperaba, apenas ofreció resistencia. Su elección de Krystal había sido deliberada; y tenía lista una respuesta guay y descarada para cuando llegó el momento de enfrentarse a los abucheos y burlas de los colegas:

—Cuando uno quiere patatas fritas, no va a un puto bufet de ensaladas. —La analogía no ofrecía dudas, pero aun así tuvo que explicarla—: Tíos, vosotros seguid con vuestras pajas. Yo quiero follar.

Eso les había borrado la sonrisa de la cara. Todos, Andrew incluido, tuvieron que tragarse las burlas y admirar el absoluto descaro con que Fats perseguía el objetivo, el único y verdadero objetivo. Estaba claro que había elegido la ruta más directa para alcanzarlo y ninguno pudo discutirle su osado pragmatismo. Fats se percató de que hasta el último de ellos se preguntaba por qué no había tenido los huevos de considerar ese medio para llegar al anhelado fin.

—Hazme un favor y no le menciones esto a mi madre, ¿vale? —le había murmurado a Krystal cuando cogían aire entre las largas y húmedas exploraciones de la boca del otro y mientras los pulgares de Fats le frotaban una y otra vez los pezones.

Krystal soltó una risita y lo besó con mayor ímpetu. No le preguntó por qué la había elegido a ella, no le preguntó nada; parecía muy ufana por las reacciones de los conocidos de ambos, tan distintos entre sí, como si se jactara de la confusión provocada y hasta del asco que fingían sentir los amigos de Fats. Apenas habían cruzado palabra durante tres tandas más de exploración y experimentación carnal. Fats se había ocupado de organizarlas, pero ella había estado más disponible de lo habitual, dejándose ver en sitios donde él pudiese encontrarla con facilidad. La noche del viernes sería su primera cita fijada con antelación. Fats había comprado condones.

La perspectiva de llegar hasta el final guardaba alguna relación con hacer novillos para ir a los Prados, aunque no había pensado en la propia Krystal (o no en la que había más allá de sus espléndidos pechos y aquella vagina milagrosamente desprotegida) hasta que vio el rótulo de su calle.

Fats volvió sobre sus pasos, encendiendo otro pitillo. Leer «Foley Road» le había dado la extraña sensación de que aquél no era buen momento. Ese día, los Prados parecían banales e inescrutables, y lo que él buscaba, lo que esperaba reconocer cuando lo encontrara, estaba hecho un ovillo en alguna parte, fuera de la vista. Por tanto, emprendió el camino de vuelta al instituto.

IV

Nadie contestaba al teléfono. De vuelta en la Oficina de Protección de la Infancia, Kay llevaba casi dos horas marcando números una y otra vez, dejando mensajes y pidiendo que le devolvieran la llamada: al asistente de salud de los Weedon, al médico de cabecera, a la guardería de Cantermill y la Clínica Bellchapel para Drogodependientes. Tenía el expediente de Terri Weedon, grueso y manoseado, abierto sobre el escritorio.

—Vuelve a drogarse, ¿no? —dijo Alex, una de las compañeras de trabajo de Kay—. Esta vez le van a dar la patada en Bellchapel y no la dejarán volver. Dice que le da pánico que le quiten a Robbie, pero no se esfuerza lo suficiente para dejar el caballo.

—Es la tercera vez que pasa por Bellchapel —comentó Una.

Basándose en lo que había visto esa tarde, Kay pensaba que había que revisar el caso, reunir a los profesionales asignados a las distintas parcelas de la vida de Terri Weedon. Fue apretando la tecla de rellamada al tiempo que se ocupaba de otras cuestiones, mientras en un rincón otro teléfono no cesaba de sonar y el contestador automático saltaba con un chasquido. En aquella oficina había poco espacio, reinaba el desorden y olía a leche cortada, porque Alex y Una tenían la costumbre de vaciar sus tazas en la maceta de la yuca de aspecto anémico que había en un rincón.

Las notas más recientes de Mattie, además de incompletas, eran un caos, llenas de tachaduras y errores en las fechas.

En el expediente faltaban varios documentos clave, entre ellos una carta enviada por la clínica de desintoxicación dos semanas antes. Acabaría antes pidiéndoles información a Alex y Una.

—La última revisión del caso fue... —empezó a decir Alex mirando la yuca con el cejo fruncido— hace más de un año, calculo.

—Por lo visto, entonces pensaron que Robbie podía quedarse con ella —repuso Kay sujetando el auricular entre la oreja y el hombro, mientras buscaba las notas de la revisión en la abultada carpeta, sin éxito.

—No se trataba de que se quedara con ella o no, sino más bien de si volvía a vivir con ella. Le habían asignado una madre de acogida porque a Terri un cliente le pegó una paliza y acabó en el hospital. Cuando le dieron el alta y volvió a casa, se empeñó en recuperar a Robbie. Volvió a ingresar en el programa de Bellchapel; estaba limpia y poniendo de su parte. Y su madre prometía que iba a ayudarla. De modo que al final consiguió que le devolvieran al niño, pero al cabo de unos meses estaba chutándose otra vez.

—Pero no es la madre de Terri quien la ayuda, ¿no? —comentó Kay; empezaba a dolerle la cabeza de intentar descifrar la enorme y descuidada letra de Mattie—. Es su abuela, la bisabuela de los niños. Así que debe de tener sus años, y esta mañana Terri me ha dado a entender que la mujer está enferma. Así que si actualmente Terri es la única persona que cuida del pequeño...

—La hija tiene dieciséis años —interrumpió Una—. Es ella quien más se ocupa de Robbie.

—Bueno, pues no lo está haciendo precisamente bien —repuso Kay—. El niño no estaba en muy buen estado cuando lo he visto esta mañana.

Pero también era verdad que había visto cosas mucho peores: cardenales y llagas, cortes y quemaduras, moretones negros como el betún, costras y piojos, bebés gateando en alfombras donde cagaba el perro, niños arrastrándose con huesos rotos, e incluso (todavía soñaba con eso) uno al que su padrastro psicópata había tenido cinco días encerrado en un armario. Ése había salido en los informativos nacionales. El peligro más inmediato para Robbie eran aquellas pesadas cajas en la sala de estar, a las que había intentado encaramarse al ver que así atraía la atención de Kay. Ella las había dispuesto en dos pilas más bajas antes de marcharse. A Terri no le había gustado que tocara las cajas, y menos aún que le dijera que debía quitarle aquel pañal asqueroso a Robbie. De hecho, Terri había montado en cólera, aunque aún estaba un poco ida, y le había dicho que se largara de allí y no se le ocurriera volver.

Le sonó el móvil. Era la asistente de toxicómanos que supervisaba a Terri.

—Llevo días tratando de localizarla —le soltó la mujer de mala manera.

A Kay le costó hacerle entender que ella no era Mattie, pero eso no redujo gran cosa la hostilidad de la mujer.

—Sí, aún la atendemos, pero la semana pasada dio positivo. Si vuelve a drogarse, se acabó. Ahora mismo tenemos a veinte personas que podrían ocupar su sitio y quizá sacarle algún provecho. Ésta es la tercera vez que intenta seguir nuestro programa.

Kay no le mencionó que Terri se había pinchado esa misma mañana. Luego tomó nota de todos los detalles sobre su falta de progresos en la clínica para toxicómanos.

—¿Tenéis paracetamol? —les preguntó a Una y a Alex después de colgar.

Se tomó el analgésico con té tibio, ya sin energías para ir hasta el dispensador de agua del pasillo. El ambiente de la oficina estaba cargado, con el radiador a tope. Al languidecer el día al otro lado de la ventana, la luz fluorescente que incidía en su escritorio cobró intensidad y volvió sus papeles de un reluciente blanco amarillento; un hervidero de palabras negras como hormigas marchaban en filas interminables.

—Ya veréis cómo cierran la Bellchapel —comentó Una, que trabajaba en su PC dándole la espalda a Kay—. Tienen que hacer recortes. El municipio financia una de las trabajadoras sociales para toxicómanos. El propietario del edificio es el Concejo Parroquial de Pagford. He oído que planean remodelarlo para alquilárselo a alguien que pague mejor. Hace años que se la tienen jurada a esa clínica.

A Kay le palpitaban las sienes. Oír el nombre del pueblo que era su nuevo hogar le provocó tristeza. Sin pararse a pensarlo, hizo lo que se había prometido no hacer cuando él no la había llamado la noche anterior: cogió el móvil y tecleó el número de la oficina de Gavin.

—Edward Collins y Asociados —contestó una mujer al tercer timbrazo. En el sector privado, donde el dinero podía depender de ello, sí contestaban las llamadas.

—Con Gavin Hughes, por favor —pidió Kay, mirando fijamente el expediente de Terri.

—¿De parte de quién?

—Kay Bawden.

No alzó la vista; no quería encontrarse con las miradas de Alex o Una. La pausa le pareció interminable.

(Se habían conocido en Londres, en la fiesta de cumpleaños del hermano de Gavin. Kay no conocía a nadie, excepto a la amiga que la había arrastrado hasta allí para sentirse respaldada. Gavin acababa de romper con Lisa; estaba un poco borracho, pero le pareció decente, formal y convencional, en absoluto la clase de hombre al que solía echarle los tejos. Él le contó toda la historia de su relación fracasada y luego se fue con ella a casa, al piso que Kay tenía en Hackney. Había mostrado interés mientras la aventura amorosa se mantenía a distancia, visitándola los fines de semana y llamándola con regularidad; pero cuando milagrosamente ella consiguió aquel empleo en Yarvil —aunque por menos dinero— y puso a la venta el piso de Hackney, Gavin por lo visto se había asustado.)

—Está comunicando. ¿Quiere esperar?

—Sí, gracias —contestó Kay con abatimiento.

(Si lo de ella y Gavin no funcionaba... Pero tenía que funcionar. Se había mudado por él, había cambiado de trabajo perdiendo dinero por él, desarraigado a su hija por él. Gavin no habría dejado que pasara todo eso si sus intenciones no fueran serias, ¿no? Debía haber pensado en las consecuencias si rompían, en lo horrible e incómodo que sería toparse continuamente en un pueblecito como Pagford, ¿no?)

—Le paso —dijo la secretaria, y las esperanzas de Kay renacieron.

—Hola —dijo Gavin—. ¿Cómo estás?

—Bien —mintió Kay, dado que Alex y Una estaban con las antenas desplegadas—. ¿Qué tal tu día?

—Con mucho trabajo. ¿Y el tuyo?

—Sí, también.

Kay esperó, con el teléfono apretado contra la oreja, fingiendo que él le hablaba, escuchando el silencio.

—Me preguntaba si te apetece que nos veamos esta noche —dijo por fin, sintiendo un leve mareo.

—Pues... no creo que pueda.

«¿Cómo puedes no saberlo? ¿Qué te traes entre manos?»

—Probablemente esté ocupado. Mary, la mujer de Barry, quiere que sea uno de los portadores del ataúd. Así que igual tengo que... bueno, ya sabes, averiguar qué hay que hacer y tal.

A veces, si se limitaba a quedarse callada y dejaba que la incongruencia de sus respuestas reverberara en el aire, Gavin se avergonzaba y daba marcha atrás.

—Aunque supongo que no me llevará toda la noche —añadió—. Podemos vernos después, si quieres.

—Muy bien, de acuerdo. ¿Quieres venir a mi casa? Como es día de colegio...

—Pues... sí, vale.

—¿A qué hora? —preguntó Kay, deseosa de que tomara una decisión.

—No sé... ¿Sobre las nueve?

Cuando él hubo colgado, Kay mantuvo el teléfono contra la oreja unos instantes más, y entonces, para los oídos de Alex y Una, dijo:

—Yo a ti también. Nos vemos luego, cariño.

V

Como orientadora escolar, los horarios de Tessa eran más variables que los de su marido. Solía esperar a que acabaran las clases para llevarse a su hijo a casa en el Nissan, dejando a Colin (a quien —aunque sabía cómo lo llamaba el resto del mundo, incluidos casi todos los padres, contagiados por sus hijos— nunca llamaba Cuby) para que los siguieran, un par de horas después, en su Toyota. Ese día, sin embargo, Colin se encontró con su mujer en el aparcamiento a las cuatro y veinte, cuando los alumnos aún salían en manada por las puertas hacia los coches de sus padres o los autobuses escolares.

El cielo estaba de un frío gris metálico, como el reverso de un escudo. Un viento cortante levantaba faldas y agitaba las hojas de los árboles jóvenes; helado y perverso, atacaba en los sitios más débiles, como la nuca y las rodillas, y negaba el consuelo de soñar, de alejarse un poco de la realidad. Incluso después de haberse sentado en el coche, Tessa se sentía alterada y molesta, como se habría sentido si alguien hubiese chocado contra ella sin disculparse.

A su lado, en el asiento del acompañante, con las rodillas ridículamente levantadas en el estrecho espacio de su coche, Colin le contaba lo que el profesor de informática había ido a decirle a su despacho veinte minutos antes.

—...y no estaba. No ha aparecido en toda la clase de dos horas. Ha pensado que debía venir derecho a contármelo.

O sea que mañana será la comidilla de toda la sala de profesores. Es exactamente lo que él quiere —añadió Colin, furioso, y Tessa supo que ya no hablaba del profesor de informática—. Me está haciendo un corte de mangas, como de costumbre.

Su marido estaba pálido de agotamiento, con los ojos enrojecidos y profundas ojeras, y las manos se le crispaban levemente en el asa del maletín. Unas manos bonitas, de nudillos grandes y dedos largos y finos, no muy distintas de las de su hijo. Tessa se lo había señalado a ambos recientemente, pero ninguno de los dos había mostrado la menor satisfacción ante la idea de tener un ligero parecido físico.

—No creo que esté... —empezó, pero Colin estaba hablando otra vez.

—...o sea que le caerá una sanción como a cualquier otro, y en casa le impondré un castigo prusiano. Ya veremos si eso le gusta. Veremos si le da risa. Podemos empezar por una semana sin salir de casa, a ver si lo encuentra muy divertido.

Mordiéndose la lengua, Tessa recorrió con la mirada el mar de estudiantes vestidos de negro que caminaban cabizbajos, temblando, ciñéndose los delgados abrigos y apartándose el pelo de la cara. Un chico mofletudo y un poco desconcertado de primer curso escudriñaba con la mirada en busca de un coche que no había llegado. Se hizo un claro entre la riada y apareció Fats, acompañado por Arf Price como de costumbre, el viento apartándole el pelo del rostro flaco y adusto. A veces, desde ciertos ángulos y bajo según qué luz, no costaba adivinar qué aspecto presentaría Fats de viejo. Durante un instante, desde el fondo de su cansancio, a Tessa le pareció un completo desconocido y pensó que era una extraña casualidad que se encaminara a su coche, y que ella tuviera que salir de nuevo a aquel viento espantoso y sobrenatural para dejarlo subir. Pero cuando llegó hasta ellos y esbozó aquella mueca suya que pasaba por sonrisa, volvió a convertirse de inmediato en el chico que ella tanto quería a pesar de todo, y se apeó y esperó estoicamente al viento cortante a que Stuart se embutiera en el coche con su padre, que no se había ofrecido a moverse.

Salieron del aparcamiento por delante de los autobuses escolares y emprendieron el camino cruzando Yarvil, para pasar por las feas y desvencijadas casas de los Prados y continuar hacia la carretera de circunvalación que los llevaría rápidamente de vuelta a Pagford. Tessa observó a Fats por el retrovisor. Iba repantigado en el asiento mirando por la ventanilla, como si sus padres fueran dos personas que lo hubiesen recogido haciendo autoestop, ligadas a él meramente por la casualidad y la proximidad.

Colin esperó a que hubiesen llegado a la circunvalación, y entonces preguntó:

—¿Dónde estabas esta tarde a la hora de la clase de informática?

Tessa no pudo resistirse y volvió a mirar por el retrovisor. Vio bostezar a su hijo. A veces, aunque siempre le negaba a Colin que fuera así, se preguntaba si en realidad Fats no estaría librando una guerra sucia y personal contra su padre, con el colegio entero como público. Ella sabía cosas sobre su hijo que no habría sabido de no trabajar como orientadora; los alumnos le contaban cosas, a veces inocentemente, a veces con malicia.

«Señorita, ¿no le importa que Fats fume? ¿Le deja fumar en casa?»

Tessa guardaba a buen recaudo ese pequeño botín clandestino, obtenido sin pretenderlo, y nunca lo comentó con su marido ni con su hijo, aunque le pesaba enormemente.

—He ido a dar un paseo —respondió Fats con calma—. Tenía ganas de estirar un poco las piernas.

Colin se retorció en el asiento para echarle un vistazo y empezó a gritar y gesticular, contenido por el cinturón, con los impedimentos añadidos del abrigo y el maletín. Cuando perdía el control, su tono se agudizaba cada vez más y acababa gritando casi en falsete. Fats permaneció en silencio, con un insolente asomo de sonrisa en los labios, hasta que su padre acabó insultándolo a grito pelado, aunque atemperado por el desagrado innato que Colin sentía hacia los insultos y su timidez a la hora de utilizarlos.

—¡Pedazo de gallito egoísta! ¡No eres más que un... un imbécil! —chilló, y Tessa, con los ojos tan lacrimosos que apenas veía la carretera, tuvo la certeza de que, a la mañana siguiente, Fats repetiría la apocada ristra de insultos en falsete de Colin para deleite de Andrew Price.

«Fats imita de maravilla la forma de andar de Cuby, señorita, ¿no lo ha visto?»

—¿Cómo te atreves a responderme así? ¿Cómo te atreves a saltarte clases?

Colin siguió soltando alaridos, y Tessa tuvo que parpadear para despejarse la vista al tomar el desvío de Pagford, para luego llegar a la plaza y pasar frente a Mollison y Lowe, el monumento a los caídos y el Black Canon. En St. Michael and All Saints giró a la izquierda para recorrer Church Row y acceder, por fin, al sendero de entrada de su casa. Colin ya se había quedado con un ronco hilo de voz de tanto gritar y ella tenía las mejillas brillantes y saladas.

Cuando todos se apearon, Fats, cuya expresión no había cambiado un ápice durante la larga diatriba paterna, abrió la puerta principal con su propia llave y procedió a subir las escaleras con paso tranquilo y sin mirar atrás.

Colin arrojó el maletín al suelo del vestíbulo en penumbra y se encaró con Tessa.

—¡¿Lo has visto?! —exclamó, haciendo aspavientos con sus largos brazos—. ¿Has visto con qué ingrato tengo que vérmelas?

—Sí —contestó ella, cogiendo un puñado de pañuelos de la caja de la mesita del vestíbulo para secarse la cara y sonarse la nariz—. Lo he visto.

—¡Ni se le ha ocurrido pensar en lo que estamos pasando! —Y Colin prorrumpió en aparatosos y ásperos sollozos, como un niño con difteria.

Tessa se apresuró a rodearlo con los brazos, un poco por encima de la cintura, pues con lo baja y rechoncha que era no llegaba más arriba. Colin se inclinó para abrazarse a su mujer, que lo sintió temblar y notó su respiración entrecortada a través del abrigo.

Al cabo de unos minutos, se separó suavemente de él, lo condujo hasta la cocina y preparó una tetera.

—Voy a llevar un guiso a casa de Mary —dijo, cuando ya llevaba un rato sentada, acariciándole la mano—. Tiene a media familia ahí. Cuando vuelva, nos acostaremos temprano.

Colin asintió con la cabeza y sorbió por la nariz, y Tessa lo besó en la sien antes de dirigirse al congelador. Cuando volvió, cargada con el pesado y helado guiso envuelto en una bolsa de plástico, su marido seguía sentado a la mesa, con la taza entre sus grandes manos y los ojos cerrados.

Dejó el guiso en el suelo junto a la puerta de entrada y se puso la rebeca verde de punto grueso que solía usar en lugar de chaqueta, pero no se calzó los zapatos. Lo que hizo fue subir de puntillas al rellano y entonces, tomándose menos molestias en no hacer ruido, recorrió el segundo tramo que llevaba a la buhardilla.

Cuando se aproximaba a la puerta, percibió un estallido de actividad como de ratas desenfrenadas. Llamó con los nudillos, dándole tiempo a Fats para ocultar lo que fuera que anduviese buscando en internet o, quizá, los cigarrillos de los que no sabía que ella estaba al corriente.

—¿Sí?

Tessa abrió la puerta. Su hijo estaba agachado, con gesto teatral, ante la mochila del colegio. Ella fue al grano.

—¿Tenías que hacer novillos precisamente hoy?

El nervudo muchacho se irguió en toda su estatura, mucho más alto que su madre.

—He estado en la clase, aunque he llegado tarde. Bennett ni se ha dado cuenta de mi presencia. Es un inútil.

—Stuart, por favor. ¡Por favor!

A veces también sentía el impulso de gritarles a los niños en el colegio. De buena gana le habría espetado: «Tienes que aceptar la realidad de las demás personas. Crees que la realidad es algo con lo que se puede negociar, quieres que nosotros creamos que es como tú aseguras que es. Pero has de aceptar que somos tan reales como tú; debes aceptar que no eres Dios.»

—Tu padre está muy afectado, Stu. Por lo de Barry. ¿No puedes entenderlo?

—Sí.

—Me refiero a que para ti sería como si se muriera Arf.

Fats no respondió, y tampoco cambió mucho su expresión, pero Tessa captó su desdén, sus ganas de reírse.

—Sé que piensas que tú y Arf sois muy distintos de tu padre y Barry...

—No —replicó Fats, pero ella supo que sólo lo decía para acabar con la conversación.

—Ahora voy a llevar un poco de comida a casa de Mary. Te lo ruego, Stuart, no le des ningún disgusto más a tu padre en mi ausencia. Por favor, Stu.

—Vale —repuso él medio riendo, medio encogiéndose de hombros.

Tessa advirtió que su atención descendía en picado, cual golondrina, de vuelta a sus propios asuntos, antes incluso de que ella hubiese cerrado la puerta.

VI

El viento despiadado se llevó consigo las pesadas nubes de la tarde y, a la puesta de sol, dejó de soplar. Tres casas más allá de la de los Wall, Samantha Mollison estaba sentada ante su reflejo en el espejo del tocador, iluminado por una lámpara, pensando que el silencio y la quietud eran deprimentes.

Llevaba un par de días decepcionantes. No había vendido prácticamente nada. El representante de Champêtre había resultado ser un tipo con cara de bulldog, modales bruscos y una bolsa de viaje llena de feos sujetadores. Por lo visto reservaba su encanto para los preliminares, pues en persona no se anduvo con tonterías y fue al grano, dándoselas de autoridad para criticar el género de la pequeña tienda de Samantha e insistirle en que le hiciera un pedido. Ella había imaginado a alguien más joven, alto y sexy, así que tuvo ganas de ponerlos de patitas en la calle en el acto, a él y a su muestrario de chabacana ropa interior.

A la hora de comer había comprado una tarjeta de «nuestro más sincero pésame» para Mary Fairbrother, pero no se le ocurría qué escribir, porque después de aquel trayecto de pesadilla que habían hecho todos hasta el hospital, una simple firma no parecía suficiente. Nunca habían tenido una relación estrecha. En un sitio tan pequeño como Pagford uno se tropezaba continuamente con todo el mundo, pero Miles y ella no habían conocido bien a Barry y Mary. En realidad, podía decirse que estaban en bandos opuestos, ya que Howard y Barry siempre andaban enzarzados en alguna disputa sobre los Prados... aunque la verdad era que a ella le importaba un bledo cómo acabara la cosa. Se consideraba por encima de asuntos tan insignificantes como la política local.

Cansada, de mal humor e hinchada tras una jornada de picar indiscriminadamente, deseó que no tuvieran que ir a cenar a casa de sus suegros. Mirándose en el espejo, se apoyó las palmas a ambos lados de la cara y estiró suavemente la piel hacia las orejas. Milímetro a milímetro, apareció una Samantha más joven. Moviendo despacio la cara de un lado a otro, examinó la tensa máscara. Mejor, mucho mejor. Se preguntó cuánto costaría, si le dolería, si se atrevería. Trató de imaginar qué diría su suegra si apareciera con una cara tersa y nueva. Shirley y Howard, como Shirley no se cansaba de recordarles, ayudaban a pagar la educación de sus nietas.

Miles entró en el dormitorio; Samantha se soltó la cara, cogió el tapaojeras y echó la cabeza un poco hacia atrás, como hacía siempre que se aplicaba maquillaje: así tensaba la piel un poco caída de la mandíbula y reducía las bolsas bajo los ojos. Tenía unas arruguitas finas como agujas en el contorno de los labios. Había leído que podían rellenarse con un compuesto sintético inyectable. Se preguntó si se notaría mucho la diferencia; sin duda sería más barato que un estiramiento facial, y a lo mejor Shirley no se daría cuenta. En el espejo, por encima del hombro, vio a Miles quitarse la corbata y la camisa, con el vientre asomando sobre los pantalones.

—¿No te reunías hoy con alguien? ¿Con un representante? —preguntó. Se rascó distraídamente el velludo ombligo mientras estudiaba el interior del armario.

—Sí, pero ha sido un desastre. Su muestrario era una porquería.

A Miles le gustaba lo que ella hacía; había crecido en una casa donde la venta al por menor era el único negocio que importaba de verdad, y nunca había perdido el respeto por el comercio que Howard le había inculcado. Además, el ramo que tocaba Samantha le ofrecía todas las oportunidades del mundo para bromear, y para otras formas menos sutilmente disimuladas de satisfacción personal. Miles nunca parecía cansarse de las mismas ocurrencias graciosas o las mismas alusiones pícaras.

—¿No se adaptaban bien? —quiso saber, dándoselas de entendido.

—El diseño era malo. Y los colores, espantosos.

Samantha se cepilló y recogió el espeso cabello castaño, viendo a través del espejo cómo Miles se ponía unos pantalones de pinzas y un polo. Se sentía con los nervios a flor de piel, a punto de saltar o de echarse a llorar a la menor provocación.

Evertree Crescent quedaba a sólo unos minutos, pero Church Row tenía una empinada cuesta, de manera que fueron en coche. Ya era casi de noche y en lo alto de la calle adelantaron a un hombre envuelto en sombras con la silueta y los andares de Barry Fairbrother; Samantha se llevó una buena impresión y se volvió para mirarlo, preguntándose quién sería. El coche de Miles dobló a la izquierda al final de la calle y luego, apenas un minuto después, a la derecha para entrar en la media luna de casitas de los años treinta.

La casa de Howard y Shirley, una construcción baja de ladrillo y con amplios ventanales, tenía generosas explanadas de césped delante y detrás, que en verano Miles segaba formando franjas. A lo largo de los muchos años que llevaban allí, el matrimonio había añadido faroles, una verja de hierro forjado blanco y macetas de terracota con geranios a ambos lados de la puerta de entrada. También habían colgado un letrero junto al timbre, una pieza de madera redonda y pulida en la que, escrito en negras y antiguas letras góticas, comillas incluidas, ponía «Ambleside».

En ocasiones, Samantha hacía gala de un ingenio cruel a expensas de la casa de sus suegros. Miles toleraba sus burlas, aceptando la implicación de que Samantha y él, con sus suelos y puertas decapados, sus alfombras sobre tablones desnudos, sus láminas enmarcadas y su elegante e incómodo sofá, tenían mejor gusto; pero, en el fondo, prefería la casa donde se había criado. Prácticamente todas las superficies estaban cubiertas por algo suave y afelpado; no había corrientes de aire y los sillones reclinables eran deliciosamente cómodos. En verano, cuando acababa de cortar el césped, Shirley le llevaba una cerveza fría mientras estaba tendido en uno de ellos, viendo el críquet en el televisor de pantalla plana. A veces, una de sus hijas lo acompañaba y se sentaba con él para tomar el helado con salsa de chocolate que Shirley preparaba especialmente para sus nietas.

—Hola, cariño —dijo su madre al abrir la puerta.

Su cuerpo rechoncho y compacto hacía pensar en un pimentero con delantal de encaje. Se puso de puntillas para que su hijo, mucho más alto, pudiera besarla.

—Hola, Sam —saludó entonces, y se volvió antes de agregar—: La cena está casi lista. ¡Howard! ¡Miles y Sam han llegado!

La casa olía a cera para muebles y buena comida. Howard salió de la cocina con una botella de vino en una mano y un sacacorchos en la otra. Con un movimiento suave y bien practicado, Shirley retrocedió hacia el comedor, permitiendo con ello que pasara Howard, que ocupaba casi todo el pasillo, antes de entrar ella en la cocina.

—¡He aquí los buenos samaritanos! —exclamó Howard—. ¿Qué tal el negocio de sostenes, Sammy? Aguanta bien la recesión, ¿no?

—Como sabes, Howard, es un negocio de caídas y rebotes —repuso Samantha.

Howard soltó una carcajada, y Samantha tuvo la certeza de que le habría dado unas palmaditas en el trasero de no haber llevado en las manos el sacacorchos y la botella. Toleraba todos los pellizcos y palmadas de su suegro como muestras inofensivas de exhibicionismo por parte de un hombre demasiado gordo y viejo para hacer nada más; en cualquier caso, a Shirley la irritaba, y eso siempre complacía a Samantha. Su suegra nunca mostraba abiertamente su desagrado; su sonrisa no vacilaba, y tampoco su tono de dulce sensatez, pero un rato después de cualquier comentario levemente lascivo de Howard siempre le arrojaba un dardo envenenado a su nuera, aunque, eso sí, camuflado en algodón de azúcar: una mención de la matrícula cada vez más cara de la escuela de las niñas, un sincero interés por la marcha de la dieta de Samantha, preguntas a Miles sobre si no le parecía que Mary Fairbrother tenía una figura increíblemente bonita. Samantha lo aguantaba todo con una sonrisa, y después castigaba a Miles por ello.

—¡Hola, Mo! —exclamó Miles, entrando antes que Samantha en lo que Howard y Shirley llamaban el salón—. ¡No sabía que venías!

—Hola, guapetón —contestó Maureen con su voz profunda y áspera—. Dame un beso.

La socia de Howard estaba sentada en una esquina del sofá, sosteniendo una copita de jerez. Llevaba un vestido fucsia con medias oscuras y zapatos de charol de tacón alto. Se había ahuecado el cabello negro azabache con litros de laca, y debajo de él se veía una pálida cara de mona, con un grueso manchón de un espantoso pintalabios rosa, que se convirtió en un mohín cuando Miles se inclinó para besarla en la mejilla.

—Estábamos hablando de negocios, de los planes para la nueva cafetería. Hola, Sam, querida —añadió Maureen, y dio unas palmaditas en el sofá—. Oh, qué preciosa estás, y vaya bronceado, ¿todavía te dura de Ibiza? Ven a sentarte a mi lado. Qué susto lo del club de golf. Debió de ser horroroso.

—Sí, lo fue —repuso Samantha.

Y, por primera vez, se encontró contándole a alguien la historia de la muerte de Barry, mientras Miles vacilaba, a la espera de una ocasión para interrumpir. Howard les tendió grandes copas de Pinot Grigio, prestando atención al relato de Samantha. Poco a poco, a la luz del interés de Howard y Maureen, con el alcohol prendiendo un reconfortante fuego en su interior, la tensión que Samantha llevaba dos días acumulando pareció disolverse y se vio reemplazada por una frágil sensación de bienestar.

La acogedora sala estaba impecable. En unos estantes a ambos lados de la chimenea a gas se exhibía una selección de porcelana ornamental, que en casi todos los casos conmemoraba algún hito o aniversario del reinado de Isabel II. Una pequeña librería en el rincón contenía una mezcla de biografías reales y los satinados libros de recetas que abarrotaban también la cocina. Varias fotografías adornaban estantes y paredes: Miles y su hermana pequeña, Patricia, sonreían desde un marco doble con uniformes escolares a juego; las dos hijas de Miles y Samantha, Lexie y Libby, estaban representadas varias veces, de bebés a adolescentes. Samantha figuraba en una sola fotografía de la galería familiar, aunque era una de las más grandes y destacadas. Aparecían Miles y ella el día de su boda, dieciséis años antes. Él se veía joven y apuesto, mirando al fotógrafo con sus penetrantes ojos azules entornados, mientras que ella los tenía cerrados, a medio parpadeo, el rostro de perfil, con una papada provocada por la sonrisa que le ofrecía a otro objetivo. El raso blanco de su vestido, tenso sobre los pechos ya henchidos por el principio del embarazo, la hacía parecer enorme.

Una de las manos como garras de Maureen jugueteaba con la cadena que siempre llevaba al cuello, de la que pendían un crucifijo y la alianza de boda de su difunto marido. Cuando Samantha llegó al punto de la historia en que la doctora le decía a Mary que no habían podido hacer nada, Maureen le puso la mano libre sobre la rodilla y se la oprimió.

—¡La cena está servida! —anunció Shirley.

Aunque no había tenido ganas de acudir, Samantha se sintió mejor que en los últimos dos días. Maureen y Howard la trataban como si fuera una mezcla de heroína e inválida, y ambos le dieron palmaditas en la espalda cuando pasó ante ellos de camino al comedor.

Shirley había atenuado las luces y encendido largas velas que hacían juego con el empapelado y sus mejores servilletas. El vapor que se elevaba de los platos de sopa en la penumbra hacía que la cara ancha y rubicunda de Howard pareciera de otro mundo. Samantha, que casi se había acabado la gran copa de vino, pensó que sería divertido que su suegro anunciara que iban a celebrar una sesión de espiritismo, para pedirle a Barry que relatara por sí mismo los sucesos del club de golf.

—Bueno —dijo Howard con voz grave—, creo que deberíamos brindar por Barry Fairbrother.

Samantha inclinó rápidamente su copa para evitar que Shirley viera que ya se la había bebido casi toda.

—Prácticamente no hay duda de que fue un aneurisma —anunció Miles en cuanto las copas hubieron vuelto a aterrizar en el mantel. Le había ocultado la información incluso a Samantha, y se alegraba de ello, porque podría haberle quitado la primicia en ese mismo momento, mientras hablaba con Maureen y Howard—. Gavin llamó a Mary para transmitirle el pésame del bufete y ponerla al día con respecto al testamento, y Mary se lo confirmó. Básicamente, una arteria de la cabeza se le hinchó hasta reventar. —Había buscado el término en internet, una vez que averiguó cómo se escribía, de vuelta en el despacho tras hablar con Gavin—. Podría haberle pasado en cualquier momento. Al parecer, es un defecto de nacimiento.

—Espantoso —opinó Howard, pero advirtió entonces que Samantha tenía la copa vacía y levantó toda su humanidad de la silla para llenársela.

Shirley tomó una cucharada de sopa con las cejas arqueadas casi hasta el nacimiento del pelo. Samantha, en un acto de rebeldía, bebió un buen trago de vino.

—¿Sabéis qué? —comentó con la lengua un poco pastosa—. Me ha parecido verlo viniendo hacia aquí. En la oscuridad. A Barry.

—Sería uno de sus hermanos —dijo Shirley con desdén—. Son todos muy parecidos.

Pero Maureen intervino con su voz ronca, ahogando la voz de Shirley.

—A mí me pareció ver a Ken la noche después de su muerte. Lo vi con la claridad del día, de pie en el jardín, mirándome a través de la ventana de la cocina. En medio de sus rosas.

Nadie respondió; ya habían oído la historia otras veces. Transcurrió un minuto durante el que no hicieron otra cosa que sorber suavemente, y entonces Maureen volvió a hablar con sus graznidos de cuervo.

—Gavin es bastante amigo de los Fairbrother, ¿no es así, Miles? ¿No juega a squash con Barry? Jugaba, mejor dicho.

—Sí, Barry le daba una paliza semanal. Seguro que Gavin juega fatal; Barry le llevaba diez años.

Los rostros iluminados por las velas de las tres mujeres esbozaron expresiones casi idénticas de displicente diversión. Si algo tenían en común era un interés ligeramente perverso por el joven y nervudo socio de Miles. En el caso de Maureen, se trataba de una simple manifestación de su apetito insaciable por los cotilleos que circulaban en Pagford, y los tejemanejes de un joven soltero eran carne de primera. Shirley sentía un placer especial al oír hablar de las inferioridades e inseguridades de Gavin, porque producían un delicioso contraste con los logros y la autoridad de los dos dioses de su vida, Howard y Miles. Pero, en el caso de Samantha, la pasividad y la cautela de Gavin le despertaban una crueldad felina; anhelaba ver cómo otra mujer lo espabilaba, lo metía en cintura o lo vapuleaba. Ella misma lo acosaba un poco siempre que se veían, y su convicción de que él la encontraba abrumadora y difícil de manejar le daba cierto placer.

—Bueno, ¿y qué tal le va últimamente con esa amiguita suya de Londres? —quiso saber Maureen.

—Ya no está en Londres, Mo. Se ha mudado a Hope Street —respondió Miles—. Y si me preguntas, te diré que él está arrepintiéndose de haberse acercado siquiera a ella. Ya conoces a Gavin. Nació muerto de miedo.

Miles iba unos cursos por encima de Gavin en la escuela, y siempre asomaba cierto paternalismo de delegado de clase cuando hablaba de su socio.

—¿Es una chica morena? ¿De pelo muy corto?

—Sí, ésa es —contestó Miles—. Es asistente social. De las que llevan zapato plano.

—Entonces la hemos visto alguna vez en la tienda, ¿no, How? —comentó Maureen con excitación—. Aunque nunca hubiese dicho que fuera una gran cocinera, por la pinta que tiene.

Después de la sopa vino un lomo de cerdo asado. Con la complicidad de Howard, Samantha se deslizaba suavemente hacia una satisfecha borrachera, pero algo en su interior protestaba con desesperación, como un hombre que se viera arrastrado mar adentro. Trató de ahogarlo con más vino.

Un silencio se extendió sobre la mesa como un mantel limpio, inmaculado y expectante, y en esa ocasión todo el mundo pareció entender que le tocaba a Howard sacar el siguiente tema. Comió un rato, grandes bocados que regaba con vino, aparentemente ajeno a las miradas de todos. Por fin, cuando hubo dejado limpia la mitad del plato, se secó la boca con la servilleta y habló.

—Sí, será interesante ver qué pasa ahora en el concejo. —Se vio obligado a hacer una pausa para contener un potente eructo; por un instante, pareció que iba a vomitar allí mismo. Se dio golpecitos en el pecho—. Perdón. Sí, desde luego va a ser muy interesante. Ahora que Fairbrother no está —adoptando una actitud más formal, volvió a llamarlo por el apellido, como solía hacer—, no creo que ese artículo suyo para el periódico vaya a salir. —Y añadió—: A menos que la Pelmaza se ocupe del asunto, cómo no.

Howard le había puesto a Parminder Jawanda el apodo de «la Pelmaza Bhutto» tras su primera comparecencia como miembro del concejo parroquial. Era una burla extendida entre los anti-Prados.

—Qué cara puso —le comentó Maureen a Shirley—. Vaya cara puso cuando se lo dijimos. Bueno... yo siempre había pensado que... ya sabes...

Samantha aguzó el oído, pero la insinuación de Maureen daba risa, sin duda. Parminder estaba casada con el hombre más guapo de Pagford: Vikram, alto y bien formado, de nariz aguileña, ojos con pestañas espesas y negras y una sonrisa indolente y cómplice. Durante años, Samantha había sacudido la melena y reído más de lo necesario siempre que se paraba en la calle a charlar de tonterías con Vikram, que tenía un cuerpo como el de Miles antes de dejar el rugby y volverse fofo y barrigón.

No mucho después de que se convirtieran en sus vecinos, Samantha había oído que las familias de Vikram y Parminder habían concertado su matrimonio. Semejante idea le había parecido insoportablemente erótica. Imaginar que a alguien le ordenaran casarse con Vikram, verse obligada a hacerlo; había urdido una pequeña fantasía en la que llevaba velo y la hacían pasar a una habitación, una virgen condenada a un destino cruel... Se imaginaba lo que sería levantar la vista y encontrarse con que le había tocado semejante espécimen... Por no mencionar el escalofrío adicional que producía su profesión: tanta responsabilidad le habría proporcionado atractivo sexual a un hombre mucho más feo que él.

(Era Vikram quien le había hecho los cuatro bypass a Howard siete años antes. En consecuencia, Vikram no podía entrar en Mollison y Lowe sin que lo sometieran a un aluvión de jovialidad.

—¡Pase al principio de la cola, por favor, señor Jawanda! Apártense, por favor, señoras... No, señor Jawanda, insisto... Este hombre me salvó la vida, le puso un parche al viejo reloj... ¿Qué querrá hoy, señor Jawanda?

Howard se ocupaba de que Vikram se llevase muestras gratis y cantidades algo mayores de todo lo que compraba. La consecuencia de esa afectación había sido que Vikram prácticamente no volviera a poner un pie en su tienda de delicatessen, o eso creía Samantha.)

Había perdido el hilo de la conversación, pero no importaba. Los demás seguían parloteando sobre algo que había escrito Barry Fairbrother para el periódico local.

—...iba a tener que hablarle sobre ese asunto —espetó Howard—. Fue una forma muy poco limpia de hacer las cosas. Bueno, todo eso ahora es agua pasada.

»En lo que deberíamos estar pensando es en quién va a reemplazar a Fairbrother. No deberíamos subestimar a la

Pelmaza, por alterada que esté. Sería un gran error. Probablemente ya anda tratando de engatusar a alguien, de manera que nosotros también hemos de pensar en un sustituto decente. Y cuanto antes mejor. Simple cuestión de buen gobierno.

—¿Qué significa eso exactamente? —quiso saber Miles—. ¿Unas elecciones?

—Sería posible —repuso Howard, dándose aires de sensato estadista—, pero lo dudo. No es más que una vacante. Si no hay interés suficiente en convocar elecciones... Aunque, como he dicho, no debemos subestimar a la Pelmaza... Pero si ella no es capaz de convencer a nueve concejales para que propongan una votación pública, será una simple cuestión de invitar formalmente a un nuevo concejal. En ese caso, necesitaremos los votos de nueve miembros para ratificar la invitación. Con nueve hay quórum. Quedan tres años del mandato de Fairbrother. Vale la pena. Podríamos inclinar totalmente la balanza si sentáramos a uno de los nuestros en su silla.

Howard tamborileó con sus gruesos dedos en la copa de vino, mirando a su hijo al otro lado de la mesa. Shirley y Maureen también miraban a Miles, y Samantha pensó que Miles observaba a su padre como un perro labrador gordo, temblando a la espera de que le echaran una galleta.

Si hubiera estado sobria, habría tardado menos, pero al final Samantha comprendió de qué iba todo aquello, y por qué pendía sobre la mesa un extraño ambiente de celebración. Su embriaguez, hasta entonces liberadora, se volvió de pronto restrictiva, porque no estaba segura de que su lengua se mostrase dócil tras una botella de vino y un largo silencio. Y así, se limitó a pensar las palabras en lugar de pronunciarlas en voz alta.

«Miles, más vale que les digas que primero tienes que discutirlo conmigo.»

VII

Tessa Wall no tenía intención de quedarse mucho rato en casa de Mary —nunca se sentía cómoda dejando a su marido y Fats solos—, pero su visita se había alargado de algún modo hasta las dos horas. La casa de los Fairbrother estaba a rebosar de camas plegables y sacos de dormir; la extensa familia había cerrado filas en torno al tremendo vacío dejado por la muerte, pero ningún nivel de ruido y actividad podía enmascarar el abismo que se había tragado a Barry.

Sola con sus pensamientos por primera vez desde la muerte de su amigo, Tessa recorrió Church Row de vuelta en la oscuridad, con dolor de pies y una rebeca que no la protegía suficientemente del frío. Sólo se oía el rumor de las cuentas de madera de su collar y el sonido amortiguado de los televisores en las casas ante las que pasaba.

De pronto, se preguntó: «¿Barry lo sabía?»

Nunca se le había ocurrido que su marido pudiese haberle contado a Barry el gran secreto de su vida, esa cosa podrida que yacía enterrada en el fondo de su matrimonio. Colin y ella nunca lo hablaban siquiera, aunque había cierto tufo que empañaba muchas conversaciones, sobre todo últimamente.

Esa noche, sin embargo, a Tessa le había parecido captar una velada mirada de Mary al oír mencionar a Fats...

«Estás agotada, imaginas cosas», se reprochó. Los hábitos de secretismo de Colin eran tan intensos, estaban tan arraigados, que nunca se lo habría contado a nadie; ni siquiera a Barry, al que idolatraba. Tessa se horrorizó al pensar que Barry lo hubiera sabido... que el motivo de su amabilidad hacia Colin pudiese haber sido la lástima que le daba lo que ella, Tessa, había hecho...

Cuando entró en la sala de estar, encontró a su marido sentado delante del televisor, con las gafas puestas y las noticias de fondo. Tenía un fajo de papeles impresos en el regazo y un bolígrafo en la mano. Para alivio de Tessa, no había rastro de Fats.

—¿Cómo está Mary?

—Bueno, ya sabes... no muy bien —respondió Tessa. Se dejó caer en una de las viejas butacas con un débil gemido de alivio y se quitó los gastados zapatos—. Pero el hermano de Barry se está portando de maravilla.

—¿En qué sentido?

—Bueno, ya sabes... está echando una mano.

Cerró los ojos y se masajeó la nariz y los párpados con el índice y el pulgar.

—Nunca me ha parecido muy de fiar —oyó decir a Colin.

—¿De veras? —repuso Tessa desde las profundidades de su voluntaria oscuridad.

—Sí. ¿Te acuerdas de cuando dijo que vendría a arbitrar aquel partido contra el instituto de Paxton? ¿Y se desdijo con media hora de antelación y Bateman tuvo que hacerlo por él?

Tessa luchó contra el impulso de estallar. Colin tenía la costumbre de juzgar a la gente basándose en primeras impresiones, en actos aislados. Nunca parecía captar la inmensa mutabilidad de la naturaleza humana, ni apreciar que detrás de cada rostro anodino había un mundo interior inexplorado y único como el suyo.

—Bueno, pues se está portando estupendamente con los niños —dijo con cautela—. Tengo que irme a la cama.

Pero no se movió, permaneció sentada concentrándose en los dolores que sentía en distintas partes del cuerpo: pies, riñones, hombros.

—Tess, he estado pensando.

—¿Hum?

Las gafas empequeñecían los ojos de Colin hasta proporciones de topo, de forma que su frente alta, con entradas y huesuda, se veía aún más pronunciada.

—En todo lo que Barry trataba de hacer en el concejo parroquial. Todas las cosas por las que luchaba. Los Prados, la clínica para drogodependientes... Llevo todo el día pensando en eso. —Inspiró profundamente—. Tengo más o menos decidido que voy a seguir con su obra.

Una oleada de recelos inundó a Tessa y la clavó a la butaca, dejándola momentáneamente sin habla. Se esforzó por mantener una expresión de neutralidad profesional.

—Estoy seguro de que es lo que habría querido Barry —añadió Colin. Tras su extraña excitación se advertía que estaba a la defensiva.

«Barry nunca habría querido, ni por un instante, que hicieras algo así —dijo la voz interior más sincera de Tessa—. Habría sabido que eres la última persona que debería hacerlo.»

—Caramba —repuso—. Bueno, ya sé que Barry era muy... pero supondría un compromiso enorme, Colin. Y Parminder no se ha ido a ninguna parte. Sigue ahí, y todavía trata de hacer todo lo que Barry quería.

«Debería haber llamado a Parminder —pensó Tessa al decir eso, con un nudo de culpabilidad en el estómago—. Dios mío, ¿cómo no se me ha ocurrido llamar a Parminder?»

—Pero necesitará apoyo; no podrá enfrentarse a todos ella sola —insistió Colin—. Y te garantizo que Howard Mollison estará ahora mismo seleccionando a algún títere para reemplazar a Barry. Es probable que ya...

—Oh, Colin...

—¡Apuesto a que ya lo tiene! ¡Ya sabes cómo es! —Los papeles, ignorados, cayeron de su regazo al suelo en una fluida catarata blanca—. Quiero hacer esto por Barry. Retomaré su obra donde él la dejó. Me aseguraré de que todas las cosas por las que trabajó no acaben esfumándose. Conozco los argumentos. Siempre dijo que le habían dado oportunidades que por sí mismo nunca habría tenido, y mira cuánto le devolvió a la comunidad. Estoy decidido a presentarme. Mañana mismo voy a ver qué pasos hay que seguir.

—Muy bien —dijo Tessa.

Años de experiencia le habían enseñado que no convenía oponerse a Colin en los primeros ramalazos de entusiasmo, pues eso no hacía sino afianzarlo en su obcecación. Esos mismos años le habían enseñado a Colin que muchas veces Tessa fingía mostrarse de acuerdo como paso previo a empezar a plantear objeciones. Los intercambios de esa índole siempre estaban imbuidos por el tácito y mutuo recuerdo de aquel secreto largo tiempo enterrado. Tessa sentía que le debía algo a su marido. Colin sentía que su mujer le debía algo.

—Quiero hacer esto de verdad, Tessa.

—Lo comprendo, Colin.

Ella se levantó de la butaca, preguntándose si tendría fuerzas para llegar al piso de arriba.

—¿Vienes a la cama?

—Dentro de un momento. Primero acabaré de echarle un vistazo a esto.

Estaba recogiendo los papeles que había dejado caer; ese temerario proyecto suyo parecía haberlo llenado de una energía febril.

Tessa se desvistió despacio en el dormitorio. Como si la fuerza de la gravedad hubiera aumentado, le costó gran esfuerzo levantar los miembros, lograr que la recalcitrante cremallera obedeciera. Se puso la bata y fue al cuarto de baño, desde donde oyó a Fats moverse por el piso de arriba. Últimamente se sentía sola y exhausta cuando mediaba entre su marido y su hijo, que parecían existir de forma completamente independiente, tan ajenos el uno al otro como un propietario y un inquilino.

Fue a quitarse el reloj, y entonces recordó que el día anterior se lo había olvidado en algún sitio. Qué cansada estaba... no dejaba de perder cosas... y ¿cómo podía haberse olvidado de llamar a Parminder? Llorosa, preocupada y tensa, salió arrastrando los pies camino de la cama.

Miércoles

I

Krystal Weedon durmió las noches del lunes y el martes en el suelo del dormitorio de su amiga Nikki, tras una pelea más encarnizada de lo normal con su madre. Todo había empezado cuando Krystal, después de dar una vuelta con sus amigas por el centro comercial, llegó a casa y encontró a Terri hablando con Obbo en la entrada. En los Prados todos conocían a Obbo, un individuo de cara anodina y abotargada, sonrisa desdentada, gafas de culo de botella y una vieja y mugrienta chaqueta de cuero.

—Me los guardas un par de días, ¿vale, Ter? Y te sacas unos billetes.

—¿Qué te tiene que guardar? —quiso saber Krystal.

Robbie salió de entre las piernas de Terri y se agarró con fuerza a las rodillas de Krystal. A Robbie no le gustaba que fueran hombres a la casa. Y con motivo.

—Nada. Unos ordenadores.

—Dile que no —respondió Krystal.

No quería que su madre tuviera más dinero del imprescindible. Obbo era muy capaz de saltarse un paso y pagarle el favor con una bolsita de caballo.

—No los cojas.

Pero Terri había dicho que sí. Desde que Krystal tenía uso de razón, su madre había dicho que sí a todo y a todos: aceptaba, concedía, toleraba: «Sí, vale, adelante, como quieras, ningún problema.»

Al anochecer, Krystal fue un rato al parque con sus amigas. Estaba tensa e irritable. Era como si no acabara de entender que el señor Fairbrother había muerto; notaba una extraña sensación en el estómago, como si estuvieran pegándole puñetazos, y le daban ganas de arremeter contra alguien. Además, se sentía culpable por haberle robado el reloj a Tessa Wall. Pero ¿por qué la muy estúpida lo había dejado encima de la mesa y había cerrado los ojos? ¿Qué esperaba?

Estar con sus amigas no la ayudó. Jemma no cesaba de chincharla con Fats Wall; al final, Krystal estalló y se le echó encima. Nikki y Leanne tuvieron que sujetarla. Así que Krystal, furiosa, regresó a casa y se encontró con que acababan de llegar los ordenadores de Obbo. Robbie intentaba trepar a las cajas amontonadas en el salón, donde estaba sentada Terri, aturdida casi hasta la inconsciencia y con sus bártulos tirados por el suelo. Tal como temía Krystal, Obbo le había pagado con heroína.

—¡Puta yonqui de mierda! ¡Te van a echar otra vez de la clínica!

Pero la droga transportaba a la madre de Krystal a un lugar donde nada podía alcanzarla. Aunque reaccionó llamando a Krystal «zorra» y «puta», lo hizo con indiferencia, desapasionadamente. Krystal le dio un bofetón, y Terri la mandó a tomar por culo.

—¡Pues ahora te ocupas tú del niño, yonqui asquerosa! —chilló Krystal.

Robbie echó a correr detrás de su hermana por el pasillo, aullando, pero ella le cerró la puerta de la calle en las narices.

A Krystal le encantaba la casa de Nikki. No estaba impecable como la de la abuelita Cath, pero allí el ambiente era más agradable y siempre había un bullicio reconfortante.

128

Nikki tenía dos hermanos y una hermana, así que Krystal dormía sobre un edredón doblado por la mitad entre las camas de las chicas. Las paredes estaban decoradas con recortes de revista que componían un *collage* de chicos seductores y chicas guapísimas. A Krystal nunca se le había ocurrido adornar las paredes de su dormitorio.

Pero los remordimientos la reconcomían; no podía quitarse de la cabeza la cara aterrada de Robbie cuando le había cerrado la puerta, y por eso volvió a casa el miércoles por la mañana. De todas formas, a la familia de Nikki no le hacía mucha gracia que Krystal durmiera en su casa más de dos noches seguidas. En una ocasión, Nikki le había dicho, con su habitual franqueza, que a su madre no le importaba mientras no ocurriera demasiado a menudo, porque Krystal no podía utilizar su casa como una pensión y, sobre todo, tenía que dejar de presentarse allí pasada la medianoche.

Terri pareció alegrarse como nunca del regreso de Krystal. Le habló de la visita de la nueva asistente social, y su hija, nerviosa, se preguntó qué habría pensado aquella mujer acerca de la casa, que últimamente alcanzaba cotas de mugre sin precedentes. Le preocupaba especialmente que Kay hubiera encontrado a Robbie allí cuando debería haber estado en la guardería, porque el compromiso de Terri de llevar a Robbie al jardín de infancia, adonde había empezado a ir cuando vivía con su madre de acogida, había sido condición fundamental para su vuelta al hogar familiar el año anterior. También la enfurecía que la asistente social hubiera encontrado a Robbie con pañal, con el trabajo que le había costado enseñarle a utilizar el váter.

—¿Y qué ha dicho? —le preguntó a su madre.

—Que volverá otro día.

Eso levantó las sospechas de Krystal. Su asistente social de siempre no tenía inconveniente en dejar en paz a la familia Weedon, en no interferir demasiado en su vida. Era despistada y desorganizada, confundía a menudo sus nombres y sus circunstancias con los de otras personas a su cargo, y aparecía cada quince días sin otra intención aparente que comprobar si Robbie seguía con vida.

Esa nueva amenaza empeoró el mal humor de Krystal. Cuando no estaba drogada, a Terri la intimidaba la furia de su hija, y dejaba que ésta la mangoneara. Aprovechando al máximo su pasajera autoridad, Krystal le ordenó que se pusiera algo decente; también obligó a Robbie a ponerse unos calzoncillos limpios, le advirtió que no podía hacerse pipí encima y lo llevó a la guardería. El niño empezó a berrear al ver que su hermana se iba; ésta al principio se enfadó, pero luego se agachó y le prometió que iría a buscarlo a la una, y entonces él la dejó marchar.

Ese día Krystal se saltó las clases, pese a que el miércoles era su día favorito —tenía orientación y dos horas de educación física—, y se dedicó a limpiar un poco la casa. Echó desinfectante con aroma a pino por toda la cocina y tiró los restos de comida y las colillas a la basura. Escondió la lata de galletas donde Terri guardaba sus bártulos y metió los ordenadores que quedaban (ya habían pasado a recoger tres) en el armario del pasillo.

Mientras desincrustaba restos de comida de los platos, Krystal seguía pensando en el equipo de remo. Si el señor Fairbrother no hubiera muerto, al día siguiente habría tenido entrenamiento. Él casi siempre la llevaba y luego la acompañaba a casa en el monovolumen, puesto que Krystal no tenía otra forma de desplazarse hasta el canal de Yarvil. Las hijas gemelas de Barry Fairbrother, Niamh y Siobhan, y Sukhvinder Jawanda también iban en el coche. Krystal no se relacionaba con esas tres chicas dentro del horario escolar pero, desde que estaban el equipo de remo, siempre se decían «¿Qué tal?» cuando se cruzaban en los pasillos. Al principio Krystal pensó que la mirarían por encima del hombro, pero cuando las conoció mejor le pareció que no estaban tan mal. Le reían los chistes, imitaban algunos de sus latiguillos y frases comodín. De alguna manera, Krystal era la líder del equipo.

En la familia de Krystal nadie había tenido nunca coche. Si se concentraba, podía oler el interior del monovolumen, incluso en la apestosa cocina de Terri. Le encantaba aquel olorcillo a plástico nuevo. Jamás volvería a subirse a aquel coche. Algunas veces también habían ido en un minibús de alquiler, cuando Fairbrother debía llevar al equipo completo; y en ocasiones, cuando competían contra escuelas de localidades lejanas, habían pasado la noche fuera. El equipo había cantado *Umbrella*, la canción de Rihanna, en los asientos del fondo del autobús: se había convertido en su ritual de la suerte, su sintonía, y Krystal se encargaba de interpretar el solo de rap de Jay-Z del principio. Fairbrother se había desternillado la primera vez que la oyó cantarlo:

> *Uh huh uh huh, Rihanna...*
> *Good girl gone bad—*
> *Take three—*
> *Action.*
> *No clouds in my storms...*
> *Let it rain, I hydroplane into fame*
> *Comin' down with the Dow Jones...*[1]

Krystal nunca había entendido la letra.

Cuby Wall les había escrito una circular a todas para comunicarles que el equipo no volvería a remar hasta que encontraran un nuevo entrenador, pero era evidente que nunca lo encontrarían, así que aquello era una tomadura de pelo, y todas lo sabían.

El equipo era un proyecto personal del señor Fairbrother. Krystal había tenido que soportar los insultos de Nikki y las

---

1. La traducción de las canciones se encuentra al final del libro. *(N. de las t.)*

demás por participar en él. Al principio, su desdén ocultaba incredulidad, pero más adelante también admiración, porque el equipo había ganado varias medallas (Krystal guardaba las suyas en una caja que había robado en casa de Nikki. Era muy dada a meterse en los bolsillos cosas de personas que le caían bien. Esa caja de plástico decorada con rosas, por ejemplo, en realidad era un joyero de juguete. En ella había guardado el reloj de Tessa).

Lo mejor había sido ganarles a aquellas cabronas estiradas del St. Anne; aquel día fue el mejor de la vida de Krystal, sin duda. La directora felicitó al equipo ante todo el instituto en la siguiente reunión de alumnos y profesores (Krystal pasó un poco de nervios, porque Nikki y Leanne se habían reído), y todos las aplaudieron. Que Winterdown le hubiera dado una paliza al St. Anne era todo un hito.

Pero todo eso había pasado a la historia: los trayectos en coche, los entrenamientos de remo, las entrevistas para el periódico local. A Krystal la había atraído la idea de volver a salir en el periódico. El señor Fairbrother le había dicho que estaría con ella cuando la entrevistaran. Ellos dos solos.

—Pero ¿de qué querrán que les hable?

—De tu vida. Les interesa tu vida.

Como las famosas. Krystal no tenía dinero para comprarse revistas, pero las hojeaba en casa de Nikki y en el consultorio médico cuando llevaba a Robbie. Esa vez habría sido mejor que salir en el periódico junto con las otras chicas del equipo. Esa perspectiva la había emocionado mucho, pero consiguió callarse y no presumir de ello con Nikki ni Leanne, porque quería sorprenderlas. Suerte que no les había comentado nada. Nunca volvería a salir en el periódico.

Notaba un vacío en el estómago. Intentó no seguir pensando en Fairbrother mientras iba por la casa limpiando con poca habilidad pero obstinadamente. Entretanto, su madre, sentada en la cocina, fumaba y miraba por la ventana de atrás.

Poco antes del mediodía, una mujer aparcó un viejo Vauxhall azul ante la casa. Krystal la vio por la ventana del dormitorio de Robbie. De pelo oscuro y muy corto, llevaba pantalones negros, un collar étnico de cuentas y un inmenso bolso de mano que parecía lleno de carpetas colgado del hombro.

Krystal bajó a toda prisa la escalera.

—¡Me parece que es ella! —le gritó a Terri, que seguía en la cocina—. ¡La asistente!

La mujer llamó a la puerta y Krystal abrió.

—Hola. Soy Kay, la sustituta de Mattie. Tú debes de ser Krystal.

—Sí. —No se molestó en devolverle la sonrisa.

La acompañó al salón y se fijó en cómo contemplaba el precario orden recién impuesto: el cenicero vacío, y los trastos que el día anterior invadían todos los espacios estaban apretujados en las baldas de una estantería desvencijada. La moqueta seguía sucia, porque el aspirador estaba estropeado, y la toalla y la pomada de zinc se habían quedado en el suelo, junto con un cochecito de Robbie encima del tarro de pomada. Krystal había intentado distraer al pequeño con el cochecito mientras le restregaba la pomada en las nalgas.

—Robbie está en la guardería —anunció Krystal—. Lo he llevado yo. Ya le he puesto los calzoncillos. Es que ella siempre vuelve a ponerle pañales. Ya le he dicho que no lo haga. Y le he puesto crema en el culo. Se le curará, sólo lo tiene un poco rojo.

Kay volvió a sonreírle. Krystal se asomó por la puerta y llamó:

—¡Mamá!

Terri salió de la cocina y fue a reunirse con ellas. Llevaba una sudadera y unos vaqueros viejos y sucios; su aspecto mejoraba cuando se cubría un poco.

—Hola, Terri —saludó Kay.

—¿Qué tal? —repuso, y dio una profunda calada al cigarrillo.

133

—Siéntate —le ordenó Krystal, y su madre obedeció, enroscándose en la misma butaca que la vez anterior—. ¿Quiere una taza de té o algo? —le ofreció entonces a la asistente.

—Me encantaría, gracias. —Kay se sentó y abrió su carpeta.

Krystal fue rápidamente a la cocina y escuchó con atención para no perderse qué le decía la tal Kay a su madre.

—Supongo que no esperabas volver a verme tan pronto, Terri —oyó decir a Kay (tenía un acento raro: parecía de Londres, como el de aquella niña pija que acababa de llegar al instituto y ponía cachondos a la mitad de los chicos)—, pero ayer me quedé muy preocupada por Robbie. Me ha dicho Krystal que hoy ha ido a la guardería.

—Sí —confirmó Terri—. Lo ha llevado ella. Ha vuelto esta mañana.

—¿Ha vuelto? ¿De dónde?

—Estaba en... Me quedé a dormir en casa de una amiga —explicó Krystal, regresando presurosa a la sala para contestar personalmente.

—Sí, pero ha vuelto esta mañana —insistió Terri.

Krystal volvió a la cocina para ocuparse del té. Cuando rompió a hervir el agua, el ruido le impidió distinguir lo que hablaban en la sala. Tan deprisa como pudo, echó leche en las tres tazas, en las que ya había metido las bolsitas de té, y las llevó, muy calientes, al salón. Llegó a tiempo para oír decir a Kay:

—...ayer hablé con la señora Harper, la directora de la guardería...

—Esa guarra... —murmuró Terri.

—Aquí tiene —terció Krystal, dejando las tazas de té en el suelo y girando una para que el asa apuntara hacia la asistente social.

—Muchas gracias. Terri, la señora Harper me dijo que Robbie ha faltado mucho estos tres últimos meses. Hace tiempo que no va una semana entera, ¿verdad?

—¿Qué? —se extrañó Terri—. No, no ha faltado. Sí va. Sólo faltó ayer. Y cuando estuvo enfermo.

—¿Cuándo fue eso?

—¿Qué? Hace un mes... o mes y medio. Más o menos.

Krystal se sentó en el brazo de la butaca de su madre. Miró con hostilidad a Kay desde su posición elevada, mascando chicle enérgicamente, los brazos cruzados igual que Terri. La asistente se había abierto una gruesa carpeta sobre el regazo, y Krystal odiaba las carpetas. Odiaba todo eso que se escribía sobre la gente y que se guardaba para después utilizarlo en su contra.

—A Robbie lo llevo yo a la guardería —dijo—. Cuando voy al instituto.

—Bueno, pues según la señora Harper, la asistencia de Robbie ha descendido mucho —insistió Kay, repasando las notas que había tomado después de su conversación con la directora del jardín de infancia—. El caso es, Terri, que el año pasado, cuando te devolvieron a Robbie, te comprometiste a llevarlo a la guardería.

—¡Qué coño! Yo no...

—Cállate, ¿vale? —le espetó Krystal. Y dirigiéndose a Kay—: Es que estaba enfermo, tenía las amígdalas hinchadas, el médico le recetó antibióticos.

—¿Y eso cuándo fue?

—Hará unas tres semanas. Pero ahora...

—Ayer, cuando vine —dijo Kay dirigiéndose otra vez a la madre de Robbie (Krystal mascó enérgicamente y se abrazó el torso como si quisiera protegerse las costillas)—, me pareció que te costaba mucho atender las necesidades de Robbie, Terri.

Krystal miró a su madre. Su muslo era el doble de ancho que el de Terri.

—Que yo no... que yo nunca... —Pero lo pensó mejor—. Robbie está bien.

Una sospecha ensombreció la mente de Krystal como la sombra del buitre que sobrevuela a su presa.

—Terri, ayer cuando vine, habías consumido, ¿verdad?

—¡Qué coño! Eso es una puta... ¡Eres una puta mentirosa! No me había chutado, joder.

Krystal notaba una opresión en el pecho y le zumbaban los oídos. Obbo debía de haberle pasado a su madre no sólo una dosis sino unas cuantas. La asistente social debía de haberla encontrado completamente ciega. Terri daría positivo en Bellchapel la próxima vez, y volverían a darle la patada.

(Y sin metadona, recaerían en aquella situación de pesadilla en que Terri se tornaba salvaje y abría su desdentada boca para mamársela a cualquier desconocido con tal de poder saciar la sed de sus venas. Y volverían a llevarse a Robbie, y esa vez quizá para siempre. Krystal llevaba en el bolsillo una fotografía de su hermano con un año, en un corazoncito de plástico rojo prendido del llavero. Su corazón auténtico empezó a latir como cuando remaba a tope, tirando y tirando de los remos para vencer la resistencia del agua, los músculos ardiéndole, viendo a las otras remeras deslizarse hacia atrás...)

—¡Me cago en la puta! —gritó, pero nadie la oyó, porque Terri seguía gritándole a Kay, que continuaba sentada con la taza en las manos, impasible.

—¡No me he chutado, joder, no tienes ninguna prueba...!

—¡Eres gilipollas! —soltó Krystal levantando aún más la voz.

—¡Que no me he chutado, coño! ¡Es mentira! —chilló Terri como un animal atrapado en una red, retorciéndose, enredándose cada vez más—. Que no me he vuelto a chutar, ¿vale? Que nunca...

—¡Te van a echar otra vez de la puta clínica, gilipollas!

—¡A mí no me grites!

—Muy bien —dijo Kay en voz alta para hacerse oír por encima de la lluvia de exabruptos; dejó su taza en el suelo y se levantó, asustada por lo que había desatado, y entonces gritó—: ¡Terri! —con verdadera alarma, porque la mujer se había incorporado en la butaca para ponerse medio en cuclillas en el otro brazo, de cara a su hija; gritaban con las narices casi tocándose, como dos gárgolas—. ¡Krystal! —añadió al ver que la chica alzaba un puño.

Krystal se levantó bruscamente de la butaca y se apartó de su madre. La sorprendió notar algo húmedo y caliente resbalándole por las mejillas; pensó que era sangre, pero eran lágrimas, sólo lágrimas, transparentes y brillantes en las yemas de sus dedos cuando se las enjugó.

—Muy bien —repitió Kay, cada vez más nerviosa—. Vamos a calmarnos, por favor.

—Cálmate tú, tía —le espetó Krystal.

Temblando, se secó la cara con el antebrazo y luego se acercó de nuevo a la butaca de su madre.

Terri se encogió, pero su hija se limitó a agarrar el paquete de tabaco; sacó de él un mechero y el último cigarrillo y lo encendió. Dando caladas, fue hasta la ventana y se colocó de espaldas, tratando de contener las lágrimas antes de que volvieran a desbordarse.

—Vale —dijo Kay, que seguía de pie—. A ver si podemos hablar tranquilamente...

—Vete a la mierda —le espetó Terri con voz apagada.

—El que nos importa es Robbie —prosiguió Kay, todavía de pie; no se atrevía a relajarse—. Si estoy aquí es por eso. Para asegurarme de que Robbie está bien.

—Vale, ha faltado a la guardería —dijo Krystal desde la ventana—. Tampoco es ningún crimen, joder.

—Ningún crimen, joder —repitió la madre como un débil eco.

—No se trata sólo de la guardería —dijo Kay—. Ayer, cuando lo vi, Robbie estaba incómodo y escocido. Es demasiado mayor para llevar pañales.

—¡Que ya le he quitado el puto pañal! ¡Ya te he dicho que ahora lleva calzoncillos! —le espetó Krystal, furiosa.

—Lo siento, Terri —insistió la asistente—, pero ayer no estabas en condiciones de ocuparte tú sola de un niño pequeño.

—Que yo no he...

—Por mí puedes seguir empeñada en que no has consumido —la atajó Kay, y por primera vez Krystal percibió algo real y humano en la voz de aquella mujer: fastidio, exasperación—. Pero en la clínica te harán análisis. Y sabes perfectamente que vas a dar positivo. Dicen que es tu última oportunidad, que si fallas volverán a echarte.

Terri se secó los labios con el dorso de la mano.

—Mira, ya veo que ninguna de las dos quiere perder a Robbie...

—¡Pues entonces no nos lo quites, joder! —saltó Krystal.

—No es tan sencillo —continuó Kay. Se sentó, recogió la pesada carpeta, que se le había caído al suelo, y volvió a ponérsela sobre las rodillas—. El año pasado, cuando te devolvieron a Robbie, habías dejado la heroína. Te comprometiste a no consumir y a seguir el tratamiento, y aceptaste otras condiciones, como llevar al pequeño a la guardería.

—Y lo llevé...

—Un tiempo —precisó Kay—. Lo llevaste un tiempo, pero un esfuerzo aislado no basta, Terri. Después de lo que vi ayer cuando vine, y después de hablar con tu asistente de toxicómanos y con la señora Harper, me temo que tendremos que volver a estudiar la situación.

—¿Y eso qué quiere decir? —terció Krystal—. Otra puta revisión del caso, ¿eh? ¿Y para qué? ¡Para tocar los cojones! Robbie está bien, yo me ocupo de él... ¡Que te calles, joder! —le gritó a su madre, que intentaba interrumpirla desde la butaca—. Ella no... Yo me ocupo de él, ¿vale? —le soltó a Kay, muy colorada, los ojos perfilados con kohl anegados en lágrimas de rabia, dándose en el pecho con un dedo.

Krystal había ido a visitar a Robbie con regularidad a la casa de su familia de acogida durante el mes que el crío pasó allí. El niño la abrazaba, le pedía que se quedara a cenar, lloraba cuando su hermana se marchaba. Para ella había sido como si le arrancaran el corazón y se lo quedaran como rehén.

138

Krystal habría preferido que hubieran llevado a Robbie a casa de la abuelita Cath, como hacían con ella cuando era pequeña cada vez que Terri se derrumbaba. Pero la abuelita Cath ya era muy mayor y estaba delicada de salud, no tenía tiempo para ocuparse de Robbie.

—Ya sé que quieres a tu hermano y que haces todo lo que puedes por él, Krystal —continuó Kay—, pero no eres su tutora legal...

—¿Y por qué no? ¡Soy su hermana, joder!

—Vale ya —dijo Kay con firmeza—. Mira, Terri, creo que tenemos que afrontar la realidad. En Bellchapel te echarán del programa si te presentas allí diciendo que estás limpia y luego das positivo en los análisis. Eso me lo dejó muy claro por teléfono tu asistente de toxicómanos.

Encogida en la butaca, aquella extraña mezcla de niña y anciana con la boca desdentada, Terri miraba al vacío con gesto de aflicción.

—Creo que la única manera de evitar que te echen sería que admitieras haber consumido, reconocieras tu error y te comprometieras a reformarte.

Terri se limitó a mirarla fijamente. Mentir era la única forma que conocía de enfrentarse a sus muchos acusadores. «Sí, vale, claro que sí, como quieras»; y luego: «No, yo no, yo nunca, yo jamás...»

—¿Tenías algún motivo concreto para consumir heroína esta semana, cuando ya estás tomando una dosis muy alta de metadona?

—Sí —terció Krystal—. Sí: que vino Obbo, y mi madre nunca le dice que no a nada.

—Que te calles —dijo Terri sin acalorarse.

Parecía querer asimilar lo que estaba proponiéndole Kay, aquel extraño y peligroso consejo de que admitir la verdad podía beneficiarla.

—¿Obbo? —repitió Kay—. ¿Quién es Obbo?

—El puto camello —contestó Krystal.

—¿Tu camello? —preguntó Kay.

—Cállate —volvió a ordenarle Terri a su hija.

—Pero ¿por qué coño no le dijiste que no? —la increpó Krystal.

—Vale ya —zanjó Kay—. Terri, voy a volver a llamar a tu asistente para toxicómanos. Intentaré persuadirla de que sería beneficioso para la familia que no abandonaras el programa.

—¿Ah, sí? —dijo Krystal, perpleja.

Kay le parecía una borde, más borde que aquella madre de acogida, con su cocina inmaculada, que hablándole con dulzura sólo conseguía que se sintiera una desgraciada.

—Sí. Pero ten en cuenta, Terri, que para nosotros, para el equipo de Protección de la Infancia, esto es muy grave. Vamos a tener que vigilar muy de cerca la situación familiar de Robbie. Necesitaremos comprobar que hay un cambio, Terri.

—Vale, tía —repuso Terri, consintiendo como solía hacer, con todo y con todos.

Pero Krystal intervino:

—Sí, vale. Lo hará. Yo la ayudaré. Lo hará.

II

Shirley Mollison iba al hospital South West General de Yarvil todos los miércoles. Allí, ella y varios voluntarios más realizaban tareas no médicas, como pasar el carrito de los libros entre las camas, arreglar las flores de los pacientes y bajar a la tienda del vestíbulo cuando los que no podían levantarse y no recibían visitas necesitaban algo. La actividad favorita de Shirley era ir de cama en cama con su sujetapapeles y su tarjeta de identificación plastificada anotando los pedidos de las comidas. Un día, una administrativa del hospital la había confundido con una doctora examinando pacientes.

La idea de trabajar de voluntaria se le había ocurrido durante la conversación más larga que había mantenido en su vida con Julia Fawley, en una de aquellas maravillosas fiestas de Navidad celebradas en la mansión Sweetlove. Aquel día se había enterado de que Julia recaudaba fondos para el ala de Pediatría del hospital local.

—Lo que nos vendría bien sería una visita real —había dicho Julia mirando por encima del hombro de Shirley, hacia la puerta—. Voy a pedirle a Aubrey que hable con Norman Bailey. Perdóname, tengo que saludar a Lawrence...

Shirley se quedó de pie junto al piano de cola diciéndole «Sí, claro, claro» a nadie. No tenía ni idea de quién era Norman Bailey, pero estaba entusiasmada. Al día siguiente, sin mencionarle ni siquiera a Howard lo que tenía planeado, llamó por teléfono al hospital South West General y preguntó qué había que hacer para trabajar de voluntaria. Después de que le dijeran que los únicos requisitos eran tener buen carácter, sentido común y piernas fuertes, había pedido un impreso de solicitud.

Trabajar de voluntaria le había abierto todo un mundo nuevo y maravilloso. En el sueño que Julia Fawley, sin saberlo, le había brindado junto al piano de cola, Shirley se veía con las manos recogidas con recato y la tarjeta plastificada colgada del cuello, mientras la reina avanzaba pausadamente ante una fila de ayudantes sonrientes. Shirley hacía una reverencia perfecta; a la reina le llamaba la atención y se detenía a charlar con ella; felicitaba a Shirley por la generosidad con que empleaba su tiempo libre... El destello de un flash, una fotografía, y los periódicos al día siguiente: «La reina conversa con la voluntaria de hospital Shirley Mollison...» A veces, cuando se concentraba mucho en esa escena imaginaria, la invadía una sensación que rayaba en lo místico. Trabajar de voluntaria en el hospital le había proporcionado una flamante arma para reducir las pretensiones de Maureen. Al pasar de dependienta a socia, como una Cenicienta, la viuda de Ken empezó a darse unos aires que a Shirley (pese a soportarlo todo con una falsa sonrisa de inocencia) la sacaban de quicio. Pero Shirley había reconquistado su superioridad; ella no trabajaba para ganar dinero, sino porque se lo pedía su bondadoso corazón. Trabajar de voluntaria confería estilo; era lo que hacían las mujeres que no necesitaban ingresos adicionales, las mujeres como ella y Julia Fawley. Además, el hospital le ofrecía acceso a una inagotable mina de cotilleos con que sofocar la tediosa cháchara de Maureen sobre la nueva cafetería.

Esa mañana, con voz firme, Shirley le había expresado a la supervisora de voluntarios su preferencia por la sala 28, y la enviaron a la unidad de Oncología. La única amiga que tenía entre el personal de enfermería trabajaba en la sala 28; algunas de las enfermeras más jóvenes eran a veces bruscas y prepotentes con las voluntarias, pero Ruth Price, que volvía a trabajar desde hacía poco tras un paréntesis de dieciséis años, se había mostrado encantadora desde el primer día. Como decía Shirley, ambas eran mujeres de Pagford, y eso las unía.

(Aunque la verdad era que Shirley no había nacido en Pagford. Su hermana menor y ella habían crecido en un piso pequeño y destartalado de Yarvil. La madre bebía mucho; no había llegado a divorciarse del padre, al que nunca veían. Todos los hombres del barrio, curiosamente, sabían el nombre de pila de la madre de Shirley, y sonreían con sorna cuando lo pronunciaban. Pero de eso hacía mucho tiempo, y Shirley era de los que creían que el pasado se desintegraba si nunca se lo mencionaba. No quería recordar.)

Shirley y Ruth se saludaron cariñosamente, pero esa mañana había mucho trabajo y sólo tuvieron tiempo para un breve intercambio sobre la muerte repentina de Barry Fairbrother. Quedaron para comer juntas a las doce y media, y Shirley fue presurosa a buscar el carrito de los libros.

Estaba de un humor estupendo. Veía el futuro con tanta claridad como si ya hubiera sucedido. Howard, Miles y Aubrey Fawley se unirían para desembarazarse de los Prados de una vez por todas y, para celebrarlo, cenarían en la mansión Sweetlove...

A Shirley esa casa le parecía preciosa: el extenso jardín con su reloj de sol, sus setos artísticamente podados y sus estanques; el ancho pasillo revestido de paneles de madera; la gran fotografía con marco de plata sobre el piano de cola, en la que aparecía el propietario bromeando con la princesa, la hija mayor de la reina. Nunca había detectado prepotencia en la actitud de los Fawley hacia su marido y ella, aunque era cierto que había demasiados aromas compitiendo por llamar su atención cada vez que se acercaba a la órbita de los Fawley. Los imaginaba a los cinco sentados a la mesa en una cena privada servida en una de aquellas deliciosas salitas: Howard al lado de Julia, ella a la derecha de Aubrey, y Miles entre ellos dos. (En la fantasía de Shirley, Samantha siempre estaba retenida en algún otro sitio.)

Shirley y Ruth se encontraron junto a la nevera de los yogures a las doce y media. La bulliciosa cafetería del hospital todavía no estaba tan abarrotada como lo estaría a la una, y la enfermera y la voluntaria encontraron sin dificultad una mesa para dos, pegajosa y cubierta de migas, contra la pared.

—¿Cómo está Simon? ¿Y los niños? —preguntó Shirley después de que Ruth limpiara la mesa, y cuando hubieron traspasado a ella el contenido de sus bandejas y se hubieron sentado una enfrente de la otra, dispuestas a empezar a charlar.

—Simon está bien, gracias. Hoy nos traen el ordenador nuevo. Los chicos están impacientes, ya te lo puedes imaginar.

Aquello no era del todo cierto. Andrew y Paul tenían cada uno un portátil barato; el PC estaba en un rincón de su pequeña sala de estar y ninguno de los dos lo tocaba, preferían no hacer nada que supusiera estar cerca de su padre. Ruth siempre le hablaba de ellos a Shirley como si fueran mucho más pequeños de lo que eran en realidad: dóciles, manejables, fáciles de distraer. Quizá con eso intentara quitarse años, subrayar la diferencia de edad entre Shirley y ella —que era de casi dos décadas— para que parecieran, aún más, madre e hija. La madre de Ruth había muerto diez años atrás; echaba en falta la presencia de una mujer mayor que ella en su vida, y Shirley le había insinuado que la relación con su hija no era tan buena como desearía.

—Miles y yo siempre hemos estado muy unidos. Patricia, en cambio, siempre ha tenido un carácter bastante difícil. Ahora vive en Londres.

Ruth se moría de ganas de saber más, pero había una cualidad que ambas compartían y admiraban en la otra: una refinada discreción, la preocupación por ofrecer al mundo una apariencia de serenidad. Por tanto, Ruth dejó a un lado su curiosidad, aunque no sin la secreta esperanza de descubrir a su debido tiempo por qué Patricia era tan difícil.

La simpatía instantánea que habían sentido Shirley y Ruth se basaba en el reconocimiento mutuo de que ambas eran iguales, mujeres cuyo orgullo más profundo radicaba en haber conseguido y conservado el afecto de su marido. Como los masones, compartían un código fundamental, y de ahí que se sintieran seguras cuando estaban juntas, como no les ocurría con otras mujeres. Su complicidad resultaba aún más placentera por estar aderezada con cierta sensación de superioridad, ya que, en el fondo, ambas compadecían a la otra por su elección de marido. Para Ruth, Howard era físicamente grotesco, y le costaba entender que su amiga, que conservaba una belleza delicada pese a estar un poco rellenita, hubiera accedido a casarse con él. A Shirley, que no recordaba conocer a Simon ni siquiera de vista, que nunca había oído que se lo mencionara en relación con los asuntos más elevados de Pagford, y que sabía que Ruth carecía de la vida social más elemental, el marido de su amiga le parecía un inepto excesivamente dado a recluirse.

—Pues vi cómo Miles y Samantha traían a Barry —dijo Ruth, abordando el tema principal sin preámbulos. Era bastante menos sutil que Shirley y le costaba disimular su interés por los cotilleos de Pagford, de los que se veía privada en lo alto de la colina donde vivía, aislada por el carácter insociable de Simon—. ¿Es verdad que lo vieron morir?

—Ya lo creo. Estaban cenando en el club de golf. Ya sabes, el domingo por la noche las niñas vuelven al internado, y Sam prefiere cenar fuera, porque la cocina no es su fuerte...

Poco a poco, en aquellos descansos para el café, Ruth fue enterándose de la verdad sobre el matrimonio de Miles y Samantha. Shirley le contó que su hijo no había tenido más remedio que casarse con Samantha porque ella se había quedado embarazada de Lexie.

—Lo han hecho lo mejor posible —suspiró Shirley exhibiendo su coraje—. Miles hizo lo que tenía que hacer; yo no habría aceptado otra solución. Las niñas son encantadoras. Es una lástima que Miles no haya tenido un hijo varón, porque habría sido estupendo con él. Pero Sam no quería ni oír hablar de un tercer embarazo.

Ruth guardaba como un tesoro cada crítica velada que Shirley hacía de su nuera. Le había tomado verdadera aversión a Samantha años atrás, el día que Ruth acompañó a su hijo Andrew, por entonces de cuatro años, a la clase de párvulos del St. Thomas, donde encontró a Samantha con su hija Lexie. Con su estridente risa, su insondable escote y su afición a gastarles bromas subidas de tono a los padres de la escuela, Ruth vio en ella una grave amenaza. Durante años, había observado con desdén cómo Samantha resaltaba sus enormes pechos cuando hablaba con Vikram Jawanda en las reuniones de padres, y siempre alejaba de ella a Simon, llevándoselo por los laterales del aula, para que no tuvieran ocasión de hablar.

Shirley seguía refiriendo el relato de segunda mano del último viaje de Barry, poniendo énfasis en la rapidez con que Miles había llamado a la ambulancia, en cómo había consolado a Mary Fairbrother, en cómo se había empeñado en quedarse con ella en el hospital hasta que llegaran los Wall. Ruth escuchaba atentamente, aunque con cierta impaciencia; su amiga resultaba más entretenida cuando enumeraba los defectos de Samantha que cuando ensalzaba las virtudes de Miles. Además, se moría de ganas de contarle una cosa importante. Así que, en cuanto Shirley llegó al punto en que Miles y Samantha cedían el escenario a Colin y Tessa Wall, Ruth se coló con decisión:

—Entonces ha quedado una plaza libre en el concejo parroquial.

—Se llama plaza vacante —le aclaró Shirley gentilmente.

Ruth inspiró hondo.

—Simon se está planteando presentarse como candidato —anunció entonces con voz emocionada.

Shirley sonrió maquinalmente, arqueó las cejas en un gesto de educada sorpresa y tomó un sorbo de té para ocultar su cara. Ruth no advirtió que sus palabras habían turbado a su amiga. Daba por hecho que a ésta le encantaría imaginarse a sus maridos sentados juntos en el concejo parroquial, y abrigaba vagas esperanzas de que la ayudara a ver cumplido ese objetivo.

—Me lo contó anoche —continuó Ruth, dándose importancia—. Lleva un tiempo planteándoselo.

Ruth había alejado de su pensamiento otras cosas que había mencionado Simon, como la posibilidad de aceptar sobornos de Grays para que siguieran asignándoles contratas; hacía lo mismo con todas las artimañas de su marido, con sus pequeños delitos.

—No sabía que a Simon le interesara implicarse en el gobierno local —comentó Shirley con simpatía.

—Ah, pues sí —dijo Ruth, aunque ella tampoco lo sabía—, está entusiasmado con la idea.

—¿Sabes si ha hablado con la doctora Jawanda? —indagó Shirley, y bebió otro sorbo de té—. ¿Ha sido ella quien le ha propuesto presentarse?

Esa pregunta desconcertó a Ruth, y la perplejidad se le reflejó en la cara.

—No, no creo que... Hace una eternidad que Simon no va al médico. Bueno, quiero decir que está muy bien de salud.

Shirley sonrió. Si Simon actuaba solo, sin el apoyo de la facción encabezada por Jawanda, seguramente la amenaza que planteaba era insignificante. Hasta se compadeció de Ruth, pues le aguardaba una desagradable sorpresa. A Shirley, que conocía a todas las personas importantes de Pagford, le habría costado reconocer al marido de Ruth si lo hubiera visto entrar en la tienda de delicatessen: ¿quién demonios creía la pobre Ruth que iba a votarlo? Por otra parte, Shirley sabía que había una pregunta rutinaria que Howard y Aubrey agradecerían que formulara.

—Simon ha vivido siempre en Pagford, ¿verdad?

—No, no. Nació en los Prados —dijo Ruth.

—Ah.

Retiró la tapa de papel de aluminio del yogur, cogió una cucharada y se la metió en la boca con aire pensativo. Era bueno saber, independientemente de sus perspectivas electorales, que había muchas probabilidades de que Simon tuviera tendencias pro-Prados.

—¿Cómo presentas tu candidatura, a través de la página web? —preguntó Ruth, sin perder la esperanza de un último impulso de entusiasmo y apoyo.

—Sí, creo que sí —respondió Shirley de forma imprecisa.

III

Andrew, Fats y veintisiete alumnos más pasaron la última hora de la tarde del miércoles en lo que Fats llamaba «matemáticas para tarugos». Se trataba del penúltimo grupo de matemáticas, asignado a la profesora más incompetente del departamento: una joven con la cara llena de manchas, recién salida de la escuela de Magisterio, incapaz de mantener el orden y a la que los alumnos ponían a menudo al borde de las lágrimas. A Fats, que el año anterior se había propuesto rendir por debajo de su capacidad, lo habían bajado del primer grupo de la lista a matemáticas para tarugos. Andrew, a quien los números nunca se le habían dado bien, vivía con el temor de que lo bajaran al último grupo, con Krystal Weedon y su primo Dane Tully.

Andrew y Fats se sentaron juntos al fondo del aula. De tanto en tanto, cuando se cansaba de distraer a la clase con sus payasadas o alterar aún más el ambiente, Fats enseñaba a Andrew a hacer una suma. El ruido era ensordecedor. La señorita Harvey gritaba para hacerse oír por encima del vocerío, suplicándoles que se callaran. Las hojas de ejercicios estaban pintarrajeadas y llenas de dibujos obscenos; los alumnos no paraban de levantarse y acercarse a otros pupitres, arrastrando ruidosamente las sillas; pequeños misiles volaban por el aula siempre que la señorita Harvey volvía la cabeza. A veces, Fats buscaba excusas para pasearse imitando los andares de Cuby, cabeceando y dando saltitos con los brazos pegados al cuerpo. Allí Fats daba rienda suelta a su humor más burdo; en las clases de lengua, donde Andrew y él estaban en el grupo de los aventajados, no se molestaba en utilizar a Cuby como material de referencia.

Sukhvinder Jawanda se sentaba justo delante de Andrew. Cuando iban a la escuela primaria, Andrew, Fats y los otros chicos solían tirarle de la larga trenza negra; era lo que tenían más a mano cuando jugaban al corre que te pillo, y suponía una tentación irresistible verla colgando, como ahora, en su espalda, donde no podían verla los profesores. Pero Andrew ya no sentía deseos de estirársela, ni de tocar ninguna otra parte del cuerpo de Sukhvinder; era una de las pocas chicas por las que su mirada resbalaba sin despertarle el menor interés. No había visto el fino y oscuro vello que tenía sobre el labio superior hasta que Fats le hizo fijarse en él. La hermana mayor de Sukhvinder, Jaswant, tenía un cuerpo ágil y curvilíneo, una cintura estrecha y una cara que, antes de la aparición de Gaia, Andrew encontraba hermosa, de pómulos prominentes, piel tersa y dorada y ojos almendrados castaño claro. Como es lógico, Jaswant siempre había estado muy lejos de su alcance: era dos años mayor que él y la alumna más inteligente de sexto, y se la notaba plenamente consciente de sus atractivos y de las erecciones que éstos provocaban.

Sukhvinder era la única persona en el aula que no hacía ningún ruido. Con la espalda encorvada y la cabeza casi pegada a la hoja, parecía totalmente concentrada, encerrada en su propio mundo. Se había estirado la manga izquierda del jersey hasta cubrirse la mano con el puño. Su absoluta quietud resultaba casi ostentosa.

—La gran hermafrodita permanece inmóvil y callada —murmuró Fats con los ojos fijos en la nuca de Sukhvinder—. Dotada de bigote, y sin embargo también de grandes mamas, los científicos siguen sin lograr descifrar las contradicciones de este peludo espécimen de mujer-hombre.

Andrew soltó una risita, aunque con cierta incomodidad. Le habría resultado más divertido si hubiera estado seguro de que Sukhvinder no podía oír lo que decía su amigo. La última vez que había estado en casa de Fats, éste le había enseñado los mensajes que enviaba con regularidad a la página de Facebook de Sukhvinder: buscaba en internet información e imágenes sobre el hirsutismo, y todos los días le enviaba una cita o una fotografía.

Era divertido, pero a Andrew lo incomodaba. En sentido estricto, Sukhvinder no hacía nada para merecer aquello: era una presa demasiado fácil. Andrew prefería que Fats dirigiera su mordacidad hacia personas con autoridad, creídas o pedantes.

—Separada del resto de la manada de ejemplares barbudos con sujetador —dijo Fats—, entregada a sus pensamientos, se pregunta si le quedaría bien una perilla.

Andrew rió, aunque luego se sintió culpable. Entonces Fats perdió el interés y se concentró en transformar todos los ceros de su hoja de ejercicios en anos fruncidos. Andrew siguió tratando de adivinar dónde debían ir las comas de los decimales y pensando en el viaje en el autobús escolar hasta su casa y en Gaia. Siempre le costaba mucho encontrar un asiento desde donde tenerla en su campo visual durante el trayecto, porque, normalmente, ella ya estaba rodeada de otros estudiantes cuando él llegaba, o se había sentado demasiado lejos. Aquel momento de complicidad en la reunión del lunes por la mañana no había conducido a nada. Desde ese día, ella no había vuelto a mirarlo en el autobús, ni dado más muestras de saber que Andrew existía. En las cuatro semanas que duraba ya su encaprichamiento, nunca había hablado con Gaia. Ensayó frases para iniciar una conversación en medio del jaleo de matemáticas para tarugos. «Tuvo gracia lo de la reunión del lunes...»

—¿Te pasa algo, Sukhvinder?

La señorita Harvey, que se había inclinado sobre el trabajo de la chica para corregírselo, se había quedado mirándola. Andrew vio que Sukhvinder asentía con la cabeza y se tapaba la cara con las manos, mientras seguía encorvada sobre la hoja.

—¡Wallah! —susurró Kevin Cooper, sentado dos filas más allá—. ¡Wallah! ¡Peanut!

Intentaba hacerles notar lo que ellos ya sabían: que Sukhvinder, a juzgar por el débil temblor de sus hombros, estaba llorando, y que la señorita Harvey, muy atribulada, intentaba en vano averiguar qué le pasaba. Los alumnos, al detectar que la profesora había vuelto a bajar la guardia, se pusieron a alborotar aún más.

—¡Peanut! ¡Wallah!

Andrew nunca sabía si Kevin Cooper fastidiaba a propósito o sin darse cuenta, pero tenía el infalible don de crisparle a uno los nervios. El mote «Peanut» venía de lejos; Andrew cargaba con él desde primaria y siempre lo había odiado. Fats había conseguido que ese apodo pasara de moda a base de no utilizarlo nunca; siempre había sido el árbitro final en esas materias. Cooper hasta confundía el mote de Fats: «Wallah» sólo había gozado de una breve popularidad el año anterior.

—¡Peanut! ¡Wallah!

—Vete a la mierda, Cooper, carapolla —dijo Fats por lo bajo.

Cooper se había vuelto en la silla e, inclinado sobre el respaldo, miraba fijamente a Sukhvinder, que estaba recogida sobre sí misma, con la cara rozando el pupitre, mientras la señorita Harvey, agachada a su lado, agitaba cómicamente las manos sin atreverse a tocarla, incapaz de arrancarle una explicación. Algunos alumnos más se habían percatado de aquella inusual interrupción y miraban con curiosidad; pero, en la parte delantera del aula, varios chicos seguían alborotando, ajenos a todo lo que no fuera su propia diversión. Uno cogió el borrador de madera del escritorio de la señorita Harvey y lo lanzó.

El borrador atravesó limpiamente el aula y se estrelló contra el reloj de pared del fondo, que cayó al suelo y se hizo añicos: fragmentos de plástico y piezas metálicas del mecanismo volaron en todas direcciones, y varias chicas, entre ellas la señorita Harvey, chillaron asustadas.

Entonces la puerta del aula se abrió abruptamente, chocando con estrépito contra la pared. La clase enmudeció en el acto. Cuby estaba en el umbral, rojo de furia.

—¿Qué está pasando aquí? ¿A qué viene tanto ruido?

La profesora se levantó como un muñeco de resorte y se quedó inmóvil junto al pupitre de Sukhvinder, avergonzada y asustada.

—¡Señorita Harvey! Su clase está armando un jaleo tremendo. ¿Se puede saber qué ocurre?

La aludida se había quedado sin habla. Kevin Cooper volvió a inclinarse sobre el respaldo de su silla y, con una sonrisa burlona, miró alternativamente a la profesora, a Cuby y a Fats.

Entonces habló Fats:

—Pues verás, padre, si he de serte sincero, estábamos tomándole el pelo a esta pobre mujer.

Todos se echaron a reír. Un sarpullido granate se extendió por el cuello de la señorita Harvey. Fats se balanceaba sobre las patas traseras de la silla con aire desenfadado y gesto imperturbable, mirando a Cuby con una indiferencia desafiante.

—Ya basta —dijo éste—. Si vuelvo a oír un ruido así, os castigaré a todos. ¿Entendido? A todos.

Cerró la puerta dejando atrás las risas.

—¡Ya habéis oído al subdirector! —gritó la señorita Harvey, y se apresuró hacia su escritorio, al frente del aula—. ¡Silencio! ¡Quiero silencio! ¡Tú, Andrew, y tú, Stuart, recoged eso! ¡Que no quede ni un solo trozo de reloj en el suelo!

Los dos amigos protestaron rutinariamente contra aquella injusticia y un par de chicas gritaron solidarizándose con ellos. Los verdaderos autores de los destrozos, a los que, como todos sabían, la señorita Harvey tenía miedo, permanecieron sentados intercambiando sonrisitas de complicidad.

Como sólo faltaban cinco minutos para que terminara la jornada escolar, Andrew y Fats decidieron recoger con toda la calma del mundo, para así poder dejar el trabajo sin terminar. Mientras Fats cosechaba más risas dando saltitos de aquí para allá, con los brazos tiesos, imitando la forma de andar de Cuby, Sukhvinder se enjugó las lágrimas disimuladamente con la mano cubierta por el puño del jersey y volvió a caer en el olvido.

Cuando sonó el timbre, la señorita Harvey no intentó contener el estruendo ni la desbandada general hacia la puerta. Andrew y Fats escondieron con el pie varios fragmentos del reloj debajo de los armarios del fondo del aula y volvieron a colgarse del hombro las mochilas.

—¡Wallah! ¡Eh, Wallah! —llamó Kevin Cooper corriendo para alcanzar a Andrew y Fats por el pasillo—. ¿En tu casa llamas «padre» a Cuby? ¿En serio?

Creía haber encontrado algo con que echarle el guante a Fats; creía que lo había pillado.

—Eres un gilipollas, Cooper —respondió Fats cansinamente, y Andrew se rió.

IV

—La doctora Jawanda lleva unos quince minutos de retraso —le informó la recepcionista.

—Bueno, no importa —dijo Tessa—. No tengo prisa.

Era tarde, y las ventanas de la sala de espera parecían parches translúcidos de un azul cobalto. Sólo había otras dos personas allí sentadas: una anciana contrahecha que respiraba con dificultad y calzaba pantuflas, y una mujer joven que leía una revista mientras su hija hurgaba en el cajón de juguetes del rincón. Tessa cogió un manoseado ejemplar de la revista *Heat* de la mesita de centro, se sentó y se puso a hojearla mirando las fotografías. El retraso le daría tiempo para pensar en lo que iba a decirle a Parminder.

Esa mañana habían hablado un momento por teléfono. Tessa había estado muy contrita por no haberla llamado enseguida para contarle lo de Barry. Parminder le había dicho

153

que no pasaba nada, que no fuera tonta, que no estaba enfadada; pero Tessa, acostumbrada a bregar con personas frágiles y susceptibles, se dio cuenta de que Parminder, bajo aquel caparazón de púas, estaba dolida. Había intentado explicarle que llevaba un par de días agotada, y que había tenido que ocuparse de Mary, Colin, Fats y Krystal Weedon; que se había sentido desbordada, perdida e incapaz de pensar en otra cosa que no fueran los problemas inmediatos que le habían surgido. Pero Parminder la había interrumpido en medio de su retahíla de intrincadas excusas y le había dicho, con voz serena, que pasara a verla más tarde por la consulta.

El doctor Crawford, de pelo blanco y corpulento como un oso, salió de su despacho, saludó alegremente a Tessa con la mano y dijo: «¿Maisie Lawford?» A la joven madre le costó convencer a su hija de que dejara el viejo teléfono de juguete con ruedas que había encontrado en el cajón. Con paciencia, se la llevó de la mano detrás del doctor Crawford, y la niña volvió la cabeza para echar una mirada nostálgica a aquel teléfono cuyos secretos ya nunca descubriría.

La puerta de la consulta se cerró. Tessa se dio cuenta de que tenía una sonrisa idiota en la cara y se apresuró a mudar la expresión. Seguro que acabaría convirtiéndose en una de esas ancianas espantosas que hacían carantoñas indiscriminadamente a los niños pequeños y los asustaban. Le habría encantado tener una hija rubita y regordeta además de aquel niño escuálido y moreno. Recordó a Fats de pequeño y pensó en lo terrible que era que diminutos fantasmas de los propios hijos rondaran siempre el corazón de una madre; ellos nunca lo sabrían, y si llegaran a saberlo les horrorizaría que su crecimiento fuera una fuente inagotable de dolor.

Se abrió la puerta de la consulta de Parminder y Tessa levantó la cabeza.

—Señora Weedon —llamó Parminder.

Su mirada y la de Tessa se encontraron, y la doctora esbozó una sonrisa que en realidad no era tal, sino un mero estiramiento de los labios. La menuda anciana de las pantuflas se levantó con dificultad y echó a andar, renqueando, detrás de Parminder, hasta desaparecer tras el tabique separador. Tessa oyó cerrarse la puerta de la doctora Jawanda.

Leyó los pies de foto de una serie de instantáneas en las que aparecía la mujer de un futbolista con los diferentes modelitos que había lucido en los cinco días pasados. Examinando sus largas y bien torneadas piernas, Tessa se preguntó si su vida habría sido muy diferente de haber tenido unas piernas como aquéllas. No conseguía ahuyentar la sospecha de que habría sido casi completamente distinta. Ella tenía unas piernas gruesas, cortas e informes; le habría gustado llevarlas siempre escondidas en unas botas de caña alta, pero era difícil encontrar unas en las que le cupieran las pantorrillas. Recordó que en una sesión de orientación le había dicho a una niña de complexión robusta que el físico no importaba, que la personalidad era mucho más importante. «Cuántas tonterías les decimos a los niños», pensó, y pasó la página de la revista.

Una puerta que no se veía desde donde estaba sentada Tessa se abrió de golpe. Alguien gritaba con voz cascada.

—¡Estoy peor que antes! ¡No puede ser! ¡Yo he venido para que me ayude! ¡Es su trabajo... es su...!

Tessa y la recepcionista se miraron un instante y volvieron la cabeza hacia los gritos. Tessa oyó la voz de Parminder, con ese acento de Birmingham que no había perdido pese a los años que llevaba en Pagford.

—Señora Weedon, sigue usted fumando, y eso afecta a la dosis que tengo que recetarle. Si dejara el tabaco... Mire, los fumadores metabolizan la teofilina más rápido, así que los cigarrillos empeoran su enfisema y también reducen la eficacia del medicamento para...

—¡No me grite! ¡Estoy harta! ¡Voy a denunciarla! ¡Me ha recetado unas pastillas que no me valen! ¡Quiero que me vea otro médico! ¡Quiero que me vea el doctor Crawford!

La anciana apareció por detrás del tabique, cojeando, resollando y con la cara enrojecida.

—¡Esa *paqui* de mierda me va a matar! ¡Más vale que no se acerque a ella! —le advirtió a Tessa—. ¡Esa desgraciada la matará con sus medicinas!

Avanzó tambaleándose hacia la salida sobre sus piernas como palillos, arrastrando las pantuflas con paso inseguro, respirando broncamente y renegando tan alto como le permitían sus enfermos pulmones. La puerta de vaivén se cerró detrás de ella. La recepcionista volvió a cruzar una mirada con Tessa. Oyeron cerrarse otra vez la consulta de Parminder.

La doctora tardó cinco minutos en reaparecer. La recepcionista mantuvo los ojos fijos en la pantalla de su ordenador y aparentó no haber oído nada.

—Señora Wall —llamó Parminder con otra de aquellas sonrisas forzadas.

—¿Qué ha pasado? —preguntó Tessa una vez estuvieron a solas en la consulta.

—A la señora Weedon le alteran el estómago unas pastillas nuevas que toma —explicó la médica serenamente—. Bueno, hoy toca análisis de sangre, ¿no?

—Sí —respondió Tessa, a la vez intimidada y dolida por el tono frío y profesional de Parminder—. ¿Cómo estás, Minda?

—¿Yo? Bien. ¿Por qué?

—Bueno... Sé lo que Barry significaba para ti y lo que tú significabas para él.

Las lágrimas afloraron a los ojos de Parminder, que intentó contenerlas, aunque demasiado tarde: Tessa ya las había visto.

—Minda —dijo, poniendo su mano regordeta sobre la delicada mano de la doctora, pero ésta la apartó como si le hubiera hecho daño.

Entonces, traicionada por sus propios reflejos, rompió a llorar a lágrima viva, sin poder esconderse en la pequeña consulta, aunque se volvió en la silla giratoria.

—Cuando me di cuenta de que no te había telefoneado me sentí fatal —dijo Tessa, mientras Parminder realizaba aparatosos intentos de sofocar sus sollozos—. Quería morirme. Iba a llamarte —mintió—, pero no habíamos dormido, pasamos casi toda la noche en el hospital y luego tuvimos que ir directamente al trabajo. Colin se derrumbó en la asamblea de profesores y alumnos cuando lo anunció, y luego provocó una escena lamentable con Krystal Weedon delante de todos. Para colmo, a Stuart no se le ocurrió nada mejor que faltar a clase. Y Mary está destrozada... Lo siento mucho, Minda, sé que debí llamarte.

—No seas tonta —repuso Parminder con voz destemplada, ocultando la cara tras un pañuelo de papel que se sacó de la manga—. Mary es mucho más importante...

—Tú habrías sido una de las primeras personas a las que habría llamado Barry —continuó Tessa con tristeza y, horrorizada, también ella rompió a llorar—. Lo lamento mucho, Minda —insistió entre sollozos—, pero tenía que ocuparme de Colin y los demás.

—No digas tonterías —repuso Parminder tragando saliva y dándose toquecitos en las mejillas con el pañuelo—. Las dos estamos diciendo tonterías.

«No es verdad. Venga, Parminder, déjate llevar por una vez...»

Pero la doctora cuadró los delgados hombros, se sonó la nariz y se sentó muy erguida.

—¿Te lo dijo Vikram? —preguntó Tessa con timidez, y cogió unos pañuelos de la caja que había en la mesa de Parminder.

—No. Howard Mollison. En la tienda de delicatessen.

—Dios mío, Minda. Cuánto lo siento.

—No seas tonta. No pasa nada.

Llorar hizo que Parminder se sintiera mejor y se mostrara más simpática con Tessa, que también estaba secándose la cara, de expresión sencilla y bondadosa. Eso fue un alivio para

Parminder, porque ahora que Barry ya no estaba, Tessa era la única amiga de verdad que tenía en Pagford. (Siempre lo decía así, «en Pagford», como si en algún otro lugar, fuera de aquel pueblecito, tuviera un centenar de amigos fieles. Ni siquiera ante sí misma admitía que, en realidad, sus amistades se reducían a los recuerdos del grupo de condiscípulos del colegio de Birmingham, de los que la corriente de la vida la había alejado hacía mucho; y a sus colegas de la facultad de medicina, que todavía le enviaban tarjetas de felicitación en Navidad, pero que nunca iban a verla, y a los que ella nunca visitaba.)

—¿Y Colin? ¿Cómo está?

Tessa soltó un gemido.

—¡Ay, Minda! Dios mío. Quiere presentarse como candidato para ocupar la plaza de Barry en el concejo parroquial.

La pronunciada arruga vertical entre las pobladas y oscuras cejas de Parminder se hizo más profunda.

—¿Te imaginas a Colin presentándose a unas elecciones? —añadió Tessa, apretando los pañuelos húmedos y arrugados que mantenía en el puño—. ¿Enfrentándose nada menos que a Aubrey Fawley y Howard Mollison? ¿Intentando llenar el vacío que ha dejado Barry, proponiéndose ganar la batalla por él, asumiendo tanta responsabilidad...?

—Colin ya asume mucha responsabilidad en su trabajo —observó Parminder.

—No tanta —dijo Tessa sin pensar.

De pronto, se sintió desleal y rompió a llorar otra vez. Era todo muy raro; había entrado en la consulta con el propósito de consolar a su amiga, y en cambio allí estaba, contándole sus problemas.

—Ya conoces a Colin, se lo toma todo tan en serio, tan a pecho...

—Pues, bien mirado, se las arregla muy bien —opinó Parminder.

—Sí, ya lo sé —concedió Tessa cansinamente. No tenía ánimos para discutir—. Ya lo sé.

Colin debía de ser la única persona por la que la severa y reservada Parminder siempre mostraba compasión. A cambio, Colin no permitía que nadie dijera ni una palabra contra ella; era su defensor incondicional en Pagford. «Una médica de cabecera excelente —le soltaba a cualquiera que se atreviera a criticarla en su presencia—. La mejor que he tenido.» A Parminder no le sobraban los defensores; no era nada popular entre la vieja guardia de Pagford y tenía fama de no ser generosa con los antibióticos ni con la renovación de las recetas.

—Si Howard Mollison se sale con la suya, ni siquiera habrá elecciones —dijo Parminder.

—¿Qué quieres decir?

—Nos ha enviado un e-mail. Lo he recibido hace media hora.

Se volvió hacia la pantalla del ordenador, tecleó una contraseña y abrió su correo. Giró la pantalla para que Tessa pudiera leer el mensaje de Howard. En el primer párrafo expresaba su pesar por la muerte de Barry. En el siguiente insinuaba que, en vista de que ya se había cumplido un año del mandato de Barry, quizá fuera conveniente invitar a alguien a ocupar su plaza en lugar de iniciar el farragoso proceso de unas elecciones en toda regla.

—Ya tiene a alguien en mente. Intenta meter a algún compinche antes de que puedan impedírselo. No me sorprendería que fuera Miles.

—No, mujer —se apresuró a decir Tessa—. Miles estaba en el hospital con Barry... No, qué va, estaba muy afectado...

—Qué ingenua eres, Tessa. —A ésta le impresionó la agresividad en la voz de su amiga—. Tú no entiendes a Howard Mollison. Es una persona mezquina, muy mezquina. Tú no oíste lo que dijo cuando se enteró de que Barry había escrito al periódico para hablar de los Prados. Tú no sabes lo que intenta hacer con la clínica de desintoxicación. Espera, espera y verás.

La mano le temblaba tanto que necesitó varios intentos para cerrar el mensaje de Mollison.

—Ya lo verás —insistió—. Bueno, será mejor que nos demos prisa, porque Laura tiene que marcharse dentro de un momento. Primero voy a tomarte la presión.

Parminder estaba haciéndole un favor a Tessa al recibirla tan tarde, después del horario escolar. La enfermera, que vivía en Yarvil, iba a llevar su muestra de sangre al laboratorio del hospital de camino a casa. Nerviosa y sintiéndose un poco vulnerable, Tessa se arremangó la vieja rebeca verde. La doctora le colocó el manguito de velcro alrededor del brazo. De cerca se apreciaba mejor el gran parecido de Parminder con su hija pequeña, porque sus diferentes constituciones (Parminder era nervuda; Sukhvinder, pechugona) quedaban en un segundo plano y surgía la semejanza de rasgos faciales: nariz aguileña, boca amplia, labio inferior carnoso, ojos grandes, redondos y oscuros. El manguito, al inflarse, se ciñó dolorosamente alrededor del brazo fofo de Tessa, mientras Parminder observaba el indicador.

—Dieciséis y ocho —anunció, arrugando la frente—. Muy alta, Tessa. Demasiado.

Diestra y habilidosa en todos sus movimientos, retiró el envoltorio de una jeringuilla estéril, estiró aquel brazo pálido y salpicado de lunares y le clavó la aguja.

—Mañana por la noche llevaré a Stuart a Yarvil —comentó Tessa mirando el techo—. Quiero comprarle un traje para el funeral. No quiero ni pensar la que se puede armar si intenta ir en vaqueros. Colin se pondría furioso.

Pretendía desviar sus pensamientos del líquido oscuro y misterioso que iba llenando la jeringuilla. Le daba miedo que la delatara; le daba miedo no haberse portado todo lo bien que debía; que todas las barritas de chocolate y magdalenas que se había comido aparecieran transformadas en glucosa.

Entonces pensó con amargura que sería más fácil renunciar al chocolate si su existencia no fuera tan estresante. Como se había pasado casi toda la vida intentando ayudar a otras personas, le costaba entender que comer magdalenas fuera tan grave. Parminder etiquetó las ampollas rellenas de su sangre y Tessa se sorprendió confiando, por mucho que su marido y su amiga lo consideraran una herejía, en que Howard Mollison acabara por impedir que se celebraran unas elecciones.

V

Simon Price salía de la imprenta a las cinco en punto todos los días sin falta. Cumplía su horario y punto; su casa, limpia y moderna, estaba esperándolo en lo alto de la colina, un mundo alejado del incesante estrépito de la imprenta de Yarvil. Quedarse en la nave pasada la hora de fichar (aunque ahora era el encargado, Simon seguía pensando en los mismos términos que cuando era aprendiz) habría sido como admitir que no tenía una vida privada satisfactoria o, peor aún, que intentaba lamerle el culo al jefe.

Sin embargo, ese día Simon tenía que dar un rodeo antes de volver a casa. Se encontró con el conductor de la carretilla elevadora, el del chicle, en el aparcamiento, y fueron juntos hasta los Prados; de hecho, pasaron por delante de la casa en la que Simon se había criado. Hacía años que no se acercaba por allí; su madre había muerto y a su padre no lo veía desde que tenía catorce años, y tampoco conocía su paradero. Lo deprimió y alteró ver su antiguo hogar con una ventana tapiada con tablones y la hierba crecida. Su difunta madre siempre había estado orgullosa de su casa.

El chico le dijo a Simon que aparcara al final de Foley Road; una vez allí, bajó del coche y se dirigió, él solo, hacia una casa de aspecto especialmente miserable. A la luz de la farola más cercana, Simon distinguió un montón de basura bajo una ventana de la planta baja. Sólo entonces se preguntó si había sido prudente ir a recoger un ordenador robado con su propio coche. En el barrio debía de haber videovigilancia para controlar a todos aquellos matones y maleantes. Echó una ojeada a su alrededor, pero no descubrió ninguna cámara; tampoco parecía que hubiera nadie mirándolo, con excepción de una mujer gorda que, fumando un cigarrillo, lo observaba sin disimulo desde una de aquellas ventanitas cuadradas de manicomio. Simon le devolvió la mirada con el cejo fruncido, pero ella siguió observándolo, así que él se tapó la cara haciendo pantalla con una mano y mantuvo la vista al frente.

El chico de la imprenta ya estaba saliendo de la casa y se encaminó hacia el coche con las piernas un poco separadas, cargando con la caja del ordenador. En la puerta de la casa de la que había salido, una adolescente con un niño pequeño agarrado a sus piernas se escondió, arrastrando al crío, al ver que Simon la miraba.

Éste encendió el motor y aceleró en punto muerto mientras el otro se acercaba.

—Con cuidado —dijo, inclinándose para abrir la puerta del pasajero—. Déjalo aquí.

El chico puso la caja en el asiento del pasajero, todavía caliente. A Simon le habría gustado abrirla para comprobar que contenía aquello por lo que había pagado, pero la creciente conciencia de su propia imprudencia lo hizo desistir. Se contentó con sacudir un poco la caja: pesaba demasiado para moverla con facilidad. Quería largarse de allí cuanto antes.

—¡Te dejo aquí, ¿vale?! —le gritó al chico.

—¿No puedes acercarme al hotel Crannock?

—Lo siento, tío, voy en la otra dirección. ¡Ve andando!

Y arrancó. Por el retrovisor vio al otro quedarse allí plantado, con cara de odio y los labios formando las palabras «hijo de puta». Pero a Simon no le importó. Si se largaba de allí deprisa, tal vez evitara que su matrícula quedara registrada en

162

una de esas películas en blanco y negro, de imagen granulosa, que a veces ponían en las noticias.

Diez minutos más tarde llegó a la carretera de circunvalación, pero incluso después de dejar atrás Yarvil, salir de la calzada doble y subir por la colina hacia la abadía en ruinas, siguió tenso y alterado, sin experimentar la satisfacción de todos los días cuando llegaba a la cima y entreveía su casa: un pañuelito blanco en la ladera opuesta, más allá de la hondonada donde se asentaba Pagford.

Sólo hacía diez minutos que Ruth había llegado a casa, pero ya tenía la cena casi a punto y estaba poniendo la mesa cuando entró Simon con el ordenador. En Hilltop House se cenaba temprano, porque así le gustaba a Simon. Las exclamaciones de alegría de Ruth al ver la caja irritaron a su marido. Ella ignoraba todo lo que él había tenido que pasar; ni siquiera se le había ocurrido que conseguir artículos baratos implicaba ciertos riesgos. Ruth, por su parte, percibió al instante que él estaba de mal humor, que era presa de uno de aquellos estados de ánimo que a menudo presagiaban una explosión, y abordó la situación de la única manera que sabía: parloteando alegremente sobre su jornada. Confiaba en que la hosquedad de su marido se disolviera cuando comiese algo, siempre que ninguna otra cosa lo irritara.

A las seis en punto, cuando Simon ya había sacado el ordenador de la caja y descubierto que faltaba el manual de instrucciones, la familia se sentó a cenar.

Andrew advirtió que su madre estaba nerviosa, porque conversaba sin ton ni son con aquel tono artificialmente alegre que él conocía tan bien. Por lo visto, Ruth creía, pese a que la experiencia llevaba años demostrándole lo contrario, que si conseguía crear un ambiente correcto y de buena educación, Simon no se atrevería a desbaratarlo. El chico se sirvió pastel de carne (hecho por Ruth; descongelado para cenar entre semana) y evitó encontrarse con la mirada de Simon. Tenía cosas más interesantes en las que pensar que en sus padres.

Gaia Bawden le había dicho «hola» cuando se habían visto fuera del laboratorio de biología, aunque de manera instintiva y despreocupada, y no lo había mirado ni una sola vez en toda la hora de clase.

Andrew lamentaba no saber más de chicas; nunca había llegado a conocer a ninguna lo suficiente como para entender cómo funcionaba su mente. Esa gran laguna de conocimiento no le había importado mucho hasta que Gaia había subido al autobús escolar aquella primera vez, provocando en él un interés penetrante como un láser y concentrado en ella como individuo; un sentimiento muy diferente de la fascinación general e impersonal que venía agudizándose en él desde hacía unos años, relacionada con el desarrollo de los senos femeninos y la aparición de las tiras de sujetador, visibles a través de las camisas blancas del uniforme, y de una curiosidad teñida de aprensión por saber qué era realmente la menstruación.

Fats tenía unas primas que a veces iban a visitarlos. Una vez, al entrar en el cuarto de baño de los Wall después de que una de ellas, precisamente la más guapa, lo utilizara, Andrew había encontrado un envoltorio de compresa transparente en el suelo, junto a la papelera. Esa prueba, física y real, de que cerca de él una chica estaba teniendo la regla en aquel mismo momento fue para Andrew, que tenía trece años, equiparable a la contemplación de un cometa. Tuvo el tino de no contarle a Fats su hallazgo ni lo emocionante que le había resultado. Recogió el envoltorio con dos dedos, lo tiró rápidamente a la papelera y después se lavó las manos con más esmero del que jamás había puesto en esa prosaica tarea.

Andrew dedicaba mucho tiempo a curiosear en la página de Facebook de Gaia desde su ordenador portátil. Lo que veía allí era casi más apabullante que ella en persona. Se pasaba horas mirando detenidamente fotografías de los amigos que Gaia había dejado en la capital. Así supo que provenía de un mundo muy diferente del suyo: tenía amigos negros, asiáticos, amigos con nombres que él nunca habría sabido pronunciar. Una fotografía en que ella aparecía en traje de baño se le había grabado a fuego en el cerebro, así como otra en la que salía apoyada en un chico sumamente atractivo de piel tostada. El chico no tenía acné, y en cambio sí un poco de barba. Tras someter todos los mensajes de Gaia a un minucioso examen, Andrew había llegado a la conclusión de que aquel chico tenía dieciocho años y se llamaba Marco de Luca. Andrew analizaba las comunicaciones entre Marco y Gaia con la concentración de un criptógrafo descifrando códigos secretos, incapaz de discernir si revelaban o no una relación continuada.

Sus sesiones de Facebook solían estar teñidas de ansiedad, pues Simon, cuyo conocimiento de cómo funcionaba internet era limitado, y que desconfiaba instintivamente de la red por ser la única parcela de la vida de sus hijos donde ellos eran más libres y se sentían más cómodos que él, irrumpía a veces en sus dormitorios sin avisar a fin de comprobar qué estaban haciendo. Simon aducía que quería asegurarse de que los chicos no inflaran exageradamente el importe de las facturas, pero Andrew sabía que aquello sólo era una manifestación más de la necesidad de su padre de ejercer el control; por eso, cuando husmeaba en la página de Gaia, siempre mantenía el cursor sobre la casilla por si tenía que cerrarla.

Ruth seguía pasando de un tema a otro en un vano intento de que Simon pronunciara algo más que bruscos monosílabos.

—¡Oh! —exclamó de pronto—. Se me olvidaba, Simon: hoy he hablado con Shirley y le he dicho que a lo mejor te presentas al concejo parroquial.

Andrew recibió esas palabras como un puñetazo.

—¿Vas a presentarte al concejo? —preguntó.

Simon arqueó despacio las cejas. Le tembló levemente el mentón y respondió con tono agresivo:

—¿Por qué? ¿Pasa algo?

—No —mintió Andrew.

«Será una puta broma, ¿no? ¿Tú, presentarte a unas elecciones? Ni hablar, joder.»

—Lo dices como si tuvieras algún inconveniente —añadió Simon sin dejar de mirarlo fijamente.

—No —repitió Andrew, y se concentró en su pastel de carne.

—¿Qué problema hay en que me presente al concejo? —insistió Simon.

No pensaba dejarlo pasar. Quería desahogar su tensión con un catártico arranque de ira.

—No hay ningún problema. Es sólo que me ha sorprendido.

—¿Debería habértelo consultado antes?

—No.

—Ah, qué amable de tu parte. —Simon adelantaba la mandíbula inferior, como solía hacer cuando se exaltaba hasta perder los estribos—. ¿Ya has encontrado trabajo, gorrón perezoso?

—No.

Simon lo fulminó con la mirada; había parado de comer y sujetaba el tenedor, cargado con pastel de carne ya frío, ante la boca. Andrew volvió a concentrarse en su plato, mejor no provocar más a su padre. La presión atmosférica de la cocina parecía haber aumentado. El cuchillo de Paul golpeteaba sobre el plato.

—Dice Shirley —intervino Ruth con voz chillona, decidida a simular que no pasaba nada hasta que ya resultara imposible ignorarlo— que lo pondrán en la web del consejo, Simon. Lo que tienes que hacer para presentarte.

Él no dijo nada.

En vista de que su último y mejor intento había fracasado, Ruth también guardó silencio. Temía estar en lo cierto respecto al motivo del mal humor de su marido. La atormentaba la ansiedad; se angustiaba por todo, siempre había sido así; no podía evitarlo. Sabía que a Simon lo sacaba de quicio

166

que ella le pidiera que la tranquilizara. Lo mejor era no decir nada.

—Simon...

—¿Qué?

—No pasa nada, ¿no? Me refiero al ordenador.

Era una pésima actriz. Intentó aparentar serenidad y despreocupación, pero le salió una voz aguda y crispada.

No era la primera vez que entraban artículos robados en su casa. Simon también había encontrado la manera de amañar el contador de la electricidad, y en la imprenta hacía por su cuenta pequeños trabajos que cobraba en negro. A ella todo eso le provocaba algún que otro dolor de estómago y le impedía dormir; pero Simon despreciaba a la gente que no se atrevía a tomar atajos (y en parte lo que había atraído a Ruth, desde el primer día, era que aquel hombre duro, despectivo, grosero y agresivo con casi todo el mundo se había tomado la molestia de conquistarla; que él, tan difícil de complacer, la había escogido a ella y sólo a ella).

—¿Qué me estás diciendo? —preguntó Simon en voz baja.

Toda su atención se desvió de Andrew hacia Ruth, y se expresó con la misma mirada fija y ponzoñosa.

—Bueno, no habrá ningún... ningún problema, ¿verdad?

Simon se vio asaltado por un brutal impulso de castigarla por intuir sus propios temores y agudizarlos con su zozobra.

—Pues mira, no pensaba decirte nada —dijo despacio, dándose tiempo para inventar una historia—, pero resulta que sí hubo algún problema cuando los robaron. —Andrew y Paul dejaron de comer y observaban en silencio—. Le dieron una paliza a un vigilante jurado. Yo no me enteré hasta después. Espero que no vengan a reclamarme nada.

Ruth casi no podía respirar. No daba crédito a la serenidad con que su marido hablaba de un robo con violencia. Eso explicaba que hubiera llegado a casa tan malhumorado; eso lo explicaba todo.

—Por eso es fundamental que nadie comente que lo tenemos —añadió Simon. Y fijó en todos, uno por uno, una mirada feroz con objeto de recalcarles los peligros que los amenazaban.

—No lo haremos —aseguró Ruth con un hilo de voz.

Con su rica imaginación ya visualizaba a la policía en la puerta de su casa; el ordenador examinado; Simon detenido, acusado injustamente de robo con agravantes. Condenado a prisión.

—¿Habéis oído a papá? —les dijo a sus hijos apenas en un susurro—. No debéis contarle a nadie que tenemos un ordenador nuevo.

—Supongo que no pasará nada —terció Simon—. Siempre que todos mantengamos las boquitas cerradas.

Y siguió comiendo el pastel de carne. Los ojos de Ruth saltaron de Simon a sus hijos, y de nuevo a su marido. Paul paseaba la comida por su plato en silencio, atemorizado. Pero Andrew no se había creído ni una palabra de la historia de su padre. «Eres un mentiroso de mierda. Sólo quieres asustarla, cabrón.»

Cuando terminaron de cenar, Simon se levantó y dijo:

—Bueno, vamos a ver si el maldito trasto al menos funciona. Tú —señaló a Paul—, sácalo de la caja y ponlo con cuidado encima de la mesa. Con cuidado, ¿me oyes? Y tú... —apuntó a Andrew—, tú estudias informática, ¿no? Pues me irás diciendo qué hay que hacer.

Fue al salón y sus hijos lo siguieron. Andrew sabía que era una trampa, que lo que quería su padre era que ellos lo estropearan todo. A Paul, que era enclenque y nervioso, quizá se le cayera el ordenador; y él, Andrew, seguro que se equivocaba. Ruth se entretuvo en la cocina recogiendo los platos de la cena. Al menos ella estaba fuera de la primera línea de fuego.

Andrew fue a ayudar a Paul a levantar la torre.

—¡Puede hacerlo él solo, no es tan mariquita! —le espetó Simon.

Milagrosamente, Paul, tembloroso, consiguió poner la torre en la mesa sin problemas, y luego se quedó esperando con los brazos caídos a los costados, delante del ordenador.

—Apártate, gilipollas —le espetó Simon. Paul obedeció y se quedó mirando desde detrás del sofá. Simon cogió un cable al azar y le preguntó a Andrew—: ¿Dónde meto esto?

«En tu culo, hijo de puta.»

—Dámelo, ya lo...

—¡Te he preguntado dónde coño lo meto! —bramó Simon—. ¡Tú estudias informática! ¡Dime dónde va!

Andrew se inclinó sobre la parte trasera del ordenador; al principio le dio mal las indicaciones a Simon, pero luego, por casualidad, acertó con la conexión.

Cuando Ruth se reunió con ellos en el salón, casi habían terminado. Con sólo una rápida ojeada a su madre, Andrew comprendió que ella habría preferido que la máquina no funcionara, que le habría gustado que Simon la tirara por ahí, que le daban igual las ochenta libras.

Simon se sentó ante el monitor. Tras varios intentos infructuosos, se dio cuenta de que el ratón inalámbrico no tenía pilas. Ordenó a Paul que fuera a la cocina a buscarlas. Cuando Paul volvió y le tendió las pilas a su padre, éste se las quitó bruscamente de la mano, como si Paul intentara quedárselas.

Con la punta de la lengua entre el labio y los dientes inferiores, lo que hacía que su barbilla se abultara en un gesto estúpido, Simon se complicó enormemente la vida para insertar las pilas. Siempre ponía aquella cara de animal como advertencia de que ya no aguantaba más, de que estaba llegando al punto en que ya no se responsabilizaría de sus actos. Andrew se imaginó que salía del salón y dejaba a su padre allí solo, privándolo del público que le gustaba tener cuando se ponía frenético; casi notó el golpe del ratón en la oreja cuando se dio la vuelta en su imaginación.

—¡Métete...! ¡Joder!

Simon empezó a emitir aquel débil gruñido, tan característico en él, con que acompañaba su agresivo semblante.

—¡Grr! ¡Grr! ¡Coño! ¡Métete, joder! ¡Tú! ¡Ven aquí! ¡Tú que tienes deditos de niña!

Simon golpeó a Paul en el pecho con el ratón y las pilas. Con manos temblorosas, Paul introdujo los pequeños cilindros metálicos en su sitio, cerró la tapa del ratón y se lo devolvió a su padre.

—Gracias, Pauline.

A Simon todavía le sobresalía la barbilla; parecía un neandertal. Solía comportarse como si los objetos inanimados conspiraran para fastidiarlo. Volvió a poner el ratón sobre la alfombrilla.

«Que funcione.»

Una flechita blanca apareció en la pantalla y empezó a trazar círculos obedeciendo las órdenes de Simon.

El torniquete de temor se aflojó y el alivio se expandió por los tres espectadores; Simon dejó de poner cara de neandertal. Andrew visualizó una fila de japoneses y japonesas con bata blanca: eran los técnicos que habían montado aquella máquina tan perfecta y tenían unos dedos delicados y hábiles como los de Paul; lo saludaban con una inclinación de cabeza, civilizados y amables. Andrew los bendijo en silencio, a ellos y a sus familias. Nunca llegarían a saber cuánto había dependido de que aquella máquina funcionara.

Ruth, Andrew y Paul esperaron, atentos, mientras Simon terminaba la instalación. Abrió ventanas, tuvo problemas para cerrarlas, cliqueó sobre iconos cuyas funciones no entendía y los resultados lo desconcertaron; pero ya había descendido de la meseta de su peligrosa cólera. Cuando, a duras penas, consiguió volver al escritorio, miró a Ruth y dijo:

—No está mal, ¿verdad?

—¡Está fenomenal! —se apresuró a decir ella, esbozando una sonrisa forzada, como si la media hora pasada no hubiera existido, como si Simon hubiera comprado el ordenador en

Dixons y lo hubiera conectado sin que flotara en el aire la amenaza de un episodio de violencia—. Es más rápido, Simon. Mucho más rápido que el anterior.

«Todavía no ha entrado en internet, tonta.»

—Sí, a mí también me lo parece. —Entonces miró desafiante a sus dos hijos—. Este ordenador es nuevo y vale mucho dinero, así que ya podéis tratarlo con respeto, ¿me habéis entendido? Y no le digáis a nadie que lo tenemos —les recordó, y una nueva ráfaga de maldad enfrió el ambiente—. ¿De acuerdo? ¿Me habéis entendido?

Los chicos asintieron. Paul tenía el rostro transido de angustia y temor, y, sin que lo viera su padre, trazaba una y otra vez un ocho en su pantalón con un delgado dedo índice.

—Y corred las malditas cortinas de una vez. ¿Cómo es que todavía están descorridas?

«Porque estábamos todos aquí, viendo cómo hacías el capullo.»

Andrew corrió las cortinas y luego salió del salón. Cuando volvió a su dormitorio y se tumbó en la cama, no consiguió reanudar sus agradables meditaciones sobre Gaia Bawden. La idea de que su padre se presentara al concejo parroquial había surgido de la nada como un iceberg gigantesco, proyectando su sombra sobre todo, incluso sobre Gaia.

Desde que Andrew tenía uso de razón, Simon siempre se había dado por satisfecho siendo prisionero de su propio desprecio hacia el resto de la humanidad, y había convertido su casa en una fortaleza separada del mundo, donde sus deseos eran órdenes y su humor condicionaba el clima diario de la familia. A medida que se hacía mayor, Andrew iba dándose cuenta de que el aislamiento casi total de su familia no era nada corriente, y se avergonzaba un poco de ello. Los padres de sus amigos le preguntaban dónde vivía, incapaces de situar a su familia, o si su padre o su madre pensaban participar en actos sociales o asistir a funciones benéficas. A veces recordaban a Ruth de cuando los niños iban al colegio y las madres coincidían en el parque infantil. Ella era mucho más sociable que Simon. Si no se hubiera casado con un hombre tan huraño, quizá se habría parecido más a la madre de Fats, habría quedado con sus amigas para comer o cenar y habría participado en las actividades de la comunidad.

En las raras ocasiones en que Simon se topaba con alguien a quien consideraba digno de su atención, adoptaba una falsa apariencia de persona campechana y alegre que a Andrew le producía náuseas. Hablaba por los codos, hacía chistes malos y a menudo, sin darse cuenta, hería todo tipo de susceptibilidades, porque ni sabía nada de las personas con las que se veía obligado a conversar ni le importaban. Últimamente, Andrew se preguntaba incluso si su padre consideraría reales al resto de los humanos.

Por qué ahora lo había asaltado el deseo de actuar en un escenario más amplio era algo que Andrew no se explicaba, pero no cabía duda de que se avecinaba un desastre inevitable. Andrew conocía a otra clase de padres, padres que organizaban carreras ciclistas para recaudar fondos para la iluminación navideña de la plaza, o dirigían a las niñas exploradoras, o montaban clubes de lectura. Simon no hacía nada que exigiera colaboración, y jamás había manifestado el menor interés por algo que no lo beneficiara directamente.

En la agitada mente de Andrew surgieron visiones espantosas: Simon pronunciando un discurso salpicado de las mentiras patentes que su mujer se creía; Simon poniendo su cara de neandertal para intimidar a un oponente; Simon perdiendo los papeles y soltando sus palabrotas favoritas ante un micrófono: «coño, joder, mariquita, mierda...».

Andrew atrajo el portátil hacia sí, pero volvió a apartarlo casi de inmediato. Tampoco hizo ademán de coger el móvil, que estaba en la mesa. Una angustia y una vergüenza de tal magnitud no podían resumirse en un mensaje de texto ni en un correo electrónico; estaba solo ante ellas, y ni siquiera Fats lo entendería. No sabía qué hacer.

Viernes

Habían llevado el cadáver de Barry Fairbrother al tanatorio. Los profundos cortes negros en el pálido cuero cabelludo, como surcos de patines en el hielo, quedaban ocultos bajo su densa mata de pelo. Frío, ceroso y vacío, el cuerpo yacía, vestido con la misma camisa y los mismos pantalones que se había puesto para ir a cenar el día de su aniversario de boda, en una sala de velatorio débilmente iluminada y con suave música de fondo. Unos discretos toques de maquillaje habían devuelto a su piel un verosímil brillo. Barry parecía estar durmiendo.

Sus dos hermanos, su viuda y sus cuatro hijos fueron a despedirlo la noche antes del entierro. Hasta un momento antes de salir, Mary había estado indecisa respecto a si debía dejar que todos sus hijos vieran los restos mortales de su padre, pues Declan era un chico muy sensible, propenso a las pesadillas. Pero el viernes por la tarde, cuando estaba en el paroxismo de su indecisión, tuvo otro disgusto.

Colin *Cuby* Wall había decidido que él también quería ir a despedirse de Barry. A Mary, que por lo general era dócil y complaciente, le había parecido exagerado. Le había hablado con voz estridente a Tessa por teléfono; luego se había puesto a llorar otra vez, y había explicado que una larga procesión ante

173

el cadáver de Barry no era lo que ella tenía previsto, y que prefería que quedara todo en la intimidad de la familia. Tessa se deshizo en disculpas y dijo que lo entendía, y luego tuvo que explicárselo a Colin, que, avergonzado y dolido, se encerró en su silencio.

Lo único que quería Colin era quedarse un momento a solas con los restos mortales de Barry para, de ese modo, rendirle un silencioso homenaje a un hombre que había ocupado un lugar excepcional en su vida. Colin le había confesado a Barry verdades y secretos de los que jamás había hablado con ningún otro amigo, y los ojitos castaños de Barry, brillantes como los de un petirrojo, nunca habían dejado de mirarlo con cariño y bondad. Barry había sido el amigo más íntimo de Colin, y con él había conocido una camaradería masculina que antes de irse a vivir a Pagford jamás había experimentado y seguramente nunca volvería a experimentar. Siempre le había parecido un pequeño milagro que él, Colin, que se veía como el intruso y el bicho raro, para quien la vida era una lucha diaria, hubiera conseguido trabar amistad con el alegre, popular y eternamente optimista Barry. Colin se aferró a la poca dignidad que le quedaba, decidió no guardarle rencor por aquello a Mary, y pasó el resto del día reflexionando sobre cómo le habría sorprendido y dolido a Barry la actitud de su viuda.

A cinco kilómetros de Pagford, en una bonita casa de campo llamada The Smithy, Gavin Hughes intentaba combatir un pesimismo cada vez mayor. Mary lo había llamado por teléfono. Y, con una voz que el peso de las lágrimas volvía temblorosa, le había explicado que todos sus hijos habían aportado ideas para el funeral, que se celebraría al día siguiente. Siobhan tenía un girasol que ella misma había plantado, y pensaba cortarlo y ponerlo encima del ataúd. Los cuatro niños habían escrito cartas que colocarían dentro del féretro junto a su padre. Mary también había escrito una y pensaba meterla en el bolsillo de la camisa de Barry, sobre su corazón.

Gavin colgó el auricular con hastío. No le interesaban las cartas de los niños, ni aquel girasol largo tiempo cultivado, y sin embargo su pensamiento seguía volviendo a esos detalles mientras, solo en la cocina, comía lasaña. Aunque habría hecho cualquier cosa por no tener que leerla, intentaba una y otra vez imaginar qué habría escrito Mary en su carta.

En su dormitorio, un traje negro colgaba de una percha protegido por el plástico de la tintorería, como un invitado inoportuno. El espanto había anestesiado el agradecimiento que sentía hacia Mary por el honor que le había concedido al reconocerlo públicamente como una de las personas más cercanas al popular Barry. Para cuando se puso a lavar el plato y los cubiertos en el fregadero, Gavin se habría saltado de buen grado el funeral. Respecto a la posibilidad de ver el cadáver de su amigo, eso jamás se le había pasado por la cabeza.

Kay y él habían tenido una desagradable discusión la noche anterior, y desde entonces no habían vuelto a hablar. El detonante había sido que ella le preguntó si quería que lo acompañara al funeral.

—Ni hablar, no —había mascullado Gavin impulsivamente.

Al ver la expresión de Kay, se dio cuenta de que ella había entendido lo no expresado: «Ni hablar, no, todos pensarán que somos pareja. No, ¿por qué iba a querer?» A pesar de que era exactamente lo que pensaba, trató de salir del apuro:

—Porque tú no lo conocías, ¿no? Parecería un poco raro, ¿no crees?

Pero Kay se encendió como una mecha e intentó acorralarlo, obligarlo a que dijera lo que sentía, lo que quería, qué futuro imaginaba para ellos. Gavin contraatacó con todo su arsenal, y se mostró alternativamente obtuso, evasivo y pedante, porque por suerte siempre se puede encubrir un asunto emocional fingiendo que se busca la máxima precisión. Al fi-

175

nal, Kay le pidió que se fuera de su casa; él lo hizo, pero sabía que la cosa no acabaría ahí. Eso habría sido pedir demasiado.

En la ventana de la cocina se reflejaba la cara triste y demacrada de Gavin; el futuro robado de Barry parecía cernerse sobre su vida como un imponente acantilado; se sentía incompetente y culpable, y aun así deseaba que Kay regresara a Londres.

Caía la noche sobre Pagford. En la antigua vicaría, Parminder Jawanda examinaba su vestuario tratando de decidir qué se pondría para despedirse de Barry. Tenía varios vestidos y trajes oscuros que habrían resultado apropiados, y sin embargo recorría con la mirada una y otra vez la ropa colgada en el armario, sumida en la indecisión.

«Ponte un sari. A Shirley Mollison le fastidiará. Anda, ponte un sari.»

Pensar eso era una estupidez —una equivocación y una locura—, y aún peor pensarlo con la voz de Barry. Barry estaba muerto; Parminder ya había soportado casi cinco días de profundo pesar, y al día siguiente lo enterrarían. A ella le resultaba algo muy desagradable. Siempre había detestado la idea de la sepultura, de un cuerpo entero tendido bajo tierra, pudriéndose lentamente, devorado por insectos y gusanos. Los sijs incineraban los cadáveres y esparcían las cenizas en un curso de agua.

Paseó la mirada por las distintas prendas, pero sus saris, que en Birmingham se ponía para asistir a bodas y reuniones familiares, ganaban enteros. ¿A qué venían aquellas extrañas ganas de ponerse uno? Le parecía una actitud inusitadamente exhibicionista. Estiró un brazo y acarició los pliegues de su favorito, azul oscuro y dorado. Se lo había puesto por última vez para ir a la fiesta de Nochevieja de los Fairbrother, donde Barry había intentado enseñarle a bailar el *jive*. Había resultado un experimento fallido, en gran parte porque ni Barry sabía lo que hacía; pero Parminder recordaba haberse reído como pocas veces, sin control, locamente, como había visto reírse a las mujeres borrachas.

El sari era una prenda elegante y muy femenina, indulgente con las curvas de la felicidad: su madre, que tenía ochenta y dos años, lo usaba a diario. Parminder no necesitaba sus propiedades de camuflaje, porque estaba tan delgada como cuando tenía veinte años. Sin embargo, descolgó la larga y oscura pieza de suave tela y la sostuvo ante su cuerpo, tapándose la bata, dejando que cayera y le acariciara los pies descalzos, admirando los discretos bordados que la cubrían. Ponerse un sari para ir al funeral sería compartir una broma con Barry, como lo de la casa con cara de vaca y los comentarios chistosos que hacía sobre Howard cuando los dos, ella y él, salían juntos de las interminables y tensas reuniones del concejo parroquial.

Parminder notaba una angustiosa opresión en el pecho, pero ¿acaso el gurú Granth Sahib no exhortaba a los familiares y amigos del difunto a no manifestar dolor, sino a celebrar que su ser querido se había reunido con Dios? Para mantener a raya las traidoras lágrimas, recitó en silencio la plegaria nocturna, el *kirtan sohila*:

Amigo mío, te ruego que éste sea el momento oportuno para servir a los santos.
Saca provecho divino en este mundo y vive cómodamente y en paz en el siguiente.
La vida se acorta día y noche.
Que mi mente se encuentre con el Gurú y ordene sus asuntos...

Tumbada en la cama, con la habitación a oscuras, Sukhvinder oía lo que hacía cada uno de los miembros de su familia. Justo debajo de ella, el lejano murmullo del televisor, salpicado de las amortiguadas risas de su hermano y su padre, que veían el programa de humor de los viernes por la noche. Al otro lado del rellano, la voz de su hermana mayor, que hablaba por teléfono con alguno de sus numerosos amigos. Y al otro lado de la pared, su madre, la que tenía más cerca, hacía ruido con las perchas en el vestidor.

Sukhvinder había corrido las cortinas de la ventana y colocado un burlete con forma de perro salchicha contra la puerta. Como no había pestillo, el salchicha obstaculizaba la apertura y le servía de aviso. Aun así, estaba segura de que no entraría nadie. Se hallaba donde debía, haciendo lo que debía. O eso creían ellos.

Acababa de realizar uno de sus atroces rituales diarios: abrir su Facebook y borrar otro mensaje de aquel remitente desconocido. En cuanto bloqueaba el contacto que la bombardeaba con esos mensajes, éste cambiaba su perfil y le enviaba más. Nunca sabía cuándo aparecería uno. Ese día era una imagen en blanco y negro, una copia del cartel de un circo del siglo XIX.

La Véritable Femme à Barbe – Miss Annie Jones Elliot.

Mostraba la fotografía de una mujer con un vestido de encaje, de largo cabello oscuro y barba y bigote poblados.

Algo le decía que el remitente era Fats Wall, aunque podía ser cualquier otro. Dane Tully y sus amigos, por ejemplo, que lanzaban débiles gruñidos imitando a un mono cada vez que ella decía algo en la clase de lengua. Se lo habrían hecho a cualquiera con su color de piel; en Winterdown casi no había alumnos de tez oscura. Eso hacía que se sintiera humillada y estúpida, sobre todo porque el señor Garry nunca los regañaba. Aparentaba no oírlos, u oír sólo una cháchara de fondo. Quizá también él creyera que Sukhvinder Kaur Jawanda era un mono, un mono peludo.

Boca arriba sobre la colcha, deseó con toda el alma estar muerta. Si hubiera podido suicidarse con sólo quererlo, lo habría hecho sin vacilación. El señor Fairbrother había muerto; ¿por qué no podía pasarle lo mismo a ella? Mejor aún, ¿por qué no podían intercambiar su sitio? Así, Niamh y Siobhan recuperarían a su padre y Sukhvinder podría deslizarse hacia la inexistencia: ser cancelada, eliminada.

Su autodesprecio era como un traje de ortigas, le picaba y escocía en todo el cuerpo. Tenía que hacer ímprobos esfuerzos para aguantar y permanecer inmóvil; no quería precipitarse a hacer la única cosa que la ayudaba. No podía actuar hasta que toda la familia se hubiera acostado. Pero era insoportable quedarse allí tendida, escuchando el sonido de su respiración, consciente del inútil peso de su cuerpo, feo y repugnante, sobre la cama. Le gustaba imaginar que se ahogaba, que se hundía en unas aguas verdes y frías, y notar cómo era empujada lentamente hacia la nada...

«La gran hermafrodita permanece inmóvil y callada...»

A oscuras, notó que la vergüenza recorría todo su cuerpo como un sarpullido abrasador. «Hermafrodita.» Nunca había oído esa palabra hasta que el miércoles anterior Fats Wall la había dicho en la clase de matemáticas. Sukhvinder no habría podido buscarla en el diccionario, porque era disléxica, pero él había tenido el detalle de explicarle su significado.

«La peluda mujer-hombre...»

Era peor que Dane Tully, cuyos insultos carecían de variedad. En cambio, la lengua viperina de Fats Wall ideaba una nueva tortura, hecha a medida, cada vez que la veía, y ella no podía taparse los oídos. Cada uno de los insultos y pullas de Fats quedaban grabados en su memoria, asidos como ningún dato útil lo había estado en su vida. Si la hubieran examinado sobre las cosas que Fats la había llamado, habría obtenido el primer sobresaliente de su vida. «La morsa tetuda. Hermafrodita. La tarada barbuda.»

Peluda, gorda y estúpida. Fea y torpe. Perezosa, según su madre, cuyas críticas y exasperación le llovían a diario. Un poco lerda, según su padre, quien lo decía con un afecto que mitigaba su desinterés. Él podía permitirse el lujo de ser indulgente con sus malas notas. Él tenía a Jaswant y Rajpal, siempre los mejores de su clase.

—Pobre Jolly —decía Vikram con displicencia después de echar un vistazo a su boletín de notas.

Pero la indiferencia de su padre era preferible a la ira de su madre. Parminder parecía incapaz de comprender ni aceptar que uno de sus hijos no fuera superdotado. Cuando alguno de sus profesores insinuaba que Sukhvinder podía esforzarse más, Parminder se aferraba triunfante a ese comentario.

«"Sukhvinder se desanima fácilmente y necesita confiar más en su capacidad." ¡Mira! ¿Lo ves? Lo que quiere decir tu profesor es que no te esfuerzas lo suficiente, Sukhvinder.»

De informática, la única asignatura en la que Sukhvinder había conseguido ascender hasta el segundo grupo —Fats Wall estaba en otro, así que a veces ella se atrevía a levantar la mano para contestar las preguntas del profesor—, Parminder había dicho quitándole importancia: «Con la cantidad de horas que os pasáis en internet, me sorprende que no estés en el primer grupo.»

A Sukhvinder jamás se le habría ocurrido contarles a sus padres lo de los gruñidos de mono y los incansables insultos de Stuart Wall. Eso habría sido como confesar que fuera de la familia la gente también la consideraba inferior y despreciable. En cualquier caso, Parminder era amiga de la madre de Stuart Wall. A veces, Sukhvinder se preguntaba por qué a Stuart Wall no le importaba que sus madres estuvieran en contacto, pero llegó a la conclusión de que él sabía que ella no lo delataría. Fats veía en su interior. Veía su cobardía, pues conocía hasta los peores pensamientos de Sukhvinder sobre sí misma, y sabía verbalizarla para divertir a Andrew Price. Hubo un tiempo en que le gustaba Andrew, antes de comprender que ella no era digna de que le gustara nadie, antes de darse cuenta de que era rara y ridícula.

Sukhvinder oyó las voces de su padre y Rajpal, que subían la escalera. La risa de Rajpal llegó a su punto culminante justo ante su puerta.

—Es tarde —oyó decir a su madre desde su dormitorio—. Ya deberíamos estar acostados, Vikram.

La voz de su padre, fuerte y cálida, atravesó la puerta de la habitación.

—¿Ya duermes, Jolly?

Era su apodo de la infancia, cargado de ironía. A Jaswant la llamaban Jazzy, y a Sukhvinder, un bebé triste y llorón que casi nunca sonreía, Jolly, alegre.

—No —contestó Sukhvinder—. Acabo de meterme en la cama.

—Bueno, pues a lo mejor te interesa saber que tu hermano...

Pero lo que Rajpal hubiese hecho se perdió entre sus sonoras protestas y risas; Sukhvinder oyó alejarse a Vikram, burlándose todavía de Rajpal.

Esperó hasta que dejaron de oírse ruidos en la casa. Se aferraba a la perspectiva de su único consuelo como se habría abrazado a un salvavidas, y esperaba impaciente a que todos se hubieran acostado...

(Y mientras esperaba, recordó una noche, no hacía mucho, en que después de una sesión de entrenamiento de remo caminaban junto al canal hacia el aparcamiento. Después de remar se quedaba agotada. Le dolían los brazos y el abdomen, pero era un dolor limpio, agradable. Después de remar, ella siempre dormía bien. Y entonces Krystal, que cerraba la marcha del grupo junto con Sukhvinder, la había llamado «puta paqui».

Lo dijo sin ningún motivo. Iban todas bromeando con el señor Fairbrother, y Krystal debió de creer que tenía gracia. Usaba «puto» y «muy» aleatoriamente, y no parecía diferenciar ambas palabras. Esa vez dijo «paqui» como podría haber dicho «boba» o «tonta». Sukhvinder notó que se le demudaba el semblante y luego aquella familiar sensación de vacío y ardor en el estómago.

—¿Qué has dicho?

El señor Fairbrother se había dado la vuelta y miraba a Krystal. Ningún miembro del equipo lo había visto nunca enfadado.

—No lo he dicho con mala leche —se defendió Krystal, entre sorprendida y desafiante—. Sólo era una broma. Ella ya sabe que era broma, ¿verdad? —instó a Sukhvinder, y ésta, cobardemente, dijo que sí, que lo sabía.

—No quiero oírte usar esa palabra nunca más.

Todas sabían que al señor Fairbrother Krystal le caía bien. Todas sabían que le había pagado el viaje de su propio bolsillo en un par de ocasiones. Nadie se reía de las bromas de Krystal más fuerte que Fairbrother; a veces Krystal tenía mucha gracia.

Siguieron caminando, todos muy turbados. Sukhvinder no se atrevía a mirar a Krystal; se sentía culpable, como siempre.

Estaban llegando al monovolumen cuando Krystal dijo, tan flojito que ni siquiera la oyó el profesor:

—Lo he dicho en broma.

Y Sukhvinder se apresuró a replicar:

—Ya lo sé.

—Vale. Lo siento.

Lo dijo deprisa y sin vocalizar, y Sukhvinder creyó que lo más diplomático era fingir que no había oído nada. Con todo, eso la confortó. Le devolvió la dignidad. En el trayecto de regreso a Pagford, por primera vez inició ella la canción de la suerte del equipo, pidiéndole a Krystal que cantara el solo de rap de Jay-Z.)

Muy lentamente, los Jawanda iban acostándose. Jaswant pasó un buen rato en el cuarto de baño haciendo toda clase de ruidos. Sukhvinder esperó hasta que Jaz hubo terminado de acicalarse, hasta que sus padres dejaron de hablar en su habitación, hasta que la casa quedó en silencio.

Y entonces, por fin, se sintió a salvo. Se incorporó y sacó la cuchilla de afeitar de un agujero en la oreja de su viejo conejito de peluche. La había robado del armario del cuarto de baño de Vikram. Se levantó y, a tientas, buscó la linterna que tenía en un estante y unos cuantos pañuelos de papel. Luego se dirigió al fondo de la habitación y se metió en una torrecilla que había en una esquina. Sabía que allí la luz de la linterna quedaría disimulada y no se vería por las rendijas de la puerta. Se sentó con la espalda pegada a la pared, se subió una manga del camisón y, a la luz de la linterna, examinó las marcas que se había hecho en la última sesión, todavía visibles, formando un entramado oscuro en su brazo, pero casi cicatrizadas. Con un leve estremecimiento de temor —un temor preciso y concentrado que le proporcionaba un profundo alivio—, apoyó la cuchilla hacia el centro del antebrazo y empezó a cortar.

Notó un dolor intenso y bien definido, y la sangre brotó de inmediato; cuando el corte llegó a la altura del codo, presionó la larga herida con los pañuelos de papel, asegurándose de que la sangre no goteara en su camisón ni en la moqueta. Pasados un par de minutos, volvió a cortarse, esta vez horizontalmente, atravesando la primera incisión, y así fue haciendo una escalerilla, deteniéndose de vez en cuando para secar la sangre. La cuchilla desviaba el dolor de sus vociferantes pensamientos y lo transformaba en un ardor animal de nervios y piel, procurándole alivio y liberación con cada corte.

Cuando hubo acabado, limpió la cuchilla e inspeccionó lo que acababa de hacer: las heridas entrecruzadas, sangrantes, tan dolorosas que le corrían las lágrimas por las mejillas. Si el dolor no la mantenía despierta, conseguiría dormir; pero tenía que esperar diez o quince minutos, a que la sangre se coagulara en los cortes. Se quedó sentada con las piernas recogidas, cerró los ojos llorosos y se apoyó en la pared bajo la ventana.

Parte del desprecio que sentía hacia sí misma había rezumado con la sangre. Sukhvinder pensó en Gaia Bawden, la chica nueva del instituto, que inexplicablemente le tenía mucha simpatía. Gaia podría haberse hecho amiga de cualquiera, con su belleza y su acento de Londres, y sin embargo siempre la buscaba a ella a la hora de comer y en el autobús. Sukhvinder no lo entendía. Casi sentía ganas de preguntarle a qué jugaba; día a día esperaba que se diera cuenta de que ella era peluda como un mono, lerda y estúpida, alguien que merecía ser objeto de desprecio, burlas e insultos. Seguro que Gaia reconocería pronto su error, y entonces Sukhvinder se conformaría, como siempre, con la aburrida compasión de sus más antiguas amigas, las gemelas Fairbrother.

Sábado

I

A las nueve de la mañana no quedaba ni una sola plaza de aparcamiento en Church Row. Los asistentes al funeral, vestidos de oscuro, recorrían la calle en ambas direcciones, solos, en parejas o grupos, y confluían en St. Michael and All Saints como virutas de hierro atraídas por un imán. El sendero que conducía hasta las puertas de la iglesia se llenó de gente, y luego rebosó de ella; los que se vieron desplazados se desparramaron por el camposanto buscando un sitio seguro entre las lápidas, temerosos de pisar a los muertos, pero reacios a alejarse demasiado de la entrada de la iglesia. Era evidente que no habría bancos suficientes para todas las personas que habían acudido a despedirse de Barry Fairbrother.

Sus colegas de la sucursal bancaria, agrupados en torno a la fastuosa tumba de los Sweetlove, deseaban que el augusto representante de la sede central se fuera de una vez y se llevara consigo su necia cháchara y sus torpes bromas. Lauren, Holly y Jennifer, integrantes del equipo de remo, se habían separado de sus padres para juntarse a la sombra de un tejo recubierto de musgo. Los concejales del pueblo, que formaban un grupo variopinto, conversaban con solemnidad en el centro del sendero: un racimo de cabezas calvas y gafas gruesas, salpicado de sombreros de paja negros y perlas cultivadas. Miembros del club de squash y del club de golf se saludaban sin levantar mucho la voz; viejos amigos de la universidad se reconocían desde lejos y se acercaban poco a poco unos a otros; y entre toda esa gente pululaban casi todos los pagfordianos, con sus mejores y más oscuras galas. El murmullo de las conversaciones flotaba en el aire; el mar de rostros aguzaba la vista, expectante.

Tessa Wall llevaba su mejor abrigo, de lana gris; le quedaba tan apretado en las axilas que no podía levantar los brazos por encima del pecho. De pie junto a su hijo, en el margen del sendero, intercambiaba gestos de saludo y sonrisitas tristes con sus conocidos mientras discutía con Fats tratando de no mover demasiado los labios.

—Por Dios, Stu. Era el mejor amigo de tu padre. Muestra un poco de respeto por una vez.

—Yo no sabía que duraría tanto, joder. Me dijiste que a las once y media se habría acabado.

—No digas palabrotas. Te dije que saldríamos de St. Michael más o menos a las once y media.

—Pues yo pensé que ya se habría acabado, así que quedé con Arf.

—Pero ¡tienes que asistir al entierro, tu padre lleva el féretro! Llama a Arf y dile que quedaréis mañana.

—Él mañana no puede. Además, no he traído el móvil. Cuby me ha dicho que no se puede traer a la iglesia.

—¡No llames Cuby a tu padre! Ten, telefonea a Arf con el mío —añadió Tessa, hurgando en su bolsillo.

—No me sé su número de memoria —mintió Fats con frialdad.

Tessa y Colin habían cenado solos la noche anterior porque Fats había ido en bicicleta a casa de Andrew para acabar el trabajo de lengua que hacían juntos. Ésa era, por lo menos, la excusa que Fats le había dado a su madre, y ella fingió creérsela. Le convenía que Fats desapareciera y no le diese más disgustos a Colin.

Al menos se había puesto el traje que Tessa le había comprado en Yarvil. Ella había perdido los estribos en la tercera tienda, porque Fats, desgarbado y pasota, parecía un espantajo con todo lo que se probaba, y Tessa pensó, furiosa, que lo hacía a propósito, que de haber querido podría haber lucido el traje con elegancia y soltura.

—¡Chist! —le advirtió con un susurro.

Fats no estaba hablando en ese momento, pero Colin se acercaba a ellos seguido por los Jawanda; en su agitación, parecía confundir el papel de portador del féretro con el de acomodador y rondaba cerca de las puertas recibiendo a los asistentes. Parminder, enfundada en un sari y acompañada por sus hijos, tenía muy mala cara, y Vikram, con un traje oscuro, parecía una estrella de cine.

A pocos metros de las puertas de la iglesia, Samantha Mollison esperaba junto a su marido, alzando la vista hacia el cielo blanquecino y pensando en el sol que se desperdiciaba por encima de la capa de nubes. Se negaba a que la sacaran del suelo firme del sendero, sin importarle cuántas ancianas tuvieran que refrescarse los tobillos en la hierba; no quería que sus altos tacones de charol se hundieran en aquel terreno blando y acabaran hechos un asco.

Cuando algún conocido los saludaba, Miles y Samantha respondían amablemente, pero lo cierto es que no se hablaban. La noche anterior se habían peleado. La gente les preguntaba por Lexie y Libby, que solían pasar el fin de semana con ellos, pero las niñas se habían quedado en casa de unas amigas. Samantha sabía que Miles lamentaba su ausencia; le encantaba representar el papel de padre de familia en público. Incluso, pensó Samantha con una punzada de rabia muy agradable, podía ser que Miles les pidiera a ella y las niñas que posaran con él para la imagen de los panfletos electorales. Le encantaría decirle a su marido qué opinaba al respecto.

Se notaba que Miles estaba sorprendido de la nutrida asistencia. Sin duda lamentaba no tener un papel protagonista en la ceremonia que iba a oficiarse; habría sido una oportunidad ideal para iniciar una campaña velada para ocupar la plaza de Barry en el concejo, con todo aquel público de votantes cautivos. Samantha se propuso deslizar una alusión sarcástica a esa oportunidad perdida en cuanto surgiese la ocasión.

—¡Gavin! —exclamó Miles al ver una cabeza pequeña y rubia.

—Ah, hola, Miles. Hola, Sam.

La flamante corbata negra de Gavin destacaba contra la camisa blanca. Tenía marcadas ojeras bajo los ojos claros. Samantha se ladeó hacia él, de puntillas, para que no pudiera evitar besarla en la mejilla e inhalar su perfume almizclado.

—Cuánta gente, ¿no? —comentó Gavin, mirando alrededor.

—Gavin va a llevar el féretro —le dijo Miles a su mujer con el mismo tono que habría utilizado para anunciar que un niño pequeño y poco prometedor había ganado un vale para libros por sus esfuerzos.

En realidad, Miles se había sorprendido un poco cuando Gavin le contó que le habían concedido ese honor. Miles había dado por hecho que Samantha y él serían invitados destacados, rodeados por cierta aura de misterio e importancia, por haber estado junto al lecho de muerte de Barry. Habría sido un bonito gesto que Mary, o alguien cercano a ella, le hubiese pedido a él que leyera algo o dijera unas palabras, en reconocimiento del importante papel que había representado en los últimos momentos del difunto.

Samantha se cuidó mucho de no mostrar la menor sorpresa ante la elección de Gavin.

—Tú y Barry erais amigos, ¿no, Gav?

Él asintió. Estaba nervioso y un poco mareado. Había dormido fatal, despertándose de madrugada con horribles pesadillas en las que primero dejaba caer el féretro y provocaba que el cuerpo de Barry acabara en el suelo de la iglesia, y luego se quedaba dormido, se perdía el funeral y llegaba a

St. Michael and All Saints para encontrarse a Mary sola en el cementerio, lívida y furiosa, reprochándole que lo había echado todo a perder.

—No sé muy bien dónde tengo que ponerme —dijo, mirando alrededor—. Es la primera vez que hago esto.

—No es nada del otro mundo, hombre —respondió Miles—. La verdad es que lo único que tienes que hacer es no dejar que se te caiga nada, ¡ja, ja, ja!

La risita tonta de Miles sonó rara en contraste con el tono grave de su voz. Gavin y Samantha no sonrieron.

Colin Wall surgió de entre la gente concentrada. Grandote y torpe, con aquella frente alta y huesuda, a Samantha siempre le recordaba al monstruo de Frankenstein.

—Gavin —dijo—. Por fin te encuentro. Deberíamos formar en la acera, llegarán en cuestión de minutos.

—A la orden —repuso Gavin, aliviado porque le dijeran qué hacer.

—Hola, Colin —lo saludó Miles con una inclinación de cabeza.

—Ya, hola —contestó Colin, aturdido, antes de darse la vuelta y abrirse paso entre la multitud.

Hubo otro pequeño revuelo y Samantha oyó la voz tonante de Howard.

—Discúlpenme... Perdón, intentamos reunirnos con nuestra familia...

La multitud se apartó para evitar su barrigón, y Howard hizo su aparición, enorme con el abrigo de solapas de terciopelo. Shirley y Maureen caminaban vacilantes en su estela; Shirley iba muy pulcra y compuesta, con su atuendo azul marino, y Maureen, escuálida como un ave carroñera, tocada con un sombrero con un pequeño velo negro.

—Hola, hola —dijo Howard, dándole a Samantha sendos besos en las mejillas—. ¿Qué tal, Sammy?

En ese momento la gente retrocedió para despejar el sendero y el ruido de tantos pies arrastrándose se tragó la respuesta de Samantha. Hubo forcejeos discretos, ya que nadie renunciaba a tener un sitio cerca de la entrada de la iglesia. Al partirse en dos la multitud, en la brecha resultante aparecieron caras familiares, como pepitas diferenciadas. Samantha distinguió a los Jawanda por sus rostros color café entre toda aquella palidez: Vikram, absurdamente guapo con su traje oscuro, y Parminder ataviada con un sari (¿por qué haría algo así? ¿No sabía acaso que con eso le hacía el juego a la gente como Howard y Shirley?); a su lado, la retacona Tessa Wall, con un abrigo gris a punto de saltársele los botones.

Mary Fairbrother y sus hijos recorrían lentamente el sendero hacia la iglesia. Mary estaba muy pálida y parecía haber perdido varios kilos. ¿Tanto había adelgazado en sólo seis días? Llevaba de la mano a una de las gemelas y rodeaba con el brazo los hombros de su hijo pequeño; el mayor, Fergus, iba detrás. Mary caminaba con la vista al frente y los labios apretados. Otros miembros de la familia los seguían. La procesión cruzó el umbral y desapareció en el sombrío interior de la iglesia.

Todos avanzaron a la vez hacia las puertas, con el resultado de un atasco muy poco decoroso. Con tanto trajín, los Mollison acabaron mezclados con los Jawanda.

—Después de usted, señor Jawanda, después de usted —bramó Howard, extendiendo un brazo para que el cirujano pasara primero.

Luego se valió de toda su humanidad para impedir que lo adelantara alguien más y cruzó la entrada inmediatamente después de Vikram, dejando que las familias de ambos los siguieran.

Una alfombra azul real cubría el pasillo central de St. Michael and All Saints. En lo alto de la bóveda brillaban estrellas doradas; unas placas de latón reflejaban el resplandor de las lámparas de techo. Los vitrales tenían unos diseños intrincados y colores magníficos. A medio camino de la nave, en el lado de la Epístola, el propio san Miguel contemplaba a sus fieles desde el vitral más grande, enfundado en una armadura plateada. De los hombros le brotaban alas; con una mano empuñaba una espada y en la otra sostenía una balanza dorada. Un pie calzado con una sandalia se apoyaba en la espalda de un Satán gris oscuro con alas de murciélago, que se retorcía tratando de levantarse. La expresión del santo era serena.

Howard se detuvo a la altura de san Miguel y le indicó a su grupo que ocupara el banco de la izquierda. Vikram dobló a la derecha para entrar en el opuesto. Mientras el resto de los Mollison, y Maureen, desfilaban ante él para sentarse, Howard permaneció plantado en la alfombra azul, y cuando pasó Parminder le dijo:

—Qué terrible, esto de Barry. Una impresión tremenda.

—Sí —contestó ella, sintiendo un odio feroz.

—Siempre he pensado que esas túnicas han de ser muy cómodas, ¿no? —añadió Howard, indicando el sari con la cabeza.

Parminder no contestó y se limitó a sentarse junto a Jaswant. Howard tomó asiento a su vez, convirtiéndose en un prodigioso tapón en el extremo del banco, que impedía el acceso a los rezagados.

Shirley tenía la mirada fija en sus rodillas en actitud respetuosa, y las manos unidas como si rezara, pero estaba dándole vueltas al pequeño intercambio de Howard y Parminder sobre el sari. Shirley pertenecía a un sector de Pagford que lamentaba calladamente que la antigua vicaría, construida tiempo atrás para vivienda de un vicario de la Alta Iglesia Anglicana, con grandes patillas y personal de servicio con delantales almidonados, fuera ahora el hogar de una familia de hindús (nunca había acabado de entender a qué religión pertenecían los Jawanda). Se dijo que si ella y Howard acudieran al templo, la mezquita o donde fuera que los Jawanda rindiesen culto, sin duda les exigirían cubrirse la cabeza y quitarse los zapatos y a saber qué más, o armarían un escándalo. Sin embargo, era aceptable que Parminder se pavoneara con

191

su sari en la iglesia. Tampoco era que no tuviese ropa normal, pues la llevaba todos los días en el trabajo. Lo que molestaba a Shirley era ese doble patrón de conducta; a Parminder ni se le ocurría pensar en la falta de respeto que constituía hacia la religión de todos ellos y, por extensión, al propio Barry Fairbrother, a quien presuntamente profesaba tanto cariño.

Shirley separó las manos, levantó la cabeza y volvió a centrarse en los atuendos de la gente que pasaba y en el número y tamaño de las coronas de flores. Algunas estaban apoyadas contra el comulgatorio. Vio la ofrenda del concejo, para la que Howard y ella habían organizado la colecta. Era una corona grande y tradicional de flores azules y blancas, los colores del escudo de armas de Pagford. Esas flores y las demás coronas quedaban eclipsadas por el remo a tamaño natural, hecho de broncíneos crisantemos, que le habían ofrecido las chicas del equipo.

Sukhvinder se volvió en su banco buscando con la mirada a Lauren, hija de la florista que había confeccionado el remo; quería decirle por señas que le gustaba, pero no consiguió distinguirla entre la nutrida multitud. A Sukhvinder, aquel remo le inspiraba un orgullo teñido de tristeza, en especial cuando vio que la gente lo señalaba al ocupar sus asientos. Cinco de las ocho remeras habían aportado dinero para el mismo. Lauren le había contado a Sukhvinder que un día había ido en busca de Krystal Weedon a la hora de comer exponiéndose a las burlas de sus amigas, que fumaban sentadas en un murete junto al quiosco. Lauren le había preguntado a Krystal si quería contribuir.

—Sí, vale, sí —había contestado ella.

Pero no lo había hecho, de modo que su nombre no aparecía en la tarjeta. Y, por lo que Sukhvinder veía, tampoco asistía al funeral.

Sukhvinder sentía un peso terrible en las entrañas, pero el dolor sordo del antebrazo izquierdo y las intensas punzadas cuando lo movía, contrarrestaban ese pesar, y al menos Fats

Wall, ceñudo con su traje oscuro, no estaba cerca de ella. No la había mirado a los ojos cuando sus familias se encontraron brevemente en el cementerio; la presencia de sus padres lo contenía, como le pasaba a veces con la presencia de Andrew Price.

La noche anterior, muy tarde, su anónimo cibertorturador le había enviado una foto en blanco y negro de un niño de la época victoriana, desnudo y con el cuerpo cubierto de suave vello oscuro. Sukhvinder la había visto cuando estaba vistiéndose para el funeral y la había borrado.

¿Cuánto hacía que no era feliz? En una vida anterior, mucho antes de que la gente anduviese regañándola, iba muy contenta a aquella iglesia, y todos los años cantaba himnos con entusiasmo en Navidad, Pascua y la fiesta de la cosecha. Siempre le había gustado san Miguel, con su bonita cara femenina prerrafaelita y sus rizos dorados. Pero esa mañana, por primera vez, lo veía de otra manera, con aquel pie apoyado casi con despreocupación sobre el demonio oscuro que se retorcía; su expresión plácida le parecía siniestra y arrogante.

Los bancos estaban a rebosar. Golpes amortiguados, pisadas resonantes y leves susurros animaban el ambiente polvoriento mientras los menos afortunados seguían entrando en la iglesia y se situaban de pie a lo largo de la pared de la izquierda. Algunos optimistas recorrían el pasillo de puntillas por si habían pasado por alto algún sitio libre en los bancos abarrotados. Howard siguió inamovible y firme, hasta que Shirley le dio unas palmaditas en el hombro y susurró:

—¡Aubrey y Julia!

Inmediatamente, Howard giró su corpachón y agitó en el aire el programa de la ceremonia para atraer la atención de los Fawley. Se acercaron con paso enérgico por el pasillo alfombrado: Aubrey, alto, flaco y medio calvo, con traje oscuro, y Julia con el cabello pelirrojo claro recogido en un moño. Sonrieron agradecidos cuando Howard se movió, apretujando a los demás para que ellos tuvieran espacio suficiente.

Samantha acabó tan embutida entre Miles y Maureen que la cadera de ésta se le clavaba en un costado y las llaves del bolsillo de Miles en el otro. Furiosa, trató de hacerse un poco de espacio, pero ni Miles ni Maureen tenían forma de moverse, así que se limitó a mirar al frente y, como venganza, se puso a pensar en Vikram, que no había perdido un ápice de su atractivo desde la última vez que lo vio, hacía más o menos un mes. Su belleza era tan evidente e irrefutable que resultaba casi ridícula; casi le entraban ganas de reír. Con aquellas piernas tan largas, los hombros anchos y el vientre plano bajo la camisa remetida en los pantalones, y con aquellos ojos oscuros de espesas pestañas negras, parecía un dios en comparación con otros hombres de Pagford, tan flácidos, pálidos y gordos. Cuando Miles se inclinó para intercambiar cumplidos en susurros con Julia Fawley, y sus llaves se clavaron dolorosamente en el muslo de Samantha, ésta imaginó a Vikram rasgándole el vestido azul marino, y en su fantasía había olvidado ponerse la blusa de tirantes a juego que cubría el profundo cañón de su escote.

Los registros del órgano chirriaron y se hizo el silencio, con excepción de un leve frufrú persistente. Todos giraron la cabeza: el féretro se acercaba por el pasillo.

Los portadores eran tan desiguales que casi daban risa: los dos hermanos de Barry no llegaban al metro setenta, mientras que Colin Wall, que iba detrás, medía uno noventa, de manera que la parte trasera del féretro quedaba bastante más alta que la delantera. El ataúd no era de caoba pulida sino de mimbre.

«Pero ¡si es una puñetera cesta de picnic!», se dijo Howard, escandalizado.

Hubo fugaces expresiones de sorpresa en muchas caras cuando la caja de mimbre pasó ante ellas, pero algunos estaban ya al corriente del asunto. Mary le había contado a Tessa (que a su vez se lo contó a Parminder) que Fergus, el hijo mayor de Barry, era quien había elegido el material: quería sauce porque era sostenible y de crecimiento rápido, y por tanto inocuo para el medio ambiente. Fergus era un apasionado entusiasta de todo lo ecológico.

A Parminder, el féretro de sauce le gustó más, mucho más, que las recias cajas de madera que utilizaban los ingleses para sus muertos. Su abuela siempre había tenido el temor supersticioso de que el alma se viera atrapada en el interior de algo pesado y sólido, y deploraba que los empleados de pompas fúnebres británicos aseguraran las tapas con clavos. Los portadores dejaron el féretro en las andas cubiertas con brocado y se retiraron. Al hijo, los hermanos y el cuñado de Barry les hicieron sitio en los primeros bancos, y Colin se dirigió con paso inseguro de vuelta con su familia.

Gavin titubeó un par de segundos. Parminder advirtió que no sabía adónde ir; su única alternativa parecía recorrer de nuevo el pasillo bajo la mirada de trescientas personas. Pero Mary debió de hacerle alguna seña, porque, rojo como un tomate, se sentó en el primer banco junto a la madre de Barry. Parminder sólo había hablado una vez con Gavin, cuando lo auscultó y le prescribió un tratamiento para una infección por clamidias. No había vuelto a verlo.

—«Yo soy la resurrección y la vida, dijo el Señor; quien crea en Mí, aunque haya muerto, vivirá, y todo aquel que viva y crea en Mí no morirá eternamente...»

No parecía que el párroco considerara el sentido de las palabras que pronunciaba, se limitaba a recitarlas con un rítmico sonsonete. Parminder estaba acostumbrada a esa clase de cantinela: había asistido a servicios religiosos navideños durante años, junto con los demás padres del St. Thomas. Esa larga relación no la había reconciliado con el pálido santo guerrero que la contemplaba, ni con toda la madera oscura, los duros bancos, el extraño altar con su cruz de oro y piedras preciosas, ni con los cantos fúnebres, que le parecían fríos e inquietantes.

Y así, dejó de prestar atención a la afectada cantinela del párroco y volvió a pensar en su padre. Lo vio por la ventana de la cocina, desplomado boca abajo, mientras la radio seguía sonando a todo volumen encima de la conejera. Había yacido ahí durante dos horas, mientras ella, su madre y sus hermanas curioseaban en Topshop. Aún le parecía sentir el hombro de su padre bajo la camisa todavía caliente cuando lo había zarandeado. «Paaapi, paaapi...»

Habían esparcido las cenizas de Darshan en el Rea, el sombrío y raquítico río de Birmingham. Todavía recordaba su superficie marrón y opaca en un día nublado de junio, y los diminutos copos blancos y grises que se alejaban flotando en la corriente.

El órgano cobró vida con su sonido metálico y jadeante, y Parminder se puso en pie como los demás. Vislumbró las cabezas cobrizas de Niamh y Siobhan; tenían exactamente la misma edad que ella cuando le arrebataron a Darshan. Parminder experimentó una oleada de ternura y un dolor profundo, y el deseo confuso de abrazarlas y decirles que sabía lo que sentían, que lo comprendía...

Despunta el alba como el primer día...

Gavin oía una vocecita de tiple procedente de unos sitios más allá en la fila: el hijo pequeño de Barry aún no había mudado la voz. Sabía que Declan había elegido ese himno. Era otro de los horribles detalles de la ceremonia que Mary había decidido contarle.

El funeral estaba resultando una experiencia más desagradable incluso de lo que había previsto. Quizá habría mejorado un poco con un féretro de madera. Había percibido la presencia del cuerpo de Barry de un modo horrible y visceral en el interior de la ligera caja de mimbre; el peso físico de su amigo lo dejó apabullado. Y toda aquella gente mirando tan satisfecha: ¿no comprendían acaso lo que llevaban allí dentro?

Entonces había llegado el momento en que advirtió, horrorizado, que nadie le había guardado un sitio, y que tendría que recorrer el pasillo otra vez con todo el mundo mirándolo, y esconderse entre los que estaban de pie al fondo. Al final se había visto obligado a sentarse en el primer banco, terriblemente expuesto. Era como ir en el primer asiento de una montaña rusa, llevándose la peor parte de cada giro espeluznante, de cada bajada de infarto.

Allí sentado, a sólo unos palmos del girasol de Siobhan, tan grande como la tapa de una sartén y en medio de un gran despliegue de fresias amarillas y lirios de día, Gavin se descubrió lamentando que Kay no lo hubiera acompañado; increíble pero cierto. La presencia de alguien a su lado, alguien que simplemente le guardara un asiento, habría supuesto un consuelo. No había caído en que, presentándose solo, parecería un pobre desgraciado.

El himno tocó a su fin. El hermano mayor de Barry se levantó para pronunciar unas palabras. Gavin no entendió que fuera capaz de hacerlo, con Barry de cuerpo presente justo delante de él bajo el girasol (cultivado a partir de una semilla, meses atrás); y tampoco cómo podía estar Mary tan tranquila, cabizbaja, mirándose las manos unidas en el regazo. Gavin trató de buscar alguna interferencia que distrajera sus pensamientos y redujera el impacto de la elegía.

«Va a contar la historia de cómo se conocieron Barry y Mary, en cuanto acabe con este rollo de cuando era niño... Infancia feliz, jolgorios varios, ya, ya... Venga, vamos, cambia de tema...»

Tenían que volver a meter a Barry en el coche y llevarlo hasta Yarvil para enterrarlo en el cementerio de allí, porque el diminuto camposanto de St. Michael estaba lleno desde hacía veinte años. Gavin se imaginó bajando el féretro de mimbre a la fosa ante las miradas de aquella multitud. Comparado con eso, entrarlo y sacarlo de la iglesia no había sido nada.

Una de las gemelas lloraba. Con el rabillo del ojo, Gavin vio a Mary tender una mano para asir la de su hija.

«Joder, acabemos de una vez. Por favor.»

—Creo que sería justo decir que Barry siempre supo lo que quería —estaba diciendo el hermano con voz ronca. Había arrancado unas cuantas risas con historias de los aprietos del Barry niño. La tensión era palpable en su tono—. Barry tenía veinticuatro años cuando fuimos de fin de semana a Liverpool para mi despedida de soltero. La primera noche salimos del camping para ir al pub, y allí, detrás de la barra, estaba la hija del dueño, una estudiante rubia y preciosa que les echaba una mano las noches de los sábados. Barry se pasó la velada empinando el codo en la barra, charlando con ella, causándole problemas con su padre y fingiendo no conocer a los que armaban tanto escándalo en el rincón.

Se oyó una risa desganada. Mary tenía la cabeza cada vez más gacha; aferraba con ambas manos las de los niños, que la flanqueaban.

—Aquella noche, de vuelta en la tienda de campaña, me dijo que iba a casarse con ella. «Eh, espera un momento, se supone que soy yo quien está borracho», le dije. —Hubo más risitas—. La noche siguiente, Baz nos obligó a ir al mismo pub. Cuando regresamos a casa, lo primero que hizo fue comprar una postal y mandársela a la chica, diciéndole que volvería el fin de semana siguiente. Se casaron al cabo de un año de aquel primer encuentro, y creo que todos los que lo conocían coincidirán conmigo en que Barry sabía reconocer algo bueno nada más verlo. Luego vinieron cuatro hijos maravillosos: Fergus, Niamh, Siobhan y Declan...

Gavin estaba concentrado en respirar hondo, tratando de no escuchar, y se preguntaba qué narices podría decir su propio hermano sobre él en las mismas circunstancias. No había tenido la suerte de Barry; no se podía decir que la historia de sus romances fuera muy bonita. Nunca había entrado en un pub para encontrarse a la mujer perfecta detrás de la barra, rubia, sonriente y dispuesta a servirle una pinta. No, a Gavin le había tocado Lisa, que al parecer siempre pensó que él no daba la talla; siete años de guerra cada vez más enconada habían culminado en una gonorrea; y entonces, sin apenas interrupción, había aparecido Kay, que se aferraba a él como una lapa agresiva y amenazadora.

No obstante, la llamaría más tarde: no se veía capaz de volver a una casa vacía después de todo aquello. Sería sincero y le diría que el funeral había sido una experiencia espantosa y estresante, y que ojalá hubiese ido con él. Eso la distraería de cualquier resentimiento que abrigara por la discusión. No quería pasar la noche solo.

Dos bancos más atrás, Colin Wall sollozaba, con jadeos débiles pero audibles, cubriéndose con un pañuelo grande y mojado. Tessa tenía una mano apoyada en su muslo, ejerciendo una suave presión. Ella pensaba en Barry; en que había contado con que la ayudara con Colin; en el consuelo que entrañaba reírse juntos; en la ilimitada bondad de espíritu de Barry. Lo veía con claridad, bajo y con la cara colorada, bailando con Parminder en la última fiesta que habían organizado; imitando los reproches de Howard Mollison sobre los Prados; aconsejándole con tacto a Colin, como sólo él podía hacerlo, que aceptara la conducta de Fats como propia de un adolescente y no de un sociópata.

A Tessa la asustaba lo que podía suponer para el hombre que estaba a su lado la pérdida de Barry Fairbrother; temía que Colin le hubiese hecho al fallecido una promesa que no podría mantener, y que no comprendiera hasta qué punto Mary le tenía antipatía, con la que estaba empeñado en hablar. Y entre toda esa ansiedad, entre todo ese pesar que Tessa sentía, se abría paso, como un gusano insidioso, su preocupación habitual: Fats, y cómo iba a evitar una explosión, cómo iba a conseguir que fuera con ellos al cementerio, o cómo podía ocultarle a Colin que no había ido, lo cual, a la postre, sería más fácil.

—Acabaremos la ceremonia de hoy con una canción elegida por las hijas de Barry, Niamh y Siobhan, que significaba mucho para ellas y su padre —concluyó el párroco, apañándoselas, mediante el tono de voz, para desvincularse de lo que venía.

El redoble de batería sonó tan fuerte por los altavoces ocultos que los presentes se sobresaltaron. Una voz con acento americano entonó a todo volumen «A-já, a-já» y Jay-Z se lanzó a rapear:

> *Good girl gone bad—*
> *Take three—*
> *Action.*
> *No clouds in my storms...*
> *Let it rain, I hydroplane into fame*
> *Comin' down with the Dow Jones...*

Muchos creyeron que se trataba de un error. Howard y Shirley intercambiaron miradas de indignación, pero nadie apretó el *stop*, ni corrió pasillo arriba pidiendo perdón. Entonces, una voz femenina potente y sexy empezó a cantar:

> *You had my heart*
> *And we'll never be worlds apart*
> *Maybe in magazines*
> *But you'll still be my star...*

Los portadores volvían a recorrer el pasillo con el féretro, seguidos por Mary y los niños.

> *...Now that it's raining more than ever*
> *Know that we'll still have each other*
> *You can stand under my umbuh–rella*
> *You can stand under my umbuh–rella*

Los asistentes fueron saliendo lentamente de la iglesia, reprimiéndose para no caminar al ritmo de la música.

II

Andrew Price cogió la bicicleta de carreras de su padre por el manillar y la sacó con cuidado del garaje, procurando no rayar el coche. Bajó los peldaños de piedra y atravesó la cancela; una vez en el asfalto, puso un pie en el pedal, se impulsó unos metros y pasó la otra pierna sobre el sillín. Dobló a la izquierda hasta la vertiginosa carretera de la colina y se lanzó cuesta abajo sin tocar los frenos, en dirección a Pagford.

Los setos y el cielo se convirtieron en borrones; se imaginó en un velódromo mientras el viento le sacudía el pelo recién lavado y le azotaba la cara, que acababa de restregarse con jabón y le escocía. A la altura del jardín en forma de cuña de los Fairbrother frenó un poco, porque unos meses antes había tomado esa curva cerrada a demasiada velocidad y acabado en el suelo; había tenido que volver enseguida a casa con los vaqueros destrozados y un lado de la cara cubierto de arañazos.

Llegó sin pedalear hasta Church Row, con una sola mano en el manillar, y disfrutó de un segundo acelerón cuesta abajo, aunque menor que el primero. Frenó un poco al ver que en la puerta de la iglesia cargaban un féretro en un coche fúnebre y una multitud vestida de oscuro salía por las macizas puertas de madera. Pedaleó con furia hasta la esquina para desaparecer. No quería ver a Fats saliendo de la iglesia con un afligido Cuby, vestido con el traje barato y la corbata que le había descrito con cómica repugnancia en la clase de lengua el día anterior. Habría sido como interrumpir a su amigo cuando cagaba.

Al llegar a la plaza, pedaleó despacio y se apartó el pelo de la cara con una mano, preguntándose qué efecto habría tenido el aire frío en sus granos púrpura y si el jabón bactericida habría atenuado su aspecto furibundo. Y se repitió la coartada: venía de casa de Fats (podría haber sido así, por qué no), y Hope Street constituía una ruta tan válida para llegar al río como atajar por la primera calle lateral. Por tanto, no era necesario que Gaia Bawden (si daba la casualidad de que estaba asomada a la ventana de su casa y lo reconocía) pensara que había seguido ese camino por ella. Andrew no esperaba tener que explicarle sus razones para circular por su calle, pero siguió dándole vueltas a ese pretexto porque le pareció que le daba un aire de indiferencia muy guay.

Sólo quería saber en qué casa vivía. Ya había pasado con la bicicleta en otras dos ocasiones, siempre en fin de semana, por la corta calle de casas adosadas, pero todavía no había conseguido descubrir cuál de ellas albergaba el santo grial. Lo único que sabía, gracias a sus miradas furtivas a través de las sucias ventanillas del autobús escolar, era que Gaia vivía en la acera derecha, la de los números pares.

Al doblar la esquina, trató de serenarse y representar el papel de un hombre que pedalea lentamente hacia el río por la ruta más directa, absorto en trascendentales pensamientos, pero dispuesto a saludar a una compañera de clase en caso de que aparezca.

Estaba allí. En la acera. Las piernas de Andrew siguieron moviéndose, aunque ya no sentía los pedales, y de pronto cobró conciencia de lo finos que eran los neumáticos sobre los que mantenía el equilibrio. Gaia hurgaba en un bolso de piel, con el cabello cobrizo cayéndole sobre la cara. Un número 10 sobre la puerta entreabierta a sus espaldas; una camiseta negra que no le llegaba a la cintura, una franja de piel desnuda, un cinturón ancho y unos vaqueros ajustados. Cuando Andrew casi había pasado de largo, ella cerró la puerta y se volvió; se apartó el pelo revelando su precioso rostro y, con su acento de Londres, dijo con claridad:

—Eh, hola.

—Hola —contestó él.

Sus piernas siguieron pedaleando. Se alejó cinco metros, diez; ¿por qué no se había parado? La impresión lo mantenía en movimiento, no se atrevía a mirar atrás. Ya estaba al final de la calle, «joder, ahora no te caigas», dobló la esquina, demasiado aturdido para discernir si sentía más alivio o decepción por haber seguido.

«¡Joooder!»

Pedaleó hasta el bosquecillo que había al pie de la colina de Pargetter, donde el río resplandecía de forma intermitente entre los árboles, pero sólo veía a Gaia, grabada en su retina como luces de neón. La estrecha carretera se convirtió en un camino de tierra y la suave brisa del río le acarició la cara; no le pareció que se hubiera sonrojado, porque todo había sucedido demasiado deprisa.

—¡Joooder, la hostia! —gritó al aire fresco y el sendero desierto.

Hurgó con excitación en aquel tesoro magnífico e inesperado que acababa de encontrar: el cuerpo perfecto de Gaia con los vaqueros y la camiseta ceñida; el número 10 a sus espaldas, en una puerta con la pintura azul desconchada; aquel «Eh, hola» tan relajado y natural, que indicaba que las facciones de él estaban registradas en algún lugar de la mente que habitaba tras aquella cara tan increíble.

La bicicleta traqueteó sobre el terreno irregular. Exultante, Andrew sólo desmontó cuando notó que perdía el equilibrio. La empujó entre los árboles hasta la estrecha ribera y la dejó tirada entre las anémonas de tierra, que desde su última visita se habían abierto como minúsculas estrellas blancas.

Cuando empezó a coger prestada la bici, su padre le había dicho: «Encadénala a algo cuando entres en una tienda. Te lo advierto, como te la manguen...»

Pero la cadena no era lo bastante larga para atarla a un árbol y, de todas formas, cuanto más se alejaba Andrew de su padre, menos miedo le tenía. Sin dejar de pensar en aquellos centímetros de vientre plano y desnudo y en el exquisito rostro de Gaia, se dirigió al punto en que la ribera se encontraba con la erosionada ladera de la colina, que allí se alzaba de forma abrupta, formando una pared rocosa sobre las aguas verdes y raudas del río.

Al pie de la ladera, la orilla quedaba reducida a una estrecha franja resbaladiza y pedregosa. La única manera de recorrerla, si los pies le habían crecido a uno hasta el doble del tamaño que tenían la primera vez que lo hizo, era apretarse contra la pared para avanzar de lado, poco a poco, y asirse a raíces y rocas salientes.

El olor a mantillo del río y el de la tierra mojada le resultaban profundamente familiares, al igual que las sensaciones que le producían la estrecha cornisa de tierra y hierba bajo los pies y las grietas y rocas que buscaba como asideros en la pared. Fats y él habían encontrado aquel lugar secreto cuando tenían once años. Eran conscientes de estar haciendo algo prohibido y peligroso; les habían advertido del riesgo que entrañaba el río. Aterrados pero resueltos a no reconocer que lo estaban, habían recorrido poco a poco la traicionera cornisa asiéndose a cualquier cosa que sobresaliera de la ladera rocosa y, en el punto más estrecho, agarrándose mutuamente de la camiseta.

Aunque tenía la cabeza en otro sitio, los años de práctica le permitían moverse como un cangrejo por la pared de tierra y roca con el agua fluyendo un metro por debajo de sus zapatillas; luego, encogiéndose y girando a la vez con un diestro movimiento, se internó en la fisura que habían descubierto tanto tiempo atrás. En aquel entonces, les había parecido una recompensa divina por su valentía. Ya no podía permanecer erguido en el interior; pero, algo mayor que una tienda de campaña, la grieta proporcionaba espacio suficiente para dos adolescentes tendidos uno junto al otro con el río fluyendo debajo y los árboles moteando la vista del cielo, enmarcada por la boca triangular.

Aquella primera vez habían hurgado con palos en la pared del fondo, pero no consiguieron encontrar un pasadizo secreto que ascendiera hasta la abadía; así pues, se habían jactado de que sólo ellos dos conocían la existencia de aquel escondite y juraron guardar el secreto para siempre. Andrew tenía un vago recuerdo de un juramento solemne, sellado con saliva y palabrotas varias. Inicialmente lo habían bautizado como la Cueva, pero llevaban ya algún tiempo llamándolo «el Cubículo».

La pequeña cavidad desprendía olor a tierra, aunque el techo inclinado fuera de roca. Una línea de pleamar verde oscuro indicaba que antaño había estado llena de agua, aunque no hasta el techo. El suelo estaba alfombrado de colillas de cigarrillo y filtros de porro. Andrew se sentó con las piernas colgando sobre el agua fangosa y sacó de la chaqueta el tabaco y el mechero, comprados con el poco dinero que le quedaba del cumpleaños, ahora que le habían quitado la paga. Encendió un pitillo, le dio una profunda calada y revivió el glorioso encuentro con Gaia Bawden con el mayor detalle posible: la estrecha cintura y las caderas bien torneadas; la piel dorada entre el cinturón y la camiseta; la boca grande y carnosa; su «Eh, hola». Era la primera vez que la veía sin el uniforme escolar. ¿Adónde iba, sola con su bolso de piel? ¿Qué podía hacer ella en Pagford un sábado por la mañana? ¿Se disponía acaso a coger el autobús que iba a Yarvil? ¿En qué andaba metida cuando él no la veía, qué misterios femeninos la absorbían?

Y se preguntó entonces, por enésima vez, si era concebible que un exterior de carne y hueso como aquél contuviera una personalidad poco interesante. Gaia era la única que lo había hecho plantearse algo así: la idea de que cuerpo y alma pudieran ser entidades distintas no se le había pasado por la cabeza hasta que la vio por primera vez. Incluso cuando imaginaba cómo serían y qué tacto tendrían sus pechos, basándose en las pruebas visuales que había reunido gracias a una blusa escolar levemente translúcida que revelaba un sujetador blanco, se resistía a creer que lo atrajera algo exclusivamente físico. Gaia tenía una forma de moverse que lo emocionaba tanto como la música, que era lo que más lo conmovía. Sin duda, el espíritu que animaba aquel cuerpo sin igual sería también extraordinario, ¿no? ¿Por qué iba a crear la naturaleza un envase como aquél si no era para que contuviese algo más valioso incluso?

Andrew sabía qué aspecto presentaba una mujer desnuda, porque en el ordenador de la buhardilla de Fats no había control parental alguno. Juntos habían explorado todo el porno de acceso gratis: vulvas afeitadas, con labios rosáceos que se abrían para mostrar profundas y oscuras hendiduras; nalgas abiertas que revelaban anos como botones fruncidos; bocas con mucho pintalabios de las que goteaba semen. La excitación de Andrew se multiplicaba por el terror de saber que sólo se oía aproximarse a la señora Wall cuando sus pisadas crujían en el segundo tramo de escalera. A veces encontraban cosas raras que los hacían partirse de risa, aunque él no estuviera seguro de si le excitaban o le repelían (látigos y sillas de montar, arneses, sogas, medias y ligueros; y en una ocasión, en la que ni siquiera Fats había conseguido reír, primeros planos de artilugios sujetos con tornillos, agujas sobresaliendo de carnes blandas y rostros de mujer congelados en gritos de terror).

Juntos, Fats y él se habían convertido en expertos en pechos operados, enormes, turgentes y redondos.

—Silicona —señalaba uno de los dos como si tal cosa, cuando estaban sentados ante el ordenador con la puerta bien cerrada entre ellos y los padres de Fats.

La rubia de la pantalla, montada a horcajadas sobre un hombre peludo, levantaba los brazos, con los grandes pechos de pezones marrones colgando sobre la estrecha caja torácica como bolas de bolera, con unas finas líneas purpúreas y brillantes bajo cada uno que mostraban por dónde se había introducido la silicona. Mirándolos, casi se percibía qué tacto tendrían: firmes como pelotas de fútbol bajo la piel. Andrew no lograba imaginar nada más erótico que un pecho natural;

suave, esponjoso y quizá un poco gomoso, con los pezones erectos (eso esperaba) en contraste.

Y todas esas imágenes bullían en sus pensamientos por las noches, mezcladas con las posibilidades que ofrecían las chicas reales, las chicas de carne y hueso, y lo poco que uno conseguía notar a través de la ropa si lograba acercarse lo suficiente. Niamh era la menos guapa de las gemelas Fairbrother, pero también la que se había mostrado más dispuesta en el abarrotado salón de actos durante la fiesta de Navidad. Medio ocultos por el mohoso telón en un recoveco del escenario, se habían apretado uno contra el otro y él le había metido la lengua en la boca. Sus manos no habían llegado más allá del cierre del sujetador, porque ella no cesaba de apartarse. A Andrew lo había impulsado especialmente la certeza de que allí fuera, en algún rincón oscuro, Fats estaba llegando más lejos que él. Y ahora Gaia ocupaba y desbordaba todos sus pensamientos. Era la chica más sexy que había visto en toda su vida, pero también la fuente de otro anhelo inexplicable. Al igual que ciertos acordes y ciertos ritmos, Gaia Bawden lo hacía estremecer.

Encendió otro cigarrillo con la colilla del primero, que luego arrojó al agua. Entonces oyó el familiar sonido de algo que se arrastraba, y se inclinó para ver a Fats, todavía con el traje del funeral, con los miembros extendidos sobre la pared de roca, moviéndose despacio, de asidero en asidero, por la estrecha ribera hacia la cueva.

—Fats.

—Arf.

Andrew encogió las piernas para que pudiese saltar al interior del Cubículo.

—Me cago en la leche —soltó Fats cuando hubo entrado a gatas.

Con sus torpes movimientos y aquellos miembros largos recordaba a una araña, y el traje negro acentuaba su delgadez.

Andrew le tendió un cigarrillo. Fats siempre los encendía como azotado por el viento, protegiendo la llama con una mano y frunciendo el entrecejo. Dio una buena calada, exhaló un anillo de humo hacia el exterior del Cubículo y se aflojó la corbata gris oscuro. Al fin y al cabo, se veía mayor y no tan ridículo con aquel traje, ahora manchado de tierra en las rodillas y los puños por el trayecto hasta la cueva.

—Cualquiera diría que estaban liados —dijo Fats después de darle otra buena calada al pitillo.

—Cuby está muy afectado, ¿no?

—¿Afectado? Tiene un puto ataque de histeria. Si hasta le ha dado hipo y todo. Está peor que la viuda, joder.

Andrew rió. Fats exhaló otro anillo de humo y se tironeó de una de sus enormes orejas.

—Me he largado antes de tiempo. Todavía no lo han enterrado.

Fumaron un rato en silencio, ambos contemplando el fangoso río. Mientras daba otra calada, Andrew consideró las palabras «Me he largado antes de tiempo», y la autonomía que Fats parecía tener en comparación con él. Simon y su ira se interponían entre Andrew y la libertad: en Hilltop House, uno a veces se ganaba un castigo sólo por estar presente. La imaginación de Andrew se había visto atraída en cierta ocasión por un módulo de la asignatura de filosofía y religión que estudiaba los dioses primitivos en toda su violencia e ira arbitraria, y los intentos de las antiguas civilizaciones por aplacarlas. Había pensado entonces en la naturaleza de la justicia tal como él la conocía: su padre como un dios pagano y su madre como la sacerdotisa del culto, que trataba de interpretar e interceder, normalmente sin éxito, y que sin embargo insistía, pese a las pruebas en contra, en que su deidad era en el fondo magnánima y razonable.

Fats apoyó la cabeza contra la pared de piedra y exhaló anillos de humo hacia el techo. Estaba pensando en lo que quería decirle a Andrew. Durante todo el funeral había ensayado cómo empezar, mientras su padre tragaba saliva y sollozaba con el pañuelo en la mano. Fats estaba tan excitado ante la perspectiva de contarle aquello que le costaba contenerse; pero no quería precipitarse. Hablar de ello tenía casi tanta importancia como el hecho en sí. No quería que Andrew pensara que había corrido hasta allí para contárselo.

—Ya sabes que Fairbrother estaba en el concejo parroquial, ¿no? —dijo Andrew.

—Ajá —contestó Fats, y se alegró de que el otro iniciara una conversación.

—Pues Simoncete anda diciendo que va a presentarse para ocupar su plaza.

—¿Simoncete? —Fats lo miró frunciendo el entrecejo—. Pero ¿qué mosca le ha picado?

—Cree que Fairbrother aceptaba sobornos de un contratista. —Andrew había oído a su padre hablándolo con su madre esa mañana en la cocina. En su opinión, eso lo explicaba todo—. O sea, quiere un trozo del pastel.

—Ése no fue Barry Fairbrother —repuso Fats, riendo y tirando la ceniza al suelo de la cueva—. Y tampoco fue en el concejo parroquial. Fue un tío de Yarvil, un tal Frierly o algo así. Estaba en el consejo supervisor del instituto Winterdown. A Cuby le dio un ataque, con la prensa local llamándolo para que hiciera declaraciones y tal. A Frierly acabaron trincándolo. ¿Simoncete no lee el *Yarvil and District Gazette* o qué?

Andrew lo miró fijamente.

—Típico suyo, joder.

Apagó el cigarrillo en el suelo de tierra, avergonzado por tener un padre tan idiota. Simon había vuelto a entenderlo todo al revés. Echaba pestes de la comunidad local, burlándose de sus preocupaciones, y se sentía orgulloso de vivir aislado en su puñetera casita de la colina; y entonces le llegaba una información falsa y decidía exponer a su familia a la humillación basándose en ella.

—Este Simoncete es un puto corrupto, ¿eh? —comentó Fats.

«Simoncete» era el apodo que le había puesto Ruth a su marido. Fats la había oído utilizarlo una vez, cuando fue a cenar a su casa, y desde entonces no lo había llamado de otra manera.

—Pues sí —respondió Andrew, preguntándose si podría disuadir a su padre de presentarse si le contaba que se había confundido de hombre y de organismo.

—Vaya coincidencia, porque Cuby también va a presentarse. —Exhaló por la nariz con la vista fija en la rocosa pared sobre la cabeza de Andrew—. ¿A quién crees tú que preferirán los votantes, al hijoputa o al gilipollas?

Andrew rió. De pocas cosas disfrutaba tanto como de oír a su amigo llamar «hijoputa» a su padre.

—Y ahora échale un vistazo a esto —añadió Fats, poniéndose el pitillo entre los labios y palpándose las caderas, aunque sabía que llevaba el sobre en el bolsillo interior de la americana—. Aquí está. —Lo sacó para enseñarle el contenido a Andrew: una mezcla pulverulenta de cogollos marrones del tamaño de granos de pimienta, ramitas secas y hojas. Luego anunció—: Es sinsemilla.

—¿Y eso qué es?

—Pequeños brotes de la planta madre de la marihuana, sin fertilizar, especialmente preparada para el placer del fumador.

—¿Qué diferencia hay entre eso y lo de siempre? —quiso saber Andrew, con el que Fats había compartido varios pedazos de hachís negro y ceroso en el Cubículo.

—Sólo es otra forma de fumar —repuso Fats apagando el cigarrillo.

Sacó un paquetito de Rizla del bolsillo, extrajo tres frágiles papeles y los pegó entre sí.

—¿Te la ha pasado Kirby? —preguntó Andrew, oliendo el contenido del sobre.

Todo el mundo sabía que Skye Kirby era el tío al que había que acudir si se quería droga. Estaba en sexto, un curso por encima de ellos. Su abuelo era un viejo hippy varias veces procesado por tener su propia plantación.

—Sí —contestó Fats mientras rompía cigarrillos para verter el tabaco en el papel—. Pero hay un tío que se llama Obbo, en los Prados, que te consigue cualquier cosa. Puto caballo, si quieres.

—Pero tú no quieres caballo —repuso Andrew mirándolo a la cara.

—No, qué va.

Fats cogió el sobre y mezcló un poco de marihuana con el tabaco. Lió el porro, lamió el papel para pegarlo, metiendo bien el filtro, y retorció la punta.

—Genial —dijo alegremente.

Tenía planeado contarle la noticia después del canuto de maría, como si éste fuera un número de calentamiento. Tendió la mano para que Andrew le pasara el encendedor, encendió el petardo, dio una calada profunda, contemplativa, exhaló un chorro de humo azul y luego repitió el proceso.

—Hum —murmuró, reteniendo el humo e imitando a Cuby, a quien Tessa le había regalado un cursillo de cata de vinos una Navidad—. Notas de hierba. Un paladar intenso. Un final en boca de... Hostia. —Experimentó un colocón repentino, allí sentado, y exhaló el humo, riendo—. Prueba esto, tío.

Andrew se inclinó para coger el porro soltando una risita de expectación al ver la beatífica sonrisa de Fats, que no cuadraba con su estreñido cejo de siempre.

Andrew dio una calada y sintió cómo se irradiaba la droga desde los pulmones, relajándolo poco a poco. Dio otra más y tuvo la sensación de que le sacudían la mente como un edredón, que volvía a posarse sin arrugas. Todo se volvía fácil, sencillo y placentero.

—Genial —emuló a Fats, y sonrió ante el sonido de su propia voz.

Volvió a pasarle el porro a su amigo, que lo estaba esperando, y saboreó la sensación de bienestar.

—Bueno, ¿quieres oír algo interesante? —dijo Fats, sonriendo de oreja a oreja sin poder evitarlo.

—Suéltalo.

—Anoche me la follé.

Andrew estuvo a punto de preguntar «¿a quién?» antes de que su embotado cerebro lo recordara: a Krystal Weedon, por supuesto; a Krystal Weedon, ¿a quién si no?

—¿Dónde? —soltó como un idiota. No era eso lo que quería saber.

Fats se tendió boca arriba enfundado en su traje de luto, los pies hacia el río. Andrew se tumbó a su lado en dirección contraria. Solían dormir así, cabeza con pies, cuando de niños pasaban la noche en casa del otro. Andrew contempló el techo de roca, donde el humo azul pendía formando lentos zarcillos, y esperó, todo oídos.

—Les dije a Cuby y a Tessa que me quedaba a dormir en tu casa, así que ya sabes —prosiguió Fats. Acercó el porro a los dedos que le tendía Andrew, y luego entrelazó las largas manos sobre el pecho y se oyó decir—: Cogí el autobús hasta los Prados. Me encontré con ella en la salida de Oddbins.

—¿Al lado del supermercado Tesco? —Seguía haciendo preguntas estúpidas, no sabía por qué.

—Ajá. Fuimos al parque infantil. Hay árboles en el rincón, detrás de los meaderos públicos. Un sitio estupendo y privado. Estaba haciéndose de noche.

Cambió de postura y Andrew volvió a pasarle el canuto.

—Meterla es más difícil de lo que creía —declaró, y Andrew lo escuchó fascinado, casi con ganas de reír, pero temiendo perderse los crudos detalles que su amigo iba a darle—: Estaba más húmeda cuando le metía los dedos.

Una risita burbujeó como gas atrapado en el pecho de Andrew, pero la ahogó.

—Mucho trajín para meterla hasta el fondo. Es más estrecho de lo que creía.

Andrew vio elevarse un chorro de humo desde donde debía de estar la cabeza de Fats.

—Tardé unos diez segundos en correrme. Una vez dentro, la sensación es de puta madre.

Andrew contuvo la risa, por si había algo más.

—Me puse una goma. Sin goma tiene que ser mejor.

Volvió a pasarle el canuto a Andrew, que le dio una calada, pensativo. Meterla era más difícil de lo que uno creía; diez segundos y se acabó. No parecía nada del otro mundo, y sin embargo, lo que daría por eso... Imaginó a Gaia Bawden tendida boca arriba para él y, sin querer, dejó escapar un débil gemido que Fats por lo visto no oyó. Perdido en una niebla de imágenes eróticas, dándole al canuto, Andrew siguió tendido con su erección sobre el trozo de tierra que su cuerpo calentaba y escuchó el suave gorgoteo del río a unos metros de su cabeza.

—¿Qué es lo importante, Arf? —preguntó Fats al cabo de una larga y amodorrada pausa.

Con la cabeza dándole plácidas vueltas, Andrew contestó:

—El sexo.

—Eso es —repuso Fats, encantado—. Follar. Eso es lo importante. *Propegar*... propagar la especie. A la mierda los condones. Multipliquémonos.

—Ajá —dijo Andrew, riendo.

—Y la muerte —añadió Fats. Lo había desconcertado la realidad de aquel féretro, y que hubiese tan poca cosa entre el cadáver y la bandada de buitres. No lamentaba haberse ido antes de verlo desaparecer en la fosa—. Tiene que serlo, ¿no? La muerte.

—Sí —dijo Andrew pensando en guerras y accidentes de tráfico, en morir en arrebatos de velocidad y gloria.

—Sí. Follar y morir. De eso se trata, ¿no? De follar y morir. La vida es eso.

—Consiste en intentar follar e intentar no morirte.

—O en intentar morirte. Hay gente que lo hace, que se juega la vida.

—Sí. Se juegan la vida.

Se hizo otro silencio en el fresco y brumoso escondite.

—Y la música —añadió Andrew en voz baja, observando el humo azulado que pendía bajo la roca oscura.

—Ajá —dijo la voz de Fats desde muy lejos—. Y la música.

El río corría inagotable ante el Cubículo.

SEGUNDA PARTE

Comentarios de buena fe

7.33   Los comentarios de buena fe sobre una cuestión de interés público no son enjuiciables.

Charles Arnold-Baker
La administración local, 7.ª edición

I

La lluvia arreció sobre la tumba de Barry Fairbrother. La tinta se emborronó en las tarjetas. El enorme girasol de Siobhan desafió al aguacero, pero las fresias y los lirios de Mary se encogieron hasta caerse a pedazos. El remo de crisantemos fue oscureciéndose a medida que se pudría. La lluvia hizo crecer el río, formó corrientes en las cloacas y volvió relucientes y traicioneras las escarpadas calles de Pagford. Las ventanillas del autobús escolar quedaron opacas por el vaho; los cestillos de la plaza se llenaron de agua, y Samantha Mollison, con los limpiaparabrisas al máximo, sufrió un accidente de coche sin importancia cuando volvía a casa de su trabajo en la ciudad.

Durante tres días, un ejemplar del *Yarvil and District Gazette* sobresalió de la puerta de la señora Catherine Weedon en Hope Street, hasta quedar empapado e ilegible. La asistente social Kay Bawden lo sacó por fin del buzón de la puerta, escudriñó por la oxidada ranura y vio a la anciana despatarrada al pie de las escaleras. Un policía acudió a forzar la puerta, y una ambulancia se llevó a la señora Weedon al hospital South West General.

Siguió lloviendo, y el pintor contratado para cambiar el nombre de la antigua zapatería tuvo que posponer el trabajo. La lluvia cayó durante días y noches: la plaza principal estaba

217

llena de jorobados con impermeable y los paraguas entrechocaban en las estrechas aceras.

A Howard Mollison, el suave repiquetear contra la oscura ventana le parecía relajante. Estaba sentado en el estudio que había sido antaño el dormitorio de su hija Patricia y contemplaba el correo electrónico que había recibido del periódico local. Habían decidido publicar el artículo del concejal Fairbrother en el que defendía que los Prados continuaran dentro del término de Pagford pero, a fin de equilibrar la cuestión, confiaban en que otro concejal expusiera la causa contraria en el número siguiente.

«Te ha salido el tiro por la culata, ¿eh, Fairbrother? —se dijo alegremente Howard—. Y te pensabas que todo iba a salir como tú querías...»

Cerró el correo y se concentró en el montoncito de papeles que tenía a un lado. Se trataba de las cartas que habían ido llegando, en las que se solicitaban unos comicios para adjudicar la plaza vacante de Barry. Según los estatutos, se requerían nueve instancias de solicitud para llevar a cabo una votación pública, y Howard había recibido diez. Las releyó mientras oía las voces de su mujer y de su socia en la cocina, que se regodeaban con el jugoso escándalo del colapso de la señora Weedon y su tardío descubrimiento.

—...una no deja plantado al médico por nada, ¿no? Se fue de allí gritando a pleno pulmón, según Karen...

—...diciendo que le habían dado un medicamento inadecuado, sí, sí, ya lo sé —repuso Shirley, que creía tener el monopolio de la especulación médica por el hecho de ser voluntaria en el hospital—. Supongo que le harán los análisis necesarios en el General.

—Yo en su lugar estaría muy preocupada, me refiero a la doctora Jawanda.

—Probablemente confía en que los Weedon sean demasiado ignorantes para denunciarla, pero eso no importará si en el hospital descubren que no era la medicación adecuada.

—La pondrán de patitas en la calle —vaticinó una encantada Maureen.

—Exacto —repuso Shirley—, y me temo que mucha gente pensará que ya era hora. ¡Ya era hora!

Metódicamente, Howard fue separando las cartas en montones. Hizo uno con los formularios de candidatura de Miles, ya cumplimentados. El resto eran comunicaciones de otros miembros del concejo. Ahí no había sorpresas; en cuanto Parminder le mandó un correo electrónico para informarle de que sabía de alguien interesado en ocupar la plaza de Barry, Howard se había preparado para que esos seis se aliaran en torno a ella y exigieran elecciones. Junto con la propia Pelmaza, estaban los que él llamaba «la facción desmandada», cuyo líder había caído recientemente. En ese montón puso los formularios cumplimentados de Colin Wall, su candidato.

En un tercer montón reunió cuatro cartas que, como las otras, procedían de remitentes previsibles: los quejosos profesionales de Pagford, eternamente insatisfechos y suspicaces, como bien sabía Howard, y todos ellos prolíficos colaboradores del *Yarvil and District Gazette*. Cada uno tenía su propio interés obsesivo por alguna intrincada cuestión local, y se consideraban políticamente «independientes». Era probable que fuesen los primeros en chillar «¡nepotismo!» si Miles resultaba elegido; pero figuraban entre los anti-Prados más tenaces del pueblo.

Howard cogió las dos últimas cartas, una en cada mano, sopesándolas. Una era de una mujer a la que no conocía y que supuestamente (nunca daba nada por sentado) trabajaba en la Clínica Bellchapel para Drogodependientes (el hecho de que utilizara el binomio «todos y todas» lo inclinaba a creerlo). Tras cierta vacilación, la dejó en el montón de los formularios de Colin Wall.

La última carta, sin firma y escrita en ordenador, exigía en términos destemplados la convocatoria de elecciones. Parecía redactada con prisa y descuido y estaba llena de errores. Ensalzaba las virtudes de Barry Fairbrother y citaba específicamente a Miles para afirmar que «no le llega a la *seula* del zapato» a Barry. Howard se preguntó si Miles tendría algún cliente descontento que pudiera dar pie a una situación bochornosa. No estaba de más prevenir riesgos potenciales como ése. Sin embargo, dudaba que una carta anónima pudiese contar como voto en unas elecciones, así que, sin darle más vueltas, la metió en la trituradora de sobremesa que le había regalado Shirley por Navidad.

II

Edward Collins y Asociados, el bufete de abogados de Pagford, ocupaba la planta superior de una casa adosada de ladrillo; en la planta baja tenía su consulta un oculista. Edward Collins ya había pasado a mejor vida y su bufete lo integraban Gavin Hughes, el socio asalariado, con una ventana en su despacho, y Miles Mollison, el socio accionista, con dos ventanas. Compartían una secretaria de veintiocho años, soltera y poco agraciada, pero con buen tipo. Shona reía excesivamente las bromas de Miles y trataba a Gavin con una condescendencia rayana en lo ofensivo.

El viernes posterior al funeral de Barry Fairbrother, Miles llamó a la puerta de Gavin a la una en punto y entró sin esperar permiso. Encontró a su socio contemplando el oscuro cielo gris a través de la ventana salpicada de lluvia.

—Salgo un momento a comer algo —anunció—. Si Lucy Bevan llega antes de hora, ¿querrás decirle que estaré de vuelta a las dos? Shona ha salido.

—Sí, vale —respondió Gavin.

—¿Va todo bien?

—Ha llamado Mary. Hay una pega con el seguro de vida de Barry. Quiere que la ayude a solucionarlo.

—Bueno, puedes ocuparte de eso, ¿no? De todas formas, vuelvo a las dos.

Miles se puso el abrigo, bajó presuroso las empinadas escaleras y recorrió a buen paso el callejón, bañado por la lluvia, que llevaba a la plaza. Un claro momentáneo entre las nubes hizo que un rayo de sol incidiera en el reluciente monumento a los caídos y en los cestillos colgantes. Miles sintió una oleada de orgullo atávico cuando cruzaba la plaza hacia Mollison y Lowe, toda una institución en Pagford, emporio de lo más selecto del pueblo; un orgullo que los lazos familiares nunca habían empañado, sino más bien aumentado y madurado.

La campanilla sonó cuando abrió la puerta. Era la hora de comer: una cola de ocho personas aguardaba ante el mostrador, y Howard, con sus mejores galas mercantiles y los anzuelos brillando en la gorra de cazador, estaba en plena verborrea.

—...y un cuarto de libra de olivas negras, Rosemary, especiales para usted. ¿Nada más?... Pues nada más para Rosemary... Serán ocho libras con sesenta y dos peniques; dejémoslo en ocho libras, querida, teniendo en cuenta nuestra larga y fructífera relación...

Risitas agradecidas, y luego el tintineo y el estrépito de la caja registradora.

—Y he aquí a mi abogado, que ha venido a vigilar mis movimientos —anunció entonces Howard, guiñándole un ojo a su hijo por encima de las cabezas de la cola—. Si hace el favor de esperarme en la trastienda, señor, trataré de no decirle nada incriminatorio a la señora Howson...

Miles sonrió a las mujeres de mediana edad, que le devolvieron la sonrisa. Alto, de corto y espeso cabello cano, grandes ojos azules y el estómago disimulado por el abrigo oscuro, constituía un añadido razonablemente atractivo a las galletas caseras y los quesos de la zona. Se abrió paso con cuidado entre las mesitas llenas de exquisiteces y se detuvo ante el arco entre la tienda y la antigua zapatería, desprovisto por primera vez de la cortina de plástico protectora. Maureen (Miles reconoció la letra) había colgado un cartel en medio del arco en el que se leía: PROHIBIDO EL PASO. PRÓXIMA INAUGURACIÓN DE LA TETERA DE COBRE. Miles observó el espacio limpio y sobrio que no tardaría en convertirse en la mejor cafetería de Pagford; estaba encalado y pintado, y el suelo de madera negra, recién barnizado.

Rodeó el extremo del mostrador y pasó junto a Maureen, que accionaba la máquina de cortar, brindándole la oportunidad de soltar una risa áspera y procaz, y se agachó entonces para cruzar la puerta que daba a la pequeña y sombría trastienda. Sobre una mesa de formica reposaba el *Daily Mail* de Maureen, doblado; los abrigos de ella y Howard colgaban de ganchos, y una puerta daba al lavabo, del que emanaba un aroma artificial a lavanda. Miles colgó el abrigo y acercó una vieja silla a la mesa.

Howard apareció al cabo de un par de minutos, cargado con dos platos de bocados exquisitos.

—¿O sea que os habéis decidido por La Tetera de Cobre? —preguntó Miles.

—Bueno, a Mo le gusta —contestó Howard, dejando un plato delante de su hijo.

Salió otra vez, volvió con dos cervezas y cerró la puerta con el pie, de modo que la habitación sin ventanas se sumió en una penumbra sólo atenuada por la mortecina luz de la lámpara de techo. Howard se sentó soltando un profundo gruñido. A media mañana, cuando había llamado a Miles por teléfono, su tono había sido de complicidad, y ahora lo tuvo esperando un poco más mientras abría una cerveza.

—Wall ya ha enviado los formularios —dijo por fin, tendiéndole una botella.

—Ah —contestó Miles.

—Voy a fijar una fecha tope. Dos semanas a partir de hoy para que todo el mundo anuncie su candidatura.

—Me parece justo.

—Mamá cree que ese tal Price sigue interesado. ¿Le has preguntado a Sam si sabe quién es?

—No —contestó Miles.

Howard, sentado en una silla que no paraba de crujir, se rascó un pliegue de la barriga, que descansaba casi en sus rodillas.

—¿Va todo bien entre Sam y tú?

Como siempre, Miles sintió admiración ante la intuición casi telepática de su padre.

—No mucho.

A su madre no se lo habría confesado, porque intentaba no echar más leña al fuego de la guerra fría constante que libraban Shirley y Samantha, en la que él era rehén y trofeo a un tiempo.

—No le hace gracia que me presente al cargo —explicó. Howard arqueó las rubias cejas y los carrillos se le estremecieron al masticar—. No sé qué mosca le ha picado. Le ha dado uno de esos ataques anti-Pagford que tiene a veces.

Su padre se tomó su tiempo para tragar. Se limpió la boca con una servilleta de papel y soltó un eructo.

—Se le pasará en cuanto te hayan elegido, ya lo verás —dijo—. Tiene su vertiente social: montones de cosas para las esposas, actos en la mansión Sweetlove. Estará en su elemento. —Tomó otro sorbo de cerveza y volvió a rascarse la barriga.

—Aún no sé quién es exactamente ese Price —dijo Miles volviendo al punto esencial—, pero me suena que tenía un hijo en la clase de Lexie en el St. Thomas.

—Pero es oriundo de los Prados, he ahí la cuestión —explicó Howard—. Que haya nacido en los Prados podría suponer una ventaja para nosotros. Dividirá el voto de los partidarios de los Prados entre él y Wall.

—Ya. Tiene sentido. —No se le había ocurrido. Lo maravillaba la forma en que funcionaba la mente de su padre.

—Mamá ha llamado ya a su mujer para que se descargue los formularios que ha de rellenar. Supongo que haré que esta noche la llame otra vez para decirle que tiene dos semanas, así le apretamos las tuercas.

—Así pues, somos tres candidatos, ¿no? —dijo Miles—. Contando a Colin Wall.

—No he sabido de nadie más. Cuando se publiquen los detalles en la web, es posible que se presente algún otro. Pero tengo confianza en nuestras posibilidades. Plena confianza. Me ha llamado Aubrey —añadió Howard. Siempre había un ápice más de solemnidad en su tono cuando pronunciaba el nombre de pila de Fawley—. Te apoya totalmente, huelga decirlo. Vuelve esta noche. Ha estado en la ciudad.

Normalmente, cuando un pagfordiano decía «en la ciudad», se refería a Yarvil, pero, imitando a Aubrey Fawley, Howard y Shirley utilizaban esa expresión para referirse a Londres.

—Ha mencionado que deberíamos reunirnos todos para charlar un poco. Quizá mañana. A lo mejor hasta nos invita a su casa. A Sam le gustaría.

Miles acababa de meterse en la boca un buen pedazo de pan con paté, pero se mostró de acuerdo asintiendo con energía. Le gustaba la idea de contar con el apoyo incondicional de Aubrey Fawley. Samantha podía burlarse diciendo que sus padres eran perritos falderos de los Fawley, pero él había advertido que, en las raras ocasiones en que veía a Aubrey o Julia en persona, su acento cambiaba sutilmente y se comportaba de forma mucho más recatada.

—Hay algo más —añadió Howard rascándose otra vez la barriga—. Esta mañana me ha llegado un correo del *Yarvil and District Gazette*. Me piden mi opinión sobre los Prados, como presidente del concejo parroquial.

—¿Estás de broma? Pensaba que Fairbrother se había apuntado ya ese tanto con...

—Pues le salió el tiro por la culata, ¿no crees? —lo interrumpió Howard con visible satisfacción—. Van a publicar su artículo y quieren que alguien escriba la semana siguiente desde la perspectiva contraria. Démosles la otra versión de la historia. Me iría bien que me echaras una mano, con los giros que usa un abogado y esas cosas.

—Claro. Podríamos hablar de esa puñetera clínica para drogodependientes. Quedará muy convincente.

—Sí, buena idea... Excelente.

Presa del entusiasmo, Howard tragó demasiado de golpe, y Miles tuvo que darle palmadas en la espalda para que le remitiera el acceso de tos. Por fin, secándose los ojos con la servilleta, Howard dijo casi sin aliento:

—Aubrey va a recomendarle al municipio que deje de financiarla, y yo me ocuparé de plantearles a los de aquí que ya va siendo hora de rescindir el contrato de alquiler del edificio. No estaría de más que lo sacáramos en la prensa. Que se sepa el tiempo y el dinero que se han invertido en ese puñetero sitio sin el más mínimo resultado. Tengo todas las cifras. —Soltó un sonoro eructo—. Una jodida vergüenza. Con perdón.

III

Esa noche, Gavin cocinó para Kay en casa de él, abriendo latas y triturando ajo con una marcada sensación de malestar.

Después de una pelea, había que decir ciertas cosas para conseguir una tregua: la cosa funcionaba así, todo el mundo lo sabía. Gavin había llamado a Kay desde el coche cuando volvía del entierro para decirle que le habría gustado que estuviese allí con él, que el día había sido espantoso y que esperaba poder verla esa noche. Consideró que esas humildes admisiones no eran ni más ni menos que el precio por una noche de compañía sin exigencias.

Pero Kay pareció considerarlas más bien como el primer pago de un contrato renegociado. «Me has echado de menos. Me has necesitado cuando estabas mal. Te arrepientes de que no hayamos ido los dos, como pareja. Bueno, pues no volvamos a cometer ese error.» Y, a partir de ese momento, Kay lo había tratado con cierta autocomplacencia; se la veía más enérgica, como animada por renovadas expectativas.

Gavin estaba preparando unos espaguetis a la boloñesa; no había comprado postre ni puesto la mesa, a propósito; hacía cuanto podía por demostrarle a Kay que no se estaba esforzando demasiado. Ella no parecía advertirlo; hasta se diría que estaba dispuesta a tomarse la indolencia de Gavin como un cumplido. Se sentó a la mesita de la cocina y se puso a hablar por encima del repiqueteo de la lluvia en el tragaluz, paseando la vista por los muebles y la decoración. Había estado allí pocas veces.

—Supongo que este amarillo lo escogió Lisa, ¿no?

Ya estaba otra vez: rompiendo tabús, como si acabaran de pasar a otro nivel de intimidad. Gavin prefería no hablar de Lisa si no era estrictamente necesario; Kay tenía que saberlo a esas alturas, ¿no? Le echó orégano a la carne picada que tenía en la sartén y dijo:

—No, todo esto era del dueño anterior. Aún no he tenido tiempo de cambiarlo.

—Ah —repuso ella, y tomó otro sorbo de vino—. Bueno, pues es bonito. Un poco soso.

Eso lo molestó; en su opinión, el interior de The Smithy era superior en todos los sentidos al del número 10 de Hope Street. De espaldas a Kay, observó cómo borboteaba la pasta.

—¿Sabes qué? —dijo ella—. Esta tarde me he encontrado a Samantha Mollison.

Gavin se volvió en redondo: ¿cómo sabía Kay siquiera qué aspecto tenía Samantha Mollison?

—En la puerta de la tienda de delicatessen, en la plaza; yo iba a comprar esto —añadió, dándole un golpecito con la uña a la botella de vino—, y ella me ha preguntado si era «la novia de Gavin».

Lo comentó con tono malicioso, pero en realidad la había animado que Samantha utilizara esa palabra, y la tranquilizó saber que era así como Gavin la llamaba ante sus amigos.

—¿Y tú qué le has dicho?

—Pues le he dicho... que sí.

Su rostro reflejaba decepción. Gavin no había tenido intención de preguntárselo con tanta agresividad. Habría pagado con tal de impedir que Kay y Samantha llegaran a conocerse.

—En todo caso —prosiguió ella con cierta crispación en la voz—, nos ha invitado a cenar el viernes próximo, dentro de una semana.

—Joder, qué putada —soltó Gavin, cabreado.

La alegría de Kay se vino abajo.

—¿Qué problema hay?

—Ninguno. Es que... no, nada —repuso él removiendo los burbujeantes espaguetis—. Es sólo que ya veo bastante a Miles en el trabajo.

Era lo que Gavin había temido siempre: que ella se fuera abriendo camino y se convirtieran en Gavin-y-Kay, con un círculo social en común, y así fuera cada vez más difícil extirparla de su vida. ¿Cómo había dejado que pasara eso? ¿Por qué le había permitido mudarse a Pagford? La rabia contra sí mismo no tardó en transformarse en rabia contra ella. ¿Por qué Kay no entendía de una vez lo poco que la quería y se apartaba sin obligarlo a hacer el trabajo sucio? Coló los espaguetis en el fregadero, maldiciendo por lo bajo cuando lo salpicó el agua hirviendo.

—Entonces será mejor que llames a Miles y Samantha y les digas que no —sugirió ella.

Su tono se había vuelto amargo. Gavin tenía la costumbre, profundamente arraigada, de evitar cualquier conflicto inminente y confiar en que el futuro se resolviera solo.

—No, no —dijo, secándose las gotas de la camisa con un trapo—. Iremos. No pasa nada. Iremos.

Pero su intención, con aquella evidente falta de entusiasmo, era poner un rasero al que poder recurrir en retrospectiva. «Sabías perfectamente que yo no quería ir. No, no lo he pasado bien. No quiero que vuelva a ocurrir.»

Comieron en silencio durante unos minutos. Gavin temía que estallara otra pelea y que Kay lo obligara a discutir una vez más los problemas de fondo. Trató de pensar en algo que decir, y empezó a hablarle de Mary Fairbrother y la compañía de seguros.

—Se están portando como unos cabrones —explicó—. Barry tenía un buen seguro, pero los abogados de la compañía andan buscando una excusa para no pagar. Están dando a entender que su declaración inicial estaba incompleta.

—¿En qué sentido?

—Bueno, un tío suyo murió también de un aneurisma. Mary jura que Barry se lo dijo al agente de seguros cuando firmó la póliza, pero no aparece por ninguna parte en las notas. Me imagino que al tipo no se le ocurrió que podía ser algo congénito. No sé si el propio Barry lo sabía, puestos a...

Se le quebró la voz. Horrorizado y avergonzado, inclinó la cara sonrojada sobre el plato. Se le formó un nudo de dolor en la garganta y no consiguió eliminarlo. Las patas de la silla de Kay chirriaron contra el suelo; Gavin confió en que se fuera al baño, pero entonces sintió que le rodeaba los hombros con los brazos, atrayéndolo hacia ella. Sin pensar, él también la rodeó con un brazo.

Qué bien sentaba que lo abrazaran a uno. Ojalá su relación pudiera limitarse a gestos de consuelo simples y mudos. Ojalá los humanos no hubieran aprendido siquiera a hablar.

Le había ensuciado la blusa con sus mocos.

—Perdona —dijo con voz nasal, limpiándola con la servilleta.

Se apartó de ella y se sonó la nariz. Kay arrastró la silla para sentarse a su lado y le apoyó una mano en el brazo. Le gustaba más cuando estaba callada y lo miraba con expresión dulce y preocupada, como en ese momento.

—Todavía no consigo... Barry era un buen tío, ¿sabes? —dijo Gavin—. Vaya si lo era.

—Sí, todo el mundo lo dice.

No había tenido ocasión de conocer al famoso Barry Fairbrother, pero se sentía intrigada por aquel despliegue de emoción en Gavin y por la persona que lo había provocado.

—¿Era divertido? —quiso saber; se imaginaba a Gavin deslumbrado por un tío gracioso, por un cabecilla alborotador de los que empinan el codo en la barra.

—Sí, supongo que sí. Bueno, no especialmente. Lo normal. Le gustaba reírse, pero era tan... tan simpático... Le caía bien a la gente, ¿sabes?

Kay esperó, pero por lo visto Gavin no era capaz de ilustrarla más con respecto a la simpatía de Barry.

—Y los niños... Y Mary, la pobre Mary... Madre mía, no tienes ni idea.

Kay continuó dándole palmaditas en el brazo, pero su compasión se había enfriado un poco. ¿Ni idea de qué, de lo que significaba estar sola?, se preguntó. ¿Ni idea de lo duro que era quedarse sola a cargo de una familia? ¿Dónde estaba la compasión de Gavin por ella, por Kay?

—Eran muy, muy felices —añadió Gavin con voz cascada—. La pobre está hecha polvo.

Sin decir palabra, Kay le acarició el brazo, pensando que ella nunca había podido permitirse estar hecha polvo.

—Estoy bien —concluyó Gavin; se sonó con la servilleta y cogió el tenedor.

Con un levísimo movimiento, le hizo saber a Kay que ya podía apartar la mano.

IV

Samantha había invitado a cenar a Kay llevada por una mezcla de deseo de venganza y aburrimiento. Lo veía como una represalia contra Miles, que siempre andaba haciendo planes en los que ella no tenía voz ni voto, pero en los que se esperaba que colaborara; quería ver qué le parecía a su marido que ella organizara cosas sin consultarle. Supondría además marcarles un tanto a Maureen y Shirley, esas dos arpías entrometidas que tan fascinadas estaban por los asuntos privados de Gavin, pero no sabían prácticamente nada sobre su relación con su novia de Londres. Y, finalmente, le brindaría a ella otra oportunidad para afilarse las garras con Gavin por ser un pusilánime y un indeciso en su vida amorosa: podría hablar de bodas delante de Kay o decirle que era estupendo ver a Gavin comprometerse por fin con alguien.

Sin embargo, sus planes le proporcionaron menor satisfacción de la esperada. Cuando el sábado por la mañana le contó a Miles lo que había hecho, él reaccionó con sospechoso entusiasmo.

—Pues claro, genial; hace siglos que no invitamos a Gavin. Y para ti será estupendo conocer un poco más a Kay.

—¿Por qué?

—Bueno, siempre te llevaste bien con Lisa, ¿no?

—Miles, yo odiaba a Lisa.

—Bueno, vale... ¡Igual Kay te cae mucho mejor!

Samantha lo miró furibunda, preguntándose de dónde salía todo ese buen humor. Lexie y Libby, que pasaban el fin de semana en casa, encerradas por culpa de la lluvia, veían un DVD de música en la sala de estar; a sus padres, que estaban hablando en la cocina, les llegaba una balada a todo volumen y con muchos acordes de guitarra.

—Aubrey quiere hablar conmigo sobre lo del concejo —dijo Miles blandiendo el móvil—. Acabo de llamar a papá, y los Fawley nos han invitado a todos a cenar esta noche en Sweetlove...

—No, gracias —lo interrumpió Samantha.

De pronto sentía una furia inexplicable incluso hacia sí misma. Salió de la cocina.

Pasaron el día entero discutiendo, por toda la casa, en voz baja para no estropearles el fin de semana a sus hijas. Samantha se negó a cambiar de opinión o a exponer sus motivos. Miles temía su propia reacción si se enfadaba con ella, y su actitud fue conciliadora o fría, dependiendo del momento.

—¿Qué crees que van a pensar si no vienes? —preguntó a las ocho menos diez, en el umbral de la sala de estar, a punto de irse, vestido con traje y corbata.

—No tiene nada que ver conmigo, Miles. Eres tú quien se presenta como candidato. —Le gustó verlo vacilar. Sabía que a él le horrorizaba llegar tarde, y sin embargo aún pretendía convencerla.

—Sabes que nos esperan a los dos.

—¿De verdad? No he recibido ninguna invitación.

—Oh, déjate de esas cosas, Sam. Sabes que cuentan contigo, dan por sentado que vas.

—Pues no se enteran de nada. Ya te lo he dicho: no me apetece ir. Más vale que te des prisa, no querrás hacer esperar a papá y mamá.

Miles se fue.

Samantha esperó a oír que el coche daba marcha atrás en el sendero y entonces fue a la cocina, abrió una botella de vino y se la llevó con una copa a la sala de estar. Se imaginaba a Howard, Shirley y Miles cenando en la mansión Sweetlove. Seguro que Shirley tendría su primer orgasmo en muchos años.

Sus pensamientos no dejaban de volver a lo que le había dicho su contable aquella semana. Las ganancias habían bajado en picado, aunque a Howard ella le hubiese dicho lo contrario. De hecho, el contable había sugerido cerrar la tienda y concentrarse en las ventas por internet. Eso supondría admitir el fracaso, y no estaba dispuesta a hacerlo. Para empezar, a Shirley le encantaría que la tienda cerrara; en ese tema se había portado como una cerda desde el principio. «Lo siento, Sam, la verdad es que no es mi estilo, un poco exagerado para mi gusto.» Pero a Samantha le encantaba su tienda de Yarvil, decorada en rojo y negro; le encantaba salir de Pagford cada día, charlar con las clientas, cotillear con Carly, su ayudante. Su mundo sería minúsculo sin la tienda de la que se había ocupado con tanto cariño los últimos catorce años; en pocas palabras, se reduciría a Pagford.

(Pagford, el maldito Pagford. Nunca había tenido intención de vivir allí. Miles y ella habían planeado un año sabático antes de empezar a trabajar, dar la vuelta al mundo. Tenían el itinerario marcado en el mapa, los visados a punto. Samantha soñaba con caminar descalzos por las largas y blancas playas de Australia, cogidos de la mano. Y entonces se había enterado de que estaba embarazada.

Una semana después de la graduación de ambos, al día siguiente de haberse hecho la prueba de embarazo, viajó a Pagford y fue a Ambleside para ver a Miles. Se suponía que salían hacia Singapur al cabo de ocho días.

Samantha no quiso darle la noticia en la casa de sus padres; temía que la oyeran, ya que se encontraba a Shirley cada vez que abría una puerta.

Así pues, esperó a que estuviesen sentados a una mesa en un oscuro rincón del Black Canon. Recordaba la rigidez de la mandíbula de Miles cuando se lo dijo; de algún modo indefinible, pareció envejecer al enterarse de la noticia.

Se quedó sin habla de puro pasmo. Al cabo de unos segundos, dijo:

—Vale. Nos casaremos.

Le contó a Samantha que ya le había comprado un anillo, que tenía intención de declararse en algún sitio bonito, como la cima de Ayers Rock. Y, en efecto, cuando volvieron a la casa, Miles sacó la cajita que ya había escondido en su mochila. Era un pequeño solitario comprado en una joyería de Yarvil con parte del dinero heredado de su abuela. Samantha se sentó en el borde de la cama, llorando sin parar. Se casaron tres meses después.)

A solas con la botella de vino, Samantha encendió el televisor. Apareció en pantalla el DVD que habían estado viendo Lexie y Libby: una imagen congelada de cuatro chicos que cantaban con unas camisetas ceñidas; parecían poco más que adolescentes. Apretó el *play*. Cuando la primera canción hubo acabado, aparecieron imágenes de una entrevista. Samantha fue apurando la botella mientras veía a los miembros del grupo intercambiar bromas, y luego ponerse muy serios cuando hablaban de lo mucho que querían a sus fans. Se dijo que habría sabido que eran americanos aunque los hubiera visto sin sonido. Tenían unos dientes perfectos.

Se hizo tarde; pulsó *pause* y subió a decirles a las niñas que apagaran la PlayStation y se fueran a la cama; luego bajó de nuevo a la sala de estar, donde se había tomado ya tres cuartas partes de la botella. No había encendido las luces. Le dio al *play* y siguió bebiendo. Cuando se acabó el DVD, lo puso desde el principio y vio el trozo que se había perdido.

A uno de los chicos se lo veía más maduro que los otros tres. Ancho de hombros, sus bíceps asomaban bajo las mangas cortas de la camiseta, y tenía el cuello grueso y la mandíbula cuadrada. Samantha observó sus ondulantes movimientos; miraba a la cámara con una expresión seria y distante en su atractivo rostro, muy anguloso y con cejas negras y picudas.

Pensó en sus relaciones sexuales con Miles. Lo habían hecho por última vez hacía tres semanas. El comportamiento de él en la cama era tan predecible como un apretón de manos masónico. Uno de los dichos favoritos de Miles era: «Si no está roto, no lo arregles.»

Se sirvió el resto del vino y se imaginó haciendo el amor con el chico de la pantalla. Últimamente, sus pechos tenían mejor aspecto con sujetador; cuando se tendía, se desparramaban en todas direcciones y ella se sentía fofa y horrible. Se vio de espaldas contra una pared, con una pierna levantada y el vestido recogido en la cintura, y a aquel chico fuerte y moreno con los vaqueros bajados hasta las rodillas, penetrándola una y otra vez...

Notó un vuelco en el estómago que se pareció bastante a la felicidad; entonces oyó el coche en el sendero, y un instante después las luces de los faros recorrieron la oscura sala de estar.

Forcejeó torpemente con el mando a distancia para poner las noticias, lo que le llevó más rato del debido; metió la botella de vino vacía debajo del sofá y aferró la copa de vino como si fuera un accesorio de atrezo. La puerta de entrada se abrió y volvió a cerrarse. A sus espaldas, Miles entró en la habitación.

—¿Qué haces sentada aquí a oscuras?

Miles encendió una lámpara y Samantha levantó la vista hacia él. Estaba tan impecable como al marcharse, salvo por las gotas de lluvia en los hombros de la chaqueta.

—¿Qué tal la cena?

—Bien. Te hemos echado de menos. Aubrey y Julia han lamentado que no pudieras ir.

—Oh, seguro que sí. Y apuesto a que tu madre ha llorado de pura desilusión.

Miles se sentó en una butaca que formaba ángulo con la de ella, y la miró fijamente. Samantha se apartó el cabello de los ojos.

—¿De qué va todo esto, Sam?

—Si no lo sabes tú, Miles...

Pero ella tampoco estaba muy segura; o, al menos, no sabía cómo condensar en una acusación coherente que se sentía cada vez más maltratada.

—No veo por qué el hecho de que me presente al concejo parroquial...

—¡Por Dios, Miles! —exclamó ella, y le produjo un leve asombro el volumen de su propia voz.

—Explícamelo, por favor, ¿en qué te afecta a ti?

Samantha lo fulminó con la mirada, buscando una forma adecuada de expresarlo para que lo entendiera la mente de abogado pedante de su marido, que se pasaba el día haciendo malabarismos con las palabras, pero era incapaz de captar el sentido general de las cosas. ¿Qué podía decir para que Miles lo entendiera? ¿Que la interminable cháchara de Howard y Shirley sobre el concejo parroquial le parecía un verdadero coñazo? ¿Que él mismo ya resultaba bastante aburrido con sus eternas anécdotas sobre los buenos tiempos en el club de rugby y su autobombo cuando hablaba del trabajo, sin necesidad de que se pusiera a pontificar sobre los Prados?

—Bueno, me había dado la impresión —dijo por fin en la penumbra— de que teníamos otros planes.

—¿Qué planes? ¿De qué me estás hablando?

—Dijimos —repuso ella, articulando las palabras con cautela sobre el borde de la temblorosa copa— que cuando las niñas hubiesen acabado la escuela primaria haríamos un viaje. Nos lo prometimos el uno al otro, ¿te acuerdas?

La rabia y la tristeza indefinidas que la habían consumido desde que Miles había anunciado su intención de presentarse como candidato al concejo no la habían conducido en ningún momento a lamentarse de aquel año sabático perdido, pero ahora le pareció que ése era el problema real; o al menos que era la forma más cercana que tenía de expresar la hostilidad y la añoranza que sentía.

Él parecía desconcertado.

—¿Quieres decirme de qué estás hablando?

—Cuando me quedé embarazada de Lexie —dijo Samantha levantando la voz— y no pudimos irnos de viaje, y tu puñetera madre nos hizo casarnos a toda pastilla y tu padre te consiguió un empleo con Edward Collins, en ese momento, dijiste, acordamos, que lo haríamos cuando las niñas hubiesen crecido; que haríamos todas las cosas que nos habíamos perdido.

Miles negó lentamente con la cabeza.

—Todo esto es nuevo para mí —dijo—. ¿A qué demonios viene?

—Miles, estábamos en el Black Canon. Te dije que estaba embarazada y tú dijiste... por el amor de Dios, Miles... Te dije que estaba embarazada y tú prometiste, me prometiste...

—¿Quieres ir de vacaciones? ¿Es eso? ¿Quieres que vayamos de vacaciones?

—No, Miles, no quiero unas malditas vacaciones, lo que quiero... ¿No te acuerdas? ¡Dijimos que cogeríamos un año sabático y lo haríamos más adelante, cuando las niñas fueran mayores!

—Vale, muy bien. —Parecía confuso, y decidido a no hacerle caso—. Cuando Libby cumpla los dieciocho, dentro de cuatro años, volveremos a hablar del tema. No veo por qué el hecho de que sea concejal tiene que influir en este asunto.

—Bueno, aparte del puñetero aburrimiento que supone oír cómo tú y tus padres os seguís quejando sobre los Prados durante el resto de vuestras vidas naturales...

—¿Nuestras vidas naturales? —repitió Miles con una sonrisita—. ¿Y qué otras hay?

—Vete a la mierda —le espetó Samantha—. No te hagas el sabiondo, Miles; es posible que a tu madre le impresione, pero...

—Bueno, pues francamente sigo sin ver qué problema...

—¡El problema —estalló ella— es que se trata de nuestro futuro, Miles! Del futuro de los dos. ¡Y no quiero hablar del tema dentro de cuatro años, joder, quiero hablar ahora!

—Creo que harías bien en comer algo —repuso él, y se levantó—. Ya has bebido suficiente.

—¡Que te follen, Miles!

—Perdona, pero si vas a seguir soltando groserías...

Se dio la vuelta y salió de la habitación. Samantha apenas pudo contenerse para no arrojarle la copa de vino.

El concejo parroquial. Si se convertía en uno de sus miembros, nunca lo dejaría; jamás renunciaría al cargo, a la oportunidad de ser un pez gordo de Pagford, como Howard. Estaba comprometiéndose una vez más con Pagford, su pueblo natal; comprometiéndose con un futuro muy distinto del que le había prometido a su afligida novia cuando ella lloraba sentada en su cama.

¿Cuándo habían hablado por última vez de recorrer mundo? No estaba segura. Años atrás, quizá, pero esa noche Samantha llegó a la conclusión de que ella, al menos, no había cambiado de opinión. Sí, siempre había abrigado esperanzas de que un día hicieran las maletas y se marcharan en busca de calor y libertad, a algún lugar a medio mundo de distancia de Pagford, Shirley, Mollison y Lowe, la lluvia, la estrechez de miras y la monotonía. Quizá llevara muchos años sin anhelar las blancas playas de Australia y Singapur, pero prefería estar allí, incluso con sus muslos gruesos y sus estrías, que atrapada en Pagford, obligada a presenciar cómo Miles se convertía lentamente en Howard.

Se arrellanó de nuevo en el sofá, tanteó en busca del mando y volvió a poner el DVD de Libby. El grupo, ahora en blanco y negro, recorría despacio una playa desierta, cantando. El chico de los hombros anchos llevaba la camisa abierta, que ondeaba con la brisa. Una fina línea de vello descendía desde su ombligo hasta perderse dentro de los vaqueros.

V

Alison Jenkins, la periodista del *Yarvil and District Gazette*, había establecido por fin cuál de los muchos hogares de los Weedon en Yarvil albergaba a Krystal. Había sido complicado: no había votantes censados en esa dirección y no aparecía ningún teléfono fijo en el listín. Alison acudió en persona a Foley Road el domingo, pero Krystal había salido, y Terri, hostil y suspicaz, se negó a decirle cuándo volvería o a confirmar que viviera allí.

Krystal llegó a casa sólo veinte minutos después de que la periodista se hubiese marchado en su coche, y madre e hija tuvieron otra pelea.

—¿Por qué no le has dicho que esperara? ¡Iba a entrevistarme sobre los Prados!

—¿A ti? Y una mierda. ¿Para qué coño iba a entrevistarte a ti?

La discusión fue subiendo de tono y Krystal volvió a marcharse a casa de Nikki, con el móvil de Terri en el pantalón de chándal. Se llevaba a menudo su teléfono; muchas peleas estallaban porque su madre le exigía que se lo devolviera y Krystal fingía no saber dónde estaba. Tenía la vaga esperanza de que la periodista averiguara ese número y la llamara a ella directamente.

Estaba en un café abarrotado y ruidoso en el centro comercial, contándoles a Nikki y Leanne lo de la periodista, cuando sonó el móvil.

—¿Quién es? ¿Eres la periodista?

—¿Quién es?... ¿Terri?

—Soy Krystal. ¿Quién eres?

—...la... rmana...

—¿Quién?

Tapándose con un dedo el otro oído, se abrió paso entre las mesas llenas de gente en busca de un sitio más tranquilo.

—Danielle —dijo con voz fuerte y clara una mujer al otro lado de la línea—. Soy la hermana de tu madre.

—Ah, sí —repuso Krystal, decepcionada.

«Esa cerda esnob hijaputa», decía siempre Terri cuando se mencionaba el nombre de Danielle. Krystal no estaba segura de haberla visto nunca.

—Llamo por tu bisabuela.

—¿Quién?

—La abuelita Cath —explicó Danielle sin disimular la impaciencia.

Krystal llegó a la galería que daba a la terraza del centro comercial. Allí había buena cobertura; se detuvo.

—¿Qué pasa con ella? —quiso saber.

Sentía un nudo en el estómago, como cuando de pequeña daba volteretas en una barandilla como la que tenía ahora delante. Diez metros más abajo había manadas de gente cargada con bolsas de plástico, empujando cochecitos o arrastrando críos.

—Está en el South West General. Lleva allí una semana. Ha tenido un infarto.

—¡¿Una semana?! —exclamó Krystal, y el estómago se le encogió aún más—. Nadie nos ha dicho nada.

—Ya, bueno, es que casi no puede hablar, pero ha dicho tu nombre dos veces.

—¿Mi nombre? —repitió asombrada Krystal, aferrando el móvil.

—Ajá. Creo que le gustaría verte. Es grave. Dicen que igual no se recupera.

—¿En qué sala está? —preguntó Krystal, con la cabeza dándole vueltas.

—La doce, la unidad de vigilancia intensiva. Las horas de visita son de doce a cuatro y de seis a ocho, ¿vale?

—¿Está...?

—Tengo que dejarte. Sólo quería que lo supierais, por si queréis ir a verla. Adiós.

La comunicación se cortó. Krystal se apartó el móvil de la oreja y observó la pantalla. Apretó varias veces una tecla hasta que vio las palabras «no disponible». Su tía la había llamado desde un número oculto.

Krystal volvió junto a Nikki y Leanne, que supieron al instante que algo andaba mal.

—Ve a verla —dijo Nikki, y consultó la hora en el móvil—. Si coges el bus, te plantas allí a las dos.

—Ya —repuso Krystal totalmente confusa.

Pensó en ir a buscar a su madre, en llevarlos a ella y Robbie a ver a la abuelita Cath, pero un año antes se habían peleado muchísimo, y su madre y la abuelita no mantenían contacto desde entonces. Krystal estaba segura de que sería muy difícil convencer a Terri de que fuera al hospital, y tampoco tenía muy claro que la abuelita Cath se alegrara de verla.

«Es grave. Dicen que igual no se recupera.»

—¿Tienes pasta? —preguntó Leanne hurgando en los bolsillos, cuando las tres se dirigían a la parada del autobús.

—Sí —respondió Krystal comprobándolo—. De aquí al hospital sólo es una libra, ¿no?

Tuvieron tiempo de compartir un pitillo antes de que llegara el 27. Nikki y Leanne la despidieron como si se fuera a algún sitio agradable. En el último momento, Krystal tuvo miedo y deseó gritar «¡Venid conmigo!», pero el autobús ya se apartaba del bordillo y Nikki y Leanne se alejaban, cotilleando.

El asiento era de una tela vieja, áspera y maloliente. El autobús traqueteó por la calle que rodeaba el centro comercial y dobló a la derecha para tomar una avenida importante flanqueada por las tiendas de las marcas más conocidas.

El miedo se agitaba como un feto en el vientre de Krystal. Sabía que la abuelita Cath era cada vez más mayor y más frágil, pero había tenido la vaga esperanza de que recuperara la vitalidad, de que volviera de algún modo a aquella flor de la vida que tanto había parecido durar; que el pelo se le pusiera negro otra vez, que se le enderezara la columna y la memoria se le volviera tan afilada como la lengua. Nunca se le había ocurrido que la abuelita Cath pudiera morirse; siempre la había asociado con la resistencia y la invulnerabilidad. De haberlos considerado siquiera, el pecho deforme y el entramado de arrugas en el rostro de la abuelita le habrían parecido honrosas cicatrices sufridas en su triunfal batalla por la supervivencia. Ninguna persona cercana a Krystal había muerto de vejez.

(La muerte acechaba a los jóvenes en el círculo de su madre, a veces incluso antes de que sus rostros y cuerpos acabaran macilentos y consumidos. El cuerpo que Krystal había encontrado en la bañera cuando tenía seis años pertenecía a un hombre joven y guapo, tan blanco y adorable como una estatua, o así lo recordaba ella. Pero a veces el recuerdo se volvía confuso y dudaba que fuera así. Le resultaba difícil saber qué debía creer y qué no. De niña había oído muchas cosas que los adultos contradecían y negaban después. Habría jurado que Terri le había dicho: «Era tu papá.» Pero muchos años después le diría: «No seas tonta. Tu papá no está muerto, está en Bristol.» De manera que Krystal había tenido que volver a hacerse a la idea de la existencia de Banger, que era como todos llamaban al hombre que supuestamente era su padre.

Pero la abuelita Cath siempre había estado presente, en segundo plano. Krystal se había librado de acabar en las garras de familias de acogida gracias a la abuelita, siempre dispuesta a ampararla en Pagford, una resistente aunque incómoda red de seguridad. Furibunda y soltando improperios, mostrándose tan agresiva con Terri como con los asistentes sociales, había aparecido para llevarse a casa a su bisnieta igualmente rabiosa.

Krystal no sabía muy bien si había adorado la casita de Hope Street o si la odiaba. Era sombría y olía a lejía. Le daba la sensación de estar encerrada y al mismo tiempo de estar a salvo, completamente a salvo. La abuelita Cath sólo permitía que franquearan la puerta personas de confianza. Había anticuados dados de sales de baño en un frasco en la bañera.)

¿Y si había alguien más junto a la cabecera de la abuelita? No reconocería a la mitad de su propia familia, y la idea de encontrarse a extraños de su misma sangre la atemorizaba. Terri tenía varias hermanastras, fruto de las múltiples relaciones sentimentales de su padre, a las que ni siquiera la propia Terri conocía; pero la abuelita Cath trataba de seguirles la pista a todas, obstinándose en mantener el contacto con la extensa e inconexa familia engendrada por sus hijos. A veces, a lo largo de los años, en casa de la abuelita habían aparecido parientes que Krystal no conocía. Le parecía que la miraban raro y que hablaban de ella por lo bajo con la abuelita; Krystal fingía no advertirlo y esperaba a que se fueran para poder volver a tener a la abuelita para ella sola. Le desagradaba especialmente la idea de que hubiera otros niños en la vida de su abuelita Cath.

(—¿Quiénes son? —le había preguntado una celosa Krystal de nueve años, señalando una fotografía enmarcada de dos niños con uniformes del instituto Paxton que había sobre el aparador.

—Dos de mis bisnietos —respondió la abuelita Cath—. Éste es Dan y ése Ricky. Son tus primos.

Krystal no quería que fuesen sus primos, y no los quería en el aparador de su abuelita.

—¿Y ésa? —quiso saber, señalando a una niñita con rizos dorados.

—La pequeña de mi Michael, Rhiannon, a los cinco años. Era preciosa, ¿verdad? Pero fue y se casó con un extranjero.

En el aparador de la abuelita Cath nunca había habido una fotografía de Robbie.

«Ni siquiera sabes quién es el padre, ¿verdad, zorra? No quiero saber nada más de ti, me lavo las manos. Ya estoy harta, Terri, harta. Ya te apañarás tú sola.»)

El autobús siguió su lento recorrido por la ciudad, pasando ante los compradores de la tarde del domingo. Cuando era pequeña, Terri la llevaba al centro de Yarvil casi todos los fines de semana, obligándola a ir en sillita mucho después de que Krystal la necesitara, porque resultaba más fácil esconder cosas robadas en una sillita de paseo, ocultas bajo las piernas de la niña o entre las bolsas en la cesta de debajo del asiento.

A veces, Terri iba a las tiendas a robar acompañada de la única de sus hermanas con la que se hablaba, Cheryl, que estaba casada con Shane Tully. Cheryl y Terri vivían a sólo cuatro calles una de la otra, en los Prados, y cuando se peleaban, lo que sucedía con frecuencia, el lenguaje que empleaban dejaba petrificado al vecindario. Krystal nunca sabía cuándo podía hablar con sus primos Tully y cuándo no, pero ya no se molestaba en estar al día y hablaba con Dane siempre que se lo encontraba. Habían echado un polvo una vez, cuando tenían catorce años, después de beberse una botella de sidra en el parque. Ninguno de los dos había vuelto a mencionarlo. Krystal no estaba muy segura de si tirarse a un primo era legal o no pero, por un comentario que le había oído a Nikki, se inclinaba a pensar que no.

El autobús subió por la calle que llevaba hasta la entrada principal del South West General y se detuvo a veinte metros de un edificio enorme, largo y rectangular, con la fachada gris y mucho cristal. Había extensiones de césped bien cuidado, unos cuantos árboles pequeños y un bosque de letreros.

Krystal se apeó detrás de dos ancianas y se quedó de pie en la acera, con las manos en los bolsillos del pantalón de chándal, mirando alrededor. Ya no recordaba en qué sala le había dicho Danielle que tenían a la abuelita Cath; sólo se le había quedado grabado el número doce. Se acercó con aire despreocupado al letrero más cercano y lo miró entornando los ojos con fingida indiferencia. Líneas y más líneas de escritura indescifrable, con palabras tan largas como uno de sus brazos y flechas que señalaban a izquierda y derecha y en diagonal.

Krystal no leía bien; cuando se enfrentaba a una serie muy larga de palabras se sentía intimidada y se ponía agresiva. Tras lanzar varias miradas furtivas a las flechas y comprobar que allí no había ningún número, siguió a las dos ancianas hacia las puertas de cristal del edificio.

El vestíbulo estaba abarrotado y la confundió aún más que los letreros. Había una tienda muy concurrida, separada del vestíbulo principal por tabiques de cristal que iban del suelo al techo; varias hileras de sillas de plástico parecían llenas de gente comiendo bocadillos; una cafetería muy bulliciosa en una esquina; y, en el medio, una especie de mostrador hexagonal donde unas mujeres atendían a los visitantes y tecleaban en sus ordenadores. Krystal se dirigió hacia allí sin sacar las manos de los bolsillos.

—¿Dónde está la sala doce? —preguntó con rudeza a una de aquellas mujeres.

—Tercera planta —respondió ella, con un tono acorde al de la joven.

Krystal, por orgullo, no quiso preguntar nada más; se dio la vuelta y se alejó, hasta que vio unos ascensores al fondo del vestíbulo y se metió en uno que subía.

Tardó casi un cuarto de hora en encontrar la sala. ¿Por qué no ponían números y flechas en lugar de aquellas palabras tan largas y horribles? De pronto, cuando iba por un pasillo verde claro, con sus zapatillas rechinando en el suelo de linóleo, alguien la llamó por su nombre.

—¿Krystal?

Era su corpulenta tía Cheryl, con una falda vaquera y una camiseta blanca muy ajustada. Llevaba el pelo teñido de un rubio amarillo canario y se le veían las raíces negras. Iba tatuada desde los nudillos hasta la parte superior de los gruesos brazos, y de las orejas le colgaban varios aros dorados semejantes a argollas de cortina. Sostenía una lata de Coca-Cola en una mano.

—Le ha dado igual, ¿eh? —dijo.

Con las desnudas piernas separadas y firmemente plantadas en el suelo parecía un centinela.

—¿A quién?

—A Terri. No ha venido, ¿no?

—Todavía no lo sabe. Yo me acabo de enterar. Me ha llamado Danielle para decírmelo.

Cheryl tiró de la anilla y bebió un sorbo de Coca-Cola. Con sus ojillos hundidos en una cara achatada y una piel moteada como carne en salmuera, escudriñó a su sobrina por encima del borde de la lata.

—Le dije a Danielle que te llamara. Se pasó tres días tirada en el suelo de su casa, hasta que la encontraron. No veas cómo estaba. Hecha una mierda.

Krystal no le preguntó por qué no se había acercado a Foley Road para avisar ella misma a Terri. Por lo visto, las dos hermanas se habían peleado de nuevo. Era imposible mantenerse al día.

—¿Dónde está? —preguntó Krystal.

Cheryl la guió chancleteando por el pasillo.

—Oye —dijo mientras andaban—, me ha llamado una periodista preguntando por ti.

—¿Ah, sí?

—Me ha dejado un número.

Krystal le habría hecho más preguntas, pero acababan de entrar en una sala muy silenciosa y de pronto sintió miedo. No le gustaba cómo olía allí.

La abuelita Cath estaba casi irreconocible. Tenía la mitad de la cara completamente torcida, como si se la hubieran tensado tirando con un cable; la boca desplazada hacia un lado y el ojo medio caído. Tenía varios tubos conectados y sujetos con esparadrapo, y una vía en el brazo. Allí tumbada, la deformidad de su pecho resultaba aún más evidente. La sábana subía y bajaba en sitios insólitos, como si aquella cabeza grotesca, unida al cuerpo por un cuello escuálido, sobresaliera de un tonel.

Cuando Krystal se sentó a su lado, la anciana no se movió, se limitó a mirarla fijamente. Una de sus pequeñas manos tembló apenas.

—No habla, pero anoche dijo tu nombre dos veces —apuntó Cheryl, mirando con pesimismo por encima de la lata.

Krystal notó una opresión en el pecho. Temía hacerle daño si le cogía la mano. Acercó tímidamente los dedos hasta dejarlos a sólo unos centímetros de los de la anciana, pero no los levantó de la colcha.

—Ha venido Rhiannon —dijo Cheryl—. Y John y Sue. Sue está intentando hablar con Anne-Marie.

Krystal se animó.

—¿Dónde está?

—Donde los franchutes o por ahí. ¿Sabes que ha tenido un hijo?

—Sí, algo me dijeron. ¿Niño o niña?

—Ni idea —contestó Cheryl, y bebió otro sorbo.

Se lo había contado alguien en el instituto: «¡Eh, Krystal, tu hermana está preñada!» Esa noticia la había emocionado. Iba a ser tía, aunque nunca viera a aquel bebé. Toda su vida había idealizado a Anne-Marie, a la que se habían llevado antes de nacer ella; había desaparecido como por arte de magia y se había trasladado a otra dimensión, como un personaje de cuento de hadas, hermosa y misteriosa como aquel cadáver en el cuarto de baño de Terri.

La abuelita Cath movió los labios.

—¿Qué? —dijo Krystal, y se acercó más a la cama, entre asustada y eufórica.

—¿Quieres algo, abuelita Cath? —preguntó Cheryl en voz tan alta que los acompañantes que hablaban en susurros junto a otras camas les lanzaron miradas de desaprobación.

Krystal sólo oyó un resuello vibrante, pero daba la impresión de que la anciana intentaba articular una palabra. Cheryl estaba inclinada sobre la cama desde el otro lado, agarrada con una mano a la barandilla metálica.

—Eh... mmm... —murmuró la abuelita Cath.

—¿Qué? —preguntaron Krystal y Cheryl a la vez.

Había movido los ojos unos milímetros: unos ojos lega-
ñosos y empañados que escrutaban la cara tersa y joven y la
boca entreabierta de Krystal, que, inclinada sobre el lecho de
su bisabuela, la miraba confundida, ansiosa y asustada.

—...emar... —articuló con voz cascada.

—No sabe lo que dice —informó Cheryl, por encima
del hombro y a voz en grito, a la tímida pareja que visitaba al
paciente de la cama contigua—. Se ha pasado tres días tirada
en el suelo. Normal, ¿no?

Pero a Krystal las lágrimas le nublaron la visión. La sala,
con sus altas ventanas, se disolvió en una masa de sombras y
luz blanca; le pareció ver el sol reflejado en la lámina verde
oscuro del agua y cómo ésta se descomponía en fragmentos
brillantes al atravesarla unos remos que subían y bajaban.

—Sí —le susurró—. Sí, voy a remar, abuelita.

Pero eso ya no era cierto, porque el señor Fairbrother había muerto.

VI

—¿Qué coño te ha pasado en la cara? ¿Has vuelto a caerte de
la bici? —preguntó Fats.

—No —contestó Andrew—. Simoncete me ha cascado.
Intenté decirle a ese hijoputa que se había equivocado con lo
de Fairbrother.

Estaba con su padre en la leñera, llenando los cestos que
se dejaban a ambos lados de la estufa de leña de la sala. Simon
le había arreado en la cabeza con un tronco, y el chico había
caído sobre el montón de leña y se había rasguñado la mejilla
cubierta de acné.

—¿Te crees que sabes más que yo, mocoso? Si me entero de que has dicho una sola palabra de lo que pasa en esta casa...

—Yo no he...

—...te despellejo vivo, ¿me oyes? ¿Y cómo sabes que Fairbrother no sacaba su tajada, eh? ¿Y que sólo pillaron a ese otro capullo porque era el más idiota de los dos?

Y entonces, ya fuera por orgullo o por rebeldía, o quizá porque sus fantasías de ganar dinero fácil se habían afianzado demasiado en su imaginación para que la realidad las sacara de allí, Simon había enviado sus formularios de candidatura. La humillación, por la que sin duda pagarían todos los miembros de la familia, era cosa segura.

«Sabotaje.» Andrew cavilaba sobre esa palabra. Quería hacer caer a su padre de las alturas hasta las que lo habían encumbrado sus sueños de dinero fácil; y quería hacerlo, a ser posible (porque no tenía ninguna prisa por morir), de forma que Simon nunca llegara a saber quién era el responsable de las maniobras que harían fracasar sus ambiciones.

No confiaba en nadie, ni siquiera en Fats. A éste se lo contaba casi todo, pero los pocos temas que omitía eran precisamente los más complicados, esos que ocupaban casi todo su espacio interior. Una cosa era pasarse la tarde en la habitación de Fats empalmados, viendo escenas de sexo lésbico por internet, y otra muy diferente confesar lo obsesivamente que sopesaba diferentes maneras de entablar conversación con Gaia Bawden. Asimismo, resultaba fácil sentarse en el Cubículo y llamar hijoputa a su padre, pero jamás habría reconocido que los ataques de furia de Simon le producían náuseas y sudor frío.

Pero entonces, un buen día, cambió todo. Empezó con poco más que un anhelo de nicotina y belleza. Por fin había parado de llover, y el débil sol primaveral iluminaba la escamosa capa de polvo de las ventanillas del autobús escolar, que avanzaba a sacudidas por las estrechas calles de Pagford. Andrew iba sentado en los asientos de atrás y no veía a Gaia, que estaba en la parte delantera del vehículo con Sukhvinder y las hermanas Fairbrother, que ya habían vuelto al colegio. Apenas había visto a Gaia en el instituto y lo esperaba una tarde desolada, con el único consuelo de unas fotos de Facebook que ya tenía muy vistas.

Al acercarse el autobús a Hope Street, a Andrew se le ocurrió que ni su padre ni su madre estaban en casa y que, por tanto, no advertirían su ausencia. Llevaba en el bolsillo los tres cigarrillos que le había dado Fats, y Gaia ya se había levantado, sujetándose a la barra del respaldo del asiento para hablar con Sukhvinder Jawanda mientras se preparaban para apearse.

¿Por qué no?

Así que se levantó también, se echó la mochila al hombro y, cuando el autobús se detuvo, recorrió con brío el pasillo detrás de las dos chicas.

—Nos vemos en casa —le dijo a su desconcertado hermano al pasar por su lado.

Bajó a la soleada acera y el autobús se alejó con gran estrépito. Encendió un cigarrillo y miró a Gaia y Sukhvinder por encima de las manos ahuecadas. Ellas no se dirigieron hacia la casa de Gaia en Hope Street, sino que fueron caminando despacio hacia la plaza. Fumando y frunciendo un poco el cejo, imitando inconscientemente a Fats, la persona menos cohibida que conocía, Andrew las siguió y se regaló la vista con el ondular de la melena cobriza de Gaia sobre sus omóplatos, y con el vaivén de su falda siguiendo el contoneo de sus caderas.

Las dos chicas redujeron el paso al acercarse a la plaza y avanzaron hacia Mollison y Lowe, que con su rótulo de letras azules y doradas y sus cuatro cestillos colgantes era el comercio con la fachada más atractiva. Andrew se rezagó un poco. Ellas se pararon a examinar un pequeño letrero blanco en el escaparate de la nueva cafetería y luego entraron en la tienda de delicatessen.

Andrew dio toda una vuelta a la plaza, pasó por delante del Black Canon y del hotel George, y se detuvo ante el letrero del escaparate de la cafetería. Era un anuncio manuscrito en que se solicitaba personal para los fines de semana.

Mortificado por su acné, que ese día estaba especialmente virulento, desprendió el ascua del cigarrillo, se guardó la colilla en el bolsillo y entró en la tienda como habían hecho las chicas.

Se hallaban junto a una mesita donde se exponían cajas de galletas saladas y de avena, y observaban a aquel hombre enorme con gorra de cazador que, detrás del mostrador, hablaba con un cliente de avanzada edad. Gaia volvió la cabeza cuando sonó la campanilla de la puerta.

—Hola —la saludó Andrew con la boca seca.

—Hola —replicó ella.

Cegado por su propio arrojo, Andrew se le acercó un poco más y sin querer golpeó con la mochila el expositor giratorio con ejemplares de la guía turística de Pagford y la *Cocina tradicional del West Country*. Enderezó el expositor y luego se descolgó rápidamente la mochila.

—¿Buscas trabajo? —le preguntó Gaia en voz baja, con aquel milagroso acento de Londres.

—Sí. ¿Y vosotras?

Ella asintió.

—Ponlo en la página de sugerencias, Eddie —estaba diciéndole Howard a su cliente—. Cuélgalo en la página web, que yo me encargo de incluirlo en el orden del día. Concejo Parroquial de Pagford, todo seguido, punto com, punto uk, barra, sugerencias. O sigue el link. Concejo... —repitió lentamente, mientras el hombre sacaba un papel y un bolígrafo con mano temblorosa— Parroquial de Pagford...

Howard desvió la mirada hacia los tres adolescentes que esperaban en silencio junto a las cajas de sabrosas galletas. Llevaban aquel espantoso uniforme de Winterdown, que permitía tanto relajamiento y tanta variación que, a su modo de ver, no merecía llamarse uniforme (a diferencia del de St. Anne, que consistía en una sobria falda de tela escocesa y un blazer). Aun así, una de las chicas, la blanca, era espectacular; un diamante tallado con precisión en contraste con la fea hija de los Jawanda, cuyo nombre Howard desconocía, y con un chico de pelo castaño apagado y una terrible erupción en la cara.

Cuando el cliente se marchó, haciendo sonar la campanilla de la puerta, Howard preguntó sin quitarle los ojos de encima a Gaia:

—¿Puedo ayudaros en algo?

—Sí —contestó ella, y dio un paso al frente—. Es por lo del empleo. —Señaló el letrerito del escaparate.

—Ah, sí —dijo Howard, radiante. El camarero que había contratado lo había dejado plantado unos días antes por un puesto en un supermercado de Yarvil—. Sí, sí. Te gustaría trabajar de camarera, ¿verdad? Las condiciones son: salario mínimo, de nueve a cinco y media los sábados y de doce a cinco y media los domingos. Abrimos dentro de dos semanas; ofrecemos formación. ¿Cuántos años tienes, guapa?

Era sencillamente perfecta, justo lo que él andaba buscando: buenas curvas y un rostro limpio; se la imaginó con un vestido negro ceñido y un delantal blanco con volantitos de encaje. Le enseñaría a utilizar la caja registradora y a ocuparse del almacén; le gastaría bromas, y quizá le diera una propina los días que hicieran una buena caja.

Howard salió de detrás del mostrador y, sin prestar atención ni a Sukhvinder ni a Andrew, cogió a Gaia por el brazo y atravesó con ella el arco de la pared divisoria. En el otro local todavía no había mesas ni sillas, pero la barra ya estaba instalada. En la pared alicatada de detrás, en un mural pintado con tonos sepia, se representaba la plaza tal como presuntamente había sido en sus orígenes: pululaban mujeres con miriñaque y hombres con chistera; un carruaje había parado enfrente de Mollison y Lowe, claramente identificable, y a su lado estaba la pequeña cafetería, La Tetera de Cobre. El artista había incluido una fuente ornamental en sustitución del monumento a los caídos.

Andrew y Sukhvinder se quedaron solos en la tienda, tan diferentes entre sí y un tanto incómodos.

—Hola, ¿queríais algo? —Una mujer cargada de espaldas y pelo muy negro y cardado salió de la trastienda.

Ambos mascullaron que estaban esperando; entonces Howard y Gaia reaparecieron por el arco. Al ver a Maureen, Howard le soltó el brazo a Gaia; no había dejado de sujetárselo, distraído, mientras le explicaba sus futuras tareas de camarera.

—Creo que ya he encontrado ayuda para la Tetera, Mo —anunció.

—¿Ah, sí? —repuso Maureen, desviando su ávida mirada hacia la chica—. ¿Tienes experiencia?

Pero la resonante voz de Howard ahogó sus palabras. Le contó a Gaia cuanto había que saber sobre la tienda, y que para él era, por así decirlo, una de las instituciones del pueblo, una especie de monumento.

—Llevamos aquí treinta y cinco años —explicó, admitiendo con majestuoso desdén el anacronismo de su propio mural—. Esta chica es nueva en el pueblo, Mo —añadió.

—Y vosotros también buscáis trabajo, ¿no? —preguntó Maureen.

Sukhvinder negó con la cabeza y Andrew hizo un movimiento ambiguo con los hombros; pero Gaia, mirando a su amiga, dijo:

—Vamos, si has dicho que tal vez sí.

Howard miró a Sukhvinder, a la que desde luego no favorecerían mucho el vestido negro ceñido y el delantal con volantitos; sin embargo, su mente, fértil y flexible, enfocaba en todas direcciones. Un halago al padre de la chica, una demostración de poder ante la madre, un favor que nadie había pedido; ésos eran aspectos más allá de lo puramente estético que tal vez fuera oportuno tener en cuenta.

—Bueno, si tenemos tanta clientela como esperamos, quizá nos interesaría contratar a dos —dijo, rascándose la barbilla y sin dejar de mirar a Sukhvinder, que se había sonrojado, lo que no la favorecía nada.

—Yo no... —empezó, pero Gaia la animó.

—Anda, di que sí. Las dos.

A Sukhvinder, ya ruborizada, empezaban a empañársele los ojos.

—Yo...

—¡Vamos! —le susurró Gaia.

—Es que... Bueno, sí.

—En ese caso, señorita Jawanda, te haremos una prueba —decidió Howard.

Sukhvinder, muerta de miedo, casi no podía respirar. ¿Qué diría su madre?

—Y supongo que tú querrás ser el chico del almacén, ¿me equivoco? —agregó Howard, dirigiéndose a Andrew.

«¿El chico del almacén?»

—Te advierto que necesitamos a alguien con buenos brazos —añadió, mientras el muchacho lo miraba parpadeando, perplejo: él sólo había leído las letras más grandes que encabezaban el letrero—. Colocar los palés en el almacén, subir cajas del sótano y sacar la basura a la parte de atrás. Un trabajo físico de verdad. ¿Crees que podrás hacerlo?

—Sí —respondió Andrew. ¿Tendría el mismo horario que Gaia? Eso era lo único que le importaba.

—Tendrás que venir temprano. Digamos a las ocho. De ocho a tres, y a ver cómo va. Estarás a prueba dos semanas.

—Vale, muy bien —convino Andrew.

—¿Cómo te llamas?

Al oír la respuesta del chico, Howard arqueó las cejas.

—¿Eres hijo de Simon? ¿Simon Price?

—Sí. —Andrew se sintió incómodo. Normalmente nadie sabía quién era su padre.

Howard les dijo a las dos chicas que volvieran el domingo por la tarde, porque ese día le instalarían la caja registradora y él tendría tiempo para enseñarles cómo funcionaba; entonces, pese a que le habría gustado seguir conversando con Gaia, entró un cliente, y los adolescentes aprovecharon la ocasión para escabullirse.

A Andrew no se le ocurrió nada que decir una vez se hallaron al otro lado de la tintineante puerta de cristal, pero, antes de que pudiera ordenar sus ideas, Gaia le lanzó un despreocupado «adiós» y se marchó con Sukhvinder. Andrew encendió el segundo de los tres cigarrillos de Fats (no le pareció que aquél fuera momento para fumarse una colilla), lo que le brindó un pretexto para quedarse quieto mientras la veía alejarse y perderse entre las alargadas sombras del atardecer.

—¿Por qué llaman «Peanut» a ese chico? —le preguntó Gaia a Sukhvinder cuando Andrew ya no podía oírlas.

—Porque tiene alergia a los cacahuetes.[1] —Estaba tan aterrada ante la perspectiva de contarle a su madre lo que acababa de hacer que su propia voz le llegaba como si perteneciera a otra persona—. En el St. Thomas estuvo a punto de morirse, porque alguien le dio uno escondido dentro de una chuchería.

—Ah —dijo Gaia—. Creía que a lo mejor era porque tenía la polla muy pequeña.

Rió, y Sukhvinder soltó una risa forzada; como si oyera chistes sobre pollas todos los días.

Andrew las vio girar la cabeza y mirarlo riendo, y no tuvo duda de que hablaban de él. Las risas quizá fueran una buena señal; eso, al menos, sí lo sabía de las chicas. Sonriendo embobado, echó a andar con la mochila colgada al hombro y el cigarrillo entre dos dedos; atravesó la plaza y se dirigió a Church Row, y una vez allí emprendió el trayecto de cuaren-

---

1. En inglés, *peanut* significa «cacahuete». *(N. de las t.)*

ta minutos cuesta arriba por el camino que llevaba del pueblo a Hilltop House.

Los setos vivos, recubiertos de florecillas blancas, adquirían una palidez espectral al atardecer; los endrinos florecían a ambos lados del camino y las celidonias lo bordeaban con sus lustrosas hojas acorazonadas. El aroma de las flores, el intenso placer que le procuraba el cigarrillo y la perspectiva de pasar los fines de semana con Gaia... todo se mezclaba en una soberbia sinfonía de euforia y belleza mientras Andrew ascendía jadeando por la ladera de la colina. La próxima vez que Simon le preguntara «¿Ya has encontrado trabajo, Carapizza?», podría contestarle que sí. Iba a trabajar con Gaia Bawden los fines de semana.

Y, por si eso fuera poco, ahora sabía cómo podía clavarle un puñal en la espalda a su padre sin que él sospechara nada.

VII

Cuando remitió aquel primer impulso de maldad, Samantha lamentó amargamente haber invitado a Gavin y Kay a cenar. Se pasó la mañana del viernes bromeando con su ayudante sobre la espantosa velada que la esperaba, pero su humor cayó en picado cuando se fue y dejó a Carly al frente de El Do de Pecho (un nombre que había hecho reír tanto a Howard la primera vez que lo oyó que le había provocado un ataque de asma; Shirley, en cambio, fruncía el entrecejo siempre que alguien lo pronunciaba en su presencia). Mientras volvía en coche a Pagford antes de la hora punta, para comprar los ingredientes que necesitaba y empezar a cocinar, Samantha intentó animarse pensando qué preguntas desagradables podía hacerle a Gavin. Podía sacar el tema, por ejemplo, de por qué Kay no se había ido a vivir con él. No estaría nada mal.

Cuando iba a pie hacia su casa desde la plaza, con varias bolsas de Mollison y Lowe en cada mano, se encontró a Mary Fairbrother junto al cajero automático de la oficina bancaria de Barry.

—Hola, Mary. ¿Cómo estás?

Estaba pálida, delgada y ojerosa. Mantuvieron una conversación extraña y forzada. No habían vuelto a hablar desde el trayecto en la ambulancia, salvo en el funeral, para intercambiar un pésame breve y circunspecto.

—Quería pasar a verte —dijo Mary—. Fuiste tan amable conmigo... y quería darle las gracias a Miles...

—No tienes nada que agradecernos —repuso Samantha con poca naturalidad.

—Ya, pero me gustaría...

—Pues ven cuando quieras, por supuesto...

Cada una siguió su camino, y Samantha tuvo la desagradable sensación de que quizá Mary interpretara que esa noche sería una ocasión perfecta para pasar a verlos un rato.

Ya en casa, dejó las bolsas en el recibidor y llamó a Miles al trabajo para explicarle lo sucedido, pero él mostró una exasperante ecuanimidad ante la perspectiva de que a la cena de cuatro se añadiera una mujer que acababa de enviudar.

—No veo qué problema hay, la verdad —dijo—. A Mary le sentará bien salir un poco.

—Pero es que no le he dicho que venían Gavin y Kay.

—A Mary le cae bien Gav. Yo no me preocuparía mucho.

Samantha pensó que su marido estaba siendo deliberadamente obtuso, sin duda como represalia por su negativa a ir a la mansión Sweetlove. Después de colgar, se planteó llamar a Mary para decirle que no fuera esa noche, pero temió parecer grosera y decidió confiar en que, a la hora de la verdad, no se sintiera con ánimo.

Aún exasperada, fue a la sala y puso el DVD de Libby a todo volumen para oírlo desde la cocina. Luego recogió las bolsas y empezó a preparar un guiso de carne y su postre de emergencia, pastel de chocolate de Misisipi. Habría preferido comprar una de aquellas tartas enormes en Mollison y Lowe, para ahorrarse trabajo, pero así se lo habría puesto en bandeja a Shirley, quien a menudo insinuaba que recurría demasiado a los congelados y la comida preparada.

A esas alturas, Samantha ya se sabía de memoria aquel DVD, de modo que podía visualizar las imágenes que acompañaban la música que oía desde la cocina. Lo había puesto varias veces esa semana, mientras Miles estaba arriba, en su estudio, o hablando por teléfono con Howard. Cuando oyó los primeros compases de la canción en la que salía aquel chico tan musculoso andando con la camisa abierta por la playa, fue a la sala para verlo, sin quitarse el delantal y chupándose distraídamente los dedos pringados de chocolate.

Había pensado darse una larga ducha mientras Miles ponía la mesa, pero había olvidado que él llegaría tarde a casa porque iría a Yarvil a recoger a las niñas en el St. Anne. Cuando cayó en la cuenta de por qué su marido no había vuelto todavía, y de que sus hijas llegarían con él, tuvo que apresurarse para organizar el comedor ella sola, y luego buscar algo que darles de cenar a Lexie y Libby antes de que se presentaran los invitados. A las siete y media llegó Miles y encontró a su mujer aún con la ropa de ir a trabajar, sudorosa, malhumorada y dispuesta a culparlo a él por lo que en realidad había sido idea suya.

Libby, su hija de catorce años, entró en la sala sin saludar a su madre y sacó el disco del reproductor de DVD.

—Uf, menos mal. No sabía dónde lo había metido —dijo—. ¿Por qué está encendida la tele? Mamá, no estarías viendo este DVD...

A veces Samantha pensaba que su hija pequeña se parecía un poco a Shirley.

—Estaba viendo las noticias, Libby. No tengo tiempo para ver DVD. Ven, tu pizza ya está lista. Vienen unos amigos a cenar.

—¿Otra vez pizza congelada?

—¡Miles! Tengo que subir a cambiarme. ¿Puedes preparar el puré de patatas? ¿Miles?

Pero él ya estaba arriba, así que Samantha tuvo que triturar las patatas mientras sus hijas comían en la isla del centro de la cocina. Libby había apoyado el estuche del DVD contra su vaso de Pepsi light y devoraba con los ojos a uno de los miembros del grupo.

—Mikey es supersexy —dijo con un gemido libidinoso que sorprendió a Samantha; pero el chico musculoso se llamaba Jack.

Samantha se alegró de que no les gustara el mismo.

Lexie, en voz alta y segura de sí misma, no paraba de hablar del colegio; vertía un inagotable torrente de información sobre compañeras a las que Samantha no conocía, sobre travesuras, enemistades y reagrupamientos de los que no podía mantenerse al día.

—Bueno, niñas, tengo que ir a cambiarme. Cuando hayáis terminado, recogedlo todo, ¿de acuerdo?

Bajó el fuego del guiso y subió presurosa. En el dormitorio, Miles se estaba abrochando la camisa ante el espejo del armario. La habitación olía a jabón y loción para después del afeitado.

—¿Todo controlado, cariño?

—Sí, gracias. Qué bien que hayas tenido tiempo de ducharte —le soltó Samantha, al tiempo que sacaba del armario su falda larga y su blusa favoritas y cerraba de un portazo.

—Podrías ducharte ahora.

—Llegarán dentro de diez minutos. No me da tiempo a secarme el pelo y maquillarme. —Se descalzó lanzando sendas patadas al aire; un zapato golpeó el radiador produciendo un fuerte ruido—. Cuando hayas acabado de acicalarte, ¿podrías bajar y ocuparte de las bebidas?

Una vez que Miles salió del dormitorio, Samantha intentó desenredarse el pelo y retocarse el maquillaje. No estaba nada contenta con su aspecto. Tras cambiarse, se dio cuenta de que no llevaba el sujetador adecuado para aquella blusa tan ceñida. Se puso a buscar, frenética, el que quería, hasta que recordó que estaba secándose en el lavadero; salió presurosa al rellano, pero entonces sonó el timbre de la puerta. Maldiciendo por lo bajo, volvió al dormitorio. En la habitación de Libby sonaba la música a todo volumen.

Gavin y Kay habían llegado a las ocho en punto porque él temía los comentarios de Samantha si se retrasaban; no lo habría sorprendido que ella hubiera insinuado que habían perdido la noción del tiempo porque estaban echando un polvo o se habían peleado. Por lo visto, Samantha consideraba que una de las ventajas del matrimonio era que te daba derecho a comentar y entrometerte en la vida amorosa de los solteros. También creía que su forma de hablar, necia y desinhibida, sobre todo cuando estaba achispada, denotaba un sentido del humor incisivo.

—¡Hola, hola! —dijo Miles, retrocediendo para que entraran—. Bienvenidos al humilde hogar de los Mollison.

Besó a Kay en las mejillas y le cogió la caja de bombones que llevaba.

—¿Esto es para nosotros? Muchas gracias. Me alegro de conocerte por fin. Gav te ha mantenido en secreto demasiado tiempo.

Miles cogió la botella de vino que Gavin había traído y le dio unas palmadas en la espalda que a éste le molestaron.

—Pasad, pasad. Sam bajará enseguida. ¿Qué os apetece beber?

En circunstancias normales, Kay habría hallado a Miles falsamente amable y demasiado informal, pero se había propuesto suspender el juicio. Cada miembro de una pareja tenía que relacionarse con los amigos del otro y hacer lo posible para llevarse bien con ellos. Esa noche representaba un avance considerable en su campaña para infiltrarse en zonas de la vida de Gavin en las que él nunca la había admitido, y quería demostrarle que se sentía a sus anchas en casa de los Mollison, tan grande y presuntuosa, y que ya no había ningún motivo para excluirla. Así pues, sonrió a Miles, le pidió una copa de vino tinto y admiró el amplio salón con parquet de madera de pino sin barnizar, el sofá con mullidos cojines y las láminas enmarcadas.

—Ya llevamos... hum, creo que catorce años aquí —comentó Miles, ocupado con el sacacorchos—. Tú vives en Hope Street, ¿verdad? Por allí hay casas bonitas, buenas oportunidades para arreglarlas y mejorarlas.

En ese momento apareció Samantha con una sonrisa más bien fría. Kay, que antes sólo la había visto con abrigo, se fijó en su ceñida blusa naranja, bajo la que se apreciaba con detalle el sujetador de blonda. Tenía la cara aún más oscura que el curtido escote; llevaba una gruesa capa de sombra de ojos, lo que no la favorecía nada, y los tintineantes pendientes de oro y las chinelas doradas de tacón alto eran, en opinión de Kay, de pésimo gusto. Le dio la impresión de que Samantha era de esas mujeres que salían de juerga con sus amigas, encontraban divertidísimos los *strip-tease* a domicilio y, borrachas, coqueteaban con las parejas ajenas en las fiestas.

—Hola —saludó Samantha. Besó a Gavin y sonrió a Kay—. Veo que ya tenéis algo de beber. Miles, yo tomaré lo mismo que Kay.

Se dio la vuelta para sentarse, pues ya había podido evaluar el aspecto de aquella mujer: Kay tenía poco pecho y caderas anchas, y seguramente había escogido aquellos pantalones negros para disimular el tamaño de su trasero. En su opinión, debería haber calzado zapatos de tacón, dado lo cortas que tenía las piernas. De cara era bastante guapa: cutis aceitunado y uniforme, grandes ojos oscuros y una boca generosa; sin embargo, el pelo muy corto, a lo chico, y los zapatos planos apuntaban sin duda a ciertos dogmas sagrados. Gavin había vuelto a caer en lo mismo: había escogido a otra mujer dominante y sin sentido del humor que le haría la vida imposible.

—¡Bueno! —dijo alegremente, alzando su copa—. ¡Por Gavin y Kay!

Con satisfacción, vio la mueca de bochorno de Gavin; pero antes de que pudiera avergonzarlo aún más o sonsacarle información personal que luego podría exhibir ante Shirley y Maureen, volvió a sonar el timbre de la puerta.

Mary entró en la sala seguida de Miles; a su lado se la veía frágil y demacrada. La camiseta le colgaba de las prominentes clavículas.

—¡Oh! —exclamó sorprendida, y se detuvo—. No sabía que...

—Gavin y Kay acaban de llegar de visita —explicó Samantha un poco a la desesperada—. Pasa, Mary, por favor. ¿Qué quieres beber?

—Mary, te presento a Kay —dijo Miles—. Kay, ésta es Mary Fairbrother.

—Ah —dijo Kay, desconcertada; creía que en la cena sólo iban a estar ellos cuatro—. Hola, Mary.

Gavin, al darse cuenta de que Mary no había acudido con intención de apuntarse a la cena y se disponía a marcharse por donde había venido, dio unas palmadas en el asiento del sofá; Mary se sentó y esbozó una endeble sonrisa. Él estaba encantado de verla: ya estaba salvado. Hasta Samantha comprendería que su proverbial tendencia a la indiscreción resultaría inadecuada ante una mujer tan desconsolada; además, se había roto la restrictiva simetría del grupo de cuatro.

—¿Cómo estás? —le preguntó en voz baja—. Precisamente pensaba llamarte, porque tengo noticias respecto al seguro...

—¿No tenemos nada para picar, Sam? —preguntó Miles.

Samantha salió de la sala, furiosa con su marido. Nada más abrir la puerta de la cocina, olió a carne quemada.

—¡Oh, no! ¡Mierda, mierda, mierda!

Se había olvidado por completo del guiso y todo el jugo se había consumido. Unos trozos de carne y hortalizas desecados, tristes supervivientes de la catástrofe, reposaban en el chamuscado fondo de la cazuela. Samantha echó más vino y caldo de pollo, desincrustó con una cuchara los trozos adheridos a la cazuela y se puso a remover enérgicamente, acalorada y sudorosa. De la sala de estar le llegó la aguda risa de Miles. Puso un poco de brécol a cocer al vapor, se bebió la copa de vino de un trago, abrió una bolsa de nachos y un tarro de hummus y vació las dos cosas en sendos cuencos.

Cuando volvió a la sala de estar, Mary y Gavin seguían conversando en voz baja en el sofá, mientras Miles le mostraba a Kay una fotografía aérea de Pagford enmarcada y le daba un discurso sobre la historia del pueblo. Dejó los cuencos en la mesa de centro, se sirvió otra copa de vino y se sentó en la butaca sin hacer ningún esfuerzo por participar en una u otra conversación. Era muy violento tener a Mary allí; su dolor era tan palpable que se diría que había entrado arrastrando una mortaja. De todas formas, seguramente se marcharía antes de cenar.

Sin embargo, Gavin estaba decidido a que Mary se quedara. Se pusieron a hablar de los últimos avances en su batalla con la compañía de seguros, y él se sintió más relajado y seguro de sí mismo de lo que normalmente se sentía en presencia de Miles y Samantha. Nadie lo importunaba ni lo trataba con prepotencia, y Miles lo eximía temporalmente de toda responsabilidad respecto a Kay.

—...y justo aquí, justo fuera del encuadre —estaba diciendo Miles, señalando un punto situado unos cinco centímetros fuera del marco de la fotografía—, está la mansión Sweetlove, donde viven los Fawley. Es una gran casa solariega de estilo Reina Ana, con buhardillas, sillares de esquina... Vamos, asombrosa. Deberías visitarla. En verano está abierta al público los domingos. Los Fawley son una familia importante a nivel local.

«¿Sillares de esquina? ¿Una familia importante a nivel local? Por amor de Dios, Miles, mira que eres gilipollas.»

Samantha se levantó de la butaca y regresó a la cocina. El guiso volvía a tener jugo, pero el olor a quemado no había desaparecido. El brécol estaba flácido e insípido; el puré de patatas, frío y reseco. Pero nada de eso le importaba ya; lo pasó todo a unos platos, que colocó bruscamente sobre la mesa redonda del comedor.

—¡La cena está lista! —anunció, asomándose a la sala.

—Ay, tengo que irme —dijo Mary, y se levantó de un brinco—. Yo no...

—¡No, no, no! —saltó Gavin con un tono amable y zalamero que Kay nunca le había oído—. Te sentará bien comer un poco. A los niños no les pasará nada por estar solos una hora.

Miles se mostró de acuerdo, y Mary miró indecisa a Samantha, que no tuvo más remedio que unirse a la opinión de los otros, y acto seguido regresar deprisa al comedor para añadir un cubierto a la mesa.

A continuación, invitó a la reciente viuda a sentarse entre Gavin y Miles, porque ponerla al lado de otra mujer habría subrayado la ausencia de su marido. Kay y Miles habían empezado a hablar de la asistencia social.

—No te envidio —dijo él, mientras le servía un gran cucharón de guiso; Samantha vio cómo la salsa, llena de partículas calcinadas, se extendía por el plato blanco—. Tiene que ser un trabajo muy difícil.

—Bueno, la verdad es que siempre andamos cortos de recursos —expuso Kay—, pero puede llegar a ser gratificante, sobre todo cuando notas que tu intervención sirve de algo.

Y entonces se acordó de los Weedon. La muestra de orina de Terri había dado negativo el día anterior, y Robbie llevaba una semana asistiendo a la guardería. Ese pensamiento la animó y contrarrestó la irritación que le provocaba ver que Gavin seguía dedicándole toda su atención a Mary y no hacía nada por ayudarla a mantener una conversación distendida con sus amigos.

—Tienes una hija, ¿verdad, Kay?

—Sí, se llama Gaia. Tiene dieciséis años.

—La misma que Lexie. Deberían conocerse —comentó Miles.

—¿Estás divorciada? —preguntó Samantha con delicadeza.

—No. El padre de mi hija y yo nunca nos casamos. Éramos novios en la universidad, y rompimos poco después de que naciera la niña.

—Ya. Miles y yo también acabábamos de salir de la universidad —dijo Samantha.

Kay no supo si pretendía establecer una distinción entre ella, una mujer que se había casado con el petulante padre de sus hijas, y Kay, a la que habían dejado. Aunque Samantha no podía saber que Brendan la había abandonado.

—No sé si lo sabes: Gaia va a trabajar para tu padre los fines de semana —le dijo Kay a Miles—. En la nueva cafetería.

A Miles le encantó oír eso. Le producía un enorme placer pensar que Howard y él formaban parte del tejido de aquel lugar hasta tal punto que en Pagford no había nadie que no estuviera conectado con ellos, ya fuera como amigo, cliente o empleado. Gavin, que mascaba con insistencia un trozo de carne correosa que se resistía a la acción de sus dientes, notó un desánimo aún mayor. No se había enterado de que Gaia iba a trabajar para el padre de Miles. Había olvidado que Kay poseía en Gaia otra poderosa arma para anclarse en Pagford. Cuando no estaba a tiro de sus portazos, sus miradas de odio y sus cáusticos comentarios, Gavin casi olvidaba que Gaia tenía una existencia independiente; que no era simplemente un elemento más del incómodo telón de fondo de las sábanas usadas, la comida penosa y las enconadas rencillas, pese a las cuales su relación con Kay avanzaba a trompicones.

—¿Y a Gaia le gusta Pagford? —preguntó Samantha.

—Bueno, es bastante tranquilo comparado con Hackney —admitió Kay—, pero se está adaptando bien.

Tomó un trago de vino para limpiarse la boca después de haber soltado esa descarada mentira. Esa misma noche, antes de salir de casa, habían vuelto a discutir.

(—¿Qué te pasa? —le había preguntado Kay a su hija, que estaba sentada a la mesa de la cocina, encorvada sobre el portátil, con una bata encima de la ropa.

En la pantalla había abiertas cuatro o cinco ventanas de diálogo. Kay sabía que se comunicaba on-line con los amigos que había dejado en Hackney, chicos y chicas a los que, en muchos casos, conocía desde la escuela primaria.

—¡Gaia!

Aquello de negarse a contestar era nuevo y amenazador. Kay estaba acostumbrada a violentas explosiones contra ella y, sobre todo, contra Gavin.

—Estoy hablando contigo, Gaia.

—Ya lo sé. Te oigo.

—Pues, en ese caso, ten la amabilidad de contestarme.

En las ventanas de la pantalla iban apareciendo diálogos impenetrables, salpicados de graciosos iconos que se estremecían y parpadeaban.

—Gaia, ¿quieres hacer el favor de contestarme?

—¿Qué pasa? ¿Qué quieres?

—Te estoy preguntando qué tal día has tenido.

—He tenido un día de mierda. Ayer tuve un día de mierda. Y mañana tendré otro día de mierda.

—¿A qué hora has llegado a casa?

—A la misma de todos los días.

A veces, pese a la edad que tenía, Gaia todavía se mostraba resentida por encontrar la casa vacía cuando volvía del instituto, como si le reprochara a Kay que no estuviera allí para recibirla como una madre perfecta.

—¿Te importaría explicarme por qué te ha ido tan mal?

—Porque me has obligado a vivir en un pueblo de mierda.

Kay se controló para no gritar. Últimamente habían tenido discusiones a gritos que seguramente se habían oído en toda la calle.

—¿Sabes que esta noche salgo con Gavin?

Gaia murmuró algo inaudible.

—¿Cómo dices?

—Digo que no sabía que le gustara invitarte a salir.

—¿Y eso qué se supone que significa?

Pero su hija no contestó; con toda la calma del mundo, tecleó una respuesta en una de las conversaciones que aparecían en la pantalla. Kay vaciló: quería obligarla a hablar y al mismo tiempo le daba miedo lo que pudiera oír.

—Supongo que volveremos hacia medianoche.

Gaia no dijo nada más, y Kay fue al recibidor a esperar a Gavin.)

—Gaia se ha hecho amiga de una chica que también vive en esta calle —le contó Kay a Miles—. ¿Cómo se llama? ¿Narinder?

—Sukhvinder —contestaron Miles y Samantha a la vez.

—Es muy buena niña —terció Mary.

—¿Conoces a su padre? —le preguntó Samantha a Kay.

—No.

—Es cirujano cardiovascular —la informó Samantha, que ya iba por la cuarta copa de vino—. Y está como un tren.

—Ah —dijo Kay.

—Parece una estrella de Bollywood.

A continuación, Samantha se dio cuenta de que ninguno de los presentes se había molestado en decirle que la cena estaba muy rica, que era lo mínimo que exigía la buena educación, aunque estuviera todo incomestible. Ya que no le estaba permitido atormentar a Gavin, decidió fastidiar un poco a Miles.

—Vikram es lo único bueno que tiene vivir en este pueblo de mala muerte, créeme —añadió—. Es el sexo personificado.

—Y su mujer es nuestra médica de cabecera —aportó Miles—, y miembro del concejo parroquial. A ti debe de contratarte la Junta Comarcal de Yarvil, ¿no, Kay?

—Sí —confirmó—. Pero paso la mayor parte del tiempo en los Prados. Técnicamente pertenecen a Pagford, ¿no es así?

«Los Prados no —pensó Samantha—. Por lo que más quieras, no menciones los malditos Prados.»

—¡Ah! —dijo Miles, y esbozó una sonrisa cargada de sarcasmo—. Sí, bueno, técnicamente los Prados pertenecen a Pagford. Técnicamente. Es un tema delicado, Kay.

—¿En serio? ¿Por qué? —se interesó ella con la esperanza de que todos participaran en la conversación, porque Gavin seguía hablando en voz baja con la viuda.

—Verás, es una historia que se remonta a los años cincuenta. —Todo indicaba que Miles iba a embarcarse en un discurso muy bien ensayado—. Yarvil quería extender la urbanización de Cantermill y, en vez de construir hacia el oeste, donde ahora está la autovía...

—¿Gavin? ¿Mary? ¿Otra copa de vino? —terció Samantha interrumpiendo a Miles.

—...fueron muy astutos; compraron los terrenos sin aclarar qué uso iban a darles, y entonces fueron y expandieron la urbanización más allá de su límite territorial, invadiendo el de Pagford.

—¿Cómo es que no mencionas al viejo Aubrey Fawley, Miles? —preguntó Samantha. Por fin había alcanzado ese delicioso grado de embriaguez en que su lengua se volvía malévola, en que perdía el miedo a las consecuencias y se dejaba llevar por las ganas de provocar y fastidiar, sin buscar más que su propia diversión—. La verdad es que el viejo Aubrey Fawley, que era el dueño de todos esos maravillosos pilares de esquina, o lo que fuera que te ha contado mi marido, cerró un trato sin consultar con nadie...

—Sam, eso no es justo —intervino Miles, pero ella no se arredró.

—... vendió los terrenos donde se construyeron los Prados y se embolsó... no sé, creo que cerca de un cuarto de millón...

—No digas tonterías, Sam. ¿En los años cincuenta?

—... pero entonces, al darse cuenta de que todos estaban muy enfadados con él, hizo como si no supiera que aquello podía causar problemas. Un imbécil de clase alta. Y un borracho —añadió Samantha.

—Eso no es verdad —declaró su marido con firmeza—. Para entender bien el problema, Kay, necesitas saber un poco de historia local.

Samantha, con la barbilla apoyada en una mano, fingió que de puro aburrimiento se le resbalaba el codo de la mesa. Kay rió, por mucho que Samantha no le cayera bien, y Gavin y Mary interrumpieron su tranquila conversación.

—Estamos hablando de los Prados —informó Kay con el tono adecuado para recordarle a Gavin que estaba allí y que debería ofrecerle apoyo moral.

Miles, Samantha y Gavin se dieron cuenta a la vez de que era muy poco diplomático sacar a colación el tema de los Prados delante de Mary, ya que ésa había sido la manzana de la discordia entre Barry y Howard.

—Por lo visto es un tema delicado en este pueblo —dijo Kay, decidida a que Gavin expresara su opinión, a obligarlo a comprometerse.

—Hum —dijo él, y se volvió hacia Mary—: ¿Cómo le va a Declan con el fútbol?

La cólera de Kay se avivó: quizá Mary hubiera enviudado recientemente, pero el interés de Gavin parecía desproporcionado. La velada no estaba transcurriendo como había imaginado: una reunión amistosa de cuatro personas, en la que Gavin iba a admitir que ellos dos eran una pareja en toda regla; sin embargo, nadie que los hubiera visto allí habría pensado que entre los dos existiera algo más que una amistad superficial. Además, la comida estaba malísima. Kay dejó los cubiertos en el plato, donde tres cuartas partes de su ración permanecían intactas (un detalle que a Samantha no le pasó por alto), y volvió a dirigirse a Miles.

—¿Tú te criaste en Pagford?

—Me temo que sí —contestó, y sonrió con suficiencia—. Nací en el viejo hospital Kelland, al final de la calle. Lo cerraron en los años ochenta.

—¿Y tú, Saman...?

La interpelada contestó antes de que hubiera terminado la pregunta:

—No, por Dios. Yo estoy aquí por accidente.

—Perdona, pero no sé a qué te dedicas.

—Tengo un negocio de...

—Vende sujetadores de talla gigante —se le adelantó Miles.

Samantha se levantó bruscamente y fue a buscar otra botella de vino. Cuando volvió a la mesa, Miles estaba contándole a Kay la graciosa anécdota, sin duda destinada a ilustrar que en Pagford todo el mundo se conocía, de aquella noche en que iba conduciendo y lo paró un policía que resultó ser un viejo amigo de la escuela primaria. Samantha encontró tremendamente aburrida la representación detallada de las bromitas que se habían gastado Steve Edwards y él. Mientras se desplazaba alrededor de la mesa para rellenar las copas, observó la adusta expresión de Kay; era evidente que la asistente social no consideraba que conducir bajo los efectos del alcohol fuera cosa de risa.

—...Steve sujetaba el alcoholímetro y yo estaba a punto de soplar, y de repente nos echamos a reír a carcajadas. Su compañero no tenía ni idea de qué estaba pasando; hacía así —Miles imitó a un hombre que vuelve la cabeza a uno y otro lado, perplejo—, y Steve se desternillaba, se meaba encima, porque recordaba muy bien la última vez que había sujetado algo para que yo soplara, veinte años atrás, y...

—Era una muñeca hinchable —aclaró Samantha sin sonreír, y se dejó caer en la silla al lado de su marido—. Miles y Steve la metieron en la cama de los padres de su amigo Ian en la fiesta de su decimoctavo cumpleaños. Total, al final a Miles le pusieron una multa de mil libras y le quitaron tres puntos del carnet, porque era la segunda vez que lo pillaban conduciendo por encima del límite permitido. Es para morirse de risa.

La sonrisa de Miles se le quedó en suspenso, como un triste globo olvidado después de una fiesta. Fue como si una fría brisa atravesara el comedor, que quedó transitoriamente en silencio. Pese a que Miles parecía un pelmazo, Kay estaba de su parte: era el único de los comensales que se mostraba remotamente dispuesto a facilitarle la entrada en la vida social de Pagford. Así pues, optó por volver al tema con que Miles parecía sentirse más cómodo, sin sospechar que fuera inapropiado hablar de él en presencia de Mary.

—La verdad es que los Prados es un barrio duro —dijo—. He trabajado en zonas urbanas deprimidas; no esperaba encontrar esa clase de privaciones en una zona rural, pero los Prados no es muy distinto de lo que se ve en Londres. Bueno, hay menos diversidad étnica, por supuesto.

—Sí, desde luego, aquí también tenemos adictos y maleantes —replicó Miles—. Me parece que no puedo más, Sam —añadió, y apartó su plato, en el que todavía había una cantidad considerable de comida.

La anfitriona empezó a recoger la mesa, y Mary se levantó para ayudarla.

—No, no te muevas, Mary. Tú relájate —dijo Samantha.

Gavin también se levantó e insistió caballerosamente en que Mary volviera a sentarse, lo que a Kay le dio mucha rabia; pero Mary se obstinó igualmente.

—Estaba todo muy bueno, Sam —dijo Mary en la cocina mientras tiraban casi toda la comida al cubo de la basura.

—Qué va, estaba asqueroso —replicó Samantha. Al levantarse se había dado cuenta de lo borracha que estaba—. ¿Qué opinas de Kay?

—No lo sé. No es como yo esperaba.

—Pues es exactamente como yo esperaba. —Cogió los platos de postre—. Si quieres que te diga la verdad, a mí me parece otra Lisa.

—Ay, no, no digas eso. Gavin se merece algo mejor.

Ése era un punto de vista novedoso para Samantha, quien opinaba que la blandura de Gavin merecía un castigo permanente.

Volvieron al comedor y encontraron a Kay y Miles enfrascados en una animada conversación, y a Gavin sentado en silencio.

—...descargarse de la responsabilidad, lo que a mí me parece bastante egocéntrico y autocomplaciente...

—Mira, qué interesante que utilices la palabra «responsabilidad» —dijo Miles—, porque creo que ése es el meollo del asunto, ¿no te parece? La cuestión es: ¿dónde exactamente trazamos la línea divisoria?

—Más allá de los Prados, por lo visto. —Kay rió, condescendiente—. Lo que tú propones es trazar una línea divisoria bien clara entre las clases medias de propietarios y las clases trabajadoras...

—Pagford está lleno de trabajadores, Kay; la diferencia es que la mayoría trabaja. ¿Sabes qué proporción de habitantes de los Prados vive a costa de las prestaciones sociales? Hablas de responsabilidad, pero ¿qué ha pasado con la responsabilidad individual? Hace años que los admitimos en la escuela del pueblo: son niños en cuyas familias no hay ni un solo miembro que trabaje; el concepto de ganarse el sustento les resulta completamente ajeno; hay generaciones enteras de gente que no trabaja, y se supone que tenemos que costeárselo todo...

—Y la solución que propones tú consiste en trasladarle el problema a Yarvil, sin analizar la coyuntura subyacente...

—¿Pastel de chocolate de Misisipi? —preguntó Samantha.

Gavin y Mary recibieron sus porciones y dieron las gracias; Kay, para irritación de Samantha, se limitó a levantar su plato como si ésta fuera una camarera; toda su atención estaba concentrada en Miles.

—...la clínica para toxicómanos, que es absolutamente imprescindible, aunque por lo visto hay un grupo de gente presionando para que la cierren...

—Ah, bueno, si te refieres a Bellchapel —Miles negó con la cabeza con una sonrisita de suficiencia—, espero que te hayas estudiado bien el porcentaje de éxitos, Kay. Patético, la verdad. Francamente patético. He visto las cifras, precisamente estaba repasándolas esta mañana, y no te voy a mentir: cuanto antes la cierren...

—¿Y a qué te refieres en concreto?

—Al porcentaje de éxitos, Kay, ya te lo he dicho: el número de personas que han dejado de consumir drogas, que se han rehabilitado...

—Lo siento, pero ése es un punto de vista muy ingenuo. Si pretendes juzgar el éxito sólo por...

—Pero ¿me quieres explicar de qué otra manera tenemos que juzgar el éxito de una clínica para drogodependientes? —la interrumpió Miles con tono de incredulidad—. Que yo sepa, lo único que hacen en Bellchapel es repartir metadona, que la mitad de sus pacientes, además, consumen combinada con heroína.

—El problema de la adicción es sumamente complejo, y sería ingenuo y simplista reducirlo a términos de consumidores y no consu...

Pero Miles negaba con la cabeza y sonreía; Kay, que hasta ese momento se había divertido con su duelo verbal con aquel abogado tan ufano, se enfureció de pronto.

—Pues mira, puedo ponerte un ejemplo muy concreto de lo que hace Bellchapel: una familia con la que trabajo, una madre con una hija adolescente y un niño pequeño. Si la madre no tomara metadona, estaría en la calle buscando cómo pagarse la adicción. Sus hijos están muchísimo mejor...

—Los niños estarían muchísimo mejor lejos de su madre, por lo que cuentas —la interrumpió Miles.

—¿Y adónde los llevamos, según tú?

—A una casa de acogida decente. Sería un buen principio.

—¿Sabes cuántas casas de acogida hay y cuántos niños que las necesitan? —replicó Kay.

—La mejor solución habría sido darlos en adopción al nacer...

—Fabuloso. Espera, que me monto en mi máquina del tiempo.

—Pues nosotros conocemos a una pareja que estaban desesperados por adoptar —intervino Samantha, tomando sorprendentemente partido por Miles.

No pensaba perdonarle a Kay su forma grosera de tenderle el plato de postre; aquella mujer era combativa y condescendiente, exactamente igual que Lisa, quien solía monopolizar las reuniones con sus opiniones políticas y su trabajo de abogada especializada en derecho de familia, y despreciaba a Samantha por tener una tienda de sostenes.

—Adam y Janice —le recordó a Miles en un paréntesis, y él asintió con la cabeza—. Y no había forma de que les dieran un bebé, ¿verdad?

—Ya, un bebé —dijo Kay, y puso los ojos en blanco—, todo el mundo quiere un bebé. Robbie tiene casi cuatro años. Todavía usa pañales, tiene un retraso evolutivo considerable y casi con toda seguridad ha presenciado escenas de sexo. ¿Crees que a vuestros amigos les gustaría adoptarlo?

—Pero el caso es que si se lo hubieran quitado a su madre cuando nació...

—Cuando el niño nació, ella había dejado las drogas y estaba avanzando mucho —replicó Kay—. Lo quería y quería quedárselo, y en ese momento estaba en condiciones de satisfacer las necesidades del niño. Ya había criado a Krystal, con un poco de apoyo familiar...

—¡¿Krystal?! —exclamó Samantha—. ¡Dios mío! ¿Estamos hablando de los Weedon?

Kay se horrorizó por haber mencionado un nombre; en Londres no habría tenido importancia, pero por lo visto era cierto que en Pagford todo el mundo se conocía.

—Lo siento, no debería...

Pero Miles y Samantha se estaban riendo, y Mary parecía tensa. Kay, que no había tocado su pastel y apenas había probado el plato principal, se dio cuenta de que había bebido demasiado vino para calmar los nervios, y ahora había cometido una indiscreción grave. Sin embargo, era demasiado tarde para arreglarlo; la rabia que sentía anulaba cualquier otra consideración.

—Krystal Weedon no es precisamente un ejemplo de la capacidad de una madre para criar a sus hijos —observó Miles.

—Krystal hace todo lo que puede por mantener unida a su familia —replicó Kay—. Adora a su hermanito y la aterra pensar que puedan llevárselo...

—Yo no dejaría sola a Krystal Weedon ni vigilando cómo se cuece un huevo —opinó Miles, y Samantha volvió a reír—. Ya sé que dice mucho en su favor que quiera a su hermano, pero el niño no es ningún muñeco de peluche...

—Sí, ya lo sé —le espetó Kay al recordar el trasero sucio y lleno de costras de Robbie—, pero lo quieren.

—Krystal le hacía *bullying* a nuestra hija Lexie —dijo Samantha—, así que nosotros conocemos una faceta suya diferente de la que te muestra a ti.

—Mira, todos sabemos que Krystal ha tenido mala suerte —continuó Miles—, eso no lo niega nadie. La que me saca de quicio es su madre drogadicta.

—Pues la verdad es que ahora está respondiendo muy bien al programa de Bellchapel.

—Pero con su historial —dijo Miles—, no hay que ser licenciado en física cuántica para saber que recaerá, ¿no?

—Si aplicas esa regla a todo, tú no deberías tener carnet de conducir —le soltó Kay—, porque con tu historial seguro que volverás a conducir borracho.

Miles se quedó pasmado un instante, pero Samantha respondió con frialdad.

—Me parece que eso no tiene nada que ver.

—¿Ah, no? Pues es el mismo principio —objetó Kay.

—Bueno, sí, aunque a veces los principios son el problema —aportó Miles—. A menudo lo que hace falta es un poco de sentido común.

—Que es como suele llamar la gente a sus prejuicios —remachó Kay.

—Según Nietzsche —se oyó una nueva y aguda voz que sobresaltó a todos—, la filosofía es la biografía del filósofo.

Plantada ante la puerta que daba al recibidor, había una Samantha en miniatura, una chica de pecho abundante, de unos dieciséis años, con vaqueros ajustados y camiseta de manga corta; estaba comiendo un puñado de uvas y parecía muy satisfecha de sí misma.

—Os presento a Lexie —dijo Miles con orgullo—. Gracias por tu aportación, genio.

—De nada —respondió Lexie con descaro, y desapareció escaleras arriba.

Un pesado silencio se abatió sobre la mesa. Sin saber muy bien por qué, Samantha, Miles y Kay miraron a la vez a Mary, que parecía al borde de las lágrimas.

—Café —dijo Samantha, y se levantó de un brinco.

Mary fue al cuarto de baño.

—¿Por qué no pasamos al salón? —propuso Miles, consciente de que el ambiente se había cargado un poco, pero convencido de que con unas cuantas bromas y su habitual cordialidad conseguiría restaurar la armonía entre todos—. Traed vuestras copas.

Los argumentos de Kay no habían alterado las convicciones de Miles más de lo que una leve brisa podría haber movido una roca; sin embargo, no le tenía antipatía a la chica, sino más bien lástima. Él era el que menos afectado estaba por el constante rellenar de las copas, pero al llegar a la sala reparó en lo llena que tenía la vejiga.

—Ponte un poco de música, Gav; voy a buscar esos bombones.

Pero Gavin no hizo ademán de moverse hacia los montones de CD dispuestos verticalmente en estilizados soportes de metacrilato. Parecía estar esperando a que Kay se metiera con él. Y en efecto, nada más perderse de vista Miles, Kay dijo:

—Bueno, muchas gracias, Gav. Gracias por tu apoyo.

Él había bebido aún con mayor avidez que ella durante toda la cena; había celebrado por su cuenta que, al fin y al cabo, no lo habían acabado sacrificando en el circo de gladiadores particular de Samantha. Miró a Kay a los ojos, envalentonado no sólo por el vino, sino también porque desde hacía una hora Mary lo estaba tratando como si fuera alguien importante, informado y que sabía brindar apoyo.

—Me ha parecido que te las apañabas muy bien tú solita —comentó.

Y ciertamente, lo poco que se había permitido oír de la discusión entre Kay y Miles le había producido una intensa sensación de *déjà-vu*; si no hubiera tenido a Mary para distraerse, se habría imaginado de vuelta en aquella famosa noche en ese mismo comedor, cuando Lisa le había dicho a Miles que era la personificación de todo lo malo de la sociedad, él se había reído en su cara y ella había perdido los estribos y no había querido quedarse a tomar el café. Poco después, Lisa le confesó a Gavin que se acostaba con uno de los socios de su bufete y le aconsejó que se hiciera unos análisis para ver si tenía clamidia.

—No conozco a esta gente —se defendió Kay—, y tú no has movido ni un dedo para facilitarme las cosas.

—¿Qué querías que hiciera? —Gavin estaba asombrosamente sereno, protegido tanto por el inminente regreso de Mary y los Mollison como por el Chianti ingerido—. No quería discutir sobre los Prados. Me tienen sin cuidado los Prados. Además —agregó—, es un tema delicado para hablarlo delante de Mary; Barry estaba luchando en el concejo para que los Prados siguieran formando parte de Pagford.

—Y entonces, ¿por qué no me has dicho nada? ¿Por qué no me has dado una pista?

Gavin se rió, exactamente como había hecho Miles. Antes de que ella replicase, volvieron los demás, como unos Reyes Magos cargados de ofrendas: Samantha con una bandeja con tazas, seguida de Mary con la cafetera y Miles con los bombones de Kay. El vistoso lazo dorado de la caja le recordó lo optimista que se sentía respecto a la cena de esa noche cuando los compró. Miró hacia otro lado para esconder su rabia; se moría por gritarle a Gavin y, además, de pronto tenía unas desconcertantes ganas de llorar.

—Lo he pasado muy bien —oyó decir a Mary con una voz quebrada que parecía indicar que ella también estaba al borde del llanto—, pero no me quedaré a tomar café. No quiero volver muy tarde; Declan está un poco... un poco afectado todavía. Muchas gracias, Sam. Gracias, Miles. Me ha encantado... bueno, no sé... salir un rato.

—Te acompaño hasta tu ca... —empezó Miles, pero Gavin lo interrumpió sin sombra de vacilación:

—Tú quédate donde estás, Miles, ya la acompaño yo. Iré contigo hasta el final de la calle, Mary. Allí arriba está muy oscuro. Sólo serán cinco minutos.

Kay casi no podía respirar; todo su ser estaba concentrado en odiar al displicente Miles, a la ordinaria Samantha y a la frágil y abatida Mary, pero sobre todo a Gavin.

—Ah, sí —se oyó decir al ver que todos la miraban como pidiéndole permiso—. Sí, Gav, acompaña a Mary a su casa.

Oyó cerrarse la puerta de la calle. Gavin se había ido.

Miles le sirvió café. Ella vio brotar el chorro de líquido negro y caliente, y fue repentina y dolorosamente consciente de lo que había arriesgado al poner su vida a disposición de aquel hombre que se alejaba en la oscuridad con otra mujer.

VIII

Colin Wall vio pasar a Gavin y Mary por debajo de la ventana de su estudio. Reconoció de inmediato la silueta de ella, pero tuvo que entornar los ojos para identificar al hombre larguirucho que iba a su lado, antes de que salieran del área de luz de la farola. Sin levantarse del todo de la silla de trabajo, se quedó boquiabierto mirando las dos figuras, que acabaron desapareciendo en la oscuridad.

Se sintió escandalizado, pues había dado por hecho que Mary se había recluido en una especie de *purdah*; que sólo recibía a mujeres en el santuario de su casa, entre ellas a Tessa, que todavía iba a verla de vez en cuando. Jamás se le había ocurrido que Mary pudiera salir por ahí de noche, y menos con un hombre. Se sintió traicionado, como si Mary estuviera poniéndole los cuernos a cierto nivel espiritual.

¿Había permitido Mary que Gavin viera el cadáver de Barry? ¿Pasaba Gavin las tardes sentado en la butaca favorita de Barry junto al fuego? ¿Eran Gavin y Mary...? ¿Serían...? Al fin y al cabo, esas cosas ocurrían todos los días. Quizá... quizá incluso antes de la muerte de Barry.

Colin vivía perpetuamente horrorizado por la lamentable condición moral de sus semejantes. En lugar de esperar a que la verdad perforara como una bala sus delirantes e inocentes ideas, procuraba protegerse de los sobresaltos a base de imaginar siempre lo peor: espeluznantes visiones de depravación y traición. Para Colin, la vida era una larga preparación contra el dolor y el desengaño, y todos, salvo su mujer, eran enemigos hasta que se demostrara lo contrario.

Estuvo tentado de bajar a contarle a Tessa lo que acababa de ver, ya que tal vez ella pudiera ofrecerle una explicación inocente del paseo nocturno de Mary, y asegurarle que la viuda de su mejor amigo siempre había sido fiel a su marido y seguía siéndolo. Pero contuvo ese impulso porque estaba enfadado con Tessa.

¿Por qué demostraba ella tan poco interés por su próxima candidatura al concejo? ¿No se daba cuenta de que lo dominaba la ansiedad desde que había enviado sus formularios? Si bien había previsto sentirse así, eso no disminuía el dolor, al igual que las consecuencias de que a uno lo atropellara un tren no serían menos devastadoras por haberlo visto acercarse por la vía; sencillamente, Colin sufría dos veces: cuando se anticipaba y cuando sucedía lo anticipado.

Sus nuevas fantasías, dignas de la peor pesadilla, giraban alrededor de los Mollison y de cómo seguramente lo atacarían. Refutaciones, explicaciones y atenuantes pasaban continuamente por su cabeza. Se veía ya asediado, defendiendo su reputación. El punto de paranoia siempre presente en las relaciones de Colin con el mundo se estaba agudizando y, entretanto, Tessa fingía ser ajena a todo eso y no hacía nada por ayudarlo a aliviar esa presión espantosa y apabullante.

Sabía que su mujer no creía conveniente que se presentara. Quizá también la aterraba pensar que Howard Mollison pudiera abrir de un tajo la abultada tripa del pasado de ella y Colin y derramar sus repugnantes secretos para que todos los buitres de Pagford se dieran un festín.

Colin ya había hecho algunas llamadas a las personas con cuyo apoyo había contado Barry. Lo había sorprendido y animado que ninguna de ellas hubiera cuestionado su trayectoria ni lo hubiera interrogado sobre temas candentes. Todos sin excepción habían expresado lo mucho que sentían la pérdida de Barry y lo mal que les caía Howard Mollison, o «ese fantoche de mierda», como lo había descrito uno de los votantes más espontáneos. «Quiere enchufar a su hijo como sea. Cuando se enteró de la muerte de Barry casi no podía disimular la sonrisa.» Colin, que había recopilado una lista de puntos clave para una argumentación pro-Prados, no había necesitado consultarla ni una vez. De momento, su principal baza como candidato parecía ser su amistad con Barry, y el hecho de no apellidarse Mollison.

Su cara, en tamaño reducido y en blanco y negro, le sonreía desde la pantalla del ordenador. Llevaba toda la tarde allí sentado, intentando componer su panfleto electoral, para el que había decidido utilizar la misma fotografía que aparecía en la web de Winterdown: su rostro en primer plano, con una sonrisa un tanto anodina y la frente alta y reluciente. Esa imagen tenía a su favor que ya se había sometido a las miradas públicas, y de momento no le había acarreado el ridículo ni la ruina, lo que constituía una buena señal. Pero bajo el retrato, en el espacio destinado a la información personal, sólo había un par de frases provisionales. Colin llevaba casi dos horas escribiendo palabras para luego borrarlas; en cierto momento había conseguido redactar un párrafo entero, pero lo había eliminado pulsando una y otra vez la tecla de borrado con un nervioso dedo índice.

Cuando la indecisión y la soledad se le hicieron insoportables, se levantó y bajó a la sala. Encontró a Tessa tumbada en el sofá, aparentemente dormida, y el televisor encendido.

—¿Cómo va? —preguntó ella, adormilada, al abrir los ojos.

—Acaba de pasar Mary. Iba por la calle con Gavin Hughes.

—Ah, sí. Antes me ha comentado algo de que iba a casa de Miles y Samantha. Gavin debía de estar allí. Seguramente la habrá acompañado a su casa.

Colin se quedó perplejo. ¿Que Mary había ido a ver a Miles, el hombre que aspiraba a ocupar el lugar de su marido y se oponía a todo aquello por lo que Barry había luchado?

—¿Y qué demonios hacía en casa de los Mollison?

—Ellos la acompañaron al hospital, ya lo sabes —respondió Tessa; se incorporó, soltó un débil gruñido y estiró sus cortas piernas—. Todavía no había hablado con ellos. Quería darles las gracias. ¿Has terminado el panfleto?

—Ya casi estoy. Mira, lo de la información... no sé, ¿qué crees que debo poner? ¿Cargos anteriores? ¿O limitarme a hablar de Winterdown?

—Supongo que basta con que menciones dónde trabajas ahora. Pero ¿por qué no se lo preguntas a Minda? Ella... —soltó un bostezo—, ella ya lo ha hecho.

—Ya. —Se quedó esperando al lado de Tessa, pero ella no le ofreció su ayuda, ni siquiera le pidió que le dejara leer lo que había escrito—. Sí, buena idea —dijo elevando la voz—. Le pediré a Minda que le eche un vistazo.

Tessa gruñía mientras se masajeaba los tobillos y Colin abandonó la sala herido en su orgullo. Era imposible que su mujer comprendiera cómo se encontraba, lo poco que dormía, lo encogido que tenía el estómago.

En realidad, cuando él había aparecido en la sala, Tessa se había hecho la dormida, pues los pasos de Mary y Gavin la habían despertado hacía diez minutos.

No conocía muy bien a Gavin, que era quince años más joven que Colin y ella, aunque lo que había impedido que intimaran más con él era la tendencia de su marido a sentir celos de los otros amigos de Barry.

—Se ha portado muy bien con lo del seguro —le había contado Mary ese mismo día por teléfono—. Llama a la compañía cada día, por lo que veo, e insiste en que no debo preocuparme por los gastos. Dios mío, Tessa, si no me pagan...

—Estoy convencida de que Gavin lo arreglará todo —la había tranquilizado ella.

Sentada en el sofá, sedienta y con los músculos entumecidos, pensó que habría sido buena idea invitar a Mary a su casa, para hacerla salir un poco y asegurarse de que se alimentaba; pero había una barrera insuperable: Mary encontraba difícil a Colin, no se relajaba en su presencia. Esta realidad, incómoda y hasta la fecha oculta, había ido surgiendo poco a poco tras el deceso de Barry, como restos flotantes de un naufragio revelados por el reflujo de la marea. Era evidente que a Mary sólo le interesaba Tessa; rechazaba cualquier ofrecimiento de ayuda por parte de Colin y evitaba hablar demasiado con él por teléfono. Durante años se habían visto a menudo los cuatro y Mary nunca había manifestado su antipatía: seguramente el buen humor de Barry la encubría.

Tessa tenía que afrontar las nuevas circunstancias con extrema delicadeza. Había conseguido persuadir a Colin de que Mary se sentía más a gusto en compañía de otras mujeres. En el funeral no había estado suficientemente atenta y, cuando salían todos de St. Michael, Colin le había tendido una emboscada a Mary y había intentado explicarle, entre incontrolables sollozos, que pensaba presentarse para ocupar la plaza de Barry en el concejo y así continuar la obra de su amigo, para asegurarse de que se imponía póstumamente. Tessa había distinguido sorpresa e indignación en la cara de Mary y se había llevado a su marido de allí.

Desde ese día, Colin había declarado un par de veces su propósito de ir a ver a Mary y enseñarle todo el material relacionado con las elecciones, para preguntarle si Barry lo habría aprobado; incluso había mencionado su intención de pedirle consejo sobre cómo habría enfocado Barry el proceso de la campaña electoral. Al final, Tessa le había dicho, con firmeza, que no debía dar la lata a Mary con el concejo parroquial. Eso lo molestó, pero Tessa consideró que era preferible que se enfadara con ella a que agravara la aflicción de Mary, o que la incitara a rechazarlo, como había ocurrido cuando manifestó su deseo de despedirse del cadáver de Barry.

—¡Los Mollison! ¡Precisamente! —dijo Colin cuando volvió a la sala con una taza de té. No le había ofrecido una a

Tessa; su egoísmo se revelaba a menudo en esos detalles, vivía demasiado enfrascado en sus propias preocupaciones para fijarse en los demás—. ¡Como si no hubiera nadie más con quien cenar! Pero ¡si ellos se oponían a todo lo que representaba Barry!

—No te pongas melodramático, Col. Además, Mary nunca se interesó por los Prados tanto como Barry.

Pero el concepto del amor de Colin implicaba una fidelidad ilimitada y una tolerancia infinita: Mary había perdido irreparablemente su estima.

IX

—¿Y tú adónde vas? —preguntó Simon, plantándose en medio del pequeño recibidor.

La puerta de la calle estaba abierta y el intenso sol de la mañana del sábado entraba por el porche acristalado a espaldas de Simon, lleno de zapatos y abrigos, reduciéndolo a una silueta. Su sombra, ondulada, se extendía por la escalera justo hasta el peldaño en que se encontraba Andrew.

—A la ciudad. Con Fats.

—¿Has terminado todos los deberes?

—Sí. —Era mentira, pero Simon no se molestaría en comprobarlo.

—¿Ruth? ¡Ruth!

Ruth se asomó por la puerta de la cocina, con el delantal puesto, las mejillas coloradas y las manos manchadas de harina.

—¿Qué?

—¿Necesitamos algo de la ciudad?

—¿Cómo? No, creo que no.

—¿Coges mi bicicleta? —le preguntó Simon a Andrew.

—Sí, pensaba...

—¿Vas a dejarla en casa de Fats?

—Sí.

—¿A qué hora queremos que vuelva? —preguntó Simon mirando a su mujer.

—Ay, no lo sé, Simon —contestó ella, impaciente.

Su marido le resultaba más irritante aún cuando, incluso de buen humor, empezaba a dar órdenes sólo por gusto. Andrew y Fats iban a menudo juntos a la ciudad, y se daba por supuesto que Andrew volvería antes del anochecer.

—Entonces, a las cinco en punto —impuso arbitrariamente—. Si te retrasas, te quedas sin salir.

—Vale —dijo Andrew.

Tenía la mano derecha en el bolsillo de la chaqueta y, en el puño, un papel doblado que sujetaba con ansia, como si se tratara de una granada activada. El miedo a perder ese papel, donde había anotado meticulosamente cifras, letras y símbolos, así como varias frases con tachaduras, corregidas una y otra vez, lo había atormentado toda una semana. Lo llevaba siempre encima, y dormía con él metido en la funda de la almohada.

Simon apenas se apartó y Andrew tuvo que pasar de lado para salir al porche, sin soltar el papel. Temía que le exigiera vaciar los bolsillos para comprobar si llevaba cigarrillos.

—Bueno, adiós.

Su padre no contestó. Andrew se dirigió al garaje y, una vez allí, sacó la nota, la desdobló y la leyó. Sabía que no estaba siendo racional, que lo que había anotado allí no podía modificarse por arte de magia a causa de la mera proximidad de Simon, pero aun así, quiso asegurarse. Tras comprobar que todo estaba bien, volvió a doblarla y se la metió en el fondo del bolsillo, que se cerraba con un corchete; entonces sacó la bicicleta de carreras del garaje y salió por la cancela hasta el camino. Sabía que su padre lo observaba a través de la puerta de cristal del recibidor, y estaba seguro de que le habría encantado verlo caerse o causarle algún desperfecto a la bicicleta.

Pagford se extendía allá abajo, algo neblinoso al débil sol primaveral; se respiraba un aire frío y penetrante. Andrew supo que había llegado al sitio donde Simon ya no podía verlo desde la casa porque sintió como si le quitaran un peso de los hombros.

Bajó como un rayo por la colina hasta Pagford, sin tocar los frenos, y torció por Church Row. Cuando llegó hacia la mitad de la calle, redujo la velocidad y entró pedaleando con decoro en el sendero de la casa de los Wall, esquivando con cuidado el coche de Cuby.

—Hola, Andy —lo saludó Tessa al abrirle la puerta.

—Hola, señora Wall.

Andrew aceptaba la opinión generalizada de que los padres de Fats eran ridículos. Tessa era regordeta y sin encanto, llevaba un peinado extraño y su forma de vestir daba vergüenza ajena, mientras que Cuby era ansioso hasta un extremo cómico; sin embargo, Andrew sospechaba que, si los Wall hubieran sido sus padres, seguramente no se habría llevado demasiado mal con ellos. Eran tan civilizados, tan cordiales... En su casa nunca tenía la sensación de que el suelo podía ceder en el momento menos pensado y sumergirlo en el caos.

Fats estaba sentado en el primer peldaño de la escalera, poniéndose las zapatillas de deporte. Del bolsillo de la pechera de su chaqueta asomaba un paquete de tabaco de liar.

—Arf.

—Fats.

—¿Quieres dejar la bicicleta de tu padre en el garaje, Andy?

—Sí, gracias, señora Wall.

(Tessa siempre pronunciaba aquel «tu padre» con cierta formalidad. Andrew sabía que ella detestaba a Simon, y ésa era una de las razones por las que a él no le importaba pasar por alto aquella ropa holgada y horrible que llevaba, ni aquel flequillo tan poco favorecedor.

La antipatía de Tessa se remontaba a un horroroso incidente ocurrido años atrás, cuando Fats, a la sazón de seis años, fue a pasar la tarde del sábado a Hilltop House por primera vez. Intentando coger unas raquetas de bádminton guardadas en el garaje, ambos amigos se encaramaron a una caja y, sin querer, tiraron el contenido de un estante desvencijado.

Andrew todavía recordaba el instante en que la lata de creosota se estrelló contra el capó del coche y se abrió; y el terror que sintió y su incapacidad para hacerle entender a su risueño amigo la que se habían buscado.

Simon oyó el ruido e irrumpió en el garaje con su mentón por delante y emitiendo aquel gruñido animal; a continuación, se puso a gritarles y amenazarlos con terribles castigos físicos, con los puños apretados a escasos centímetros de sus caritas, mientras ellos lo miraban con los ojos como platos.

Fats se orinó encima. El chorro resbaló por sus piernas y formó un charquito en el suelo del garaje. Ruth, que había oído los gritos desde la cocina, salió corriendo para intervenir: «No, Simon... Simon, no... Ha sido sin querer.» Fats estaba pálido y temblaba; quería marcharse a su casa, quería a su mamá.

Cuando llegó Tessa, Fats corrió hacia ella con los pantalones empapados, sollozando. Fue la única vez en su vida que Andrew vio a su padre quedarse sin saber qué decir, echarse atrás. Tessa se las ingenió para transmitir una rabia intensa sin levantar la voz, sin amenazar, sin golpear. Extendió un cheque y se lo puso a Simon en la mano, mientras Ruth repetía: «No, por favor, no hace falta, no hace falta.» Simon la siguió hasta el coche tratando de quitarle importancia a lo ocurrido, pero Tessa lo miró con desprecio mientras ponía a Fats, aún sollozante, en el asiento del pasajero, y luego cerró la puerta del conductor en la cara todavía sonriente de Simon. Andrew se fijó en la expresión de sus padres: además de llevarse a Fats,

Tessa se llevaba consigo, colina abajo, un secreto que solía permanecer oculto en la casa de la cima de la colina.)

Ahora, Fats intentaba complacer a Simon. Cuando subía a Hilltop House, se tomaba la molestia de hacerlo reír; y a cambio, Simon lo recibía bien, disfrutaba con sus chistes más groseros, le pedía que le contara sus últimas travesuras. Sin embargo, a solas con Andrew, se mostraba completamente de acuerdo en que Simon era un hijoputa de 24 quilates categoría A.

—Yo creo que es tortillera —dijo Fats cuando pasaron por delante de la antigua vicaría, oscura bajo la sombra del pino escocés y con la fachada recubierta de hiedra.

—¿Quién, tu madre? —preguntó Andrew, que iba ensimismado en sus pensamientos y no le hacía mucho caso.

—Pero ¿qué dices, tío? —saltó Fats, profundamente ofendido—. ¡No, imbécil! ¡Sukhvinder Jawanda!

—Ah, sí. Ya.

Andrew rió, y Fats también, aunque un momento más tarde.

El autobús de Yarvil iba muy lleno; Andrew y Fats tuvieron que sentarse uno al lado del otro y no ocupando dos asientos dobles, como les gustaba. Al pasar por el final de Hope Street, Andrew echó un vistazo a la calle, pero estaba desierta. No se había encontrado a Gaia fuera del instituto desde la tarde en que ambos habían conseguido el empleo en La Tetera de Cobre. La cafetería abriría el fin de semana siguiente; Andrew se ponía eufórico cada vez que lo pensaba.

—Simoncete ya ha puesto en marcha la campaña electoral, ¿no? —preguntó Fats mientras liaba un cigarrillo. Tenía una de sus largas piernas cruzada en el pasillo, y la gente pasaba por encima en lugar de pedirle que se moviera—. Cuby ya está cagado, y eso que sólo ha empezado a redactar el panfleto.

—Sí, anda muy ocupado —dijo Andrew, y soportó sin pestañear una oleada de pánico en la boca del estómago.

Pensó en sus padres sentados a la mesa de la cocina, como habían hecho todas las noches de la semana anterior; en la caja de panfletos estúpidos que Simon había encargado en la imprenta; en la lista de puntos clave que Ruth lo había ayudado a recopilar y que él utilizaba en sus llamadas telefónicas, cada noche, a todas las personas que conocía en el distrito electoral. Simon hacía todo eso como si le costara un esfuerzo tremendo. En casa se mostraba muy nervioso, y mostraba una creciente agresividad hacia sus hijos, como si llevara sobre los hombros una pesada carga que ellos hubieran eludido. En las comidas, el único tema de conversación eran las elecciones, y ambos adultos especulaban sobre las fuerzas contrarias a Simon. Se tomaban muy a pecho que hubiera otros aspirantes a la plaza de Barry Fairbrother, y se imaginaban a Colin Wall y Miles Mollison pasándose todo el día conspirando, mirando hacia Hilltop House, concentrados en derrotar al hombre que vivía allí.

Andrew volvió a palparse el bolsillo donde llevaba el papel doblado. No le había contado a Fats lo que pensaba hacer: temía que lo divulgara. No sabía cómo hacerle entender a su amigo que era necesario guardar un secreto absoluto, cómo recordarle que aquel psicópata capaz de hacer que un crío se orinara encima estaba vivito y coleando en su propia casa.

—A Cuby no le preocupa mucho Simoncete —dijo Fats—. Cree que su gran competidor es Miles Mollison.

—Ya.

Andrew había oído a sus padres hablar de eso. Ambos pensaban que Shirley los había traicionado; que ella debería haber impedido a su hijo desafiar a Simon.

—Para Cuby esto es una puta cruzada —continuó Fats, liando un cigarrillo entre el índice y el pulgar—. Ha recogido la bandera del regimiento de su camarada caído. El bueno de Barry Fairbrother.

Con una cerilla, metió hacia dentro unas hebras de tabaco que sobresalían por el extremo del cigarrillo.

—La mujer de Miles Mollison tiene unas tetas gigantescas —comentó luego.

La anciana que iba sentada en el asiento de delante volvió la cabeza y miró a Fats con desaprobación. Andrew volvió a reír.

—Enormes mamas bamboleantes —añadió Fats en voz alta, sin apartar la vista del arrugado y ceñudo rostro—. Grandes y suculentos pechos de talla 120 G.

La anciana, sonrojada, giró lentamente la cabeza y volvió a mirar al frente. Andrew apenas podía respirar.

Bajaron del autobús en el centro de Yarvil, cerca de la zona comercial, de la vía peatonal donde estaban todas las tiendas, y se abrieron paso entre los compradores, fumando los cigarrillos que había liado Fats. A Andrew no le quedaba ni un céntimo: el sueldo que iba a pagarle Howard Mollison le vendría muy bien.

El letrero naranja chillón del cibercafé parecía llamarlo desde lejos, hacerle señas para que se acercara. No conseguía concentrarse en lo que le estaba diciendo Fats. «¿Te atreverás? —se preguntaba—. ¿Te atreverás?»

No lo sabía. Sus pies seguían moviéndose, y el letrero iba haciéndose más y más grande, atrayéndolo, seduciéndolo.

«Si me entero de que le has contado a alguien una sola palabra de lo que hablamos en esta casa, te despellejo vivo.»

Pero la alternativa era la humillación de Simon al mostrarse ante el mundo tal como era, y el efecto que tendría sobre la familia el hecho de que lo derrotaran, como sin duda sucedería, tras semanas de expectación e imbecilidad. Entonces vendrían la rabia y el rencor, y el empeño en que los demás pagaran por su descabellada decisión. La noche anterior Ruth había comentado alegremente: «Los chicos pueden ir a colgar tus panfletos por Pagford.» Andrew había visto con el rabillo del ojo la mirada de horror de Paul y cómo intentaba atraer su atención.

—Quiero entrar ahí —masculló Andrew, y torció a la derecha.

Pagaron los tíquets y se sentaron cada uno ante un ordenador, separados por dos asientos ocupados. El hombre de mediana edad que Andrew tenía a su derecha apestaba a sudor y tabaco, y no cesaba de sorber por la nariz.

Andrew entró en internet y tecleó el nombre de la página web: «concejo... parroquial... de... Pagford... punto... com... punto... uk».

La página de inicio mostraba el escudo de Pagford en azul y blanco, y una fotografía del pueblo tomada desde algún punto no muy lejano de Hilltop House, con la silueta de la abadía de Pargetter recortada contra el cielo. Era una página anticuada, obra de aficionados, como Andrew ya sabía porque la había visto en el ordenador del instituto. No se había atrevido a abrirla desde su portátil; su padre quizá fuera un completo ignorante en lo referente a internet, pero no cabía descartar que encontrara a alguien en el trabajo que lo ayudara a investigar, una vez que estuviera todo hecho...

Aunque Andrew lo hiciera desde aquel local tan anónimo y concurrido, no había forma de evitar que apareciera la fecha de ese día en el mensaje; tampoco podría decir que él no había estado en Yarvil cuando sucedió; pero Simon jamás había entrado en un cibercafé, y quizá ni siquiera sabía de su existencia.

El corazón le latía tan deprisa que le dolía. Rápidamente se desplazó por el foro, donde no parecía haber mucha actividad. Había temas titulados: recogida de residuos-una pregunta, y ¿alcance de zona escolar de los colegios de Crampton y Little Manning? Aproximadamente cada diez entradas había una publicación del administrador, que adjuntaba las actas de la última reunión del concejo parroquial. Había un tema titulado fallecimiento del concejal Barry Fairbrother. Éste había recibido ciento cincuenta y dos visitas y tenía cuarenta y tres comentarios. En la segunda página del foro encontró lo que buscaba: un post del difunto.

Un día, hacía un par de meses, un joven profesor suplente había vigilado la clase de informática de Andrew. Se las daba de enrollado para despertar el interés de los alumnos, pero no debería haber mencionado las inyecciones SQL. Andrew estaba seguro de que él no había sido el único que había ido derecho a casa a investigar qué eran. Sacó el papel en que había anotado el código conseguido en las horas muertas en el instituto, y entró en la página web del concejo. Todo se basaba en la premisa de que la página la había hecho un aficionado hacía mucho tiempo, y que nunca la habían protegido ni de los más sencillos ataques de piratas informáticos.

Con sumo cuidado, utilizando sólo el dedo índice, introdujo la línea de caracteres mágica.

Los leyó dos veces para asegurarse de que todos los acentos estaban donde debían, titubeó un segundo, casi jadeando, y entonces pulsó la tecla *enter*.

Dio un grito ahogado de júbilo, como un niño pequeño, y tuvo que contener el impulso de gritar o levantar un puño triunfal. Había conseguido penetrar en aquella web de pacotilla al primer intento. En la pantalla aparecieron los datos de usuario de Barry Fairbrother: su nombre, su contraseña y su perfil completo.

Andrew alisó el mágico papel que había guardado en la almohada toda la semana y puso manos a la obra. Teclear aquel párrafo lleno de tachaduras y correcciones iba a ser un proceso más laborioso.

Había buscado un estilo lo más impersonal posible; el tono desapasionado de un cronista de periódico serio:

Simon Price, aspirante a concejal parroquial, piensa poner en marcha un programa para reducir el despilfarro del concejo. Al señor Price no le son desconocidas las medidas para abaratar los costes, y seguramente podrá poner sus numerosos y útiles contactos a disposición del concejo. En el ámbito doméstico, ahorra dinero equipando su casa con artículos robados —el más reciente, un ordenador personal—, y es el contacto para cualquier trabajo de imprenta a precio rebajado que se pueda pagar en negro, de los que se ocupa cuando el director de la imprenta Harcourt-Walsh se marcha a su casa.

Leyó dos veces el mensaje de principio a fin. Ya lo había repasado mentalmente infinidad de veces. Podría haber acusado a Simon de muchas cosas, pero no existía ningún tribunal ante el que Andrew pudiera presentar las verdaderas acusaciones que tenía contra su padre, ni aportar como pruebas sus recuerdos de terror físico y humillaciones rituales. Lo único que tenía eran pequeñas infracciones de la ley de las que lo había oído jactarse, y había escogido esos dos ejemplos concretos —el ordenador robado y los trabajos de imprenta hechos a escondidas fuera del horario laboral— porque ambos se relacionaban directamente con su trabajo. Los empleados de la imprenta sabían que Simon hacía esas cosas, y podían haberlo comentado con cualquiera: sus amigos, sus familiares.

Tenía el estómago encogido, como cuando Simon perdía los estribos de verdad y la emprendía con el primero que se le cruzaba. Ver su traición plasmada en la pantalla, negro sobre blanco, era aterrador.

—¿Qué coño haces? —le susurró Fats al oído.

Aquel individuo apestoso ya se había marchado; Fats se había cambiado de asiento, y estaba leyendo lo escrito por Andrew.

—Hostia puta —dijo Fats.

Andrew tenía la boca seca y la mano quieta sobre el ratón.

—¿Cómo has entrado? —musitó Fats.

—Inyección SQL. Está todo en internet. Tienen una protección de mierda.

Fats se mostró entusiasmado y muy impresionado; Andrew, entre complacido y asustado por la reacción de su amigo.

—Esto tiene que quedar entre...

—¡Déjame escribir uno sobre Cuby!

—¡No!

Andrew apartó el ratón rápidamente para evitar que Fats se lo arrebatara. Aquel horrible acto de deslealtad filial había surgido del primigenio caldo de rabia, frustración y miedo que se removía en su interior desde que tenía uso de razón, pero lo único que se le ocurrió decir para transmitirle eso a Fats fue:

—No lo hago sólo para divertirme.

Leyó el mensaje de cabo a rabo por tercera vez y entonces le añadió un título. Notaba la excitación de Fats a su lado, como si estuvieran viendo otra sesión de porno. El deseo de impresionar un poco más a su amigo se apoderó de Andrew.

—Mira —dijo, y cambió el nombre de usuario de Barry por «El Fantasma de Barry Fairbrother».

Fats soltó una carcajada. A Andrew le temblaban los dedos sobre el ratón. Lo deslizó hacia un lado. Nunca sabría si habría llegado hasta el final si Fats no hubiera estado mirando. Con un solo clic, apareció un nuevo tema en la parte superior del foro del Concejo Parroquial de Pagford: Simon Price, no apto para presentarse al concejo.

Fuera, en la acera, se quedaron mirándose, muertos de risa y un poco sobrecogidos por lo que acababa de pasar. Entonces Andrew le pidió las cerillas a Fats, prendió fuego al trozo de papel en que había escrito el borrador del mensaje y vio cómo se desintegraba en frágiles copos negros que descendieron flotando hasta la sucia acera y desaparecieron bajo los pies de los transeúntes.

X

Andrew dejó Yarvil a las tres y media para asegurarse de llegar a Hilltop House antes de las cinco. Fats fue con él hasta la parada del autobús, pero de pronto, como si acabara de ocurrírsele, le dijo a Andrew que se quedaría un rato más en la ciudad.

Fats había quedado con Krystal en el centro comercial, aunque se habían dado cierto margen con la hora. Mientras iba dando un paseo hacia las tiendas, pensaba en lo que había hecho Andrew en el cibercafé y trataba de desenmarañar sus propias reacciones.

Desde luego, estaba impresionado; es más, se sentía un poco eclipsado. Andrew había planeado concienzudamente aquello, no se lo había contado a nadie y lo había llevado a cabo con eficacia: todo eso era digno de admiración. No obstante, sentía cierto despecho porque Andrew hubiera tramado su plan sin decirle ni una palabra, y eso lo indujo a preguntarse si no debería condenar el carácter clandestino del ataque de Andrew contra su padre. ¿No era un método excesivamente hipócrita y sofisticado? ¿No habría sido más auténtico amenazar abiertamente a Simon o pegarle un puñetazo?

Sí, Simon era un mierda, pero sin duda un mierda auténtico: hacía lo que quería y cuando quería, sin someterse a las restricciones sociales ni a la moral convencional. Fats se preguntó si sus simpatías no deberían estar con Simon, a quien le gustaba distraer con un humor vulgar y grosero limitado a personas que se ponían en ridículo o sufrían accidentes cómicos. Muchas veces, Fats se decía que prefería a Simon, con su temperamento volátil y sus imprevisibles broncas —un contrincante digno, un adversario comprometido—, antes que a Cuby.

Por otra parte, Fats no se había olvidado de la lata de creosota, de la cara y los puños amenazantes de Simon, de aquel gruñido brutal, de la orina caliente resbalándole por las piernas; ni —quizá lo más vergonzoso— de su sincero y desesperado anhelo de que llegara Tessa y se lo llevara a un lugar seguro. Fats todavía no era tan invulnerable como para no mostrarse comprensivo con el deseo de venganza de Andrew.

De modo que volvió al punto de partida: Andrew había hecho algo audaz, ingenioso y de consecuencias potencialmente explosivas. Experimentó otra débil punzada de disgusto por no haber sido él el padre de la idea. Estaba intentando librarse de su dependencia de las palabras, un rasgo adquirido tan burgués, pero era difícil renunciar a un deporte que se le daba muy bien, y mientras caminaba por las relucientes baldosas de la entrada del centro comercial, sin darse cuenta se puso a dar vueltas a frases que destrozarían las presuntuosas aspiraciones de Cuby y lo dejarían desnudo ante un público que se burlaría de él.

Distinguió a Krystal entre un grupo de chicos de los Prados, apiñados alrededor de los bancos de en medio del paseo que discurría entre las tiendas. Nikki, Leanne y Dane Tully estaban entre ellos. Fats no vaciló ni mudó lo más mínimo la expresión, sino que siguió caminando al mismo ritmo, con las manos en los bolsillos, hasta colocarse ante aquella batería de miradas críticas y curiosas que lo examinaron de la cabeza a los pies.

—Qué hay, Fatboy —dijo Leanne.

—Qué hay —respondió Fats.

Leanne le murmuró algo a Nikki, que soltó una carcajada. Krystal, con las mejillas coloradas, mascaba chicle enérgicamente, se apartaba el pelo haciendo danzar sus pendientes y se subía los pantalones de chándal.

—¿Todo bien? —le dijo Fats a ella en particular.

—Bien.

—¿Sabe tu madre que has salido, Fats? —preguntó Nikki.

—Claro, me ha traído ella —dijo él con calma ante un silencio expectante—. Me espera en el coche; dice que puedo echar un polvo rápido antes de que volvamos a casa para cenar.

Todos se echaron a reír excepto Krystal, que gritó «¡Vete a la mierda, bocazas!», aunque parecía complacida.

—¿Fumas tabaco de liar? —preguntó Dane Tully con los ojos fijos en la pechera de Fats. Tenía una gran costra negra en el labio.

—Ajá —contestó Fats.

—Mi tío también —dijo Dane—. Se ha machacado los pulmones. —Se tocó distraído la costra.

—¿Adónde vais a ir? —preguntó Leanne, mirando con los ojos entornados a Fats y luego a Krystal.

—Ni idea —contestó ella, mascando chicle y mirando de reojo a Fats.

Sin aclarar la cuestión, él apuntó con el pulgar hacia la salida del centro comercial.

—Hasta luego —les dijo Krystal en voz alta a los demás.

A modo de despedida, Fats hizo un gesto vago con la mano y echó a andar, y la chica lo siguió y se colocó a su lado. Fats oyó más risas a sus espaldas, pero no le importó. Sabía que se había desenvuelto bien.

—¿Adónde vamos? —preguntó Krystal.

—Ni idea. ¿Tú adónde sueles ir?

Ella se encogió de hombros sin dejar de andar ni de masticar. Salieron del centro comercial y enfilaron la calle principal. Estaban a cierta distancia del parque, adonde ya habían ido una vez en busca de intimidad.

—¿Es verdad que te ha acompañado tu madre? —preguntó Krystal.

—Claro que no, joder. He venido en autobús.

Krystal aceptó la réplica sin rencor y desvió la mirada hacia los escaparates de las tiendas, donde se vio reflejada al lado de Fats. Desgarbado y diferente, era toda una celebridad en el instituto. Incluso Dane lo encontraba gracioso.

«Sólo te utiliza, imbécil —le había espetado Ashlee Mellor hacía tres días, en la esquina de Foley Road—. Porque eres una puta, igual que tu madre.»

Ashlee había formado parte del grupo de Krystal hasta que las dos se pelearon por un chico. Era de todos sabido que Ashlee no estaba bien de la cabeza: propensa a los arrebatos de ira y las lágrimas, cuando aparecía por Winterdown dividía el tiempo entre las clases de refuerzo y las sesiones de orientación. Por si hacían falta más pruebas de su incapacidad para pensar en las consecuencias de sus actos, había desafiado a Krystal en su propio territorio, donde ésta tenía respaldo y ella no. Nikki, Jemma y Leanne habían ayudado a acorralar y sujetar a Ashlee, y Krystal la había golpeado y abofeteado sin piedad, hasta que se manchó los nudillos con la sangre que le brotaba de la boca.

A Krystal no le preocuparon las repercusiones que pudiera tener aquello.

«Son blandos como la mierda y se derriten a la mínima», decía de Ashlee y su familia.

Pero aquellas palabras de Ashlee se habían clavado en un lugar tierno e infectado de la psique de Krystal, y por eso había sido como un bálsamo que al día siguiente Fats la hubiera buscado en el instituto para preguntarle, por primera vez, si quería quedar aquel fin de semana. Ella corrió a contarles a Nikki y Leanne que el sábado había quedado con Fats Wall, y sus miradas de sorpresa la complacieron. Y para colmo, él había aparecido cuando había dicho que aparecería (o menos de una hora más tarde de lo acordado), delante de todos sus amigos, y se había marchado con ella. Como si fueran una pareja.

—¿Y qué? ¿Cómo te va? —le preguntó Fats cuando ya habían recorrido cincuenta metros en silencio y dejado atrás el cibercafé.

Sabía que los convencionalismos exigían mantener en todo momento algún tipo de comunicación, aunque al mismo tiempo se preguntara si encontrarían un sitio discreto antes de llegar al parque, que estaba a media hora a pie. Quería follársela cuando estuvieran los dos colocados: tenía curiosidad por comprobar si había mucha diferencia.

—Esta mañana he ido al hospital a ver a mi bisabuela. Ha tenido un infarto —le contó Krystal.

La abuelita Cath no había intentado hablar esa vez, pero Krystal creía que había reparado en su presencia. Tal como había imaginado, su madre se había negado a ir a visitarla, así que ella se había pasado una hora sentada junto a la cama, sola, hasta que llegó la hora de ir al centro comercial.

Fats sentía curiosidad por las minucias de la vida de Krystal, pero sólo en la medida en que ella era un orificio de entrada a la vida cotidiana de los Prados. Los detalles como visitas al hospital no le interesaban.

—Y me han entrevistado para el periódico —añadió Krystal con incontenible y repentino orgullo.

—¿Ah, sí? —se sorprendió Fats—. ¿Por qué?

—Para hablar sobre los Prados. Sobre cómo es criarse allí.

(La periodista la había encontrado por fin en casa, y cuando Terri dio su permiso a regañadientes, se la llevó a una cafetería para hablar. Le preguntó una y otra vez si estudiar en el St. Thomas la había ayudado, si le había cambiado la vida en algún sentido. Parecía un poco impaciente y frustrada por las respuestas de Krystal.

—¿Sacabas buenas notas en el colegio? —insistió, y Krystal se mostró evasiva y a la defensiva—. El señor Fairbrother dijo que había ampliado tus horizontes.

Krystal no sabía muy bien qué quería decir eso de los horizontes. Cuando pensaba en el St. Thomas, recordaba cuánto le gustaba el patio con su enorme castaño, del que todos los años llovían unos frutos enormes y brillantes; antes de ir al St. Thomas, ella nunca había visto castañas. Al principio le gustaba el uniforme, era agradable ir vestida igual que los demás. La había emocionado ver el nombre de su bisabuelo en el monumento a los caídos erigido en el centro de la plaza: «soldado Samuel Weedon». Sólo había otro chico del colegio cuyo apellido figurara en aquel monumento, y se trataba del hijo de un granjero, que a los nueve años ya conducía un tractor y un día había llevado un cordero a clase para hacer una presentación. Krystal no había olvidado la sensación que le produjo el tacto de la lana del cordero. Cuando se lo contó a la abuelita Cath, ella comentó que tiempo atrás en su familia también había habido campesinos.

A Krystal le encantaba el río, verde y suntuoso, adonde a veces iban de excursión. Lo mejor eran las competiciones deportivas y los partidos de béisbol inglés. Siempre la elegían la primera para cualquier deporte de equipo, y entonces le encantaba oír el gruñido de decepción de las contrincantes. A veces se acordaba de las maestras especiales que le habían asignado, sobre todo de la señorita Jameson, que era joven y moderna, de larga melena rubia. Siempre había imaginado que Anne-Marie se parecía un poco a la señorita Jameson.

También había retenido pizcas de conocimiento con vívidos detalles. Los volcanes: los provocaban los desplazamientos de placas; en clase habían construido maquetas rellenas de bicarbonato de sosa y detergente, y las habían hecho entrar en erupción sobre unas bandejas de plástico. Eso le había encantado. También sabía algo sobre los vikingos: tenían esos barcos alargados y cascos con cuernos, aunque había olvidado cuándo llegaron a Britania y por qué.

Sin embargo, entre sus recuerdos del St. Thomas también figuraban los comentarios mascullados por las niñas de su clase; a un par de ellas les había pegado. Cuando los servicios sociales la dejaron volver con su madre, el uniforme se le quedó tan corto y apretado y lo llevaba tan sucio que el colegio envió varias cartas, y por su culpa la abuelita Cath y Terri tuvieron una fuerte pelea. Las otras niñas del colegio no la querían en sus grupos, salvo cuando se trataba de formar los equipos de béisbol inglés. Todavía recordaba el día en que Lexie Mollison repartió a todas las alumnas de la clase un sobrecito rosa que contenía una invitación para una fiesta, y cómo pasó por delante de ella mirándola por encima del hombro, o ése era el recuerdo que conservaba.

Solamente un par de niños la habían invitado a sus fiestas. Se preguntaba si Fats y su madre recordarían que una vez había ido a una fiesta de cumpleaños en su casa. Habían invitado a toda la clase, y la abuelita Cath le había comprado un vestido nuevo. Por eso sabía que el vasto jardín trasero de Fats tenía un estanque, un columpio y un manzano. Habían comido gelatina y organizado carreras de sacos. Tessa había regañado a Krystal porque ésta, desesperada por ganar una medalla de plástico, empujaba a los otros niños para apartarlos del camino. Uno de ellos acabó sangrando por la nariz.

—Pero el St. Thomas te gustaba, ¿no? —le preguntó la periodista al final.

—Sí —contestó ella, sabiendo que no había transmitido lo que el señor Fairbrother quería que transmitiera, y lamentó que él no estuviera allí para ayudarla—. Sí, me gustaba.)

—¿Cómo es que querían que les hablaras de los Prados? —preguntó Fats.

—Fue idea del señor Fairbrother.

Tras una pausa de varios minutos, Fats preguntó:

—¿Tú fumas?

—¿Qué, hierba? Sí, a veces he fumado con Dane.

—Pues he traído.

—Se la compras a Skye Kirby, ¿no?

A Fats le pareció detectar un deje de diversión en su voz; porque Skye era la opción más fácil y segura, la persona a la que recurrían los chicos de clase media. Le gustó el tono de burla de Krystal.

—¿Y tú dónde la compras? —preguntó.

—Ni idea, era de Dane.

—¿A Obbo, quizá? —insistió Fats.

—Ese puto mamón...

—¿Por qué? ¿Qué pasa?

Pero Krystal no tenía palabras para explicar qué pasaba con Obbo; y aunque las hubiera tenido, no habría querido hablar de él. Obbo le ponía los pelos de punta; a veces iba a su casa y se pinchaba con Terri; otras veces se la follaba, y Krystal se lo cruzaba en la escalera, y él le sonreía con sus gafas de culo de botella mientras se abrochaba la sucia braguta. A menudo, Obbo le ofrecía trabajillos a Terri, como esconder aquellos ordenadores, u ofrecer a desconocidos un sitio donde pernoctar, o prestar servicios cuya naturaleza Krystal desconocía, pero que obligaban a su madre a ausentarse durante horas. Hacía poco había tenido una pesadilla en la que tumbaban a su madre sobre una especie de bastidor, le separaban brazos y piernas y la ataban; Terri era casi toda ella un enorme agujero, una especie de gallina desplumada, gigantesca y desnuda; y en el sueño, Obbo entraba y salía de su cavernoso interior, y toqueteaba cosas allí dentro, mientras la cabecita de Terri ponía cara de miedo y aflicción. Krystal se había despertado mareada, furiosa y asqueada.

—Es un capullo —resumió.

—¿Es un tío alto con la cabeza afeitada y tatuajes por toda la nuca? —preguntó Fats.

Esa semana había vuelto a saltarse clases y se había pasado una hora sentado en lo alto de una tapia, observando. Aquel hombre calvo le había interesado; lo había visto hurgando en la parte trasera de una vieja furgoneta blanca.

—No, ése es Pikey Pritchard —dijo Krystal—, si es que lo viste en Tarpen Road...

—¿A qué se dedica?

—Ni idea. Pregúntale a Dane. Es amigo del hermano de Pikey.

Pero a Krystal le gustaba el interés de Fats; era la primera vez que mostraba tantas ganas de hablar con ella.

—Pikey está en libertad condicional —añadió.

—¿Por qué?

—Atacó a un tío con una botella rota en el Cross Keys.

—¿Ah, sí? ¿Por qué?

—Y yo qué coño sé. No estaba allí —contestó ella.

Estaba contenta, y eso siempre la hacía ponerse un poco chula. Dejando a un lado su preocupación por la abuelita Cath (quien, al fin y al cabo, seguía viva y por tanto tal vez se recuperara), había tenido un par de semanas bastante buenas: Terri estaba cumpliendo el régimen de Bellchapel, y Krystal se aseguraba de que Robbie fuera a la guardería. Al niño ya casi se le había curado el culito. La asistente social parecía tan satisfecha o más que ninguna de las anteriores. Y ella había asistido al instituto todos los días, aunque no a las sesiones de orientación con Tessa el lunes y el miércoles por la mañana. No sabía por qué. A veces perdía la costumbre de ir.

Volvió a mirar de reojo a Fats. Jamás se le había ocurrido que ese chico pudiera gustarle, al menos no hasta que él le había echado el ojo en la discoteca del salón de actos. A Fats lo conocía todo el mundo, y algunos de sus chistes circulaban como esos gags divertidos que ponían en la tele. (Krystal mentía a todos diciendo que en su casa tenían televisor. Veía suficiente televisión en casa de sus amigas, y en la de la abuelita Cath, para apañárselas. «Sí, vaya mierda de serie», o «Ya lo sé, casi me meo», decía, cuando los otros comentaban los programas que habían visto.) Por su parte, Fats estaba intentando imaginarse qué se sentía cuando te atacaban con una botella rota, cuando el borde irregular de cristal te cortaba la cara. Le parecía notar los nervios seccionados y la punzada del aire en la herida, el calor húmedo al brotar la sangre. Percibió un cosquilleo alrededor de la boca, una especie de exceso de sensibilidad, como si ya tuviera la cicatriz.

—¿Dane todavía lleva una navaja? —preguntó.

—¿Y yo qué sé si lleva una navaja?

—Un día amenazó con ella a Kevin Cooper.

—Ya. Cooper es un capullo, ¿sí o no?

—Sí, tienes razón —confirmó Fats.

—Esa navaja Dane la lleva por los hermanos Riordon.

A Fats le gustaba la naturalidad de Krystal; que aceptara que un chico llevara una navaja porque había una rencilla que

302

probablemente acabaría en violencia. Aquello era la vida real, ésas eran cosas que de verdad importaban... Ese día, antes de que Arf llegara a su casa, Cuby había estado atosigando a Tessa para que le diera su opinión sobre si debía imprimir su folleto electoral en papel amarillo o blanco...

—¿Y ahí? —propuso Fats al cabo de un rato.

A su derecha había un largo muro de piedra; la cancela, abierta, dejaba entrever piedras y vegetación.

—Sí, vale —dijo Krystal.

Ya había estado una vez en el cementerio, con Nikki y Leanne; se habían sentado encima de una tumba a beber un par de latas de cerveza, un poco cohibidas por lo que estaban haciendo, hasta que una mujer les gritó y las insultó. Al marcharse de allí, Leanne le había lanzado una lata vacía.

Cuando enfilaron el ancho paseo asfaltado entre las tumbas, a Fats le pareció un sitio arriesgado, estarían demasiado expuestos: el terreno era verde y llano, y las lápidas no ofrecían prácticamente ningún cobijo. Entonces divisó unos setos de agracejo junto al muro del fondo. Atajó por el camino más corto y Krystal lo siguió con las manos en los bolsillos. Avanzaron entre lechos de gravilla rectangulares y lápidas resquebrajadas e ilegibles. Era un cementerio grande, extenso y bien cuidado. Poco a poco llegaron a donde estaban las tumbas más recientes, de mármol negro muy pulido y letras doradas, donde se veían flores frescas para los difuntos.

Lyndsey Kyle
15/9/1960 — 26/3/2008
Que descanses, mamá

—Sí, ahí detrás estaremos bien —dijo Fats observando el oscuro hueco entre los espinosos arbustos de flores amarillas y la tapia del cementerio.

Se internaron a gatas en el húmedo y oscuro recoveco de tierra y se sentaron con la espalda contra la fría tapia. Entre las ramas de los arbustos veían las pulcras hileras de lápidas, pero a nadie entre ellas. Confiando en impresionar a Krystal, Fats lió un canuto con dedos expertos.

Pero Krystal tenía la mirada perdida bajo la bóveda de hojas brillantes y oscuras y pensaba en Anne-Marie, que el jueves había ido a visitar a la abuelita Cath (se lo había contado su tía Cheryl). Si ella se hubiera saltado las clases y también hubiera ido ese día, por fin la habría conocido. Había imaginado muchas veces ese primer encuentro y cómo le diría: «Soy tu hermana.» En esas fantasías, Anne-Marie siempre se alegraba muchísimo, y a partir de entonces se veían a todas horas y Anne-Marie acababa proponiéndole que se fuera a vivir con ella. La Anne-Marie imaginaria tenía una casa como la de la abuelita Cath, limpia y ordenada, sólo que mucho más moderna. Últimamente, Krystal añadía un precioso bebé sonrosado en una cuna con volantes.

—Toma —dijo Fats pasándole el porro.

Krystal dio una calada y retuvo el humo en los pulmones unos segundos; su expresión se tornó soñadora cuando el hachís empezó a obrar su magia y relajó sus facciones.

—Tú no tienes hermanos, ¿no?

—No —respondió Fats palpándose el bolsillo para comprobar que llevaba los condones.

Krystal empezó a notar una agradable sensación de mareo y le devolvió el canuto. Él dio una larga calada y exhaló anillos de humo.

—Soy adoptado —reveló al cabo de un rato.

Krystal lo miró con ojos como platos.

—¿Adoptado? ¿Lo dices en serio?

Con los sentidos embotados, las confidencias brotaban casi solas; todo se volvía más fácil.

—A mi hermana también la adoptaron —dijo Krystal, maravillada ante la coincidencia y contentísima de hablar de Anne-Marie.

—Sí, probablemente vengo de una familia como la tuya.

Pero ella no le hizo caso; tenía ganas de hablar.

—Tengo una hermana mayor y un hermano mayor, Liam, pero se los llevaron antes de que yo naciera.

—¿Por qué?

De pronto, Fats le prestaba toda su atención.

—Mi madre estaba entonces con Ritchie Adams —continuó. Dio una buena calada al porro y exhaló el humo en una larga y fina bocanada—. Es un psicópata. Le ha caído la perpetua. Se cargó a un tío. Se ponía muy violento con mamá y los niños, y entonces vinieron John y Sue y se los llevaron. Los sociales se metieron en medio, y al final John y Sue se los quedaron.

Dio otra calada y se puso a pensar en aquella época anterior a su nacimiento, plagada de sangre, rabia y oscuridad. Había oído algunas historias acerca de Ritchie Adams, sobre todo a través de la tía Cheryl. Ritchie apagaba las colillas en los bracitos de Anne-Marie cuando ésta sólo tenía un año, y le daba patadas en las costillas. Le había partido la cara a Terri, y el pómulo izquierdo le había quedado más hundido que el derecho. La adicción de Terri había alcanzado cotas catastróficas. La tía Cheryl se refirió con toda normalidad a la decisión de quitarles los dos críos a aquellos padres que los desatendían y maltrataban.

—Estaba cantado —había dicho.

John y Sue eran unos parientes lejanos que no tenían hijos. Krystal nunca había sabido dónde o cómo encajaban en su complejo árbol genealógico, o cómo habían llevado a cabo lo que, según la versión de Terri, era un vulgar secuestro. Tras mucho batallar con las autoridades, les habían permitido adoptar a los niños. Terri, que siguió con Ritchie hasta que lo detuvieron, no volvió a ver a Anne-Marie o Liam, por motivos que Krystal no acababa de comprender; la historia en sí estaba repleta de odio, comentarios y amenazas imperdonables, mandatos judiciales y montones de asistentes sociales.

—¿Y quién es tu padre? —quiso saber Fats.

—Banger. —Hizo un esfuerzo por recordar su verdadero nombre—. Barry —murmuró, aunque tuvo la sensación de que no era ése—. Barry Coates. Pero yo llevo el apellido de mi madre, Weedon.

A través del humo dulce y denso, flotó hasta ella el recuerdo de aquel joven muerto por sobredosis en la bañera de Terri. Le pasó el canuto a Fats y apoyó la cabeza contra la tapia, alzando la vista hacia la franja de cielo moteada de hojas oscuras.

Fats pensaba en Ritchie Adams, que había matado a un hombre, y se planteó la posibilidad de que su propio padre biológico estuviera también en alguna cárcel; lleno de tatuajes, como Pikey, flaco y musculoso. Comparó mentalmente a Cuby con aquel hombre fuerte, duro y auténtico. Sabía que era un bebé cuando lo habían separado de su madre biológica, porque había fotografías de Tessa con él en brazos, frágil como un pajarito y con un gorrito de lana blanca en la cabeza. Había sido prematuro. Tessa le había contado algunas cosas, aunque él nunca le hacía preguntas. Su madre era muy joven cuando lo tuvo, eso sí lo sabía. Quizá fuera como Krystal, la fácil de la escuela...

Ya llevaba un buen colocón. Asió a Krystal de la nuca, la atrajo hacia sí y la besó, con lengua. Tanteó con la otra mano para tocarle los pechos. Se notaba la cabeza embotada y los miembros pesados; hasta su sentido del tacto parecía afectado. Le costó un poco meterle la mano bajo la camiseta, y luego bajo el sujetador. La boca de Krystal estaba caliente y sabía a tabaco y hachís; tenía los labios secos y agrietados. La droga mitigaba levemente la excitación de Fats; parecía recibir cualquier información sensorial a través de un manto invisible. Tardó más rato que la otra vez en quitarle la ropa, y le costó ponerse el condón, porque tenía los dedos torpes y entumecidos; entonces apoyó sin querer el codo, con todo su peso, en la parte blanda del brazo de Krystal, que chilló de dolor.

Estaba más seca que la otra vez. Fats la penetró con brusquedad, decidido a conseguir lo que había ido a buscar. El tiempo discurría despacio, como si se hubiera vuelto viscoso, pero Fats oía su propia respiración agitada, y eso lo puso nervioso, porque imaginó que había alguien más agazapado en el oscuro recoveco con ellos dos, alguien que los observaba, jadeándole en la oreja. Krystal soltó un débil gemido. Con la cabeza hacia atrás, su nariz parecía muy ancha, como un hocico. Él le subió la camiseta para verle los pechos, pálidos y tersos, que se estremecían un poco bajo el sujetador desabrochado. Fats se corrió de repente y sin previo aviso, y le pareció que su gruñido de satisfacción surgía del mirón agazapado.

Se dejó caer sobre un costado, separándose de Krystal; se quitó el condón y lo arrojó a un lado, y luego se subió la cremallera. Le entró miedo y miró alrededor para comprobar que no había nadie por allí. Ella se subió las bragas con una mano y se bajó la camiseta con la otra; después se llevó ambas a la espalda para abrocharse el sujetador.

Mientras estaban detrás de los arbustos, varias nubes habían oscurecido el cielo. Fats tenía mucha hambre y notaba un zumbido distante en los oídos; su cerebro funcionaba despacio, pero sus oídos parecían hipersensibles. No conseguía sobreponerse al temor de que los hubieran visto, quizá desde lo alto de la tapia. Quería irse de allí.

—Vamos —murmuró, y, sin esperar a Krystal, gateó entre los arbustos y se incorporó, sacudiéndose la ropa.

A unos cien metros divisó a una pareja de ancianos, agachados ante una tumba. Quería alejarse de inmediato de espectrales miradas que pudiesen haberlo visto follar con Krystal Weedon; pero, al mismo tiempo, el proceso de ir a la parada y subirse al autobús de Pagford le parecía insoportablemente arduo. Ojalá pudiera ser simplemente transportado, en aquel mismo instante, a su habitación de la buhardilla.

Krystal salió tras él, tambaleante. Se tironeaba del borde de la camiseta y miraba fijamente un punto en la hierba.

—Joder —murmuró.

—¿Qué pasa? Anda, vámonos ya.

—Es el señor Fairbrother —dijo ella sin moverse.

—¿Qué?

Krystal señaló el túmulo que tenían delante. Aún no habían colocado la lápida, pero estaba rodeado de flores frescas.

—Mira, ¿lo ves? —Se agachó para señalarle las tarjetas grapadas al celofán—. Ahí pone Fairbrother. —Reconocía fácilmente ese nombre por todas las cartas que habían llegado a casa del colegio, en las que Barry pedía autorización a su madre para las salidas en el minibús—. «Para Barry» —leyó, pronunciando muy despacio—. Y ésta es «Para papá», de...

—Los nombres de Niamh y Siobhan la superaron.

—¿Y qué? —dijo Fats.

Pero lo cierto era que aquello le había puesto los pelos de punta. Aquel ataúd de mimbre estaba allí mismo, a unos palmos por debajo de ellos, y en su interior, el cuerpo achaparrado y la cara risueña del mejor amigo de Cuby, al que tanto había visto en casa, se pudría lentamente. «El Fantasma de Barry Fairbrother...» Fats lo encontró perturbador. Era una especie de castigo.

—Vamos —insistió, pero Krystal no se movió—. ¿Qué te pasa?

—Yo remaba para él, ¿vale? —soltó.

—Ya, ya.

Fats dio unos pasos nerviosos hacia atrás, como un caballo asustado.

Krystal miraba fijamente el túmulo, abrazándose a sí misma. Se sentía vacía, triste y sucia. Ojalá no hubieran hecho aquello allí, tan cerca del señor Fairbrother. Tenía frío. Fats llevaba chaqueta, pero ella no.

—Anda, vamos —insistió él.

Ella lo siguió y salieron del cementerio sin dirigirse la palabra. Krystal iba pensando en Fairbrother. Siempre la llamaba «Krys». A ella le gustaba, porque nadie la había llamado nunca así. Se reía mucho con él. Tuvo ganas de llorar.

Fats pensaba en cómo convertir aquel episodio en una historia divertida para contársela a Andrew. Estar colocado, tirarse a Krystal, la paranoia del mirón, salir del escondite para encontrarse prácticamente encima de la tumba del viejo Barry Fairbrother... Pero de momento no le veía mucha gracia. De momento.

TERCERA PARTE

Duplicidad

7.25   Una resolución no debe versar sobre más de un tema
[...]. La no observancia de esta norma suele conducir
a discusiones confusas y puede llevar a acciones confusas...

Charles Arnold-Baker
La administración local, 7.ª edición

I

—...y salió corriendo de aquí gritando como una loca y llamándola «paqui de mierda», y ahora han telefoneado del periódico para que haga unas declaraciones, porque la doctora...

Parminder oyó la voz de la recepcionista, casi un susurro, cuando pasaba por la puerta de la sala de personal, que estaba entreabierta. Con un movimiento rápido, la abrió del todo y se encontró a la joven en pleno cuchicheo con la enfermera. Ambas dieron un respingo y se volvieron en redondo.

—Doctora Jawan...

—Supongo que tienes presente el acuerdo de confidencialidad que firmaste al aceptar este empleo, ¿no, Karen?

La recepcionista pareció horrorizada.

—Sí, sí... No estaba... Laura ya sabía... Venía a darle este recado. Han llamado del *Yarvil and District Gazette*. La señora Weedon ha muerto y una de sus nietas dice que...

—¿Y eso que llevas ahí? ¿Es para mí? —la interrumpió Parminder con frialdad, señalando los historiales médicos que Karen sostenía.

—Ah... sí —repuso la joven, aturullada—. Él quería ver al doctor Crawford, pero...

—Será mejor que vuelvas a tu puesto en la entrada.

Parminder cogió los historiales y se dirigió de nuevo a la recepción, echando chispas. Cuando se encontró ante los pacientes, se dio cuenta de que no sabía a quién llamar, y miró la carpeta que llevaba en la mano.

—Señor... señor Mollison.

Howard se incorporó sonriendo y se acercó a ella con su balanceo característico. Parminder notó cómo la bilis le subía por la garganta. Se dio la vuelta y echó a andar hacia su consulta, con Howard siguiéndola.

—¿Todo bien, Parminder? —preguntó él, tras cerrar la puerta e instalarse, sin que lo invitaran a ello, en la silla destinada a los pacientes.

Era su forma habitual de saludarla, pero a ella le pareció que esa vez se burlaba.

—¿Qué problema tienes? —le preguntó con brusquedad.

—Una pequeña irritación —repuso él—. Aquí. Necesitaría una crema o algo así.

Se sacó la camisa de los pantalones y la levantó unos centímetros. Parminder vio una franja de piel enrojecida donde la barriga le caía sobre los muslos.

—Tendrás que quitarte la camisa.

—Sólo me pica ahí.

—Necesito ver toda la zona.

Howard exhaló un suspiro y se puso en pie. Mientras se desabrochaba, añadió:

—¿Has visto el orden del día para la próxima reunión que te he enviado esta mañana?

—No, aún no he abierto el correo electrónico.

Era mentira. Ya había leído el orden del día y se había enfurecido, pero aquél no era momento para decírselo a Howard. Le molestaba que tratara de abordar asuntos del concejo en su consultorio; era su forma de recordarle que había un sitio donde era su subordinada, aunque en aquella habitación ella pudiera ordenarle que se quitara la ropa.

—Si haces el favor de... Necesitaría mirar debajo de...

Howard levantó su enorme barriga, dejando al descubierto la parte superior de los pantalones y finalmente la cinturilla. Sosteniendo su propia grasa con los brazos, le sonrió a Parminder. Ella acercó una silla y su cabeza quedó a la altura del cinturón de Howard.

En el pliegue oculto de la barriga había una erupción escamosa y desagradable: de un rojo intenso, se extendía de un lado del torso a otro como una sonrisa gigantesca y emborronada. Un tufo a carne podrida invadió su nariz.

—Intertrigo —diagnosticó—, y dermatitis atópica ahí, donde te has rascado. Bueno, ya puedes vestirte.

Howard dejó caer la barriga y cogió la camisa, tan pancho.

—Verás que he incluido en el orden del día el edificio de Bellchapel. En este momento está generando cierto interés en la prensa.

Parminder tecleaba algo en el ordenador y no contestó.

—Del *Yarvil and District Gazette* —insistió Howard—. Voy a escribirles un artículo. —Y, abrochándose la camisa, añadió—: Quieren las dos caras de la cuestión.

Ella trataba de no escuchar, pero la mención del periódico le encogió aún más el estómago.

—¿Cuándo te tomaste por última vez la presión, Howard? No veo que lo hayas hecho en los últimos seis meses.

—Seguro que la tengo bien. Me estoy medicando.

—Pero deberíamos comprobarla, ya que estás aquí.

Howard volvió a suspirar y se arremangó laboriosamente.

—Van a publicar el artículo de Barry antes que el mío —dijo entonces—. ¿Sabías que les envió un artículo? ¿Sobre los Prados?

—Sí —respondió ella a su pesar.

—¿No tendrás una copia? Para no repetir nada que haya dicho él, ¿sabes?

Los dedos de Parminder temblaron un poco en el tensiómetro. El manguito no cerraba bien en el grueso brazo. Se lo quitó y fue en busca de uno más grande.

—No —contestó de espaldas—. Nunca llegué a verlo.

Howard la vio accionar la bomba y observó el manómetro con la sonrisa indulgente de quien contempla un ritual pagano.

—Demasiado alta —declaró Parminder cuando la aguja marcó 17/10.

—Tomo pastillas para eso —dijo Howard, rascándose donde le había puesto el manguito, y se bajó la manga—. El doctor Crawford no me ha comentado nada.

—Estás tomando amlodipina y bendroflumetiacida para la presión arterial, ¿correcto? Y simvastatina para el corazón... No veo ningún betabloqueante.

—Por el asma —explicó Howard mientras se alisaba la manga.

—Así es... y aspirina.—Se volvió para mirarlo—. Howard, tu peso es el factor más importante en todos tus problemas de salud. ¿Nunca te han mandado al especialista en nutrición?

—Llevo treinta y cinco años al frente de una tienda de delicatessen —contestó él sin dejar de sonreír—. No necesito que me den lecciones sobre alimentación.

—Unos pequeños cambios en tu forma de vida te harían mejorar mucho. Si pudieras perder...

—No te compliques la vida —la interrumpió él con un amago de guiño—. Sólo necesito una crema para el picor.

Desahogando su furia en el teclado, Parminder tecleó recetas para una pomada fungicida y otra con esteroides; una vez impresas, se las tendió sin decir nada.

—Gracias, muy amable —repuso Howard, y se levantó con esfuerzo de la silla—. Que pases un buen día.

II

—¿Qué quieres?

El cuerpo encogido de Terri Weedon se veía muy pequeño en el umbral de su casa. Apoyó sus manos como garras en las jambas para imponer un poco más y bloquear la entrada. Eran las ocho de la mañana; Krystal acababa de irse con Robbie.

—Hablar contigo —dijo su hermana. Corpulenta y hombruna, con una camiseta blanca de tirantes y pantalones de chándal, Cheryl fumaba un cigarrillo y la miraba con los ojos entornados a través del humo—. Se ha muerto la abuelita Cath.

—¿Qué?

—Que se ha muerto la abuelita —repitió Cheryl más alto—. Como si te importara, joder.

Pero Terri lo había oído la primera vez. Le sentó como una patada en el estómago y, confusa, quiso volver a oírlo.

—¿Estás colocada? —preguntó Cheryl mirando ceñuda la expresión tensa y distante de su hermana.

—Vete a la mierda. No, no me he metido nada.

Era verdad. Terri no se había pinchado esa mañana; llevaba tres semanas sin consumir droga. No se sentía orgullosa de ello; en la cocina no había ningún gráfico de éxitos; otras veces había aguantado más tiempo, incluso meses. Obbo llevaba dos semanas fuera, de modo que había sido más fácil. Pero sus bártulos seguían en la vieja lata de galletas, y el ansia ardía como una llama eterna en su frágil cuerpo.

—Murió ayer. Danielle ni se ha molestado en decírmelo hasta esta mañana, joder —dijo Cheryl—. Y yo que pensaba ir a verla hoy al hospital. Danielle va a por la casa, la de la abuelita. Esa puta avariciosa.

Hacía mucho tiempo que Terri no pisaba la casita adosada de Hope Street, pero al oír a Cheryl vio con toda claridad los visillos y los adornitos del aparador. Imaginó a Danielle allí, birlando cosas, hurgando en los armarios.

—El funeral es el martes a las nueve, en el crematorio.

—Vale —dijo Terri.

—La casa también es nuestra, no sólo de Danielle. Le diré que queremos la parte que nos toca.

—Ajá.

Se quedó mirando hasta que el pelo amarillo canario y los tatuajes de Cheryl hubieron desaparecido tras la esquina, y luego se volvió y cerró la puerta.

La abuelita Cath estaba muerta. Llevaban muchísimo tiempo sin hablarse. «No quiero saber nada más de ti, me lavo las manos. Ya estoy harta, Terri, harta.» Pero no había perdido el contacto con Krystal. Ésta se había convertido en su niñita mimada. La abuelita iba a verla remar en aquellas estúpidas carreras. En su lecho de muerte había pronunciado el nombre de Krystal, no el de Terri.

«Pues vale, vieja puta. Como si me importara una mierda. Ya es demasiado tarde.»

Sintiendo una opresión en el pecho, temblorosa, iba de aquí para allá en la apestosa cocina, buscando tabaco, pero deseando en realidad la cuchara, la llama y la jeringuilla.

Ya era demasiado tarde para decirle a la vieja lo que nunca le había dicho. Demasiado tarde para volver a ser su Terri-Baby. *Big girls don't cry... big girls don't cry...* «Las niñas mayores no lloran...» Había tardado años en comprender que la canción que la abuelita Cath le cantaba, con su rasposa voz de fumadora, era en realidad *Sherry Baby*.

Las manos de Terri corretearon como alimañas por las encimeras en busca de paquetes de tabaco; los desgarraba uno por uno, pero estaban todos vacíos. Seguro que Krystal se había fumado el último; era una cerda avariciosa, como Danielle, que ahora andaba hurgando entre las posesiones de la abuelita Cath, tratando de ocultarles su muerte a los demás.

Había una colilla bastante larga sobre un plato grasiento; Terri la limpió un poco frotándola contra la camiseta y la encendió en el fogón. Le pareció oír su propia voz a los once años: «Ojalá fueras mi mami.»

No quería recordar. Se apoyó contra el fregadero, fumando, y trató de mirar hacia el futuro, de imaginar el inminente enfrentamiento entre sus dos hermanas mayores. Cheryl y Shane sabían cómo usar los puños, y no hacía mucho Shane había metido unos trapos ardiendo en el buzón de la puerta de un desgraciado; había acabado cumpliendo condena por ello, y aún estaría a la sombra de no ser porque la casa estaba vacía en aquel momento. Pero Danielle contaba con armas de las que Cheryl carecía: dinero, una casa en propiedad y un teléfono fijo. Tenía conocidos en cargos oficiales y sabía cómo dirigirse a ellos. Era de esas personas que tienen llaves de repuesto y andan revolviendo papeles misteriosos.

No obstante, y pese a sus armas, Terri dudaba que Danielle se quedara con la casa. No estaban sólo ellas tres; la abuelita Cath tenía montones de nietos y bisnietos. Después de que Terri quedara bajo la tutela de Protección de Menores, su padre había tenido más hijos. Cheryl calculaba que eran nueve en total, de cinco madres distintas. Terri nunca había conocido a sus hermanastros, pero Krystal le había contado que la abuelita los veía.

—¿Ah, sí? —había contestado Terri—. Pues espero que le roben hasta las bragas a esa vieja puta estúpida.

Conque veía al resto de la familia... pues no eran precisamente angelitos, por lo que había oído Terri. Era sólo con ella, en otro tiempo Terri-Baby, con quien la abuelita Cath había roto toda relación.

Cuando no iba chutada, los pensamientos y los recuerdos malos surgían de la oscuridad en su interior, como moscardones negros que se le aferraban a las paredes del cráneo, zumbando.

«Ojalá fueras mi mami.»

Terri llevaba una camiseta de tirantes que le dejaba al descubierto la piel quemada del brazo, el cuello y la parte superior de la espalda, formando pliegues y arrugas antinaturales, como de helado fundido. A los once años había pasado seis meses en la unidad de quemados del South West General.

(—¿Cómo te hiciste eso, cariño? —le preguntó la madre de la niña de la cama contigua.

Su padre le había arrojado una sartén con aceite hirviendo y su camiseta de The Human League había prendido fuego.

—Un accidente —murmuró Terri.

Le había dicho lo mismo a todo el mundo, incluidas la asistente social y las enfermeras. Antes que delatar a su padre habría preferido quemarse viva.

Su madre se había ido al poco de cumplir Terri once años, dejando a sus tres hijas. Danielle y Cheryl se mudaron a casa de la familia de sus novios en cuestión de días. Sólo Terri quedó atrás, tratando de hacerle patatas fritas a su padre, aferrada a la esperanza de que su madre volvería. Incluso durante la agonía y el terror de aquellos primeros días en el hospital, se alegraba de lo ocurrido, porque estaba segura de que su madre, cuando se enterara, volvería a buscarla. Cada vez que había movimiento al fondo de la sala, a Terri le daba un vuelco el corazón.

Pero, en aquellas seis largas semanas de dolor y soledad, la única visitante fue la abuelita Cath. Pasaba las tardes sentada junto a su nieta, recordándole que les diera las gracias a las enfermeras, muy seria y estricta, pero irradiando una inaudita ternura.

Le regaló una muñeca barata de plástico, con un reluciente impermeable negro, pero cuando Terri se lo quitó, no llevaba nada debajo.

—No lleva bragas, abuelita.

Y la anciana había soltado una risita. La abuelita Cath nunca reía.

«Ojalá fueras mi mami.» Terri quería irse a vivir con ella. Se lo pidió y la abuelita dijo que sí. A veces, Terri pensaba que aquellas semanas en el hospital habían sido las más felices de su vida, a pesar del dolor. Se sentía segura y la gente era amable con ella, la cuidaban. Y creía que al salir iría a casa de la abuelita Cath, la casa de los preciosos visillos, y no tendría que volver con su padre; no tendría que volver a la habitación cuya puerta se abría en plena noche, dando un golpetazo contra el póster de David Essex que Cheryl había dejado, para revelar a su padre con la mano en la bragueta, acercándose a la cama desde donde ella le suplicaba que no lo hiciera...)

La Terri adulta tiró la colilla humeante al suelo de la cocina y se dirigió a la puerta. Necesitaba algo más que nicotina. Cruzó el jardín, salió a la calle y caminó en la misma dirección que Cheryl. Con el rabillo del ojo vio a dos vecinos que charlaban en la acera y la miraban al pasar. «¿Queréis una puta foto o qué? Os durará más.» Terri sabía que era objeto constante de cotilleos, sabía qué decían de ella; a veces se lo decían a gritos. La bruja presumida de la puerta de al lado andaba siempre quejándose al concejo parroquial del lamentable estado del jardín de Terri. «Que os jodan, que os jodan, que os jodan...»

Echó a correr, tratando de dejar atrás los recuerdos.

«Ni siquiera sabes quién es el padre, ¿verdad, zorra? No quiero saber nada más de ti, me lavo las manos. Ya estoy harta, Terri, harta.»

Ésa fue la última vez que hablaron, y la abuelita Cath la había llamado eso que la llamaban todos los demás, y Terri había respondido con tono parecido.

«Que te jodan, vieja desgraciada, que te jodan.»

Nunca le había dicho: «Me fallaste, abuelita.» Nunca le había dicho: «¿Por qué no dejaste que me quedara contigo?» Nunca le había dicho: «Te quería más que a nadie en el mundo, abuelita.»

Esperaba que Obbo hubiese vuelto. En teoría volvía ese día; ése o el siguiente. Necesitaba un poco de droga. La necesitaba más que nunca.

—Qué pasa, Terri.

—¿Has visto a Obbo? —le preguntó al chico que fumaba y bebía apoyado contra la fachada de la tienda de licores.

Tenía la sensación de que las cicatrices de la espalda le ardían de nuevo.

El chico negó con la cabeza, mascando chicle y mirándola con lascivia. Terri siguió adelante. Molestas imágenes de la asistente social, de Krystal, de Robbie: más moscardones en su cabeza, pero eran como los vecinos que la miraban, meros jueces: no comprendían la terrible urgencia de su ansia.

(La abuelita Cath la había ido a buscar al hospital para llevársela a su casa, y la había instalado en el dormitorio de invitados. Terri nunca había dormido en una habitación tan limpia y tan bonita. Cada una de las tres noches que había pasado allí, se había sentado en la cama después de que la abuelita le hubiese dado un beso y reordenado los adornos que había a su lado sobre el alféizar de la ventana. Un ramito de tintineantes flores de cristal en un jarrón, un pisapapeles de plástico rosa con una concha y un caballo de cerámica con una sonrisita tonta en la cara, su favorito.

—Me gustan los caballos —le había dicho a la abuelita.

Antes de que su madre se fuera, habían hecho una visita a la feria agrícola con el colegio. Toda la clase contempló un gigantesco percherón negro completamente enjaezado, pero Terri fue la única que se atrevió a acariciarlo. El olor la embriagó y se abrazó a la pata del animal, una columna que reposaba sobre un enorme casco cubierto de pelo blanco, sintiendo la carne viva bajo el pelaje, mientras la profesora exclamaba: «¡Cuidado, Terri, cuidado!», y el anciano que estaba con el caballo le sonreía y decía que no pasaba nada, que *Samson* no le haría daño a una niñita preciosa como ella.

El caballo de cerámica era de otro color: amarillo, con la crin y la cola negras.

—Te lo puedes quedar —le había dicho la abuelita, y Terri fue presa del éxtasis más absoluto.

Pero la mañana del cuarto día apareció su padre.

322

—Te vienes a casa conmigo —dijo, y su expresión la aterró—. No vas a quedarte con esta vieja chivata de los cojones. Ni en broma, zorra.

La abuelita Cath estaba tan asustada como Terri.

—Mikey, no... —gimoteaba una y otra vez.

Varios vecinos espiaban desde sus ventanas. La abuelita agarraba a Terri de un brazo y su padre del otro.

—¡Te vienes a casa conmigo!

Su padre le puso un ojo morado a la abuelita. Se llevó a rastras a Terri y la metió en el coche. Cuando llegaron a casa, golpeó y pateó cada centímetro de su cuerpo que pudo alcanzar.)

—¡¿Has visto a Obbo?! —le gritó Terri a la vecina de éste desde una distancia de cincuenta metros—. ¿Ha vuelto?

—No sé —respondió la mujer dándose la vuelta.

(Cuando Michael no pegaba a Terri, le hacía las otras cosas, esas cosas de las que ella no podía hablar. La abuelita Cath no volvió nunca más. Terri se escapó a los trece años, pero no a casa de la abuelita, no quería que su padre la encontrara. La atraparon de todas formas, y pasó a manos de Protección de Menores.)

Terri aporreó la puerta de Obbo y esperó. Volvió a llamar, pero nadie acudió. Se dejó caer en el peldaño de la puerta, temblando, y se echó a llorar.

Dos chicas del Winterdown que habían faltado a clase la miraron al pasar.

—¡Ésa es la madre de Krystal Weedon! —dijo una bien alto.

—¡¿La fulana?! —exclamó la otra a voz en cuello.

Terri no tuvo fuerzas para insultarlas, porque estaba llorando a moco tendido. Soltando bufidos y risitas, las chicas siguieron su camino.

—¡Puta! —le gritó una de ellas desde el final de la calle.

III

Gavin podría haberle dicho a Mary que pasara por su despacho para hablar del más reciente intercambio de cartas con la compañía de seguros, pero prefirió ir a verla a su casa. No había fijado ninguna cita a partir de media tarde, por si ella le ofrecía quedarse a cenar; era una cocinera estupenda.

El contacto regular con Mary había acabado por disipar la instintiva tendencia de Gavin a rehuir la tristeza del duelo que ella sobrellevaba. Mary siempre le había gustado, pero Barry la eclipsaba cuando estaban juntos. Lo cierto es que a ella nunca pareció sentarle mal el papel protagonista de su marido; por el contrario, se habría dicho que estaba encantada de ser una bonita figura decorativa, contenta de reírle los chistes, contenta, simplemente, de estar con él.

Gavin dudaba que Kay se sintiese satisfecha desempeñando un papel secundario. Cuando subía por Church Row rascando las marchas, se dijo que Kay consideraría una ofensa la menor sugerencia de que cambiara su conducta o se reservara sus opiniones por el bien del placer, la felicidad y la autoestima de su pareja.

Tenía la sensación de que nunca había sido tan poco feliz en una relación. Incluso en la última época de su deteriorado noviazgo con Lisa, hubo treguas temporales, risas, repentinos y conmovedores recordatorios de tiempos mejores. En cambio, la situación con Kay se parecía a una guerra. A veces, él olvidaba que supuestamente se profesaban afecto. ¿Le gustaba siquiera a Kay?

La peor pelea hasta la fecha la habían tenido por teléfono la mañana siguiente a la cena en casa de Miles y Samantha. Ella había acabado colgándole. Él había pasado veinticuatro horas pensando que su relación había terminado y, aunque era lo que quería, había sentido más temor que alivio. En sus fantasías, Kay desaparecía simplemente de vuelta a Londres, pero la realidad era que se había amarrado a Pagford con un empleo y una hija en Winterdown. El pueblo era pequeño, y Gavin se enfrentaba a la perspectiva de toparse con ella en todas partes. Quizá Kay estaba envenenando ya el pozo de los cotilleos en su contra; la imaginaba repitiéndole a Samantha las cosas que le había dicho a él por teléfono, o contándoselas a aquella vieja entrometida de la tienda de delicatessen que le ponía los pelos de punta.

«He desarraigado a mi hija, he dejado mi trabajo y me he trasladado aquí por ti, y me tratas como a una fulana a la que no tienes que pagar.»

La gente juzgaría que se había portado mal con ella. Bueno, quizá sí se había portado mal. Seguro que hubo algún punto crucial en el que habría podido echarse atrás, pero no lo había visto.

Pasó el fin de semana entero dándole vueltas a cómo le sentaría que lo consideraran el malo de la película. Nunca había representado ese papel. Cuando Lisa lo dejó, todos se habían mostrado atentos y comprensivos con él, en especial los Fairbrother. Fue presa de la culpa y el miedo hasta que, el domingo por la noche, se derrumbó y llamó a Kay para disculparse. Ahora volvía a estar donde no quería, y odiaba a Kay por ello.

Aparcó el coche en el sendero de entrada de los Fairbrother, como había hecho tan a menudo en vida de Barry, y al caminar hacia la puerta advirtió que habían cortado el césped desde su última visita. Cuando llamó al timbre, Mary le abrió casi al instante.

—Hola, ¿qué tal...? Mary, ¿qué pasa?

Ella, con los ojos enrojecidos y las mejillas surcadas de lágrimas, tragó saliva un par de veces negando con la cabeza. Y entonces, sin saber del todo cómo, Gavin se encontró estrechándola entre sus brazos en el umbral.

—¿Mary? ¿Ha ocurrido algo?

Notó que asentía con la cabeza. Muy consciente de lo expuestos que estaban, de la calle a sus espaldas, la hizo entrar con suavidad. La notaba menuda y frágil en sus brazos; ella lo aferraba con los dedos y apretaba la cara contra su abrigo. Gavin intentó dejar el maletín con suavidad, pero el ruido que provocó al dar contra el suelo la hizo apartarse de él, llevándose las manos a la cara, jadeante.

—Lo siento... lo siento... Oh, Dios mío, Gav...

—¿Qué ha pasado? —La voz de Gavin sonó diferente: convincente e imperiosa, como la de Miles cuando había alguna crisis en el trabajo.

—Alguien ha puesto... no sé cómo... alguien ha puesto el nombre de Barry...

Le indicó que pasara al estudio de la casa, abarrotado, desordenado y acogedor, con los antiguos trofeos de remo de Barry en las estanterías y una gran fotografía enmarcada de ocho chicas adolescentes con los puños en alto y medallas al cuello. Mary señaló la pantalla del ordenador con un dedo tembloroso. Sin quitarse el abrigo, Gavin se dejó caer en la silla y miró fijamente el foro de la página web del concejo parroquial de Pagford.

—Esta mañana es... estaba en la tienda de delicatessen y Maureen Lowe me ha dicho que mucha gente ha colgado mensajes de condolencia en la página... Así que iba a en... enviar un mensaje de a... agradecimiento. Y... mira...

Gavin lo vio mientras ella hablaba. Simon Price, no apto para presentarse al concejo, colgado por El Fantasma de Barry Fairbrother.

—Madre mía —soltó asqueado.

Mary se echó a llorar otra vez. Gavin tuvo ganas de volver a abrazarla, pero temió hacerlo, especialmente en aquella habitación donde la presencia de Barry era tan palpable. Se conformó con asirle la fina muñeca y conducirla por el pasillo hasta la cocina.

—Necesitas una copa —le dijo con aquel tono imperioso que le resultaba tan raro—. A la porra el café. ¿Dónde están las bebidas de verdad?

Pero se acordó antes de que Mary contestara: había visto a Barry sacar las botellas del armario muchas veces. Le preparó entonces un gin-tonic corto, que era lo único que le había visto tomar antes de cenar.

—Gav, son las cuatro de la tarde.

—¿Y qué más da? —repuso él con su nueva voz—. Vamos, tómatelo.

Una risa un poco trastornada interrumpió los sollozos de Mary; aceptó el vaso y bebió un sorbo. Gavin cogió el rollo de papel de cocina para secarle la cara y los ojos.

—Qué bueno eres, Gav. ¿Tú no quieres nada? ¿Un café o... o una cerveza? —preguntó ella, riendo débilmente otra vez.

Él mismo sacó un botellín de la nevera, se quitó el abrigo y se sentó frente a Mary, a la isla del centro de la cocina. Al cabo de un rato, cuando se hubo tomado casi toda la copa, Mary volvió a ser la de siempre, serena y comedida.

—¿Quién crees tú que habrá sido? —preguntó.

—Algún cabronazo —repuso Gavin.

—Ahora están todos peleándose por su plaza en el concejo. Y discutiendo sobre los Prados, como de costumbre. Y él sigue ahí, metiendo baza. El Fantasma de Barry Fairbrother. A lo mejor es él realmente quien está colgando esos mensajes.

Gavin no supo si lo decía en broma y decidió esbozar una leve sonrisa que podía borrar con facilidad.

—¿Sabes una cosa? —siguió Mary—. Me encantaría pensar que, esté donde esté, se preocupa por nosotros, por mí y por los chicos. Pero lo dudo. Apuesto a que quien más le preocupa es Krystal Weedon. ¿Sabes qué me diría si estuviera aquí?

Mary apuró la copa. Gavin no creía habérsela preparado muy fuerte de ginebra, pero vio que tenía las mejillas muy sonrosadas.

—No —contestó con cautela.

—Me diría que yo tengo apoyo —dijo Mary, y Gavin, para su asombro, captó ira en aquella voz que siempre le había parecido tan dulce—. Sí, probablemente diría: «Tú tienes a toda la familia, a nuestros amigos y a los chicos para ofrecerte consuelo, pero Krystal... —su tono se volvía más estridente—, Krystal no tiene a nadie que la cuide.» ¿Sabes a qué dedicó el día de nuestro aniversario de boda?

—No —repitió Gavin.

—A escribir un artículo sobre Krystal para el periódico. Sobre Krystal y los Prados. Los puñeteros Prados. Ojalá no vuelvan a mencionármelos nunca, ya irá siendo hora. Quiero otra ginebra. Debería beber más a menudo.

Gavin cogió su vaso y volvió al armario de las bebidas, perplejo. Siempre había considerado absolutamente perfecto el matrimonio de Barry. Nunca se le había pasado por la cabeza que Mary pudiese no apoyar al cien por cien cada empresa y cruzada en que se embarcaba su eternamente ocupado marido.

—Entrenamientos de remo por las tardes, salidas los fines de semana para llevarlas a las regatas —continuó Mary sobre el tintineo de los cubitos que Gavin le ponía en el vaso—, y se pasaba muchas noches al ordenador, tratando de conseguir gente que lo apoyara con lo de los Prados, añadiendo cosas al orden del día para las reuniones del concejo. Y todos decían siempre: «Qué maravilloso es Barry, qué bien lo hace todo, siempre se ofrece voluntario; qué comprometido está con la comunidad.» —Tomó un buen trago del segundo gin-tonic—. Sí, maravilloso. Absolutamente maravilloso. Hasta que eso lo mató. Todo el día de nuestro aniversario de boda estuvo tratando de cumplir con la entrega de ese estúpido artículo. Ni siquiera lo han publicado todavía.

Gavin no podía dejar de mirarla. La rabia y el alcohol habían devuelto el color a su rostro. Estaba sentada muy erguida, no encorvada y acobardada como la veía últimamente.

—Fue eso lo que lo mató —declaró entonces, y su voz reverberó un poco en la cocina—. Se lo dio todo a todos. Excepto a mí.

Desde el funeral de Barry, Gavin había pensado varias veces, con una profunda sensación de ineptitud, en el insignificante vacío que él dejaría atrás en su comunidad, en comparación con su amigo, el día que muriese. Mirando a Mary, se preguntó si no sería mejor dejar un enorme hueco en el corazón de una persona. ¿No había comprendido Barry cómo se sentía Mary? ¿No había comprendido la suerte que tenía?

La puerta de entrada se abrió con estrépito, y Gavin oyó entrar a los cuatro chicos: voces, pisadas y trajín de zapatos y mochilas.

—Hola, Gav —saludó Fergus, el mayor, y besó a su madre en la coronilla—. Mamá, ¿estás bebiendo a estas horas?

—Es culpa mía —intervino Gavin—. Asumo toda la responsabilidad.

Qué buenos chicos eran los Fairbrother. A Gavin le gustaba cómo le hablaban a su madre, cómo la abrazaban; la forma en que charlaban unos con otros y con él. Eran abiertos, educados y simpáticos. Pensó en Gaia, en sus maliciosos comentarios, en sus silencios como cortantes trozos de cristal, en los bufidos que le soltaba.

—Gav, ni siquiera hemos hablado del seguro —dijo Mary, mientras los chicos iban de aquí para allá en la cocina, buscando bebidas y algún tentempié.

—No importa —respondió él sin pensar, y se apresuró a corregirse—. ¿Vamos a la sala de estar o...?

—Sí, vamos.

Mary se tambaleó un poco al bajar del taburete, y él volvió a asirla del brazo.

—¿Te quedas a cenar, Gav? —quiso saber Fergus.

—Quédate si quieres —dijo Mary.

Él sintió que lo invadía una oleada de calidez.

—Me encantaría —contestó—. Gracias.

IV

—Qué pena —dijo Howard Mollison meciéndose ligeramente sobre las puntas de los pies, de cara a la repisa de la chimenea—. Una pena, desde luego.

Maureen acababa de contarle con pelos y señales la muerte de Catherine Weedon; se había enterado de todo esa tarde a través de su amiga Karen, la recepcionista, incluida la queja presentada por la nieta de la fallecida. Una expresión de satisfecho reproche le arrugaba la cara; Samantha, que estaba de muy mal humor, pensó que parecía un cacahuete. Miles se limitaba a soltar las convencionales exclamaciones de sorpresa y lástima, pero Shirley miraba el techo con expresión impasible; detestaba que Maureen tuviera el papel protagonista con una noticia que debería haber oído ella primero.

—Mi madre conocía a la familia desde hacía mucho —le contó Howard a Samantha, que ya lo sabía—. Eran vecinas en Hope Street. Cath era buena persona, a su manera. La casa estaba siempre impecable, y trabajó hasta pasados los sesenta. Oh, sí, Cath Weedon era trabajadora como la que más, con independencia de cómo haya acabado el resto de la familia.

—Howard disfrutaba reconociendo méritos cuando tocaba—. El marido se quedó en paro cuando cerraron la fundición. No, la pobre Cath no lo tuvo siempre fácil, claro que no.

A Samantha le estaba costando mucho mostrar interés, pero por suerte Maureen interrumpió a Howard.

—¡Y el periódico la ha tomado con la doctora Jawanda! —gritó—. Imaginaos cómo debe de sentirse, ahora que los del *Yarvil Gazette* se han enterado. La familia está armando un escándalo. Bueno, se comprende, si la pobre difunta pasó tres días sola en aquella casa. ¿Conoces a esa mujer, Howard? ¿Cuál de ellas es Danielle Fowler?

Shirley se levantó y salió de la habitación, con el delantal puesto. Samantha tomó otro trago de vino, sonriendo.

—A ver, pensemos —dijo Howard. Presumía de conocer a casi todo el mundo en Pagford, pero las últimas generaciones de Weedon pertenecían más a Yarvil—. No puede ser una hija, porque Cath tuvo cuatro varones. Será una nieta, supongo.

—Y quiere que se lleve a cabo una investigación —añadió Maureen—. Bueno, la cosa tenía que acabar así. Era cuestión de tiempo. Lo que me sorprende es que haya tardado tanto. La doctora Jawanda se negó a darle antibióticos al crío de los Hubbard, y acabó hospitalizado con un ataque de asma. ¿Sabes dónde se formó esa mujer, si en la India o...?

Shirley, que escuchaba desde la cocina mientras removía la salsa, se sintió irritada, como le pasaba siempre, por la forma en que Maureen monopolizaba la conversación, o eso al menos le parecía. Resuelta a no volver hasta que Maureen hubiese acabado, se dirigió al estudio a comprobar si alguien se había excusado de asistir a la siguiente reunión del concejo parroquial; en su papel de secretaria, ya estaba redactando el orden del día.

—¡Howard, Miles...! ¡Venid a ver esto!

La voz de Shirley, habitualmente dulce y aflautada, sonó estridente.

Howard salió bamboleante de la sala de estar, seguido por Miles, aún con el traje que había llevado todo el día en la oficina. Los ojos de Maureen, enrojecidos, con párpados caídos y kilos de rímel, se clavaron en el umbral desierto como los de un sabueso; sus ansias de saber qué había encontrado Shirley eran casi palpables. Sus dedos de nudillos descarnados y cubiertos de piel translúcida y moteada, como de leopardo, empezaron a deslizar el crucifijo y la alianza por la cadena que llevaba al cuello. A Samantha, las profundas arrugas que descendían de las comisuras de la boca de Maureen siempre le recordaban a un muñeco de ventrílocuo.

«¿Por qué te pasas la vida aquí? —le preguntó mentalmente Samantha—. Por sola que me sintiera, jamás sería el perrito faldero de Howard y Shirley como tú.»

Samantha sintió una arcada de repugnancia. Tuvo ganas de coger aquella habitación demasiado caldeada y estrujarla hasta que la porcelana, la chimenea de gas y las fotografías con marco dorado de Miles se hicieran pedazos; y entonces, con la marchita y pintarrajeada Maureen chillando en su interior, arrojarla, cual lanzadora de pesos celestial, hacia el sol poniente. La habitación aplastada con la vieja arpía dentro voló en su imaginación por el cielo para hundirse en un océano sin fondo, dejándola a ella sola en la infinita quietud del universo.

Samantha había pasado una tarde terrible. Había tenido otra aterradora conversación con su contable; no recordaba gran cosa del trayecto de vuelta a casa desde Yarvil. Le habría gustado descargarlo todo en Miles pero, después de dejar el maletín y quitarse la corbata, él preguntó:

—Todavía no has empezado a preparar la cena, ¿verdad? —Hizo ademán de olisquear el aire, y contestó a su propia pregunta—: No, no has empezado. Bueno, pues ya va bien, porque mis padres nos han invitado a cenar. —Y antes de que ella protestara, añadió—: No tiene nada que ver con el concejo. Es para hablar de la organización de los sesenta y cinco años de papá.

La rabia fue casi un alivio para Samantha, pues eclipsó su ansiedad y sus temores. Había seguido a Miles hasta el coche regodeándose en su sensación de mujer maltratada. Cuando él le preguntó por fin, en la esquina de Evertree Crescent: «¿Cómo te ha ido el día?», ella contestó: «De puñetera maravilla.»

—Me pregunto qué estará pasando —dijo Maureen, rompiendo el silencio en la sala.

Samantha se encogió de hombros. Típico de Shirley, lo de llamar a los hombres y dejar a las mujeres a la expectativa; Samantha no estaba dispuesta a darle a su suegra la satisfacción de mostrar interés.

Las pisadas elefantinas de Howard hicieron crujir el parquet bajo la alfombra del pasillo. Maureen boqueaba de pura expectación.

—Bueno, bueno, bueno —resolló Howard, entrando pesadamente en la habitación.

—Estaba comprobando la página del concejo —explicó Shirley detrás de él y un poco jadeante—, por si alguien no podía asistir a la próxima reunión...

—Alguien ha colgado acusaciones contra Simon Price —informó Miles a Samantha, adelantándose a sus padres en el papel de locutor.

—¿Qué clase de acusaciones? —quiso saber ella.

—Lo culpan de aceptar bienes robados —intervino Howard, reclamando para sí el protagonismo— y de estafar a sus jefes en la imprenta.

A Samantha le alegró comprobar que se quedaba impasible. Sólo tenía una idea muy remota de quién era Simon Price.

—Ha firmado con pseudónimo —continuó Howard—, y no con uno de muy buen gusto, la verdad.

—¿Qué es, una grosería? —preguntó Samantha—. ¿La Gran Polla o algo así?

La carcajada de Howard resonó en la habitación. Maureen soltó un afectado chillido de espanto, pero Miles frunció el entrecejo y Shirley echaba fuego por los ojos.

—No es eso exactamente, Sammy —dijo Howard—. No, se hace llamar El Fantasma de Barry Fairbrother.

—Ah —repuso Samantha, y su sonrisa se evaporó.

Eso no le gustaba. Al fin y al cabo, ella iba en la ambulancia cuando le habían puesto todos aquellos tubos y agujas al cuerpo inerte de Barry; lo había visto moribundo con la mascarilla; había visto a Mary aferrada a su mano, había oído sus gemidos y sollozos.

—Oh, no, no tiene ninguna gracia —intervino Maureen, aunque su voz de rana reveló que aquello le encantaba—. Qué desagradable, lo de hablar en nombre de los muertos, faltándoles al respeto de esa manera. No está bien.

—No —admitió Howard. Distraídamente, cruzó la habitación, cogió la botella de vino y volvió junto a Samantha para llenarle la copa vacía—. Pero por lo visto hay alguien a quien no le importa el buen gusto, si se trata de eliminar de la campaña a Simon Price.

—Si piensas lo que creo que estás pensando, papá —intervino Miles—, ¿no habría ido a por mí en lugar de a por Price?

—¿Y cómo sabes que no lo ha hecho ya?

—¿Qué quieres decir? —se apresuró a preguntar Miles.

—Quiero decir —repuso Howard, encantado de ser el blanco de todas las miradas— que hace un par de semanas recibí una carta anónima que hablaba de ti. No decía nada específico, sólo que no le llegabas a la suela del zapato a Fairbrother. Me sorprendería mucho que esa carta no viniera de la misma fuente que el anuncio en la web. En ambos se hace mención de Fairbrother, ¿comprendéis?

Samantha se llevó la copa a los labios con demasiado entusiasmo y un poco de vino se le derramó en dos hilillos hacia la barbilla, exactamente por donde sus propias arrugas de ventrílocuo aparecerían con el tiempo. Se limpió la cara con la manga.

—¿Dónde está esa carta? —quiso saber Miles, tratando de no parecer inquieto.

—La metí en la trituradora. Era anónima, no contaba.

—No queríamos preocuparte, cariño —intervino Shirley, y le dio unas palmaditas en el brazo.

—De todas formas, no tienen nada contra ti —añadió Howard para tranquilizar a su hijo—, o habrían sacado a la luz los trapos sucios, como han hecho con Price.

—La mujer de Simon Price es una chica encantadora —comentó Shirley con ligero pesar—. Si es cierto que él anda metido en chanchullos, seguro que Ruth no sabe nada. Es amiga mía del hospital —añadió, dirigiéndose a Maureen—. Es enfermera.

—No sería la primera esposa que no ve lo que está pasando ante sus narices —dijo Maureen, demostrando que, como si fueran naipes, la sabiduría mundana triunfa sobre la información privilegiada.

—Usar el nombre de Barry Fairbrother me parece el descaro más absoluto —comentó Shirley, fingiendo no haber oído a Maureen—. El que lo ha hecho no ha pensado ni un momento en su viuda, en su familia. Sólo le importan sus prioridades, sacrificaría lo que fuera por ellas.

—Demuestra a qué nos enfrentamos —dijo Howard. Se rascó bajo la barriga, pensativo—. Estratégicamente hablando, es una jugada astuta. Desde el principio supe que Price iba a dividir el voto de los defensores de los Prados. La Pelmaza no tiene un pelo de tonta; también lo ha advertido, y quiere que abandone.

—Pero a lo mejor no tiene nada que ver con Parminder y los suyos —especuló Samantha—. Puede ser de alguien a quien no conocemos, alguien que quiera ajustar cuentas con Simon Price.

—Ay, Sam —repuso Shirley con una risa cristalina, negando con la cabeza—. Se nota que la política es algo nuevo para ti.

«Vete a la mierda, Shirley.»

—Vale, y entonces, ¿por qué han usado el nombre de Barry Fairbrother? —preguntó Miles, encarándose con su mujer.

—Bueno, está en la web, ¿no? Es su plaza la que está vacante.

—¿Y quién va a andar buscando esa clase de información en la web del concejo? No —añadió él con seriedad—, es alguien de dentro.

Alguien de dentro... Libby le había contado una vez a Samantha que dentro de una gota de agua de charca podía haber miles de especies microscópicas. Samantha se dijo que eran todos absolutamente ridículos, allí sentados ante los platos conmemorativos de Shirley como si estuvieran en la sala del gabinete de Downing Street, como si unos cuantos chismes en la página web de un concejo parroquial constituyeran una campaña organizada, como si todo aquello tuviese la más mínima importancia.

Así pues, con actitud desafiante, Samantha dejó de prestarles atención. Clavó la vista en la ventana y el despejado cielo del anochecer, y pensó en Jake, el chico musculoso del grupo musical favorito de Libby. A la hora del almuerzo, Samantha había salido en busca de unos bocadillos, y volvió con una revista de música en la que venía una entrevista a Jake y su grupo. Había montones de fotos.

—Es para Libby —le dijo a su ayudante en la tienda.

—Hala, vaya tío. No lo echaría de mi cama aunque me la llenara de migas —comentó Carly señalando a Jake, desnudo de cintura para arriba, con la cabeza hacia atrás, revelando aquel cuello grueso y fuerte—. Oh, mira, pero si sólo tiene veintiún años. No soy una asaltacunas.

Carly tenía veintiséis. Samantha no se molestó en calcular cuántos años le llevaba ella a Jake. Se había comido el bocadillo, había leído la entrevista y estudiado las fotos. Jake con las manos apoyadas en una barra sobre la cabeza, los bíceps abultados bajo una camiseta negra; Jake con una camisa blanca abierta, los músculos abdominales grabados a cincel por encima de la cinturilla baja de los vaqueros.

Samantha bebió el vino de Howard y contempló el cielo, de un delicado tono rosáceo más allá del seto de alheña; el tono preciso que tenían sus pezones antes de que el embarazo y la lactancia los volvieran oscuros y distendidos. Se imaginó con diecinueve años, contra los veintiuno de Jake, con la cintura estrecha de nuevo, curvas prietas y un vientre plano y firme, cómodamente embutida en sus shorts blancos de talla 36. Recordaba claramente la sensación de estar sentada en el regazo de un joven con aquellos shorts, con el calor y la aspereza de los vaqueros contra los muslos desnudos y unas grandes manos rodeándole la delgada cintura. Imaginó el aliento de Jake en el cuello; se imaginó volviéndose para mirarlo a los ojos azules, cerca de aquellos pómulos prominentes y la boca firme y perfilada...

—...en el centro parroquial, y encargaremos el catering en Bucknoles —estaba diciendo Howard—. Hemos invitado a todo el mundo: a Aubrey y Julia... a todos. Con un poco de suerte, será una celebración por partida doble, tú en el concejo y yo un año más joven...

Samantha estaba achispada y un poco cachonda. ¿Cuándo iban a cenar? Advirtió que Shirley había salido de la sala, y esperó que fuera para servir algo de comida en la mesa.

Sonó el teléfono junto al codo de Samantha, que dio un respingo. Antes de que nadie pudiera moverse, Shirley había aparecido de nuevo, con un floreado guante de horno en una mano. Levantó el auricular con la otra.

—¿Dos dos cinco nueve? —canturreó con modulación creciente—. Ah... ¡Hola, Ruth, querida!

Howard, Miles y Maureen se pusieron rígidos y prestaron atención. Shirley se volvió para lanzarle una mirada penetrante a su marido, como si transmitiera con los ojos la voz de Ruth a la mente de Howard.

—Sí —dijo Shirley con voz aflautada—. Sí...

Sentada junto al teléfono, Samantha oía la voz de la otra mujer, pero no distinguía las palabras.

—Oh, ¿de verdad?

Maureen volvía a boquear; parecía un pajarillo antiquísimo, o quizá un pterodáctilo que ansiaba noticias regurgitadas.

—Sí, querida, ya entiendo... Oh, no debería haber problema... No, no; se lo explicaré a Howard. No, no supone ningún problema.

Los ojillos castaños de Shirley no se habían apartado un instante de los grandes y saltones ojos azules de Howard.

—Ruth, querida —dijo—. Ruth, no quiero preocuparte, pero ¿has visto hoy la web del concejo? Bueno... no es muy agradable, pero creo que tendrías que saber que... que alguien ha colgado una cosa muy fea sobre Simon... Bueno, será mejor que lo leas tú misma, no quisiera... Muy bien, querida. Muy bien. Nos vemos el miércoles, espero. Sí. Adiós.

Shirley colgó.

—No lo sabía —declaró Miles.

Shirley negó con la cabeza, confirmándolo.

—¿Para qué llamaba?

—Por su hijo —le dijo a Howard—. Tu nuevo chico para todo. Tiene alergia a los cacahuetes.

—Muy conveniente en una tienda de comida —opinó Howard.

—Quería saber si podrías guardarle en la nevera una jeringuilla de adrenalina, sólo por si acaso.

Maureen resopló.

—Estos chicos de hoy en día... Todos tienen alergias.

La mano sin guante de Shirley no había soltado el auricular. Su subconsciente esperaba captar temblores en la línea procedentes de Hilltop House.

V

Ruth estaba sola en la iluminada sala, de pie y aferrando todavía el auricular que acababa de colgar.

Hilltop House era pequeña y compacta. Era una casa antigua y no costaba saber dónde se encontraba exactamente cada uno de los miembros de la familia Price; las voces, pisadas y puertas que se abrían y cerraban se oían muy bien. Ruth sabía que su marido seguía en la ducha, porque oía sisear y traquetear la caldera bajo la escalera. Había esperado a que Simon abriera el agua para telefonear a Shirley, pues le preocupaba que él pudiera pensar que pedir aquel pequeño favor, lo de la EpiPen inyectable, era confraternizar con el enemigo.

El ordenador familiar estaba instalado en un rincón de la sala, donde Simon podía tenerlo vigilado y asegurarse de que nadie disparara el importe de la factura. Ruth soltó el teléfono y se abalanzó sobre el teclado.

La web del concejo parroquial tardaba lo suyo en cargarse. Con mano temblorosa, Ruth se ajustó las gafas de lectura en la nariz mientras examinaba las distintas páginas. Por fin encontró el tablón de anuncios. El nombre de su marido le saltó a la vista en espantoso negro sobre blanco: Simon Price, no apto para presentarse al concejo.

Abrió el texto entero con un doble clic sobre el título, y lo leyó. De pronto, todo empezó a darle vueltas.

—Dios mío —musitó.

La caldera había dejado de sonar. Simon estaría poniéndose el pijama que había calentado en el radiador. Ya había corrido las cortinas de la salita y encendido las lámparas de pie y la estufa de leña para bajar a tenderse en el sofá y ver las noticias.

Ruth no tendría más remedio que decírselo. No podía dejar que él lo descubriera por sí mismo, además de que no creía poder guardárselo para sí. Estaba asustada y se sentía culpable, aunque no sabía por qué.

Lo oyó bajar la escalera, hasta que apareció en la puerta con el pijama de franela azul.

—Simon —susurró Ruth.

—¿Qué pasa? —repuso él, instantáneamente irritado.

Supo que algo iba mal, que su fantástico plan de sofá, estufa y noticias estaba a punto de irse al traste.

Ruth señaló el monitor, tapándose la boca con la otra mano, como una niña pequeña. Su terror contagió a Simon, que se precipitó hacia el ordenador y miró la pantalla con ceño. Leer no era su fuerte. Se esforzó en descifrar cada palabra, cada línea.

Cuando hubo acabado, permaneció muy quieto, pasando revista mentalmente a los probables soplones. Pensó en el conductor de la carretilla elevadora, el del chicle, al que había dejado colgado en los Prados cuando recogieron el ordenador nuevo. Pensó en Jim y Tommy, que hacían con él los encargos en negro y a hurtadillas. Alguien del trabajo se había ido de la lengua. La rabia y el miedo colisionaron en su interior y provocaron una combustión.

Fue hasta el pie de la escalera y gritó:

—¡Vosotros dos! ¡Bajad ahora mismo!

Ruth aún se tapaba la boca con la mano. Simon sintió el sádico impulso de apartársela de un bofetón, de decirle que se calmara, que era él quien estaba de mierda hasta el cuello.

Andrew llegó el primero, con Paul detrás. Andrew vio el escudo de armas de Pagford en la pantalla, y a su madre con la mano en la boca. Descalzo sobre la vieja alfombra, tuvo la sensación de caer en picado en un ascensor averiado.

—Alguien ha contado cosas por ahí que he mencionado en esta casa —dijo Simon mirando furibundo a sus hijos.

Paul había bajado consigo el libro de ejercicios de química y lo sostenía como si fuera un cantoral. Andrew miraba fijamente a su padre, tratando de adoptar una expresión de confusión y curiosidad.

—¿Quién se ha chivado de que tenemos un ordenador robado? —preguntó Simon.

—Yo no —contestó Andrew.

Paul miró a su padre con cara inexpresiva, tratando de procesar la pregunta. Andrew deseó que hablara de una vez. ¿Por qué tenía que ser tan lento?

—¿Y bien? —le insistió Simon a Paul.

—No creo que yo...

—¿Qué no crees? ¿No habérselo contado a nadie?

—No, no creo que se lo haya contado a...

—Oh, muy interesante —dijo Simon, caminando de aquí para allá delante de Paul—. Esto es interesantísimo.

De un manotazo, le arrancó el libro de las manos y lo lanzó lejos.

—Pues intenta pensarlo, pedazo de mierda —gruñó—. Piénsalo de una vez, coño. ¿Le has contado a alguien que tenemos un ordenador robado?

—No, que es robado no —contestó Paul—. Nunca le he contado a nadie... Ni siquiera creo haberle dicho a nadie que teníamos uno nuevo.

—Ya veo —repuso su padre—. Y la noticia se ha difundido por arte de magia, ¿verdad? —Señalaba la pantalla del ordenador—. ¡Pues alguien se ha ido de la lengua, joder! —exclamó—. ¡Porque está en el internet de los cojones! ¡Y ya puedo considerarme afortunado si no me-quedo-en-la-puta-calle!

Con cada una de esas últimas palabras fue dándole un golpe con el puño en la cabeza. Paul se encogió y retrocedió; por la nariz le brotó un hilillo oscuro; sufría frecuentes hemorragias nasales.

—¡¿Y tú qué?! —le gritó Simon a su mujer, que seguía petrificada junto al ordenador, con los ojos muy abiertos detrás de las gafas y la mano tapándole la boca como un velo—. Has estado cotilleando por ahí, ¿eh?

Ruth se quitó la mordaza.

—No, Simon —susurró—. La única persona a la que le conté que teníamos un ordenador nuevo es Shirley y ella nunca...

«Qué tonta eres, qué tonta, joder, ¿por qué tenías que decirle eso?»

—¿Que hiciste qué? —siseó.

—Se lo conté a Shirley —gimoteó Ruth—. Pero no le dije que era robado, Simon. Sólo le dije que ibas a traerlo a casa...

—Bueno, pues ya sabemos de dónde viene esta mierda, joder —soltó Simon, y empezó a gritar—: ¡Su puto hijo se presenta a las elecciones, coño, y por supuesto ella me quiere sacar los trapos sucios!

—Pero si es ella quien me lo ha dicho hace un momento, Simon, ella no habría...

Simon se abalanzó sobre su mujer y le pegó en la cara, como deseaba hacer desde que había visto su expresión tonta y asustada. Las gafas de Ruth volaron y se hicieron añicos contra la estantería. Simon volvió a pegarle y ella cayó sobre la mesa de ordenador que con tanto orgullo había comprado con su primer sueldo del South West General.

Andrew se había hecho una promesa. Le dio la sensación de que se movía a cámara lenta, todo parecía frío y húmedo y ligeramente irreal.

—No le pegues —dijo, interponiéndose entre sus padres—. No le...

El labio se le partió contra los incisivos, aplastado por los nudillos de Simon. Andrew cayó hacia atrás encima de su madre, aún desplomada sobre el teclado. Simon lanzó otro puñetazo, que alcanzó a Andrew en los brazos, con que se protegía la cara. El muchacho trató de incorporarse, con su madre forcejeando debajo, pero su padre estaba en pleno ataque, golpeándolos con saña.

—¡No te atrevas a decirme lo que tengo que hacer, joder!... ¡No te atrevas, gilipollas, cobarde, pedazo de mierda!...

Andrew se dejó caer de rodillas para quitarse de en medio y Simon le dio una patada en las costillas.

—¡Basta! —exclamó Paul con voz lastimera.

Simon lanzó otra patada a las costillas de su hijo, pero éste la esquivó y su progenitor estrelló el pie contra la chimenea de ladrillo, y de pronto empezó a soltar ridículos aullidos de dolor.

Andrew se escabulló a cuatro patas mientras Simon se aferraba los dedos del pie, dando saltitos sin moverse del sitio y chillando maldiciones. Ruth, desplomada en la silla giratoria, sollozaba tapándose la cara con las manos. Andrew se puso en pie; notaba el sabor de su propia sangre.

—Cualquiera pudo irse de la lengua con lo de ese ordenador —resolló casi sin aliento, esperando otro estallido de violencia; ahora que había empezado, que estaban en plena trifulca, se sentía más valiente; era la espera lo que lo sacaba de quicio, ver a su padre adelantar la barbilla y oír el ansia creciente de violencia en su voz—. Nos dijiste que le habían dado una paliza a un vigilante jurado. Cualquiera pudo irse de la lengua. No hemos sido nosotros...

—¡Gilipollas de mierda, no te atrevas...! ¡Me he roto el dedo, joder! —jadeó Simon, y se dejó caer en una butaca, todavía agarrándose el pie. Esperaba compasión, por lo visto.

Andrew imaginó que empuñaba un arma y le disparaba a la cara, que sus facciones estallaban y sus sesos salpicaban las paredes.

—¡Y Pauline vuelve a tener la regla! —le gritó Simon a Paul, que trataba de contener la sangre de la nariz que le goteaba entre los dedos—. ¡Sal de la alfombra! ¡Coño, sal de la alfombra, mariquita!

Paul huyó corriendo de la habitación. Andrew se apretaba el dolorido labio con el borde de la camiseta.

—¿Y todos esos trabajos en negro? —gimoteó Ruth, con la mejilla encarnada y las lágrimas goteándole de la barbilla.

Andrew detestaba verla así, patética y humillada; pero también la despreciaba un poco por haberse metido en aquel lío, cuando cualquiera lo habría visto venir.

—Ahí mencionan los trabajos en negro —prosiguió ella—. Shirley no sabe nada de eso, ¿cómo iba a saberlo? Eso lo ha colgado alguien de la imprenta. Ya te lo dije, Simon, ya te dije que no debías hacer esos trabajos, siempre he temido que...

—¡Cierra la puta boca, joder! ¡Ahora te quejas, pero no te importaba una mierda gastarte el dinero! —bramó Simon adelantando otra vez la barbilla.

Andrew quiso gritarle a su madre que se callara: parloteaba cuando cualquier imbécil habría visto que debía mantener la boca cerrada, y callaba cuando habría hecho bien en hablar; no aprendía, nunca veía lo que se avecinaba.

Transcurrió un minuto sin que ninguno hablara. Ruth se enjugaba los ojos con el dorso de la mano y sorbía por la nariz de forma intermitente. Simon seguía aferrándose el pie, con los dientes apretados y respirando con dificultad. Andrew se lamía la sangre del labio, que ya notaba hinchado.

—Esto va a costarme mi puto trabajo —masculló Simon, recorriendo la habitación con ojos de loco, como si pudiera haber alguien a quien hubiera olvidado pegar—. Ya andan hablando de que hay exceso de personal, joder. Sólo faltaba esto. Esto va a ser...

Tumbó de un manotazo la lámpara de la mesita, que rodó por el suelo sin romperse. La recogió, tiró del cable para desenchufarlo de la pared, la blandió por encima de la cabeza y se la arrojó a Andrew, que se agachó para esquivarla.

—¡¿Quién coño se ha chivado?! —gritó cuando la lámpara se hizo añicos contra la pared—. ¡Porque alguien se ha chivado, joder!

—¡Habrá sido algún cabrón de la imprenta, ¿no?! —contestó Andrew a gritos; notaba el labio grueso y palpitante, como un gajo de mandarina—. ¿De verdad crees que nosotros...? ¿De verdad crees que a estas alturas no sabemos tener la boca cerrada?

Era como tratar de comprender a un animal salvaje. Andrew veía moverse la mandíbula de su padre y advirtió que estaba considerando sus palabras.

—¡¿Cuándo han colgado eso?! —le gritó a Ruth—. ¡Míralo! ¿Qué fecha pone?

Todavía sollozando, Ruth miró la pantalla; tuvo que acercarse casi hasta tocarla con la punta de la nariz, ahora que sus gafas estaban rotas.

—El quince —susurró.

—El quince... Domingo. Era domingo, ¿no?

Ni Andrew ni Ruth lo sacaron de su error. Andrew no podía creerse su suerte, aunque seguro que no duraría.

—Domingo —continuó Simon—, de manera que cualquiera habrá podido... ¡Joder, mi pie! —exclamó al levantarse, y se acercó a Ruth cojeando exageradamente—. ¡Aparta!

Ruth se apresuró a dejarle la silla y lo observó volver a leer el párrafo, soltando bufidos como una fiera. Andrew se dijo que, si tuviera un alambre a mano, podría estrangularlo allí mismo.

—Alguien se ha enterado a través de la imprenta —declaró Simon, como si hubiese llegado por sí mismo a esa conclusión sin haber oído a su mujer y su hijo insistirle en esa hipótesis. Puso las manos en el teclado y se volvió hacia Andrew—. ¿Cómo lo quito?

—¿Qué?

—¡Tú estudias informática, joder! ¿Cómo quito esto de ahí?

—No puedes entrar en... No puedes. Tiene que ser el administrador.

—Pues hazte administrador —replicó Simon levantándose e indicándole la silla giratoria.

—No puedo hacerme administrador —dijo Andrew, temiendo que su padre estuviera al borde de un segundo ataque de violencia—. Hay que introducir el nombre de usuario correcto y las contraseñas.

—Pues vaya desperdicio de espacio que eres, joder.

Simon le dio un empujón en el esternón al pasar cojeando a su lado y lo hizo caer de espaldas contra la repisa de la chimenea.

—¡Pásame el teléfono! —le gritó a su mujer cuando hubo vuelto a sentarse en la butaca.

Ruth cogió el teléfono y recorrió el par de metros que la separaban de él, que se lo arrancó de las manos y marcó un número.

Andrew y Ruth esperaron en silencio mientras Simon llamaba, primero a Jim y luego a Tommy, los tipos con los que había llevado a cabo los trabajos clandestinos. La ira de Simon y las sospechas que abrigaba respecto a sus propios cómplices se canalizaban por la línea telefónica en frases cortas llenas de juramentos.

Paul no había vuelto. Quizá siguiera lidiando con su hemorragia nasal, pero era más probable que estuviera muerto de miedo. A Andrew le pareció poco prudente. Era más seguro desaparecer sólo cuando Simon te daba permiso para hacerlo.

Cuando hubo acabado, Simon le tendió el teléfono a Ruth sin decir palabra; ella lo cogió y se apresuró a colgarlo en su sitio.

Él se quedó sentado, pensando, con el dedo lastimado latiéndole y sudando al calor de la estufa, henchido de rabia e impotencia. La paliza que les había dado a su mujer y su hijo no tenía la más mínima importancia, no dedicó un solo segundo a pensar en ellos; acababa de ocurrirle algo terrible y lo natural era que su explosión de ira alcanzara a sus allegados más cercanos; la vida funcionaba así. En cualquier caso, la estúpida cabrona de Ruth había admitido habérselo contado a Shirley...

Simon estaba construyendo su propia cadena de pruebas a partir de los acontecimientos que en su opinión habrían tenido lugar. Algún capullo (y sospechaba del conductor de la carretilla, el del chicle, con su expresión de cabreo cuando Simon lo había dejado tirado en los Prados) les había hablado de él a los Mollison (aunque no tuviera mucha lógica, la admisión de Ruth de que le había mencionado el ordenador a Shirley lo volvía más probable), y ellos (los Mollison, las altas esferas, los hipócritas y los cabrones que eran los guardianes del acceso al poder) habían colgado ese mensaje en su página web (aquella vieja estúpida de Shirley era la administradora, y eso le ponía el broche a su teoría).

—Ha sido tu amiga de los cojones —le dijo a su llorosa mujer de labios temblorosos—. Tu amiga de los cojones, Shirley. Ha sido ella. Ha reunido unos cuantos trapos sucios sobre mí para apartarme de la carrera de su hijo. Ha sido ella.

—Pero Simon...

«Cállate, cállate, no seas idiota», pensó Andrew.

—Conque sigues de su parte, ¿eh? —bramó Simon haciendo ademán de levantarse.

—¡No! —chilló Ruth, y él volvió a dejarse caer en la butaca, pues no quería forzar su dolorido pie.

A los directivos de Harcourt-Walsh no iba a gustarles mucho lo de esos trabajos fuera de horario, pensó Simon. Tampoco le extrañaría que apareciera la policía, husmeando en busca del ordenador. Lo asaltó el impulso urgente de hacer algo.

—Tú —dijo señalando a Andrew—. Desenchufa ese ordenador. Los cables y todo lo demás. Te vienes conmigo.

VI

Cosas negadas, cosas nunca dichas, cosas veladas y disimuladas.

Las turbias aguas del río Orr fluían ahora sobre los restos del ordenador robado, que habían arrojado a medianoche desde el viejo puente de piedra. Simon llegó al trabajo cojeando con su dedo roto y les dijo a todos que había resbalado en el jardín. Ruth se puso hielo en los moretones y los disimuló torpemente con un viejo tubo de maquillaje; en el labio de Andrew se cerró una costra, como la de Dane Tully, y a Paul le sobrevino otra hemorragia nasal en el autobús y tuvo que ir directamente a la enfermería del instituto.

Shirley Mollison, que había estado de compras en Yarvil, no respondió a las repetidas llamadas de Ruth hasta media tarde, y para entonces los hijos de Ruth ya habían vuelto del colegio. Andrew escuchó la conversación incompleta desde la escalera, fuera de la sala de estar. Sabía que Ruth trataba de ocuparse del problema antes de que llegara Simon, porque él era más que capaz de arrancarle el teléfono y ponerse a insultar a gritos a su amiga.

—...sólo son absurdas mentiras —iba diciendo alegremente—, pero te agradeceríamos mucho que lo quitaras, Shirley.

Andrew frunció el entrecejo, y el corte del labio amenazó con volverse a abrir. Odiaba oír a su madre pidiéndole un favor a aquella mujer. Durante un instante le produjo una rabia irracional que no hubiesen quitado ya el mensaje; y entonces se acordó de que lo había escrito él, de que él había sido la causa de todo: la cara magullada de su madre, su propio labio partido y el ambiente de pánico que impregnaba la casa ante el inminente regreso de Simon.

—Comprendo muy bien que tienes un montón de cosas en marcha... —decía Ruth con cobardía—, pero sin duda entenderás que podría hacerle mucho daño a Simon que la gente creyera...

Andrew pensó que era así como Ruth le hablaba a Simon las pocas veces que se sentía obligada a contradecirlo: con actitud servil, de disculpa, vacilante. ¿Por qué no le exigía a aquella mujer que quitara el mensaje de inmediato? ¿Por qué se mostraba siempre tan acobardada, tan contrita? ¿Por qué no abandonaba a su padre de una maldita vez?

Andrew siempre había visto a Ruth como un ente separado, una mujer buena e intachable. De niño, sus padres le habían parecido la noche y el día: él, malo y aterrador, y ella, buena y cariñosa. Pero a medida que se hacía mayor, iba percatándose de la ceguera voluntaria de Ruth, de su constante defensa de Simon, de la inquebrantable lealtad que sentía por su falso ídolo.

La oyó colgar y entonces continuó bajando ruidosamente la escalera para encontrarse con ella cuando salía de la sala.

—¿Hablabas con la mujer de la página web?

—Sí. —La voz de Ruth denotaba cansancio—. Va a quitar eso que han colgado sobre papá, y esperemos que la cosa acabe ahí.

Andrew sabía que su madre era una mujer inteligente, y desde luego más mañosa en los arreglos domésticos que el torpe de su padre. Y además se ganaba la vida con su trabajo.

—¿Por qué no quitó el mensaje inmediatamente, si sois amigas? —preguntó, entrando en la cocina tras ella.

Por primera vez en su vida, la lástima que sentía por Ruth se mezclaba con una sensación de frustración muy parecida a la ira.

—Estaba muy ocupada —soltó Ruth.

Tenía un ojo inyectado en sangre por el puñetazo de Simon.

—¿No le has dicho que puede meterse en líos por dejar cosas difamatorias ahí colgadas, si es ella quien modera los foros? Nos lo enseñaron en la clase de infor...

—Ya te he dicho que va a quitarlo, Andrew —lo interrumpió ella de malos modos.

No le daba miedo sacar el genio con sus hijos. ¿Por qué? ¿Porque no le pegaban, o había otra razón? Andrew sabía que la cara tenía que dolerle tanto como a él.

—Bueno, ¿y quién crees tú que escribió esas cosas sobre papá? —preguntó, sintiéndose temerario.

Ruth se volvió para mirarlo con cara de furia.

—No lo sé —respondió—, pero, fuera quien fuese, su comportamiento fue cobarde y despreciable. Todo el mundo tiene algo que ocultar. ¿Qué pasaría si tu padre colgara en internet cosas que sabe de la gente? Pero él no haría una cosa así.

—Iría contra su código moral, ¿verdad?

—¡No conoces a tu padre tan bien como crees! —exclamó Ruth con lágrimas en los ojos—. Sal de aquí... vete a hacer los deberes... lo que sea, no me importa, pero ¡vete!

Andrew volvió a su habitación muerto de hambre, porque había bajado a la cocina en busca de algo de comer, y pasó un buen rato tendido en la cama, preguntándose si habría sido un error colgar aquel mensaje, y cuánto daño tendría que hacerle Simon a algún miembro de la familia para que su madre comprendiera que no se regía por ningún código moral.

Entretanto, en el estudio de su casa, a kilómetro y medio de Hilltop House, Shirley Mollison intentaba recordar cómo se borraba un mensaje del foro. Los mensajes eran poco frecuentes y solía dejarlos donde estaban, a veces hasta tres años. Por fin, del fondo del archivador que había en un rincón, sacó la sencilla guía para la administración del sitio web que había elaborado ella misma al principio y, tras varias meteduras de pata, consiguió borrar las acusaciones contra Simon. Lo hizo sólo porque se lo había pedido Ruth, que le caía bien, y no porque creyera que le incumbía alguna responsabilidad en el asunto.

Pero suprimir aquel mensaje no equivalía a borrarlo de la conciencia de quienes tenían un interés ferviente y personal en la contienda por la plaza de Barry. Parminder Jawanda lo había copiado en su ordenador, y no paraba de abrirlo para someter cada frase al riguroso examen de un forense que analiza fibras en un cadáver, en busca de indicios del ADN literario de Howard Mollison. Él seguramente habría intentado disimular su particular forma de redactar, pero Parminder creía reconocer su pomposidad en «no le son desconocidas las medidas para abaratar los costes» y en «podrá poner sus numerosos y útiles contactos a disposición del concejo».

—Minda, tú no conoces a Simon Price —dijo Tessa Wall.

Colin y ella cenaban con los Jawanda en la cocina de la antigua vicaría, y Parminder había sacado el tema casi en el instante en que habían cruzado el umbral.

—Es un hombre muy desagradable —continuó Tessa—, cualquiera podría guardarle rencor. De verdad, no creo que se trate de Howard Mollison. No consigo verlo haciendo algo tan burdo.

—Abre los ojos, Tessa —contestó Parminder—. Howard haría cualquier cosa para asegurarse de que Miles salga elegido. Espera y verás. Luego irá a por Colin, ya lo verás.

Tessa vio cómo los nudillos de la mano con que Colin sujetaba el tenedor se le ponían blancos, y lamentó que Parminder no pensara un poco antes de hablar. Ella conocía mejor que nadie los puntos débiles de Colin: era quien le recetaba el Prozac.

Vikram estaba sentado a la cabecera de la mesa sin decir nada. Su hermosa cara esbozó con naturalidad una sonrisa ligeramente sardónica. Tessa siempre se sentía intimidada por el cirujano, como le pasaba con todos los hombres muy atractivos. Aunque Parminder era una de sus mejores amigas, apenas conocía a Vikram, que trabajaba muchas horas y no se involucraba tanto como su mujer en los asuntos de Pagford.

—Os he contado lo del orden del día, ¿no? —prosiguió Parminder, lanzada—. ¿El de la próxima reunión? Howard presenta una moción sobre los Prados, para que se la transmitamos al comité de Yarvil que estudia la revisión del límite territorial, y, por si fuera poco, otra moción para que la clínica de toxicómanos sea desalojada del edificio. Quiere que todo se haga deprisa y corriendo, mientras la plaza de Barry esté aún sin cubrir.

Parminder no paraba de levantarse de la mesa para ir por cosas, y abría más armarios de los necesarios, distraída y con la cabeza en otro sitio. En dos ocasiones olvidó para qué se había levantado y volvió a sentarse con las manos vacías. Entre sus espesas pestañas, Vikram la observaba moverse de aquí para allá.

—Anoche llamé a Howard —explicó ella— y le dije que deberíamos esperar a que el concejo vuelva a contar con la totalidad de concejales para votar sobre cuestiones de tanta importancia. Se echó a reír. Dice que no podemos esperar. Según él, con la revisión territorial tan cerca, en Yarvil necesitan conocer nuestra opinión. En realidad, tiene miedo de que Colin consiga la plaza de Barry, porque entonces no lo tendrá tan fácil para colárnoslo todo. He mandado correos electrónicos a todos los que creo que están de nuestro lado, a ver si pueden presionarlo para postergar las votaciones hasta la siguiente reunión...

»El Fantasma de Barry Fairbrother —añadió entonces casi sin aliento—. Qué cabrón. No va a utilizar la muerte de Barry para vencerlo, si yo puedo evitarlo.

A Tessa le pareció ver la sombra de una mueca en los labios de Vikram. La vieja guardia de Pagford, liderada por Howard Mollison, le perdonaba a Vikram lo que no podía perdonarle a su esposa: la tez morena, la inteligencia y el bienestar económico (todo lo cual, en opinión de Shirley, les causaba cierto placer). A Tessa le parecía tremendamente injusto, porque Parminder se tomaba muy en serio cada aspecto de su vida en Pagford: los festivales escolares, las ventas de pasteles benéficas, su consulta médica y el concejo parroquial, y sin embargo su recompensa era la implacable aversión de la vieja guardia; a Vikram, que rara vez participaba en nada, esa misma gente lo adulaba y halagaba, dándole el visto bueno con aires de amos y señores.

—Mollison es un megalómano —prosiguió Parminder mientras removía la comida en el plato con nerviosismo—. Un matón y un megalómano.

Vikram dejó los cubiertos y se arrellanó en la silla.

—¿Y cómo es que se conforma con ser presidente del concejo parroquial? —quiso saber—. ¿Por qué no ha intentado meterse en la junta comarcal?

—Porque piensa que Pagford es el epicentro del universo —refunfuñó su mujer—. No lo entiendes: no cambiaría su cargo de presidente del Concejo Parroquial de Pagford por el de primer ministro. Además, no le hace ninguna falta estar en la junta de Yarvil; ya tiene a Aubrey Fawley allí, batallando en las cuestiones de mayor calado. Ya está calentando motores para la revisión del perímetro territorial. Trabajan en equipo.

Para Parminder, la ausencia de Barry era como un fantasma en la mesa. Él le habría explicado todo aquello a Vikram y además lo habría hecho reír; Barry era un magnífico imitador de los discursos de Howard, de sus andares de pato, de sus repentinas interrupciones gastrointestinales.

—No ceso de decirle a Parminder que se estresa demasiado con todo esto —le comentó Vikram a Tessa, quien se sorprendió, ruborizándose un poco al ser el blanco de aquellos ojos oscuros—. ¿Sabes ya lo de esa estúpida queja, lo de la anciana con enfisema?

—Sí, Tessa lo sabe. Lo sabe todo el mundo. ¿Tenemos que discutirlo en la mesa? —le espetó Parminder, y se levantó de golpe para recoger los platos.

Tessa hizo ademán de ayudarla, pero ella le ordenó que no se moviera. Vikram le brindó a Tessa una sonrisita de solidaridad que a ésta le produjo un hormigueo en el estómago. No pudo evitar recordar, mientras Parminder trajinaba en torno a la mesa, que el de Vikram y Parminder era un matrimonio concertado.

(—Sólo se trata de que la familia hace la presentación —le había contado Parminder en los primeros tiempos de su amistad, a la defensiva y un poco molesta por algo que había visto en la cara de Tessa—. Nadie te obliga a casarte.

Pero, en otras ocasiones, le habló de lo mucho que la había presionado su madre para que consiguiera un marido.

—Todos los padres sij quieren ver casados a sus hijos. Es una obsesión —explicó Parminder con amargura.)

Colin no lamentó que le arrebataran el plato. Las náuseas que le revolvían el estómago eran aún peores que a su llegada a la antigua vicaría. Se sentía tan ajeno a los otros tres comensales que era como estar dentro de una gruesa burbuja de cristal. La sensación de hallarse encerrado en una gigantesca esfera de preocupación viendo pasar sus propios temores, que le impedían ver el mundo exterior, le resultaba tristemente familiar.

Tessa no le ayudaba. Se mostraba fría y poco comprensiva respecto a su campaña por la plaza de Barry, y lo hacía a propósito. El motivo de esa cena era que Colin pidiese su opinión a Parminder sobre los panfletos que había impreso, en los que anunciaba su candidatura. Tessa se negaba a implicarse y de esa forma le impedía hablar con ella del temor que lo estaba asfixiando. Le estaba negando una vía de escape.

En un intento de emular la frialdad de su mujer, fingiendo que, después de todo, no se estaba derrumbando por culpa de una presión autoimpuesta, Colin no le había mencionado a Tessa la llamada del *Yarvil and District Gazette* que había recibido ese día en el instituto. La periodista se había interesado por Krystal Weedon.

¿Habría tocado él a esa chica?

Colin había respondido que el instituto no podía proporcionar ninguna información sobre una alumna y que tendría que acceder a Krystal a través de sus padres.

—Ya he hablado con Krystal —repuso ella—. Sólo quería contar con su opinión sobre...

Pero Colin había colgado, y el terror había arrasado con todo.

¿Por qué querían hablar sobre Krystal? ¿Por qué lo llamaban a él? ¿Había hecho algo? ¿Habría tocado a esa chica? ¿Se habría quejado ella?

El psicólogo le había enseñado a no intentar confirmar ni desmentir esa clase de pensamientos. Se suponía que debía reconocer su existencia y luego seguir comportándose normalmente, pero era como evitar rascarse cuando se tenía un persistente picor. El hecho de que los trapos sucios de Simon Price hubiesen salido a la luz en la página web del consejo lo había dejado pasmado: el terror de verse expuesto, que había desempeñado un papel tan predominante en la vida de Colin, ya tenía cara, y sus facciones eran las de un querubín avejentado, con una mente demoníaca que bullía bajo aquella gorra de cazador encasquetada sobre unos rizos canosos y tras unos ojos inquisitivos y saltones. Colin se acordaba muy bien de las historias de Barry sobre la formidable mente estratégica del dueño de la tienda de delicatessen, y sobre la intrincada maraña de alianzas que rodeaba a los dieciséis miembros del Concejo Parroquial de Pagford.

Colin había imaginado con frecuencia cómo se enteraría de que el juego había terminado: un moderado artículo en el periódico; gente que le volvería la cara cuando entrara en Mollison y Lowe; la directora del instituto llamándolo a su despacho para tener una discreta charla con él. Había imaginado su propia caída cientos de veces: su vergüenza a la vista de todos, colgada del cuello como la campanilla de un leproso, sin posibilidad de volver a ocultarla nunca. Lo pondrían de patitas en la calle. Incluso podría acabar en la cárcel.

—Colin —lo avisó Tessa en voz baja; Vikram le preguntaba si quería más vino.

Ella sabía qué estaba pasando detrás de aquella frente amplia y abombada; no con detalle, pero la ansiedad de su marido había sido una constante a lo largo de los años. Tessa sabía que Colin no podía evitarlo, formaba parte de su idiosincrasia. Muchos años atrás, había leído aquellas palabras de W. B. Yeats: «En lo más profundo del amor se esconde una piedad indecible.» Qué ciertas le habían parecido. El poema la había hecho sonreír y acariciar la página, porque ella amaba a Colin y la compasión formaba una parte fundamental de ese amor.

A veces, sin embargo, casi se le agotaba la paciencia. A veces era ella quien necesitaba que la tranquilizaran, que se preocuparan un poco por ella. Colin había sufrido un predecible ataque de pánico cuando Tessa le contó que le habían diagnosticado una diabetes del tipo 2, pero una vez que lo hubo convencido de que no corría riesgo inminente de muerte, la desconcertó la rapidez con que él dejó de hablar del asunto para volver a sumirse en sus planes para las elecciones.

(Aquella mañana, a la hora del desayuno, Tessa se había controlado por primera vez el nivel de azúcar en sangre con el glucómetro. Luego sacó la jeringuilla de insulina para pincharse en el vientre; le dolió mucho más que cuando la pinchaba la diestra Parminder.

Al verla, Fats cogió su cuenco de cereales y se volvió en redondo, derramando leche en la mesa, la manga de la camisa de su uniforme y el suelo de la cocina. Colin soltó un grito ahogado cuando lo vio escupir en el cuenco los copos que tenía en la boca y luego espetarle a su madre:

—¿Tienes que hacer eso en la puta mesa?

—¡Haz el favor de no ser tan grosero y desagradable! —saltó Colin—. ¡Siéntate bien! ¡Y limpia este desastre! ¿Cómo te atreves a hablarle así a tu madre? ¡Pídele disculpas!

Tessa se retiró la aguja precipitadamente y sangró un poco.

—Lamento que ver cómo te chutas cuando estamos desayunando me dé ganas de vomitar, Tess —dijo Fats desde debajo de la mesa, mientras limpiaba el suelo con papel de cocina.

—¡Tu madre no se está chutando, tiene una enfermedad! —gritó Colin—. ¡Y no la llames «Tess»!

—Ya sé que las agujas no te gustan, Stu —dijo Tessa, pero tenía los ojos llorosos; se había hecho daño y estaba enfadada con los dos.

Por la noche, en la cena, todavía le duraba el enfado.)

Tessa se preguntó por qué Parminder no apreciaba la preocupación de Vikram. Cuando ella estaba estresada, Colin nunca se daba cuenta. «A lo mejor —se dijo con irritación— esto del matrimonio concertado no está tan mal... Desde luego, mi madre no habría elegido a Colin para mí...»

Parminder estaba sirviendo el postre, unos cuencos de macedonia de fruta. Molesta, Tessa se preguntó qué le habría servido a un invitado que no fuera diabético, y se consoló pensando en la barrita de chocolate que tenía en la nevera de su casa.

Parminder, que durante la cena había hablado cinco veces más que el resto de comensales, empezó a despotricar contra su hija Sukhvinder. Ya le había contado a Tessa por teléfono lo de la traición de la niña, y ahora volvió a soltarlo en la mesa.

—Va a trabajar de camarera para Howard Mollison. De verdad que no sé dónde tiene la cabeza. Pero Vikram...

—Ni siquiera piensan, Minda —proclamó Colin rompiendo su largo silencio—. Los adolescentes son así. Nada les importa. Son todos iguales.

—Qué tonterías dices, Colin —saltó Tessa—. No son todos iguales, en absoluto. Nosotros estaríamos encantados de que Stu se buscara un trabajo de fines de semana, aunque me temo que no hay ni la más remota posibilidad de que eso suceda.

—...pero a Vikram no le importa —continuó Parminder, ignorando la interrupción—. No le ve nada malo, ¿no es así?

El aludido contestó sin alterarse.

—La experiencia laboral enseña. Es muy probable que Jolly no llegue a la universidad, y no me parece ninguna vergüenza. No es para todo el mundo. Yo la veo casándose pronto, y feliz.

—Pero camarera, nada menos...

—Bueno, no todos pueden ser académicos, ¿no?

—No, desde luego ella no lo será —repuso Parminder, que casi temblaba de rabia y tensión—. Sus notas son un absoluto desastre... No tiene aspiraciones ni ambición. Camarera... «Seamos realistas, no voy a llegar a la universidad», me dice. Claro, con esa actitud desde luego que no. Y con Howard Mollison... Oh, seguro que le ha encantado que mi hija haya ido a suplicarle un empleo. ¿En qué estaría pensando? ¿En qué?

—A ti tampoco te gustaría que Stu trabajara para alguien como Mollison —le dijo Colin a Tessa.

—No me importaría —lo contradijo ella—. Me encantaría que diera muestras de cualquier clase de ética laboral. Por lo que sé, sólo parecen importarle los juegos de ordenador y... —Se interrumpió, porque su marido no sabía que Stuart fumaba.

—En realidad —repuso Colin—, Stuart sería muy capaz de una cosa así: de congraciarse con alguien que supiera que no nos cae bien, sólo para fastidiarnos. Disfrutaría mucho, desde luego.

—Por el amor de Dios, Colin, Sukhvinder no trata de fastidiar a Parminder —dijo Tessa.

—¿O sea que piensas que estoy siendo poco razonable? —le soltó Parminder.

—No, no —contestó Tessa, horrorizada por verse metida en una discusión familiar—. Sólo digo que en Pagford no hay muchos sitios donde los chicos puedan trabajar, ¿no?

—¿Y qué falta hace que trabaje? —preguntó una Parminder furiosa, alzando las manos con exasperación—. ¿No le damos dinero suficiente?

—El dinero ganado por uno mismo es diferente, eso ya lo sabes —le recordó Tessa.

Tessa estaba de cara a una pared llena de fotografías de los chicos Jawanda. Solía sentarse allí y había contado cuántas veces aparecía cada hijo: Jaswant, dieciocho; Rajpal, diecinueve; y Sukhvinder, nueve. Sólo había una fotografía que celebrara los logros individuales de Sukhvinder: la imagen del equipo de remo de Winterdown el día que había derrotado al del St. Anne. Barry les había entregado a todos los padres una copia ampliada de esa fotografía, en la que Sukhvinder y Krystal Weedon aparecían en el centro de las ocho chicas, rodeándose los hombros con el brazo, sonriendo de oreja a oreja y dando un brinco, de manera que salían ambas ligeramente desenfocadas.

«Barry habría ayudado a Parminder a ver las cosas desde la perspectiva correcta», se dijo. Había sido un puente entre madre e hija, las dos lo adoraban.

Tessa se preguntó, y no por primera vez, hasta qué punto suponía una diferencia el hecho de que no hubiese alumbrado a su hijo. ¿Le resultaba más fácil aceptarlo como un individuo independiente que si hubiera sido de su propia sangre? De su sangre alta en glucosa, contaminada...

Desde hacía poco, Fats ya no la llamaba «mamá». Ella tenía que fingir que no le importaba, porque a Colin lo hacía enfadar muchísimo; pero cada vez que Fats decía «Tessa» era como si le clavaran una aguja en el corazón.

Los cuatro acabaron de comerse la fruta en silencio.

VII

En la casita blanca de lo alto de la colina, Simon Price se sentía inquieto y amargado. Iban pasando los días. El mensaje acusador había desaparecido del foro del concejo, pero él seguía paralizado. Retirar su candidatura podría interpretarse como una admisión de culpabilidad. Sin embargo, la policía no se había presentado en busca del ordenador; Simon casi se arrepentía de haberlo tirado desde el puente. Por lo demás, no conseguía determinar si había imaginado o no la sonrisa cómplice en la cara del hombre de la estación de servicio cuando le había tendido la tarjeta de crédito. En el trabajo se hablaba mucho sobre el exceso de personal y Simon seguía temiendo que aquel mensaje llegara a oídos de sus jefes y que decidieran ahorrarse la indemnización por cese despidiéndolos a los tres: Jim, Tommy y él.

Andrew se mantenía a la expectativa, pero cada día abrigaba menos esperanzas. Había intentado mostrarle al mundo lo que era su padre, y el mundo, por lo visto, se había limitado a encogerse de hombros. Había imaginado que alguien de la imprenta o del concejo parroquial se levantaría para plantarle cara a Simon, para decirle que no era digno de competir con otras personas, que no estaba capacitado ni cumplía los requisitos para ello, y que no debía acarrearse su propia deshonra o la de su familia. Pero no había pasado nada, excepto que Simon dejó de hablar del concejo y de hacer llamadas con la esperanza de cosechar votos, y que los panfletos que había impreso fuera de jornada en el trabajo seguían en una caja en el porche.

Entonces, sin previo aviso y sin fanfarria alguna, llegó la victoria. Cuando bajaba la escalera la noche del viernes, en busca de algo de comer, Andrew oyó a Simon hablar con rigidez por teléfono en la sala, y se detuvo a escuchar.

—...retirar mi candidatura —decía—. Sí. Bueno, mis circunstancias personales han cambiado. Sí, eso es. Sí, exacto. Muy bien, gracias.

Andrew lo oyó colgar.

—Bueno, ya está —le dijo a Ruth—. Si ésa es la clase de mierda que andan propagando, me quedo fuera.

Andrew oyó a su madre musitar algo para mostrar su aprobación y, antes de que le diera tiempo a moverse, Simon apareció en el pasillo. Su padre inspiró hondo y pronunció la primera sílaba de su nombre antes de percatarse de que lo tenía justo delante en la escalera.

—¿Qué haces? —El rostro de Simon quedaba en penumbra, iluminado tan sólo por la luz que llegaba de la sala.

—Tengo sed —mintió Andrew; a su padre no le gustaba que comieran entre horas.

—Empiezas a trabajar con Mollison este fin de semana, ¿verdad?

—Sí.

—Vale, pues escúchame bien. Quiero cualquier cosa que puedas averiguar sobre ese cabrón, ¿me oyes? Toda la mierda que consigas destapar. Y sobre su hijo también, si te enteras de algo.

—Vale —repuso Andrew.

—Y lo colgaré en esa página web de los cojones para que lo vean todos —concluyó Simon, y volvió a la sala—. El puto Fantasma de Barry Fairbrother.

Mientras seleccionaba cosas de comer que su padre no pudiera echar de menos, cortando rebanadas aquí y cogiendo puñados allá, un tintineo de júbilo resonaba en el pensamiento de Andrew: «Te he jodido, cabrón.»

Había logrado exactamente lo que se proponía: Simon no tenía ni idea de quién había echado por tierra sus ambiciones. El muy imbécil hasta le exigía que lo ayudara en su venganza; desde luego, era un cambio radical, porque cuando Andrew les había contado a sus padres que tenía un empleo en la tienda de delicatessen, Simon había montado en cólera.

—Mira que eres gilipollas. ¿Qué pasa con tu alergia?

—Creía que debía evitar todos los frutos secos —le soltó Andrew.

—No te hagas el listo conmigo, Carapizza. ¿Y si te zampas uno sin querer, como en el St. Thomas? ¿De verdad piensas que queremos pasar otra vez por toda esa mierda?

Pero Ruth había apoyado a Andrew, diciendo que su hijo ya era mayor para andarse con cuidado en ese tema. Cuando Simon salió de la sala, intentó decirle a Andrew que su padre sólo estaba preocupado por él.

—Lo único que le preocupa es perderse el maldito *Partido de la Jornada* por tener que llevarme al hospital —había replicado el chico.

Andrew volvió a su dormitorio, donde se sentó a embutirse comida en la boca con una mano y mandarle un SMS a Fats con la otra.

Pensó que todo había acabado, terminado, concluido. Hasta ahora, Andrew no había tenido ningún motivo para observar alguna diminuta burbuja de levadura fermentada, la cual lleva en su interior una inevitable transformación alquímica.

VIII

Mudarse a Pagford era lo peor que le había pasado a Gaia Bawden. Con excepción de las visitas ocasionales a su padre en Reading, ella nunca había salido de Londres. Cuando Kay le dijo que quería irse a vivir a un pueblecito del West Country, Gaia no se lo creyó; tardó semanas en tomarse en serio la amenaza. Al principio supuso que se trataba de otra idea descabellada de su madre, como las dos gallinas que había comprado para el minúsculo jardín de Hackney (y que un zorro había matado sólo dos semanas más tarde), o su decisión de preparar mermelada de naranja, cuando ella casi nunca cocinaba, empeño en el que había arruinado la mitad de las cacerolas y se había quemado una mano.

Separada a la fuerza de quienes eran sus amigos desde la escuela primaria, de la casa donde vivía desde los ocho años y de los fines de semana que, de forma creciente, ofrecían todo tipo de diversiones urbanas, Gaia se vio sumergida, pese a sus súplicas, amenazas y protestas, en una vida que jamás había imaginado que pudiera existir. Un pueblo de calles adoquinadas y sin una sola tienda abierta pasadas las seis de la tarde, donde la vida comunitaria giraba alrededor de la iglesia y donde muchas veces lo único que se oía era el canto de los pájaros: Gaia tenía la impresión de haber caído por un portal hacia un mundo perdido en el tiempo.

Kay y Gaia siempre se habían aferrado la una a la otra (el padre de Gaia nunca había convivido con ellas, y las dos relaciones posteriores de Kay no habían llegado a formalizarse); discutían y se perdonaban continuamente y, con el paso de los años, se convirtieron en algo parecido a compañeras de piso. Sin embargo, últimamente, cuando Gaia miraba a la mujer sentada con ella a la mesa de la cocina, sólo veía a una enemiga. Su única ambición era regresar a Londres, por el medio que fuera, y vengarse de su madre haciéndola tan desgraciada como pudiera. Todavía no sabía si a ésta le dolería más que suspendiera los exámenes de GCSE o que los aprobara e intentara convencer a su padre de que la dejara irse a vivir con él y matricularse en un instituto de Londres para acabar los estudios de bachillerato. Entretanto, tenía que sobrevivir en territorio hostil, donde su aspecto y su acento, que en otros tiempos habían sido un pasaporte para acceder a los círculos sociales más selectos, eran moneda extranjera.

Gaia no tenía ningún interés en convertirse en una de las alumnas populares de Winterdown: sus compañeros de clase le parecían penosos, con aquel acento del West Country y aquellas patéticas ideas de lo que era pasarlo bien. Si buscaba con insistencia la compañía de Sukhvinder Jawanda era, en parte, para demostrarles al grupito de los guays que los encontraba ridículos, y también porque se sentía inclinada a identificarse con cualquiera que tuviera estatus de marginado.

El hecho de que Sukhvinder se hubiera avenido a trabajar de camarera con Gaia había propiciado un salto cualitativo en su amistad. En su siguiente clase doble de biología, Gaia se soltó como nunca antes, y Sukhvinder vislumbró por fin parte de las misteriosas razones por las que aquella chica nueva, tan guapa y tan enrollada, la había elegido a ella como amiga. Cuando ajustaba el ocular del microscopio que compartían, Gaia murmuró:

—Aquí es todo jodidamente blanco, ¿no?

—Ya —se oyó decir Sukhvinder antes de haber procesado la pregunta.

Gaia seguía hablando, pero ella no le prestaba mucha atención. «Jodidamente blanco.» Sí, suponía que su amiga tenía razón.

Un día, en el St. Thomas, donde era la única alumna de tez oscura de la clase, había tenido que levantarse para hablar de la religión sij ante sus compañeros. Obediente, se colocó al frente del aula y contó la historia del fundador del sijismo, el gurú Nanak, que desapareció en un río y al que dieron por ahogado, pero que al cabo de tres días salió a la superficie y anunció: «No hay hindú, no hay musulmán.» Los otros niños se rieron del disparate de que alguien hubiera sobrevivido tres días bajo el agua, y Sukhvinder no tuvo valor para recordarles que Cristo había muerto y luego resucitado. Así pues, resumió la historia del gurú Nanak, impaciente por volver a su silla.

Podía contar con los dedos de una mano las veces que había visitado una *gurdwara*; en Pagford no había ninguna, y la de Yarvil era muy pequeña y, según sus padres, estaba dominada por los *chamar*, una casta diferente de la suya. Sukhvinder no entendía qué importancia podía tener eso, porque sabía que el gurú Nanak había prohibido expresamente las distinciones de castas. Era todo muy confuso, y ella seguía disfrutando con los huevos de Pascua y decorando el árbol de Navidad, y encontraba sumamente engorrosos los libros que Parminder obligaba a leer a sus hijos, en los que se explicaban las vidas de los gurús y los principios de la Khalsa.

Cuando iba a visitar a la familia de su madre a Birmingham, donde por la calle casi todo el mundo era de color y las tiendas estaban llenas de saris y especias indias, Sukhvinder se sentía fuera de lugar. Sus primos hablaban punjabí además de inglés y llevaban una vida urbana de lo más moderna; sus primas eran guapas y vestían a la última. Se burlaban de su acento del West Country y de su inexistente sentido de la moda, y Sukhvinder no soportaba que se rieran de ella. Antes de que Fats Wall iniciara su régimen de torturas diarias, antes de que dividieran a su curso en diferentes grupos y Sukhvinder coincidiera a diario con Dane Tully, a ella siempre le había gustado volver a Pagford; entonces el pueblo era su refugio.

Mientras colocaban los portaobjetos, manteniendo la cabeza gacha para no llamar la atención de la señora Knight, Gaia le contó a Sukhvinder más de lo que le había contado hasta entonces sobre su vida en el instituto Gravener de Hackney; hilaba las frases con una precipitación que denotaba nerviosismo. Describió a los amigos que había dejado atrás; uno de ellos, Harpreet, se llamaba igual que el primo mayor de Sukhvinder. Le habló de Sherelle, que era negra y la chica más lista de su grupo; y de Jen, cuyo hermano había sido el primer novio de Gaia.

Pese a que todo aquello le interesaba mucho, el pensamiento de Sukhvinder divagó y se imaginó una reunión de alumnos y profesores en la que la mirada tuviera que esforzarse mucho para identificar los diversos componentes de un caleidoscopio formado por pieles de todos los tonos, desde el blanco más blanco hasta el caoba. En Winterdown, el pelo negro azulado de los chicos de origen asiático destacaba nítidamente en un mar de cabezas de un rubio pardusco y desvaído. En un sitio como Gravener, chicos como Fats Wall y Dane Tully habrían estado en minoría.

—¿Por qué te marchaste de Londres? —preguntó con timidez.

—Porque mi madre quería estar cerca del gilipollas de su novio —masculló Gaia—. Gavin Hughes. ¿Lo conoces?

Ella negó con la cabeza.

—Seguro que los has oído follar —añadió Gaia—. Los oye toda la calle. Deja la ventana abierta una noche y ya verás.

Sukhvinder intentó disimular su conmoción, pero la sola idea de oír a sus padres, casados y formales, manteniendo relaciones sexuales ya le parecía suficientemente horrorosa. Gaia también se había puesto colorada, pero Sukhvinder pensó que de rabia, no de vergüenza.

—La dejará tirada. Mi madre es una ilusa. Después de follar, el tío se larga pitando.

Sukhvinder jamás habría hablado así de su madre; ni ella ni las gemelas Fairbrother (que en teoría aún eran sus mejores amigas). Niamh y Siobhan trabajaban juntas con otro microscopio un poco más allá. Desde la muerte de su padre, parecían más ensimismadas, siempre iban juntas y ya no estaban tan pendientes de Sukhvinder.

Andrew Price no dejaba de observar a Gaia por un hueco entre aquel mar de caras blancas. Sukhvinder lo había notado y creía que Gaia no, pero se equivocaba. Sencillamente no se tomaba la molestia de devolverle las miradas a Andrew o pavonearse, porque estaba acostumbrada a que los chicos la miraran; era algo que le pasaba desde que tenía doce años. Había dos chicos de sexto que siempre aparecían en los pasillos, con mucha más frecuencia de lo que parecía dictar la ley de las probabilidades, cuando ella iba de un aula a otra, y ambos eran más guapos que Andrew. Sin embargo, ninguno podía compararse con el chico con quien había perdido la virginidad poco antes de mudarse a Pagford.

Gaia casi no podía soportar que Marco de Luca siguiera existiendo físicamente en el universo, y separado de ella por doscientos doce kilómetros dolorosos e inútiles.

—Tiene dieciocho años —le contó a Sukhvinder—. Es medio italiano. Juega muy bien a fútbol. Le van a hacer una prueba para el equipo juvenil del Arsenal.

Gaia había mantenido relaciones sexuales con Marco cuatro veces antes de marcharse de Hackney, y las cuatro veces le había birlado los condones a Kay, que los guardaba en su mesilla de noche. En el fondo, quería que su madre supiera hasta dónde había tenido que llegar para grabarse en la memoria de Marco, porque iban a obligarla a abandonarlo.

Sukhvinder la escuchaba fascinada, pero sin confesarle que ya había visto a Marco en la página de Facebook de su nueva amiga. En todo Winterdown no había nadie que pudiera compararse con él: se parecía a Johnny Depp.

Gaia se inclinó sobre la mesa y se puso a juguetear, distraída, con el ocular del microscopio; al otro lado del aula, Andrew Price la miraba fijamente cada vez que creía que Fats no se daría cuenta.

—A lo mejor me es fiel. Sherelle va a dar una fiesta el sábado por la noche y lo ha invitado. Me ha jurado que no le dejará hacer nada. Pero mierda, ojalá...

Se quedó mirando fijamente el tablero de la mesa con aquellos ojos tan moteados, y Sukhvinder la observó con humildad, deslumbrada por su belleza y fascinada por su vida. La idea de tener otro mundo en el que estabas perfectamente integrada, donde tenías un novio futbolista y una pandilla de amigos guays y muy unidos, se le antojaba, aunque la hubieran separado a la fuerza de allí, una situación digna de asombro y envidia.

A la hora de comer fueron juntas al centro, lo que Sukhvinder casi nunca hacía; las gemelas Fairbrother y ella solían comer en la cafetería del instituto.

Estaban en la acera, delante del quiosco donde habían comprado unos bocadillos, cuando oyeron un grito desgarrador:

—¡La zorra de tu madre ha matado a mi abuela!

Los alumnos de Winterdown que andaban por allí miraron alrededor, desconcertados, buscando la procedencia de los gritos, y Sukhvinder los imitó, tan confusa como ellos. Entonces vio a Krystal Weedon en la otra acera, apuntándola con la mano como si fuera una pistola. Había cuatro chicas más con ella, colocadas en hilera en el bordillo, esperando a que el tráfico les permitiera cruzar.

—¡La zorra de tu madre ha matado a mi abuela! ¡Me las va a pagar, y tú también!

A Sukhvinder se le encogió el estómago. Todos la miraban fijamente. Dos chicas de tercero se escabulleron. Sukhvinder notó que los transeúntes se transformaban en una manada vigilante e impaciente. Krystal y sus amigas estaban de puntillas, listas para saltar del bordillo en cuanto se abriera un espacio entre los coches.

—Pero ¿qué dice? —le preguntó Gaia.

Sukhvinder tenía la boca tan seca que no pudo contestar. Correr no tenía sentido: llevaba todas las de perder, porque Leanne Carter era la chica más rápida de su curso. Tenía la impresión de que lo único que se movía eran los coches que pasaban, ofreciéndole unos pocos segundos más de seguridad.

Y entonces apareció Jaswant, acompañada por varios chicos de sexto.

—¿Todo bien, Jolly? —preguntó—. ¿Qué pasa?

Jaswant no había oído a Krystal; era pura casualidad que pasara por allí con su séquito. Al otro lado de la calle, Krystal y sus amigas habían formado un corrillo.

—Nada —mintió Sukhvinder, aliviada y sin dar crédito a aquel indulto provisional.

Delante de aquellos chicos no podía contarle a Jaz lo que estaba ocurriendo. Dos de ellos medían más de un metro ochenta. Todos miraban fijamente a Gaia.

Jaz y sus amigos fueron hacia la puerta del quiosco y Sukhvinder los siguió tras lanzarle una mirada angustiada a Gaia. Desde dentro, vieron que Krystal y sus amigas se marchaban, volviendo la cabeza de vez en cuando.

—¿A qué ha venido eso? —preguntó Gaia.

—Se ha muerto su bisabuela. Era paciente de mi madre —explicó Sukhvinder.

Tenía tantas ganas de llorar que le dolían los músculos de la garganta.

—Qué cabrona.

Pero los contenidos sollozos de Sukhvinder no eran sólo una secuela del miedo. Krystal le caía muy bien, y sabía que el sentimiento era mutuo. Todas aquellas tardes en el canal, todos aquellos viajes en el minibús... conocía la anatomía de la espalda y los hombros de Krystal mejor que la suya propia.

Regresaron al instituto con Jaswant y sus amigos. El más guapo inició una conversación con Gaia y cuando llegaron a la verja del centro, ya estaba tomándole el pelo por su acento londinense. Sukhvinder no veía a Krystal por ninguna parte, pero sí vio a Fats Wall a lo lejos, caminando a buen paso con Andrew Price. Habría reconocido su silueta y sus andares en cualquier sitio, del mismo modo que un instinto primario te ayuda a distinguir una araña que se desplaza por un suelo oscuro.

A medida que se acercaba al edificio, las náuseas iban intensificándose. A partir de ese momento serían dos: Fats y Krystal. Todos se habían enterado de que salían juntos. Y en la mente de Sukhvinder apareció una imagen muy vívida: ella sangrando en el suelo, Krystal y su pandilla propinándole patadas y Fats Wall mirando y riendo.

—Tengo que ir al lavabo —le dijo a Gaia—. Nos vemos arriba.

Se metió en el primero que encontró, se encerró en un cubículo y se sentó en la tapa del váter.

Le habría gustado morirse, desaparecer para siempre. Pero la sólida superficie de los objetos que la rodeaban se resistía a disolverse, y su cuerpo, su odioso cuerpo de hermafrodita, continuaba viviendo con estúpida terquedad.

Oyó el timbre que señalaba el inicio de las clases de la tarde, se levantó de un brinco y se precipitó fuera del cuarto de baño. Los alumnos formaban colas en el pasillo. Les dio la espalda y salió del edificio.

Había muchos alumnos que se saltaban clases. Krystal, por ejemplo, y Fats Wall. Si conseguía largarse, quizá se le ocurriera alguna forma de protegerse antes de volver. O podía plantarse delante de un coche. Imaginó que la atropellaban, que sus huesos se hacían pedazos. ¿Cuánto tardaría en morir, tendida en la calzada? Seguía prefiriendo la idea de ahogarse, del agua fresca y limpia sumiéndola en el sueño eterno, un sueño sin pesadillas...

—¿Sukhvinder? ¡Sukhvinder!

Se le encogió más aún el estómago. Tessa Wall caminaba hacia ella por el aparcamiento. La chica estuvo tentada de echar a correr, pero sabía que era inútil y se desanimó. Se quedó esperando a que Tessa la alcanzara, y la odió por aquella cara estúpida y vulgar y por aquel hijo cruel que tenía.

—¿Qué haces, Sukhvinder? ¿Adónde vas?

Ni siquiera se le ocurrió mentir. Abatida, se encogió de hombros y se rindió. Tessa no tenía ninguna cita hasta las tres. Debería haberla llevado a la secretaría para informar de su intento de fuga, pero en cambio se la llevó al despacho de orientación, con su tapiz nepalí y sus pósters de Atención al Menor. Era la primera vez que Sukhvinder entraba allí.

Tessa se puso a hablar, haciendo pausas para dar pie a que Sukhvinder interviniera, y luego siguió hablando, y Sukhvinder permaneció quieta con las palmas sudadas y la mirada fija en sus zapatos. Tessa conocía a su madre, le diría que su hija había intentado saltarse clases; pero ¿y si Sukhvinder le explicaba por qué? ¿Intercedería Tessa por ella? ¿Podría interceder? Ante su hijo no; ella no podía controlar a Fats, eso lo sabía todo el mundo. Pero ¿y ante Krystal? Ésta iba a orientación...

¿Cómo sería la paliza si se chivaba? De todas formas, le darían una paliza, aunque no dijera nada. Krystal ya había estado a punto de soltarle a toda su banda...

—¿Ha pasado algo, Sukhvinder?

Ella asintió con la cabeza. Tessa insistió:

—¿Puedes contármelo?

Y Sukhvinder se lo contó.

Estuvo segura de percibir, en la leve contracción de la frente de Tessa mientras escuchaba, algo más que compasión por ella. Tal vez Tessa pensara en cómo reaccionaría Parminder ante la noticia de que había gente que aireaba por la calle lo que supuestamente le había hecho a Catherine Weedon. A Sukhvinder no se le había olvidado preocuparse por eso cuando estaba sentada en el cubículo del lavabo deseando que le sobreviniera la muerte. O quizá la expresión de inquietud de Tessa fuera reticencia a enfrentarse a Krystal Weedon; seguramente ésta también era su favorita, como lo había sido del señor Fairbrother.

Una feroz y dolorosa sensación de injusticia traspasó la tristeza de Sukhvinder, su miedo y su autodesprecio, y apartó la maraña de preocupaciones y terrores que la atenazaban todos los días; y pensó en Krystal y sus amigas, a punto de echársele encima; y pensó en Fats, que le susurraba palabras ponzoñosas por detrás en todas las clases de matemáticas, y en el mensaje que la noche anterior había borrado de su página de Facebook: «lesbianismo. m. Homosexualidad femenina. También llamado safismo».

—No sé cómo lo sabe —dijo Sukhvinder; notaba el pulso en los oídos.

—¿Cómo sabe qué? —preguntó Tessa sin mudar aquella expresión de desvelo.

—Que le han puesto una reclamación a mi madre por lo de su bisabuela. Krystal y su madre no se hablan con el resto de la familia. A lo mejor... se lo ha contado Fats.

—¿Fats? —repitió Tessa sin comprender.

—Bueno, como salen juntos... Krystal y él. Quizá se lo haya dicho Fats.

Le produjo cierta amarga satisfacción ver cómo todo vestigio de serenidad profesional abandonaba el rostro de Tessa.

IX

Kay Bawden no quería volver a poner un pie en casa de Miles y Samantha. No podía perdonarles que hubieran presenciado la exhibición de indiferencia de Gavin, ni perdonarle a Miles aquella risa condescendiente, su postura respecto a Bellchapel o el desdén con que él y Samantha habían hablado de Krystal Weedon.

Pese a las disculpas que le había ofrecido Gavin y la declaración, no muy entusiasta, de su afecto, Kay no cesaba de imaginárselo sentado con Mary en el sofá, levantándose para ayudarla a recoger los platos, acompañándola a su casa a pie.

Unos días más tarde, cuando Gavin le dijo que había cenado en casa de Mary, Kay tuvo que reprimir una respuesta airada, porque él jamás había comido otra cosa que no fueran unas tostadas en su casa de Hope Street.

Quizá no le estuviera permitido decir nada malo de La Viuda, de la que Gavin hablaba como si fuera la mismísima virgen, pero los Mollison eran otro cantar.

—La verdad es que Miles no me cae muy bien.

—Tampoco es que sea mi mejor amigo.

—Si sale elegido, será una catástrofe para la clínica para toxicómanos.

—Pues yo no veo por qué.

La apatía de Gavin, su indiferencia ante el sufrimiento ajeno, enfurecían a Kay.

—¿No hay nadie dispuesto a defender Bellchapel?

—Supongo que Colin Wall —respondió Gavin.

Así que el lunes por la tarde, a las ocho, Kay recorrió el sendero de la casa de los Wall y llamó al timbre. Desde la puerta alcanzaba a ver el Ford Fiesta rojo de Samantha Mollison, aparcado en el camino de entrada tres casas más allá. Esa visión avivó sus ganas de pelea.

Una mujer de escasa estatura, poco agraciada, regordeta y con una falda de estampado psicodélico abrió la puerta de la casa de los Wall.

—Hola. Me llamo Kay Bawden, y me gustaría hablar con Colin Wall.

Tessa se quedó un instante mirando fijamente a aquella atractiva joven aparecida en la puerta de su casa y a la que nunca había visto. Por su cabeza pasó una idea descabellada: que Colin tenía una aventura y que su amante había ido a contárselo.

—Ah, sí. Pasa, pasa. Yo soy Tessa.

Kay se limpió los zapatos a conciencia en el felpudo y la siguió hasta una sala más pequeña y más fea, pero más acogedora que la de los Mollison. Vio a un hombre alto y medio calvo, de frente amplia, sentado en una butaca con una libreta en el regazo y un bolígrafo en la mano.

—Ha venido Kay Bawden, Colin —anunció Tessa—. Quiere hablar contigo.

Advirtió la expresión de sorpresa y recelo de su marido y supo al instante que no conocía a aquella mujer. «Francamente —se dijo, un tanto avergonzada—, ¿cómo se te ocurre pensar una cosa así?»

—Perdonad que me presente así, sin avisar —dijo Kay cuando Colin se levantó para estrecharle la mano—. Os habría telefoneado, pero no estáis...

—No, no figuramos en la guía —confirmó Colin. Era muy alto al lado de Kay, y sus ojos parecían minúsculos detrás de unas gruesas gafas—. Siéntate, por favor.

—Gracias. Es por lo de las elecciones. Las elecciones al concejo parroquial. Tú te presentas, ¿verdad? Contra Miles Mollison, ¿no?

—Así es —confirmó Colin, nervioso al comprender quién era ella: la periodista que había entrevistado a Krystal.

Por fin habían dado con él. Tessa no debería haberla dejado entrar.

—Quería saber si podría ayudar de alguna forma. Soy asistente social y trabajo sobre todo en los Prados. Podría darte algunos datos y cifras sobre la Clínica Bellchapel para Drogodependientes, que por lo visto Mollison pretende cerrar. Tengo entendido que tú estás a favor de la clínica, que te gustaría mantenerla abierta.

Colin sintió una oleada de alivio y placer que casi le produjo mareo.

—Ah, sí —dijo—. Sí, por ahí van los tiros. Sí, eso era lo que mi predecesor... Es decir, el anterior ocupante del cargo, Barry Fairbrother, se oponía firmemente al cierre de la clínica. Y yo también.

—Pues el otro día hablé con Miles Mollison y me dejó muy claro que, a su modo de ver, no vale la pena que la clínica siga abierta. Sinceramente, creo que tiene unas ideas muy ingenuas sobre las causas y los tratamientos de la adicción, y sobre el importante papel que desempeña Bellchapel. Si el concejo se niega a renovar el contrato de arrendamiento del edificio, y si el Ayuntamiento de Yarvil deja de financiarla, corremos el peligro de que un sector de la población muy vulnerable se quede sin ningún tipo de apoyo.

—Sí, sí, claro —coincidió Colin—. Claro, estoy de acuerdo. —Perplejo, lo halagaba que aquella atractiva joven hubiera ido a verlo a su casa para ofrecerse como aliada.

—¿Te apetece una taza de té, Kay? ¿O un café? —preguntó Tessa.

—Gracias, Tessa. Té, por favor. Sin azúcar.

Fats estaba en la cocina, hurgando en la nevera. Comía mucho y continuamente, y aun así seguía igual de flaco; nunca engordaba ni un gramo. Pese a que había expresado abiertamente cuánto lo molestaban, no pareció afectarle ver el paquete de jeringuillas ya preparadas de Tessa en una caja blanca de aspecto aséptico, junto al queso.

Su madre fue a llenar el hervidor, y volvió a pensar en el asunto que llevaba consumiéndola desde que, horas antes, Sukhvinder se lo había insinuado: Fats y Krystal salían juntos. Todavía no se lo había preguntado a Fats, ni contado a Colin. Cuantas más vueltas le daba, más se convencía de que no podía ser cierto. Estaba segura de que su hijo tenía un concepto tan elevado de sí mismo que ninguna chica podía parecerle lo bastante buena, y mucho menos una como Krystal. Seguro que él no... «¿No se rebajaría? ¿Te refieres a eso? ¿Es eso lo que estás pensando?»

—¿Quién es? —le preguntó Fats con la boca llena de pollo frío, mientras ella encendía el hervidor.

—Una mujer que quiere ayudar a papá a conseguir la plaza en el concejo —contestó Tessa, y se puso a buscar galletas en el armario.

—¿Por qué? ¿Quiere ligárselo?

—No seas infantil, Stu —repuso ella con irritación.

Fats separó varias rodajas finas de jamón de un paquete ya abierto y se las metió una a una en la boca. Parecía un mago metiéndose pañuelos de seda en el puño. A veces Fats se pasaba diez minutos seguidos ante la nevera, abriendo paquetes y envoltorios de celofán y engullendo comida directamente. Era una costumbre que Colin reprobaba, como ocurría con casi todos los aspectos del comportamiento de Fats.

—No, en serio. ¿Por qué quiere ayudarlo? —insistió él cuando se hubo tragado lo que tenía en la boca.

—Quiere que la Clínica Bellchapel para Drogodependientes siga abierta.

—¿Por qué? ¿Es yonqui?

—No, no es yonqui —dijo Tessa, y la molestó ver que Fats se había zampado las tres últimas galletas de chocolate y había dejado el envoltorio vacío en el estante—. Es asistente social y cree que la clínica cumple una función importante. Papá quiere que siga abierta, pero Miles Mollison opina que no es eficiente.

—Muy buena no debe de ser, porque los Prados está lleno de gente que se chuta caballo y esnifa cola.

Tessa sabía muy bien que, si hubiera dicho que Colin quería cerrar la clínica, Fats habría presentado al instante algún argumento para mantenerla abierta.

—Tendrías que ser abogado, Stu —dijo cuando la tapa del hervidor empezó a temblar.

De vuelta en la sala con la bandeja, encontró a Kay hablando con Colin y repasando un fajo de documentos impresos que ella había sacado de su bolsa.

—...dos asistentes de toxicómanos financiados a medias por el concejo y Acción contra la Adicción, que es una organización benéfica muy buena. Además hay una asistente social adscrita a la clínica, Nina. Ella es la que me ha dado todo esto... Ah, muchas gracias —le dijo con una amplia sonrisa a Tessa, que acababa de dejar una taza de té en la mesa que tenía a su lado.

En pocos minutos, Kay sintió más simpatía por los Wall de la que había sentido por nadie de Pagford. Cuando le había abierto, Tessa no la había mirado de arriba abajo, evaluando sus defectos físicos y su forma de vestir. Su marido, aunque nervioso, parecía decente y decidido a impedir que los Prados quedara abandonado.

—¿De dónde es ese acento, Kay? ¿De Londres? —preguntó Tessa, mojando una galleta en su café.

Ella asintió con la cabeza.

—¿Y qué te ha traído a Pagford?

—Una relación. —No le produjo ningún placer decirlo, a pesar de que oficialmente ya se había reconciliado con Gavin. Miró a Colin y añadió—: No acabo de entender la situación respecto al concejo parroquial y la clínica.

—Pues el concejo es propietario del edificio —explicó Colin—. Es una antigua iglesia. El contrato de arrendamiento vence y hay que renovarlo.

—Y ésa sería una forma fácil de echarlos, ¿no?

—Exactamente. ¿Cuándo dices que hablaste con Miles Mollison? —preguntó con la esperanza, y al mismo tiempo con temor, de oír que Miles lo había mencionado a él.

—Cenamos en su casa hace dos semanas. Gavin y yo...

—¡Ah, eres la novia de Gavin! —la interrumpió Tessa.

—Sí. Bueno, pues salió a colación el tema de los Prados y...

—Era inevitable —terció Tessa.

—...Miles mencionó Bellchapel y yo me quedé... consternada por cómo enfocaba ciertos temas. Le dije que actualmente asisto a una familia —recordó la indiscreción que había cometido al mencionar el apellido Weedon y fue con cuidado—, y que, si la madre deja de recibir metadona, es casi seguro que acabará recayendo.

—Me parece que hablas de los Weedon —dijo Tessa, y se desanimó.

—Pues... sí, hablo de los Weedon —admitió Kay.

Tessa cogió otra galleta.

—Yo soy la orientadora de Krystal. Ésta debe de ser la segunda vez que su madre pasa por Bellchapel, ¿no?

—La tercera.

—Conocemos a Krystal desde que tenía cinco años. Iba a la clase de nuestro hijo en la escuela primaria —dijo Tessa—. Esa chica ha tenido una vida muy difícil.

—Ya lo creo —coincidió Kay—. Es asombroso que sea tan buena niña.

—Estoy de acuerdo —aportó Colin efusivamente.

Tessa recordó la tajante negativa de Colin a retirarle el castigo a Krystal tras aquel incidente en la reunión de profesores y alumnos, y arqueó las cejas. Entonces se preguntó, con una desagradable sensación en el estómago, qué diría Colin si resultara que Sukhvinder no mentía ni estaba equivocada. Pero no, seguro que la hija de Parminder se equivocaba. Era una chica muy tímida e ingenua. Seguramente lo había entendido mal... había oído algo y...

—El caso es que lo único que motiva a Terri es el miedo a perder a sus hijos —continuó Kay—. Ha vuelto a entrar en el programa de la clínica; su asistente ha constatado un cambio considerable en su actitud. Si cierran Bellchapel, todo se irá al traste otra vez, y no sé qué será de esa familia.

—Todo esto podría sernos muy útil —dijo Colin asintiendo con la cabeza, y, con gesto de gravedad, empezó a tomar notas en una hoja de su libreta—. Muy útil. ¿Y dices que tienes estadísticas de los pacientes que se han rehabilitado?

Kay buscó esa información entre los documentos. A Tessa le pareció que su marido quería acaparar la atención de la joven. Siempre había sido susceptible a la simpatía y la belleza.

Se puso a masticar otra galleta y siguió pensando en Krystal. Su anterior sesión de orientación no había sido muy satisfactoria. La chica se había mostrado más distante de lo habitual. Y la de ese día no había sido muy diferente. Tessa le había hecho prometer que no volvería a perseguir ni molestar a Sukhvinder, pero la actitud de la muchacha revelaba que Tessa la había decepcionado, que se había roto la confianza entre las dos. Seguramente la culpa la tenía el castigo que le había impuesto Colin. Tessa creía que Krystal y ella habían forjado un lazo lo bastante fuerte como para resistir eso, aunque no pudiera compararse con el que Krystal tenía con Barry.

(Tessa había estado presente el día en que Barry llevó al instituto un aparato de remo y pidió voluntarias para formar un equipo. Fueron a buscarla a la sala de profesores y la hicieron ir al gimnasio, porque la profesora de educación física estaba enferma y el único profesor suplente que habían encontrado con tan poca antelación era un hombre.

Las alumnas de cuarto, con sus pantalones cortos y sus camisetas Aertex, rieron por lo bajo cuando llegaron al gimnasio y se encontraron con que a la señorita Jarvis la habían sustituido dos varones desconocidos. Tessa tuvo que regañar a Krystal, Nikki y Leanne, que se habían puesto al frente de la clase y no paraban de hacer comentarios lascivos y provocativos sobre el profesor suplente, un joven muy atractivo con una desafortunada tendencia a ruborizarse.

Barry, bajito, pelirrojo y barbudo, iba en chándal. Había pedido una mañana libre en el trabajo. Todos consideraban que era una idea extravagante y poco realista: en los centros como Winterdown no había embarcaciones de ocho. Niamh y Siobhan parecían entre divertidas y avergonzadas por la presencia de su padre.

Barry explicó cuál era su propósito: formar un equipo de remo. Había conseguido que le dejaran utilizar el viejo cobertizo para botes del canal de Yarvil; el remo era un deporte fabuloso, y ofrecía a las chicas una oportunidad para destacar, por sí mismas y representando a su instituto. Tessa se colocó al lado de Krystal y sus amigas para tenerlas controladas; ya no reían tanto, pero no callaban del todo.

Barry les enseñó el funcionamiento del aparato de remo y pidió voluntarias. Nadie se ofreció.

—Krystal Weedon —dijo Barry, y la señaló—. Te he visto colgada de la estructura en el parque infantil; debes de tener un tren superior muy fuerte. Ven a probar.

Krystal se alegró de ser el centro de atención; caminó con aire arrogante hasta la máquina y se sentó en ella. Sin importarles que Tessa estuviera a su lado, mirándolas con ceño, Nikki y Leanne rieron a carcajadas, y el resto de la clase las imitó.

Barry enseñó a Krystal qué tenía que hacer. El silencioso profesor suplente vio con alarma profesional cómo Barry colocaba las manos de la chica en el puño de madera.

Krystal tiró de la empuñadura hacia sí, miró a Nikki y Leanne haciendo una mueca y todos volvieron a reír.

—¿Lo veis? —dijo Barry, sonriente—. Tiene talento innato.

¿Era cierto que Krystal tenía talento innato? Tessa, que no entendía de remo, no habría sabido decirlo.

—Pon la espalda recta —dijo Barry—, si no, puedes hacerte daño. Así. Tira... tira... ¡Mirad qué técnica! ¿Ya lo habías hecho antes?

Entonces Krystal enderezó bien la espalda y se concentró en realizar el ejercicio correctamente. Dejó de mirar a Nikki y Leanne. Fue cogiendo el ritmo.

—Excelente —aprobó Barry—. ¿Lo estáis viendo? ¡Excelente! ¡Así se hace! ¡Vamos! Otra vez. Y otra. Y...

—¡Me duele! —protestó Krystal.

—Ya sé que te duele. Así es como se consiguen unos brazos como los de Jennifer Aniston —repuso Barry.

Hubo algunas risas, pero esa vez las alumnas no se reían de Barry, sino que le reían la gracia. ¿Qué era lo que tenía Barry? Se mostraba siempre tan natural, tan desenvuelto, tan a gusto. Tessa sabía que los adolescentes vivían atormentados por el miedo al ridículo. Los adultos que no lo tenían, desde luego pocos, gozaban de una autoridad natural entre los jóvenes; deberían obligarlos a ser profesores.

—¡Muy bien! ¡Ya puedes descansar! —dijo Barry.

Krystal dejó el remo y se frotó los brazos; tenía la cara encendida.

—Vas a tener que dejar de fumar, Krystal —le aconsejó Barry, y esta vez sus palabras fueron recibidas con una sonora carcajada general—. Veamos, ¿quién más quiere probarlo?

Cuando Krystal volvió con sus compañeras de clase, ya no se reía. Observó con celo a cada nueva remera, y lanzaba miradas a Barry para ver qué opinaba de ellas. Cuando lo probó Carmen Lewis, demostrando una torpeza tremenda, Barry dijo: «¡Enséñales cómo se hace, Krystal!», y ella volvió a sentarse en el aparato, radiante.

Pero una vez finalizada la exhibición, cuando Barry pidió que las que estuvieran interesadas en hacer una prueba para entrar en el equipo levantaran la mano, Krystal se quedó con los brazos cruzados. Tessa la vio negar con la cabeza con gesto despectivo, mientras Nikki le hablaba al oído. Barry anotó los nombres de las chicas interesadas y luego alzó la cabeza.

—Y tú, Krystal Weedon —dijo, señalándola con el dedo—. Tú también vienes. No me digas que no. Si no vienes me enfadaré mucho. Parece que hayas nacido para remar, ya te lo he dicho. Y no me gusta que el talento natural se desperdicie. Krys... tal —dijo en voz alta al anotar su nombre— Wee... don.

¿Pensó Krystal en su talento natural después de la clase, mientras se duchaba? ¿Llevó el descubrimiento de su nueva aptitud todo el día, como una inesperada tarjeta de San Valentín? Tessa no lo sabía; pero, para sorpresa de todos, excepto tal vez de Barry, Krystal se presentó a las pruebas.)

Colin asentía enérgicamente con la cabeza mientras Kay le mostraba las tasas de recaída de Bellchapel.

—Esto tendría que verlo Parminder —comentó—. Me encargaré de que reciba una copia. Sí, sí, muy útil, efectivamente.

Tessa, con ligeras náuseas, cogió una cuarta galleta.

X

El lunes era el día de la semana que Parminder llegaba más tarde del trabajo y, como Vikram también volvía tarde del hospital, los tres hijos de los Jawanda ponían la mesa y se preparaban ellos mismos la cena. A veces se peleaban, otras bromeaban y se reían, pero ese día cada uno estaba enfrascado en sus pensamientos y realizaron la tarea con una eficacia inusual y casi sin decirse nada.

Sukhvinder no les había contado a sus hermanos que había intentado saltarse las clases, ni que Krystal Weedon había amenazado con darle una paliza. Últimamente se mostraba más reservada que nunca. La asustaba hacer confidencias, porque temía que pudieran delatar ese mundo de excentricidad que habitaba en su interior, ese mundo en el que Fats Wall parecía capaz de penetrar con tan aterradora facilidad. De todas formas, sabía que no podría mantener en secreto indefinidamente lo ocurrido aquel día, porque Tessa le había dicho que pensaba llamar a Parminder.

—Voy a hablar con tu madre, Sukhvinder. Es lo que solemos hacer, pero voy a explicarle por qué lo has hecho.

Sukhvinder había sentido por ella algo parecido al cariño, a pesar de que era la madre de Fats Wall. Pese a lo asustada que estaba por cómo pudiera reaccionar su madre, saber que su orientadora iba a interceder por ella había prendido en su interior una débil llama de esperanza. ¿Reaccionaría por fin su madre al conocer el alcance de su desesperación? ¿Cesarían sus interminables y duras críticas, su implacable desaprobación, su decepción?

Cuando finalmente se abrió la puerta de la casa, oyó a su madre hablar en punjabí.

—No, por favor. La puñetera granja otra vez no —se lamentó Jaswant, aguzando el oído.

Los Jawanda tenían unas tierras en el Punjab que Parminder, la hija mayor, había heredado de su padre, pues éste no había tenido hijos varones. Jaswant y Sukhvinder habían hablado alguna vez de la importancia que daba la familia a aquella granja. Por lo visto, algunos de sus parientes de más edad tenían la esperanza de que toda la familia regresara allí algún día, una posibilidad que a ellas les producía perplejidad y cierta risa. El padre de Parminder había enviado dinero a la granja toda su vida. La habitaban unos primos segundos que la trabajaban y que parecían hoscos y amargados. La granja era motivo de discusiones periódicas en la familia de su madre.

—A la abuela le ha dado otro ataque de histeria —interpretó Jaswant mientras la voz apagada de su madre traspasaba la puerta.

Parminder había enseñado punjabí a su primogénita, y Jaz había aprendido aún más hablando con sus primas. Sukhvinder, en cambio, tenía una dislexia tan acentuada que no había podido aprender dos lenguas, y Parminder había acabado por desistir del intento.

—...Harpreet sigue empeñado en vender ese terreno para la construcción de la carretera...

Sukhvinder oyó que Parminder se quitaba los zapatos lanzándolos de una patada. Ojalá su madre no estuviera preocupada por la granja precisamente esa noche: era un asunto que siempre la ponía de mal humor. Pero cuando Parminder abrió la puerta de la cocina y Sukhvinder le vio la cara, tensa como una máscara, el poco coraje que tenía la abandonó por completo.

Su madre saludó a Jaswant y Rajpal con la mano, pero a ella la apuntó con el dedo y luego a una silla de la cocina, indicándole que tenía que sentarse y esperar a que terminara de hablar por teléfono.

Jaswant y Rajpal subieron a sus habitaciones. Sukhvinder, clavada a la silla por efecto de la silenciosa autoridad de su madre, esperó bajo las fotografías que decoraban la pared, la prueba de su incompetencia en comparación con sus hermanos. La llamada se prolongó mucho, hasta que por fin Parminder se despidió y colgó.

Cuando se dio la vuelta y miró a su hija, ésta supo al instante, antes de que dijera una sola palabra, que había sido un error abrigar esperanzas.

—Bueno —dijo Parminder—. Tessa me ha llamado al trabajo. Creo que ya sabes de qué quería hablarme.

Sukhvinder asintió con la cabeza. Era como si tuviera la boca llena de algodón.

La cólera de su madre la embistió con la fuerza de un maremoto y la arrastró; no sabía ni dónde tenía los pies.

—¿Por qué? ¡Por qué! ¿Lo haces para imitar a esa chica de Londres? ¿Qué pretendes, impresionarla? Jaz y Raj nunca se han comportado así, jamás. ¿Por qué tú sí? ¿Qué te pasa? ¿Estás orgullosa de ser una holgazana y una dejada? ¿Te gusta comportarte como una delincuente? ¿Cómo crees que me he sentido cuando Tessa me lo ha contado? Me ha llamado al trabajo. Nunca había pasado tanta vergüenza. Me tienes harta, ¿me oyes? ¿Acaso no te damos todo lo que necesitas? ¿No te ayudamos lo suficiente? ¿Qué te pasa, Sukhvinder?

La chica, desesperada, quiso interrumpir la invectiva de su madre y mencionó el nombre de Krystal Weedon.

—¡Krystal Weedon! —gritó Parminder—. ¡Esa estúpida! ¿Por qué le haces caso? ¿Le has dicho que intenté alargarle la vida a su abuela? ¿Se lo has dicho?

—Yo... no...

—¡Si te importa lo que dice gente como Krystal Weedon, te espera un bonito futuro! Quizá ése sea tu verdadero nivel, ¿no, Sukhvinder? ¿Quieres faltar a clase, trabajar en una cafetería y desperdiciar todas tus oportunidades de tener una educación, sólo porque es más fácil? ¿Es eso lo que aprendiste estando en el mismo equipo que Krystal Weedon, a rebajarte a su nivel?

Sukhvinder pensó en Krystal y su pandilla, impacientes por cruzar hasta la otra acera, esperando a que disminuyera el tráfico. ¿Qué tenía que ocurrir para que su madre lo entendiera? Hacía una hora había pasado por su cabeza la fantasía de que quizá pudiera confiarse a ella, por fin, y contarle lo de Fats Wall.

—¡Apártate de mi vista! ¡Vete! ¡En cuanto llegue tu padre hablaré con él! ¡Vete!

Sukhvinder subió al piso de arriba. Jaswant le gritó desde su dormitorio:

—¿Qué eran tantos gritos?

No le contestó. Entró en su habitación, cerró la puerta y se sentó en el borde de la cama.

«¿Qué te pasa, Sukhvinder? Me tienes harta. ¿Estás orgullosa de ser una holgazana y una dejada?»

¿Qué esperaba? ¿Que unos brazos cariñosos la abrazaran y la consolaran? ¿Cuándo la había abrazado Parminder? Obtenía un consuelo mucho mayor de la hoja de afeitar escondida en su conejo de peluche. Pero el deseo de cortarse y sangrar, que aumentaba hasta convertirse en necesidad, no podía satisfacerse durante el día, cuando la familia estaba despierta y su padre en camino.

El oscuro lago de desesperación y dolor que tenía en las entrañas ansiando ser liberado estaba en llamas, como si fuera de gasolina.

«Que se entere de lo que se siente.»

Se levantó, cruzó el dormitorio con decisión, se dejó caer en la silla de su escritorio y se puso a teclear con furia en el ordenador.

Sukhvinder se había interesado tanto como Andrew Price cuando aquel estúpido profesor suplente había intentado impresionarlos con su dominio de los ordenadores. Sin embargo, a diferencia de Andrew y un par de chicos más, ella no lo había acribillado a preguntas sobre piratería informática: se había ido a su casa tranquilamente y lo había buscado todo en internet. Casi todas las páginas web modernas estaban protegidas contra una clásica inyección SQL, pero cuando Sukhvinder oyó a su madre hablar del ataque anónimo a la web del Concejo Parroquial de Pagford, se le ocurrió que la seguridad de esa página tan anticuada y sencilla debía de ser mínima.

A Sukhvinder le resultaba más fácil teclear que escribir a mano, y leer códigos informáticos que frases largas. No tardó mucho en encontrar una página que ofrecía instrucciones muy claras para la forma más simple de inyección SQL. Luego abrió la web del concejo parroquial.

Tardó cinco minutos en piratearla, y sólo porque la primera vez transcribió mal el código. Sorprendida, descubrió que el administrador no había eliminado los datos de usuario de «El Fantasma de Barry Fairbrother» de la base de datos, sino que se había limitado a borrar la publicación. Por tanto, colgar otro mensaje con ese nombre sería pan comido.

Le costó mucho más redactar el mensaje que piratear la página web. Llevaba meses cargando con aquella acusación secreta, desde que la noche de fin de año, escondida en un rincón sin participar en la fiesta, a las doce menos diez había reparado, maravillada, en la cara de su madre. Tecleó despacio. El corrector automático la ayudó con la ortografía.

No temía que Parminder revisara el historial de internet de su ordenador: su madre sabía tan poco acerca de ella, y acerca de lo que pasaba en su dormitorio, que jamás sospecharía de su perezosa, estúpida y dejada hija.

Pulsó el botón del ratón como si apretara un gatillo.

XI

El martes por la mañana Krystal no llevó a Robbie a la guardería, sino que lo vistió para llevárselo al funeral de la abuelita Cath. Mientras le ponía sus pantalones menos rotos, que ya le quedaban cortos, intentó explicarle quién había sido la abuelita Cath, pero podría haberse ahorrado la molestia. Robbie no conservaba ningún recuerdo de la abuelita, y tampoco tenía ni idea del significado de «abuelita»; los únicos parentescos que conocía eran «madre» y «hermana». Pese a las cambiantes insinuaciones y las cosas que le contaba Terri, Krystal sabía que su madre ignoraba quién era el padre del niño.

Oyó los pasos de su madre en la escalera.

—Deja eso —le espetó a Robbie, que había cogido una lata de cerveza vacía de la butaca donde solía sentarse Terri—. Ven aquí.

Krystal cogió a Robbie de la mano y fueron al recibidor. Terri todavía llevaba el pantalón del pijama y la camiseta sucia con que había dormido, e iba descalza.

—¿Por qué no te has cambiado? —inquirió Krystal.

—No voy —dijo Terri, y entró en la cocina—. Me lo he pensado mejor

—¿Por qué?

—No quiero ir. —Encendió un cigarrillo con la llama de un fogón—. No me da la gana.

Krystal todavía tenía a Robbie cogido de la mano, y el niño le daba tirones y se balanceaba.

—Van a ir todos —insistió—. Cheryl, Shane, todos.

—¿Y qué? —repuso Terri, agresiva.

Krystal había contado con que su madre se echara atrás en el último momento. En el funeral tendría que enfrentarse a Danielle, la hermana que hacía como si Terri no existiera, por no mencionar a los demás parientes que las habían repudiado.

Quizá estuviera allí Anne-Marie. Todas las noches que había pasado llorando por la abuelita Cath y el señor Fairbrother, Krystal se había aferrado a esa esperanza como quien se aferra a una linterna en la oscuridad.

—Tienes que ir —le dijo a su madre.

—Pues no iré.

—Se trata de la abuelita Cath.

—¿Y qué?

—Hizo mucho por nosotras.

—No hizo una mierda —replicó Terri con desdén.

—Sí hizo —la contradijo Krystal, con las mejillas encendidas y apretando la mano de Robbie.

—Por ti a lo mejor sí. Por mí no hizo una mierda. Ya puedes ir a berrear en su puta tumba si quieres. Yo paso.

—¿Por qué?

—Es asunto mío, ¿vale?

Entonces apareció la vieja sombra de la familia.

—Va a venir Obbo, ¿verdad?

—Es asunto mío —repitió Terri con patética dignidad.

—Ven al funeral —dijo Krystal elevando la voz.

—Vas tú.

—No te chutes —le pidió Krystal, y su voz subió una octava.

—No me voy a chutar —dijo Terri, pero le dio la espalda y se puso a mirar por la sucia ventana de la cocina, desde donde se veía una parcela de hierba crecida y salpicada de basura, lo que ellas llamaban el «jardín trasero».

Robbie se soltó de la mano de su hermana y se fue a la sala. Con los puños metidos en los bolsillos de los pantalones de chándal y cuadrando los hombros, Krystal intentó decidir qué hacer. Le daba ganas de llorar pensar que iba a perderse el funeral, pero su aflicción contenía también cierto alivio, porque, si no iba, no debería enfrentarse a la batería de miradas hostiles que a veces había tenido que soportar en casa de la abuelita Cath. Estaba furiosa con Terri, y sin embargo la entendía. «Ni siquiera sabes quién es el padre, ¿verdad, zorra?» Quería conocer a Anne-Marie, pero tenía miedo.

—Vale, pues yo me quedo.

—No tienes que quedarte. Puedes ir si quieres. Me da igual.

Pero Krystal se quedó porque sabía que aparecería Obbo, que llevaba más de una semana fuera ocupándose de sus turbios asuntos. Deseó que hubiera muerto, que no volviera nunca.

Se puso a ordenar la casa, por hacer algo, mientras se fumaba uno de los cigarrillos liados que le había dado Fats Wall. No le gustaban, pero sí que él se los hubiera regalado. Los había guardado en el joyero de plástico de Nikki, junto con el reloj de Tessa.

Había pensado que, después del polvo en el cementerio, quizá no volviera a ver a Fats, porque él se había quedado muy callado y se había ido casi sin decirle adiós, pero pocos días después quedaron en el parque. Krystal advirtió que él se lo pasaba mejor esa vez que la anterior; no estaban colocados, y aguantó más. Después se quedó tumbado a su lado en la hierba, bajo los matorrales, fumando, y cuando ella le dijo que había muerto la abuelita Cath, él le contó que la madre de Sukhvinder Jawanda le había recetado a su bisabuela un medicamento inadecuado o algo así; no sabía exactamente qué había pasado.

Krystal se quedó horrorizada. Eso significaba que la abuelita Cath no tenía por qué haber muerto; podría estar viva todavía en su bonita casa de Hope Street, por si Krystal la necesitaba, ofreciéndole un refugio con una cama cómoda y sábanas limpias, la pequeña cocina llena de comida y una vajilla compuesta por piezas desparejadas, y el pequeño televisor en el rincón de la sala: «No quiero ver porquerías, Krystal, apágalo.»

A Krystal le caía bien Sukhvinder, pero la madre había matado a la abuelita Cath. No había que establecer diferencias entre los miembros de una tribu enemiga. Krystal tenía la clara intención de hacer polvo a Sukhvinder; pero entonces había intervenido Tessa Wall. Krystal no recordaba los detalles de lo que le había dicho, pero por lo visto Fats se había equivocado, o al menos no tenía toda la razón. Le había prometido a Tessa, a regañadientes, dejar en paz a Sukhvinder pero, en su mundo frenético y cambiante, una promesa así sólo podía ser una medida provisional.

—¡Deja eso! —le gritó a Robbie, que intentaba abrir la lata de galletas donde Terri guardaba sus bártulos.

Krystal se la quitó de un tirón y la sostuvo en las manos como si se tratara de un ser vivo, algo que pelearía por su vida y cuya destrucción traería consecuencias terribles. En la tapa de la lata había un dibujo cubierto de arañazos: un carruaje con equipaje en el techo, tirado por la nieve por cuatro caballos castaños, y en lo alto un cochero con una corneta. Se llevó la lata arriba mientras Terri fumaba en la cocina, y la escondió en su dormitorio. Robbie la siguió.

—Quiero al parque a jugar.

A veces Krystal lo llevaba y lo montaba en los columpios o en la rueda.

—Hoy no, Robbie.

El crío se puso a lloriquear hasta que ella le gritó que se callara.

Más tarde, cuando ya había oscurecido —después de que Krystal bañara a Robbie y le preparara unos espaguetis, cuando ya hacía mucho que el funeral había terminado—, Obbo llamó a la puerta. Krystal lo vio desde la ventana del dormitorio de Robbie e intentó llegar antes que Terri, pero no pudo.

—Qué hay, Ter —dijo Obbo, y traspasó el umbral sin que nadie lo hubiera invitado—. Me han dicho que la semana pasada me buscabas.

Krystal le había ordenado a Robbie que se quedara donde estaba, pero el niño la siguió por la escalera. Ahora percibía el olor a champú del pelo de su hermanito mezclado con el olor a tabaco y sudor impregnado en la vieja chaqueta de cuero de Obbo. Él había bebido, así que, cuando le sonrió con lascivia a Krystal le llegó una vaharada de cerveza.

—Qué pasa, Obbo —dijo Terri con aquel tono que Krystal sólo le oía cuando hablaba con él. Era conciliador, complaciente; admitía que Obbo tenía ciertos derechos en aquella casa—. ¿Dónde te habías metido?

—En Bristol. ¿Y tú qué, Ter?

—Mi madre no quiere nada —intervino Krystal.

Él la miró parpadeando a través de sus gruesas gafas. Robbie se aferraba con fuerza a la pierna de su hermana y le hincaba las uñas.

—¿Y ésta quién es, Ter? —preguntó Obbo—. ¿Tu mami?

Terri rió. Krystal miró con odio a Obbo; Robbie seguía fuertemente agarrado a su pierna. Obbo deslizó su adormilada mirada hacia el crío.

—¿Y cómo está mi niño?

—No es tu niño, capullo —le soltó Krystal.

—¿Cómo lo sabes? —replicó Obbo, tranquilo y sonriente.

—Vete a la mierda. Mi madre no quiere nada. ¡Díselo! —le gritó a Terri—. Dile que no quieres nada.

Arredrada, atrapada entre dos voluntades más fuertes que la suya, Terri dijo:

—Sólo ha venido a ver...

—Mentira —la cortó Krystal—. Eso es mentira. Díselo. ¡No quiere nada! —le gritó con fiereza a la cara sonriente de Obbo—. Lleva semanas sin chutarse.

—¿Es verdad, Terri? —preguntó él sin dejar de sonreír.

—Sí —dijo Krystal al ver que su madre no contestaba—. Todavía va a Bellchapel.

—Pues no será por mucho tiempo —observó Obbo.

—Vete a la puta mierda —le espetó Krystal, furiosa.

—Porque la van a cerrar.

—¿Ah, sí? —El pánico se reflejó en la cara de Terri—. No es verdad.

—Claro que sí. Por los recortes.

—Tú no tienes ni idea —le dijo Krystal—. No le hagas caso, mamá. No han dicho nada, ¿a que no?

—Por los recortes —repitió Obbo, palpándose los abultados bolsillos en busca de cigarrillos.

—Acuérdate de la revisión que tenemos pendiente —le dijo Krystal a su madre—. No puedes chutarte. No puedes.

—¿Qué dices? —preguntó Obbo mientras intentaba encender el mechero.

Pero ninguna de las dos le contestó. Terri le sostuvo la mirada a su hija un par de segundos; luego, de mala gana, la deslizó hacia Robbie, que iba en pijama y seguía agarrado a la pierna de Krystal.

—Sí, ya me iba a la cama, Obbo —balbuceó sin mirarlo—. Nos vemos otro día.

—Me ha dicho Cheryl que se ha muerto la abuelita —comentó él.

De pronto a Terri se le contrajo el rostro de dolor y pareció tan vieja como la propia abuelita Cath.

—Sí, me voy a la cama. Vamos, Robbie. Ven conmigo, Robbie.

El niño no quería soltar a su hermana mientras Obbo estuviera allí. Terri le tendió una mano como una garra.

—Ve con ella, Robbie —lo instó Krystal. A veces, Terri agarraba a su hijo como si fuera un osito de peluche; era mejor Robbie que un chute—. Anda, vete con mamá.

Algo en la voz de su hermana lo tranquilizó, y dejó que Terri se lo llevara arriba.

—Hasta luego —dijo Krystal sin mirar a Obbo.

Se metió en la cocina, sacó del bolsillo el último cigarrillo de Fats Wall y se agachó para encenderlo en el fogón. Oyó que se cerraba la puerta de la calle y se sintió triunfante. «Que te follen.»

—Tienes un culo precioso, Krystal.

Ella dio tal brinco que un plato resbaló del montón que tenía al lado y se estrelló contra el sucio suelo. Obbo no se había marchado, sino que la había seguido. Le miraba fijamente el pecho, prieto bajo la ceñida camiseta.

—Vete a tomar por culo.

—Estás hecha una mujercita.

—Vete a tomar por culo.

—Me han dicho que lo haces gratis —continuó Obbo, y se le acercó—. Podrías ganar más dinero que tu madre.

—Vete...

Obbo le puso una mano en el pecho izquierdo. Krystal intentó apartarse, pero él la retuvo por la cintura con la otra mano. Ella le rozó la cara con el cigarrillo encendido, y Obbo le dio un puñetazo en la cabeza. Cayeron más platos al suelo y se rompieron, y entonces, mientras forcejeaban, Krystal resbaló y se cayó; se golpeó la parte posterior de la cabeza contra el suelo. Obbo se le montó encima y ella notó cómo tiraba hacia abajo de sus pantalones de chándal.

—¡No! ¡No! ¡Mierda!

Los nudillos de Obbo se le hincaron en el vientre mientras él se desabrochaba la bragueta. Intentó gritar, pero él le dio una bofetada. Su olor le impregnaba la nariz mientras le farfullaba al oído:

—Si gritas, te rajo, zorra.

La penetró, y le hizo daño. Krystal lo oía gruñir, y oía también su débil quejido: un sonido cobarde y tenue del que se avergonzaba.

Obbo se corrió y se apartó de ella. Inmediatamente, Krystal se subió los pantalones y se levantó; se quedó mirándolo, con lágrimas en las mejillas, mientras él le sonreía con lascivia.

—Se lo diré al señor Fairbrother —se oyó decir entre sollozos.

No sabía por qué lo había dicho. Era una estupidez.

—¿Quién coño es ése? —Obbo se abrochó la bragueta. Encendió un cigarrillo con parsimonia y se colocó ante la puerta, cerrándole el paso a Krystal—. ¿A él también te lo tiras? Eres una putita.

Salió al pasillo y desapareció.

Krystal temblaba como jamás había temblado. Creyó que iba a vomitar; tenía el olor de Obbo por todo el cuerpo. Le dolía la parte posterior de la cabeza; notaba un dolor dentro, y las bragas húmedas. Salió de la cocina, fue a la sala y se quedó allí de pie, temblando, abrazándose a sí misma; de pronto temió que Obbo volviera, sintió terror y se apresuró a echar el cerrojo de la puerta.

Volvió a la sala de estar; encontró una colilla larga y la encendió. Fumando, temblando y sollozando, se dejó caer en la butaca de Terri. Se levantó de un brinco al oír pasos en la escalera: Terri bajó y la miró, aturdida y recelosa.

—¿Qué te pasa?

Krystal se atragantó con las palabras:

—Me acaba... me acaba de violar.

—¿Qué?

—Obbo. Me acaba...

—No puede ser.

Era la negación instintiva con que Terri le hacía frente a todo en la vida: «No puede ser, él no haría eso, yo nunca, yo no.»

Krystal se abalanzó sobre ella y le dio un empujón. Escuálida como estaba, Terri cayó hacia atrás al suelo del pasillo, chillando y soltando juramentos. Krystal corrió hacia la puerta que acababa de cerrar, forcejeó con el cerrojo y la abrió de un tirón.

Cuando había recorrido veinte metros por la calle oscura, sin dejar de llorar, se le ocurrió que Obbo podía estar esperándola fuera, vigilando. Atajó por el jardín de un vecino y, corriendo, trazó una ruta en zigzag por los callejones traseros en dirección a la casa de Nikki; entretanto, la humedad se extendía por sus bragas y creyó que iba a vomitar.

Ella sabía que lo que le había hecho Obbo era una violación. A la hermana mayor de Leanne la habían violado en el aparcamiento de una discoteca de Bristol. Otras chicas habrían ido a la policía, eso también lo sabía; pero si tu madre era Terri Weedon no invitabas a la policía a entrar en tu vida.

«Se lo diré al señor Fairbrother.»

Sus sollozos se hicieron más espasmódicos. Habría podido contárselo a Fairbrother. Él sabía que en la vida real pasaban esas cosas: tenía un hermano que había estado en la cárcel, le había contado anécdotas de su juventud. No había tenido una adolescencia tan difícil como la suya —Krystal sabía que nadie llevaba una vida tan mísera como la suya, eso lo tenía claro—, pero sí parecida a la de Nikki o Leanne. Se les había acabado el dinero; su madre había comprado una casa de protección oficial y luego no había podido pagar la hipoteca; habían vivido un tiempo en una caravana que les había prestado un tío suyo.

Fairbrother se encargaba de todo, sabía solucionar los problemas. Había ido a su casa y había hablado con Terri de los entrenamientos de remo, porque madre e hija se habían peleado y aquélla se negaba a firmar los impresos para que Krystal fuera a los desplazamientos con el equipo. Fairbrother no se había escandalizado, o lo había disimulado, lo cual venía a ser lo mismo. Terri, que no confiaba en nadie y a quien nadie le caía bien, había dicho: «Parece un tío legal», y había firmado.

Una vez, Fairbrother le había dicho: «Tú lo tendrás más difícil que los demás, Krys; yo también lo tuve más difícil. Pero puedes salir adelante. No tienes que seguir el mismo camino que todos.»

Se refería a estudiar y esas cosas, pero ya era demasiado tarde para eso y, además, eran gilipolleces. ¿De qué iba a servirle ahora saber leer?

«¿Cómo está mi niño?»

«No es tu niño, capullo.»

«¿Cómo lo sabes?»

La hermana de Leanne había tenido que tomarse la pastilla del día después. Krystal le preguntaría a Leanne qué había que hacer para conseguirla e iría a buscarla. No podía tener un hijo de Obbo. Esa idea le producía náuseas.

«Tengo que salir de aquí.»

Pensó en Kay, pero la descartó. Decirle a una asistente social que Obbo entraba y salía a su antojo de su casa, y que la había violado, venía a ser lo mismo que decírselo a la policía. Si Kay se enteraba, seguro que se llevaría a Robbie.

Oía en su cabeza una voz lúcida y clara que hablaba con el señor Fairbrother; él era el único adulto que le había hablado como ella necesitaba que le hablaran, y no como la señora Wall, tan bienintencionada y tan estrecha de miras, o la abuelita Cath, que no quería oír la verdad.

«Tengo que sacar a Robbie de aquí. ¿Qué puedo hacer? Tengo que salir de aquí.»

Su único refugio seguro, la casita de Hope Street, ya estaban disputándoselo sus parientes...

Dobló a toda prisa una esquina bajo una farola, mirando hacia atrás por si Obbo la seguía. Y entonces le vino la respuesta, como si el señor Fairbrother le hubiera mostrado el camino: si Fats Wall la dejaba embarazada, podría conseguir su propia casa de protección oficial. Si Terri volvía a drogarse, podría llevarse a Robbie a vivir con ella y el nuevo bebé. Y Obbo jamás pondría un pie en su casa. La puerta tendría cerrojos, cadenas y cerraduras, y su casa estaría limpia, siempre muy limpia, como la de la abuelita Cath.

Siguió corriendo por calles oscuras, y sus sollozos fueron reduciéndose hasta desaparecer.

Seguramente los Wall le darían dinero. Ellos eran así. Se imaginaba la cara preocupada de Tessa, inclinada sobre una cuna. Krystal iba a darles un nieto.

Fats la abandonaría cuando se quedara embarazada, eso era lo que hacían todos; Krystal lo había visto infinidad de veces en los Prados. Aunque era un chico muy raro: quizá la sorprendiera. A ella tanto le daba. Su interés por él se había reducido hasta casi extinguirse, sólo le importaba porque era una pieza esencial de su plan. Lo que quería era el bebé: el bebé era más que un medio para conseguir un fin. Le gustaban los bebés; siempre había adorado a Robbie. Se los quedaría a los dos y los cuidaría; sería una especie de abuelita Cath para su familia, sólo que mejor, más cariñosa y más joven.

Quizá Anne-Marie fuera a visitarla cuando ya no viviera en casa de Terri. Sus hijos serían primos. Tuvo una clara visión en la que estaba con Anne-Marie ante la puerta de la escuela St. Thomas de Pagford, diciendo adiós con la mano a dos niñitas con vestido azul claro y calcetines cortos.

En casa de Nikki había luces encendidas, como siempre. Krystal echó a correr.

CUARTA PARTE

Demencia

5.11 Según la ley ordinaria, los idiotas están sujetos a una incapacidad legal permanente para votar, pero las personas que tienen la mente perturbada pueden votar durante sus intervalos de lucidez.

Charles Arnold-Baker
La administración local, 7.ª edición

I

Samantha Mollison ya se había comprado los tres DVD del grupo musical favorito de Libby. Los tenía escondidos en el cajón de los calcetines y las medias, al lado de su diafragma, y preparó una coartada por si Miles los encontraba: eran un regalo para Libby. A veces, en la tienda, donde últimamente había menos movimiento que nunca, buscaba fotografías de Jake en internet. Durante una de esas sesiones de búsqueda de imágenes —Jake con traje, pero sin camisa; Jake con vaqueros y camiseta de tirantes blanca— descubrió que el grupo iba a dar un concierto en Wembley dos semanas más tarde.

Libby se alegraría mucho si le regalaba una entrada; además, sería una oportunidad para pasar un rato juntas. Samantha tenía una amiga de la universidad que vivía en West Ealing; podrían quedarse a dormir en su casa. Más emocionada de lo que se había sentido en mucho tiempo, consiguió dos entradas carísimas para el concierto. Esa noche, cuando regresó a su casa, estaba radiante por el efecto de aquel delicioso secreto, casi como si llegara de una cita.

Miles estaba en la cocina; todavía no se había cambiado y tenía el teléfono en la mano. Al verla entrar se quedó mirándola con una expresión extraña, difícil de descifrar.

—¿Qué pasa? —preguntó Samantha, un poco a la defensiva.

—No consigo hablar con papá. Su teléfono comunica todo el rato. Han colgado otro mensaje.

Como ella lo miraba perpleja, añadió con un deje de impaciencia:

—¡El Fantasma de Barry Fairbrother! ¡Otro mensaje! ¡En la web del concejo!

—Ah —dijo Samantha desenrollándose la bufanda—. Vale.

—Acabo de encontrarme a Betty Rossiter por la calle y me lo ha contado. He mirado en el foro, pero no he visto nada. Mamá ya debe de haberlo borrado. Bueno, eso espero, porque si la Pelmaza va con esto a un abogado, mamá va a estar en la línea de fuego.

—¿Era sobre Parminder Jawanda? —dijo Samantha con tono deliberadamente despreocupado.

No preguntó de qué se la acusaba, en primer lugar porque estaba decidida a no ser una bruja entrometida y cotilla como Shirley y Maureen, y en segundo lugar porque creía saberlo ya: que Parminder era la responsable de la muerte de Cath Weedon. Tras una breve pausa, preguntó con cierto retintín:

—¿Y dices que tu madre va a estar en la línea de fuego?

—Bueno, es la administradora de la página web, así que podrían responsabilizarla si no elimina cualquier afirmación difamatoria o potencialmente difamatoria. No estoy seguro de que mis padres comprendan la gravedad de todo esto.

—Podrías defender a tu madre. A ella le encantaría.

Pero Miles no la oyó. Pulsaba una y otra vez la tecla de rellamada y fruncía el entrecejo, porque el teléfono de su padre seguía comunicando.

—Esto se está poniendo muy feo —dijo.

—Cuando era Simon Price a quien atacaban no te parecía tan grave. ¿Qué diferencia hay?

—Si es una campaña contra los miembros del concejo, o contra los candidatos...

Samantha se dio la vuelta para ocultar una sonrisa. Al fin y al cabo, no era por su madre por quien Miles estaba preocupado.

—Pero ¿qué quieres que publiquen sobre ti? —preguntó con fingida inocencia—. Tú no tienes secretos.

«Si los tuvieras, a lo mejor serías más interesante.»

—¿Y esa carta?

—¿Qué carta?

—Por amor de Dios. ¡Mamá y papá dijeron que había llegado una carta, una carta anónima sobre mí! ¡Ponía que no le llegaba a la suela del zapato a Barry Fairbrother!

Samantha abrió la nevera y contempló su poco apetecible contenido, consciente de que su marido no podía verle la cara con la puerta abierta.

—No pensarás que alguien tiene algo contra ti, ¿verdad? —preguntó.

—No, pero soy abogado. Puede haber gente que me guarde rencor. No creo que esos mensajes anónimos... No sé, hasta el momento todos se refieren a la otra parte, pero podría haber represalias en... No me gusta nada el cariz que están tomando las cosas.

—Mira, Miles, en eso consiste la política —repuso Samantha, divertida—. En airear los trapos sucios.

Él salió ofendido de la cocina, pero a ella no le importó: su pensamiento volvía a estar ocupado por pómulos cincelados, cejas picudas y músculos abdominales tensos y firmes. Ya se sabía de memoria casi todas las canciones del DVD. Se compraría una camiseta del grupo, y otra para Libby. Jake estaría contoneándose a sólo unos metros de ella. Se divertiría como hacía años que no lo hacía.

Entretanto, Howard se paseaba arriba y abajo por la tienda de delicatessen con el móvil pegado a la oreja. Habían bajado las persianas y encendido las luces, y al otro lado del arco de la pared, Shirley y Maureen se afanaban en preparar la cafetería para la inauguración, desempaquetando loza y vasos, hablando en voz baja, alborotadas, y tratando de oír las contribuciones casi monosilábicas de Howard a la conversación que mantenía.

—Sí... Hum... Hum... Sí...

—Chillándome, así como lo oyes —decía Shirley—. Chillándome y soltando palabrotas. «Quítelo ahora mismo, joder», me dijo. Y yo le respondí: «Voy a quitarlo, doctora Jawanda, y le agradecería que no me insultara.»

—Yo, si me hubiera insultado, lo habría dejado allí un par de horas más —opinó Maureen.

Shirley sonrió: resultaba que había decidido prepararse una taza de té, dejando el mensaje anónimo sobre Parminder cuarenta y cinco minutos más antes de quitarlo. Maureen y ella ya habían desmenuzado el asunto del mensaje hasta dejarlo pelado; su hambre más inmediata estaba saciada. Ahora Shirley miraba hacia el futuro con ruindad, ansiosa por ver cómo reaccionaría Parminder al haberse hecho público su secreto.

—Entonces no pudo ser ella quien puso el mensaje sobre Simon Price —dedujo Maureen.

—No, evidentemente —coincidió Shirley mientras pasaba el trapo por las bonitas piezas de loza azul y blanca que había escogido, rechazando otras de tono rosa que a Maureen le gustaban más.

A veces, aunque no estuviera directamente involucrada en el negocio, a Shirley le gustaba recordarle a Maureen que todavía tenía mucha influencia por ser la mujer de Howard.

—Sí —dijo Howard por teléfono—. Pero ¿no sería mejor que...? Hum... hum...

—¿Y tú quién crees que es? —preguntó Maureen.

—Pues no lo sé —contestó Shirley con gesto remilgado, como si estuviera muy por encima de esa información y esas sospechas.

—Seguro que alguien que conoce a los Price y los Jawanda —especuló Maureen.

—Evidentemente —volvió a decir Shirley.

Entonces Howard colgó por fin.

—Aubrey está de acuerdo —informó a las dos mujeres entrando con sus andares de pato en la cafetería. Llevaba en la mano el *Yarvil Gazette* de ese día—. Es un artículo poco convincente. Muy poco convincente.

Ambas mujeres tardaron unos segundos en recordar que se suponía que tenían que mostrarse interesadas por el artículo póstumo de Barry Fairbrother aparecido en el periódico local. Su fantasma era muchísimo más interesante.

—Ah, sí. A mí me ha parecido muy flojo —dijo Shirley cuando reaccionó.

—La entrevista a Krystal Weedon era divertida —apuntó Maureen con sorna—. Decía que le gustaba el arte. Supongo que se refería a los garabatos que hace en los pupitres.

Howard se rió. Buscando un pretexto para darles la espalda, Shirley cogió del mostrador la EpiPen de recambio de Andrew Price, que Ruth había llevado a la tienda esa mañana. Shirley había buscado información sobre las EpiPen en su página web médica favorita, y se consideraba capacitada para explicar cómo funcionaba la adrenalina. Pero como nadie se lo preguntó, guardó el tubito blanco en un armario y cerró la puerta haciendo tanto ruido como pudo para que Maureen no siguiera con sus ocurrencias.

A Howard le sonó el teléfono que tenía en su enorme mano.

—¿Sí? Ah, Miles. Sí, sí... Sí, ya nos hemos enterado... Mamá lo ha visto esta mañana... —Rió—. Sí, ya lo ha quitado... No lo sé... Creo que lo publicaron ayer... Hombre, yo no diría... Todos conocemos a la Pelmaza desde hace años...

Pero la jocosidad de Howard fue debilitándose a medida que Miles hablaba. Al cabo de un rato dijo:

—Ah... Sí, entiendo. Sí. No, no me lo había planteado desde... Quizá deberíamos buscar a alguien que le eche un vistazo a la seguridad...

Las tres personas que estaban en la tienda no repararon en el ruido de un coche que pasaba por la plaza a oscuras, pero el conductor sí vio la enorme sombra de Howard Mollison moverse detrás de las persianas de color crema. Gavin pisó el acelerador, impaciente por llegar a casa de Mary. Por teléfono le había parecido que estaba desesperada.

—¿Quién es el que hace esto? ¿Quién es? ¿Quién me odia tanto?

—Nadie te odia —había dicho él—. ¿Cómo quieres que alguien te odie? No te muevas, voy para allá.

Aparcó delante de la casa, cerró la portezuela con un golpe sordo y corrió por el sendero. Mary le abrió antes de que él llamara. Volvía a tener los ojos hinchados y llorosos, y llevaba una bata de lana hasta los pies que la empequeñecía. No era nada seductora; es más, era la antítesis del kimono rojo de Kay. Sin embargo, su carácter casero y sencillo, incluso su fealdad, ofrecían un nuevo nivel de intimidad.

Los cuatro hijos de Mary se hallaban en la sala de estar. Mary le indicó a Gavin que la acompañara a la cocina.

—¿Saben algo? —preguntó él.

—Fergus sí. Se lo ha contado un compañero de clase. Le he pedido que no les diga nada a los demás. La verdad, Gavin... ya no aguanto más. Tanta maldad...

—Pero no es cierto —replicó él, y entonces, superado por la curiosidad, añadió—: ¿Verdad que no?

—¡Claro que no! —exclamó ella, indignada—. Bueno... no lo sé... no la conozco mucho. Pero hacerle hablar a él así... poner esas palabras en su boca... ¿No se han parado a pensar en cómo me sentaría a mí?

Y rompió a llorar de nuevo. A Gavin no le pareció oportuno abrazarla mientras llevara aquella bata, y al instante se alegró de no haberlo hecho, porque Fergus, el hijo de dieciocho años, entró en la cocina.

—Hola, Gav.

El chico parecía cansado, mayor de lo que era. Con un brazo rodeó los hombros de su madre, que apoyó la cabeza en su hombro, enjugándose las lágrimas con la manga de la camisa de su hijo, como una niña pequeña.

—Yo no creo que haya sido la misma persona —les dijo Fergus sin ningún preámbulo—. He vuelto a leerlo. El estilo del mensaje es diferente.

Lo tenía en su teléfono móvil, y empezó a leerlo en voz alta:

—«La concejala Dra. Parminder Jawanda, que se las da de preocuparse tanto por los pobres y necesitados de la región, siempre ha tenido una motivación secreta. Hasta el día de mi muerte...»

—Para, Fergus —pidió Mary, y se sentó a la mesa de la cocina—. No lo soporto. En serio, no puedo. Y por si fuera poco, hoy han publicado su artículo en el periódico.

Se tapó la cara con las manos y lloró en silencio; Gavin vio el periódico local encima de la mesa. Él nunca lo leía. Sin preguntar, fue al armario a prepararle una copa a Mary.

—Gracias, Gav —dijo ella con voz nasal cuando él le llevó el vaso.

—Podría ser Howard Mollison —especuló Gavin, y se sentó a su lado—. Por lo que Barry decía de él.

—No lo creo —repuso Mary, secándose las lágrimas—. Es algo tan cruel. Nunca hizo nada parecido cuando Barry... —hipó un poco— vivía. —Y entonces le espetó a su hijo—: Tira ese periódico, Fergus.

El chico la miró, dolido y confuso.

—Pero si sale el artículo de papá...

—¡Tíralo! —insistió Mary con un deje de histeria en la voz—. ¡Si quiero puedo leerlo en el ordenador! ¡Lo último que hizo tu padre antes de morir, el día de nuestro aniversario de boda!

Fergus cogió el periódico de la mesa y se quedó un momento de pie, observando a su madre, que volvió a ocultar la cara entre las manos. Entonces, tras mirar brevemente a Gavin, salió de la cocina con el *Yarvil Gazette*.

Al cabo de un rato, cuando Gavin consideró que el chico ya no volvería, le puso una mano en el brazo con gesto consolador. Se quedaron un rato allí sentados, en silencio. Gavin se sentía mucho mejor ahora que el periódico ya no estaba encima de la mesa.

II

Parminder no trabajaba a la mañana siguiente, pero tenía una reunión en Yarvil. Cuando sus hijos se marcharon al colegio, inició un metódico recorrido por la casa para asegurarse de que tenía todo lo que necesitaba, pero cuando sonó el teléfono, se sobresaltó tanto que se le cayó el bolso al suelo.

—¿Sí? —respondió casi con voz de alarma.

Tessa, al otro lado de la línea, se sorprendió.

—Hola, Minda. Soy yo. ¿Estás bien?

—Sí, sí, es que me he asustado al oír el teléfono —explicó Parminder mientras contemplaba el suelo de la cocina, donde se habían esparcido llaves, papeles, monedas y tampones—. ¿Qué pasa?

—No, nada. Sólo llamaba para charlar. Para saber cómo estás.

El tema del mensaje anónimo colgaba entre ellas dos como un monstruo burlón que se columpiara del hilo del teléfono. El día anterior, Parminder apenas había dejado hablar del tema a Tessa cuando la había llamado. Le había gritado: «¡Es mentira, es todo mentira, y no me vengas con que no ha sido Howard Mollison!»

Tessa no había querido insistir.

—Ahora no puedo hablar —dijo Parminder—. Tengo una reunión en Yarvil. Una revisión del caso de un niño que está en el registro de población de riesgo.

—Ah, vale. Perdona. ¿Te llamo más tarde?

—Sí. Vale, perfecto. Adiós.

Recogió el contenido del bolso y salió precipitadamente de la casa; tuvo que volver corriendo desde la cancela del jardín para comprobar si había cerrado bien la puerta. Ya al volante de su coche, de vez en cuando se daba cuenta de que no recordaba haber recorrido el último kilómetro, y se hacía el firme propósito de concentrarse. Pero el malicioso mensaje anónimo seguía atormentándola. Ya se lo sabía de memoria.

La concejala Dra. Parminder Jawanda, que se las da de preocuparse tanto por los pobres y necesitados de la región, siempre ha tenido una motivación secreta. Hasta el día de mi muerte estuvo enamorada de mí, y cuando me veía no podía disimular sus sentimientos. Votaba siempre lo que yo le decía en todas las reuniones del concejo. Ahora que no estoy, no será de utilidad como concejala, porque se ha vuelto loca.

Lo había visto por primera vez la mañana anterior, al abrir la web del concejo para revisar las actas de la última reunión. La conmoción había sido casi física: empezó a respirar de forma rápida y superficial, como en los momentos más difíciles del parto, cuando intentaba situarse por encima del sufrimiento, distanciarse del doloroso presente.

Ya debía de saberlo todo el mundo. No podía esconderse.

La asaltaban pensamientos extraños. Por ejemplo, qué habría dicho su abuela de que hubieran acusado a Parminder en un foro público de amar al marido de otra mujer, y un *gora*, para colmo. Casi podía ver a *bebe* tapándose la cara con un pliegue del sari, sacudiendo la cabeza, meciéndose adelante y atrás como solía hacer cuando la familia recibía un duro golpe.

—Algunos maridos —le había dicho Vikram la noche anterior, con una nueva y extraña mueca en su sardónica sonrisa— querrían saber si es verdad.

—¡Claro que no es verdad! —había replicado Parminder tapándose la boca con una mano temblorosa—. ¿Cómo puedes preguntarme eso? ¡Claro que no! ¡Tú lo conocías! ¡Éramos amigos, sólo amigos!

Pasó por delante de la Clínica Bellchapel para Drogodependientes. ¿Cómo podía haber llegado tan lejos sin darse cuenta? Era un peligro. Conducía sin prestar atención.

Recordó la noche en que Vikram y ella habían ido a cenar a un restaurante, hacía casi veinte años, para celebrar su decisión de contraer matrimonio. Ella le había explicado el jaleo que había armado su familia el día que Stephen Hoyle la había acompañado a casa, y él había estado de acuerdo en que era una tontería pueblerina. Entonces él lo había entendido. Pero no lo entendía ahora que era Howard Mollison quien la acusaba, en lugar de sus retrógrados parientes. Por lo visto, Vikram no se daba cuenta de que los *goras* podían ser estrechos de miras, falsos y maldicientes...

Se había pasado el desvío. Tenía que concentrarse. Tenía que prestar atención.

—¿Llego tarde? —preguntó, cuando por fin cruzó el aparcamiento y caminó hacia Kay Bawden.

Ya conocía a la asistente social, porque había ido a su consulta para pedir la renovación de su receta de anticonceptivos.

—No, no —dijo Kay—. He pensado que sería mejor que la acompañara hasta el despacho, porque esto es un laberinto...

El edificio de los Servicios Sociales de Yarvil era un feo bloque de oficinas de los años setenta. Camino de los ascensores, Parminder se preguntó si Kay sabría lo del mensaje anónimo aparecido en la página web del concejo, o lo de la queja presentada contra ella por la familia de Catherine Weedon. Imaginó que al abrirse las puertas del ascensor se encontraría con una fila de hombres trajeados, esperando para acusarla y condenarla. ¿Y si aquella revisión del caso de Robbie Weedon sólo era una artimaña y en realidad se dirigía hacia su propio juicio?

Kay la guió por un pasillo lúgubre y desierto hasta una sala de reuniones. Dentro había tres mujeres que la saludaron con una sonrisa. Kay inició las presentaciones:

—Ésta es Nina. Asiste a la madre de Robbie en Bellchapel —dijo, y se sentó de espaldas a las ventanas con persianas de lamas—. Gillian es mi supervisora. Louise Harper es la supervisora de la guardería de Anchor Road. La doctora Parminder Jawanda es la médica de cabecera de Robbie —añadió.

Parminder aceptó un café. Las otras cuatro mujeres se pusieron a hablar sin incluirla en la conversación.

(«La concejala Dra. Parminder Jawanda, que se las da de preocuparse tanto por los pobres y necesitados de la región...»

«Que se las da de preocuparse tanto.» Howard Mollison, qué cabrón eres. Pero siempre la había tenido por una hipócrita; Barry ya lo decía.

—Como provengo de los Prados, Howard cree que quiero que la gente de Yarvil invada Pagford. Pero tú eres una profesional de clase media, y por eso considera que no tienes ningún derecho a estar a favor de los Prados. Cree que eres una hipócrita o que creas problemas por mera diversión.)

—...no entiendo por qué a esa familia le corresponde un médico de cabecera de Pagford —dijo una de las asistentes sociales desconocidas, cuyos nombres ya había olvidado.

—Hay varias familias de los Prados adscritas a nuestro consultorio —contestó Parminder sin vacilar—. Pero ¿no hubo algún problema con los Weedon y su anterior...?

—Sí, los echaron del consultorio de Cantermill —confirmó Kay, que tenía delante un fajo de notas más grande que el de sus colegas—. Terri agredió a una enfermera. Por eso les asignaron el consultorio de Pagford. ¿Cuánto tiempo hace de eso?

—Casi cinco años —respondió Parminder, que había recabado todos los datos en el consultorio.

(Había visto a Howard en la iglesia, el día del funeral de Barry, con sus gruesas manazas recogidas, fingiendo que rezaba, y a los Fawley arrodillados a su lado. Parminder sabía en qué creían los cristianos. «Ama a tu prójimo como a ti mismo...» Si Howard hubiera sido más sincero, se habría vuelto hacia un lado y le habría rezado a Aubrey...

«Hasta el día de mi muerte estuvo enamorada de mí, y cuando me veía no podía disimular sus sentimientos...»

¿Sería verdad que no había podido disimularlo?)

—¿...la última vez que lo ha visto, Parminder? —estaba preguntando Kay.

—Cuando su hermana lo trajo para que le recetáramos antibióticos para una otitis. Hará unas ocho semanas.

—¿Y cómo lo encontró? —preguntó otra de las presentes.

—La verdad es que su crecimiento es normal —dijo Parminder, y sacó unas fotocopias de su bolso—. Le hice una exploración concienzuda, porque... bueno, conozco el historial de la familia. Tenía un peso adecuado, aunque supongo que su dieta no será ninguna maravilla. No tenía piojos, liendres ni nada parecido. Tenía las nalgas un poco irritadas, y recuerdo que su hermana dijo que a veces todavía se orinaba encima.

—Es que todavía le ponen pañales —aportó Kay.

—Entonces, ¿no le encontró ningún problema grave de salud? —preguntó la mujer que había hecho la pregunta anterior.

—No encontré señales de malos tratos. Recuerdo que le quité la camiseta para examinarlo, y no tenía cardenales ni otras lesiones.

—En la casa no vive ningún hombre —intervino Kay.

—¿Y la otitis? —preguntó la supervisora de Kay.

—Tenía una infección bacteriana posterior a un virus. Nada fuera de lo común. Típico de los niños de esa edad.

—Así que, en general...

—He visto cosas mucho peores —afirmó Parminder.

—Dice que fue la hermana quien lo llevó, y no su madre. ¿Es usted también la médica de cabecera de Terri?

—Creo que hace cinco años que Terri no viene por la consulta —dijo Parminder.

La supervisora se dirigió entonces a Nina.

—¿Cómo le va con la metadona?

(«Hasta el día de mi muerte estuvo enamorada de mí...»

«Quizá el Fantasma no sea Howard, sino Shirley, o Maureen —pensó de repente Parminder—. Es más probable que fueran ellas quienes me observaban cuando estaba con Barry, deseosas de ver algo raro con sus pervertidas mentes de vieja...»)

—... es la vez que más está durando en el programa —iba diciendo Nina—. Ha mencionado a menudo la revisión del caso. Tengo la impresión de que sabe que se le están agotando las oportunidades. No quiere perder a Robbie, eso lo ha repetido muchas veces. Creo que has conseguido hacérselo entender, Kay. La verdad es que veo que se responsabiliza un poco de la situación, por primera vez desde que la conozco.

—Gracias, pero prefiero no hacerme demasiadas ilusiones. La situación sigue siendo muy precaria. —Las desalentadoras palabras de Kay no se correspondían con su irreprimible sonrisa de satisfacción—. ¿Cómo le va a Robbie en la guardería, Louise?

—Bueno, vuelve a venir —dijo una de las asistentes sociales—. No ha faltado ningún día en las tres últimas semanas, lo que supone un cambio muy significativo. Lo trae su hermana. Viste ropa que le queda pequeña, generalmente sucia, pero habla de la bañera y las comidas en casa.

—¿Y cómo se porta?

—Presenta retraso en el desarrollo. Su dominio del lenguaje es muy limitado. No le gusta que entren hombres en la guardería. Cuando viene algún padre, nunca se le acerca; se queda junto a las educadoras y se pone muy nervioso. Y un par de veces... —añadió, consultando sus notas— lo han visto imitando actos claramente sexuales, con otras niñas o cerca de ellas.

—Decidamos lo que decidamos, creo que no tenemos motivos para sacarlo del registro de población de riesgo —opinó Kay, y las demás expresaron su aprobación con un murmullo.

—Por lo que veo, todo depende de que Terri no abandone vuestro programa y siga sin consumir droga —le dijo la supervisora a Nina.

—Sí, desde luego, eso es fundamental —coincidió Kay—, pero me preocupa que, aunque no esté consumiendo heroína, no satisfaga todas las necesidades de Robbie. Da la impresión de que es Krystal quien lo está criando, y ella es una chica de dieciséis años con muchos problemas...

(Parminder recordó lo que le había dicho a Sukhvinder un par de días atrás.

«¡Krystal Weedon! ¡Esa estúpida! ¿Es eso lo que aprendiste estando en el mismo equipo que Krystal Weedon, a rebajarte a su nivel?»

A Barry le caía bien Krystal. Veía en ella cosas que eran invisibles para los demás.

Un día, hacía ya mucho tiempo, Parminder le había contado a Barry la historia de Bhai Kanhaiya, el héroe sij que atendía las necesidades de los heridos en la batalla, tanto de su bando como del bando enemigo. Cuando le preguntaron por qué ofrecía su ayuda indiscriminadamente, Bhai Kanhaiya contestó que la luz de Dios brillaba en todas las almas, y que él no sabía distinguir entre ellas.

«La luz de Dios brillaba en todas las almas.»

Parminder había llamado estúpida a Krystal Weedon y había insinuado que era inferior. Barry jamás habría dicho algo así. Se avergonzó de sí misma.)

—...había una bisabuela que por lo visto ayudaba a cuidarlo, pero...

—Ha muerto —dijo Parminder antes de que lo dijera nadie—. Enfisema y derrame cerebral.

—Sí —dijo Kay sin dejar de consultar sus notas—. Y eso nos devuelve a Terri. Ella también estuvo bajo la tutela de los servicios sociales. ¿Ha asistido a algún taller para padres?

—Nosotros los ofrecemos, pero hasta ahora nunca ha estado en condiciones de seguir ninguno —respondió la mujer de la guardería.

—Si aceptara hacer uno de esos cursos y asistiera a las clases, seguramente la situación mejoraría mucho —opinó Kay.

—Si nos cierran la clínica —terció Nina, de Bellchapel, dirigiéndose a Parminder—, supongo que Terri tendrá que ir a su consultorio a que le administren la metadona.

—Dudo mucho que Terri hiciera eso —opinó Kay antes de que la doctora pudiera contestar.

—¿Qué quiere decir? —preguntó Parminder, molesta.

Las otras mujeres se quedaron mirándola.

—Pues que coger autobuses y recordar citas no es la especialidad de Terri —explicó Kay—. En cambio, para ir a Bellchapel sólo tiene que andar un poco.

—Ah —dijo Parminder, abochornada—. Sí. Lo siento. Sí, supongo que es verdad.

(Había creído que Kay estaba aludiendo a la queja por la muerte de Catherine Weedon, que estaba insinuando que no creía que Terri Weedon confiara en ella.

«Concéntrate en lo que dicen. ¿Qué te pasa?»)

—Bueno, recapitulemos —dijo la supervisora mientras revisaba sus notas—. Nos encontramos ante un caso de negligencia materna con intervalos de atención adecuada. —Exhaló un suspiro, más de exasperación que de tristeza—. La crisis inmediata ya está superada: Terri ha dejado de consumir droga; Robbie vuelve a ir a la guardería, donde podemos vigilarlo; y no hay ninguna preocupación urgente por su seguridad. Como dice Kay, Robbie tiene que seguir en el registro de población de riesgo... Propongo que volvamos a reunirnos dentro de cuatro semanas.

La reunión se prolongó otros cuarenta minutos. Una vez terminada, Kay acompañó a Parminder al aparcamiento.

—Le agradezco mucho que haya venido personalmente. La mayoría de los médicos de cabecera se limitan a enviar un informe.

—Era mi mañana libre. —Lo dijo para quitarle importancia, porque no soportaba quedarse sola en casa sin nada que hacer; pero Kay creyó que lo decía para recibir más elogios, y se los ofreció.

Llegaron al coche de la doctora y Kay dijo:

—Usted es miembro del concejo parroquial, ¿verdad? ¿Le ha pasado Colin los datos de Bellchapel que le di?

—Ah, sí. Un día tendríamos que hablar de eso. Está en el orden del día de la próxima reunión.

Pero después de que Kay le diera su número de teléfono y se marchara, agradeciéndole su asistencia una vez más, Parminder volvió a concentrarse en Barry, el Fantasma y los Mollison. Iba conduciendo por los Prados cuando un sencillo pensamiento que llevaba rato intentando sepultar se coló por fin, traspasando sus defensas.

«Quizá sí que estaba enamorada de él.»

III

Andrew se había pasado horas tratando de decidir qué ropa ponerse para su primer día de trabajo en La Tetera de Cobre. El conjunto que por fin había elegido colgaba en el respaldo de la silla de su dormitorio. Una pústula de acné particularmente furiosa en la mejilla izquierda había decidido aumentar de tamaño hasta casi reventar, y Andrew había llegado al extremo de experimentar con el maquillaje de Ruth, que había cogido a hurtadillas de su cómoda.

El viernes por la noche, mientras ponía la mesa en la cocina pensando en Gaia y las cercanas siete horas seguidas de proximidad con ella, su padre volvió del trabajo en un estado que Andrew jamás le había visto. Simon estaba muy apagado, casi desorientado.

—¿Dónde está tu madre?

Ruth salió, muy afanosa, de la despensa.

—¡Hola, Simoncete! ¿Cómo...? ¿Qué pasa?

—Me han despedido. Dicen que por reducción de plantilla.

Ruth se llevó las palmas a las mejillas con gesto de espanto, y al punto corrió hacia su marido, le echó los brazos al cuello y lo estrechó.

—¿Por qué? —le susurró.

—Por ese mensaje —contestó Simon—. En la puta página web. También se han cargado a Jim y Tommy. O aceptábamos la reducción, o nos echaban por la puta cara. Y con unas condiciones de mierda. Menos de lo que recibió Brian Grant.

Andrew se quedó muy quieto, y poco a poco fue calcificándose en un monumento de culpa.

—Mierda —dijo Simon, con la cabeza apoyada sobre el hombro de su mujer.

—Ya encontrarás otra cosa —le susurró ella.

—Por aquí cerca seguro que no.

Se sentó en una silla de la cocina sin quitarse el abrigo, y echó un vistazo alrededor, al parecer demasiado aturdido para hablar. Ruth no se separaba de él, consternada, cariñosa y llorosa. Andrew se alegró al detectar en la mirada catatónica de Simon aquel histrionismo exagerado tan propio de él. Eso lo ayudó a no sentirse tan culpable. Siguió poniendo la mesa sin decir nada.

La cena transcurrió en un ambiente lúgubre. Paul, informado de la noticia familiar, estaba aterrado, como si su padre pudiera acusarlo a él y responsabilizarlo de su desgracia. Simon se comportó como un auténtico mártir cristiano durante el primer plato, herido pero muy digno ante una persecución injustificada.

—Voy a contratar a alguien para que le aplaste la cara a ese hijo de la gran puta —soltó de pronto, mientras se llevaba a la boca una cucharada de pastel de manzana, y los demás entendieron que se refería a Howard Mollison.

—Ha aparecido otro mensaje en la página web del concejo —informó Ruth con ansiedad—. No has sido el único, Simon. Shir... Me lo han contado en el trabajo. La misma persona, el Fantasma de Barry Fairbrother, ha escrito algo horrible sobre la doctora Jawanda. Howard y Shirley han pedido a un técnico que revise la web y, por lo visto, quien está escribiendo esos mensajes utiliza los datos de usuario de Barry Fairbrother, así que, por si acaso, los han borrado de la... la base de datos o como se llame...

—¿Y eso me va a devolver mi puto empleo?

Ruth no volvió a abrir la boca hasta pasados unos minutos.

A Andrew lo inquietó lo que había contado su madre. Era preocupante que estuvieran investigando al Fantasma de Barry Fairbrother, y resultaba turbador que alguien hubiera seguido su ejemplo. ¿A quién más que a Fats podía habérsele ocurrido utilizar los datos de usuario de Barry Fairbrother? Pero ¿qué razones podía tener Fats para atacar a la doctora Jawanda? ¿O era otra forma de meterse con Sukhvinder? Aquello no le gustaba nada...

—¿Y a ti qué te pasa? —le preguntó Simon desde el otro lado de la mesa.

—Nada —balbuceó Andrew, pero rectificó—: Es muy fuerte, ¿no? Quedarte sin trabajo...

—Ah, ¡te parece muy fuerte, ¿eh?! —le chilló Simon, y Paul soltó la cuchara y se tiró el helado por encima—. ¡Limpia eso, Pauline! ¡Menudo mariquita estás hecho! —Volvió a mirar a Andrew y añadió—: Ya lo ves, Carapizza, la vida real es esto. ¡El mundo está lleno de canallas que intentan joderte! ¡Y tú —dijo, apuntando con el dedo a su hijo mayor— ya estás jodiendo a Mollison, o no hace falta que vuelvas a casa mañana por la noche!

—Simon...

Pero él apartó la silla de la mesa y tiró su cuchara, que rebotó en el suelo con estrépito, salió de la cocina y cerró de un portazo. Andrew sabía lo que vendría a continuación, y no se equivocaba.

—Para él es un golpe muy duro —explicó Ruth, temblorosa, a sus hijos—. Después de tantos años trabajando para esa empresa... Le preocupa pensar cómo va a mantenernos a partir de ahora.

Al día siguiente, a las seis de la mañana, cuando sonó el despertador, Andrew lo apagó de un manotazo y saltó de la cama. Estaba emocionado como si fuera Navidad. Se lavó y se vistió a toda velocidad, y luego dedicó cuarenta minutos a su pelo y su cara, aplicándose base de maquillaje en los granos más grandes.

Temió que Simon le saliera al paso cuando pasara de puntillas frente a la habitación de sus padres, pero no fue así. Tras un rápido desayuno, sacó la bicicleta de carreras del garaje y bajó a toda pastilla por la colina hasta Pagford.

Hacía una mañana neblinosa que prometía un día soleado. Las persianas de la tienda de delicatessen todavía estaban bajadas, pero cuando empujó la puerta, ésta cedió y se oyó el tintineo de la campanilla.

—¡Por aquí no! —gritó Howard, y se le acercó bamboleándose—. ¡Tienes que entrar por la puerta de atrás! ¡Quita la bicicleta de ahí y déjala junto a los cubos de basura!

En la parte trasera de la tienda, a la que se accedía por un estrecho callejón, había un pequeño y húmedo patio con suelo de piedra bordeado por altos muros, unos cobertizos con cubos de basura metálicos de tamaño industrial, y una trampilla que daba a una escalera de vértigo que conducía al sótano.

—Átala por ahí, donde no estorbe —dijo Howard, que se había asomado a la puerta trasera, resollando y con la cara perlada de sudor.

Mientras Andrew forcejeaba con el candado de la cadena, Howard se secó la frente con el delantal.

—Bueno, empezaremos por el sótano —dijo, una vez que el chico hubo atado la bicicleta. Señaló la trampilla—. Baja por ahí y mira cómo están organizadas las cosas.

Se agachó para asomarse a la trampilla mientras Andrew descendía por la escalera. Howard llevaba años sin poder bajar a su propio sótano. Maureen solía hacerlo, no sin dificultad, un par de veces por semana, pero ahora que estaba lleno de artículos para la cafetería, se hacían indispensables unas piernas más jóvenes.

—¡Fíjate bien en todo! —le gritó a Andrew, al que ya no divisaba—. ¿Ves dónde tenemos las tartas y los productos de bollería? ¿Ves los sacos de café en grano y las cajas de bolsitas de té? ¿Y los rollos de papel higiénico y las bolsas de basura en el rincón?

—Sí —contestó la resonante voz de Andrew desde las profundidades.

—Llámame señor Mollison —dijo Howard con un deje arisco en su jadeante voz.

Abajo, en el sótano, Andrew se preguntó si tenía que empezar en ese mismo momento.

—Vale... señor Mollison. —Su respuesta sonó un tanto sarcástica, y Andrew se apresuró a arreglarlo preguntando con tono educado—: ¿Qué hay en los armarios grandes?

—Míralo tú mismo —respondió Howard, impaciente—. Para eso has bajado. Para saber dónde tienes que colocar las cosas y de dónde tienes que cogerlas.

Howard oyó los ruidos sordos que producía Andrew al abrir las macizas puertas, y confió en que el chico no fuera demasiado tonto ni necesitara instrucciones continuas. Ese día a Howard se le había acentuado el asma; el índice de concentración de polen era muy alto para la época del año, y a eso había que sumarle la sobrecarga de trabajo, la emoción y las pequeñas frustraciones de la inauguración. Si seguía sudando tanto, quizá tuviera que llamar a Shirley para pedirle que le llevara una camisa limpia antes de que abrieran las puertas.

—¡Ya está aquí la furgoneta! —anunció Howard al oír el murmullo de un motor al final del callejón—. ¡Sube! Tienes que bajarlo todo al sótano y ponerlo en su sitio, ¿de acuerdo? Y súbeme un par de cartones de leche a la cafetería. ¿Me has entendido?

—Sí... señor Mollison —dijo la voz de Andrew allá abajo.

Howard volvió despacio adentro para coger el inhalador que llevaba siempre en su chaqueta, colgada en la trastienda. Después de unas cuantas inhalaciones se sintió mejor. Se secó de nuevo el sudor de la cara con el delantal e hizo crujir la silla en la que se sentó a descansar.

Desde que había ido a ver a la doctora Jawanda por el sarpullido, había pensado varias veces en lo que ella le había advertido sobre su peso: que era la fuente de todos sus problemas de salud.

Eran tonterías, sin duda. No había más que ver al hijo de los Hubbard: flaco como un espárrago y sin embargo padecía un asma de miedo. Howard siempre había sido corpulento, desde que tenía uso de razón. En las pocas fotografías en que aparecía con su padre, que había abandonado a la familia cuando Howard tenía cuatro o cinco años, era un bebé gordinflón. Después de marcharse su padre, su madre lo sentaba a la cabecera de la mesa, entre ella y su abuela, y se quedaba muy compungida si el niño no repetía plato. Poco a poco, Howard había ido creciendo hasta llenar el espacio entre las dos mujeres, y a los doce años estaba igual de gordo que el padre que los había abandonado. Howard asociaba el buen apetito con la masculinidad. Su corpulencia era uno de sus rasgos característicos. Las dos mujeres que lo querían habían construido esa mole con gran satisfacción, y él creía que era típico de la Pelmaza, esa aguafiestas castradora, querer arrebatársela.

Pero a veces, en momentos de debilidad, cuando le costaba respirar o moverse, se asustaba. No le importaba que Shirley se comportara como si él jamás hubiera estado en peligro, pero recordaba las largas noches en el hospital después del bypass, cuando no podía conciliar el sueño por miedo a que su corazón fallara y se detuviera. Siempre que veía a Vikram Jawanda, recordaba que sus largos y oscuros dedos le habían tocado el corazón desnudo y palpitante; la cordialidad que rebosaba en cada encuentro era una forma de ahuyentar ese terror instintivo, primario. Después, en el hospital le habían dicho que tenía que adelgazar un poco, pero ya había adelgazado trece kilos por culpa de la espantosa comida que allí le daban, y en cuanto recibió el alta, Shirley se propuso volver a engordarlo...

Se quedó sentado un momento más, disfrutando de la facilidad con que respiraba gracias al inhalador. Ese día significaba mucho para él. Treinta y cinco años atrás, había introducido la gastronomía de calidad en Pagford con el ímpetu de un aventurero del siglo XVI que regresa con exquisiteces traídas de la otra punta del mundo, y Pagford, tras el recelo inicial, no había tardado en empezar a husmear con curiosidad y timidez en sus tarros de poliestireno. Pensó con añoranza en su difunta madre, que tan orgullosa estaba de su próspero negocio. Lamentó que no hubiera llegado a ver la cafetería. Howard se levantó con esfuerzo, cogió la gorra de cazador de su gancho y se la encasquetó con cuidado, en un acto de autocoronación.

Sus nuevas camareras llegaron a las ocho y media. Howard les tenía preparada una sorpresa.

—Tomad —dijo, tendiéndoles los uniformes: un vestido negro con delantal de volantes blanco, exactamente como él había imaginado—. Creo que son de vuestra talla; los ha escogido Maureen. Ella también se pondrá uno.

Gaia reprimió una risa cuando Maureen entró sin decir nada en la tienda, proveniente de la cafetería, muy sonriente. Llevaba las sandalias Dr. Scholl y medias negras. El vestido le llegaba cinco centímetros por encima de las arrugadas rodillas.

—Podéis cambiaros en la trastienda, chicas —dijo, señalando la puerta por la que acababa de aparecer Howard.

Gaia ya estaba quitándose los vaqueros junto al lavabo del personal cuando vio la expresión de Sukhvinder.

—¿Qué te pasa, Suks? —preguntó.

Ese repentino apodo dio a Sukhvinder el valor para decir lo que, de otra manera, quizá no habría sido capaz de verbalizar.

—No puedo ponerme este vestido —susurró.

—¿Por qué no? Te quedará bien.

Pero era un vestido de manga corta.

—No puedo.

—Pero si... ¡Dios mío! —exclamó Gaia.

Sukhvinder se había arremangado la sudadera. Tenía la cara interna de los brazos cubierta de feas cicatrices entrecruzadas, y unos profundos cortes más recientes, con la sangre ya coagulada, que iban desde la muñeca hasta el codo.

—Suks —le dijo Gaia con serenidad—. ¿A qué juegas, tía?

Sukhvinder negó con la cabeza; tenía los ojos anegados en lágrimas. Gaia se quedó pensativa un momento y entonces dijo:

—Ya sé... Ven aquí.

Empezó a quitarse la camiseta de manga larga.

Se oyó un golpe en la puerta y el pestillo, que no estaba echado del todo, se abrió: Andrew, sudoroso y cargado con dos pesados paquetes de rollos de papel higiénico, metió un pie para entrar, pero el grito de Gaia lo frenó en seco. Al retroceder tropezó con Maureen, que lo reprendió:

—Las chicas se están cambiando ahí dentro.

—El señor Mollison me ha dicho que ponga esto en el lavabo para el personal.

Joder. Qué guay. Gaia en bragas y sujetador. Andrew se lo había visto casi todo.

—¡Lo siento! —gritó Andrew desde el otro lado de la puerta.

Se había puesto tan colorado que le palpitaba la cara.

—Gilipollas —masculló Gaia, tendiéndole la camiseta a Sukhvinder—. Póntela debajo del vestido.

—Quedará muy raro.

—No importa. La semana que viene te pones una negra; parecerá que lleves un vestido de manga larga. Ahora nos inventaremos alguna explicación...

Y cuando salieron de la trastienda, ya uniformadas, Gaia anunció:

—Tiene eccema en los brazos. Se le hacen costras.

—Ah —dijo Howard, y le miró los brazos a Sukhvinder, cubiertos por las mangas largas y blancas de la camiseta de Gaia, y luego miró a Gaia, que estaba tan preciosa como había imaginado.

—La semana que viene me pondré una camiseta negra —dijo Sukhvinder sin mirarlo a los ojos.

—Muy bien —asintió él, y le dio unas palmaditas en la parte baja de la espalda a Gaia al dirigirlas a ambas a la cafetería—. Bien, preparaos. Ya casi estamos. ¡Abre las puertas, Maureen, por favor!

Ya había un grupito de clientes esperando en la acera. En el escaparate, un letrero rezaba: LA TETERA DE COBRE - INAUGURACIÓN - ¡EL PRIMER CAFÉ ES GRATIS!

Andrew pasó horas sin ver a Gaia. Howard lo tuvo muy ocupado subiendo y bajando cartones de leche y zumos de fruta por la empinada escalera del sótano, y limpiando el suelo de la pequeña cocina en la parte de atrás. Lo hicieron comer pronto, antes que a las dos camareras. No volvió a verla hasta que Howard lo llamó al mostrador de la cafetería; ella iba en ese momento en la dirección opuesta, hacia la trastienda, y pasó a escasos centímetros de Andrew.

—¡Estamos desbordados, señor Price! —exclamó Howard de buen humor—. Anda, consíguete un delantal limpio y pásales la bayeta a esas mesas mientras Gaia come algo.

Miles y Samantha Mollison se habían sentado a una mesa junto a la ventana con sus dos hijas y Shirley.

—Parece que va viento en popa —comentó Shirley mirando alrededor. Entonces se fijó en Sukhvinder—. Pero ¿qué demonios lleva esa cría bajo el uniforme?

—¿Vendajes? —sugirió Miles entornando los ojos para ver bien a la chica en el otro extremo del local.

—¡Hola, Sukhvinder! —exclamó Lexie, que la conocía de la escuela primaria.

—No grites, cariño —la regañó su abuela, y Samantha sintió una punzada de rabia.

Maureen salió de detrás de la barra con su vestidito negro y el delantal con volantes, y Shirley, con la taza de café en los labios, se quedó de una pieza.

—Madre mía —musitó mientras Maureen se acercaba a ellos sonriendo de oreja a oreja.

Samantha se dijo que, en efecto, Maureen estaba ridícula, en especial junto a dos chicas de dieciséis años con el mismo vestidito, pero no iba a darle a Shirley la satisfacción de admitir que estaba de acuerdo con ella. Se volvió con gran alarde para mirar al chico que limpiaba las mesas allí cerca. Era flacucho, pero de hombros razonablemente anchos. Se le marcaban los músculos en movimiento bajo la camiseta holgada. Parecía increíble que el trasero de Miles, ahora tan gordo, pudiera haber sido una vez así de pequeño y prieto; entonces el chico se volvió hacia la luz y Samantha le vio el acné.

—No está nada mal, ¿verdad? —le comentó Maureen a Miles con su voz de cuervo—. Ha estado a rebosar desde que hemos abierto las puertas.

—Bueno, chicas —dijo Miles a su familia—, ¿qué vamos a tomar para contribuir a las ganancias del abuelo?

De mala gana, Samantha pidió un plato de sopa, y en ese momento se les acercó Howard desde la tienda de delicatessen; llevaba el día entero cruzando a la cafetería cada diez minutos para saludar a los clientes y comprobar los ingresos en la caja.

—Un éxito aplastante —le dijo a Miles, haciéndose un hueco a su mesa—. ¿Qué te parece el local, Sammy? No lo habías visto, ¿verdad? ¿Te gusta el mural? ¿Y la vajilla?

—Ajá —repuso Samantha—. Muy bonitos.

—Estaba pensando en celebrar aquí mis sesenta y cinco —dijo Howard, y se rascó distraídamente la erupción que aún no habían curado las cremas de Parminder—, pero no hay espacio suficiente. Creo que lo haremos en el centro parroquial, como habíamos decidido.

—¿Cuándo será, abuelo? —preguntó la vocecita de Lexie—. ¿Estoy invitada?

—El veintinueve, y tú, ¿cuántos tienes ya, dieciséis? Pues claro que estás invitada —repuso Howard alegremente.

—¿El veintinueve? —intervino Samantha—. Ay, pero...

Shirley la miró con severidad.

—Howard lleva meses planeándolo, y hace siglos que todos hablamos del asunto.

—...esa noche es el concierto de Libby —concluyó Samantha.

—Es algo del colegio, ¿no? —preguntó Howard.

—No —contestó Libby—. Mamá ha conseguido entradas para el concierto de mi grupo favorito. En Londres.

—Y yo la acompañaré —añadió Samantha—. Libby no puede ir sola.

—La mamá de Harriet dice que ella podría...

—Si vas a Londres, te llevo yo, Libby.

—¿El veintinueve? —preguntó Miles mirando a Samantha muy serio—. ¿El día después de las elecciones?

Ella soltó la risa burlona que le había ahorrado a Maureen.

—Se trata del concejo parroquial, Miles. No creo que tengas que ofrecer muchas ruedas de prensa.

—Bueno, pues te echaremos de menos, Sammy —concluyó Howard, y se levantó con esfuerzo, apoyándose en el respaldo de la silla de ella—. Será mejor que siga con... Ya está bien, Andrew, deja eso ya... Ve a ver si hace falta subir algo del sótano.

Andrew se vio obligado a esperar junto a la barra con la gente pasando ante él de ida y vuelta de los lavabos. Maureen cargaba a Sukhvinder con platos de bocadillos.

—¿Cómo está tu madre? —le preguntó la mujer a bocajarro a la muchacha, como si acabara de ocurrírsele.

—Bien —respondió ella ruborizándose.

—¿No está muy disgustada por ese asunto en la web del concejo?

—No —contestó Sukhvinder, pero los ojos se le humedecieron.

Andrew salió al patio de atrás; a media tarde daba el sol y hacía una temperatura agradable. Confiaba en que Gaia estuviese allí, aireándose un poco, pero debía de haberse quedado en la trastienda. Decepcionado, encendió un cigarrillo. Apenas había dado una calada cuando Gaia salió de la cafetería, rematando el almuerzo con una lata de refresco.

—Hola —dijo Andrew con la boca seca.

—Hola —contestó ella, y al cabo de un instante añadió—: Eh, ¿por qué ese amigo tuyo trata tan mal a Sukhvinder? ¿Es algo personal, o es racista?

—No, no es racista —respondió Andrew.

Se quitó el pitillo de la boca, intentando que no le temblaran las manos, pero no se le ocurría nada más que decir. El sol que se reflejaba en los cubos de basura le calentaba la sudorosa espalda; estar tan cerca de ella con aquel entallado vestidito negro era casi insoportable, en especial ahora que había visto lo que ocultaba debajo. Dio otra calada; no creía haberse sentido nunca tan deslumbrado, tan vivo.

—¿Y qué le ha hecho ella?

La curva de las caderas hasta la estrecha cintura; la perfección de aquellos ojos grandes y moteados por encima de la lata de Sprite. Andrew tuvo ganas de decir: «Nada, es un cabrón, le pegaré un puñetazo si me dejas tocarte...»

Sukhvinder salió al patio, parpadeando por el sol; parecía incómoda y acalorada con la camiseta de Gaia.

—Quiere que vuelvas a entrar —le dijo a ésta.

—Pues que espere —repuso Gaia con frialdad—. Voy a acabarme esto. Sólo he tenido cuarenta minutos.

Andrew y Sukhvinder la contemplaron mientras daba sorbos a la lata, impresionados por su arrogancia y su belleza.

—¿No estaba diciéndote la bruja algo sobre tu madre hace un momento? —le preguntó Gaia a Sukhvinder, que asintió con la cabeza—. Pues a mí me parece que fue el amiguito de éste —continuó Gaia, mirando a Andrew, y a él su énfasis en «de éste» le resultó absolutamente erótico, aunque lo hubiese dicho con tono despectivo— quien colgó ese mensaje sobre tu madre en la web.

—No pudo ser Fats —dijo Andrew con voz levemente temblorosa—. El que lo hizo se metió también con mi padre, hace un par de semanas.

—¿Cómo? —se interesó Gaia—. ¿La misma persona colgó algo sobre tu padre?

Él asintió, encantado de ser objeto de su interés.

—Decía que robaba, ¿no? —intervino Sukhvinder con considerable valentía.

—Sí. Y ayer lo despidieron. —Y mirando a los ojos a Gaia, casi sin vacilar, añadió—: Así que su madre no es la única persona que ha sufrido.

—Qué fuerte —soltó Gaia, y apuró la lata antes de lanzarla a un cubo de basura—. En este pueblo están como putas cabras.

IV

El mensaje sobre Parminder en la página web del concejo había elevado los temores de Colin Wall a un nuevo y espeluznante nivel. Sobre cómo obtenían información los Mollison sólo podía hacer conjeturas, pero si sabían lo de Parminder...

—¡Por Dios, Colin! —había exclamado Tessa—. ¡No son más que cotilleos malintencionados! ¡No tienen fundamento!

Pero Colin no se atrevía a creerla. Formaba parte de su naturaleza la tendencia a pensar que los demás también vivían con secretos que los volvían medio locos. Ni siquiera le quedaba el consuelo de haberse pasado casi toda su vida adulta temiendo calamidades que nunca se materializaban ya que, según la ley de las probabilidades, alguna se haría realidad.

Iba pensando en su inminente desenmascaramiento, como hacía ahora constantemente, cuando volvía de la carnicería a las dos y media, y no cayó en la cuenta de dónde estaba hasta que el bullicio de la cafetería lo sobresaltó. De no haberse encontrado ya a la altura de las ventanas de La Tetera de Cobre habría cruzado la plaza por el otro lado; ahora, la simple proximidad de algún miembro de la familia Mollison lo asustaba. Entonces vio algo a través del cristal que le llamó la atención.

Diez minutos después, cuando entró en la cocina de su casa, Tessa estaba hablando por teléfono con su hermana. Colin dejó la pierna de cordero en la nevera y subió con decisión las escaleras hasta la buhardilla de Fats. Abrió la puerta de par en par y encontró una habitación vacía, tal como esperaba.

No recordaba cuándo había entrado allí por última vez. El suelo estaba alfombrado de ropa sucia. Olía raro, pese a que Fats había dejado abierta la claraboya. Se fijó en una caja grande de cerillas sobre el escritorio. La abrió y comprobó que contenía muchos rollitos de cartón. Junto al ordenador, y con absoluto descaro, su hijo había dejado un paquetito de papel de fumar Rizla.

A Colin le pareció que el corazón le saltaba del pecho y se le detenía de golpe.

—¿Colin? —Oyó la voz de Tessa en el rellano de abajo—. ¿Dónde estás?

—¡Aquí arriba! —bramó.

Tessa apareció en la puerta con expresión asustada y nerviosa. Sin decir nada, Colin cogió la caja de cerillas y le enseñó el contenido.

—Oh —dijo débilmente ella.

—Dijo que hoy había quedado con Andrew Price. —A Tessa le dio miedo la mandíbula de su marido, donde un músculo airado se movía espasmódico—. Acabo de pasar por delante de esa cafetería nueva, en la plaza, y Andrew Price está trabajando allí, limpiando mesas. Así que ¿dónde está Stuart?

Tessa llevaba semanas fingiendo creer a Fats siempre que éste le decía que había quedado con Andrew. Llevaba días repitiéndose que Sukhvinder debía de confundirse al pensar que Fats salía (que se dignaría siquiera salir) con Krystal Weedon.

—No lo sé —contestó—. Baja a tomarte una taza de té. Lo llamaré.

—Prefiero esperar aquí —dijo él, y se sentó en la cama deshecha de Fats.

—Vamos, Colin, baja conmigo.

Tessa no se atrevía a dejarlo allí. No sabía qué podía encontrar en los cajones o en la mochila de Fats. No quería que curioseara en el ordenador o que mirara debajo de la cama. Para ella, negarse a hurgar en rincones oscuros se había convertido en su único modus operandi.

—Baja conmigo, Colin —insistió.

—No —contestó él, y cruzó los brazos como un niño enfurruñado, pero aquel músculo seguía tensándole la mandíbula—. Hay indicios de que se droga. El hijo del subdirector, nada menos.

Tessa, que se había sentado en la silla del ordenador de Fats, sintió una familiar punzada de cólera. Sabía que su egocentrismo era una consecuencia inevitable de la enfermedad de Colin, pero a veces...

—Muchos adolescentes experimentan —repuso.

—Sigues defendiéndolo, ¿eh? ¿Nunca se te ha ocurrido que tu manía de excusarlo siempre le lleva a pensar que puede hacer lo que le dé la gana?

Tessa trataba de no perder los estribos, tenía que hacer de parachoques entre su marido y su hijo.

—Lo siento, Colin, pero tú y tu trabajo no sois lo único que...

—Ya veo... O sea, que si me ponen de patitas en la calle...

—¿Por qué demonios van a ponerte de patitas en la calle?

—¡Por el amor de Dios! —exclamó él, indignado—. Todo esto me desprestigia a mí, y mi reputación ya deja bastante que desear... Es uno de los alumnos más problemáticos del...

—¡Eso no es verdad! Nadie excepto tú considera que Stuart sea otra cosa que un adolescente normal. ¡No es un Dane Tully!

—Pues está siguiendo el mismo camino que Tully... Aquí hay indicios de que se droga.

—¡Ya te dije que debíamos llevarlo al instituto Paxton! Sabía que, si estudiaba en Winterdown, todo lo que hiciera lo relacionarías contigo. ¿De verdad te extraña que sea un rebelde, cuando cada cosa que hace te la debe a ti? ¡Yo nunca quise que fuera a tu instituto!

—¡Y yo nunca lo quise a él, maldita sea! —bramó Colin poniéndose en pie.

—¡No digas eso! —dijo Tessa ahogando un grito—. Ya sé que estás enfadado, pero ¡no digas eso!

Dos pisos más abajo, la puerta de la casa se cerró de un portazo. Tessa miró alrededor, espantada, como si Fats fuera a materializarse allí en ese instante. No la había asustado sólo el ruido. Stuart nunca cerraba de golpe la puerta, solía entrar y salir con el sigilo de un ladrón.

Oyeron sus pisadas en las escaleras: ¿sabía que estaban en su habitación, o lo sospechaba? Colin esperaba con los puños apretados a los costados. Tessa oyó crujir los peldaños del segundo tramo, y Fats apareció en el umbral. Su madre tuvo la certeza de que su expresión era estudiada: una mezcla de aburrimiento y desdén.

—Buenas tardes —dijo el joven, y su mirada fue de su madre a su rígido y tenso padre. Tenía todo el aplomo que le faltaba a Colin—. Qué sorpresa.

Desesperada, Tessa trató de echarle un cable.

—A papá le preocupaba no saber dónde estabas —dijo con un atisbo de súplica—. Dijiste que hoy ibas a encontrarte con Arf, pero papá ha visto...

—Ya, he cambiado de planes —la interrumpió Fats.

Miró de soslayo hacia donde había dejado la caja de cerillas.

—Bueno, ¿y vas a contarnos dónde has estado? —preguntó Colin. Tenía manchas blancas alrededor de la boca.

—Si queréis... —repuso Fats, y esperó.

—Stu —dijo su madre, entre el susurro y el gemido.

—He salido con Krystal Weedon —declaró Fats.

«Dios mío, no —pensó Tessa—. No, no, no.»

—¿Que has hecho qué? —preguntó Colin, tan sorprendido que olvidó momentáneamente mostrarse agresivo.

—He salido con Krystal Weedon —repitió Fats un poco más alto.

—¿Y desde cuándo es amiga tuya? —preguntó Colin tras una pausa infinitesimal.

—Desde hace un tiempo.

Tessa advirtió los esfuerzos de su marido por formular una pregunta demasiado espantosa para él.

—Deberías habérnoslo dicho, Stu —terció ella.

—¿Deciros qué?

Tessa temió que su hijo llevara la discusión a un punto peligroso.

—Adónde ibas —contestó, y se levantó tratando de no parecer alterada—. La próxima vez, llámanos.

Miró a Colin con la esperanza de que la siguiera hacia la puerta, pero él continuaba clavado en el centro de la habitación y observaba a Fats con cara de horror.

—¿Estás... liado con Krystal Weedon?

—¿Liado? ¿Qué quieres decir con «liado»?

—¡Ya sabes qué quiero decir! —exclamó Colin, enrojeciendo.

—¿Te refieres a si me la tiro?

Tessa exclamó «¡Stu!», pero su gritito quedó ahogado por el bramido de Colin:

—¡¿Cómo te atreves?!

Fats se limitó a mirarlo con una sonrisita en los labios. Su actitud era provocadora y mordaz.

—¿A qué? —preguntó.

—¿Te...? —Colin buscó las palabras, cada vez más rojo—. ¿Te acuestas con Krystal Weedon?

—No supondría ningún problema que lo hiciera, ¿verdad? —respondió Fats, y miró a su madre—. Todos tratáis de ayudar a Krystal, ¿no?

—Ayudarla no...

—¿No intentáis mantener abierta esa clínica para drogadictos y ayudar así a la familia de Krystal?

—¿Qué tiene que ver con...?

—No veo qué problema hay con que salga con ella.

—¿De verdad estás saliendo con Krystal? —intervino Tessa con acritud. Si Fats quería llevar la disputa a su terreno, le plantaría cara—. Vamos, ¿de verdad vas a sitios con ella, Stuart?

Su sonrisita la asqueaba. Ni siquiera estaba dispuesto a fingir un poco de decencia.

—Bueno, no lo hacemos ni en su casa ni en la mía, así que...

Colin levantó un puño y lo descargó contra la mejilla de Fats, cuya atención se centraba en su madre, y lo pilló desprevenido; el chico se tambaleó hacia un lado, dio contra el escritorio y resbaló hasta caer al suelo. Un instante después se había puesto en pie, pero Tessa ya se había colocado entre los dos, de cara a su hijo.

Detrás de ella, Colin repetía:

—Serás cabrón... Serás cabrón...

—¿Ah, sí? —dijo Fats, que ya no sonreía—. ¡Pues prefiero ser un cabrón que un gilipollas como tú!

—¡No! —gritó Tessa—. Colin, sal de aquí. ¡Sal de aquí!

Horrorizado, furioso y muy alterado, Colin dudó unos instantes, pero luego abandonó impetuoso la habitación y lo oyeron trastabillar en las escaleras.

—¿Cómo has podido hacer esto? —le susurró Tessa a su hijo.

—¡Joder!, ¡¿cómo he podido hacer qué?! —exclamó Stuart, y la expresión de su rostro la alarmó tanto que se apresuró a cerrar la puerta y echar el cerrojo.

432

—Te estás aprovechando de esa chica, Stuart, y lo sabes, y la forma en que acabas de hablarle a tu...

—Y una mierda —soltó Fats, que andaba de aquí para allá, sin asomo ya de calma—. No me estoy aprovechando de ella, ni de coña. Sabe exactamente lo que quiere. Que viva en los putos Prados no significa... La cosa está clara: Cuby y tú no queréis que me la folle porque pensáis que está por debajo de...

—¡Eso no es verdad! —exclamó Tessa, aunque sí lo era, y pese a toda su preocupación por Krystal, esperaba que Fats fuera lo bastante sensato como para ponerse condón.

—Cuby y tú sois unos hipócritas de mierda —soltó él sin dejar de pasearse como una fiera enjaulada—. Tanta palabrería sobre ayudar a los Weedon, y luego no queréis que...

—¡Basta! —gritó Tessa—. ¡No te atrevas a hablarme así! ¿No te das cuenta de...? ¿Acaso no lo comprendes? ¿Tan egoísta eres que...?

Tessa no encontraba las palabras. Se dio la vuelta, abrió la puerta de un tirón y se fue dando un sonoro portazo.

Su marcha ejerció un extraño efecto en Fats, que detuvo sus nerviosos paseos y miró fijamente la puerta varios segundos. Luego se hurgó en los bolsillos, sacó un cigarrillo y lo encendió, y no se molestó en exhalar el humo hacia la claraboya. Empezó a caminar otra vez por la habitación, sin control sobre sus propios pensamientos: imágenes entrecortadas desfilaban por su mente en una especie de marea furiosa.

Se acordó de una tarde de viernes, hacía casi un año, cuando Tessa había subido allí, a su buhardilla, para decirle que su padre quería llevarlo al día siguiente a jugar a fútbol con Barry y sus hijos.

(—¿Qué? —preguntó Fats, perplejo. Era una proposición sin precedentes.

—Quiere que juguéis un poco a la pelota, por pura diversión —explicó Tessa, y evitó su mirada contemplando con ceño la ropa desparramada por el suelo.

—¿Para qué?

—A papá le parece que podría estar bien —dijo su madre, y se agachó para recoger una camisa del uniforme escolar—. Declan quiere practicar un poco, me parece. Tiene un partido.

A Fats se le daba bastante bien el fútbol. A la gente le sorprendía, creían que tendría que aborrecer el deporte y despreciar los equipos. Jugaba tal como hablaba: hábilmente, con ligereza, fingiéndose torpe, atreviéndose a correr riesgos, sin preocuparse por si derribaba a alguien.

—No sabía que supiera jugar.

—A tu padre se le da muy bien el fútbol, cuando nos conocimos jugaba dos días a la semana —respondió Tessa con irritación—. Mañana a las diez, ¿de acuerdo? Te lavaré el pantalón de chándal.)

Fats dio una calada al pitillo, recordando a su pesar. No debería haber accedido a ir. En la actualidad simplemente se habría negado a participar en la payasada de Cuby, se habría quedado en la cama hasta que cesaran los gritos. Un año antes todavía no sabía muy bien en qué consistía ser auténtico.

(Salió de casa con Cuby y soportó un trayecto a pie de cinco minutos, ambos sin decir palabra y plenamente conscientes del abismo que los separaba.

El campo de fútbol pertenecía al St. Thomas. Estaba desierto bajo el sol. Se dividieron en dos equipos de tres, porque había un amigo de Declan pasando el fin de semana en su casa. El amigo en cuestión, que claramente veneraba a Fats, formó equipo con él y Cuby.

Fats y Cuby se pasaban la pelota en silencio, mientras que Barry, seguramente el peor jugador, prorrumpía en gritos y ovaciones con su acento de Yarvil mientras corría de aquí para allá por la zona de juego delimitada con sudaderas. Cuando Fergus marcó un gol, Barry corrió hacia él para celebrarlo con un abrazo, pero calculó mal y le dio un cabezazo en la mandíbula. Los dos cayeron despatarrados, Fergus gimiendo de dolor y riendo a la vez; Barry, sentado en el suelo, se disculpó entre carcajadas. Fats sonrió de oreja a oreja, pero cuando oyó la risa desagradable y estentórea de Cuby, se dio la vuelta, ceñudo.

Y entonces llegó aquel momento, aquel vergonzoso y horrible momento, con un empate en el marcador y a pocos segundos del final del partido, en que Fats le arrebató la pelota a Fergus y Cuby gritó:

—¡Adelante, Stu, chaval!

«Chaval.» Cuby no había dicho «chaval» en toda su vida. Sonó patético, falso y artificial. Trataba de ser como Barry, de imitar la forma relajada y natural en que éste animaba a sus hijos; trataba de impresionar a Barry.

Fats chutó un auténtico cañonazo y, antes de que la pelota impactara de lleno en la cara estúpida y confiada de Cuby y le rompiera las gafas y le brotara una única gota de sangre bajo el ojo, antes de todo eso, tuvo tiempo de comprender que había sido a propósito: que había querido hacerle daño a Cuby y el pelotazo había sido su justo castigo.)

No habían vuelto a jugar a fútbol. Al pequeño experimento fracasado de acercamiento entre padre e hijo se le dio carpetazo, como a otros diez o doce anteriores.

«¡Y yo nunca lo quise a él!»

Fats estaba seguro de haberlo oído. Y Cuby se refería a él. Estaban en su habitación. ¿De quién si no iba a estar hablando Cuby?

«Como si me importara una mierda», se dijo Fats. Era lo que había sospechado siempre. No sabía por qué había notado aquella sensación de frío en el pecho.

Recogió la silla del ordenador, que se había volcado durante el incidente, para ponerla en su sitio. La reacción más auténtica habría sido apartar a su madre de un empujón y partirle la cara a Cuby. Romperle otra vez las gafas. Hacerlo sangrar. Fats estaba indignado consigo mismo por no haberlo hecho.

Pero había otros métodos. Llevaba años oyendo cosas. Sabía mucho más de lo que ellos creían sobre los ridículos miedos de su padre.

Tenía los dedos más torpes que de costumbre. Cuando abrió la página web del concejo parroquial, la ceniza del cigarrillo que tenía en los labios cayó sobre el teclado. Unas semanas atrás, había buscado información sobre las inyecciones SQL y encontrado el código que Andrew no había querido compartir con él. Estudió el foro del concejo durante unos minutos, y entonces, sin dificultad, entró en el sistema con el nombre de Betty Rossiter, lo cambió por el de «El Fantasma de Barry Fairbrother» y empezó a teclear.

V

Shirley Mollison estaba convencida de que su marido y su hijo exageraban el peligro que suponía para el concejo dejar los mensajes del Fantasma colgados en la web. No le parecían peores que cotilleos y, que ella supiera, de momento la ley no los sancionaba; tampoco creía que la ley fuera tan absurda y poco razonable como para castigarla a ella por algo escrito por otra persona: sería manifiestamente injusto. Por orgullosa que se sintiera del título de abogado de su hijo, estaba segura de que en ese asunto se equivocaba.

Ahora comprobaba el foro incluso con mayor frecuencia de la recomendada por Miles y Howard, pero no porque temiera las consecuencias legales. Tenía la certeza de que el Fantasma de Barry Fairbrother no había cumplido aún con el cometido que se había impuesto, aplastar a los pro-Prados, y quería ser la primera en leer su siguiente mensaje. Se escabullía varias veces al día a la antigua habitación de Patricia y abría la página. En ocasiones sentía un estremecimiento mientras pasaba el aspirador o pelaba patatas, y corría hacia el estudio, sólo para llevarse una nueva decepción.

Shirley sentía un vínculo único y secreto con el Fantasma. Él había escogido su web como foro donde exponer la hipocresía de los oponentes de Howard, y ella creía que eso le daba derecho a sentir el orgullo del naturalista que ha construido un hábitat donde se digna anidar una especie poco común. Pero había algo más. Shirley disfrutaba con la ira del Fantasma, con su saña y su audacia. Se preguntaba quién sería, e imaginaba a un hombre fuerte y misterioso que estaba de parte de Howard y ella, que los apoyaba y les abría camino entre sus oponentes, que iban cayendo a medida que el Fantasma los segaba con la guadaña de las feas verdades que ellos ocultaban.

De algún modo, ningún hombre de Pagford parecía digno de ser el Fantasma, y la habría decepcionado enterarse de que era alguno de los anti-Prados que conocía.

—Suponiendo que sea un hombre —apuntó Maureen.

—Bien visto —opinó Howard.

—Yo creo que es un hombre —repuso Shirley con frialdad.

Cuando Howard se marchó a la cafetería el domingo por la mañana, Shirley, todavía en bata y con una taza de té en la mano, se dirigió de forma maquinal al estudio y abrió la página web.

Fantasías de un subdirector de instituto, colgado por El Fantasma de Barry Fairbrother.

Shirley dejó la taza con manos temblorosas, abrió el mensaje y lo leyó, boquiabierta. Luego corrió a la sala, cogió el teléfono y llamó a la cafetería, pero comunicaban.

Cinco minutos después, Parminder Jawanda, que también se había acostumbrado a abrir el foro del concejo con mayor frecuencia de la habitual, vio el mensaje. Al igual que Shirley, su reacción inmediata fue descolgar el teléfono.

Los Wall estaban desayunando sin su hijo, que aún dormía en la buhardilla. Cuando Tessa contestó, Parminder interrumpió su saludo.

—Hay un mensaje sobre Colin en la web del concejo. Haz lo que sea, pero no dejes que lo vea.

Los atemorizados ojos de Tessa se volvieron hacia su marido, que estaba a menos de un metro del auricular y había oído las palabras de Parminder, pronunciadas con toda claridad.

—Luego te llamo —respondió Tessa y, colgando el auricular con mano temblorosa, dijo—: Colin, espera...

Pero él ya había salido con determinación de la sala, cabeceando y con los brazos rígidos a los costados. Tessa tuvo que correr para alcanzarlo.

—Quizá es mejor no mirar —lo instó Tessa cuando la mano grande y huesuda de Colin movió el ratón sobre el escritorio—. O puedo leerlo yo y luego...

Fantasías de un subdirector de instituto

Uno de los hombres que confían en representar a la comunidad en el concejo parroquial es Colin Wall, subdirector del Instituto de Enseñanza Secundaria Winterdown. Es posible que a los votantes les interese saber que Wall, que impone una férrea disciplina, tiene unas fantasías de lo más inusuales. Al señor Wall le da tanto pánico que un alumno pueda acusarlo de conducta sexual inapropiada que en muchas ocasiones ha tenido que pedir la baja para calmarse. El Fantasma sólo puede especular sobre si habrá llegado a tocar a algún alumno de primer curso, pero el fervor de sus febriles fantasías sugiere que, aunque no lo haya hecho, le gustaría hacerlo.

«Stuart», pensó Tessa al instante.

La cara de Colin presentaba un tinte cadavérico al resplandor de la pantalla. Era el aspecto que Tessa imaginaba que tendría si sufría un derrame cerebral.

—Colin...

—Supongo que Fiona Shawcross lo ha ido contando por ahí —susurró.

La catástrofe que siempre había temido se cernía sobre él. Aquello era el final de todo. Siempre había imaginado que ingeriría una sobredosis de somníferos. Se preguntó si tendrían suficientes en casa.

Tessa, que se había quedado momentáneamente desconcertada por la mención de la directora, dijo:

—Fiona no haría... En cualquier caso, no sabe...

—Sabe que tengo un trastorno obsesivo-compulsivo.

—Sí, pero no sabe lo que... lo que te da tanto miedo...

—Sí, está al corriente. Se lo conté la última vez que tuve que pedir la baja.

—¿Por qué? —saltó Tessa—. ¿Cómo demonios se te ocurrió contárselo?

—Quise explicarle por qué era tan importante que me tomara unos días libres —respondió casi humildemente—. Pensé que necesitaba saber lo grave que era el asunto.

Ella tuvo que sofocar el impulso de gritarle. Eso explicaba la aversión con que Fiona trataba a Colin y hablaba de él; a Tessa nunca le había gustado aquella mujer, a la que encontraba dura y poco comprensiva.

—Aun así —dijo—, no me parece que Fiona tenga nada que ver...

—Directamente no —la interrumpió Colin, y se llevó una mano temblorosa al sudoroso labio superior—. Pero Mollison ha oído el cotilleo en algún sitio.

«No ha sido Mollison. Esto es Stuart cien por cien.» Tessa reconocía a su hijo en cada línea. La asombraba que Colin no lo viera, que no hubiese establecido la conexión entre el mensaje y la discusión del día anterior, con el agravante de haberle pegado. «Ni siquiera ha podido evitar una pequeña aliteración. Debe de haberlos escrito todos él: el de Simon Price, el de Parminder.» Fue presa del espanto.

Pero Colin no pensaba en Stuart. Revivía pensamientos tan gráficos como recuerdos, como impresiones sensoriales, ideas violentas e infames: una mano que palpaba y apretaba al pasar entre nutridos grupos de jóvenes cuerpos; un grito de dolor, un joven rostro crispado. Y luego el preguntarse, una y otra vez, si lo habría hecho realmente, si lo habría disfrutado. No conseguía recordarlo. Sólo sabía que no paraba de pensar en ello, de ver cómo ocurría, de sentir cómo ocurría. Carne tierna a través de una fina blusa de algodón; agarrar, apretar, dolor y conmoción; una vulneración. ¿Cuántas veces? No lo sabía. Había pasado largas horas preguntándose cuántos estudiantes sabían que él hacía eso, si se lo habían contado unos a otros, cuánto tiempo tardarían en desenmascararlo.

Como no sabía cuántas veces había traspasado el límite y no podía confiar en sí mismo, siempre que recorría los pasillos lo hacía cargado de papeles y carpetas para no tener las manos libres. Les gritaba a los alumnos arremolinados que se quitaran de en medio, que le dejaran paso. Pero no servía de nada. Siempre había alguien rezagado que lo rozaba al pasar, que chocaba sin querer, y entonces, con las manos ocupadas, él imaginaba otras formas de contacto indecoroso: un codo que cambia de postura para rozar un pecho, un paso de lado para asegurarse el contacto corporal, una pierna casualmente enredada entre las de la chica.

—Colin —dijo Tessa.

Pero él se había echado a llorar otra vez, con abruptos sollozos que estremecían su cuerpo grande y desgarbado. Ella lo rodeó con los brazos y sus lágrimas le humedecieron la mejilla.

A unos kilómetros de distancia, en Hilltop House, Simon Price estaba sentado ante el nuevo ordenador de la familia en la sala. Ver a Andrew marcharse en bicicleta a su trabajo de fin de semana para Howard Mollison, además de haber tenido que pagar el precio de mercado por aquel ordenador, lo hacía sentirse irritable y víctima de una injusticia. No había vuelto a entrar en la web del concejo parroquial desde la noche en que se había deshecho del ordenador robado, pero algo lo hizo comprobar en ese momento si el mensaje que le había costado el puesto de trabajo seguía allí colgado y visible para futuros empleadores.

Ya no estaba. Simon no sabía que se lo debía a su mujer, porque Ruth temía admitir que había llamado a Shirley, incluso para pedirle que quitara el mensaje. Un poco más animado, buscó el mensaje sobre Parminder, pero también había desaparecido.

Se disponía a cerrar la página cuando vio el mensaje más reciente. Se titulaba Fantasías de un subdirector de instituto.

Lo leyó dos veces, y entonces, sentado a solas en la sala, se echó a reír. Fue una risa despiadada y triunfal. Aquel hombre, con su frente enorme y aquella forma de cabecear, nunca le había caído simpático. Le gustó saber que, en comparación, él había salido bastante bien parado.

Ruth entró en la habitación sonriendo con timidez; se alegraba de que su marido riera, puesto que estaba de un humor de perros desde que había perdido el trabajo.

—¿Qué te hace tanta gracia?

—¿Sabes el padre de Fats? ¿Wall, el subdirector? Pues no es más que un puto pedófilo.

La sonrisa se borró de los labios de Ruth, que se precipitó a leer el mensaje.

—Me voy a dar una ducha —anunció Simon de excelente humor.

Ruth esperó a quedarse sola para llamar a su amiga Shirley y avisarla de aquel nuevo escándalo, pero el teléfono de los Mollison comunicaba.

Shirley había conseguido por fin establecer contacto con Howard. Ella todavía llevaba puesta la bata; él caminaba de aquí para allá por la pequeña trastienda detrás del mostrador.

—Llevo siglos intentando hablar contigo...

—Mo estaba utilizando el teléfono... ¿Qué pone?

Shirley leyó el mensaje sobre Colin pronunciando con claridad, como una locutora de noticias. No había llegado al final cuando Howard la interrumpió.

—¿Lo has copiado o algo así?

—¿Qué? —preguntó ella.

—¿Lo estás leyendo de la pantalla? ¿Sigue ahí colgado? ¿No lo has quitado?

—Estoy en ello —mintió Shirley, confusa—. Pensaba que te gustaría...

—¡Quítalo ahora mismo! Por Dios, Shirley, esto se nos está yendo de las manos... ¡No podemos tener cosas como ésa ahí colgadas!

—Es que creía que tenías que...

—¡Tú asegúrate de que te libras de él, y ya hablaremos en casa! —zanjó Howard.

Shirley estaba furiosa: ellos nunca se levantaban la voz.

VI

La siguiente reunión del concejo parroquial, la primera desde la muerte de Barry, sería crucial en la batalla que se estaba librando por la cuestión de los Prados. Howard se había negado a postergar la votación sobre el futuro de la Clínica Bellchapel para Drogodependientes o la consulta popular para transferir a Yarvil la jurisdicción sobre la barriada.

Parminder sugirió por tanto que Colin, Kay y ella se encontraran la víspera de la reunión para planear la estrategia.

—Pagford no puede tomar la decisión unilateral de alterar el límite territorial, ¿no? —preguntó Kay.

—No —respondió Parminder con paciencia (Kay no podía evitar ser una recién llegada)—, pero la Junta Comarcal de Yarvil ha pedido la opinión de los vecinos, y Howard está decidido a que sea su propia opinión la que se transmita.

Celebraban la reunión en la sala de los Wall, porque Tessa había presionado sutilmente a Colin para poder estar presente en su encuentro con las dos mujeres. Sirvió copas de vino, dejó un gran cuenco de patatas fritas sobre la mesa de centro y se sentó, guardando silencio mientras los tres hablaban.

Estaba agotada y enfadada. Aquel mensaje anónimo le había provocado a Colin uno de sus peores ataques de ansiedad, tan agudo y debilitante que no había podido ir al instituto. Parminder sabía lo enfermo que estaba —le había firmado la baja del trabajo—, y sin embargo lo había invitado a participar en aquella reunión preliminar, sin tener en cuenta, por lo visto, a qué nuevos arrebatos de paranoia y angustia tendría que enfrentarse Tessa esa noche.

—Sin duda hay muchos resentidos por la forma en que los Mollison están llevando las cosas —iba diciendo Colin con el tono grandilocuente y entendido que adoptaba a veces, cuando fingía no saber qué eran el miedo y la paranoia—. Creo que la gente empieza a estar harta de que se consideren los portavoces del pueblo. Me ha dado esa impresión cuando hacía campaña por ahí.

Habría sido un detalle, pensó Tessa con amargura, que Colin hubiese disimulado alguna vez de esa manera en beneficio de ella. Años atrás, le había gustado ser la única confidente de su marido, la única custodia de sus terrores y su fuente de consuelo, pero todo eso ya no le resultaba halagador. Esa noche la había tenido despierta entre las dos y las tres y media, sentado en el borde de la cama, meciéndose entre gemidos y llantos y diciendo que quería morirse, que no podía soportarlo, que ojalá nunca se hubiese presentado a la plaza en el concejo, que estaba acabado...

Tessa oyó a Fats en las escaleras y se puso tensa, pero su hijo pasó ante la puerta camino de la cocina y se limitó a dirigirle una mirada burlona a Colin, quien se había sentado en un puf de cuero delante del fuego, con las rodillas a la altura del pecho.

—Quizá el hecho de que Miles se presente a la elección lo ponga a malas con la gente, incluso con los partidarios naturales de los Mollison, ¿no? —sugirió Kay, esperanzada.

—Sí, es posible —repuso Colin asintiendo con la cabeza.

Kay se volvió hacia Parminder.

—¿Cree que el concejo votará realmente para que la clínica Bellchapel abandone el edificio? Sé que a la gente le preocupan las jeringuillas desechadas y que haya adictos merodeando por el barrio, pero la clínica está a kilómetros de distancia... ¿Qué más le da a Pagford?

—Howard y Aubrey se apoyan mutuamente —explicó Parminder, con el rostro tenso y marcadas ojeras. (Era ella quien tenía que asistir a la reunión del concejo al día siguiente, y luchar contra Howard Mollison y sus compinches sin Barry a su lado)—. Necesitan hacer recortes a nivel de la junta comarcal. Si Howard echa a la clínica de su barato edificio, será mucho más cara de mantener, y así Fawley podrá decir que los gastos han aumentado y justificar los recortes en la financiación municipal. Y entonces éste hará todo lo posible para que los Prados vuelvan al término municipal de Yarvil.

Cansada de dar explicaciones, Parminder fingió examinar el nuevo fajo de papeles sobre Bellchapel que Kay había traído, desmarcándose así de la conversación.

«¿Por qué hago todo esto?», se preguntó.

Podría estar sentada en casa con Vikram, quien estaba viendo una comedia en la televisión con Jaswant y Rajpal cuando ella había salido. El sonido de sus risas le había llegado al alma: ¿cuánto hacía que no se reía? ¿Qué hacía allí, bebiendo aquel vino tibio repugnante y luchando por una clínica que nunca necesitaría y por una barriada de gente que probablemente le parecería desagradable? Ella no era Bhai Kanhaiya, que no encontraba diferencia entre las almas de amigos y enemigos; ella no veía brillar la luz de Dios en Howard Mollison. Le producía más placer la idea de que éste perdiera que la de los niños de los Prados asistiendo al St. Thomas, o la de la gente de los Prados consiguiendo acabar con sus adicciones en Bellchapel, aunque, de manera desapasionada y distante, sí pensaba que todas esas cosas eran buenas...

(Pero en realidad sí sabía por qué lo hacía. Quería ganar por Barry. Él se lo había contado todo sobre su asistencia a la escuela de St. Thomas. Sus compañeros de clase lo invitaban a sus casas a jugar, y a él, que vivía entonces en una caravana con su madre y dos hermanos, le encantaban las viviendas impolutas y cómodas de Hope Street. Se había quedado apabullado por las victorianas de Church Row y había asistido a una fiesta de cumpleaños en la mismísima casa que acabó por comprar y en la que había criado a sus cuatro hijos.

Barry se había enamorado de Pagford, con su río, sus campos y sus sólidas casas. Había fantaseado con tener un jardín donde jugar, un árbol del que colgar un columpio, espacio y verdor por todas partes. Había recogido castañas para llevárselas a los Prados. Tras destacar en el St. Thomas, donde era el mejor de su clase, Barry se había convertido en el primer miembro de su familia que asistía a la universidad.)

«Amor y odio —se dijo Parminder, un poco asustada de sincerarse tanto consigo misma—. Por amor y por odio, por eso estoy aquí.»

Pasó la página de uno de los documentos de Kay, fingiendo concentración.

Ésta se alegró de que la doctora estudiara con tanto interés sus papeles, porque les había dedicado mucho tiempo. Le costaba creer que, al leerlos, alguien pudiese no quedar convencido de que la clínica Bellchapel debía permanecer donde estaba.

Pero a la luz de aquellas estadísticas, los estudios de casos anónimos y los testimonios en primera persona, en realidad

Kay pensaba en la clínica en términos de una única paciente: Terri Weedon. Notaba que se había producido un cambio en aquella mujer, y eso la hacía sentirse orgullosa y la asustaba al mismo tiempo. Terri mostraba débiles signos de volver a ejercer cierto control sobre su vida. En dos ocasiones recientes le había dicho a Kay: «No van a llevarse a Robbie, no les dejaré», y no se trataba de quejas impotentes contra el destino, sino de la declaración de un propósito.

—Ayer lo llevé yo a la guardería —le dijo a Kay, quien cometió el error de quedarse perpleja—. ¿Por qué coño pones esa cara? ¿No soy lo bastante buena para ir a la puta guardería?

Kay estaba convencida de que, si a Terri le cerraban la puerta de Bellchapel en las narices, se destruiría la delicada estructura que trataban de ensamblar con los restos de una vida. Terri parecía tenerle un miedo visceral a Pagford que Kay no comprendía.

—Odio ese sitio de mierda —había soltado al mencionarlo Kay de pasada.

Más allá de que su difunta abuela vivía allí, Kay no sabía nada sobre la relación de Terri con el pueblo, pero temía que, si le pedían que acudiera allí cada semana para recibir metadona, su autocontrol se derrumbara, y con él la nueva y frágil estabilidad familiar.

Colin había tomado la palabra después de Parminder para explicar la historia de los Prados; Kay asentía con la cabeza, aburrida, y decía «Hum», pero sus pensamientos estaban muy lejos.

Colin se sentía profundamente halagado por la forma en que aquella atractiva joven estaba pendiente de sus palabras. Esa noche se notaba más tranquilo que en ningún otro momento desde que había leído aquel espantoso mensaje, afortunadamente ya desaparecido de la web. No se había producido ninguno de los cataclismos que había imaginado de madrugada. No estaba despedido. No había una multitud airada ante su puerta. Ni en la página web del concejo de Pagford, ni de hecho en ninguna otra parte de internet (había llevado a cabo varias búsquedas en Google), no había nadie que exigiera su arresto o encarcelamiento.

Fats volvió a pasar ante la puerta abierta, llevándose una cucharada de yogur a la boca. Miró hacia el interior y durante un fugaz instante sus ojos se cruzaron con los de Colin, que perdió el hilo de lo que estaba diciendo.

—... y... sí, bueno, eso es todo, en pocas palabras —concluyó con escasa convicción.

Miró a Tessa en busca de apoyo, pero su mujer contemplaba el vacío con expresión glacial. Colin se sintió un poco dolido; habría dicho que Tessa se alegraría de verlo mejor, tan dueño de sí, tras la noche insomne y horrible que habían pasado. Tenía el estómago encogido por vertiginosas oleadas de temor, pero lo consolaba la proximidad de Parminder, tan segundona y cabeza de turco como él, así como la comprensiva atención que le prestaba la atractiva asistente social.

A diferencia de Kay, Tessa había escuchado cada palabra que acababa de pronunciar Colin sobre el derecho de los Prados a seguir perteneciendo a Pagford. En su opinión, las palabras de su marido no transmitían convicción. Quería creer en lo que había creído Barry, y quería derrotar a los Mollison porque eso era lo que su amigo se había propuesto. Colin no le tenía simpatía a Krystal Weedon, pero Barry sí, y por eso suponía que la chica valía más de lo que él pensaba. Tessa sabía que su marido era una extraña mezcla de arrogancia y humildad, de convicción inquebrantable e inseguridad.

«Son unos completos ilusos —se dijo, mirándolos a los tres, que examinaban un gráfico que Parminder había sacado de entre las notas de Kay—. Creen que van a cambiar sesenta años de ira y rencor con unas cuantas estadísticas.» Ninguno de ellos era Barry. Él había constituido el vivo ejemplo de lo que ellos proponían en teoría: a través de la educación, había pasado de la pobreza a la opulencia, de la impotencia y la dependencia a hacer valiosas aportaciones a la sociedad. ¿Acaso no veían que, comparados con el malogrado Barry, eran un desastre como defensores de su legado?

—Desde luego, a la gente la irrita cada vez más que los Mollison traten de controlarlo todo —estaba diciendo Colin.

—Y en mi opinión —terció Kay—, si leen todo esto, va a costarles lo suyo fingir que la clínica no está cumpliendo una función crucial.

—No todos los miembros del concejo se han olvidado de Barry —intervino Parminder con voz ligeramente temblorosa.

Tessa reparó en que sus grasientos dedos tanteaban inútilmente. Mientras los demás hablaban, se había acabado ella sola el cuenco entero de patatas fritas.

VII

Hacía una mañana radiante y cálida, y en el aula de informática del instituto Winterdown el aire se notaba viciado al acercarse la hora de comer; la luz que entraba por las sucias ventanas cubría las polvorientas pantallas de molestas motas. Pese a que ni Fats ni Gaia estaban allí para distraerlo, Andrew Price no conseguía concentrarse. No dejaba de pensar en la conversación de sus padres que había escuchado a escondidas la noche anterior.

Estaban hablando, y muy en serio, de mudarse a Reading, donde vivían la hermana y el cuñado de Ruth. Con la atención puesta en la puerta abierta de la cocina, Andrew se había apostado en el pasillo a oscuras. Por lo visto, un tío de Simon, del que Andrew y Paul apenas sabían nada porque a su padre le caía fatal, le había ofrecido un empleo, o la posibilidad de un empleo.

—Es menos dinero —dijo Simon.

—Eso no lo sabes. No ha mencionado...

—Tiene que serlo. Y allí la vida es más cara.

Ruth profirió un sonido ambiguo.

En el pasillo, sin atreverse apenas a respirar, Andrew supo que su madre quería ir: así lo indicaba el mero hecho de que no se hubiese mostrado inmediatamente de acuerdo con su marido.

A Andrew se le hacía imposible imaginar a sus padres en una casa que no fuera Hilltop Hill, o con un escenario de fondo que no fuera Pagford. Había dado por sentado que se quedarían allí para siempre. Él se marcharía algún día a Londres, pero Simon y Ruth permanecerían allí arraigados como árboles, hasta la muerte.

Subió con sigilo a su habitación y miró a través de la ventana las titilantes luces de Pagford, acurrucado en su profunda y oscura hondonada entre colinas. Le pareció que era la primera vez que contemplaba aquella vista. Allí abajo, en algún sitio, Fats fumaba en su buhardilla, probablemente viendo porno en el ordenador. Gaia también estaba allí, absorta en los misteriosos ritos de su género. A Andrew se le ocurrió que ella ya había pasado por eso: la habían arrancado de su mundo para trasplantarla a otro. Por fin tenían algo profundo en común; casi le produjo cierto placer melancólico pensar que, al marcharse, compartiría algo con ella.

Pero Gaia no había provocado su propio destierro. Con la inquietud revolviéndole el estómago, Andrew cogió el móvil para escribirle un SMS a Fats: A Simoncete le ofrecen trabajo en Reading. Igual lo acepta.

Fats no le había contestado todavía, y Andrew llevaba toda la mañana sin verlo, pues no habían tenido clases en común. Tampoco lo había visto los dos fines de semana anteriores, porque él había trabajado en La Tetera de Cobre. La conversación más larga que habían mantenido recientemente se había ceñido al mensaje de Fats sobre Cuby en la web del concejo.

—Creo que Tessa sospecha de mí —había dicho Fats con despreocupación—. No para de mirarme como si supiera que fui yo.

—¿Qué vas a decir? —había musitado Andrew, asustado.

Conocía el deseo de gloria y reconocimiento de Fats, y también su pasión por blandir la verdad como un arma, pero no estaba seguro de que su amigo comprendiera que el decisivo papel del propio Andrew en las actividades del Fantasma de Barry Fairbrother no debía salir jamás a la luz. Nunca le había sido fácil explicarle a Fats lo que suponía en realidad tener un padre como Simon, y ahora, de algún modo, costaba más que nunca explicarle las cosas.

Esperó a que el profesor de informática hubiera pasado de largo y, cuando lo perdió de vista, buscó Reading en internet. Comparado con Pagford, era enorme. Celebraba un festival de música anual. Quedaba a poco más de sesenta kilómetros de Londres. Echó un vistazo al servicio de trenes; quizá fuera a la capital los fines de semana, como hacía ahora con el autobús a Yarvil. Pero todo le pareció irreal: el mundo que conocía se reducía a Pagford, y seguía sin poder imaginar a su familia viviendo en otro sitio.

A la hora de comer, Andrew salió del instituto en busca de Fats. En cuanto estuvo fuera de la vista, encendió un cigarrillo y, cuando volvía a meterse el mechero en el bolsillo, se llevó una alegría al oír una voz femenina que lo saludaba.

—Hola. —Gaia y Sukhvinder se le acercaron.

—Qué tal —contestó Andrew, y exhaló el humo hacia un lado para no echárselo a la preciosa cara de Gaia.

Últimamente, los tres tenían algo en común que nadie más compartía. Dos fines de semana en la cafetería habían creado un frágil vínculo entre ellos. Conocían el repertorio de frases hechas de Howard y habían soportado el lujurioso interés de Maureen por sus vidas familiares; se habían burlado juntos de las arrugadas rodillas de su jefa bajo el uniforme de camarera demasiado corto y, como mercaderes en una tierra extranjera, habían intercambiado pepitas de información personal. Y así, las chicas sabían que al padre de Andrew lo habían despedido; Andrew y Sukhvinder sabían que Gaia trabajaba para pagarse el billete de tren de vuelta a Hackney; y él y Gaia sabían que la madre de Sukhvinder detestaba que trabajara para Howard Mollison.

—¿Dónde está tu amigo Fati? —preguntó Gaia cuando los tres echaron a andar juntos.

—Ni idea. No lo he visto.

—Bueno, no te pierdes nada —contestó Gaia—. ¿Cuántos de ésos te fumas al día?

—No los cuento —dijo Andrew, alegrándose de su interés—. ¿Quieres uno?

—No. No me gusta el tabaco.

Él se preguntó si tampoco le gustaría besar a los chicos que fumaban. Niamh Fairbrother no se había quejado cuando la había besado con lengua en la discoteca del salón de actos.

—¿Marco no fuma? —quiso saber Sukhvinder.

—No; siempre está entrenando —contestó Gaia.

Para entonces, Andrew casi había llegado a acostumbrarse a la existencia de Marco de Luca. Tenía ciertas ventajas que Gaia estuviera protegida, por así decirlo, por una lealtad fuera de Pagford. El impacto de las fotografías de los dos juntos en el Facebook de Gaia se había mitigado de tanto mirarlas. Y no creía que se hiciera meras ilusiones al pensar que los mensajes que ella y Marco se dejaban mutuamente eran cada vez menos frecuentes y menos amistosos. Claro que no podía saber qué estaba sucediendo entre ellos por teléfono o correo electrónico, pero estaba seguro de que, cuando se mencionaba a Marco, Gaia parecía un poco abatida.

—Oh, ahí está —dijo ella.

No era el apuesto Marco quien había aparecido ante su vista, sino Fats Wall, que charlaba con Dane Tully delante del quiosco.

Sukhvinder frenó en seco, pero Gaia la agarró del brazo.

—Puedes caminar por donde te dé la gana —le recordó, tirando de ella suavemente, y entornó sus ojos verdes cuando se acercaron a donde estaban fumando Fats y Dane.

—Qué tal, Arf —dijo Fats cuando los vio.

—Fats —respondió Andrew. Y tratando de evitar problemas, en especial que Fats se metiera con Sukhvinder delante de Gaia, añadió—: ¿Recibiste mi mensaje?

—¿Qué mensaje? Ah, sí... lo de Simoncete. O sea que te vas, ¿no?

Lo dijo con una desdeñosa indiferencia que Andrew sólo pudo atribuir a la presencia de Dane Tully.

—Sí, es posible.

—¿Adónde te vas? —quiso saber Gaia.

—A mi padre le han ofrecido un empleo en Reading.

—¡Anda, si mi padre vive allí! —exclamó ella con cara de sorpresa—. Cuando vaya a su casa podemos salir por ahí. El festival es alucinante. Bueno, ¿quieres un bocadillo, Suks?

Andrew se quedó tan estupefacto que, para cuando consiguió reaccionar, ella ya había entrado en el quiosco. Por unos instantes, la sucia parada de autobús, el quiosco y hasta Dane Tully, con sus tatuajes y su andrajoso atuendo de camiseta y pantalón de chándal, parecieron irradiar un resplandor celestial.

—Bueno, tengo cosas que hacer —dijo Fats.

Dane soltó una risita y Fats se alejó con paso rápido antes de que Andrew pudiera responder u ofrecerse a acompañarlo.

Fats sabía que Andrew se sentiría desconcertado y dolido por su fría actitud, y se alegraba. No se preguntó por qué se alegraba, o por qué, desde hacía unos días, el deseo de causar dolor era su principal impulso. Últimamente había llegado a la conclusión de que cuestionarse sus propios motivos era poco auténtico; se trataba de un refinamiento de su filosofía personal que la volvía más fácil de seguir.

Cuando entraba en los Prados, Fats pensó en lo sucedido en su casa la noche anterior, cuando su madre había subido a su habitación por primera vez desde que Cuby le había pegado.

(—Ese mensaje sobre tu padre en la web del concejo parroquial... Tengo que preguntártelo, Stuart, y ojalá... Stuart, ¿lo escribiste tú?

A su madre le había llevado unos días encontrar el valor necesario para acusarlo, y él estaba preparado.

—No —contestó.

Quizá habría sido más auténtico admitir que sí, pero prefirió no hacerlo, y no veía por qué tenía que justificar su actitud.

—¿No fuiste tú? —insistió ella sin cambiar el tono ni la expresión.

—No —repitió él.

—Porque resulta que muy poca gente sabe lo que papá... lo que le preocupa.

—Bueno, pues no fui yo.

—El mensaje se colgó la misma noche en que papá y tú discutisteis, y cuando él te pegó...

—Ya te lo he dicho: no fui yo.

—Sabes que está enfermo, Stuart.

—Ya, no paras de decírmelo.

—¡No paro de decírtelo porque es verdad! No puede evitarlo... Tiene una enfermedad mental grave que le provoca una angustia y un sufrimiento indecibles.

El móvil de Fats emitió un pitido. Bajó la mirada y vio un SMS de Andrew. Lo leyó, y fue como si le diesen un puñetazo en el estómago: Arf se marchaba para siempre.

—Te estoy hablando, Stuart...

—Ya lo sé... ¿Qué?

—Todos esos mensajes, sobre Simon Price, Parminder, papá... son todos de gente que tú conoces. Si estás detrás de todo esto...

—Ya te he dicho que no.

—...estarás causando un daño incalculable. Un daño muy grave, horroroso, Stuart, a las vidas de otras personas.

Pero él trataba de imaginar una vida sin Andrew. Se conocían desde los cuatro años.

—No he sido yo —insistió.)

«Un daño muy grave, horroroso, a las vidas de otras personas.»

«Ellos mismos se han buscado esas vidas», se dijo con desdén cuando doblaba la esquina de Foley Road. Las víctimas del Fantasma estaban enfangadas en hipocresía y mentiras, y no les gustaba verse expuestas. Eran unas chinches estúpidas que huían de la luz. No sabían nada sobre la vida real.

Más allá se veía una casa con un neumático viejo tirado en la hierba del jardín. Supuso que se trataba de la de Krystal, y cuando vio el número comprobó que así era. Nunca había estado allí. Un par de semanas antes no habría accedido a encontrarse con ella en su casa a la hora de comer, pero las cosas cambiaban. Él había cambiado.

Decían que su madre era una prostituta. Sin duda era una yonqui. Krystal le había dicho que no habría nadie en casa porque su madre estaría en la clínica Bellchapel recibiendo su dosis de metadona. Fats recorrió el sendero del jardín sin aflojar el paso, pero con una inquietud inesperada.

Krystal estaba vigilando su llegada desde la ventana de su habitación. Había cerrado todas las puertas del piso de abajo para que Fats sólo viera el pasillo; todos los trastos desparramados en él los había metido en la sala y la cocina. La alfombra estaba sucia y quemada en algunos sitios, y el papel de la pared manchado, pero eso no podía arreglarlo. No quedaba ni gota del desinfectante con aroma a pino, pero había encontrado un poco de lejía y rociado la cocina y el baño, las fuentes de los peores olores de la casa.

Cuando Fats llamó, corrió escaleras abajo. No tenían mucho tiempo; probablemente Terri volvería con Robbie a la una. Era poco tiempo para fabricar un bebé.

—Hola —dijo al abrir la puerta.

—¿Qué tal? —saludó Fats, y exhaló humo por la nariz.

Él no sabía qué se iba a encontrar. Su primera impresión del interior de la casa fue una caja mugrienta y vacía. No había muebles. Las puertas cerradas a su izquierda y al fondo le parecieron extrañamente siniestras.

—¿Estamos solos? —preguntó al cruzar el umbral.

—Sí —repuso Krystal—. Podemos subir a mi habitación.

Ella le mostró el camino. Cuanto más se adentraban en la casa, peor olía, una mezcla de lejía y suciedad. Fats intentó que no le importara. En el rellano, todas las puertas estaban cerradas excepto una, por la que Krystal entró.

Fats no quería dejarse impresionar, pero en aquella habitación no había nada a excepción de un colchón, cubierto con una sábana y un edredón sin funda, y un pequeño montón de ropa en un rincón. En la pared había unas cuantas fotos recortadas de la prensa amarilla y pegadas con celo: una mezcla de estrellas del rock y famosos.

Krystal había hecho aquel collage el día anterior, a imitación del que tenía Nikki en la pared de su habitación. Sabiendo que Fats iría a su casa, había pretendido que el dormitorio resultara más acogedor. Había corrido las finas cortinas, que conferían un tono azulado a la luz.

—Dame un piti —pidió Krystal—. Me muero de ganas de fumar.

Fats le encendió uno. Nunca la había visto tan nerviosa; la prefería sobrada y desenvuelta.

—No tenemos mucho tiempo —dijo ella, y, con el cigarrillo en los labios, empezó a desvestirse—. Mi madre no tardará en volver.

455

—Ya, de Bellchapel, ¿no? —dijo Fats, tratando de visualizar a la dura Krystal de siempre.

—Ajá —repuso ella, y se sentó en el colchón para quitarse el pantalón de chándal.

—¿Y si la cierran? —preguntó Fats, quitándose el blazer—. He oído que andan pensando hacerlo.

—Ni idea —contestó Krystal, aunque estaba asustada.

La fuerza de voluntad de su madre, frágil y vulnerable como un pajarito, podía venirse abajo a la mínima.

Ella ya estaba en ropa interior. Fats se estaba quitando los zapatos cuando advirtió algo metido entre la ropa de Krystal: un pequeño joyero de plástico abierto y, en su interior, un reloj que le resultaba familiar.

—¿No es el de mi madre? —preguntó sorprendido.

—¿Cómo? —Krystal fue presa del pánico—. No —mintió—. Era de mi abuelita Cath. ¡No lo...!

Pero Fats ya lo había sacado del joyero.

—Sí, es el suyo —dijo. Reconocía la correa.

—¡Que no, joder!

Krystal estaba aterrada. Casi había olvidado que lo había robado, de dónde había salido. Fats no decía nada, y eso no le gustaba.

El reloj en su mano parecía representar un desafío y un reproche al mismo tiempo. En rápida sucesión, Fats se imaginó largándose de allí, mientras se lo guardaba como si tal cosa en el bolsillo, o devolviéndoselo a Krystal con un encogimiento de hombros.

—Es mío —dijo ella.

Él no quería ser un policía. Quería vivir fuera de la ley. Pero le hizo falta acordarse de que el reloj había sido un regalo de Cuby para devolvérselo a Krystal y seguir desvistiéndose. Sonrojada, ella se quitó el sujetador y las bragas y, desnuda, se deslizó debajo del edredón.

Fats se acercó a ella en calzoncillos, con un condón sin abrir en la mano.

—No necesitamos eso —le dijo ella con la lengua pastosa—. Ahora tomo la píldora.

—¿Ah, sí?

Krystal se movió para hacerle sitio en el colchón. Fats se metió bajo el edredón. Cuando se quitaba los calzoncillos, se preguntó si le habría mentido con lo de la píldora, como con el reloj. Pero hacía tiempo que quería probar a hacerlo sin condón.

—Venga —susurró ella, y le arrebató el preservativo y lo arrojó sobre su blazer, que estaba tirado en el suelo.

Fats la imaginó embarazada de su hijo, las caras de Tessa y Cuby cuando se enteraran. Un hijo suyo en los Prados, de su propia sangre. Sería más de lo que Cuby había conseguido en su vida.

Se encaramó encima de ella; aquello sí que era la vida real.

VIII

A las seis y media de aquella tarde, Howard y Shirley Mollison entraron en el centro parroquial de Pagford. Shirley cargaba con un montón de papeles y Howard llevaba el collar con el escudo azul y blanco de Pagford.

El parquet crujió bajo el colosal peso de Howard cuando se dirigió a la cabecera de las deterioradas mesas, ya colocadas una junto a la otra. Howard le tenía casi tanto cariño a aquella sala como a su propia tienda. Las niñas exploradoras la utilizaban los martes, y los miércoles el Instituto de la Mujer. Había albergado mercadillos benéficos y celebraciones de aniversario, banquetes de boda y velatorios, y olía a todas esas cosas: a ropa vieja y cafeteras, a vestigios de pasteles caseros y ensaladillas, a polvo y cuerpos humanos; pero sobre todo a madera y piedra muy antiguas. De las vigas del techo pendían lámparas de latón batido de gruesos cables negros, y se accedía a la cocina a través de unas ornamentadas puertas de caoba.

Shirley iba distribuyendo la documentación alrededor de la mesa. Adoraba las reuniones del concejo. Aparte del orgullo y el goce que le producía ver a Howard presidiéndolas, Maureen estaba forzosamente ausente. Como no tenía ningún papel oficial, debía conformarse con las migajas que Shirley se dignaba compartir con ella.

Los demás concejales fueron llegando solos o en parejas. Howard los saludaba con su vozarrón, que reverberaba contra las vigas. Rara vez asistían los dieciséis miembros del concejo; ese día esperaban a doce de ellos.

La mesa estaba llena a medias cuando llegó Aubrey Fawley, caminando, como siempre, como si tuviera un fuerte viento en contra, con un aire de esfuerzo desganado, ligeramente encorvado y con la cabeza gacha.

—¡Aubrey! —exclamó Howard alegremente, y por primera vez se adelantó para recibir a un recién llegado—. ¿Qué tal estás? ¿Cómo está Julia? ¿Has recibido mi invitación?

—Perdona, no sé...

—La de mis sesenta y cinco años. Será aquí, el sábado... El día después de las elecciones.

—Ah, sí, sí. Oye, Howard, hay una joven ahí fuera... Dice que es del *Yarvil and District Gazette*. Una tal Alison no sé qué...

—Vaya. Qué raro. Acabo de enviarle mi artículo... ya sabes, la respuesta al de Fairbrother. A lo mejor tiene algo que ver con eso... Voy a ver.

Se alejó con sus andares de pato, con cierto recelo. Cuando se acercaba a la puerta, entró Parminder Jawanda; frunciendo el cejo como de costumbre, pasó de largo sin saludarlo, y por una vez Howard no le preguntó «¿Qué tal, Parminder?».

Fuera, en la acera, se encontró con una joven rubia, baja y rechoncha, con un aura de impermeable jovialidad que

Howard reconoció como una determinación similar a la suya. Sujetaba una libreta y alzaba la vista hacia las iniciales de los Sweetlove grabadas sobre la puerta de doble hoja.

—Hola, hola —la saludó con respiración un poco entrecortada—. Usted es Alison, ¿no? Soy Howard Mollison. ¿Ha venido hasta aquí para decirme que escribo fatal?

—No, qué va, el artículo nos gusta —le aseguró ella—. Sin embargo, como las cosas se están poniendo interesantes, se me ha ocurrido asistir a la reunión. No le importa, ¿verdad? Tengo entendido que se permite la asistencia de la prensa. He consultado los estatutos.

Mientras hablaba, se iba acercando a la puerta.

—Sí, sí, la prensa puede estar presente —repuso Howard, que la acompañó y se detuvo cortésmente en la puerta para que lo precediera—. A menos que tengamos que abordar algún asunto a puerta cerrada, claro.

—¿Como el de esas acusaciones anónimas en su foro? ¿Esos mensajes del Fantasma de Barry Fairbrother?

—Madre mía —resopló Howard, y le sonrió—. No irá a decirme que eso es una noticia, ¿verdad? ¿Un par de comentarios ridículos en internet?

—¿Han sido sólo un par? Alguien me dijo que tuvieron que quitar varios de la página web.

—No, no. Pues alguien lo ha entendido mal. Por lo que sé, sólo han sido dos o tres. Disparates, aunque desagradables. —E improvisó—: Personalmente, creo que se trataba de algún crío.

—¿Un crío?

—Ya sabe, algún adolescente con ganas de divertirse.

—¿Le parece que un adolescente elegiría como blanco a miembros del concejo? —preguntó ella sin dejar de sonreír—. He oído que una de las víctimas ha perdido su empleo, posiblemente como resultado de las acusaciones que se vertieron en su contra en la página web del concejo.

—Eso no lo sabía —mintió Howard.

Shirley había visto a Ruth en el hospital el día anterior, y ésta le había comentado la noticia.

—He visto en el orden del día —prosiguió Alison cuando los dos entraban en la iluminada sala— que van a hablar sobre Bellchapel. En sus artículos, el señor Fairbrother y usted hacían observaciones convincentes sobre ambas caras de la controversia... Después de publicar el del señor Fairbrother llegaron bastantes cartas al periódico. Al director eso le gustó. Cualquier cosa que motive a la gente a escribir cartas...

—Sí, ya las vi. No parecía que nadie tuviera muchas cosas buenas que decir sobre la clínica, ¿no?

Los concejales sentados a la mesa los observaban. Alison Jenkins les devolvió la mirada y siguió sonriendo, imperturbable.

—Deje que le traiga una silla —dijo Howard, y jadeó un poco cuando cogió una de un montón cercano y la dejó para Alison a unos cuatro metros de la mesa.

—Gracias. —Ella la acercó dos metros más.

—Damas y caballeros —anunció Howard—, esta noche contamos con tribuna de prensa. La señorita Alison Jenkins, del *Yarvil and District Gazette*.

Su presencia pareció despertar el interés de varios concejales, que la miraron satisfechos, pero la mayoría la observó con desconfianza. Howard volvió pesadamente a la cabecera de la mesa, donde Aubrey y Shirley le dirigieron miradas inquisitivas.

—El Fantasma de Barry Fairbrother —les susurró cuando se sentaba con cautela en la silla de plástico (dos reuniones atrás, una había cedido bajo su peso)—. Y Bellchapel. —Y haciendo dar un respingo a Aubrey, añadió a viva voz—: ¡Aquí llega Tony! Adelante, Tony... Les daremos un par de minutos más a Sheila y Henry, ¿les parece?

El murmullo de conversaciones en torno a la mesa era un poco más apagado de lo habitual. Alison Jenkins ya garabateaba en su libreta. Ceñudo, Howard pensó: «Todo esto es culpa del maldito Fairbrother.» Invitar a la prensa había sido cosa suya. Por un brevísimo instante, pensó en Barry y el Fantasma como si fueran el mismo ser, un liante vivo y muerto.

Al igual que Shirley, Parminder había llevado un fajo de papeles, y los tenía en un montón bajo el orden del día, que fingía leer para no tener que hablar con nadie. En realidad, pensaba en la mujer sentada casi directamente detrás de ella. El *Yarvil and District Gazette* había publicado una nota sobre el colapso de Catherine Weedon y la reclamación de la familia contra la médica de cabecera. No se había citado el nombre de Parminder, pero sin duda la periodista sabía quién era. Quizá incluso le hubiesen llegado ecos del mensaje anónimo sobre ella en la web del concejo.

«Tranquilízate. Te estás volviendo como Colin.»

Howard había empezado a aceptar excusas y solicitar modificaciones del acta de la reunión anterior, pero Parminder apenas lo oía sobre el latido de su propia sangre en los oídos.

—Bien, a menos que alguien tenga algo que objetar —decía Howard—, abordaremos en primer lugar los puntos ocho y nueve, porque el consejero Fawley tiene noticias sobre ambos y no puede quedarse mucho rato...

—Tengo hasta las ocho y media —lo interrumpió Aubrey consultando el reloj.

—De modo que si no hay objeciones... ¿No? Tienes la palabra, Aubrey.

El aludido expuso la cuestión con sencillez aséptica. Pronto iba a haber una nueva revisión del perímetro territorial y, por primera vez, el deseo de poner los Prados bajo la jurisdicción de Yarvil no se limitaba a Pagford. A quienes confiaban en añadir votos contra el gobierno a los de Yarvil les parecía que merecería la pena absorber los costes relativamente pequeños de Pagford, donde los votos se desperdiciaban, y que era un seguro reducto conservador desde la década de 1950.

Toda la cuestión podía llevarse a cabo disfrazándola de simplificación y reestructuración: por así decirlo, Yarvil ya proporcionaba prácticamente todos los servicios al barrio.

Aubrey concluyó diciendo que si Pagford tenía deseos de cortar vínculos con los Prados, sería útil que expresara esa voluntad en beneficio de la junta comarcal.

—Y si hubiese un mensaje claro y conciso por parte de ustedes —añadió—, creo que esta vez...

—Nunca ha funcionado —lo interrumpió un granjero, y hubo murmullos de asentimiento.

—Bueno, John, lo cierto es que hasta ahora nunca nos habían invitado a expresar nuestra posición —explicó Howard.

—¿No deberíamos aclarar primero cuál es nuestra posición antes de declararla públicamente? —intervino Parminder con voz gélida.

—Muy bien —repuso Howard con tono inexpresivo—. ¿Querría empezar usted misma, doctora Jawanda?

—No sé cuántos de ustedes leyeron el artículo de Barry en el *Gazette* —dijo Parminder. Todas las caras estaban vueltas hacia ella, así que trató de no pensar en el mensaje anónimo ni en la periodista que tenía sentada detrás—. Me pareció que dejaba muy claros los argumentos para que los Prados sigan formando parte de Pagford.

Parminder vio a Shirley, quien escribía afanosamente, esbozar una sonrisita mirando el bolígrafo.

—¿Señalándonos las ventajas que supone tener a gente como Krystal Weedon? —preguntó una anciana llamada Betty desde el otro extremo de la mesa.

Parminder siempre la había detestado.

—Recordándonos que los habitantes de los Prados también forman parte de nuestra comunidad —contestó ella.

—Ellos siempre se han considerado de Yarvil —dijo el granjero.

—Me acuerdo de cuando Krystal Weedon empujó a un niño al río durante una excursión —comentó Betty.

—No, no fue ella —repuso Parminder con brusquedad—. Mi hija estaba allí, fueron dos chicos que estaban peleándose... En cualquier caso...

—Pues yo oí decir que había sido Krystal Weedon —insistió Betty.

—¡Pues oyó mal! —gritó Parminder con tono cortante.

Todos se quedaron estupefactos, incluida ella misma. El eco de sus palabras reverberó en las antiguas paredes. Apenas era capaz de tragar saliva; se quedó cabizbaja, mirando fijamente el orden del día, y oyó la voz de John desde una gran distancia.

—Barry habría hecho mejor en hablar de sí mismo, no de esa chica. Sacó mucho provecho de ir al St. Thomas.

—El problema —intervino otra mujer— es que por cada Barry te encuentras con un montón de gamberros.

—Esa gente es de Yarvil y punto —opinó un concejal—; pertenecen a Yarvil.

—Eso no es cierto —repuso Parminder en voz baja, pero todos guardaron silencio para escucharla, a la espera de que volviese a gritar—. No es cierto. Miren a los Weedon. En eso se centraba precisamente el artículo de Barry. Eran una familia de Pagford que llevaba muchísimos años aquí, pero...

—¡Se mudaron a Yarvil! —exclamó Betty.

—Aquí no había viviendas disponibles —explicó Parminder, tratando de contener la rabia—, ninguno de ustedes quería una nueva urbanización en las afueras del pueblo.

—Perdone, pero usted no estaba aquí —repuso Betty, sonrojada, apartando ostentosamente la vista de Parminder—. Usted no conoce la historia.

Todos se pusieron a hablar a la vez: la reunión se había disgregado en grupitos que intercambiaban opiniones entre sí, y Parminder no podía formar parte de ninguno. Notaba un nudo en la garganta y no se atrevía a mirar a nadie a los ojos.

—¿Les parece que hagamos una votación a mano alzada? —exclamó Howard desde el extremo de la mesa, y volvió a hacerse el silencio—. Bien. ¿A favor de decirle a la Junta Comarcal de Yarvil que Pagford estará encantado de que vuelva a trazarse el límite territorial y los Prados queden fuera de nuestra jurisdicción?

Parminder apretó los puños en el regazo y las uñas se le hincaron en las palmas. En torno a ella hubo un rumor de mangas.

—¡Excelente! —exclamó Howard, y el júbilo en su voz rebotó contra las vigas con eco triunfal—. Bueno, redactaré algo con Tony y Helen, lo distribuiremos para que todos lo vean, y lo mandaremos. ¡Excelente!

Un par de concejales aplaudieron. A Parminder se le nubló la vista y parpadeó con fuerza. El orden del día se emborronaba y volvía a aclararse ante sus ojos. El silencio se prolongó tanto que finalmente levantó la mirada: Howard, presa de la excitación, había tenido que recurrir al inhalador, y casi todos los concejales lo observaban con interés.

—Bueno, vamos a ver —resolló Howard con la cara colorada y sonriente, y dejó el inhalador—. A menos que alguien tenga algo que añadir —una pausa infinitesimal—, pasamos al punto nueve. Bellchapel. Aubrey también tiene algo que decirnos sobre el tema.

«Barry no habría dejado que ocurriera. Él habría peleado. Habría hecho reír a John y conseguido que votara con nosotros. Debería haber escrito sobre sí mismo y no sobre Krystal... Y yo le he fallado.»

—Gracias, Howard —dijo Aubrey, mientras Parminder se hincaba aún más las uñas y la sangre seguía palpitándole en los oídos—. Como ya saben, nos hemos visto obligados a hacer una serie de recortes bastante drásticos a nivel municipal...

«Estaba enamorada de mí, y cuando me veía no podía disimular sus sentimientos...»

—...y uno de los proyectos que tenemos que revisar es el de Bellchapel. Tenía la intención de comentarles el asunto, porque, como todos ustedes saben, el edificio es propiedad del pueblo...

—...y el contrato de arrendamiento está a punto de vencer —añadió Howard—. En efecto.

—Pero no hay ningún interesado en ese viejo edificio, ¿no? —preguntó un contable retirado desde la otra punta de la mesa—. Por lo que he oído, está en muy mal estado.

—Oh, estoy seguro de que encontraremos un nuevo inquilino —contestó Howard con toda tranquilidad—, pero ésa no es la cuestión. La cuestión es si pensamos que la clínica está haciendo un buen...

—Ésa no es la cuestión en absoluto —lo interrumpió Parminder—. El concejo parroquial no tiene competencia para decidir si la clínica lleva a cabo o no una buena labor. Nosotros no financiamos su trabajo. No son responsabilidad nuestra.

—Pero somos propietarios del edificio —apuntó Howard, todavía sonriente y educado—, de manera que me parece natural que consideremos...

—Si vamos a estudiar la información sobre el trabajo que realiza la clínica, me parece importantísimo que tengamos una perspectiva completa de la situación.

—Usted perdone —intervino Shirley desde el otro extremo de la mesa, mirando a Parminder con exagerados parpadeos—, pero ¿podría hacer el favor de no interrumpir al presidente, doctora Jawanda? Es tremendamente difícil tomar notas si la gente no para de hablar a la vez. —Y añadió con una sonrisa—: Ahora he sido yo quien ha interrumpido. ¡Perdón!

—Supongo que el concejo quiere continuar obteniendo ingresos por el edificio —prosiguió Parminder, ignorando a Shirley—. Y, por lo que sé, no tenemos otro arrendatario en perspectiva, de manera que me pregunto por qué habríamos de considerar siquiera rescindir el contrato de la clínica.

—No los curan —intervino Betty—. Sólo les dan más drogas. Por mi parte, estaría encantada de verlos fuera de allí.

—En este momento estamos obligados a tomar algunas decisiones muy difíciles a nivel municipal —dijo Aubrey Fawley—. El gobierno pretende que la administración local lleve a cabo recortes por más de mil millones. No podemos continuar proporcionando servicios como hasta ahora. He aquí la realidad pura y dura.

Parminder detestaba la forma en que se comportaban los demás concejales en presencia de Aubrey, pendientes de cada palabra que pronunciara con su voz profunda, asintiendo levemente con la cabeza al oírlo hablar. Y estaba al corriente de que algunos de ellos la llamaban «la Pelmaza».

—Los estudios demuestran que el consumo de drogas ilegales se incrementa durante las recesiones —apuntó ella.

—La decisión es de ellos y de nadie más —replicó Betty—. Nadie los obliga a tomar drogas.

La anciana miró alrededor en busca de apoyo en la mesa. Shirley le sonrió.

—Estamos teniendo que tomar decisiones difíciles —prosiguió Aubrey.

—De manera que se ha aliado con Howard —lo interrumpió Parminder— y han decidido que pueden darle un empujoncito a la clínica echándola del edificio.

—Se me ocurren mejores maneras de gastar el dinero que en un hatajo de delincuentes —comentó el contable.

—Si por mí fuese, les quitaría todas las prestaciones —remachó Betty.

—Me han invitado a esta reunión para ilustrarlos sobre lo que está pasando en el Ayuntamiento de Yarvil —dijo Aubrey con perfecta calma—. Para nada más, doctora Jawanda.

—Helen —dijo Howard en voz bien alta para darle la palabra a otra concejala que levantaba la mano y trataba de hacerse oír desde hacía rato.

Parminder no escuchó lo que dijo la mujer en cuestión. Había olvidado el fajo de papeles que tenía bajo el orden del día, a los que Kay Bawden había dedicado tanto tiempo: las estadísticas, los historiales de casos exitosos, la explicación de los beneficios de la metadona en comparación con la heroína; estudios que ilustraban los costes, financieros y sociales, de la adicción a la heroína. Todo lo que la rodeaba se había vuelto ligeramente líquido, irreal; sabía que estaba a punto de estallar como nunca, y no había posibilidad de lamentarlo, ni de impedirlo, ni de hacer otra cosa que presenciar cómo ocurría; ya era tarde, demasiado tarde...

—...cultura de la ayuda social —iba diciendo Aubrey Fawley—. Son gente que, literalmente, no ha trabajado un solo día en su vida.

—Y reconozcámoslo —intervino Howard—, se trata de un problema con una solución bien simple: sólo tienen que dejar de tomar drogas. —Se volvió hacia Parminder con una sonrisa conciliadora—. A lo que experimentan entonces lo llaman «el mono», ¿verdad, doctora Jawanda?

—O sea que usted cree que deberían hacerse responsables de su adicción y cambiar de conducta, ¿no? —repuso Parminder.

—Pues sí, dicho en pocas palabras.

—Antes de que le cuesten más dinero al Estado.

—Exactam...

—¡¿Y usted?! —exclamó Parminder cuando la engulló el silencioso estallido—. ¿Sabe cuántos miles de libras le ha costado usted, Howard Mollison, a la salud pública por culpa de su incapacidad para dejar de atiborrarse?

Una mancha burdeos empezó a irradiarse del cuello de Howard hacia sus mejillas.

—¿Sabe cuánto cuestan sus bypass, y sus medicamentos, y su larga estancia en el hospital? ¿Y las visitas al médico que necesita para el asma y la hipertensión y esa fea erupción que le ha salido, todo ello provocado por su negativa a perder peso?

Con los gritos de Parminder, otros concejales empezaron a protestar defendiendo a Howard. Shirley se había puesto en pie. Parminder seguía gritando, y al mismo tiempo reunía a manotazos los papeles, que se le habían desparramado al gesticular.

—¿Y qué pasa con el derecho del paciente a la confidencialidad del médico? —exclamó Shirley—. ¡Esto es un atropello! ¡Un escándalo!

Parminder ya se iba con paso raudo, y al cruzar el umbral, por encima de sus propios sollozos de furia oyó a Betty exigir su expulsión inmediata del concejo. Casi echó a correr para alejarse del centro parroquial; acababa de hacer algo de proporciones catastróficas, y sólo deseaba que la oscuridad se la tragara para siempre.

IX

El *Yarvil and District Gazette* se mostró cauteloso a la hora de informar sobre la reunión del concejo parroquial de Pagford más enconada que se recordaba. Pero no sirvió de nada. El expurgado artículo, y la suma de vívidas descripciones de primera mano ofrecidas por los asistentes, dieron pie a una avalancha de cotilleos. Para empeorar las cosas, un artículo en portada describía con detalle los ataques anónimos en internet con el nombre del fallecido Barry Fairbrother, ataques que, en palabras de Alison Jenkins, «han provocado un grado de especulación e indignación considerable. Véase el artículo completo en la página 4». Si bien no se facilitaban los nombres de los acusados ni los detalles de sus supuestas fechorías, ver las expresiones «graves imputaciones» y «actividad criminal» en letras impresas inquietó aún más a Howard que los mensajes originales en la web.

—Deberíamos haber reforzado la seguridad de la página web en cuanto apareció aquel primer mensaje —les dijo a su mujer y su socia plantado ante su chimenea de gas.

Una silenciosa lluvia de primavera salpicaba la ventana, y en el jardín trasero relucían minúsculos puntitos de luz roja. Howard tenía escalofríos y monopolizaba el calor que irradiaban las falsas brasas. Desde hacía varios días, prácticamente cada visitante de la tienda de delicatessen había entrado con la intención de cotillear sobre los mensajes anónimos, el Fantasma de Barry Fairbrother y el estallido de Parminder Jawanda en la reunión del concejo. Howard detestaba que las cosas que le había gritado ella se airearan por todas partes. Por primera vez en su vida, se sentía incómodo en su propia tienda y preocupado por su posición en Pagford, antes incontestable. La elección del sustituto de Barry Fairbrother tendría lugar al día siguiente, y mientras que antes se había sentido optimista y emocionado, ahora estaba preocupado y nervioso.

—Todo esto ha hecho mucho daño, muchísimo daño —repetía.

Se llevó inconscientemente la mano al vientre para rascarse, pero se contuvo y soportó el picor con expresión de mártir. Tardaría mucho en olvidar lo que la doctora Jawanda había gritado ante el concejo y la prensa. Shirley y él ya habían consultado la información en el Colegio de Médicos, habían acudido a ver al doctor Crawford y formulado una queja formal. Desde entonces no se había visto a Parminder en su consulta, de modo que sin duda lamentaba su estallido. Aun así, Howard no conseguía olvidar su expresión cuando le gritaba aquellas cosas. Lo había impresionado terriblemente ver tanto odio en otro ser humano.

—Todo esto pasará —dijo Shirley para tranquilizarlo.

—No estoy tan seguro —repuso él—. No estoy tan seguro. Da una imagen bastante mala de nosotros. Del concejo. Peleándonos delante de la prensa. Nos hace parecer divididos.

Aubrey dice que los del ayuntamiento no están nada contentos. Todo este asunto ha minado nuestra credibilidad en el asunto de los Prados. Que la gente se tire de los pelos en público, que se saquen trapos sucios de esta manera... No da la impresión de que el concejo represente al pueblo.

—Pero sí lo representamos —replicó Shirley con una risita—. En Pagford nadie quiere los Prados... Bueno, casi nadie.

—El artículo hace que parezca que nuestro bando fue a cargarse a los pro-Prados. Que trató de intimidarlos. —Al final sucumbió a la tentación y se rascó ferozmente—. Bueno, Aubrey sabe que nadie de nuestro bando hizo eso, pero la periodista esa ha conseguido que lo parezca. Y te diré una cosa: como Yarvil nos presente como ineptos o corruptos... Bueno, llevan años tratando de hacerse con el dominio del pueblo.

—Eso no va a pasar —declaró su esposa—. No puede pasar.

—Creía que todo había acabado —prosiguió Howard, ignorando a su mujer y pensando en los Prados—. Creía que lo habíamos conseguido. Creía que nos habíamos librado de ellos.

El artículo al que había dedicado tanto tiempo, en el que explicaba por qué el barrio y la clínica para toxicómanos eran sumideros y borrones en el honor de Pagford, había quedado eclipsado por los escándalos del estallido de Parminder y el Fantasma de Barry Fairbrother. Howard había olvidado por completo cuánto placer le produjeron las acusaciones contra Simon Price, y que no se le había ocurrido quitarlas de la web hasta que la mujer de Price lo había pedido.

—La Junta Comarcal de Yarvil me ha mandado un correo electrónico con un montón de preguntas sobre la web —informó a Maureen—. Quieren saber qué pasos hemos dado contra la difamación. Dicen que la seguridad deja mucho que desear.

Shirley, que detectaba un reproche personal en todo aquello, dijo con frialdad:

—Ya te lo he dicho, Howard: he tomado medidas al respecto.

El sobrino de unos amigos había acudido a la casa el día anterior, cuando Howard estaba en la tienda. El chico estaba a media carrera de informática y le había recomendado a Shirley que cerraran aquella web, tierra abonada para los hackers, buscaran a alguien «experto de verdad» y crearan una completamente nueva.

Shirley apenas había entendido una palabra de cada diez de la jerga técnica que le había soltado el joven. Sabía que un «hacker» era alguien que entraba ilegalmente en una página web, y cuando el estudiante terminó de soltar toda aquella jerigonza, ella había acabado con la confusa impresión de que el Fantasma había conseguido averiguar de algún modo las contraseñas de los usuarios, quizá interrogándolos astutamente en una conversación relajada.

Por tanto, había enviado un correo a todos para pedirles que cambiaran sus contraseñas y se aseguraran de no darles las nuevas a nadie. A eso se refería con «he tomado medidas al respecto».

En cuanto a la recomendación de cerrar la página web, de la que ella era guardiana y conservadora, no había dado ningún paso para hacerlo, ni le había comentado la idea a Howard. Shirley temía que una web provista de todas las medidas de seguridad que el altanero joven había propuesto quedara muy por encima de sus capacidades administrativas y técnicas. Ya estaba actuando al límite de sus habilidades, y estaba resuelta a no perder su papel de administradora.

—Si Miles resulta elegido... —empezó, pero Maureen la interrumpió con su voz grave:

—Esperemos que este asunto tan feo no lo haya perjudicado. Confiemos en que no haya ninguna reacción violenta contra él.

—La gente sabrá que Miles no tuvo nada que ver —repuso Shirley con frialdad.

—¿Tú crees que lo sabrán? —preguntó Maureen.

Shirley la odió con toda su alma. ¿Cómo se atrevía a sentarse en su salón y contradecirla? Y, aún peor, Howard asentía con la cabeza, de acuerdo con Maureen.

—Eso es lo que me preocupa —dijo Howard—, y ahora necesitamos a Miles más que nunca. Tenemos que conseguir que vuelva a haber cohesión en el concejo. Después de que la Pelmaza dijera lo que dijo, después de todo el revuelo, ni siquiera sometimos a votación lo de Bellchapel. Necesitamos a Miles.

Shirley había salido ya de la habitación a modo de silenciosa protesta porque Howard se pusiera de parte de Maureen. Se afanó con las tazas de té en la cocina, ardiendo de ira, preguntándose por qué no poner sólo dos tazas para lanzarle a Maureen la indirecta que tanto merecía.

Shirley continuaba sin sentir más que una rebelde admiración por el Fantasma. Sus acusaciones habían revelado la verdad sobre unas personas a las que despreciaba, personas destructivas e insensatas. Estaba segura de que el electorado de Pagford vería las cosas desde su punto de vista y votaría por Miles, no por aquel hombre tan desagradable, Colin Wall.

—¿Cuándo iremos a votar? —le preguntó a Howard al volver al salón con la tintineante bandeja del té, teniendo buen cuidado de ignorar a Maureen (pues el nombre que marcarían en la papeleta era el del hijo de ambos).

Pero, para su irritación, Howard propuso que fueran los tres juntos después de cerrar la tienda.

Como a su padre, a Miles Mollison también le preocupaba que el inaudito mal humor que planeaba sobre la votación del día siguiente afectara a sus posibilidades electorales. Aquella misma mañana, al entrar en el quiosco de detrás de la plaza, había oído parte de la conversación que mantenían la cajera y un anciano cliente.

—...Mollison siempre se ha creído el rey de Pagford —estaba diciendo el anciano, ajeno a la cara de palo de la tendera—. A mí me gustaba Barry Fairbrother. Eso sí fue una tragedia. Una verdadera tragedia. El joven Mollison nos hizo el testamento, y me pareció un engreído.

Miles se había amilanado y había vuelto a salir del quiosco, ruborizado como un colegial. Se preguntó si aquel anciano de expresión distinguida habría sido el autor de aquella carta anónima. Su cómoda convicción de que contaba con las simpatías de la gente se había hecho añicos, y no dejaba de pensar cómo se sentiría si al día siguiente nadie votaba por él.

Esa noche, cuando se desvestía para meterse en la cama, observó el reflejo de su mujer en el espejo del tocador. Samantha llevaba días sin dar muestras de otra cosa que no fuera sarcasmo cuando él mencionaba las elecciones. Esa noche no le habría venido mal algo de apoyo y consuelo. Además, estaba un poco excitado. Había pasado mucho tiempo. Haciendo memoria, calculó que la última vez había sido la víspera de la muerte de Barry Fairbrother. Samantha estaba un pelín borracha. Últimamente hacía falta alguna copa de más.

—¿Qué tal el trabajo? —le preguntó Miles; por el espejo, la vio desabrocharse el sujetador.

Samantha no contestó de inmediato. Se frotó las profundas marcas que le había dejado el ceñido sujetador bajo las axilas, y luego, sin mirar a Miles, dijo:

—En realidad, hace tiempo que quiero hablarte del tema. —Detestaba tener que decirlo. Llevaba varias semanas tratando de evitarlo—. Roy cree que debería cerrar la tienda. No va bien.

A Miles lo asombraría saber hasta qué punto iba mal. Ella misma se había llevado una desagradable sorpresa cuando el contable le había expuesto la situación con el mayor realismo posible. Samantha no lo sabía y sí lo sabía. Qué extraño que el cerebro pudiera saber lo que el corazón se negaba a aceptar.

—Vaya —dijo Miles—. Pero ¿conservarás la página web?

—Sí. Seguiremos vendiendo por internet.

—Bueno, pues no está tan mal —dijo él para animarla un poco. Esperó un minuto, como muestra de respeto por la muerte de su tienda, y luego añadió—: Supongo que hoy no habrás leído el *Gazette*, ¿no?

Samantha tendió una mano para coger el camisón de la almohada, y Miles disfrutó de una breve y satisfactoria visión de sus pechos. El sexo lo ayudaría a relajarse, sin duda.

—Es una pena, Sam —dijo. Reptó por la cama hacia ella y, cuando se ponía el camisón, la rodeó con los brazos desde atrás—. Lo de tu tienda. Era preciosa. ¿Cuánto hacía ya que la tenías... diez años?

—Catorce.

Ella sabía qué quería Miles. Estuvo a punto de mandarlo al cuerno e irse a dormir a la habitación de invitados, pero el problema era que entonces habría discusión y mal ambiente, y lo que más deseaba en el mundo era poder escaparse a Londres con Libby al cabo de dos días, vestidas las dos con las camisetas que había comprado, y estar cerca de Jake y los otros músicos durante toda una velada. Esa excursión constituía la síntesis de la felicidad actual de Samantha. Además, el sexo quizá mitigara la irritación de Miles ante el hecho de que ella fuera a perderse la fiesta de cumpleaños de Howard.

Así pues, dejó que la abrazara y besara. Cerró los ojos, se colocó sobre él y se imaginó cabalgando a Jake en una playa desierta de arena blanca, ella con diecinueve años y él con veintiuno. Llegó al orgasmo mientras imaginaba a Miles observándolos con prismáticos, con avidez, desde un patín a pedales.

X

A las nueve de la mañana del día de las elecciones para cubrir la vacante dejada por Barry, Parminder salió de la antigua vicaría y recorrió Church Row hasta la casa de los Wall. Llamó a la puerta con los nudillos y esperó. Por fin, Colin le abrió.

Éste tenía ojeras, los ojos enrojecidos y sombras bajo los pómulos; su piel parecía más fina, y la ropa, demasiado grande. Aún no había vuelto a trabajar. La noticia de que Parminder había revelado a gritos en público información médica confidencial sobre Howard había retrasado su vacilante recuperación; el Colin más robusto de unas noches atrás, que se había sentado en su puf de cuero y fingido tener confianza en la victoria, podría no haber existido nunca.

—¿Va todo bien? —preguntó, y cerró la puerta detrás de Parminder con expresión precavida.

—Sí, bien —repuso ella—. Pensaba que igual te apetecía acompañarme al centro parroquial para votar.

—Yo... no me parece apropiado —contestó él débilmente—. Lo siento.

—Sé cómo te sientes, Colin —dijo Parminder con una vocecita tensa—. Pero si no votas, significará que ellos habrán ganado. No pienso dejarlos ganar. Pienso ir hasta allí y votarte, y quiero que vengas conmigo.

Parminder había dejado su trabajo temporalmente. Los Mollison se habían quejado a todos los organismos profesionales que encontraron, y el doctor Crawford le había aconsejado que cogiera una excedencia. Para su enorme sorpresa, se sentía extrañamente liberada.

Pero Colin negaba con la cabeza. A ella le pareció ver lágrimas en sus ojos.

—No puedo, Minda.

—¡Sí puedes! ¡Ya lo creo, Colin! ¡Tienes que plantarles cara! ¡Piensa en Barry!

—No puedo... lo siento... yo...

Soltó un grito ahogado y se echó a llorar. Parminder lo había visto llorar otras veces, en su consulta; el peso del temor que arrastraba consigo desde siempre lo hacía sollozar de desesperación.

—Vamos —dijo, sin sentir la más mínima incomodidad, y lo cogió del brazo para guiarlo hasta la cocina, donde le tendió el rollo de papel y dejó que sollozara hasta que le dio hipo. Luego preguntó—: ¿Dónde está Tessa?

—En el trabajo —boqueó él, y se enjugó las lágrimas.

Sobre la mesa de la cocina había una invitación a la fiesta del sexagésimo quinto cumpleaños de Howard Mollison; alguien la había roto limpiamente en dos.

—Yo también recibí una, antes de que le gritara. Escúchame, Colin, si votamos...

—No puedo —susurró él.

—...les demostraremos que no nos han vencido.

—Pero es que sí lo han hecho.

Parminder se echó a reír. Después de contemplarla boquiabierto unos instantes, él la imitó con grotescas carcajadas, como ladridos de un mastín.

—Bueno, nos han echado de nuestro trabajo —dijo la doctora—, y ninguno de los dos tiene ganas de salir de casa, pero, aparte de eso, creo que estamos en perfecta forma.

Él se quitó las gafas y se frotó los ojos, sonriendo.

—Vamos, Colin. Quiero votarte. Esto no ha acabado todavía. Cuando estallé y le dije a Howard Mollison que no era mejor que un yonqui, delante de todo el concejo y de aquella periodista...

Colin se echó a reír otra vez, y ella se alegró; no lo oía reír tanto desde Nochevieja, y entonces había sido Barry el causante.

—...se olvidaron de votar para sacar la clínica de toxicómanos de Bellchapel. O sea que, por favor, coge tu abrigo. Iremos juntos dando un paseo hasta allí.

Los bufidos y risitas de Colin se extinguieron. Se miró las grandes manos, una sobre otra como si se las estuviese lavando.

—Colin, aún no ha terminado. Tu papel es importante. A la gente no le gustan los Mollison. Si entras en el concejo, estaremos en una posición mucho más fuerte para luchar. Por favor, Colin.

—De acuerdo —repuso él al cabo de unos instantes, sorprendido ante su propia audacia.

Recorrieron el breve trayecto con el aire fresco y limpio, cada uno con su tarjeta del censo en la mano. En el centro parroquial no había otros votantes. Ambos marcaron con una cruz, con un lápiz grueso, la casilla en la papeleta junto al nombre de Colin, y se fueron con la sensación de haber salido impunes de algo.

Miles Mollison no votó hasta mediodía. Cuando salía, se detuvo ante la puerta del despacho de su socio.

—Me voy a votar, Gav —anunció.

Gavin le señaló el teléfono que sujetaba contra la oreja; esperaba para hablar con la compañía de seguros de Mary.

—Ah, vale. —Miles se volvió hacia la secretaria—. Me voy a votar, Shona.

Recordarles a ambos que necesitaba su apoyo no hacía ningún daño. Bajó con agilidad las escaleras y se dirigió a La Tetera de Cobre, donde, en una pequeña charla poscoital, había quedado en encontrarse con su mujer para ir juntos al centro parroquial.

Samantha se había pasado la mañana en casa, dejando a su ayudante al frente de la tienda. Sabía que ya no podía postergar más decirle a Carly que cerraban y que se había quedado sin trabajo, pero no había tenido valor para hacerlo antes del fin de semana y el concierto en Londres. Cuando apareció Miles y ella vio su sonrisita de excitación, la inundó una oleada de furia.

—¿Papá no viene? —fue lo primero que dijo su marido.

—Irán después de cerrar la tienda —explicó Samantha.

Cuando Miles y ella llegaron, en las cabinas para votar había dos ancianas. Samantha esperó, fijándose en la parte posterior de sus canosas permanentes, los gruesos abrigos y los tobillos, aún más gruesos. La más encorvada de las dos vio a Miles cuando salían, sonrió y exclamó:

—¡Acabo de votarle a usted!

—¡Vaya, pues muchas gracias! —contestó él sonriendo.

Samantha entró en la cabina y miró fijamente los dos nombres: Miles Mollison y Colin Wall, y el lápiz, atado al extremo de un cordel. Entonces garabateó «Odio este maldito pueblo» en la papeleta, la dobló, se acercó a la urna y la dejó caer por la ranura, sin sonreír.

—Gracias, cariño —dijo Miles en voz baja, y le dio una palmadita en la espalda.

Tessa Wall, que jamás había dejado de votar en unas elecciones, pasó con el coche por delante del centro parroquial de vuelta del trabajo y no se detuvo. Ruth y Simon Price pasaron el día hablando muy seriamente de la posibilidad de mudarse a Reading. Ruth tiró esa noche a la basura las tarjetas censales de los dos cuando recogió la mesa de la cocina tras la cena.

Gavin nunca había tenido intención de votar; de haber estado vivo Barry para presentarse, quizá lo habría hecho, pero no deseaba ayudar a Miles a conseguir otro de los objetivos de su vida. A las cinco y media cogió el maletín, irritable y deprimido por haberse quedado sin excusas para no cenar en casa de Kay. Le fastidiaba especialmente porque había indicios esperanzadores de que la compañía de seguros se decantara a favor de Mary, y habría preferido ir a decírselo. Eso significaba que tendría que guardarse la noticia hasta el día siguiente; no quería desperdiciarla en una llamada de teléfono.

Cuando Kay abrió la puerta, se lanzó de inmediato a hablar como una metralleta, lo que solía significar que estaba de mal humor.

—Lo siento, he tenido un día espantoso —le explicó, aunque él no se había quejado y apenas se habían saludado—. He vuelto muy tarde, tenía intención de tener la cena más adelantada. Pasa.

Del piso de arriba llegaba el estruendo insistente de una batería y un bajo. Gavin se sorprendió de que los vecinos no se quejaran. Kay lo vio levantar la vista hacia el techo.

—Gaia está furiosa porque un chaval de Hackney que le gustaba ha empezado a salir con otra chica —explicó.

Cogió la copa de vino que ya se había servido y tomó un buen trago. Le había remordido la conciencia al llamar a Marco de Luca «un chaval». Prácticamente se había mudado a su casa durante las semanas anteriores a su marcha de Londres. Kay lo encontraba encantador, considerado y servicial. Le habría gustado tener un hijo como Marco.

—Sobrevivirá —añadió, y se quitó el recuerdo de la cabeza para volver a las patatas que estaba cociendo—. Tiene dieciséis años. A esa edad te recuperas rápido. Sírvete un poco de vino.

Gavin se sentó a la mesa y deseó que Kay obligara a Gaia a bajar la música. Prácticamente tenía que hablarle a gritos para hacerse oír por encima la vibración del bajo, el traqueteo de tapas de sartén y el ruidoso extractor. Volvió a anhelar la melancólica calma de la gran cocina de Mary, su gratitud y el hecho de que lo necesitara.

—¿Cómo? —dijo en voz alta, porque advirtió que Kay acababa de preguntarle algo.

—He dicho si has votado.

—¿Votado?

—¡En las elecciones al concejo!

—Ah, no —contestó Gavin—. No puede importarme menos.

No tuvo la seguridad de que ella lo hubiese oído. Kay estaba hablando otra vez, y sólo cuando se acercó a la mesa con los cubiertos fue capaz de oírla.

—...absolutamente repugnante, en realidad, la forma en que el concejo se está confabulando con Aubrey Fawley. Supongo que, si Miles resulta elegido, se acabó Bellchapel...

Coló las patatas, y el ruido que hizo volvió a ahogar momentáneamente su voz.

—...si esa estúpida mujer no hubiese perdido los estribos, quizá tendríamos más posibilidades. Le di un montón de material sobre la clínica, y no creo que lo haya utilizado para nada. Se limitó a gritarle a Howard Mollison que estaba demasiado gordo. Si eso no es ser poco profesional, ya me dirás...

Gavin había oído rumores sobre el exabrupto en público de la doctora Jawanda. Lo había encontrado ligeramente divertido.

—...toda esta incertidumbre le hace mucho daño a la gente que trabaja en esa clínica, y no digamos a los pacientes.

Pero Gavin era incapaz de experimentar lástima o indignación: sólo sentía consternación ante el profundo conocimiento que Kay parecía tener de los entresijos y personalidades involucrados en ese intrincado asunto. Era otra señal de que echaba raíces más y más profundas en Pagford. Ahora iba a costar mucho arrancarla de allí.

Volvió la cabeza y miró a través de la ventana el crecido jardín. Se había ofrecido a ayudar a Fergus ese fin de semana con el de su madre. Con un poco de suerte, se dijo, Mary volvería a invitarlo a quedarse a cenar y, si lo hacía, se libraría de la fiesta de cumpleaños de Howard Mollison, a la que Miles parecía pensar que estaba deseando ir.

—...yo quería seguir con los Weedon, pero no, Gillian dice que no podemos «andar escogiendo». ¿Tú llamarías a eso «andar escogiendo»?

—Perdona, ¿qué? —preguntó Gavin.

—Mattie ha vuelto —explicó Kay, y él tuvo que hacer un esfuerzo para recordar que era la colega de cuyos casos se había estado ocupando—. Yo quería seguir trabajando con los Weedon, porque a veces notas un vínculo especial con una familia, pero Gillian no me lo permite. Es una locura.

—Debes de ser la única persona en el mundo que quiere tener algo que ver con los Weedon —comentó Gavin—. Por lo que he oído por ahí.

A Kay le hizo falta casi toda su fuerza de voluntad para no soltarle un bufido. Sacó los filetes de salmón del horno. La música de Gaia estaba tan alta que la sintió vibrar a través de la bandeja, que dejó entonces con estrépito en la placa.

—¡Gaia! —gritó, haciendo dar un respingo a Gavin, y pasó a su lado hacia el pie de las escaleras—. ¡¡¡Gaia!!! ¡Baja la música! ¡Lo digo en serio! ¡¡¡Bájala!!!

El volumen disminuyó quizá un decibelio. Kay volvió a la cocina echando chispas. Poco antes de que llegara Gavin, había tenido una de sus peores discusiones con su hija. La chica había declarado su intención de llamar por teléfono a su padre y pedirle que la dejara irse a vivir con él.

—¡Bueno, pues que tengas mucha suerte! —le había espetado Kay.

Pero cabía la posibilidad de que Brendan dijera que sí. Había dejado a Kay cuando Gaia sólo tenía un mes. Ahora estaba casado y era padre de otros tres hijos. Tenía una casa enorme y un buen trabajo. ¿Y si le decía que sí?

Gavin se alegró de que no tuviesen que hablar mientras cenaban; el potente latido de la música llenaba el silencio, y podía pensar en Mary en paz. Al día siguiente le diría que la compañía de seguros empezaba a hacer gestos conciliadores, y sería objeto de su gratitud y admiración...

Gavin casi tenía el plato limpio cuando advirtió que Kay no había tocado la comida. Lo miraba fijamente desde el otro lado de la mesa, y su expresión lo alarmó. Quizá él había revelado de algún modo sus pensamientos más íntimos...

En el piso de arriba, la música de Gaia se interrumpió de repente. A Gavin, el palpitante silencio le pareció espantoso; deseó que la chica pusiera otro disco, cuanto antes.

—Ni siquiera lo intentas —dijo Kay con abatimiento—. Ni siquiera finges que te importe, Gavin.

Él trató de tomar la salida más fácil.

—Kay, he tenido un día muy largo —dijo—. Perdona si no me apetece oír las minucias de la política local en cuanto entro por...

—No estoy hablando de la política local —lo cortó ella—. Te quedas ahí sentado con pinta de preferir estar en otro sitio, y es... es insultante. ¿Qué quieres, Gavin?

Él vio la cocina de Mary, su dulce rostro.

—Tengo que suplicar para verte —continuó Kay—, y cuando vienes aquí no puedes dejar más claro que no te apetecía venir.

Ella deseaba oírle decir «Eso no es verdad». El punto en que una negativa podría haber contado pasó de largo. Se deslizaban, a velocidad vertiginosa, hacia la crisis que Gavin deseaba tanto como temía.

—Dime qué quieres —insistió ella con cansancio—. Dímelo y ya está.

Ambos sentían que su relación se hacía añicos bajo el peso de todo lo que Gavin se negaba a decir. A fin de que ambos superaran esa incertidumbre, él recurrió a unas palabras que no tenía intención de pronunciar entonces, quizá nunca, pero que, en cierto sentido, parecían excusarlos a los dos.

—Yo no quería que pasara esto —dijo de todo corazón—. De verdad que no era mi intención. Kay, lo siento muchísimo, pero creo que estoy enamorado de Mary Fairbrother.

Por la expresión de ella, vio que no estaba preparada para algo así.

—¿De Mary Fairbrother? —repitió.

—Creo que hace tiempo que lo estoy —explicó Gavin (y sintió cierto placer agridulce al hablar de ello, pese a saber que estaba hiriéndola; no había sido capaz de contárselo a nadie más)—. Nunca había reconocido que... Me refiero a que cuando Barry estaba vivo, jamás habría...

—Pensaba que era tu mejor amigo —susurró Kay.

—Lo era.

—¡Sólo lleva muerto unas semanas!

A Gavin no le gustó oír eso.

—Mira —dijo—, intento ser franco contigo. Trato de ser justo.

—¿Que tratas de ser justo?

Gavin siempre había imaginado que la cosa acabaría en una explosión de furia, pero Kay se limitó a observarlo con lágrimas en los ojos mientras él se ponía el abrigo.

—Lo siento —dijo, y salió de su casa por última vez.

En la acera, experimentó una oleada de euforia, y corrió hacia su coche. Después de todo, aún podría contarle esa misma noche a Mary lo de la compañía de seguros.

QUINTA PARTE

Privilegios

7.32 La persona que ha realizado una afirmación difamatoria tiene derecho a reclamar su privilegio siempre
y cuando demuestre que la hizo sin malicia y en el
cumplimiento de un deber público.

Charles Arnold-Baker
La administración local, 7.ª edición

I

Terri Weedon estaba acostumbrada a que la dejaran. El primer gran abandono había sido el de su madre, que, sin siquiera despedirse, un buen día se fue con una maleta mientras ella estaba en el colegio.

Terri se fugó a los catorce años, y pasó por las manos de diversos asistentes sociales y funcionarios de Protección de Menores; algunos eran buenas personas, pero todos se marchaban una vez finalizada su jornada laboral. Cada nueva partida añadía una fina capa a la costra que iba envolviendo el corazón de Terri.

Tenía amigos que estaban bajo tutela, pero a los dieciséis años todos se las arreglaban ya por su cuenta, y la vida los había ido desperdigando. Conoció a Ritchie Adams y tuvo dos hijos con él, unas cositas rosadas, puras y hermosas como nada en el mundo, salidas de sus entrañas; y en el hospital, las dos veces, durante unas horas magníficas, se había sentido renacer.

Y entonces se llevaron a sus hijos, y jamás volvió a verlos.

Banger la había abandonado. La abuelita Cath la había abandonado. Casi todos se iban, muy pocos se quedaban. Ya debería estar acostumbrada.

El día que volvió Mattie, su asistente social de siempre, Terri le preguntó:

—¿Dónde está la otra?

—¿Kay? Sólo cubría mi baja por enfermedad. Bueno, ¿dónde tenemos a Liam? Perdón. Es Robbie, ¿no?

A Terri no le caía bien Mattie. Para empezar, no tenía hijos, así que ¿cómo podía alguien que no tenía hijos decirte cómo criar a los tuyos? ¿Cómo iba a entenderlo? Y tampoco era que Kay le cayera bien, pero le suscitaba un sentimiento extraño, el mismo que en su momento le había suscitado la abuelita Cath antes de que la llamara «zorra» y le dijera que no quería volver a verla. Con Kay, aunque llevara carpetas como las demás, y aunque hubiera iniciado la revisión del caso, sentía que quería que las cosas salieran bien porque le importaba ella, no sólo los formularios. Sí, daba esa impresión. Pero se había ido, «y seguro que ya ni se acuerda de nosotros», pensó resentida.

El viernes por la tarde, Mattie le dijo que era casi seguro que cerrarían Bellchapel.

—Es una decisión política —explicó enérgicamente—. Quieren ahorrar dinero, pero el Ayuntamiento de Yarvil no es partidario de los tratamientos con metadona. Además, Pagford quiere que se marchen del edificio. Ha salido en el periódico local, no sé si lo habrás visto.

A veces le hablaba así, con un tono desenfadado de «a fin de cuentas estamos en el mismo barco» que chirriaba, porque iba acompañado de preguntas como si se había acordado de darle de comer a su hijo. Pero esa vez fue lo que dijo, más que cómo lo dijo, lo que molestó a Terri.

—¿Que la van a cerrar? —preguntó.

—Eso parece —contestó Mattie como si nada—, pero a ti eso no te afectará mucho. Bueno, es evidente que...

Terri había empezado tres veces el programa de Bellchapel. El polvoriento interior de la iglesia transformada en clínica, con sus mamparas divisorias, sus folletos informativos y su lavabo con luces fluorescentes azules (para que no pudieran encontrarse las venas e inyectarse), se había convertido en un sitio familiar, casi agradable. Últimamente notaba que los empleados de la clínica se dirigían a ella de otra manera. Al principio todos daban por hecho que volvería a fracasar, pero habían empezado a hablarle como le hablaba Kay: como si supieran que dentro de aquel pellejo quemado y plagado de cicatrices vivía una persona de verdad.

—... es evidente que te afectará, pero la metadona puede suministrártela tu médico de cabecera. —Hojeó la abultada carpeta que contenía el historial de Terri—. Te corresponde la doctora Jawanda, del consultorio de Pagford, ¿verdad? Pagford... ¿Por qué vas al consultorio tan lejos?

—Porque le pegué a una enfermera de Cantermill —contestó Terri casi sin pensar.

Cuando Mattie se fue, Terri permaneció un buen rato sentada en la sucia silla de la sala de estar, mordiéndose las uñas hasta que le sangraron.

Nada más llegar Krystal a casa, después de recoger a Robbie en la guardería, Terri le contó que iban a cerrar Bellchapel.

—Todavía no lo han decidido —precisó su hija con autoridad.

—¿Cómo coño lo sabes? La van a cerrar, y ahora dicen que tendré que ir a Pagford a ver a esa zorra que mató a la abuelita Cath. Pues va a ir su puta madre.

—Tienes que ir.

Krystal llevaba días así: mangoneando a su madre, comportándose como si ella fuera la adulta.

—¡No tengo que hacer una puta mierda! —repuso Terri con furia—. Puta descarada —añadió, por si no había quedado claro.

—Si vuelves a chutarte —le advirtió Krystal con la cara encendida—, se llevarán a Robbie.

El niño, que todavía sujetaba la mano de su hermana, rompió a llorar.

—¡¿Lo ves?! —se chillaron ambas a la vez.

—¡Le vas a joder la vida! —gritó Krystal—. ¡Y además, esa doctora no le hizo nada a la abuelita Cath! ¡Sólo son mentiras que se inventan Cheryl y los demás!

—¡Mírala, la sabelotodo! —chilló Terri—. ¡No tienes ni puta idea de...!

Krystal le escupió.

—¡Largo de aquí! —gritó Terri, y como su hija era más alta y más fuerte que ella, cogió un zapato del suelo y la amenazó con él—. ¡Vete!

—¡Sí, me voy! ¡Y me llevo a Robbie! ¡Y tú puedes quedarte aquí y follarte a Obbo y tener otro hijo!

Antes de que su madre pudiera impedírselo, Krystal arrastró a Robbie, que lloraba, y salió de la casa.

Se llevó a su hermano a su refugio de siempre, pero no cayó en la cuenta de que a esa hora de la tarde Nikki no estaría en casa, sino dando una vuelta por ahí. La madre de Nikki le abrió la puerta vestida con su uniforme de Asda.

—El niño no puede quedarse —le dijo a Krystal, tajante, mientras Robbie gimoteaba e intentaba soltarse de la mano de ésta—. ¿Dónde está tu madre?

—En casa —contestó ella, y todo lo otro que quería decir se evaporó bajo la severa mirada de aquella mujer.

Así que no tuvo más remedio que volver a Foley Road con Robbie. Terri abrió la puerta y, con rencor triunfal, agarró a su hijo por el brazo, lo metió dentro y le cerró el paso a Krystal.

—Ya lo has tenido bastante, ¿no? —se burló por encima de los llantos de Robbie—. Ahora vete a la mierda.

Y cerró de un portazo.

Esa noche Terri acostó a Robbie a su lado en su colchón. Allí tumbada, despierta, pensó en lo poco que le hacía falta Krystal, aunque la necesitaba tanto como a la heroína.

Su hija llevaba días enfadada. Aquello que había dicho sobre Obbo...

(«¿Que te ha dicho qué?», se había reído él, incrédulo, cuando se encontraron en la calle y Terri le dijo, entre dientes, que Krystal estaba disgustada.)

...no podía ser. Él jamás haría eso.

Obbo era de las pocas personas que no la habían dejado en la estacada. Terri lo conocía desde los quince años. Habían ido juntos al colegio, salían por Yarvil cuando ella estaba bajo tutela, bebían sidra juntos bajo los árboles del sendero que atravesaba los últimos restos de tierras de cultivo lindantes con los Prados. Habían fumado juntos su primer porro.

A Krystal nunca le había caído bien. «Son celos», pensó Terri mientras observaba a Robbie, dormido, a la luz de la farola que atravesaba las finas cortinas. «Sólo son celos. Él me ha ayudado más que nadie», se reafirmó, desafiante, porque cuando hacía recuento de los actos de generosidad descontaba los abandonos. Del mismo modo, todas las atenciones de la abuelita Cath habían sido fulminadas por su rechazo.

En cambio, Obbo la había escondido de Ritchie, el padre de sus dos primeros hijos, cuando ella había huido de la casa, descalza y ensangrentada. A veces le regalaba heroína, gestos que ella también consideraba de generosidad. Los refugios de Obbo eran más fiables que la casita de Hope Street que, durante tres días magníficos, ella había creído que era su hogar.

Krystal no volvió el sábado por la mañana, pero eso no era ninguna novedad; Terri sabía que debía de estar en casa de Nikki. Rabiosa porque se estaba acabando la comida, ya no le quedaba ni un cigarrillo y Robbie lloriqueaba preguntando por su hermana, fue a la habitación de su hija y se puso a revolver entre su ropa en busca de dinero o algún cigarrillo suelto. Al lanzar el viejo y arrugado uniforme de remo de Krystal, algo hizo ruido y Terri vio el pequeño joyero de plástico, volcado, con la medalla de remo ganada por su hija y, debajo, el reloj de Tessa Wall.

Cogió el reloj y se quedó mirándolo. Era la primera vez que lo veía. Se preguntó de dónde lo habría sacado Krystal.

Lo primero que pensó fue que lo había robado, pero entonces pensó que tal vez se lo había regalado la abuelita Cath, incluso que quizá se lo hubiera dejado en su testamento. Ese pensamiento era más perturbador que la idea del robo. Pensar que su hija lo atesoraba y lo tenía escondido, que no se lo había mencionado...

Se guardó el reloj en el bolsillo de los pantalones de chándal y llamó a gritos a Robbie para que la acompañara a comprar. El niño tardó una eternidad en ponerse los zapatos, y Terri perdió la paciencia y le dio un cachete. Habría preferido ir a comprar sola, pero a las asistentes sociales no les gustaba que se dejara a los hijos en casa, aunque sin ellos se pudieran hacer mejor las cosas.

—¿Dónde está Krystal? —lloriqueó Robbie mientras su madre se lo llevaba de malos modos por la puerta—. ¡Quiero Krystal!

—No sé dónde está esa zorra —le espetó Terri, arrastrándolo calle abajo.

Obbo estaba en la esquina, junto al supermercado, hablando con dos hombres. Al verla la saludó con la mano, y sus acompañantes se alejaron.

—¿Qué hay, Ter?

—Bastante bien —mintió ella—. Suéltame, Robbie.

El niño se le aferraba a una pierna.

—Oye —dijo Obbo—, ¿podrías guardarme unas cosas unos días?

—¿Qué cosas? —preguntó Terri, arrancando los dedos de Robbie de su delgada pierna y cogiéndolo de la mano.

—Un par de bolsas de mierda. Me harías un gran favor, Ter.

—¿Cuántos días?

—No sé, no muchos. Te las llevo esta noche, ¿vale?

Terri pensó en Krystal, y en qué diría si se enteraba.

—Sí, vale —concedió.

Entonces se acordó de otra cosa y se sacó el reloj de Tessa del bolsillo.

—Voy a vender esto. ¿Cuánto crees que me darán?

—No está mal —dijo Obbo sopesándolo—. Yo puedo darte veinte. ¿Te las llevo esta noche?

Terri había calculado que el reloj valía más, pero no quiso llevarle la contraria.

—Sí, vale.

Siguió hacia la entrada del supermercado, con Robbie de la mano, pero de pronto se dio la vuelta.

—Pero no me chuto —dijo—. No me traigas...

—¿Sigues tomando el jarabe ese? —dijo él sonriendo y mirándola a través de sus gruesas gafas—. Ya sabes que van a cerrar Bellchapel, ¿no? Lo dice el periódico.

—Sí —repuso ella, abatida, y tiró de Robbie hacia el supermercado—. Ya lo sé.

«No pienso ir a Pagford —pensó mientras cogía unas galletas de un estante—. Ni hablar.»

Se había hecho casi inmune a las críticas y evaluaciones constantes, a las miradas de soslayo de los transeúntes, al desprecio de los vecinos; pero no pensaba ir a aquel pueblecito pretencioso a que le dieran una ración doble de todo aquello; no pensaba viajar en el tiempo una vez por semana hasta el sitio donde la abuelita Cath le había dicho que se la quedaría para luego abandonarla. Tendría que pasar por delante de aquella bonita escuela que le había enviado unas cartas horribles sobre Krystal, diciendo que iba sucia, que la ropa le venía pequeña y su comportamiento era inaceptable. Temía que salieran de Hope Street esos parientes a los que ya había olvidado, y que ahora se peleaban por la casa de la abuelita Cath, y lo que diría Cheryl si se enteraba de que Terri se relacionaba voluntariamente con la paqui de mierda que había matado a la abuelita. Otro hito en su lista de afrentas a la familia que la odiaba.

—No van a conseguir que vaya a ese pueblo de mierda —masculló, tirando de Robbie hacia la caja.

II

—Agárrate. Mamá está a punto de colgar los resultados en la página web —anunció jocosamente Howard Mollison el sábado a mediodía—. ¿Quieres esperar a que sean públicos, o te los digo ahora?

Instintivamente, Miles le dio la espalda a Samantha, que estaba sentada frente a él en la isla de la cocina. Tomaban un último café antes de que madre e hija se marcharan a la estación para coger el tren a Londres. Se pegó bien el auricular a la oreja y dijo:

—A ver, dime.

—Has ganado. Cómodamente. Has conseguido casi el doble de votos que Wall.

Miles miró hacia la puerta de la cocina y sonrió.

—Vale —dijo tan inexpresivamente como pudo—. Me alegro.

—Espera. Mamá quiere decirte algo.

—Felicidades, querido —lo felicitó Shirley con regocijo—. Es una noticia absolutamente maravillosa. Sabía que lo conseguirías.

—Gracias, mamá.

Esas dos palabras fueron suficientes para Samantha, pero había decidido no mostrarse sarcástica ni desdeñosa. Tenía su camiseta del grupo musical en la maleta; había ido a la peluquería y se había comprado unos zapatos de tacón. Sólo deseaba irse de una vez.

—Concejal Mollison, ¿eh? —dijo cuando Miles colgó el teléfono.

—Pues sí —repuso él con cierta cautela.

—Felicidades. Así, lo de esta noche será una celebración por todo lo alto. Qué pena perdérmela —mintió, inspirada por la emoción de su inminente escapada.

494

Conmovido, Miles se inclinó hacia ella y le dio un apretón en la mano.

Libby apareció en la cocina hecha un mar de lágrimas y sosteniendo el móvil.

—¿Qué pasa? —preguntó Samantha, asustada.

—¿Puedes llamar a la mamá de Harriet? ¡Por favor!

—¿Por qué?

—¡Por favor!

—Pero ¿por qué, Libby?

—Pues porque quiere hablar contigo. —Se frotó los ojos y la nariz con el dorso de la mano—. Harriet y yo hemos discutido. ¿Puedes llamarla, por favor?

Samantha se llevó el teléfono a la sala. Sólo tenía una vaga idea de quién era esa mujer. Desde que las niñas iban al internado, apenas tenía contacto con los padres de sus amigas.

—Lamento muchísimo todo esto —dijo la madre de Harriet—. Le he dicho a Harriet que hablaría con usted, pues quiero convencerla de que no se trata de que Libby no quiera que ella vaya... Ya sabe lo buenas amigas que son, y no soporto verlas así...

Samantha miró la hora. Tenían que salir al cabo de diez minutos a más tardar.

—A Harriet se le ha metido en la cabeza que a Libby le sobra una entrada, pero que no quiere que vaya con ella. Ya le he dicho que eso no es verdad, que esa entrada es para usted porque no quiere que Libby vaya sola, ¿verdad?

—Por supuesto —dijo Samantha—. Sola no puede ir.

—Lo sabía —dijo la otra mujer con un extraño deje de triunfo—. Y le aseguro que entiendo su actitud protectora. Ni siquiera se me ocurriría proponerle esto si no creyera que iba a ahorrarle muchas molestias. Pero es que las niñas son tan buenas amigas, y Harriet está como loca con ese grupo, y creo, por lo que acaba de decirle Libby a Harriet por teléfono, que Libby se muere de ganas de que mi hija vaya también. Entiendo perfectamente que usted quiera vigilar a su hija, pero el caso es que mi hermana va a llevar a sus dos hijas al concierto, de modo que habría un adulto con ellas. Yo podría llevar a Libby y Harriet en coche esta tarde, nos encontraríamos con las demás fuera del estadio y luego todas podríamos pasar la noche en casa de mi hermana. Le aseguro que o mi hermana o yo estaremos con Libby en todo momento.

—Pues... se lo agradezco mucho. Pero mi amiga nos espera... —dijo Samantha con un extraño zumbido en los oídos.

—No se preocupe. Si usted quiere visitar a su amiga de todas formas... Lo único que digo es que no hay necesidad de que usted vaya al concierto, ¿no?, ya que habrá otro adulto con las niñas. Y Harriet está desesperada, absolutamente desesperada. Yo no pensaba inmiscuirme, pero creo que esto puede afectar a la amistad entre las niñas... —Y con un tono menos efusivo, añadió—: Le pagaríamos la entrada, por supuesto.

No había escapatoria, no había dónde esconderse.

—Ya —dijo Samantha—. Claro. Es que a mí me apetecía ir con ella...

—Ellas prefieren ir solas —decidió la madre de Harriet con vehemencia—. Así usted no tendrá que agacharse para esconderse en medio de tanto quinceañero, ¡ja, ja! A mi hermana no le importa, la pobre no llega al metro sesenta de estatura.

III

Para gran desilusión de Gavin, todo parecía indicar que al final tendría que asistir a la fiesta de cumpleaños de Howard Mollison. Si Mary, clienta del bufete y viuda de su mejor amigo, le hubiera pedido que se quedara a cenar, habría considerado más que justificado escaquearse, pero ella no se lo había pedido. Habían ido a visitarla unos parientes, y cuando Gavin se presentó en su casa, le pareció que se agobiaba un poco.

«No quiere que lo sepan», se dijo, mientras ella lo acompañaba hasta la puerta, y atribuyó esa actitud a su timidez.

Así que volvió a The Smithy; por el camino iba recordando su conversación con Kay.

—Creía que era tu mejor amigo. ¡Sólo hace unas semanas que murió!

—Sí, y yo me he ocupado de ella —replicaba él—, porque eso es lo que él habría querido. Ninguno de los dos esperaba que pasara esto. Pero Barry está muerto. Ahora ya no puede dolerle.

A solas en The Smithy, buscó un traje limpio para ir a la fiesta, porque en la invitación se especificaba «traje oscuro», y trató de imaginarse cómo disfrutarían los corrillos de Pagford con el cotilleo de su relación con Mary.

«¿Y qué? —pensó, asombrado de su propia valentía—. ¿Acaso tiene que pasar sola el resto de su vida? Estas cosas ocurren. Lo único que he hecho ha sido cuidarla.»

Y pese a su reticencia a asistir a una fiesta que sin duda resultaría aburrida y agotadora, sintió que una pequeña burbuja de emoción y felicidad le levantaba el ánimo.

En Hilltop House, Andrew Price se arreglaba el pelo con el secador de su madre. Nunca había tenido tantas ganas de ir a una discoteca o una fiesta como de ir a la recepción de esa noche. Howard los había contratado a los tres para servir la comida y las bebidas en el centro parroquial, y a él le había alquilado un uniforme para la ocasión: camisa blanca, pantalones negros y pajarita. Trabajaría al lado de Gaia, y no como chico de almacén, sino como camarero.

Pero su nerviosismo no se debía sólo a eso. Gaia había cortado con el legendario Marco de Luca. Esa tarde, Andrew la había encontrado llorando en el patio trasero de La Tetera de Cobre cuando había salido a fumar un cigarrillo.

—Él se lo pierde —le había dicho, tratando de disimular el júbilo que sentía.

Y ella, sorbiendo por la nariz, había respondido:

—Gracias, Andy.

—Menudo mariquita estás hecho —le dijo Simon cuando Andrew apagó por fin el secador.

Llevaba unos minutos en el rellano, a oscuras, esperando para decir aquello, observando por la rendija de la puerta entreabierta cómo su hijo se acicalaba ante el espejo.

Andrew se sobresaltó y luego rió. Su buen humor desconcertó a Simon.

—Vaya pinta —insistió al salir Andrew del cuarto de baño con la camisa y la pajarita—. Con ese lacito pareces un gilipollas integral.

«Y tú estás en el paro gracias a mí, mamón.»

Los sentimientos de Andrew respecto a lo que le había hecho a su padre cambiaban según el momento. A veces lo abrumaba un sentimiento de culpa que lo contaminaba todo, pero luego desaparecía y se regodeaba con su triunfo. Esa noche, su secreta satisfacción avivaba la emoción que ardía bajo su fina camisa blanca y aportaba un hormigueo adicional a la piel de gallina provocada por el frío que lo azotó al bajar por la colina en la bicicleta de Simon. Se sentía ilusionado, lleno de esperanza. Gaia estaba libre y vulnerable. Y su padre vivía en Reading.

Cuando llegó con la bicicleta ante la puerta del centro parroquial, Shirley Mollison, con su vestido de cóctel, estaba atando a la verja unos enormes globos de helio con forma de cincos y seises.

—Hola, Andrew —saludó emocionada—. Aparta la bicicleta de la entrada, por favor.

Andrew la llevó hasta la esquina y pasó junto a un flamante BMW verde descapotable aparcado a pocos metros. Al volver hacia la entrada del local, rodeó el coche y se fijó en sus lujosos acabados interiores.

—¡Y aquí tenemos a Andy!

Por lo visto, el buen humor y la expectación de su jefe igualaban a los suyos. Howard iba hacia él enfundado en un enorme esmoquin de terciopelo; parecía un prestidigitador. Sólo había otras cinco o seis personas más, pues todavía faltaban veinte minutos para que empezara la fiesta. Por todas partes se veían globos azules, blancos y dorados, y en una gran mesa de caballetes habían distribuido bandejas tapadas con servilletas; al fondo de la sala, un disc-jockey de mediana edad preparaba su equipo.

—¿Puedes ir a ayudar a Maureen, Andy, por favor?

Maureen, iluminada desde arriba por una lámpara de techo, ponía vasos en un extremo de la larga mesa.

—Pero ¡qué guapo estás! —exclamó con voz ronca, al acercarse Andrew.

Llevaba un vestidito brillante de tejido elástico que marcaba cada contorno de su huesudo cuerpo, del que colgaban inesperados michelines, realzados por la despiadada prenda. Se oyó un débil «hola» de misteriosa procedencia: era Gaia, que estaba en cuclillas junto a una caja llena de platos.

—Saca los vasos de las cajas, Andy —dijo Maureen—, y ponlos aquí arriba, donde vamos a montar el bar.

El chico obedeció. Mientras abría la caja, se le acercó una mujer desconocida con varias botellas de champán.

—Esto habría que ponerlo en la nevera, si hay.

Tenía la nariz recta, los grandes ojos azules y el cabello rubio y rizado de Howard, pero así como las facciones de éste eran femeninas, suavizadas por su gordura, su hija —porque tenía que ser su hija—, sin ser guapa, resultaba muy atractiva, con sus pobladas cejas, grandes ojos y un hoyuelo en la barbilla. Llevaba pantalones y camisa de seda con el cuello desabrochado. Dejó las botellas en la mesa y se dio la vuelta. Su porte, y tal vez su ropa, convencieron a Andrew de que era la propietaria del BMW aparcado fuera.

—Es Patricia —le dijo Gaia al oído, y a él otra vez se le puso piel de gallina, como si ella transmitiera electricidad—. La hija de Howard.

—Ya me lo ha parecido —repuso, pero le interesó mucho más ver que Gaia desenroscaba el tapón de una botella de vodka y se servía un poco en un vaso.

Bajo la atenta mirada de Andrew, se lo bebió de un trago y se estremeció ligeramente. Acababa de tapar la botella cuando Maureen pasó cerca de ellos con una cubitera.

—Menudo zorrón —comentó Gaia mirándola alejarse, y él percibió el olor a vodka de su aliento—. Mira qué pinta.

Andrew rió, pero al darse la vuelta paró en seco, porque Shirley estaba justo a su espalda, con su sonrisa felina.

—¿Y la señorita Jawanda? ¿Todavía no ha llegado? —preguntó.

—Está en camino. Acaba de mandarme un mensaje —contestó Gaia.

Pero a Shirley no le importaba mucho dónde pudiera estar Sukhvinder. Había oído las palabras de Andrew y Gaia sobre Maureen, y eso la había hecho recuperar por completo su buen humor, que se había resentido ligeramente ante la evidente satisfacción que Maureen sentía por su propio atavío. Hacer mella con eficacia en la autoestima de una mujer tan lerda y tan ilusa no era nada fácil, pero al alejarse hacia el disc-jockey, Shirley planeó que, el siguiente momento que estuvieran a solas, le diría a Howard: «Me temo que los chicos estaban... bueno, ya sabes, riéndose de Maureen. Qué lástima que se haya puesto ese vestido. No me gusta nada verla hacer el ridículo.»

Shirley se recordó que tenía muchos motivos para estar contenta, pues esa noche necesitaba tener alta la moral. Howard, Miles y ella iban a estar juntos en el concejo; sería maravilloso, sencillamente maravilloso.

Comprobó que el disc-jockey estuviera al corriente de que la canción favorita de Howard era la versión de Tom

Jones de *The Green, Green Grass of Home*, y echó un vistazo a su alrededor en busca de más tareas pendientes; pero su mirada fue a posarse en la razón por la que esa noche su felicidad no había alcanzado las cotas de perfección que había previsto.

Patricia estaba de pie, sola, observando el escudo de armas de Pagford colgado en la pared y sin hacer ningún esfuerzo por relacionarse con nadie. Shirley lamentaba que no se pusiera falda de vez en cuando; pero al menos había ido sola. Porque de aquel deportivo BMW podría haber salido otra persona, y para Shirley esa ausencia ya constituía una pequeña victoria.

No era normal que una madre le tuviera aversión a su propia hija: se suponía que los hijos tenían que gustar tal como eran, aunque no fueran como uno quería, aunque resultaran ser la clase de persona que haría que uno cruzara la calle para evitarla si no fueran parientes de uno. Howard se lo tomaba con filosofía, incluso bromeaba sobre ese tema, con comedimiento, cuando Patricia no podía oírlo. Shirley, en cambio, era incapaz de alcanzar ese nivel de indiferencia. Se sintió obligada a acercarse a su hija, con la vaga e inconsciente esperanza de atenuar la rareza que sin duda todos los asistentes detectarían en su peculiar atuendo y su comportamiento.

—¿Quieres beber algo, querida?

—Todavía no —contestó Patricia sin apartar la vista del escudo de armas—. Anoche bebí más de la cuenta. Seguramente todavía daría positivo. Salimos de copas con los compañeros de trabajo de Melly.

Shirley contempló también el emblema y esbozó una vaga sonrisa.

—Melly está muy bien, gracias por preguntar —añadió Patricia.

—Ah, me alegro.

—Me encantó la invitación. «Pat y acompañante.»

—Lo siento, querida, pero eso es lo que suele ponerse cuando dos personas no están casadas.

—Ah, ya. Eso dice el *Debrett's*, ¿no? Bueno, Melly decidió no venir porque no la mencionabais en la invitación, así que tuvimos una discusión de miedo, y aquí estoy, sola. Has conseguido lo que querías, ya ves.

Patricia se dirigió hacia las bebidas y dejó a Shirley un poco turbada. Los arrebatos de su hija siempre la habían intimidado, desde que era una niña.

—Llega tarde, señorita Jawanda —dijo, y recobró la compostura al ver que Sukhvinder venía presurosa hacia ella, aturullada.

Desde su punto de vista, aquella joven demostraba cierta insolencia al presentarse allí, después de lo que su madre le había dicho a Howard en aquella misma sala. La contempló mientras iba a reunirse con Andrew y Gaia, y pensó en decirle a Howard que tenían que prescindir de Sukhvinder. Era un poco corta, y probablemente el eccema que ocultaba bajo la camiseta negra de manga larga entrañaba un problema de higiene; comprobaría si era contagioso en su web médica favorita.

A las ocho en punto empezaron a llegar los invitados. Howard le pidió a Gaia que se pusiera a su lado y recogiera los abrigos, para que todos vieran cómo daba órdenes y llamaba por su nombre a aquella chica tan guapa del vestidito negro y el delantal con volantes. Pero al poco rato, Gaia ya no podía hacerse cargo de tantos abrigos, así que Howard llamó a Andrew para que la ayudara.

—Pilla una botella y escóndela en la cocina —le pidió Gaia a Andrew mientras colgaban los abrigos, de tres en tres y luego de cuatro en cuatro, en el pequeño guardarropa—. Podemos ir turnándonos para echar un trago.

—Vale —contestó él, eufórico.

—¡Gavin! —exclamó Howard al ver entrar al socio de su hijo por la puerta, solo, a las ocho y media.

—¿Y Kay, Gavin? ¿No ha venido? —preguntó Shirley al instante. (Maureen se estaba poniendo unos zapatos brillantes de tacón de aguja detrás de la mesa de caballetes, de modo que tenía muy poco tiempo para sacarle ventaja.)

—No; es una pena pero no ha podido venir —dijo el interpelado; y entonces, horrorizado, se encontró de frente con Gaia, que esperaba para cogerle el abrigo.

—Mi madre podría haber venido —terció la chica en voz clara y dura y mirándolo a la cara—. Pero Gavin la ha dejado, ¿verdad, Gav?

Howard le dio unas palmadas en el hombro a Gavin y, fingiendo no haber oído nada, bramó:

—Me alegro de verte. Ve a buscarte algo para beber.

Shirley mantuvo una expresión imperturbable, pero la emoción del momento no desapareció enseguida y al saludar a los siguientes invitados seguía un poco aturdida. Cuando Maureen se acercó tambaleante con su horroroso vestido para unirse al comité de bienvenida, Shirley sintió un inmenso regocijo y, en voz baja, le dijo:

—Acabamos de presenciar una escenita muy desagradable. Verdaderamente muy desagradable. Gavin y la madre de Gaia... Ay, querida, si lo hubiéramos sabido...

—¿Qué? ¿Qué ha pasado?

Pero Shirley se limitó a negar con la cabeza y saborear el exquisito placer que le procuraba la frustrada curiosidad de Maureen. Abrió los brazos al ver entrar a Miles, Samantha y Lexie.

—¡Por fin! ¡El concejal Miles Mollison!

Samantha tuvo la impresión de que veía a Shirley abrazar a Miles desde una gran distancia. Había pasado tan bruscamente de la felicidad y la expectación al pasmo y la decepción que sus pensamientos se habían convertido en un rumor confuso que le obstaculizaba percibir el mundo exterior.

(—¡Estupendo! —dijo Miles—. Así podrás venir a la fiesta de papá. Acababas de decirme que...

—Sí —respondió ella—. Ya lo sé. Qué bien, ¿verdad?

Pero cuando Miles vio que se enfundaba en los vaqueros y la camiseta del grupo musical que ella llevaba más de una semana soñando con ponerse, se quedó perplejo.

—Es una fiesta formal.

—En el centro parroquial de Pagford, Miles.

—Sí, pero en la invitación...

—Pues yo voy a ir así.)

—Hola, Sammy —la saludó Howard—. ¡Vaya, vaya! ¡No hacía falta que te arreglaras tanto!

Pero el abrazo que le dio fue más lascivo de lo habitual, y lo acompañó con unas palmaditas en el trasero, prieto bajo los ceñidos vaqueros.

Samantha le dedicó una fría y tensa sonrisa a Shirley y pasó por su lado camino del bar. En su cabeza, una vocecilla impertinente le preguntó: «Pero a ver, ¿qué esperabas que ocurriera en el concierto? ¿Qué pretendías? ¿Qué buscabas?»

«Nada. Sólo un poco de diversión.»

El sueño de unas risas y unos brazos jóvenes y fuertes, que esa noche debería haber experimentado en una especie de catarsis; su delgada cintura rodeada otra vez, y el sabor intenso de lo nuevo, lo inexplorado; su fantasía había perdido las alas y caía en picado...

«Sólo quería ver el ambiente.»

—Estás muy guapa, Sammy.

—Gracias, Pat.—Hacía más de un año que no veía a su cuñada. «Eres la que mejor me cae de esta familia, Pat.»

Miles, que ya la había alcanzado, le dio un beso a su hermana.

—¿Cómo estás? ¿Cómo está Mel? ¿No ha venido?

—No, no ha querido —respondió Patricia. Estaba bebiendo champán, pero por su expresión se habría dicho que era vinagre—. En la invitación ponía «Pat y acompañante». Tuvimos una discusión tremenda. Mamá se ha anotado un punto.

—Anda, no seas así, Pat —dijo Miles, sonriente.

—¿Que no sea así, dices? ¿Y cómo coño quieres que sea, Miles?

Una oleada de intenso placer inundó a Samantha: ya tenía un pretexto para atacar.

—Me parece una forma muy grosera de invitar a la pareja de tu hermana, y tú lo sabes, Miles. A tu madre le vendrían bien unas lecciones de buenos modales, la verdad.

Desde luego, estaba más gordo que hacía un año. Y la papada le sobresalía por el cuello de la camisa. Enseguida le olía mal el aliento. Últimamente tenía la costumbre de balancearse sobre las puntas de los pies, como hacía su padre. Samantha sintió una súbita repugnancia física y se dirigió hacia un extremo de la mesa, donde Andrew y Sukhvinder se afanaban llenando y repartiendo vasos.

—¿Hay ginebra? —preguntó—. Prepárame un gin-tonic. Fuertecito.

Apenas reconoció a Andrew. Él empezó a prepararle el cóctel e intentó no mirarle los enormes pechos, cuyo esplendor realzaba la camiseta, pero era como tratar de no entornar los ojos cuando el sol te daba de lleno en la cara.

—¿Los conoces? —preguntó Samantha tras beberse medio gin-tonic de un trago.

Andrew se ruborizó antes de poner en orden sus pensamientos. Y aún se horrorizó más cuando Samantha, soltando una risita socarrona, añadió:

—Al grupo. Me refiero al grupo.

—Sí. Sí, he oído hablar de ellos. Pero no... no son mi estilo.

—¿Ah, no? —dijo ella, y se acabó la copa—. Sírveme otro, anda.

Entonces cayó en la cuenta de quién era: aquel chico insignificante de la tienda de delicatessen. Con el uniforme parecía mayor. Quizá un par de semanas trajinando cajas por la escalera del sótano le habían fortalecido la musculatura.

—Ah, mira —dijo, al fijarse en una persona que iba hacia el grueso de los invitados, en continuo aumento—, ahí está Gavin. El segundo hombre más aburrido de Pagford. Después de mi marido, claro.

Se fue con la cabeza alta, satisfecha consigo misma, con otra copa en la mano; la ginebra le había dado donde ella más lo necesitaba, anestesiándola y estimulándola al mismo tiempo, y mientras se alejaba pensó: «Le han gustado mis tetas, veamos qué opina de mi culo.»

Gavin vio que Samantha se acercaba y sólo podía esquivarla uniéndose a alguna conversación, la de quien fuera; la persona que tenía más cerca era Howard, así que se introdujo precipitadamente en el grupo que rodeaba al anfitrión.

—Me arriesgué —les estaba diciendo Howard a los otros; agitaba un puro en el aire y un poco de ceniza le había caído en las solapas del esmoquin de terciopelo—. Me arriesgué y trabajé duro. Así de sencillo. No hay ninguna fórmula mágica. Nadie me regaló... Ah, aquí está Sammy. ¿Quiénes son esos jovencitos, Samantha?

Los cuatro ancianos se quedaron mirando al grupo de música pop desplegado sobre sus pechos, y Samantha se volvió hacia Gavin.

—Hola —dijo; se inclinó hacia él, obligándolo a darle un beso—. ¿Y Kay? ¿No ha venido?

—No —contestó Gavin, cortante.

—Estábamos hablando de negocios, Sammy —dijo Howard alegremente, y Samantha pensó en su tienda, que estaba a punto de cerrar—. Soy una persona con iniciativa —informó al grupo, repitiendo lo que sin duda era un tema recurrente—. Ésa es la clave. Eso es lo único que se necesita. Y yo soy una persona con iniciativa.

Enorme y redondo como un globo, parecía un aterciopelado sol en miniatura que irradiaba satisfacción. El brandy que tenía en la mano ya había empezado a suavizar su tono.

—Estaba dispuesto a arriesgarme. Podría haberlo perdido todo.

—Bueno, querrás decir que tu madre podría haberlo perdido todo —lo corrigió Samantha—. ¿No hipotecó Hilda su casa para aportar la mitad de la entrada de la tienda?

Percibió el brevísimo parpadeo de Howard, cuya sonrisa, sin embargo, no vaciló.

—Sí, en realidad todo el mérito es de mi madre —repuso—, por trabajar, ahorrar y vigilar los gastos, y por ofrecerle a su hijo algo con que empezar. Yo multiplico lo que me dieron, y se lo devuelvo a la familia: pago para que tus hijas puedan ir al St. Anne. Se cosecha lo que se siembra, ¿verdad, Sammy?

Que Shirley le hubiera hecho un comentario así no la habría sorprendido, pero sí que se lo hiciera Howard. Los dos apuraron sus copas; Gavin aprovechó ese momento para escabullirse, y Samantha no trató de impedírselo.

Gavin se preguntó si conseguiría marcharse de allí inadvertidamente. Estaba nervioso, y el ruido que había en la sala no contribuía a que se tranquilizara. Una idea espantosa se había apoderado de él desde el encontronazo con Gaia en la puerta. ¿Y si Kay se lo había contado todo a su hija? ¿Y si Gaia sabía que estaba enamorado de Mary Fairbrother y se lo había dicho a alguien? Era el tipo de cosa que haría una chica de dieciséis años sedienta de venganza.

Lo peor que podía pasarle era que todo Pagford supiera que estaba enamorado de Mary antes de haber tenido ocasión de confesárselo a ella. Pensaba hacerlo pasados unos meses, quizá un año; dejar que se cumpliera el primer aniversario de la muerte de Barry y, entretanto, cultivar los diminutos brotes de confianza ya existentes, para que los sentimientos de Mary fueran revelándose poco a poco, como a él se le habían revelado los suyos.

—¡No tienes nada para beber, Gav! —dijo Miles—. ¡Hay que poner remedio a esta situación!

Condujo con decisión a su socio hasta la mesa de las bebidas y le sirvió una cerveza sin parar de hablar y, como Howard, radiante de felicidad y orgullo.

—¿Te has enterado de que he ganado la votación?

Gavin no sabía nada, pero no se sintió capaz de fingir sorpresa.

—Claro. Felicidades.

—¿Cómo está Mary? —preguntó Miles, expansivo; esa noche se sentía amigo de todo el pueblo: lo habían elegido—. ¿Más animada?

—Sí, creo que...

—He oído que planea mudarse a Liverpool. Quizá sea lo mejor.

—¿Cómo? —saltó Gavin.

—Me lo ha contado Maureen esta mañana. Por lo visto, la hermana de Mary intenta persuadirla de que vuelva allí con los niños. Todavía tiene mucha familia en...

—Pero tiene su vida aquí.

—Me parece que era a Barry a quien le gustaba Pagford. No sé si Mary querrá quedarse ahora, dadas las circunstancias.

Gaia observaba a Gavin por la rendija de la puerta de la cocina. Tenía en la mano un vaso de plástico con vodka del que Andrew había robado para ella.

—Es un hijo de puta —farfulló—. Si no hubiera engañado a mi madre, todavía estaríamos en Hackney. Es una estúpida. Siempre supe que él no iba en serio. Nunca la llevaba a ningún sitio. Y después de follar se largaba corriendo.

Andrew, que estaba detrás de ella poniendo más bocadillos en una bandeja casi vacía, no podía creer que Gaia empleara palabras como «follar». La Gaia quimérica que protagonizaba sus fantasías era una virgen sexualmente imaginativa y audaz. No sabía qué había hecho o dejado de hacer la Gaia de carne y hueso con Marco de Luca, pero por cómo juzgaba a su madre se diría que sabía cómo se comportaban los hombres después de mantener relaciones sexuales, y si su interés era sincero.

—Bebe un poco —le ofreció ella cuando Andrew fue hacia la puerta con la bandeja. Le acercó su vaso de plástico a los labios, y él bebió un sorbo de vodka. Con una risita tonta, Gaia se apartó para dejarlo salir y le dijo—: ¡Dile a Suks que venga a beber un poco!

En la abarrotada sala había mucho ruido. Andrew dejó la bandeja de bocadillos en la mesa, pero por lo visto el interés por la comida había disminuido; en el bar, Sukhvinder se esforzaba por atender a los invitados, muchos de los cuales habían empezado a servirse ellos mismos las copas.

—Gaia te necesita en la cocina —le dijo Andrew, y la sustituyó.

No tenía sentido hacer de barman, así que se limitó a llenar tantos vasos como encontró y dejarlos encima de la mesa para que la gente se sirviera ella misma.

—¡Hola, Peanut! —lo saludó Lexie Mollison—. ¿Me sirves champán?

Habían estudiado juntos en el St. Thomas, pero Andrew llevaba mucho tiempo sin verla. Su acento había cambiado desde que iba al St. Anne, y él no soportaba que lo llamaran «Peanut».

—Lo tienes delante —contestó, y lo señaló.

—Nada de alcohol, Lexie —dijo Samantha con firmeza, saliendo de entre la multitud—. Ni hablar.

—Me ha dicho el abuelo...

—No me importa.

—Pero si todo el mundo...

—¡He dicho que no!

Lexie se marchó muy enfadada. Andrew, contento de no tener que hablar con ella, sonrió a Samantha y se sorprendió cuando ella le devolvió una sonrisa radiante.

—¿Tú también contestas a tus padres?

—Sí —respondió él, y Samantha rió.

Tenía unos pechos francamente enormes.

—¡Damas y caballeros! —bramó una voz por el micrófono, y todos dejaron de hablar para escuchar a Howard—. Me gustaría pronunciar unas palabras... Seguramente la mayoría ya sabéis que mi hijo Miles acaba de ser elegido miembro del concejo parroquial.

Hubo algunos aplausos y Miles alzó su copa por encima de la cabeza para agradecerlos. Andrew se sobresaltó al oír a Samantha decir claramente por lo bajo: «Uy, sí... ¡hurra! Ya ves...»

Como ya nadie iba a buscar bebidas, Andrew volvió discretamente a la cocina. Encontró a Gaia y Sukhvinder riendo y bebiendo; al ver a Andrew, ambas gritaron:

—¡Andy!

Él también rió.

—¿Estáis borrachas?

—Sí —contestó Gaia.

—No —dijo Sukhvinder—. Yo no, pero ella sí.

—No me importa —añadió Gaia—. Mollison puede despedirme si quiere. Ya no tengo que ahorrar para el billete a Hackney.

—No te despedirá —dijo Andrew, y se sirvió vodka—. Eres su preferida.

—Ya —admitió Gaia—. Es un viejo verde asqueroso.

Y los tres volvieron a reír.

La ronca voz de Maureen, amplificada por el micrófono, traspasaba la puerta de cristal.

—¡Vamos, Howard! ¡Vamos, un dueto para celebrar tu cumpleaños! ¡Adelante! ¡Damas y caballeros, la canción favorita de Howard!

Los adolescentes se miraron horrorizados. Gaia tropezó, riendo, y abrió la puerta de un empujón.

Sonaron los primeros compases de *The Green, Green Grass of Home*, y a continuación la voz de bajo de Howard y la bronca voz de contralto de Maureen:

The old home town looks the same,
As I step down from the train...

Gavin fue el único que oyó las risas y los resoplidos, pero al darse la vuelta lo único que vio fue la puerta de la cocina, que oscilaba un poco sobre los goznes.

Miles se había acercado a charlar con Aubrey y Julia Fawley, que habían llegado tarde prodigando sonrisas para excusar su retraso. Gavin se sentía atenazado por aquella mezcla de temor y ansiedad con la que ya se estaba familiarizando. Su breve sueño de libertad y felicidad se había enturbiado por obra de aquellas dos amenazas: que Gaia contara lo que él le había dicho a su madre y que Mary se marchara de Pagford para siempre. ¿Qué podía hacer?

Down the lane I walk, with my sweet Mary,
Hair of gold and lips like cherries...

—¿Y Kay? ¿No ha venido?

Era Samantha; se apoyó en la mesa, a su lado, con una sonrisita de suficiencia.

—Ya me lo has preguntado —dijo Gavin—. No.

—¿Va todo bien entre vosotros?

—¿Es asunto tuyo?

Lo dijo sin pensar; estaba harto de que Samantha intentara sonsacarle información y se burlara de él. Por una vez, estaban los dos solos; Miles seguía ocupado con los Fawley.

Ella fingió que su actitud la sorprendía. Tenía los ojos enrojecidos y hablaba despacio; por primera vez, Gavin se sintió más disgustado que intimidado.

—Lo siento. Yo sólo...

—Ya, sólo preguntabas —dijo él, mientras Howard y Maureen se balanceaban cogidos del brazo.

—Me gustaría verte sentar la cabeza. Kay y tú hacíais buena pareja.

—Ya. Es que aprecio mi libertad. No conozco a muchas parejas felizmente casadas.

Samantha había bebido demasiado para captar toda la carga de esa indirecta, pero tuvo la vaga impresión de que se la habían lanzado.

—Los matrimonios son un misterio para los de fuera —dijo con cautela—. Sólo los entienden las dos personas implicadas. Así que no deberías juzgar, Gavin.

—Gracias por el consejo —repuso él, y, agotada su capacidad de aguante, dejó la lata de cerveza vacía en la mesa y se dirigió hacia el guardarropa.

Samantha lo miró marcharse, convencida de que había ganado el asalto, y centró la atención en su suegra, a la que veía entre la muchedumbre, contemplando la actuación de Howard y Maureen. Saboreó la rabia de Shirley, reflejada en la sonrisa más tensa y fría que había esbozado en toda la noche. Howard y Maureen habían cantado juntos muchas veces a lo largo de los años; a él le encantaba cantar, y ella había hecho los coros de un grupo de música folklórica. Cuando terminó la canción, Shirley dio una sola palmada; lo hizo como si llamara a un lacayo, y Samantha soltó una carcajada y se dirigió hacia el extremo de la mesa donde estaba el bar, pero se llevó un chasco al ver que el chico de la pajarita ya no se hallaba allí.

Andrew, Gaia y Sukhvinder seguían desternillándose en la cocina. Se reían del dueto de Howard y Maureen, y por haberse bebido dos tercios de la botella de vodka; pero sobre todo se reían por el placer de reír, contagiándose unos a otros hasta que ya no se tenían en pie.

La ventanita que había encima del fregadero, entreabierta para que la cocina se airease, se acabó de abrir y la cabeza de Fats asomó por ella.

—Buenas noches —dijo.

Resultó evidente que se había subido a algo que había fuera, porque, a medida que su cuerpo iba apareciendo por la ventana, se oían chirridos y, finalmente, el golpazo de un objeto pesado. Fats aterrizó por fin en el escurridero y tiró varios vasos, que se rompieron contra el suelo.

Sukhvinder salió de la cocina sin decir nada. A Andrew tampoco le hizo ninguna gracia ver a Fats allí. Gaia fue la única que permaneció impasible. Sin parar de reír, dijo:

—Hay una puerta, no sé si lo sabes.

—¿En serio? —dijo Fats—. ¿Qué tenemos para beber?

—Esto es nuestro —dijo Gaia, y abrazó la botella de vodka—. La ha birlado Andy. Tendrás que buscarte la vida.

—Vale —repuso Fats con serenidad, y salió por la puerta hacia la sala.

—Voy al lavabo —masculló Gaia; escondió la botella de vodka bajo el fregadero y se marchó también de la cocina.

Andrew salió también. Sukhvinder había vuelto a la zona de la barra y Fats estaba apoyado en la mesa, con una cerveza en una mano y un bocadillo en la otra.

—Me sorprende que hayas venido a una cosa así —dijo Andrew.

—Me han invitado, tío. Lo ponía en la invitación: «Familia Wall.»

—¿Sabe Cuby que estás aquí?

—Ni idea. Está escondido. No ha conseguido la plaza de Barry. Ahora todo el tejido social se vendrá abajo, porque Cuby no estará allí para sostenerlo. ¡Joder! ¡Esto es asqueroso! —añadió, y escupió el trozo de bocadillo que tenía en la boca—. ¿Vamos a fumar?

En la sala había tanto ruido, y los invitados estaban tan borrachos y gritaban tanto, que a nadie debía de importarle ya lo que hiciera Andrew. Cuando salieron a la calle, encontraron a Patricia Mollison sola junto a su deportivo, fumando y contemplando un cielo colmado de estrellas.

—Coged de éstos si queréis —dijo, ofreciéndoles su paquete.

Después de encenderles los cigarrillos, siguió allí de pie, tan tranquila, con una mano en el bolsillo. Tenía algo que a

Andrew lo intimidaba; ni siquiera se atrevía a mirar a Fats para evaluar su reacción.

—Me llamo Pat —dijo ella al cabo de un rato—. Soy la hija de Howard y Shirley.

—Hola. Yo Andrew.

—Y yo Stuart —dijo Fats.

No parecía que la joven tuviera intención de prolongar la conversación. Andrew lo interpretó como una especie de cumplido e intentó emular su indiferencia. Entonces, unos pasos y unas voces femeninas amortiguadas interrumpieron el silencio.

Gaia arrastraba a Sukhvinder tirándole de una mano. Iba riendo, y Andrew se percató de que su borrachera todavía no había alcanzado el punto álgido.

—Oye, tío —le dijo Gaia a Fats—, ¿por qué eres tan capullo con Sukhvinder?

—Vale ya —dijo ésta intentando liberarse de su mano—. En serio, suéltame...

—¡Es la verdad! —dijo Gaia con voz entrecortada—. ¡Eres un capullo! ¿Eres tú el que le pone cosas en Facebook?

—¡Vale ya! —gritó Sukhvinder.

Consiguió soltarse y volvió corriendo a la fiesta.

—Eres un cerdo —le espetó Gaia sujetándose a la verja—. Eso de llamarla lesbiana...

—No hay nada malo en ser lesbiana —terció Patricia entornando los ojos detrás del humo al inhalar—. Pero yo qué voy a decir.

Andrew se fijó en que Fats la miraba de reojo.

—Yo nunca he dicho que hubiera nada malo en serlo. Sólo son bromas —dijo Fats.

Gaia, con la espalda apoyada en la verja, resbaló hasta quedar sentada en la fría acera y se tapó la cabeza con los brazos.

—¿Estás bien? —le preguntó Andrew.

De no haber estado Fats allí, también se habría sentado.

—Estoy borracha —murmuró ella.

—Deberías meterte los dedos en la garganta —le recomendó Patricia, observándola impertérrita.

—Bonito coche —comentó Fats, mirando el BMW.

—Sí —dijo Patricia—. Es nuevo. Gano el doble que mi hermano —añadió—, pero Miles es el Niño Jesús. Miles el Mesías... El concejal Mollison segundo... del Concejo Parroquial de Pagford. ¿Te gusta Pagford? —le preguntó a Fats mientras Andrew observaba a Gaia, que respiraba hondo con la cabeza entre las rodillas.

—No. Es un pueblo de mierda.

—Ya... Yo estaba deseando largarme de aquí. ¿Conocías a Barry Fairbrother?

—Un poco.

Algo en su tono hizo que Andrew se pusiera en guardia.

—Era mi guía de lectura en St. Thomas —dijo Patricia con la vista fija en el extremo de la calle—. Un tipo encantador. Me habría gustado asistir a su funeral, pero Melly y yo estábamos en Zermatt. ¿Qué es todo ese rollo del que hablaba mi madre? Eso del Fantasma de Barry.

—Alguien que colgaba cosas en la página web del concejo parroquial —se apresuró a contestar Andrew, temiendo lo que pudiera decir Fats—. Rumores y tal.

—Ya. A mi madre le encantan esas cosas.

—Me pregunto qué será lo próximo que diga el Fantasma —comentó Fats, mirando de soslayo a Andrew.

—Seguramente dejará de colgar mensajes ahora que se han celebrado las elecciones —masculló él.

—Bueno, no está tan claro. Si todavía hay cosas que al Fantasma de Barry le cabrean...

Sabía que estaba poniendo nervioso a Andrew, y se alegraba. Últimamente, su amigo dedicaba todo su tiempo libre a aquel puñetero empleo, y pronto se mudaría. Él no le debía nada. La autenticidad verdadera no podía coexistir con el sentimiento de culpa y la obligación.

—¿Estás bien? —le preguntó Patricia a Gaia, que asintió con la cabeza sin descubrirse la cara—. ¿Qué ha sido lo que te ha mareado, el alcohol o el dueto?

Andrew rió un poco, por educación y porque quería que dejaran de hablar del Fantasma de Barry Fairbrother.

—A mí también me ha revuelto el estómago —continuó Patricia—. Maureen y mi padre cantando juntos. Cogidos del brazo. —Dio una última e intensa calada al cigarrillo y tiró la colilla, que luego aplastó con el tacón—. Cuando tenía doce años, la sorprendí haciéndole una mamada. Y él me dio un billete de cinco para que no se lo contara a mi madre.

Andrew y Fats se quedaron petrificados, sin atreverse siquiera a mirarse. Patricia se pasó el dorso de la mano por la cara: estaba llorando.

—No tendría que haber venido —dijo—. Ha sido un error.

Subió al BMW, y los dos chicos se quedaron mirándola embobados mientras encendía el motor, salía del aparcamiento marcha atrás y se perdía en la noche.

—Joder —dijo Fats.

—Me parece que voy a vomitar —susurró Gaia.

—El señor Mollison quiere que entréis. Para ocuparnos de las bebidas.

Una vez transmitido el mensaje, Sukhvinder desapareció otra vez.

—Yo no puedo —susurró Gaia.

Andrew la dejó sentada en la acera y entró. Al abrir la puerta, el barullo de la sala lo golpeó como una bofetada. La pista de baile estaba muy animada. Tuvo que apartarse para dejar pasar a Aubrey y Julia Fawley, que ya se iban. Los dos, de espaldas a la fiesta, parecían aliviados de marcharse de allí por fin.

Samantha Mollison no bailaba, sino que estaba apoyada en la mesa donde, hasta hacía poco, había hileras y más hileras de bebidas. Mientras Sukhvinder iba de un lado para otro recogiendo vasos, Andrew abrió la última caja de vasos limpios, los puso en la mesa y empezó a llenarlos.

—Llevas la pajarita torcida —le dijo Samantha; se inclinó por encima de la mesa y se la enderezó.

Abochornado, Andrew se metió en la cocina en cuanto ella lo soltó. Mientras metía los vasos en el lavavajillas, iba dando sorbos de la botella de vodka que se había agenciado. Quería emborracharse tanto como Gaia; quería recuperar aquel momento en que habían reído a carcajadas juntos, antes de que apareciera Fats.

Pasados diez minutos, volvió a salir para ver cómo estaba la mesa de las bebidas; Samantha seguía apoyada en ella, con la mirada vidriosa, y todavía había muchos vasos llenos a su alcance. Howard se contoneaba en medio de la pista de baile, con el sudor resbalándole por la cara, riendo a carcajadas de algo que le había dicho Maureen. Andrew se abrió paso entre la multitud y salió a la calle.

Al principio no la veía, pero luego los vio a los dos: Gaia y Fats estaban abrazados a unos diez metros de la puerta, contra la verja, apretados el uno contra el otro, morreándose.

—Mira, lo siento, pero no puedo hacerlo todo yo sola —dijo Sukhvinder, desesperada, a sus espaldas.

Entonces vio a Fats y Gaia y soltó algo entre un grito y un sollozo.

Andrew dio media vuelta y entró con ella en el centro parroquial, completamente aturdido. Fue derecho a la cocina, vertió el resto del vodka en un vaso y se lo bebió de un trago. Con movimientos mecánicos, llenó de agua el fregadero y se puso a lavar los vasos que no cabían en el lavavajillas.

El alcohol no era como el hachís. Lo hacía sentirse vacío, pero también despertaba en él el deseo de pegarle a alguien. A Fats, por ejemplo.

Al cabo de un rato, se dio cuenta de que el reloj de plástico de la pared de la cocina ya no marcaba las doce sino la una, y que los invitados empezaban a marcharse.

Se suponía que tenía que entregarles los abrigos. Lo intentó un rato, pero luego volvió precipitadamente a la cocina y dejó a Sukhvinder a cargo de la tarea.

Samantha estaba apoyada en la nevera, sola, con un vaso en la mano. Andrew lo veía todo de forma extrañamente entrecortada, como una serie de fotogramas. Gaia no había vuelto; seguro que se había ido con Fats. Samantha estaba diciéndole algo; ella también estaba borracha. Andrew ya no se sentía intimidado ante su presencia; seguro que no tardaría en vomitar.

—...odio el maldito Pagford... —decía Samantha, y añadió—: Pero tú eres joven, todavía puedes largarte.

—Sí —dijo él, y se dio cuenta de que no se notaba los labios—. Y me largaré. Me largaré.

Samantha le apartó el pelo de la frente y lo llamó «cariño». La imagen de Gaia metiéndole la lengua en la boca a Fats amenazaba con borrar todo lo demás. A Andrew le llegaba el perfume de Samantha, que rezumaba en oleadas de su piel caliente.

—Ese grupo es una mierda —dijo, señalándole el pecho, pero no le pareció que ella lo oyera.

Samantha tenía los labios agrietados y calientes, y sus pechos eran enormes, apretados contra el torso de Andrew; su espalda era tan ancha como la de él...

—¿Qué demonios...?

De pronto, Andrew se vio desplomado sobre el escurridero, y un hombre corpulento de pelo cano y muy corto arrastró a Samantha fuera de la cocina. Andrew tuvo la vaga percepción de que había pasado algo malo, pero aquel extraño parpadeo de la realidad se estaba acentuando, hasta que lo único que pudo hacer fue tambalearse por la cocina y vomitar en el cubo de la basura, y vomitar y vomitar...

—¡Lo siento, no se puede entrar! —oyó que Sukhvinder le decía a alguien—. ¡Hay cosas amontonadas detrás de la puerta!

Andrew anudó fuertemente la bolsa de la basura en la que había vomitado. Sukhvinder lo ayudó a limpiar la cocina. Vomitó dos veces más, pero en ambas ocasiones consiguió llegar al lavabo.

Eran casi las dos de la madrugada cuando Howard, sudoroso pero sonriente, les dio las gracias y les deseó buenas noches.

—Buen trabajo, chicos —dijo—. Nos vemos mañana. Muy bien... Por cierto, ¿dónde está la señorita Bawden?

Andrew dejó que Sukhvinder se inventara algo. Fuera, en la calle, desató la bicicleta de Simon y se fue empujándola por el manillar.

La larga caminata hasta Hilltop House con aquel frío le despejó la cabeza, pero no alivió su amargura ni su tristeza.

¿Le había dicho alguna vez a Fats que le gustaba Gaia? Quizá no, pero él lo sabía. Sí, Fats lo sabía. ¿Y si... y si estaban follando en ese preciso instante?

«De todas formas, me iré —pensó Andrew, cabizbajo y temblando mientras empujaba la bicicleta por la ladera de la colina—. Que los jodan...»

Entonces pensó: «Lo mejor que puedo hacer es irme...» ¿Lo había soñado o acababa de morrearse con la madre de Lexie Mollison? ¿Había entrado su marido en la cocina y los había sorprendido? ¿Se lo había imaginado?

Le daba miedo Miles, pero también quería contarle a Fats lo que había pasado, verle la cara...

Cuando entró en su casa, agotado, lo recibieron la oscuridad y la voz de Simon proveniente de la cocina:

—¿Has guardado mi bicicleta en el garaje? —Estaba sentado a la mesa, comiendo un cuenco de cereales. Eran casi las dos y media—. No podía dormir —dijo.

Por una vez no estaba furioso. Como Ruth no estaba allí, no tenía que demostrar que era más listo ni más fuerte que sus hijos. Parecía cansado y empequeñecido.

—Creo que tendremos que irnos a vivir a Reading, Ca-rapizza —añadió.

Ese mote se había convertido casi en una expresión de cariño.

Temblando ligeramente, sintiéndose mayor, traumatiza-do y tremendamente culpable, Andrew quiso compensar de algún modo a su padre por el perjuicio que le había causado. Ya era hora de hacer borrón y cuenta nueva y convertir a Si-mon en un aliado. Formaban una familia. Iban a marcharse juntos de allí. Quizá todo les fuera mejor en otro sitio.

—Tengo algo para ti —dijo—. Ven. En clase nos han enseñado cómo se hace...

Y lo llevó hasta el ordenador.

IV

El cielo, azul y neblinoso, se extendía como una cúpula sobre Pagford y los Prados. El amanecer ya iluminaba el viejo mo-numento a los caídos de la plaza y las agrietadas fachadas de hormigón de Foley Road, y teñía las blancas paredes de Hill-top House de un tenue dorado. Al subir a su coche, preparada para otra larga jornada en el hospital, Ruth Price miró hacia el río Orr, que brillaba como una cinta de plata a lo lejos, y le pareció sumamente injusto que pronto otras personas fueran a disfrutar de su casa y sus vistas.

Un kilómetro y medio más allá, en Church Row, Sa-mantha Mollison todavía dormía en la habitación de invita-dos. La puerta no tenía cerrojo, pero la había apuntalado con un sillón antes de derrumbarse, a medio desvestir, en la cama. El principio de un fuerte dolor de cabeza rondaba su sueño, y el sol que entraba por la rendija de las cortinas caía como un rayo láser en la comisura de uno de sus ojos. Tenía la boca seca.

Se movió un poco, sin salir de un duermevela inquieto, poblado de sueños extraños y teñidos de remordimiento.

En el piso de abajo estaba Miles, solo, rodeado por las limpias y brillantes superficies de la cocina, sentado muy erguido ante una taza de té intacta. Miraba fijamente la nevera, y en su mente volvía a tropezarse con su mujer, borracha, en los brazos de un colegial de dieciséis años.

Tres casas más allá, Fats Wall fumaba tumbado en su dormitorio, con la misma ropa que había llevado en la fiesta de cumpleaños de Howard Mollison. Se había propuesto no dormir y lo había conseguido. Notaba la boca un poco entumecida y hormigueante por todos los cigarrillos que había fumado, pero el cansancio había tenido el efecto contrario al que él esperaba: no podía pensar con claridad, pero su infelicidad y su desasosiego eran más profundos que nunca.

Colin Wall despertó sudoroso de otra de las pesadillas que lo atormentaban desde hacía años. En esos sueños siempre hacía cosas terribles, la clase de cosas que temía durante las horas de vigilia. Esa vez había matado a Barry Fairbrother; las autoridades acababan de descubrirlo y habían ido a decirle que lo sabían, que habían exhumado el cadáver de Barry y encontrado el veneno que Colin le había administrado.

Con la mirada fija en la sombra que proyectaba la pantalla de la lámpara en el techo, Colin se preguntó por qué nunca se había planteado la posibilidad de que hubiera matado a Barry; y al instante se le presentó la pregunta: «¿Cómo sabes que no lo hiciste?»

Abajo, Tessa se inyectaba insulina en el vientre. Sabía que Fats había vuelto a casa esa noche, porque desde el pie de la escalera que llevaba a su buhardilla se olía el humo de los cigarrillos. Lo que no sabía era dónde había estado ni a qué hora había vuelto, y eso la asustaba. ¿Cómo habían podido llegar a esa situación?

Howard Mollison dormía profunda y felizmente en su cama de matrimonio. Las cortinas estampadas lo salpicaban de pétalos de rosa y lo protegían de un despertar brusco, pero sus resollantes ronquidos habían despertado a su mujer. Shirley tomaba tostadas y café en la cocina, con las gafas y la bata de chenilla puestas. Evocó la imagen de Maureen cogida del brazo de su marido en el centro parroquial y sintió un odio concentrado que anulaba el sabor de cada bocado que daba.

En The Smithy, en las afueras de Pagford, Gavin Hughes se enjabonaba bajo el chorro de la ducha, con el agua muy caliente, y se preguntaba por qué él carecía del valor de otros hombres, que eligen correctamente entre alternativas casi infinitas. Ansiaba una vida que había entrevisto, pero que nunca había probado, y sin embargo tenía miedo. Elegir era peligroso: cuando elegías, renunciabas a las demás posibilidades.

Kay Bawden, agotada, tumbada en la cama de matrimonio en su casa de Hope Street, escuchaba el silencio reinante a primera hora del día en Pagford y observaba a Gaia, que dormía a su lado, pálida y exhausta a la luz del alba. En el suelo, junto a Gaia, había un cubo; Kay lo había puesto allí después de llevar a su hija casi a cuestas del cuarto de baño al dormitorio, de madrugada, después de sujetarle el cabello durante una hora mientras ella vomitaba en la taza del váter.

«¿Por qué me trajiste aquí? —se lamentaba Gaia entre arcada y arcada—. Suéltame. Vete. Puta mierda. Te odio.»

Kay contemplaba su rostro dormido y recordaba al hermoso bebé que dieciséis años atrás había dormido a su lado. Recordaba las lágrimas derramadas por Gaia cuando Kay había roto con Steve, con quien había convivido ocho años. Steve iba a las reuniones de padres del colegio de Gaia y le había enseñado a montar en bicicleta. Kay recordó la fantasía que había alimentado (y que en retrospectiva parecía tan disparatada como la de Gaia a los cuatro años, cuando quería tener un unicornio), en la que su relación con Gavin prosperaba y podía darle a su hija, por fin, un padrastro permanente y una bonita casa en el campo. Estaba desesperada por conseguir un final de cuento de hadas, una vida a la que Gaia siempre quisiera regresar; porque la separación de madre e hija se precipitaba hacia Kay a la velocidad de un meteorito, y ella preveía que el alejamiento de Gaia sería una calamidad que haría añicos su mundo.

Estiró un brazo por debajo del edredón y cogió la mano de su hija. El contacto con aquel cuerpo que había traído al mundo por accidente hizo que rompiera a llorar, en silencio, pero con unos sollozos tan abruptos que hacían temblar el colchón.

Y al final de Church Row, Parminder Jawanda se puso un abrigo encima del camisón y se llevó el café al jardín trasero. Sentada en un banco de madera a la débil luz del sol, miraba despuntar un día que se prometía precioso, pero había algo que se interponía entre sus ojos y su corazón. El peso que le oprimía el pecho lo atenuaba todo.

La noticia de que Miles Mollison había ganado la plaza de Barry en el concejo parroquial no la había sorprendido, pero al ver el escueto anuncio de Shirley en la web había vuelto a experimentar una chispa de la locura que se había apoderado de ella en la última reunión: el deseo de atacar, sustituido casi al instante por una impotencia sofocante.

—Voy a dimitir del concejo —le había dicho a Vikram—. No pinto nada allí.

—Pero si te gusta... —había dicho él.

Le gustaba cuando estaba Barry. Esa mañana, en medio de tanta quietud, le resultó fácil evocarlo: un hombre de escasa estatura, con barba pelirroja; ella lo superaba por media cabeza. Nunca había sentido la menor atracción física hacia él. «Al fin y al cabo, ¿qué es el amor?», pensó, mientras una suave brisa agitaba el alto seto de cipreses de Leyland que cercaba el amplio jardín trasero de los Jawanda. ¿Era amor que alguien llenara un espacio de tu vida que, cuando esa persona desaparecía, quedaba vacío dentro de ti como un bostezo enorme?

«Disfrutaba riendo —se dijo—. Echo mucho de menos la risa.»

Y el recuerdo de la risa fue lo que por fin le hizo aflorar las lágrimas. Resbalaron por su nariz y cayeron en el café, como pequeños orificios de bala que desaparecían rápidamente. Lloraba porque ya no tenía motivos para reír, y también porque la noche anterior, mientras oían a lo lejos el alegre golpeteo de la música del centro parroquial, Vikram le había dicho:

—¿Por qué no vamos a Amritsar este verano?

El Templo Dorado, el santuario sagrado de una religión que a ella le resultaba indiferente. Parminder se había percatado inmediatamente de las intenciones de Vikram. El tiempo yacía flácido y vacío en sus manos como nunca antes. Ninguno de los dos sabía qué decidiría la comisión del Colegio de Médicos respecto a ella cuando analizara la infracción ética que había cometido contra Howard Mollison.

—Mandeep dice que es una gran trampa para turistas —le había contestado, descartando Amritsar de plano.

«¿Por qué dije eso? —se preguntó, llorando como nunca en su jardín, con el café enfriándose en su mano—. Sería bonito enseñarles Amritsar a los niños. Vikram sólo quería ser amable. ¿Por qué no acepté?»

Tenía la vaga impresión de que al negarse a ir al Templo Dorado había cometido una traición. Visualizó a través de las lágrimas aquel edificio, con su cúpula en forma de flor de loto invertida, reflejado en una lámina de agua y destacando brillante como la miel contra un telón de fondo de mármol blanco.

—Mamá.

Sukhvinder había cruzado el jardín sin que su madre se diera cuenta. Llevaba vaqueros y una sudadera holgada. Parminder se apresuró a enjugarse las lágrimas y miró con los ojos entornados a su hija, que estaba de espaldas al sol.

—Hoy no quiero ir a trabajar.

Parminder reaccionó enseguida, con el mismo espíritu de contradicción automática que la había hecho rechazar Amritsar.

—Te has comprometido, Sukhvinder.

—No me encuentro bien.

—Lo que pasa es que estás cansada. Fuiste tú la que quiso ese empleo. Ahora tienes que cumplir tus obligaciones.

—Pero es que...

—Irás a trabajar —le espetó su madre, como si pronunciara una sentencia—. No vas a darle a los Mollison otro motivo de queja.

La muchacha volvió a la casa, y Parminder se sintió culpable. Estuvo a punto de llamarla, pero en lugar de eso tomó nota mentalmente de que debía buscar tiempo para sentarse a hablar con ella sin discutir.

V

Krystal iba por Foley Road bajo el primer sol matinal, comiendo un plátano. Su sabor y su textura eran nuevos para ella y no acababa de decidir si le gustaba o no. Su madre y ella nunca compraban fruta.

La madre de Nikki la había echado de la casa sin miramientos.

—Tenemos cosas que hacer, Krystal —había dicho—. Vamos a comer a casa de la abuela de Nikki.

En el último momento le había dado un plátano para que desayunara algo, y Krystal se había marchado sin protestar. En la mesa de la cocina apenas había sitio para la familia de Nikki.

Los Prados no mejoraban con la luz del sol, que no hacía más que revelar la suciedad y los desperfectos, las grietas de las paredes de hormigón, las ventanas cegadas con tablones y la basura.

La plaza de Pagford, en cambio, parecía recién pintada cada vez que brillaba el sol. Dos veces al año, los niños de la escuela de primaria atravesaban el centro del pueblo, en fila india, camino de la iglesia para asistir a los oficios de Navidad y Pascua. (A Krystal nadie quería darle la mano, porque Fats les había dicho a sus compañeros que tenía pulgas. Se preguntaba si él se acordaría de eso.) Había cestillos colgantes llenos de flores, que ponían notas de color morado, rosa y verde; y cada vez que Krystal pasaba por delante de las artesas con flores que había frente al Black Canon, arrancaba un pétalo. Esos pétalos, fríos y resbaladizos, se volvían rápidamente marrones y pegajosos cuando los estrujaba, y solía limpiárselos frotando la mano contra la parte de abajo de uno de los bancos de madera de St. Michael.

Entró en la casa y enseguida vio, por la puerta abierta a su izquierda, que Terri no se había acostado. Estaba sentada en su butaca, con los ojos cerrados y la boca abierta. Krystal cerró la puerta de la calle, que produjo un chirrido, pero su madre no se movió.

Se colocó al lado de ella y le sacudió un delgado brazo. La cabeza de Terri cayó hacia delante sobre el pecho escuálido. Estaba roncando.

Krystal la soltó. La imagen de un hombre muerto en el cuarto de baño volvió a sumergirse en su subconsciente.

—Zorra estúpida —murmuró.

Entonces cayó en la cuenta de que Robbie no estaba en la sala. Subió la escalera, llamándolo.

—Aquí —lo oyó decir detrás de la puerta de la habitación de Krystal.

Abrió la puerta empujándola con el hombro y vio a Robbie allí de pie, desnudo. Detrás de él, tumbado en su colchón y rascándose el torso descubierto, estaba Obbo.

—¿Qué pasa, Krys? —preguntó con una sonrisa sarcástica.

Krystal agarró a su hermano y lo llevó a su dormitorio. Le temblaban tanto las manos que tardó una eternidad en vestirlo.

—¿Te ha hecho algo? —le susurró a Robbie.

—Tengo hambre —dijo el niño.

Cuando lo hubo vestido, lo cogió y se lo llevó abajo. Oía a Obbo moviéndose por su habitación.

—¿Qué hace aquí? —le espetó a Terri, que seguía adormilada en la butaca—. ¡¿Qué hace en mi cuarto con Robbie?!

Robbie forcejeó para soltarse de sus brazos; no soportaba los gritos.

—¿Y qué coño es eso? —añadió Krystal al reparar en dos grandes bolsas de deporte negras al lado de la butaca de su madre.

—Nada.

Pero Krystal ya había abierto una de las cremalleras.

—¡Nada! —gritó Terri.

Dentro había grandes bloques de hachís del tamaño de ladrillos, pulcramente envueltos en láminas de plástico. Krystal, que apenas sabía leer, que no podía identificar la mitad de las hortalizas en un supermercado, que no habría sabido decir el nombre del primer ministro, sabía que el contenido de aquellas bolsas, si llegaban a encontrarlas allí, significaba la cárcel para su madre. Entonces vio la lata con el cochero y los caballos en la tapa, metida entre el brazo y el asiento de la butaca donde estaba Terri.

—Te has chutado —balbuceó Krystal; el desastre llovía, invisible, y todo se derrumbaba—. Joder, te has...

Oyó a Obbo por la escalera y agarró de nuevo a Robbie. El pequeño se puso a llorar y forcejear, asustado, pero Krystal no pensaba soltarlo.

—¡Suelta al niño, joder! —chilló Terri en vano.

Krystal ya había abierto la puerta de la calle y corría tan rápido como podía, con Robbie en brazos, que se resistía y gemía.

VI

Shirley se duchó y sacó unas prendas del armario mientras Howard seguía roncando. Estaba abrochándose la rebeca cuando oyó la campana de la iglesia de St. Michael and All Saints, que llamaba al oficio de las diez. Siempre pensaba que debía de oírse mucho en casa de los Jawanda, que vivían justo enfrente, y confió en que para ellos fuera una proclama de la adhesión de Pagford a costumbres y tradiciones de las que ellos, evidentemente, no participaban.

De forma casi inconsciente, porque lo hacía muy a menudo, Shirley recorrió el pasillo, entró en el antiguo dormitorio de Patricia y se sentó ante el ordenador.

Su hija debería haber estado allí, durmiendo en el sofá cama que Shirley le había preparado. Era un alivio no tener que tratar con ella esa mañana. Howard, que seguía tarareando *The Green, Green Grass of Home* cuando llegaron a Ambleside de madrugada, no había reparado en que Patricia no iba con ellos hasta que Shirley hubo sacado la llave de la puerta.

—¿Dónde está Pat? —preguntó, resollando y apoyándose en el porche.

—Estaba muy disgustada porque Melly no ha querido venir —dijo Shirley suspirando—. Creo que discutieron. Supongo que habrá vuelto a casa para arreglar las cosas.

—Éstas siempre están entretenidas —repuso Howard, apoyándose alternativamente en las paredes del estrecho pasillo por el que avanzaba con cuidado hacia el dormitorio.

Shirley abrió su web médica favorita. Cuando tecleó la primera letra del nombre de la enfermedad que quería investigar, la página volvió a explicarle qué eran las EpiPens, y Shirley revisó rápidamente su modo de empleo y su composición, porque tal vez todavía tuviera una oportunidad de salvarle la vida a aquel chico. A continuación, tecleó «eccema» y descubrió, con cierta desilusión, que esa afección no era contagiosa; por tanto, no podría utilizarla como pretexto para despedir a Sukhvinder Jawanda.

Entonces, por pura costumbre, tecleó la dirección de la web del Concejo Parroquial de Pagford y abrió el foro.

Ya era capaz de reconocer al instante la forma y longitud del nombre de usuario «El Fantasma de Barry Fairbrother», igual que un enamorado reconoce al instante la nuca de su ser querido, o la curva de sus hombros, o sus andares.

Bastó con un vistazo al primer mensaje para que la invadiera la emoción: el Fantasma no la había abandonado. Shirley sabía que el arrebato de la doctora Jawanda no podía quedar sin castigo.

El lío secreto del hijo predilecto de Pagford.

Shirley leyó el título, pero al principio no lo entendió, tal vez porque lo que ella esperaba encontrar allí era el nombre de Parminder. Volvió a leerlo y dio un grito ahogado, el aspaviento de una mujer que recibe un chorro de agua helada.

Howard Mollison, hijo predilecto de Pagford, y Maureen Lowe son, desde hace muchos años, algo más que socios. Todo el mundo sabe que Maureen realiza con regularidad degustaciones del salami más exquisito de Howard. La única persona que parece no estar al corriente de ese secreto es Shirley, la mujer de Howard.

Completamente inmóvil, Shirley pensó: «No es verdad.» No podía ser verdad.

Sí, había sospechado en un par de ocasiones, y alguna vez se lo había insinuado a Howard...

No, no iba a creérselo. No podía creérselo.

Pero había quienes sí se lo creerían. Creerían al Fantasma. Todos le creían.

Sus manos parecían dos guantes vacíos, torpes y débiles, y cometieron numerosos errores antes de conseguir borrar el mensaje. Cada segundo que permaneciera allí, alguien más podía leerlo, darle crédito, reírse de él, enviarlo al periódico local... Howard y Maureen, Howard y Maureen...

El mensaje ya estaba borrado. Shirley se quedó sentada con los ojos fijos en la pantalla; sus pensamientos correteaban como ratones tratando de escapar de un recipiente de cristal, pero no había escapatoria, no había punto de apoyo firme, no había forma de volver a trepar a la feliz posición que Shirley ocupaba antes de leer aquel espantoso mensaje, colgado donde todos podían haberlo leído...

Howard se había reído muchas veces de Maureen.

No; era ella la que se había reído de Maureen. Howard se había reído de Kenneth.

Siempre juntos: días festivos y laborables, excursiones de fin de semana...

«...la única persona que parece no estar al corriente del secreto...»

Howard y Shirley no necesitaban sexo: llevaban años durmiendo en camas separadas, tenían un acuerdo tácito...

«...realiza con regularidad degustaciones del salami más exquisito de Howard...»

(Shirley creyó que su madre había vuelto a la vida y estaba allí con ella: riendo a carcajadas y burlándose y derramando el vino de la copa que sostenía... Shirley no soportaba esa risa asquerosa. Nunca había soportado las procacidades ni el ridículo.)

Se levantó de un brinco, tropezando con las patas de la silla, y volvió precipitadamente al dormitorio. Howard dormía tumbado boca arriba, emitiendo fuertes ruidos porcinos.

—Howard. ¡Howard!

Tardó más de un minuto en despertar. Estaba desorientado y confuso. Sin embargo, Shirley, de pie a su lado, todavía veía en él al caballero protector que podía salvarla.

—Howard, el Fantasma de Barry Fairbrother ha colgado otro mensaje.

Contrariado por ese brusco despertar, él hundió la cara en la almohada y soltó un gruñido atronador.

—Sobre ti —añadió Shirley.

Howard y Shirley no solían hablarse con franqueza. Eso era algo que a ella siempre le había gustado. Pero ese día no tenía más remedio que hablar claro.

—Sobre ti —repitió— y Maureen. Dicen que tenéis... una aventura.

Howard se llevó una manaza a la cara y se frotó los ojos. Shirley creyó que se los frotaba más de lo necesario.

—¿Qué? —dijo luego, sin descubrirse la cara.

—Que Maureen y tú tenéis una aventura.

—¿De dónde ha sacado eso?

Ni desmentido, ni indignación, ni risa mordaz. Sólo una prudente interrogación sobre las fuentes.

En adelante, Shirley recordaría ese momento como una muerte, el verdadero final de una vida.

VII

—¡Cállate, Robbie, joder!

Krystal había llevado a Robbie hasta una parada de autobús, varias calles más allá, para que ni Obbo ni Terri pudieran encontrarlos. No sabía si tenía suficiente dinero para el billete, pero estaba decidida a ir a Pagford. La abuelita Cath había muerto, el señor Fairbrother había muerto, pero Fats Wall todavía estaba allí, y ella necesitaba fabricar un bebé con él.

—¡¿Qué hacías en mi habitación con él?! —le gritó a Robbie, que lloriqueó y no contestó.

Al móvil de Terri le quedaba muy poca batería. Krystal marcó el número de Fats, pero le salió el buzón de voz.

En Church Row, Fats comía tostadas y escuchaba a sus padres, que tenían una de aquellas extrañas conversaciones en el estudio, al otro lado del recibidor. Agradecía tener algo que lo distrajera de sus pensamientos. El móvil que llevaba en el bolsillo vibró, pero no contestó. No había nadie con quien quisiera hablar. No podía ser Andrew, después de lo ocurrido la noche anterior.

—Ya sabes lo que tienes que hacer, Colin —estaba diciendo su madre. Parecía extenuada—. Colin, por favor...

—El sábado por la noche cenamos con ellos. La noche antes de su muerte. Cociné yo. ¿Y si...?

—Colin, no pusiste nada en la comida. Por el amor de Dios, ya estoy otra vez... No debería hacer esto, Colin, sabes perfectamente que no debería meterme. Quien habla es tu trastorno obsesivo compulsivo.

—Pero podría ser, Tess. De pronto se me ocurrió. ¿Y si puse algo...?

—Entonces, ¿cómo es que Mary, tú y yo estamos vivos? ¡Le hicieron una autopsia, Colin!

—Nadie nos comentó el resultado. Mary no nos dijo nada. Creo que por eso ya no quiere hablar conmigo. Sospecha de mí.

—Colin, por el amor de Dios... —Tessa redujo la voz hasta convertirla en un susurro apremiante.

Fats ya no pudo oír lo que decía su madre. Entonces, el teléfono volvió a vibrar. Lo sacó del bolsillo. Era el número de Krystal. Contestó.

—Hola —dijo ella; al fondo se oía gritar a un niño—. ¿Quieres quedar?

—No sé —respondió él al mismo tiempo que bostezaba. Tenía intención de acostarse.

—Estoy en el autobús camino de Pagford. Podríamos hacer algo.

La noche anterior, Fats había apretujado a Gaia Bawden contra la verja del centro parroquial hasta que ella se había apartado de él y había vomitado. Luego Gaia había vuelto a hacerle reproches, y él la había dejado allí y se había marchado a casa.

—No sé —repitió. Estaba muy cansado y desanimado.

—¿Qué? —insistió ella.

Fats oyó a Colin en el estudio.

—Eso lo dices tú, pero ¿y si no lo detectaron? ¿Y si...?

—Colin, no deberíamos hablar así. Sabes que no debes tomarte en serio esas ideas.

—¿Cómo puedes decirme eso? ¿Cómo quieres que no me las tome en serio? Si soy responsable de...

—Vale, sí —le dijo Fats a Krystal—. Dentro de veinte minutos delante del pub de la plaza.

VIII

Al final fue la urgencia de orinar lo que obligó a Samantha a salir de la habitación de invitados. En el cuarto de baño bebió agua fría directamente del grifo hasta que le entraron náuseas, se tragó dos paracetamoles que sacó del armarito de encima del lavamanos y se dio una ducha.

Se vistió sin mirarse en el espejo. Mientras hacía todo eso, aguzaba el oído por si algún ruido le indicaba el paradero de Miles, pero la casa estaba en silencio. Pensó que quizá hubiera llevado a Lexie a algún sitio, lejos de su madre borracha, libidinosa y asaltacunas.

(«¡Ese chico iba a la clase de Lexie!», le espetó Miles en cuanto estuvieron a solas en su dormitorio. Samantha esperó a que él se apartara de la puerta, y entonces la abrió de un tirón y fue a refugiarse en la habitación de invitados.)

Tenía oleadas de náuseas y de vergüenza. Le habría gustado poder olvidarlo, haber perdido el conocimiento, pero seguía viendo la cara de aquel chico cuando ella se había abalanzado sobre él. Recordaba el contacto de aquel cuerpo tan delgado y tan joven apretado contra el suyo.

Si se hubiera tratado de Vikram Jawanda, tal vez podría haberlo enfocado con cierta dignidad. Necesitaba un café. No podía quedarse eternamente en el cuarto de baño. Pero al darse la vuelta para abrir la puerta, se vio en el espejo y estuvo a punto de perder el valor. Tenía la cara abotargada y los párpados hinchados, y la tensión y la deshidratación le destacaban las arrugas.

«Dios mío, qué habrá pensado de mí...»

Encontró a Miles sentado en la cocina. No lo miró, fue derecha hacia el armario del café. Antes de que hubiera tocado el tirador de la puerta, él dijo:

—Aquí hay café.

—Gracias —masculló ella, y se sirvió una taza evitando mirar a su marido.

—He enviado a Lexie a casa de mis padres —dijo Miles—. Tenemos que hablar.

Ella se sentó a la mesa de la cocina.

—Pues adelante —dijo.

—¿Adelante? ¿Eso es lo único que se te ocurre?

—¿No dices que quieres hablar?

—Anoche, en la fiesta de cumpleaños de mi padre, fui a buscarte y te encontré achuchando a un chico de dieciséis...

—De dieciséis años, sí —confirmó Samantha—. Al menos es legal.

Miles se quedó mirándola con perplejidad.

—¿Te resulta gracioso? Si me hubieras encontrado tú a mí tan borracho que ni siquiera fuera consciente de...

—Yo era consciente —lo interrumpió su mujer.

No quería ser como Shirley, no quería taparlo todo con un mantelito de volantes de educada ficción. Quería ser sincera, atravesar aquella gruesa capa de autocomplacencia que hacía que ya no reconociera al joven del que había estado enamorada.

—¿De qué eras consciente? —preguntó Miles.

Era tan evidente que esperaba que ella se mostrara avergonzada y arrepentida que a Samantha le dieron ganas de reír.

—Consciente de que lo estaba besando —dijo.

Miles la miró con fijeza, haciendo que su valor se esfumara, porque sabía qué iba a decir él a continuación.

—¿Y si hubiera entrado Lexie?

Samantha no tenía respuesta para eso. Pensar que Lexie pudiera enterarse de aquello le daba ganas de huir para siempre. ¿Y si el chico se lo contaba? Habían sido compañeros de colegio. Samantha no había tenido en cuenta cómo era Pagford.

—¿Qué demonios te está pasando? —preguntó Miles.

—No soy feliz —declaró Samantha.

—¿Por qué? —preguntó él, pero se apresuró a añadir—: ¿Es por la tienda? ¿Es eso?

—En parte sí. Pero detesto vivir en Pagford. Detesto vivir tan cerca de tus padres. Y a veces —añadió— detesto despertarme a tu lado.

Pensó que Miles se enfurecería, pero en cambio le preguntó con bastante serenidad:

—¿Significa que ya no me quieres?

—No lo sé.

Con el cuello de la camisa desabrochado parecía más joven. Por primera vez desde hacía mucho tiempo, Samantha creyó atisbar a alguien conocido y vulnerable dentro del avejentado cuerpo sentado al otro lado de la mesa. «Y todavía me quiere», pensó extrañada, recordando la cara arrugada que acababa de ver en el espejo del cuarto de baño.

—Pero la noche en que murió Barry Fairbrother —añadió— me alegré de que tú siguieras vivo. Creo que soñé que habías muerto y me desperté, y sé que me alegré cuando te oí respirar.

—Y... ¿y eso es lo único que tienes que decirme? ¿Que te alegras de que no esté muerto?

Samantha se había equivocado al pensar que Miles no estaba furioso: estaba conmocionado.

—¿Eso es lo único que tienes que decirme? Coges una curda en la fiesta de mi padre y...

—¿Habría sido menos grave si no hubiera pasado en la maldita fiesta de tu padre? —replicó ella; la cólera de Miles había inflamado la suya—. ¿Es ése el verdadero problema, que te hice quedar mal delante de papá y mamá?

—Samantha, estabas besando a un chico de apenas dieciséis años.

—¡Pues mira, a lo mejor no es el último! —replicó ella a voz en grito. Se levantó y dejó su taza de un golpazo en el fregadero; el asa se rompió y se le quedó en la mano—. ¿No lo entiendes, Miles? ¡No puedo más! Odio nuestra vida de mierda y odio a tus malditos padres...

—Pues no te importa que paguen la educación de las niñas...

—...odio ver cómo te conviertes en tu padre ante mis narices...

—...lo que pasa es que no soportas verme feliz cuando tú no lo eres...

—...cuando a mi querido esposo le importa un cuerno lo que yo siento...

—...podrías hacer muchas cosas, pero prefieres quedarte sentada en el sofá poniendo mala cara...

—...no pienso seguir quedándome sentada en el sofá, Miles...

—...no voy a pedir perdón por implicarme en la comunidad...

—...bueno, pues lo que dije es lo que pienso: ¡no le llegas a la suela del zapato a Barry!

—¿Qué? —saltó él, y al levantarse volcó la silla mientras Samantha iba hacia la puerta.

—¡Ya me has oído! —le gritó—. Como decía en mi carta, Miles, no le llegas a la suela del zapato a Barry Fairbrother. Él era sincero.

—¿Tu carta?

—Sí —dijo ella casi sin aliento, con una mano en el picaporte—. Esa carta anónima la envié yo. Una noche que bebí de más mientras tú hablabas por teléfono con tu madre. —Abrió la puerta y agregó—: Y que sepas que tampoco te voté.

La expresión de Miles le produjo una gran turbación. En el recibidor se calzó unos zuecos, lo primero que encontró, y salió a la calle antes de que él pudiera alcanzarla.

IX

El trayecto en autobús trasladó a Krystal a su infancia. Cuando estudiaba en el St. Thomas lo hacía todos los días, sola. Sabía cuándo aparecería la abadía y se la señaló a Robbie.

—¿Ves el castillo en ruinas?

Robbie tenía hambre, pero la emoción de ir en autobús lo distrajo un poco. Krystal le sujetaba la mano con fuerza. Le había prometido comprarle algo de comer cuando llegaran a su destino, pero no sabía cómo lo conseguiría. Quizá pudiera pedirle dinero prestado a Fats para una bolsa de patatas fritas, y también para el billete de vuelta.

—Yo iba a ese colegio —le dijo a su hermano mientras él hacía dibujos abstractos con un dedo en la sucia ventanilla—. Y tú también irás.

Cuando la realojaran a causa de su embarazo, muy probablemente le facilitarían otra vivienda en los Prados; nadie quería comprarlas porque estaban muy deterioradas. Pero, pese al mal estado de esas casas, Krystal lo consideraba una venta-ja, porque podría matricular a Robbie y el bebé en el St. Tho-mas. Además, seguro que los padres de Fats le darían dinero para una lavadora cuando naciera su nieto. Quizá hasta le compraran un televisor.

El autobús bajaba por una cuesta hacia Pagford, y Krystal entrevió el reluciente río, que asomó brevemente antes de que la carretera descendiera demasiado. Cuando había empezado a entrenar con el equipo de remo, la había decepcionado no hacerlo en el Orr, sino en el sucio canal de Yarvil.

—Ya hemos llegado —le dijo a Robbie cuando el autobús entró lentamente en la plaza engalanada con flores.

Fats no había caído en que esperar delante del Black Ca-non significaba estar enfrente de Mollison y Lowe y La Te-tera de Cobre. Todavía faltaba más de una hora para el me-diodía, que era cuando abría la cafetería los domingos, pero Fats no sabía a qué hora empezaba a trabajar Andrew. Esa mañana no le apetecía encontrarse con su amigo, así que se quedó junto a la fachada lateral del pub, donde no pudieran verlo, y no salió hasta que vio llegar y detenerse el autobús. Cuando éste volvió a arrancar, Krystal apareció en la acera con un niño pequeño y sucio cogido de la mano.

Desconcertado, fue hacia ellos.

—Es mi hermano —dijo la chica con brusquedad, en respuesta a algo que detectó en la cara de Fats.

Éste tuvo que recordarse lo que significaba una vida dura y auténtica. Lo había tentado brevemente la idea de dejar em-barazada a Krystal (y demostrarle a Cuby lo que los hombres de verdad son capaces de conseguir sin esfuerzo, con toda naturalidad), pero aquel crío agarrado a la mano y la pierna de su hermana lo había desconcertado.

Fats lamentó haber aceptado quedar allí con Krystal. Lo hacía parecer ridículo. Ahora que la veía en la plaza, habría preferido volver a aquella casa apestosa y sórdida.

—¿Tienes dinero? —le preguntó Krystal.

—¿Qué?

El cansancio le impedía pensar con claridad. Ya no se acordaba de por qué había querido pasar toda la noche despierto; había fumado tanto que le dolía la lengua.

—Dinero —repitió Krystal—. Tiene hambre, y he perdido un billete de cinco. Luego te lo devuelvo.

Fats metió una mano en el bolsillo de los vaqueros y palpó un billete arrugado. No sabía muy bien por qué, pero delante de Krystal no quería que pareciera que le sobraba el dinero, así que hurgó un poco más en busca de cambio, y al final sacó unas monedas.

Fueron al quiosco que había a dos calles de la plaza, y Fats se quedó en la acera mientras Krystal le compraba a Robbie patatas fritas y un paquete de Rolos. Nadie dijo nada, ni siquiera Robbie, quien parecía temer a Fats. Al final, cuando Krystal le hubo dado las patatas a su hermano, le dijo a Fats:

—¿Adónde vamos?

No podía ser que estuviera proponiéndole echar un polvo con el niño allí. Le había pasado por la cabeza llevarla al Cubículo: era un sitio que sólo conocían Andrew y él, y representaría la profanación definitiva de su amistad; ya no le debía nada a nadie. Pero rechazó la idea de echar un polvo delante de un niño de tres años.

—No nos molestará —añadió Krystal—. Ya tiene sus chocolatinas. No, luego —le dijo a Robbie, que gimoteaba para que su hermana le diera los Rolos—. Cuando te hayas terminado las patatas.

Echaron a andar hacia el viejo puente de piedra.

—No nos molestará —repitió ella—. Es muy obediente. ¿Verdad? —le dijo en voz alta a Robbie.

—Quiero chocolate —dijo el niño.

—Dentro de un rato.

Krystal se dio cuenta de que ese día Fats necesitaba un empujoncito. En el autobús ya había pensado que llevar a Robbie con ella, aunque fuera necesario, sería complicado.

—¿Qué te cuentas? —le preguntó.

—Anoche fui a una fiesta —contestó él.

—¿Ah, sí? ¿Quién estaba?

Fats soltó un gran bostezo y Krystal se quedó esperando su respuesta.

—Arf Price. Sukhvinder Jawanda. Gaia Bawden.

—¿Ésa vive en Pagford? —preguntó Krystal con aspereza.

—Sí, en Hope Street.

Lo sabía porque a Andrew se le había escapado. Andrew nunca le había dicho que le gustara, pero en las pocas clases que tenían en común, Fats se había fijado en que no le quitaba ojo y en lo cohibido que se mostraba en presencia de la chica o cuando alguien la mencionaba.

En cambio, Krystal pensaba en la madre de Gaia, la única asistente social que le había caído bien, la única que había conseguido que Terri la escuchara. Vivía en Hope Street, igual que la abuelita Cath. Seguramente estaría allí ahora. ¿Y si...?

Pero Kay las había dejado tiradas. Ahora Mattie volvía a ser su asistente social. Además, se suponía que uno no debía molestarlas cuando estaban en su casa. En cierta ocasión, Shane Tully siguió a su asistente social hasta su casa, y se ganó una orden de alejamiento. Claro que anteriormente había amenazado con lanzarle un ladrillo contra el parabrisas del coche...

De todas formas, razonó Krystal entornando los ojos cuando el camino describió una curva y el río la deslumbró con un millar de cegadores puntitos de luz, Kay seguía siendo la portadora de carpetas, la que llevaba la cuenta y la jueza. Parecía una tía enrollada, pero ninguna solución que les propusiera conseguiría que Krystal y Robbie siguieran juntos...

—Podríamos bajar allí —propuso, señalando un tramo de orilla con la hierba crecida, un poco más allá del puente—. Robbie podría esperarnos allí, en ese banco.

Pensó que desde allí podría vigilarlo y, al mismo tiempo, asegurarse de que no viera nada. Aunque ya lo había visto otras veces, en la época en que Terri llevaba a desconocidos a su casa...

Pese a lo agotado que estaba, a Fats le repugnó esa idea. No podía hacerlo en la hierba, a la vista de un niño pequeño.

—No —dijo con fingida naturalidad.

—No nos molestará —insistió Krystal—. Tiene sus Rolos. Ni siquiera se enterará —mintió.

Robbie sabía más de la cuenta. En la guardería había habido un incidente cuando lo habían pillado imitando el acto sexual, haciendo el perrito con una niña.

Fats recordó que la madre de Krystal era una prostituta. Le repugnaba lo que ella le estaba proponiendo, pero ¿no era su reticencia poco auténtica?

—¿Qué pasa? —preguntó la chica con agresividad.

—Nada.

Dane Tully lo haría. Pikey Pritchard lo haría. Cuby no lo haría ni que lo mataran.

Krystal condujo a Robbie hasta el banco. Fats se agachó y miró por encima del respaldo hacia el trecho de malas hierbas y matorrales; le pareció que el crío probablemente no vería nada, pero se propuso acabar cuanto antes por si acaso.

—Toma —le dijo Krystal a su hermano, sacando el paquete cilíndrico de Rolos mientras el niño intentaba alcanzarlo, entusiasmado—. Si te quedas aquí sentado un minuto, puedes acabártelos, ¿vale? Siéntate aquí, Robbie, y yo estaré allí, en los matorrales. ¿Me has entendido, Robbie?

—Sí —dijo el niño, muy contento. Ya tenía las mejillas manchadas de chocolate y tofe.

Krystal descendió por la orilla hacia el tramo de hierba crecida y confió en que Fats no pusiera objeciones a hacerlo sin condón.

X

Gavin llevaba gafas de sol para protegerse de la intensa luz de la mañana, pero como disfraz no le servían de mucho, porque sin duda Samantha Mollison reconocería su coche. Cuando la vio acercarse por la acera, con las manos en los bolsillos y cabizbaja, viró bruscamente a la izquierda en lugar de seguir calle abajo hasta la casa de Mary, cruzó el antiguo puente de piedra y aparcó en una calle lateral en la ribera opuesta del río.

No quería que Samantha lo viera aparcar ante la casa de Mary. No importaba los días laborables, cuando llevaba traje y un maletín; no le había importado antes de que admitiera ante sí mismo lo que sentía por Mary, pero ahora sí importaba. En cualquier caso, aquella era una mañana preciosa, y un paseo le serviría para hacer tiempo.

«Aún no hay que descartar ninguna posibilidad», se dijo, mientras cruzaba el puente a pie. Debajo de él, sentado en un banco, había un niño pequeño comiendo caramelos. «No tengo que decir nada de entrada... Improvisaré sobre la marcha.»

Pero le sudaban las palmas. Había pasado una noche de perros imaginando que Gaia les contaba a las gemelas Fairbrother que él estaba enamorado de su madre.

Mary pareció alegrarse de verlo.

—¿Y tu coche? —preguntó, mirando más allá de Gavin.

—He aparcado en el río. Hace una mañana preciosa, me apetecía dar un paseo, y de pronto se me ha ocurrido que podría cortarte el césped si...

—Bueno, Graham ya me hizo ese favor —repuso Mary—, pero es un detalle por tu parte. Pasa y tómate un café.

Mary charlaba de esto y aquello mientras se movía por la cocina. Llevaba unos vaqueros viejos recortados y una camiseta; revelaban lo delgada que estaba, pero volvía a tener el cabello tan brillante como él recordaba. Gavin veía a las gemelas tumbadas sobre una manta en el césped recién cortado, ambas con auriculares y escuchando sus iPods.

—¿Cómo estás? —preguntó Mary, sentándose a su lado.

Gavin no entendió a qué venía su tono de preocupación; entonces se acordó de que la noche anterior, durante su breve visita, había encontrado tiempo para contarle que Kay y él habían roto.

—Estoy bien —repuso—. Probablemente ha sido lo mejor.

Ella sonrió y le dio palmaditas en el brazo.

—Anoche me enteré —dijo él con la boca seca— de que quizá te vayas a vivir a otro sitio.

—En Pagford las noticias viajan deprisa —comentó ella—. Sólo es una posibilidad. Theresa quiere que vuelva a Liverpool.

—¿Y qué les parece a los chicos?

—Bueno, esperaría a que Fergus y las chicas acabaran los exámenes de junio. Declan no supone tanto problema. No es que ninguno de nosotros quiera alejarse de...

Y se deshizo en lágrimas ante sus ojos, pero él se sintió tan feliz que tendió una mano para tocarle la delicada muñeca.

—No, claro que no...

—...la tumba de Barry.

—Ah —repuso Gavin, y su alegría se apagó como una vela.

Mary se secó las lágrimas con el dorso de la mano. A él aquello le parecía un poco morboso. En su familia incineraban a los muertos. El entierro de Barry había sido el segundo al que asistía en su vida, y todo le había parecido horrible. Para él, una tumba no era más que el indicador de un sitio donde se descomponía un cuerpo; una idea bien desagradable, y sin embargo la gente se empeñaba en visitarlo y llevarle flores, como si aún pudiera recuperarse.

Mary se levantó para coger pañuelos de papel. Fuera, en el jardín, las gemelas compartían ahora unos auriculares y cabeceaban al ritmo de una canción.

—Así que Miles ha conseguido la plaza de Barry —dijo Mary—. Anoche, la celebración se oía desde aquí.

—Bueno, Howard festejaba su... Sí, exacto.

—Y Pagford prácticamente se ha librado de los Prados.

—Ajá, eso parece.

—Y ahora que Miles está en el concejo, les costará menos cerrar Bellchapel —añadió Mary.

Gavin siempre tenía que recordarse qué era Bellchapel; esas cuestiones no le interesaban en absoluto.

—Sí, supongo.

—O sea que se acabó todo por lo que Barry luchaba.

Ella ya no lloraba y un rubor airado volvía a teñirle las mejillas.

—Ya lo sé —admitió Gavin—. Es muy triste.

—No sé si lo es —repuso Mary, aún enfadada—. ¿Por qué ha de pagar Pagford las facturas de los Prados? Barry sólo veía una cara de la moneda. Pensaba que todos los habitantes de los Prados eran como él. Creía que Krystal Weedon era como él, pero no es cierto. Nunca se le ocurrió que la gente de los Prados fuera feliz donde estaba.

—Ya —dijo Gavin, alegrándose de que ella no compartiera las opiniones de Barry, y tuvo la sensación de que la sombra de su tumba ya no se cernía sobre ellos—. Entiendo lo que quieres decir. Por lo que he oído sobre Krystal Weedon...

—Barry le dedicaba más tiempo y atención que a sus propias hijas —prosiguió Mary—. Y ella no puso ni un penique para su corona de flores. Me lo contaron las niñas. Participaron todas las del equipo de remo menos Krystal. Y tampoco acudió a su funeral, después de todo lo que Barry había hecho por ella.

—Ya, bueno, eso demuestra...

—Lo siento, pero no puedo dejar de pensar en todo eso —lo interrumpió ella, furibunda—. No puedo dejar de pensar que él habría querido que yo tomara su relevo en atender a la maldita Krystal Weedon. No consigo superarlo. Todo su úl-

timo día, y le dolía la cabeza y no hizo nada por remediarlo...
¡Pasó todo el último día de su vida escribiendo aquel maldito
artículo!

—Sí, lo sé. —Y, con la sensación de poner un vacilante
pie en un endeble puente de cuerda, añadió—: Es algo típi-
camente masculino. Miles es igual. Samantha no quería que
se presentara como candidato al concejo, pero él se obstinó.
Hay tíos a los que les encanta tener un poco de poder...

—Barry no estaba en esto por el poder —dijo Mary, y
Gavin se apresuró a dar marcha atrás.

—No, no, Barry no. Él hacía todo eso por...

—No podía evitarlo —zanjó Mary—. Creía que todo el
mundo era como él, que si les echabas una mano se volvían
mejores.

—Ya, pero la cuestión es que hay otros a los que les vendría bien que les echaras una mano, a los de casa...

—¡Pues sí, exactamente! —exclamó Mary, y rompió a
llorar otra vez.

—Mary... —Gavin se levantó para acercarse a ella (ya
estaba en medio del puente de cuerda, sintiendo una mezcla
de pánico y expectación)—. Oye, ya sé que ha pasado poco
tiempo... poquísimo, pero conocerás a otra persona.

—¿A mis cuarenta y con cuatro hijos?... —sollozó.

—Hay muchos hombres... —empezó él, pero por ahí no
iba bien; mejor no hacerle creer que tenía muchas opciones,
así que se corrigió—: Al hombre adecuado no le importará
que tengas hijos. Además, son unos chicos estupendos, aco-
gerlos sería un placer para cualquiera.

—Oh, Gavin, eres un encanto —repuso ella, y volvió a
secarse las lágrimas.

Él le rodeó los hombros con un brazo y Mary no lo rechazó. Permanecieron así, de pie y en silencio, mientras ella
se sonaba la nariz, y cuando Gavin notó que hacía ademán
de apartarse, dijo:

—Mary...

—¿Qué?

—Tengo que... Mary, creo que estoy enamorado de ti.

Por unos segundos experimentó el sublime orgullo del paracaidista que se arroja al espacio ilimitado.

Entonces ella retrocedió bruscamente.

—Gavin...

—Lo siento —dijo él, alarmado ante el rechazo que vio en su cara—. Quería que lo supieras por mí. Le dije a Kay que ése era el motivo por el que rompía con ella, y temía que te enteraras por otra persona. Habría esperado meses para decírtelo. Años —añadió, tratando de que sonriera de nuevo, de que volviera a pensar que él era un encanto.

Pero Mary negaba con la cabeza, con los brazos cruzados.

—Gavin, yo nunca, nunca...

—Olvida lo que he dicho —dijo él como un tonto—. Olvídalo y ya está.

—Creía que lo entendías.

Gavin concluyó que debería haber sabido que a Mary la ceñía la protectora armadura invisible del duelo.

—Y lo entiendo —mintió—. No pensaba decírtelo, sólo que...

—Barry siempre dijo que yo te gustaba.

—No, no —respondió él, desesperado.

—Gavin, creo que eres un hombre muy agradable —dijo ella casi sin aliento—. Pero no... Quiero decir, aunque no estuviera...

—No —la interrumpió él en voz alta, tratando de ahogar sus palabras—. Lo comprendo. Oye, me voy a ir yendo.

—No hace falta que...

Pero ahora él casi la odiaba. Había entendido lo que trataba de decirle: «Aunque no estuviera llorando a mi marido, te rechazaría.»

La visita de Gavin había sido tan breve que cuando Mary, un poco temblorosa, tiró el café que él no se había tomado, todavía estaba caliente.

XI

Howard le dijo a Shirley que no se encontraba bien, que se quedaría en la cama para descansar y que La Tetera de Cobre podría pasar sin él una tarde.

—Llamaré a Mo —añadió.

—No, ya la llamo yo —respondió Shirley.

Cuando cerraba la puerta del dormitorio, se dijo: «Está usando el corazón como excusa.»

Howard le había dicho: «No seas tonta, Shirl» y «Es un disparate, un maldito disparate», y ella no había insistido. Por lo visto, tantos años eludiendo remilgadamente temas escabrosos (se había quedado literalmente sin habla cuando Patricia, que entonces tenía veintitrés años, le había dicho: «Soy lesbiana, mamá») la habían vuelto incapaz de exteriorizar las cosas.

Llamaron al timbre. Era Lexie.

—Papá me ha dicho que viniera. Mamá y él tienen que hacer no sé qué. ¿Y el abuelo?

—Está en la cama —respondió Shirley—. Anoche se excedió un poco.

—Qué buena fiesta, ¿verdad? —comentó Lexie.

—Sí, estupenda —repuso su abuela, mientras en su interior se iba formando una tempestad.

Al cabo de un rato, Shirley se cansó del parloteo de su nieta.

—Vámonos a comer a la cafetería —propuso, y a través de la puerta cerrada del dormitorio dijo—: Howard, me llevo a Lexie a comer algo a La Tetera.

Él contestó con voz preocupada y Shirley se alegró. No temía a Maureen, la miraría a los ojos...

Pero cuando caminaba con su nieta hacia la cafetería, se le ocurrió que Howard podía haber llamado a Maureen en cuanto ella había salido. Qué estúpida era... Había creído que, si llamaba a Maureen para decirle que Howard se encontraba mal, evitaría que ambos se pusieran en contacto. Había olvidado que...

Las calles que tan bien conocía y que tanto amaba le parecieron distintas, extrañas. Cada cierto tiempo, Shirley hacía inventario de la fachada que ofrecía a aquel mundo pequeño y encantador: esposa y madre, voluntaria de hospital, secretaria del concejo parroquial, hija predilecta del pueblo; y Pagford había sido para ella un espejo que reflejaba, con educado respeto, su importancia y su valía. Pero el Fantasma había cogido un sello de goma y había estampado en la prístina superficie de su vida una revelación que lo anulaba todo: «su marido se acostaba con su socia, y ella nunca se enteró...».

Eso sería lo que dirían todos cuando hablaran de ella; y lo que recordarían para siempre.

Shirley empujó la puerta de la cafetería y la campanilla tintineó.

—Ahí está Peanut Price —dijo Lexie.

—¿Y Howard? ¿Cómo se encuentra? —graznó Maureen.

—Sólo está cansado —respondió Shirley, y se sentó a una mesa con el corazón tan acelerado que se preguntó si a ella también iba a darle un infarto.

—Pues dile que las chicas no han aparecido —repuso Maureen de mal humor—, y que ninguna se ha molestado en llamar. Menos mal que hay pocos clientes.

Lexie se acercó al mostrador para hablar con Andrew, al que habían puesto de camarero. Sentada a la mesa, consciente de su excepcional soledad, Shirley se acordó de Mary Fairbrother, tan tiesa y demacrada en el funeral de Barry, con la viudedad rodeándola como el séquito de una reina; de la lástima y admiración que suscitaba. Al perder a su marido, se había convertido en la destinataria pasiva y silenciosa de la admiración general, mientras que a ella, encadenada a un hombre que la había traicionado, la envolvía un manto de vergüenza, y era objeto de escarnio...

(Tiempo atrás, en Yarvil, Shirley había tenido que aguantar las burlas de muchos hombres por la reputación de su madre, aunque ella, Shirley, había sido todo lo pura que se puede ser.)

—Mi abuelo se encuentra mal —le estaba contando Lexie a Andrew—. ¿De qué son esos pasteles?

Andrew se agachó detrás de la barra, ocultando lo ruborizado que estaba.

«Me morreé con tu madre.»

Había estado a punto de faltar al trabajo. Temía que Howard lo pusiera de patitas en la calle por besar a su nuera y lo aterrorizaba que Miles Mollison irrumpiera en la cafetería buscándolo. Por otra parte, no era tan ingenuo como para no comprender que Samantha, con sus cuarenta y largos años según sus crueles cálculos, sería la mala de la película. La defensa de Andrew era simple: «Ella estaba borracha y se me echó encima.»

En la vergüenza que sentía había un ápice de orgullo. Tenía ganas de ver a Gaia, contarle que una mujer mayor se había abalanzado sobre él. Confiaba en que los dos se rieran de la escena como se habían reído de Maureen, pero que en el fondo Gaia se quedara impresionada; y en que, entre risa y risa, él lograra averiguar qué habían hecho exactamente ella y Fats, hasta dónde le había dejado llegar. Andrew estaba dispuesto a perdonarla: Gaia también estaba bastante borracha. Pero no se había presentado a trabajar.

Fue en busca de una servilleta para Lexie y casi chocó con la mujer del jefe, que estaba detrás del mostrador con su EpiPen en la mano.

—Howard quería que comprobase una cosa —le dijo Shirley—. Esta jeringuilla no puede estar aquí. La dejaré en la trastienda.

XII

A medio paquete de Rolos, a Robbie le entró mucha sed. Su hermana no le había comprado nada de beber. Bajó del banco y se agachó en la hierba; desde ahí entreveía a Krystal en los arbustos con aquel desconocido. Al cabo de un rato, descendió por el talud hacia ellos.

—Tengo sed —gimoteó.

—¡Robbie, sal de ahí! —chilló Krystal—. ¡Vuelve a esperarme en el banco!

—¡Quiero beber!

—Joder... vuelve al banco y te llevo algo dentro de un momento. ¡Vamos, lárgate, Robbie!

Sollozando, el crío volvió a subir por el resbaladizo talud hasta el banco. Estaba habituado a que no le dieran lo que pedía y era desobediente por costumbre, porque el enfado y las normas de los adultos eran arbitrarios, y él había aprendido a obtener lo que quería donde y cuando pudiera.

Enfadado con Krystal, se bajó del banco y se alejó un poco por la calle. Un hombre con gafas de sol caminaba por la acera hacia él.

(Gavin había olvidado dónde tenía aparcado el coche. Había salido de casa de Mary y echado a andar por Church Row, y al llegar a la altura de donde vivían Miles y Samantha se percató de que iba en la dirección equivocada. Como no quería volver a pasar por la casa de los Fairbrother, había dado un rodeo para regresar al puente.

Vio al niño, con la cara manchada de chocolate y aspecto desaliñado, y pasó de largo; su felicidad se había hecho añicos y casi deseaba ir a casa de Kay para que ella lo consolara en silencio. Siempre se mostraba encantadora cuando lo veía triste, eso era lo primero que lo había atraído de ella.)

El borboteo del río aún le daba más sed a Robbie. Lloró un poco más y cambió de dirección, alejándose del puente, más allá del sitio donde se escondía Krystal. Los arbustos habían empezado a moverse. Robbie siguió andando hasta que descubrió una abertura en un largo seto a la izquierda de la calle. Se acercó y vio un campo de deportes al otro lado.

Robbie se coló por el agujero y contempló la amplia superficie verde, con un enorme castaño y porterías en los extremos. Sabía qué eran porque su primo Dane le había enseñado a chutar una pelota de fútbol en el parque infantil. Robbie nunca había visto una extensión de verde como aquélla.

Una mujer cruzaba el campo deprisa, cabizbaja y con los brazos cruzados.

(Samantha llevaba mucho rato caminando, sin destino concreto siempre y cuando no fuera Church Row. Se había hecho muchas preguntas y encontrado muy pocas respuestas; y una de esas preguntas era si no habría ido demasiado lejos al soltarle a Miles lo de aquella estúpida carta, que había escrito borracha y mandado por puro rencor, y que ahora le parecía bastante menos ingeniosa...

Alzó la vista y sus ojos se encontraron con los de Robbie. Los niños solían colarse a través del seto para jugar en el campo los fines de semana. Sus propias hijas lo habían hecho de pequeñas.

Samantha saltó la verja y se alejó del río en dirección a la plaza principal. El asco de sí misma la embargaba, por mucho que intentara dejarlo atrás.)

Robbie volvió a cruzar el agujero del seto y siguió un rato por la acera a la mujer que caminaba deprisa, pero no tardó en perderla de vista. El paquete mediado de Rolos se le estaba fundiendo en la mano y tenía mucha sed. A lo mejor Krystal ya había acabado. Volvió sobre sus pasos.

Cuando llegó al primer grupo de matorrales en la ribera, vio que ya no se movían, y pensó que no pasaba nada si se acercaba.

—Krystal —llamó.

Pero en los arbustos no había nadie. Su hermana había desaparecido.

Robbie se echó a llorar y la llamó a gritos. Trepó de nuevo por el talud y miró desesperado a un lado y otro de la calle; no había rastro de su hermana.

—¡Krystal! —gritó.

Una mujer de pelo corto y canoso lo miró con el entrecejo fruncido cuando pasaba por la acera de enfrente.

Shirley había dejado a Lexie en La Tetera de Cobre, donde parecía muy a gusto, pero cuando empezaba a cruzar la plaza había visto a lo lejos a Samantha, que era la última persona que deseaba ver, así que había tomado la dirección contraria.

Los lloriqueos y chillidos del niño resonaron a su espalda mientras ella se alejaba. Aferraba con fuerza la EpiPen que llevaba en el bolsillo. No sería el blanco de bromas lascivas. Quería ser pura y digna de lástima, como Mary Fairbrother. Su rabia era tan enorme, tan peligrosa, que le impedía pensar de forma coherente: quería actuar, castigar, acabar de una vez.

Justo antes de llegar al puente de piedra, unos matorrales se agitaron a su izquierda. Miró hacia abajo y vislumbró algo inmundo y repugnante que la hizo seguir caminando.

XIII

Sukhvinder llevaba aún más rato que Samantha caminando por Pagford. Había salido de la antigua vicaría poco después de que su madre le dijera que debía ir a trabajar, y desde entonces vagaba por las calles, respetando invisibles zonas de exclusión en torno a Church Row, Hope Street y la plaza principal.

Tenía casi cincuenta libras en el bolsillo, que constituía lo que había ganado en la cafetería y la fiesta, así como la cuchilla de afeitar. Habría querido llevarse también su libreta de la caja de ahorros, que guardaba en un pequeño archivador en el estudio de su padre, pero Vikram estaba sentado a su escritorio. Había esperado un rato en la parada el autobús de Yarvil, pero al divisar a Shirley y Lexie Mollison calle abajo se había escabullido.

La traición de Gaia había sido brutal e inesperada. Ligarse a Fats Wall... Ahora que tenía a Gaia, dejaría a Krystal. Cualquier chico dejaría a una chica por Gaia, eso seguro. Pero ella no habría soportado ir a trabajar y tener que oír a su única amiga diciéndole que en el fondo Fats Wall era un buen tío.

Le vibró el móvil. Gaia ya le había mandado dos SMS.

Vaya pedo llevaba anoche eh?
Vas a currar?

Nada sobre Fats Wall. Nada sobre haberle pegado un morreo al torturador de Sukhvinder. El nuevo mensaje decía: Stas ok?

Volvió a meterse el móvil en el bolsillo. Podía echar a andar en dirección a Yarvil y coger el autobús una vez fuera del pueblo, donde nadie pudiese verla. Sus padres no la echarían de menos hasta las cinco y media, cuando supuestamente volvía de la cafetería.

Un plan desesperado se iba formando en su mente mientras caminaba, cansada y acalorada: si lograra encontrar alojamiento por menos de cincuenta libras... Sólo deseaba estar sola y utilizar su cuchilla de afeitar.

Llegó a la calle que discurría junto al Orr. Si cruzaba el puente, podría enfilar una calle tranquila y seguirla hasta el final, hasta la carretera de circunvalación.

—¡Robbie! ¡Robbie! ¿Dónde estás?

Era Krystal Weedon, que corría de aquí para allá por la ribera del río. Fats Wall, con una mano en el bolsillo, fumaba y la observaba.

Sukhvinder se apresuró a doblar a la derecha para meterse en el puente, aterrorizada de que la vieran. Los gritos de Krystal reverberaban en las raudas aguas.

Sukhvinder vislumbró algo en el río debajo de ella.

Antes de pensar siquiera qué estaba haciendo, apoyó las manos en el caldeado murete de piedra y se dio impulso para encaramarse.

—¡Está en el río, Krys! —chilló, y se lanzó de pies al agua.

Cuando la corriente tiró de ella hacia el fondo, una pantalla rota de ordenador le hizo un profundo corte en la pierna.

XIV

Cuando Shirley abrió la puerta del dormitorio, sólo vio dos camas vacías. La justicia requería un Howard dormido; tendría que aconsejarle que volviera a acostarse.

Pero no llegaba ningún sonido de la cocina ni del baño. ¿Se habría cruzado con él al volver por el camino del río? Howard debía de haberse marchado a trabajar; quizá ya estuviera con Maureen en la trastienda, hablando de ella, planeando divorciarse y casarse con Maureen, ahora que el juego había terminado y ya no había que fingir.

Fue a la sala casi corriendo, para llamar a la cafetería. Entonces vio a Howard tendido en la alfombra, en pijama. Tenía la cara muy colorada y los ojos se le salían de las órbitas. De sus labios escapaba un débil resuello y se aferraba el pecho con una mano. La parte de arriba del pijama se le había subido y Shirley vio la zona en carne viva y llena de costras en la que había previsto clavarle la aguja.

Él le lanzó una mirada de muda súplica.

Ella lo miró fijamente, aterrorizada, y luego salió como una exhalación. Escondió la EpiPen en la lata de galletas, pero al punto la sacó y la metió detrás de los libros de cocina.

Volvió corriendo a la sala y marcó el número de emergencias.

—¿Llama de Pagford? De Orrbank Cottage, ¿verdad? La ambulancia ya está en camino.

—Oh, gracias, gracias a Dios —repuso Shirley, y casi había colgado cuando comprendió las palabras de la mujer, y chilló—: ¡No, no es Orrbank Cottage...! —Pero la operadora ya había colgado.

Shirley volvió a llamar. Estaba tan nerviosa que se le cayó el auricular. A su lado, en la alfombra, el resuello de Howard se debilitaba.

—¡No es Orrbank Cottage! —gritó—. Es el treinta y seis de Evertree Crescent, en Pagford... A mi marido le ha dado un infarto.

XV

En Church Row, Miles Mollison salió corriendo de su casa en zapatillas y se precipitó calle abajo hacia la antigua vicaría, al fondo de la escarpada cuesta. Aporreó la gruesa puerta de roble con la mano izquierda, mientras con la derecha trataba de marcar el número de móvil de su mujer.

—¿Sí? —preguntó Parminder cuando abrió la puerta.

—Mi padre... —jadeó Miles—, otro ataque al corazón... Mi madre ha llamado a una ambulancia... ¿Puede venir a verlo? Por favor, ¿puede venir?

Parminder se volvió con la intención de coger su maletín, pero se detuvo.

—No puedo ejercer como médico, Miles, estoy de excedencia. No puedo.

—No lo dice en serio... Por favor... la ambulancia aún tardará unos...

—No puedo, Miles —lo atajó ella.

Él se dio la vuelta, echó a correr y cruzó la cancela abierta. Calle arriba, vio a Samantha recorrer el sendero del jardín de su casa. La llamó a gritos, con voz entrecortada, y ella se volvió con cara de sorpresa. En un primer momento pensó que era la causante del pánico de su marido.

—Es papá... Ha tenido un colapso, hay una ambulancia de camino... Y la maldita Parminder Jawanda se niega a venir...

—¡Dios mío! —exclamó Samantha—. ¡Dios mío!

Corrieron hasta el coche y arrancaron calle arriba, Miles en zapatillas y Samantha con los zuecos que le habían hecho ampollas en los pies.

—Miles, se oye una sirena... Ya está aquí...

Pero cuando entraron en Evertree Crescent no vieron nada y la sirena había dejado de oírse.

A kilómetro y medio de allí, Sukhvinder Jawanda vomitaba agua del río bajo un sauce, mientras una anciana la envolvía en mantas ya casi tan empapadas como su ropa. A poca distancia de ellas, el hombre que había sacado a pasear el perro y había rescatado a Sukhvinder agarrándola del pelo y la sudadera se inclinaba sobre un cuerpecito inerte.

A la chica le había parecido notar que Robbie forcejeaba entre sus brazos, pero quizá sólo había sido la cruel corriente del río que trataba de arrebatárselo. Era buena nadadora, pero el Orr la había hundido hasta el fondo, zarandeándola sin que pudiese evitarlo. Las aguas la habían arrastrado hasta más allá del meandro y hacia la orilla, pero había logrado gritar. Había visto al hombre del perro corriendo hacia ella por la ribera...

—No hay nada que hacer —declaró éste, que llevaba veinte minutos tratando de reanimar a Robbie—. Está muerto.

Sukhvinder soltó un gemido y se desplomó en la hierba fría y mojada, temblando espasmódicamente, mientras la sirena de la ambulancia llegaba hasta ellos, demasiado tarde.

En Evertree Crescent, los enfermeros tenían grandes dificultades para subir a Howard a la camilla; Miles y Samantha tuvieron que echarles una mano.

—¡Os seguiremos con el coche, tú ve con papá! —le gritó Miles a Shirley, que parecía desconcertada y no muy dispuesta a subir a la ambulancia.

Maureen, que acababa de acompañar a la puerta al último cliente del día en La Tetera de Cobre, estaba en el umbral, escuchando.

—Se oyen muchas sirenas —le dijo por encima del hombro a un agotado Andrew, que pasaba la bayeta por las mesas—. Debe de haber pasado algo.

E inspiró una larga bocanada de aire, como si pudiera captar el intenso aroma del desastre en la cálida brisa de la tarde.

SEXTA PARTE

Puntos débiles de los Cuerpos de Voluntarios

22.23 El principal punto débil de estos cuerpos es que son
difíciles de formar pero proclives a desintegrarse...

Charles Arnold-Baker
La administración local, 7.ª edición

I

Colin Wall había imaginado muchas veces, muchísimas, que la policía aparecía ante su puerta. Ocurrió, finalmente, el domingo al anochecer: dos agentes, un hombre y una mujer, pero no venían a arrestarlo a él, sino en busca de su hijo.

Había ocurrido un accidente mortal, y «Stuart, ¿no?» era un testigo.

—¿Está en casa?

—No —contestó Tessa—. Dios mío... Robbie Weedon... Pero si vive en los Prados, ¿qué hacía aquí?

La agente les explicó amablemente lo que creían que había ocurrido. La frase que utilizó fue: «Los adolescentes lo perdieron de vista.»

Tessa pensó que iba a desmayarse.

—¿No saben dónde está Stuart? —preguntó el agente.

—No —contestó Colin; se lo veía demacrado y con grandes ojeras—. ¿Cuándo lo han visto por última vez?

—Cuando nuestros compañeros han llegado allí, parece que Stuart ha... bueno, que ha salido corriendo.

—Dios mío —volvió a decir Tessa.

—No contesta —dijo Colin con tono tranquilo; acababa de llamarlo a su móvil—. Tenemos que ir en su busca.

Colin llevaba toda la vida esperando una calamidad: estaba preparado. Cogió el abrigo.

—Voy a llamar a Arf —dijo Tessa, y corrió hasta el teléfono.

Las noticias del desastre no habían llegado aún a Hilltop House, aislada como estaba en lo alto del pueblo. El móvil de Andrew sonó en la cocina.

—Sí —dijo con la boca llena de tostada.

—Andy, soy Tessa Wall. ¿Está Stu contigo?

—No. Lo siento. —Pero no sentía en absoluto que Fats no estuviese con él.

—Ha ocurrido algo, Andy. Stu estaba en el río con Krystal Weedon y ella tenía consigo a su hermanito, y el niño se ha ahogado. Stu ha salido corriendo... ha huido a algún sitio. ¿Se te ocurre adónde puede haber ido?

—No —contestó Andrew automáticamente, porque ése era el código que tenían Fats y él: no decirles nunca nada a los padres.

Pero el espanto de lo que Tessa acababa de contarle recorrió la línea telefónica como una niebla fría y húmeda. De pronto todo se volvió menos claro, menos seguro. Tessa estaba a punto de colgar.

—Espere, señora Wall. A lo mejor sí que sé... Hay un sitio en la orilla del río...

—No creo que se haya quedado cerca del río —lo interrumpió Tessa.

Transcurrieron unos segundos y Andrew se convenció cada vez más de que Fats estaba en el Cubículo.

—Es el único sitio que se me ocurre —dijo.

—Dime dónde...

—Tendré que enseñarle cómo llegar.

—¡Estaré ahí en diez minutos! —exclamó Tessa.

Colin ya estaba recorriendo a pie las calles de Pagford. Tessa cogió el Nissan y subió por la tortuosa carretera de la colina. Andrew estaba en la esquina en la que solía coger el autobús. Él le indicó que descendiera y cruzara el pueblo. A la luz del crepúsculo, las farolas arrojaban un tenue resplandor.

Aparcaron junto a los árboles, donde Andrew solía dejar tirada la bicicleta de Simon. Tessa bajó del coche y lo siguió hasta la orilla del agua, perpleja y asustada.

—Aquí no está —dijo.

—Es por ahí —indicó Andrew, señalando la pared de roca de la colina de Pargetter, que descendía a pico hasta el río, dejando sólo una estrechísima senda entre ella y las raudas aguas.

—¿Qué quieres decir? —preguntó Tessa, horrorizada.

Andrew había sabido desde el principio que ella no podría cruzar con él, baja y rechoncha como era.

—Iré a echar un vistazo. Puede esperarme aquí.

—Pero ¡es demasiado peligroso! —exclamó Tessa por encima del fragor del río.

Ignorándola, el chico emprendió el camino, buscando los familiares asideros con manos y pies. Mientras avanzaba palmo a palmo por la estrecha cornisa, a ambos se les ocurrió lo mismo: que Fats podía haber caído, o saltado, al río que fluía atronador tan cerca de los pies de Andrew.

Tessa se quedó en la orilla hasta que dejó de ver a Andrew. Entonces se alejó, intentando contener las lágrimas por si Stuart estaba allí; necesitaba hablar con él con calma. Por primera vez, se preguntó dónde estaría Krystal. La policía no lo había dicho y la angustiosa preocupación por Fats había borrado todo lo demás...

«Por favor, Dios mío, haz que encuentre a Stuart —rogó—. Por favor, haz que lo encuentre.»

Luego sacó el móvil del bolsillo de la rebeca y llamó a Kay Bawden.

—¡No sé si te has ha enterado! —exclamó por encima del ruido continuo, y se lo contó.

—Pero yo ya no soy su asistente social —repuso Kay.

A unos siete metros de distancia, Andrew había llegado al Cubículo. Estaba oscuro como boca de lobo; nunca había estado allí tan tarde. Se balanceó y saltó al interior.

—¿Fats?

Oyó moverse algo al fondo de la cueva.

—¿Fats? ¿Estás ahí?

—¿Tienes fuego, Arf? —preguntó una voz irreconocible—. Se me han caído las malditas cerillas.

Andrew pensó en avisar a Tessa, pero ella no sabía cuánto rato se tardaba en llegar al Cubículo. Podía esperar un poco más.

Andrew le tendió el mechero. A la luz vacilante de la llama, vio que no era sólo la voz de su amigo lo que había cambiado. Fats tenía los ojos hinchados y toda su cara parecía abotargada.

La llama se extinguió. El ascua del cigarrillo de Fats brilló en la oscuridad.

—¿Está muerto? ¿Su hermano?

Andrew no había caído en la cuenta de que Fats no lo sabía.

—Sí —contestó, y añadió—: Me parece que sí, es lo que he oído.

Se hizo el silencio y, entonces, desde la oscuridad, le llegó un chillido apagado, como el de un cochinillo.

—¡Señora Wall! —exclamó Andrew, asomando la cabeza todo lo que pudo, tanto que el fragor del río ahogaba los sollozos de Fats—. ¡Señora Wall, está aquí!

II

En la abarrotada casita junto al río, donde las mantas, las co-
quetas sillas y las viejas alfombras estaban ahora empapadas,
la agente de policía se había mostrado delicada y amable con
Sukhvinder. La anciana dueña le había traído una bolsa de
agua caliente y una taza de té, que la chica fue incapaz de levantar, porque temblaba como un taladro. Había ido soltando
retazos de información: su propio nombre, el de Krystal y el
del niñito ahogado, que estaban metiendo en la ambulancia.
El hombre del perro que la había sacado del río estaba bastante sordo; hizo su declaración a la policía en la habitación
contigua, y a Sukhvinder su relato a voz en cuello le pareció
insoportable. Atado a un árbol al otro lado de la ventana, el
perro no cesaba de aullar.

Luego, la policía llamó a sus padres, que no tardaron en
acudir. Parminder volcó una mesita y rompió uno de los objetos decorativos de la anciana cuando cruzó la habitación precipitadamente, con una muda de ropa para su hija bajo el brazo. En el diminuto cuarto de baño quedó al descubierto el
profundo y sucio corte en la pierna de Sukhvinder, que salpicó
la mullida alfombrilla de manchitas oscuras. Cuando vio la
herida, Parminder le gritó a Vikram, quien estaba dando pro-
fusas gracias a todos en el pasillo, que tenían que llevar a Sukhvinder al hospital.

En el coche, Sukhvinder volvió a vomitar, y su madre, que
iba con ella en el asiento trasero, la limpió. Tanto Parminder
como Vikram hablaron sin cesar durante todo el trayecto; él
repetía cosas como «le hará falta un sedante» y «habrá que ponerle puntos en la herida»; y Parminder, junto a su temblorosa
hija, insistía: «Podrías haber muerto. Podrías haber muerto.»

Sukhvinder tenía la sensación de seguir en el agua, de
estar en algún sitio donde no podía respirar. Trató de hacerse
oír por encima de todo aquello.

—¿Sabe Krystal que su hermano ha muerto? —preguntó, pero le castañeteaban los dientes y Parminder tuvo que pedirle que lo repitiera varias veces.

—No lo sé —contestó por fin su madre—. Pero tú podrías haber muerto, Jolly.

En el hospital, la hicieron desvestirse de nuevo, pero esta vez su madre estaba con ella tras la cortina, y Sukhvinder comprendió demasiado tarde su error cuando vio la expresión de espanto de Parminder.

—Dios mío —dijo, y le cogió el antebrazo—. Dios mío, pero ¿qué te has hecho?

La muchacha no encontró palabras para explicárselo, sólo pudo echarse a llorar y temblar de forma incontrolable, y Vikram les gritó a todos, incluida Parminder, que la dejaran en paz, pero también que espabilaran, porque había que limpiarle la herida y ponerle puntos y darle un sedante y hacerle radiografías...

Después, Sukhvinder se encontró en una cama con su padre a un lado y su madre al otro, ambos acariciándole una mano. Se sentía calentita y adormecida, y la pierna ya no le dolía. Detrás de las ventanas, el cielo estaba oscuro.

—A Howard Mollison le ha dado otro infarto —oyó que su madre le decía a su padre—. Miles me ha pedido que lo atendiera.

—Vaya caradura —repuso Vikram.

Para la soñolienta sorpresa de Sukhvinder, no hablaron más de Howard Mollison. Se limitaron a seguir acariciándole las manos hasta que, poco después, se quedó dormida.

En el otro extremo del edificio, en una sórdida sala azul con sillas de plástico y una pecera en el rincón, Miles y Samantha estaban sentados flanqueando a Shirley, a la espera de noticias del quirófano. Miles todavía iba en zapatillas.

—No puedo creer que la doctora Jawanda se haya negado a atenderlo —comentó Miles por enésima vez, con voz cascada.

Samantha se levantó, pasó por delante de Shirley, rodeó con los brazos a su marido y lo besó en el espeso cabello salpicado de gris, aspirando su familiar olor.

—No me sorprende que se haya negado —repuso Shirley con una vocecilla entrecortada—. No me sorprende, y es absolutamente horroroso.

Lo único que le quedaba de su antigua vida, de sus antiguas convicciones, eran esos ataques a objetivos familiares. La conmoción se había llevado casi todo lo demás: ya no sabía qué creer, ni siquiera qué esperar. El hombre que estaba en el quirófano no era el hombre con quien se había casado. Ojalá pudiera volver a aquella feliz certeza de antaño, de antes de haber leído aquel horrible mensaje.

Quizá debería cerrar la web definitivamente. Eliminar todos los foros de mensajes. Temía que el Fantasma apareciera de nuevo, que volviera a escribir cosas espantosas...

Tuvo ganas de irse a casa en ese preciso momento e inutilizar la página, y de paso destruir la EpiPen de una vez por todas...

«Él la vio... Sé que la vio... Pero yo nunca lo habría hecho. No lo habría hecho. Estaba muy alterada. Jamás habría hecho una cosa así...»

¿Y si Howard sobrevivía? ¿Y si sus primeras palabras eran: «Cuando me vio, salió corriendo. No llamó a la ambulancia de inmediato. Y llevaba una inyección en la mano...»?

«Entonces diré que todo esto le ha afectado al cerebro», se dijo Shirley con actitud desafiante.

Y si Howard moría...

A su lado, Samantha abrazaba a Miles. A Shirley aquello no le gustó: el centro de atención debía ser ella, era su marido el que estaba allí dentro, luchando por su vida. Ella había querido ser como Mary Fairbrother, una heroína trágica, mimada y admirada. No era así como había imaginado...

—¿Shirley? —Ruth Price, vestida de enfermera, había entrado agitadamente en la sala, con su afilada cara transida de compasión—. Acabo de enterarme... Tenía que venir... Shirley, qué horror, cuánto lo siento.

—Ruth, querida. —Shirley se puso en pie y dejó que la abrazara—. Qué amable por tu parte, qué amable.

Shirley presentó a Miles y Samantha a su amiga enfermera, y le gustó ser objeto de la compasión y la amabilidad de Ruth delante de ellos. Fue una breve muestra de la viudedad tal como ella se la imaginaba...

Pero Ruth tuvo que volver al trabajo, y Shirley a su silla de plástico y a sus incómodos pensamientos.

—Se recuperará —le murmuró Samantha a Miles, que apoyaba la cabeza en el hombro de ella—. Sé que saldrá adelante. La última vez lo consiguió.

Shirley observó los pececitos brillantes como el neón que nadaban raudos de aquí para allá en su pecera. Era el pasado lo que desearía poder cambiar; el futuro era una hoja en blanco.

—¿Ha llamado alguien a Mo? —preguntó Miles al cabo de un rato, y se frotó los ojos con el dorso de una mano; la otra cogía el muslo de Samantha—. Mamá, ¿quieres que llame...?

—No —repuso Shirley con brusquedad—. Esperaremos... hasta saber algo.

En el quirófano del piso de arriba, la humanidad de Howard Mollison desbordaba la mesa de operaciones. Tenía el pecho abierto en canal, revelando los restos de la obra de Vikram Jawanda. Diecinueve personas se afanaban en reparar el daño, mientras las máquinas a las que estaba conectado emitían suaves sonidos implacables, confirmando que seguía vivo.

Y mucho más abajo, en las entrañas del hospital, Robbie Weedon yacía en la morgue, blanco y helado. Nadie lo había acompañado al hospital, nadie lo había visitado en su cajón metálico.

III

Andrew había dicho que no hacía falta que lo llevaran a Hilltop House, de modo que en el coche sólo iban Tessa y Fats.

—No quiero ir a casa —dijo Fats.

—De acuerdo —repuso Tessa, y siguió conduciendo mientras hablaba con Colin por el móvil—. Está conmigo... Lo ha encontrado Andy. Volveremos dentro de un rato... Sí... Sí, lo haré...

Fats tenía el rostro surcado de lágrimas; su cuerpo lo traicionaba, exactamente igual que aquella vez, cuando la orina caliente le había corrido por la pierna hasta el calcetín, cuando Simon Price lo había hecho orinarse encima. Las lágrimas saladas le resbalaban por la barbilla y le caían en el pecho como gotas de lluvia.

No cesaba de imaginar el funeral. Un féretro diminuto.

Él no había querido hacerlo con el crío allí cerca.

¿Dejaría de pesarle alguna vez en la conciencia el niño muerto?

—O sea, que has salido corriendo —dijo Tessa fríamente, ignorando sus lágrimas.

Le había pedido a Dios encontrarlo vivo, pero ahora lo que sentía era sobre todo indignación. Las lágrimas de Fats no la ablandaban. Estaba acostumbrada a ver llorar a un hombre. Una parte de ella se avergonzaba de que, a pesar de todo, Fats no se hubiera arrojado al río.

—Krystal le ha dicho a la policía que estabais los dos en los matorrales. Dejasteis que el crío se las arreglara solo, ¿no?

Fats se quedó sin habla. No podía creer que su madre fuese tan cruel. ¿Acaso no entendía la desolación que lo devoraba, lo horrorizado y desgraciado que se sentía?

—Bueno, pues espero que al menos la hayas dejado embarazada —espetó Tessa—. Así tendrá algo por lo que vivir.

Cada vez que doblaban una esquina, Fats pensaba que lo llevaba a casa. Había temido enfrentarse a Cuby, pero ahora no veía diferencia alguna entre sus padres. Deseaba bajarse del coche, pero Tessa había bloqueado las puertas.

Sin previo aviso, ella viró bruscamente y frenó. Fats, agarrado a los costados del asiento, vio que estaban en un área de descanso de la carretera de circunvalación de Yarvil. Temiendo que le ordenara bajarse, volvió su hinchado rostro hacia Tessa.

—Tu madre biológica —dijo ella, mirándolo como no lo había hecho nunca, sin lástima ni cariño— tenía catorce años. Era, según nos dijeron, de clase media, una chica muy lista. Se negó rotundamente a revelar quién era el padre. Nadie supo si trataba de proteger a un novio menor de edad o algo peor. Nos contaron todo eso por si tú tenías algún tipo de problema mental o físico. —Y con toda claridad, como una profesora que pone énfasis en un tema que sin duda saldrá en el examen, añadió—: Por si eras el resultado de un incesto.

Fats se encogió para alejarse de ella. Habría preferido que le pegaran un tiro.

—Yo estaba ansiosa por adoptarte —continuó—. Casi desesperada. Pero papá estaba muy enfermo. Me dijo: «No puedo hacerlo. Me da miedo hacerle daño a un bebé. Necesito estar mejor antes de que hagamos una cosa así, no puedo mejorar teniendo un niño en casa.»

»Pero yo estaba tan decidida a tenerte que lo presioné para que mintiera, para que les dijera a los asistentes sociales que estaba bien, y que fingiera ser un hombre feliz y normal. Te llevamos a casa, diminuto y prematuro como eras, y la quinta noche después de tu llegada, papá se levantó de la cama, fue al garaje, puso una manguera en el tubo de escape del coche y trató de suicidarse, porque estaba convencido de que te asfixiarías. Y estuvo a punto de morir.

»De manera que puedes culparme a mí del mal comienzo que tuvisteis tu padre y tú, y quizá de todo lo que ha pasado desde entonces. Pero te digo una cosa, Stuart: tu padre se ha pasado la vida enfrentándose a cosas que nunca hizo. No espero que comprendas la clase de valentía que eso supone. —Y entonces, la voz se le quebró, y Fats finalmente oyó a la madre que conocía—. Pero él te quiere, Stuart.

Tessa añadió esa mentira sin poder evitarlo. Esa noche, por primera vez, estaba convencida de que era en efecto una mentira, y de que todo lo que ella había hecho en su vida, diciéndose que era lo mejor, sólo había sido ciego egoísmo que había generado confusión y desorden por doquier. «Pero ¿quién puede soportar saber qué estrellas están ya muertas? —se dijo, alzando la vista hacia el cielo nocturno—. ¿Podría alguien aguantar que todas lo estuvieran?»

Giró la llave en el contacto, metió la marcha con un chirrido y volvió a salir a la carretera de circunvalación.

—No quiero ir a los Prados —dijo Fats, aterrado.

—No vamos allí. Te llevo a casa.

IV

La policía había encontrado por fin a Krystal Weedon cuando corría inútilmente por la ribera del río, ya en las afueras de Pagford, llamando aún a su hermano con la voz quebrada. La agente que se le acercó la llamó por su nombre e intentó darle la noticia con delicadeza, pero Krystal trató de apartarla de sí a empujones. La agente tuvo que meterla en el coche prácticamente a la fuerza. Krystal no había visto a Fats desaparecer entre los árboles; para ella, ya no existía.

Los policías llevaron a Krystal a casa, pero cuando llamaron a la puerta, Terri se negó a abrirles. Los vio a través de una ventana del piso de arriba y creyó que su hija había hecho algo impensable e imperdonable: revelarle a la pasma la existencia de las bolsas de hachís de Obbo. Arrastró las pesadas bolsas hasta el piso de arriba mientras la policía aporreaba la puerta, y sólo abrió cuando consideró que ya no podía postergarlo más.

—¿Qué quieren? —exclamó, a través de un resquicio de un par de centímetros.

La agente pidió tres veces que la dejara pasar, y Terri se negó otras tantas, exigiendo saber qué querían. Varios vecinos habían empezado a escudriñar a través de las ventanas.

—Se trata de su hijo Robbie —dijo la agente por fin, pero Terri ni siquiera así entendió qué pasaba.

—Está bien, no le pasa nada. Está con Krystal —contestó.

Pero entonces vio a Krystal, que se había negado a quedarse en el coche y había recorrido ya medio sendero de entrada. La mirada de Terri descendió por su hija hasta el sitio en que Robbie debería haber estado agarrado a ella, asustado ante aquellos desconocidos.

Acto seguido salió de la casa hecha una furia, con las manos tendidas como garras, y la agente tuvo que cogerla por la cintura y apartarla de Krystal, impidiendo que le arañara la cara.

—¡Zorra, hijaputa, ¿qué le has hecho a Robbie?!

La chica esquivó a las dos mujeres que forcejeaban, salió corriendo hacia la casa y cerró de un portazo detrás de sí.

—Maldita sea —murmuró la agente por lo bajo.

A varios kilómetros de allí, en Hope Street, Kay y Gaia Bawden estaban frente a frente en el pasillo a oscuras. Ninguna de las dos era lo bastante alta como para cambiar la bombilla que llevaba días fundida, y no tenían escalera. Habían pasado casi todo el día discutiendo, haciendo unas frágiles paces y volviendo a discutir. Finalmente, cuando la reconciliación parecía inminente, ya que Kay había admitido que ella también odiaba Pagford y que todo había sido un error, y cuando había dicho que intentaría conseguir volver a Londres, le sonó el móvil.

—El hermano de Krystal Weedon se ha ahogado —susurró Kay tras hablar con Tessa.

—Vaya —respondió Gaia. Era consciente de que debería expresar lástima, pero temía dejar la discusión sobre Londres antes de que su madre se comprometiera—. Qué pena —añadió con un hilo de voz.

—Ha sucedido en Pagford, aquí mismo. Krystal estaba con el hijo de Tessa Wall.

Gaia se sintió aún más avergonzada de haber dejado que Fats Wall la besara. Su boca tenía un sabor horrible, a cerveza y tabaco, y había intentado meterle mano. Si al menos se hubiese tratado de Andy Price... Y Sukhvinder llevaba todo el día sin contestar a sus mensajes.

—Estará destrozada —dijo Kay con la mirada perdida.

—Pero tú no puedes hacer nada, ¿no? —soltó Gaia.

—Bueno...

—¡Ya estamos otra vez! ¡Siempre lo mismo! ¡Tú ya no eres su asistente social! —Y pateando el suelo como hacía de pequeña, añadió a voz en cuello—: ¡¿Qué pasa conmigo?!

En Foley Road, la agente de policía había llamado a un asistente social de guardia. Terri se debatía y chillaba y trataba de aporrear la puerta de la casa mientras, del otro lado, se oía ruido de muebles arrastrados para formar una barricada. Los vecinos iban asomándose a sus puertas, un público fascinado por el arrebato de Terri. En sus gritos incoherentes y la actitud ominosa de la policía, los curiosos adivinaron el motivo.

—Se ha muerto el niño —se decían unos a otros.

Nadie se acercó a ofrecer consuelo o palabras tranquilizadoras. Terri Weedon no tenía amigos.

—Ven conmigo —le pidió Kay a su obstinada hija—. Voy a la casa a ver si puedo hacer algo. Yo me llevaba bien con Krystal. Esa chica no tiene a nadie.

—¡Apuesto a que estaba follando con Fats Wall cuando ha ocurrido! —exclamó Gaia.

Pero fue su última protesta. Al cabo de unos minutos se estaba poniendo el cinturón en el viejo Vauxhall de Kay, contenta, a pesar de todo, de que su madre le hubiese pedido que la acompañara.

Sin embargo, para cuando llegaron a la carretera de circunvalación, Krystal había encontrado lo que buscaba: una bolsita de heroína escondida en el armario del lavadero, la segunda de las dos que Obbo le había dado a Terri como pago por el reloj de Tessa. Krystal se la llevó junto con los bártulos de su madre al cuarto de baño, la única habitación de la casa que tenía cerrojo en la puerta.

La tía Cheryl debía de haberse enterado de lo ocurrido, porque Krystal la oía chillar con su voz ronca por encima de los gritos de Terri, incluso a través de dos puertas.

—¡Vamos, zorra, abre la puta puerta! ¡Deja que tu madre te vea!

Y se oían gritos de la policía, que trataba de acallar a las dos mujeres.

Krystal nunca se había chutado, pero lo había visto hacer muchas veces. Sabía cómo eran los barcos vikingos y cómo hacer la maqueta de un volcán, pero también cómo calentar la cuchara y que hacía falta una bolita de algodón para absorber la droga disuelta y actuar de filtro cuando llenabas la jeringuilla. Sabía que la cara interior del codo era el mejor sitio para encontrar una vena, y que había que poner la aguja lo más plana posible contra la piel. Sabía, porque lo había oído muchas veces, que un novato no podría resistir la misma dosis que un adicto, y eso ya le iba bien, porque ella no quería resistir.

Robbie estaba muerto y era culpa suya. En su empeño por salvarlo, lo había matado. Mientras sus dedos se afanaban en conseguir lo que tenía que hacer, las imágenes parpadeaban en su mente. El señor Fairbrother, en chándal, corriendo por la orilla del canal mientras las ocho remaban. La cara de la abuelita Cath, transida de pena y amor. Un Robbie sorprendentemente limpio que la esperaba ante la ventana de la casa de acogida, y que daba saltitos de alegría cuando ella se acercaba a la puerta...

Oía al policía gritarle a través del buzón de la puerta que no hiciese tonterías, y a la agente tratando de calmar a Terri y Cheryl.

La aguja se deslizó con facilidad en la vena. Apretó el émbolo hasta el fondo, con esperanza y sin remordimiento.

Cuando llegaron Kay y Gaia y la policía decidió forzar la puerta, Krystal Weedon había cumplido su único anhelo: se había reunido con su hermano donde ya nadie podría separarlos.

SÉPTIMA PARTE

El alivio de la pobreza

13.5 Los donativos para beneficio de los pobres [...] son un acto de caridad, y siguen siéndolo incluso si casualmente benefician a los ricos...

Charles Arnold-Baker
La administración local, 7.ª edición

Una soleada mañana de abril, casi tres semanas después de que el ulular de las sirenas irrumpiera en el soñoliento Pagford, Shirley Mollison, sola en su dormitorio, observaba con ojos entornados su reflejo en la luna del armario. Llevaba a cabo los últimos retoques en su atuendo antes del ahora cotidiano trayecto en coche hasta el South West General. Tenía que ceñirse un agujero más el cinturón, su cabello cano pedía a gritos un corte, y la mueca que esbozaba ante el sol que entraba a raudales en la habitación podría haber sido la simple expresión de su estado de ánimo.

Shirley había pasado un año entero recorriendo las salas del hospital, con el carrito de los libros o cargada con flores y tablillas sujetapapeles, y ni una sola vez se había imaginado que pudiera convertirse en una de aquellas pobres mujeres que se sentaban encogidas junto a las camas, con la vida truncada por un marido derrotado y sin fuerzas. Howard no se había recuperado con la celeridad de siete años atrás. Seguía conectado a máquinas que emitían pitidos, y estaba débil, abstraído y con un color muy desagradable; no se valía por sí mismo y su actitud era quejumbrosa. A veces, Shirley fingía ir al lavabo para escapar de su hosca mirada.

Cuando Miles la acompañaba al hospital, lo dejaba hablar a él, que soltaba largos monólogos sobre las noticias de Pagford. Shirley se sentía mucho mejor, más visible y protegida a un tiempo, con su alto hijo recorriendo a su lado los fríos pasillos. Él charlaba afablemente con las enfermeras, la ayudaba a subir y bajar del coche, y la hacía sentirse de nuevo un ser especial, digno de cariño y protección. Pero Miles no podía ir con ella todos los días, y, para irritación de Shirley, delegaba en Samantha su función de acompañante. Y eso no era lo mismo, desde luego, pese a que Samantha era una de las pocas personas capaces de arrancarle una sonrisa a la cara enrojecida y ausente de Howard.

Y nadie parecía percatarse del espantoso silencio que reinaba en casa. Cuando los médicos habían comunicado a la familia que la recuperación de Howard llevaría meses, Shirley confió en que Miles le dijera que se instalase en la habitación de invitados de su gran casa en Church Row, o en que él se quedara a dormir en la de sus padres de vez en cuando. Pero no, la habían dejado sola, completamente sola, con excepción de un doloroso período de tres días en que había desempeñado el papel de anfitriona de Pat y Melly.

«No lo habría hecho —se repetía en el silencio de la noche cuando no podía dormir—. Nunca tuve verdadera intención de hacerlo. Estaba muy alterada, nada más. No lo habría hecho, jamás.»

Había enterrado la EpiPen de Andrew en la tierra blanda de debajo de la mesita donde ponían comida para los pájaros, como si fuera un cadáver diminuto. Saber que estaba allí no le gustaba. Una noche oscura, la víspera de la recogida de basuras, la desenterraría y la echaría en el cubo de algún vecino.

Howard no había mencionado la jeringuilla, ni a ella ni a nadie. No le había preguntado a Shirley por qué había salido corriendo al verlo en el suelo.

Ella encontraba alivio en prolongadas invectivas contra la gente que, en su opinión, había provocado la catástrofe que se cernía sobre su familia. La primera de la lista era, cómo no, Parminder Jawanda, por su cruel negativa a atender a Howard. Luego venían los dos adolescentes que, a causa de su repulsiva irresponsabilidad, habían entretenido una ambulancia que de otro modo podría haber llegado antes a atender a Howard.

Este último argumento resultaba quizá un poco endeble, pero era la forma más satisfactoria de que disponía para expresar su desprecio hacia Stuart Wall y Krystal Weedon, y Shirley encontraba a mucha gente dispuesta a escucharla en su círculo más cercano. Es más, resultó que el chico de los Wall era el Fantasma de Barry Fairbrother. Había confesado ante sus padres, quienes habían telefoneado a las víctimas de la malevolencia de su hijo para pedirles perdón. La identidad del Fantasma había corrido rápidamente por todo el pueblo, y eso, unido a que Stuart fuese responsable en parte de la muerte de un niño de tres años, hacía que insultarlo constituyera un deber y un placer al mismo tiempo.

Shirley se mostraba más vehemente que nadie en sus comentarios. Había algo feroz en sus acusaciones, cada una de ellas un pequeño exorcismo de la afinidad y admiración que había sentido antaño por el Fantasma, y una condena de aquel último y horroroso mensaje que, por el momento, nadie más había dicho haber visto. Los Wall no habían llamado a Shirley para disculparse, pero ella estaba preparada, por si el chico les mencionaba el mensaje a sus padres o por si alguien lo sacaba a relucir, para asestar un golpe definitivo y aplastante a la reputación de Stuart.

«Oh, sí, Howard y yo estamos al corriente de ese mensaje —tenía previsto decir con gélida dignidad— y, en mi opinión, fue la impresión que se llevó Howard lo que le provocó el infarto.»

De hecho, Shirley había practicado esa frase en voz alta en la cocina.

La cuestión de si Stuart Wall sabía en realidad algo sobre su marido y Maureen era menos urgente ahora, porque

Howard evidentemente era incapaz de volver a avergonzarla en ese sentido, quizá para siempre, y nadie parecía andar cotilleando al respecto. Y aunque el silencio que ella le ofrecía a Howard —cuando no podía evitar estar a solas con él— tuviera cierto cariz reivindicativo por ambas partes, Shirley ya era capaz de enfrentarse a la perspectiva de una incapacidad prolongada de su marido y su ausencia en casa con mayor serenidad de la que le habría parecido posible tres semanas atrás.

Sonó el timbre de la puerta y Shirley se apresuró a abrir. Era Maureen, que se tambaleaba sobre unos desafortunados tacones, demasiado llamativa vestida de color aguamarina.

—Hola, querida, pasa —dijo Shirley—. Voy por mi bolso.

Era mejor llevarse incluso a Maureen al hospital que ir sola. Maureen no se arredraba ante el silencio de Howard; parloteaba sin parar con su voz ronca, y ella podía sentarse en paz, esbozar una sonrisa felina y relajarse. En cualquier caso, como Shirley ejercía el control provisional de la parte de Howard en el negocio, encontraba ahora muchos medios para desahogar sus persistentes sospechas desairando constantemente a Maureen, pues cuestionaba cada una de sus decisiones.

—¿Sabes que allí abajo, en St. Michael, se está celebrando el funeral de los niños Weedon? —comentó Maureen.

—No me digas. ¿Aquí? —repuso Shirley, horrorizada.

—Se ve que hicieron una colecta —le contó Maureen, rebosante de cotilleos que Shirley, aparentemente, se había perdido en sus interminables idas y venidas del hospital—. No me preguntes quiénes. De todas formas, habría dicho que la familia no querría celebrarlo junto al río, ¿tú no?

(Aquel sucio niño que apenas sabía hablar, de cuya existencia muy pocos estaban al corriente y a quien nadie, salvo su madre y su hermana, había profesado un cariño especial, al ahogarse había sufrido una metamorfosis tan tremenda en la mentalidad colectiva de Pagford que en todas partes se aludía a él como un duende del agua, un querubín, un angelito puro y dulce al que todos habrían colmado de amor y compasión de haber podido salvarlo.

En cambio, la aguja y la llama no habían tenido ningún efecto transformador en la reputación de Krystal; todo lo contrario, pues la habían grabado para siempre en la memoria de la vieja guardia de Pagford como una criatura desalmada, cuya búsqueda de lo que a los mayores les gustaba definir como «mera diversión» había conducido a la muerte de un niño inocente.)

Shirley se estaba poniendo el abrigo.

—¿Sabes que aquel día los vi a los tres? —comentó, y las mejillas se le tiñeron de rubor—. Al crío berreando junto a unos matorrales, y a Krystal Weedon y Stuart Wall en otros...

—¿De veras? ¿Y realmente estaban...? —preguntó una ávida Maureen.

—Pues sí —repuso Shirley—. A plena luz del día y al aire libre. Y el niño estaba en la mismísima orilla del río cuando lo vi. Un par de pasos y se habría caído al agua.

Algo en la expresión de Maureen la hirió profundamente.

—Tenía prisa —explicó Shirley con aspereza—. Howard me había dicho que se encontraba mal y estaba preocupadísima. Ni siquiera quería salir de casa, pero Miles y Samantha nos mandaron a Lexie (si quieres saber mi opinión, yo creo que habían discutido) y la niña quiso que fuéramos a la cafetería. Yo estaba loca de inquietud, sólo podía pensar en volver con Howard, y en realidad no comprendí lo que vi hasta mucho después... Y lo más espantoso —añadió, más sonrojada que nunca y volviendo a su cantinela favorita— es que, si Krystal Weedon no hubiese dejado que ese crío se alejara mientras ella se revolcaba en los arbustos, la ambulancia de Howard habría llegado mucho antes. Porque, claro, con dos de ellas saliendo a la vez, las cosas se complic...

—Ya, ya —la interrumpió Maureen mientras iban hacia el coche, porque no era la primera vez que oía todo aquello—.

Pues yo no consigo dejar de pensar por qué se les ha ocurrido celebrar los funerales aquí, en Pagford...

Le habría gustado pasar por la iglesia de camino al hospital, para ver qué aspecto tenía la familia Weedon y quizá vislumbrar a la madre yonqui y degenerada, pero no se le ocurrió cómo planteárselo a Shirley.

—Nos queda un consuelo, ¿sabes? —dijo, cuando emprendieron camino hacia la circunvalación—. Podemos dar por sentado que se acabaron los Prados. Eso tiene que ser un consuelo para Howard. Aunque tenga que pasar una temporada sin asistir a las reuniones del concejo, eso sí lo ha conseguido.

Andrew Price bajaba a toda velocidad la escarpada cuesta desde Hilltop House, con el sol calentándole la espalda y el viento revolviéndole el pelo. El ojo morado se le había puesto amarillo verdoso en el término de una semana, y tenía peor pinta incluso, si cabía, que cuando había aparecido en el instituto con el párpado casi cerrado. A los profesores que mostraron interés les dijo que se había caído de la bicicleta.

Estaban en plenas vacaciones de Pascua, y Gaia le había mandado un SMS la noche anterior para preguntarle si iría al funeral de Krystal al día siguiente. Andrew le contestó que sí de inmediato. Tras mucha deliberación, se puso los vaqueros más limpios que encontró y una camisa gris oscuro, porque no tenía ningún traje.

No estaba muy claro por qué asistía Gaia al funeral, a menos que lo hiciera para estar con Sukhvinder Jawanda, a quien parecía más unida que nunca ahora que iba a mudarse a Londres con su madre.

—Mamá dice que nunca debería haber venido a Pagford —les había contado alegremente a Andrew y Sukhvinder cuando los tres estaban sentados en el murete junto al quiosco, a la hora de comer—. Se ha dado cuenta de que Gavin es un gilipollas integral.

Gaia le había dado a Andrew su número de móvil y le había dicho que podían quedar cuando ella fuese a Reading a ver a su padre, y hasta comentó, de pasada, que si la visitaba en Londres lo llevaría a conocer algunos de sus sitios favoritos. Gaia andaba prodigando propuestas como un soldado que tirara la casa por la ventana para celebrar su desmovilización, y esas promesas, hechas tan a la ligera, proporcionaron una dorada pátina a la perspectiva de la mudanza de Andrew. Recibió la noticia de la oferta que les habían hecho a sus padres por Hilltop House con emoción y dolor casi a partes iguales.

La curva cerrada que daba paso a Church Row, que solía levantarle el ánimo, lo sumió en el desaliento. Vio a la gente moverse por el cementerio y se preguntó cómo sería el funeral, y por primera vez esa mañana, sus pensamientos sobre Krystal Weedon no fueron sólo en abstracto.

Evocó un recuerdo largo tiempo enterrado en los más profundos recovecos de su mente, el de aquella ocasión en el patio del St. Thomas, cuando Fats, con objeto de llevar a cabo una investigación imparcial, le tendió una chuchería con un cacahuete oculto en su interior. Aún podía sentir el ardiente e inexorable tapón en su garganta. Recordaba haber intentado gritar y que se le habían doblado las rodillas, y a los niños en torno a él, observándolo con extraño y pasivo interés, y luego el grito estridente de Krystal Weedon:

—¡Andy Price se ha tragado un *cahuete*!

Krystal había echado a correr con sus piernecitas regordetas hacia la sala de profesores, y el director había cogido en brazos a Andrew para llevarlo inmediatamente al cercano consultorio médico, donde el doctor Crawford le había administrado adrenalina. Sólo Krystal recordaba la charla que la maestra le había dado a la clase, explicándoles la peligrosa alergia de Andrew, y sólo ella reconoció los síntomas.

Deberían haberle dado a Krystal una estrella dorada, y quizá un certificado de Alumna de la Semana en la reunión de profesores y alumnos, pero al día siguiente (Andrew lo recordaba con tanta claridad como su propio colapso) Krystal le había pegado a Lexie Mollison en la boca con suficiente fuerza como para hacerle saltar dos dientes.

Andrew metió con cuidado la bicicleta de Simon en el garaje de los Wall y luego llamó al timbre con una desgana que no había sentido nunca. Le abrió Tessa, que llevaba puesto su mejor abrigo, de color gris. Andrew estaba molesto con ella; era culpa suya que tuviese un ojo morado.

—Pasa, Andy —le dijo con expresión tensa—. Sólo tardaremos un minuto.

Andrew esperó en el pasillo, donde el vitral sobre la puerta proyectaba su resplandor de caja de acuarelas sobre el parquet. Tessa fue a la cocina y Andrew vislumbró a Fats con su traje negro, desmadejado en una silla como una araña aplastada, con un brazo contra la cabeza, como si se protegiera de unos golpes.

Andrew se volvió de espaldas. No se comunicaban desde que él había llevado a Tessa hasta el Cubículo. Hacía dos semanas que Fats no iba a clase. Andrew le había mandado un par de SMS, pero no había contestado. Su página de Facebook seguía exactamente igual que el día de la fiesta de Howard Mollison.

Una semana atrás, sin previo aviso, Tessa había llamado a los Price para decirles que Fats había admitido haber colgado los mensajes con el nombre de El Fantasma de Barry Fairbrother, y para disculparse sinceramente por las consecuencias que habían padecido.

—A ver, ¡¿y cómo sabía él que yo tenía aquel ordenador?! —había exclamado Simon, avanzando hacia Andrew—. ¿Cómo cojones sabía Fats Wall que yo hacía trabajos fuera de jornada en la imprenta?

El único consuelo de Andrew fue que, de haber sabido su padre la verdad, podría haber ignorado las protestas de Ruth y haber seguido pegándole hasta dejarlo inconsciente.

Andrew no sabía por qué Fats había decidido atribuirse la autoría de todos los mensajes. Quizá era por su ego, por su determinación de ser el cerebro del asunto, el más destructivo, el más malo de todos. Quizá había creído estar haciendo algo noble al encajar el golpe por los dos. Fuera como fuese, Fats había causado mucho más daño del que creía; mientras esperaba en el pasillo, Andrew se dijo que su amigo nunca había comprendido cómo era la vida con un padre como Simon, a salvo como estaba él en su buhardilla, con unos padres razonables y civilizados.

Oyó hablar a los adultos Wall en voz baja; no habían cerrado la puerta de la cocina.

—Tenemos que irnos ya —decía Tessa—. Tiene la obligación moral de asistir, y va a asistir.

—Ya ha recibido suficiente castigo —repuso la voz de Cuby.

—No le estoy pidiendo que vaya como...

—¿Ah, no? —interrumpió Cuby con brusquedad—. Por el amor de Dios, Tessa. ¿De verdad crees que lo querrán allí? Ve tú. Stu puede quedarse aquí conmigo.

Un minuto más tarde, ella salió de la cocina y cerró la puerta.

—Stu no viene —anunció, y Andrew advirtió que estaba furiosa—. Lo siento.

—No pasa nada —musitó el chico.

Se alegraba. No le parecía que les quedase mucho de qué hablar. Así podría sentarse con Gaia.

Unas casas más abajo, en la misma Church Row, Samantha Mollison estaba ante la ventana de la sala de estar, con una taza de café en la mano y viendo pasar a los asistentes al funeral de camino a St. Michael and All Saints. Cuando vio a Tessa Wall, y a quien creyó que era Fats, soltó un gritito ahogado.

—Oh, Dios mío, él también va —se dijo en voz alta.

Entonces reconoció a Andrew, se ruborizó y se apartó rápidamente del cristal.

Se suponía que estaba trabajando en casa. Tenía el portátil abierto a su lado en el sofá, pero esa mañana se había puesto un viejo vestido negro, todavía sin decidir si asistiría al funeral de Krystal y Robbie Weedon. Supuso que sólo le quedaban unos minutos para decidirse.

Nunca había pronunciado una palabra amable sobre Krystal Weedon, de modo que sin duda resultaría hipócrita asistir a su funeral sólo porque había llorado con el artículo sobre su muerte en el *Yarvil and District Gazette*, y porque la cara redonda de Krystal sonreía en todas las fotografías de la clase que Lexie había llevado a casa del St. Thomas, ¿verdad?

Dejó el café, fue hasta el teléfono y llamó a Miles al trabajo.

—Hola, cariño —saludó él.

(Ella lo había abrazado cuando sollozaba de alivio junto a la cama de hospital en la que Howard yacía conectado a máquinas, pero vivo.)

—Hola. ¿Cómo estás?

—Voy tirando. Una mañana ajetreada. Me encanta que me llames. ¿Estás bien?

(La noche anterior habían hecho el amor, y ella no había fingido que Miles fuera otro.)

—El funeral está a punto de empezar —dijo Samantha—. Veo pasar a la gente... —Llevaba casi tres semanas reprimiendo algo que deseaba decir, por Howard, por lo del hospital y porque no quería recordarle a Miles la espantosa discusión que habían tenido, pero ya no podía callarse más—. Miles, yo vi a ese niño. A Robbie Weedon. Yo lo vi, Miles. —Su tono era nervioso, casi suplicante—. Estaba en el campo de deportes del St. Thomas cuando lo atravesé aquella mañana.

—¿En el campo de deportes?

—Debió de alejarse mientras los dos chicos... El hecho es que estaba solo —añadió, y se acordó de su aspecto, sucio y descuidado.

Solía preguntarse si se habría preocupado más de haberlo visto más limpio; si, a algún nivel subliminal, no habría confundido los claros indicios de desatención con astucia callejera, dureza y resistencia.

—Pensé que estaba allí jugando, pero no había nadie con él —prosiguió—. Sólo tenía tres años y medio, Miles. ¿Por qué no le pregunté con quién estaba?

—Bueno, bueno —dijo él con voz tranquilizadora, y ella sintió alivio al instante; Miles se estaba haciendo cargo de la situación, y eso le humedeció los ojos—. Tú no tienes culpa de nada. No podías saberlo. Probablemente pensaste que su madre andaba por allí.

(De modo que Miles no la odiaba, no la consideraba malvada. Últimamente, Samantha había recibido una lección de humildad con la capacidad de perdonar de su marido.)

—No estoy segura de haber pensado eso —repuso con un hilo de voz—. Miles, si le hubiese dicho algo...

—Ni siquiera estaba cerca del río cuando lo viste.

«Pero sí cerca de la calle», pensó Samantha.

En esas últimas tres semanas, se había despertado en ella el deseo de implicarse en algo más que en ella misma. Había esperado día tras día a que esa nueva y extraña necesidad remitiese («Así es como la gente se vuelve religiosa», pensaba, tratando de tomárselo a risa), pero no había hecho más que intensificarse.

—Miles —dijo—, quería comentarte que... bueno, ahora que tu padre falta en el concejo, y que Parminder Jawanda ha dimitido también..., lo mejor sería invitar formalmente a un par de personas a convertirse en miembros, ¿verdad? —Conocía la normativa; llevaba años oyendo hablar de esos temas—. Me refiero a que no querrás que se celebren otras elecciones, después de todo esto, ¿no?

—No, desde luego que no.

—O sea que Colin Wall podría ocupar una plaza, y estaba pensando que —se apresuró a añadir Samantha—, ahora que todo el negocio lo llevo por internet... yo podría ocupar la otra.

—¿Tú? —preguntó Miles, perplejo.

—Me gustaría implicarme en esas cosas, sí.

Krystal Weedon, muerta a los dieciséis, atrincherada en aquella sórdida casita de Foley Road... Samantha llevaba dos semanas sin beber una copa de vino. Le parecía que le gustaría escuchar los argumentos en defensa de la Clínica Bellchapel para Drogodependientes.

En el número 10 de Hope Street sonaba el teléfono. Kay y Gaia ya llegaban tarde al funeral de Krystal. Cuando Gaia preguntó quién llamaba, su preciosa cara se endureció y pareció mucho mayor.

—Es Gavin —le dijo a su madre.

—¡Yo no lo he llamado! —musitó Kay, como una colegiala nerviosa, y cogió el teléfono.

—Hola —dijo Gavin—. ¿Cómo estás?

—Pues justo iba a salir, a un funeral —repuso Kay con la mirada clavada en la de su hija—. El de los niños Weedon. Así que no estoy lo que se dice genial.

—Vaya. Dios, es verdad. Perdona, se me había olvidado.

Gavin había visto el apellido Weedon en los titulares del *Yarvil and District Gazette* y, por fin vagamente interesado, compró un ejemplar. Se le ocurrió que debía de haber pasado muy cerca de donde estaban los adolescentes y el niño, aunque no recordaba haber visto a Robbie Weedon. Por lo demás, había pasado un par de semanas muy raras. Echaba terriblemente de menos a Barry. Y no entendía su propia reacción: cuando debería haberlo hundido el rechazo de Mary, lo único que deseaba era tomarse una cerveza con el hombre al que había esperado quitarle la mujer... (Murmurando para sí cuando se alejaba de casa de Mary, había dicho: «Esto te pasa por intentar robarle la mujer a tu mejor amigo.»)

—Oye —dijo—, me preguntaba si te apetecería tomar una copa después.

Kay estuvo a punto de echarse a reír.

—Te ha dado calabazas, ¿eh?

Le tendió el teléfono a Gaia para que colgara. Se apresuraron a salir de casa y, medio corriendo, llegaron al final de la calle y cruzaron la plaza. Durante unos diez pasos, cuando pasaban por delante del Black Canon, Gaia le dio la mano a su madre.

Llegaron cuando los dos féretros aparecían en lo alto de la calle, y se apresuraron a entrar en el cementerio mientras los portadores se reunían en la acera.

(—Apártate de la ventana —le ordenó Colin Wall a su hijo.

Pero Fats, que tendría que vivir a partir de entonces con el peso de su propia cobardía, se quedó donde estaba, tratando de demostrarse que, al menos, era capaz de soportar aquello.

Los féretros pasaron lentamente ante la ventana en sendos coches fúnebres con las ventanillas tintadas: el primero era de un rosa subido, y verlo lo dejó sin aliento; el segundo era diminuto y de un blanco reluciente...

Colin se plantó delante de Fats demasiado tarde para protegerlo, pero de todas formas corrió las cortinas. En la sala en penumbra donde Fats les había confesado a sus padres que había sacado a la luz la enfermedad de su padre, donde había confesado todo lo que se le había ocurrido con la esperanza de que lo consideraran loco y enfermo, donde había tratado de echarse toda la culpa posible sobre las espaldas para que acabaran dándole una paliza o acuchillándolo o haciéndole las cosas que creía merecer, Colin apoyó suavemente una mano en el hombro de su hijo y lo guió hacia la cocina iluminada por el sol.)

En el exterior de St. Michael and All Saints, los portadores se disponían a recorrer con los féretros el sendero hasta la entrada de la iglesia. Entre ellos iba Dane Tully, con su pendiente y el tatuaje de una telaraña en el cuello, hecho por él mismo, y con un pesado abrigo negro.

Los Jawanda esperaban con las Bawden a la sombra del tejo. Andrew Price no andaba muy lejos, y a cierta distancia se hallaba Tessa Wall, pálida e imperturbable. El resto de los asistentes formaba una falange distinta en torno a las puertas de la iglesia. Unos esbozaban expresiones hoscas y desafiantes; otros parecían resignados y hundidos; unos cuantos vestían prendas baratas de luto, pero la mayoría llevaba vaqueros o chándales, y una chica lucía una camiseta cortada y un aro en el ombligo al que el sol arrancaba destellos. Los féretros avanzaban por el sendero, resplandecientes a la intensa luz.

Era Sukhvinder Jawanda quien había elegido el féretro rosa para Krystal, segura de que ella lo habría querido así. Era Sukhvinder quien lo había hecho prácticamente todo: organizar, decidir y convencer. Parminder no paraba de mirar de soslayo a su hija y de encontrar excusas para tocarla: le apartaba el cabello de los ojos, le alisaba el cuello del vestido.

Al igual que Robbie había vuelto del río purificado y convertido en mártir del arrepentido Pagford, Sukhvinder, que había arriesgado la vida tratando de salvar al niño, había emergido convertida en heroína. Gracias al artículo sobre ella en el *Yarvil and District Gazette* y a la enérgica proclamación de Maureen Lowe de que pensaba recomendarla para un premio especial de la policía, así como al discurso que la directora pronunció en su honor ante profesores y alumnos reunidos, Sukhvinder experimentó, por primera vez en su vida, qué se sentía al eclipsar a sus hermanos.

Y había odiado cada minuto de toda esa atención. Por las noches, volvía a sentir el peso del niño muerto en sus brazos, arrastrándola hacia las profundidades; recordaba la tentación de soltarlo y salvarse, y se preguntaba cuánto tiempo la habría resistido. La cicatriz en la pierna le picaba y le dolía, tanto al moverse como al quedarse quieta. La noticia de la muerte de Krystal Weedon había tenido un efecto tan alarmante en ella que sus padres habían solicitado ayuda psicológica, pero Sukhvinder no se había cortado ni una sola vez desde que la habían sacado del río; haber estado a punto de ahogarse parecía haber purgado esa necesidad.

Entonces, el primer día de su vuelta al instituto, con Fats Wall todavía ausente y con miradas de admiración siguiéndola por los pasillos, Sukhvinder había oído el rumor de que Terri Weedon no tenía dinero para enterrar a sus hijos, de que no tendrían lápidas y sólo los féretros más baratos.

—Me parece muy triste, Jolly —había comentado su madre esa noche, cuando la familia cenaba ante la pared de fotografías de los hermanos.

Su tono fue tan dulce como lo había sido el de la agente de policía; ya no había brusquedad en la voz de Parminder cuando hablaba con su hija.

—Quiero intentar que la gente dé dinero —declaró Sukhvinder.

Sus padres intercambiaron una mirada en la mesa de la cocina, sintiéndose instintivamente reacios a pedirle a la gente de Pagford que donara dinero para una causa como aquélla, pero ninguno de los dos dijo nada. Ahora que le habían visto los antebrazos, les producía cierto temor contrariar a Sukhvinder, y la sombra del orientador psicológico al que aún no conocían parecía pender sobre todas sus interacciones.

—Y me parece —prosiguió Sukhvinder con una energía febril como la de la propia Parminder— que el funeral debería hacerse aquí, en St. Michael, como el del señor Fairbrother. Cuando iba al St. Thomas, Krys asistía aquí a todos los servicios religiosos. Apuesto a que no había pisado otra iglesia en su vida.

«La luz de Dios brilla en todas las almas», se dijo Parminder, y, para sorpresa de Vikram, contestó de pronto:

—Sí, de acuerdo. Veremos qué se puede hacer.

La mayor parte de los gastos la habían afrontado los Jawanda y los Wall, pero también habían puesto dinero Kay Bawden, Samantha Mollison y un par de madres de las chicas del equipo de remo. Sukhvinder insistió entonces en acudir a los Prados en persona, a explicarle a Terri lo que habían hecho y por qué; lo del equipo de remo, y por qué el funeral de Krystal y Robbie debía celebrarse en St. Michael.

A Parminder la había preocupado mucho que su hija fuera sola a los Prados, por no hablar de a aquella mugrienta casa, pero Sukhvinder estaba convencida de que todo iría bien. Los Weedon y los Tully sabían que había intentado salvarle la vida a Robbie. Dane Tully había dejado de gruñirle en las clases de lengua, y había impedido también que lo hicieran sus amigos.

Terri accedió a todo lo que le propuso Sukhvinder. Su aspecto era descarnado y sucio, y se mostró monosilábica y pasiva. A Sukhvinder la había asustado un poco, con sus brazos llenos de marcas y su boca medio desdentada; era como hablar con un cadáver.

En el interior de la iglesia, los asistentes se dividieron en dos bandos, con la gente de los Prados ocupando los bancos de la izquierda, y los pagfordianos los de la derecha. Shane y Cheryl Tully llevaron hasta la primera fila de bancos a Terri, que, con un abrigo dos tallas grande, no parecía saber muy bien dónde estaba.

Los féretros se colocaron uno junto al otro en unas andas frente al altar. Sobre el de Krystal había un remo de brocíneos crisantemos, y sobre el de Robbie un osito de crisantemos blancos.

Kay Bawden se acordó de la habitación de Robbie, con sus escasos y roñosos juguetes de plástico, y el programa de la ceremonia le tembló entre los dedos. Habría una investigación en el trabajo, naturalmente, porque el periódico local clamaba que la hubiese, y habían publicado ya un artículo en primera plana en el que sugerían que se había permitido que el niño viviera al cuidado de un par de yonquis y que su muerte podría haberse evitado si los negligentes asistentes sociales lo hubiesen puesto a salvo. Mattie había vuelto a pedir la baja por estrés, y se estaba valorando cómo había llevado Kay la revisión del caso. Ésta se preguntaba cómo afectaría eso a sus posibilidades de encontrar otro empleo en Londres, cuando todos los órganos municipales estaban recortando las plazas de asistentes sociales, y cómo reaccionaría Gaia si tenían que quedarse en Pagford. Aún no se había atrevido a hablarlo con ella.

Andrew miró a Gaia, sentada a su lado, e intercambiaron leves sonrisas. En Hilltop House, Ruth ya estaba preparando la mudanza. Andrew notaba que su madre, con su eterno optimismo, tenía la esperanza de que su recompensa por sacrificar la casa y la belleza del paisaje fuera un renacimiento. Su concepto de Simon seguía obviando sus ataques de ira y su deshonestidad, y confiaba en dejar todo eso atrás, como cajas olvidadas en la mudanza. Pero Andrew se dijo que al menos estaría un paso más cerca de Londres, y Gaia le había asegurado que estaba demasiado borracha para saber lo que hacía con Fats, y a lo mejor los invitaba a Sukhvinder y a él a tomar café a su casa cuando acabara el funeral...

Gaia, que pisaba por primera vez el interior de St. Michael, escuchaba a medias la cantinela del párroco y paseaba la mirada por el techo alto y estrellado y los vitrales como piedras preciosas. Pagford era un pueblo muy bonito, y ahora que se iba le parecía que quizá lo echaría un poco de menos.

Tessa Wall había preferido sentarse al fondo, sola. Eso la situaba justo debajo de la serena mirada de san Miguel, cuyo pie reposaba eternamente sobre aquel demonio que se retorcía, con sus cuernos y su cola. Tessa se había deshecho en lágrimas en cuanto había visto los dos relucientes féretros y, por más que intentaba contener el llanto, sus suaves gorgoteos eran audibles para quienes estaban cerca. Casi había esperado que alguien de la familia Weedon la reconociera como la madre de Fats y la increpara, pero no había pasado nada.

(Su vida familiar había dado un vuelco. Colin estaba furioso con ella.

—¿Que hiciste qué?

—Él quería saber lo que era la vida real, quería ver el lado sórdido de las cosas... ¿no comprendes a qué venía todo ese contacto con la pobreza?

—Así que decidiste contarle que podía ser el resultado de un incesto, y que yo intenté suicidarme porque él había entrado a formar parte de la familia, ¿es eso?

Tantos años tratando de reconciliarlos, y para conseguirlo había hecho falta la muerte de un niño y el profundo conocimiento que Colin tenía de la culpa. Tessa los había oído hablar a los dos la noche anterior en la buhardilla de Fats, y se había detenido a escuchar al pie de las escaleras.

—Ya puedes quitarte de la cabeza eso... todo eso que te contó tu madre —estaba diciendo Colin con aspereza—. No tienes ninguna anormalidad física o mental, ¿no? Bueno, pues entonces... deja de preocuparte y no le des más vueltas. Igualmente, tu orientador te ayudará con todo eso...)

Tessa sofocó los sollozos con el pañuelo empapado y pensó en lo poco que había hecho por Krystal, muerta en el suelo del cuarto de baño... Habría supuesto un alivio que san Miguel bajara de su reluciente vitral y los juzgara a todos, decretando con exactitud qué parte de culpa le correspondía a ella, por las muertes, por las vidas truncadas, por aquel cataclismo... Al otro lado del pasillo, un revoltoso niño de los Tully se bajó de un brinco del banco, y una mujer tatuada tendió un firme brazo para agarrarlo y volverlo a sentar. Los sollozos de Tessa se vieron interrumpidos por un leve jadeo de sorpresa: estaba segura de haber reconocido su propio reloj perdido en aquella gruesa muñeca.

Sukhvinder, que oía los sollozos de Tessa, sintió lástima por ella, pero no se atrevió a volverse. Parminder estaba furiosa con Tessa. Su hija no había podido explicar las cicatrices en sus brazos sin mencionar a Fats Wall. Le había rogado a su madre que no llamara a los Wall, pero entonces había sido Tessa quien había telefoneado a Parminder para decirle que Fats asumía toda la responsabilidad por los mensajes del Fantasma de Barry Fairbrother en la página web del concejo, y Parminder le había contestado con tal virulencia que desde entonces no se hablaban.

A Sukhvinder le había parecido extraño que Fats hiciese algo así, que asumiera la culpabilidad de su mensaje; pensó que se trataba de una manera de disculparse. Fats siempre había parecido capaz de leerle el pensamiento... ¿Sabía acaso que ella había atacado a su propia madre? Se preguntó si podría confesarle la verdad a ese nuevo orientador en quien sus padres parecían depositar tanta confianza, y si podría contárselo alguna vez a la nueva y contrita Parminder...

Sukhvinder intentaba seguir el oficio religioso, pero no le estaba siendo de mucha ayuda. Se alegraba del remo y el osito de crisantemos que había hecho la madre de Lauren; se alegraba de que Gaia y Andy hubiesen asistido al funeral, así como las chicas del equipo de remo, pero habría querido que las gemelas Fairbrother no se hubiesen negado a ir.

(—Es que le daríamos un disgusto a mamá —le dijo Siobhan—. Ella cree que papá le dedicaba demasiado tiempo a Krystal, ¿sabes?

—Ah —repuso Sukhvinder, desconcertada.

—Además —añadió Niamh—, a mamá no le gusta la idea de tener que ver la tumba de Krystal cada vez que visite la de papá, porque es muy probable que la pongan muy cerca.

A Sukhvinder, esas objeciones le sonaron triviales y mezquinas, pero le pareció un sacrilegio aplicar términos como ésos a la señora Fairbrother. Las gemelas se alejaron, absortas la una en la otra como estaban siempre últimamente; a Sukhvinder la trataban con frialdad por haber trabado amistad con la forastera, Gaia Bawden.)

Sukhvinder seguía esperando que alguien se levantara y hablara de la verdadera Krystal y de sus logros en la vida, como había hecho el tío de Niamh y Siobhan en el funeral del señor Fairbrother, pero el párroco, aparte de breves referencias a «unas vidas trágicamente cortas» y «una familia con profundas raíces en Pagford», parecía decidido a saltarse los hechos.

Y así, se puso a pensar en el día en que el equipo había competido en las finales regionales. El señor Fairbrother las había llevado en el minibús a remar contra las chicas del St. Anne. El canal atravesaba los jardines privados del colegio, y estaba previsto que se cambiaran en el gimnasio del St. Anne y la regata partiera de allí.

—Es muy antideportivo, por supuesto —les había dicho Fairbrother por el camino—. Supone una ventaja para el equipo de casa. Intenté que lo cambiaran, pero se negaron. No os dejéis intimidar y ya está, ¿de acuerdo?

—Pues yo no tengo miedo, jo...

—Krys...

—Que no tengo miedo.

Pero, cuando entraron en el recinto del colegio, Sukhvinder sí sintió miedo. Amplias extensiones de césped impecable y un gran edificio simétrico de piedra dorada, con agujas y un centenar de ventanas: no había visto nada igual en toda su vida, excepto en postales.

—¡Es como el palacio de Buckingham! —chilló Lauren desde el asiento de atrás, y la boca de Krystal formó una «o» perfecta; a veces mostraba la naturalidad de un niño.

Los padres de todas, y la bisabuela de Krystal, las esperaban en la línea de meta, donde fuera que estuviese. Sukhvinder tuvo la certeza de que no era la única que se sentía pequeña, asustada e inferior cuando se acercaban a la entrada del precioso edificio.

Una mujer con toga salió a recibir a Fairbrother, que llevaba su chándal.

—¡Deben de ser Winterdown!

—Pues claro que no lo somos —soltó Krystal en voz alta—, ¿le parecemos un puto edificio o qué?

Todos supieron que la profesora del St. Anne lo había oído, y Fairbrother se volvió para mirar a Krystal con el cejo fruncido, pero advirtieron que en realidad le había parecido divertido. El equipo entero empezó a reír por lo bajo, y aún soltaban bufidos y se burlaban cuando Fairbrother las dejó en la entrada de los vestuarios.

—¡Haced estiramientos! —les recordó cuando se alejaban.

El equipo del St. Anne estaba dentro con su entrenadora. Los dos grupos se observaron por encima de los bancos. Sukhvinder se quedó impresionada por el pelo de sus rivales. Todas tenían melenas naturales y relucientes: podrían haber protagonizado anuncios de champú. En su equipo, Siobhan y Niamh llevaban cortes a lo paje, y Lauren a lo chico; Krystal siempre se recogía el pelo en una coleta alta, y la propia Sukhvinder lo tenía áspero, grueso y rebelde como crin de caballo.

Le pareció que dos chicas del St. Anne intercambiaban susurros y sonrisitas burlonas, y la confirmación de que así era le llegó cuando Krystal se irguió de pronto en toda su estatura, las miró furibunda y soltó:

—Supongo que vuestra mierda huele a rosas, ¿no?

—Perdona, ¿qué has dicho? —quiso saber la entrenadora.

—Sólo era una pregunta —repuso Krystal con tono suave, y se volvió para quitarse los pantalones de chándal.

No habían podido aguantarse la risa, y mientras se cambiaban se oyeron bufidos y carcajadas. Krystal se alejó un poco haciendo el payaso, y cuando la fila de chicas del St. Anne pasó por delante de ella, les enseñó el culo.

—Encantador —comentó la última en salir.

—¡Gracias! —exclamó Krystal—. Después te dejo echar otro vistazo, si quieres. ¡Ya sé que sois todas tortilleras, encerradas aquí dentro sin un solo tío!

Holly se reía tanto que se dobló por la cintura y se dio un cabezazo contra la puerta de la taquilla.

—Joder, ten cuidado, Hol —dijo Krystal, encantada con el efecto que estaba causando en todas—. Vas a necesitar la cabeza.

Cuando desfilaban hacia el canal, Sukhvinder comprendió por qué el señor Fairbrother había querido cambiar el sitio donde se celebraba la regata. Ellas sólo lo tenían a él para animarlas en la salida, mientras que el equipo del St. Anne contaba con montones de amigas que chillaban y aplaudían y saltaban, todas con las mismas melenas largas y brillantes.

—¡Mirad! —exclamó Krystal señalándolas al pasar—. ¡Es Lexie Mollison! Eh, Lex, ¿te acuerdas de cuando te hice saltar los dientes?

Sukhvinder se rió tanto que le dolió el estómago. Se sentía contenta y orgullosa de ir con Krystal, y notó que las demás pensaban lo mismo. La forma que Krystal tenía de enfrentarse al mundo las protegía a todas de las miradas, las banderitas que ondeaban y el edificio como un palacio que había al fondo.

Pero cuando subieron a la embarcación, Sukhvinder advirtió que incluso Krystal acusaba la presión. Ésta se volvió hacia ella, que siempre remaba detrás, para enseñarle algo que tenía en la mano.

—Mi amuleto de la suerte —dijo.

Era un llavero con un corazón de plástico rojo, y dentro había una fotografía de su hermanito.

—Le he dicho que le llevaría una medalla —añadió Krystal.

—Sí —respondió Sukhvinder con una oleada de confianza y temor—. Se la llevaremos.

—Ajá —repuso Krystal mirando al frente de nuevo, y volvió a meterse el llavero en el sujetador. Y, en voz bien alta para que todo el equipo la oyera, añadió—: Estas tías no tienen nada que hacer contra nosotras. Sólo son una panda de bolleras. ¡Acabemos con ellas!

Sukhvinder recordaba el pistoletazo de salida y los vítores de la multitud y la tensión en los músculos. Recordaba la euforia ante el ritmo perfecto que llevaban y el placer que suponía estar mortalmente serias después de las risas. Krystal había ganado la regata por todas. Krystal había anulado la ventaja del otro equipo por competir en casa. Sukhvinder pensó que ojalá fuera como Krystal: divertida y dura, imposible de intimidar, siempre preparada para luchar.

Sukhvinder le había pedido a Terri dos cosas, que ella le concedió, porque Terri siempre le decía que sí a todo el mundo. Krystal llevaba al cuello la medalla que había ganado aquel día, para que la enterraran con ella. La otra petición llegó al final de la ceremonia, y en esta ocasión, el párroco la anunció con aire resignado.

> *Good girl gone bad—*
> *Take three—*
> *Action.*
> *No clouds in my storms...*
> *Let it rain, I hydroplane into fame*
> *Comin' down with the Dow Jones...*

La familia de Terri la acompañó sosteniéndola de los brazos a lo largo de la alfombra azul real, y los presentes desviaron la mirada.